Königspfade

CELINE KIERNAN

Königspfade

Roman

Aus dem Englischen von
Astrid Finke

HEYNE

Die Originalausgabe erschien unter dem Titel
The Rebel Prince bei O'Brien Press, Dublin

MIX
Papier aus verantwortungsvollen Quellen
FSC
www.fsc.org
FSC® C014496

Verlagsgruppe Random House FSC-DEU-0100
Das für dieses Buch verwendete
FSC®-zertifizierte Papier *EOS*
liefert Salzer Papier, St. Pölten, Austria.

Redaktion: Catherine Beck
Satz: Leingärtner, Nabburg
Druck und Bindung: GGP Media GmbH, Pößneck
Printed in Germany
ISBN 978-3-453-26635-3

www. heyne-magische-bestseller.de

Für Mam und Dad, ich liebe euch.

Für Noel, Emmet und Grace, immer und von ganzem Herzen.

Für Angela Oelke (Moore) und Ellen ›Sam‹ Samberg,
die von Anfang bis Ende meine unerschütterlich ehrlichen
Freunde und Unterstützer waren.

Ein Riesendankeschön an Svetlana Pironko von der Author Rights Agency für ihren Schutz und ihren Rat. Eine wunderbare Agentin und Freundin. Auch an meinen ersten Verlag The O'Brien Press, der das Wagnis eingegangen ist, es mit mir zu probieren, und der mich unterstützt und mir geholfen und während dieses ganzen Abenteuers meine Hand gehalten hat. Ganz besonders danke ich Michael O'Brien für seine Furchtlosigkeit. Meinen Dank und alles Liebe auch an Sorcha De Francesco (Ní Chuimín) und Phil Ó Cuimín, die mir ihre wunderschöne irische Alltagssprache zur Verfügung gestellt haben. Danke an Pat Mullan, dessen Freundlichkeit und menschliche Größe eine Tür aufstießen, von der ich allmählich befürchtet hatte, sie wäre auf immer verschlossen. Und wie immer: Danke, Catherine und Roddy. Schließlich noch ganz besonderen Dank an Elise Jones, meine Lektorin bei Allen & Unwin: Du bist eine Gottgesandte, und eine saukomische noch dazu. Ohne dich wäre ich verloren gewesen.

Inhalt

Die scharlachrote Furt

Als Wynter fünf war, hatte ihr Vater ihr ein rotes Mäntelchen angezogen, sie auf den Rücken seines Pferdes gesetzt und zu einem Picknick mitgenommen. Wynter erinnerte sich noch an die trägen Bewegungen des Tiers unter ihr und an die Wärme ihres Vaters, an dessen Brust sie sich auf dem Weg über die Waldpfade geschmiegt hatte. Sie erinnerte sich an seine starken Arme, die sie umfingen, an den Duft von Holzspänen und Harz in seinen Kleidern. Sie erinnerte sich an das Licht, das durch das Laub fiel, und wie es über ihre Hände gewandert war, die auf dem dicken Lederknauf von Lorcans Sattel so klein aussahen.

Lorcans Freund Jonathon war bei ihnen gewesen, wie auch dessen Söhne Razi und Alberon. Alle waren sie glücklich gewesen und hatten gelacht, was damals recht häufig vorgekommen war. Einfach nur zwei Freunde und ihre geliebten Kinder auf einem Ausflug an einem warmen Herbsttag, um das gute Wetter auszunutzen, ehe der Winter endgültig Einzug hielt.

Rückblickend wusste Wynter, dass irgendeine Art Begleitschutz dabei gewesen sein musste, aber sie konnte sich an keine Soldaten oder Leibwachen erinnern. Vielleicht war sie so an die Anwesenheit von Soldaten im Umfeld des guten Freundes ihres Vaters gewöhnt gewesen, dass sie die Männer gar nicht mehr wahrgenommen hatte. Damals war Jonathon für sie nie »der König« gewesen; sie wusste noch, dass sie in ihm immer nur Jon gesehen hatte, diesen großen Mann mit dem goldenen Haupt, der so rasch in Zorn geriet, aber ebenso bereitwillig seine Zuneigung zeigte. Er war der beste Freund ihres Vaters und Vater ihrer eigenen beiden besten Freunde, ihrer Brüder im Herzen: des dunklen, ernsthaften, fürsorglichen Razi und des überschwänglichen, liebevollen Alberon mit dem breiten Grinsen.

Razi war die ganze Zeit vorausgetrottet, das braune Gesicht leuchtend vor Freude über die unerwartete Freiheit dieses Tages. Alberon saß zum ersten Mal auf seinem eigenen Pferd, und Wynter wusste noch, dass sie gleichzeitig belustigt und etwas neidisch beobachtet hatte, wie er das kleine Tier vorantrieb und versuchte, mit seinem älteren Halbbruder Schritt zu halten. Immer wieder hatte er ängstlich gerufen »Razi! Razi! Lass mich nicht allein!«, und Razi hatte sich lächelnd umgedreht und gewartet.

An einer Furt hatten sie Rast gemacht, und die Männer hatten sich bis auf die Unterwäsche ausgezogen und waren ins flache Wasser gelaufen, hatten gejauchzt, einander bespritzt und gelacht, weil es so kalt war. Wynter war am Rande des Flusses von einem Bein auf das andere gehüpft und hatte zugesehen, wie sich Alberon in die Arme seines Vaters warf. Jon hatte ihn hoch ins helle Licht gehalten, und Albis kleines Gesichtchen hatte in der glitzernden Sonne vor Freude gestrahlt.

Ein warmes Gefühl an ihrer Seite, und sie hatte in Razis lächelnde Miene geblickt.

»Komm schon, mein Liebling.« Er hatte ihr seine Hand

entgegengestreckt. »Es ist nur im ersten Augenblick kalt.« Vorsichtig hatte er sie ins Wasser geführt, ihre Hand fest in seiner, dann war Wynters Vater zu ihnen gewatet, hatte sie beide hochgehoben und sie, einen unter jedem Arm, ins klare Wasser getragen, um sie das Schwimmen zu lehren.

Beinahe elf Jahre später saß Wynter Moorehawke auf den warmen, glatten Kieseln einer ähnlichen Furt und lauschte dem verstohlenen Geraschel des Waldes um sie herum. Die Hälfte ihrer Aufmerksamkeit war der für sie unverständlichen Unterhaltung der merronischen Krieger gewidmet, die zu ihrer Rechten auf dem Felsen saßen, die andere Hälfte den Schatten des Waldes und allem, was dort lauern konnte.

Unten am Ufer hockte der inzwischen einundzwanzigjährige Razi und betrachtete mit gerunzelter Stirn das flache Wasser. Einen wohltuenden Moment lang machte es den Eindruck, als wollte er tatsächlich ausruhen und sich hinsetzen, aber Wynter wusste, dass es nicht von langer Dauer sein konnte. Und da fuhr sich der dunkle junge Mann auch schon wieder mit der Hand durchs Haar, seufzte bedrückt und erhob sich.

Fang bloß nicht an, auf und ab zu tigern, dachte Wynter, aber natürlich tat Razi genau das.

Seine schlanke Gestalt stapfte aus dem Sichtkreis ihres Augenwinkels, und im Nu kam er auch schon wieder zurück, so dass Wynter den Kopf abwenden musste, um von seinem rastlosen Auf und Ab nicht in den Wahnsinn getrieben zu werden. Seit Emblas Tod rauschte dicht unter Razis Oberfläche ein tiefer und wütender Strom der Ungeduld, und er offenbarte sich in ständigem Bewegungsdrang, der die Langmut seiner Umgebung auf eine harte Probe stellte. Wynter empfand aufrichtiges Mitgefühl für Razis Verlust, aber in diesem Augenblick nagte das Knirsch, Knirsch, Knirsch seiner Schritte auf den Kieseln an ihren ohnehin bis zum Zerreißen gespannten Nerven. Heftig biss sie die Zähne aufeinander, um dem Drang zu widerstehen, ihn anzufahren.

Ein ärgerliches Grunzen war aus der Kriegergruppe zu vernehmen. »Tabiyb«, knurrte Ùlfnaor, »setz dich, bevor ich dir haue mein Schwert über den Schädel.« Razi verzog wütend die Miene, und der schwarzhaarige Merronerführer runzelte die Stirn. »Hinsetzen«, befahl er. »Du gehst mir auf die Nerven.« Razi gehorchte, und Ùlfnaor nickte beifällig. »Sie kommen bald zurück«, sagte er. »Nutze diese Zeit, dich auszuruhen.«

Der große Mann klang ruhig, doch mit den Augen suchte er unentwegt besorgt das jenseitige Ufer ab. Seine Krieger saßen um ihn herum, die drei Frauen schärften ihre Schwerter, die drei Männer ließen die Bäume auf der gegenüberliegenden Seite der Furt nicht aus den Augen. An diesem Morgen waren sie mit der Erwartung aufgebrochen, Alberon zu treffen und diplomatische Gespräche mit ihm aufzunehmen, weswegen sowohl die Männer als auch die Frauen in den festlichen Merronerstaat gekleidet waren. Er bestand aus den prachtvollen blassgrünen, bestickten Gewändern und Hosen, die Arme und Hände geziert von ihrem schweren Stammesschmuck. Aber der Tag war ohne ein Zeichen des Rebellenprinzen zur Neige gegangen, und der Abend stand kurz bevor. Allmählich fürchtete Wynter, sie wären irregeleitet worden.

Sie begegnete dem Blick der Heilerin Hallvor. Die sehnige Frau lächelte aufmunternd, doch Wynter konnte die

Anspannung in ihrem Gesicht lesen. Ùlfnaors zwei riesige Kriegshunde schnüffelten am Rande des Wassers herum; als Hallvor aufstand und zum Ufer ging, hoben sie die Köpfe. Im Gehen schob die Heilerin ihr Schwert in die Scheide, und die Hunde wedelten hoffnungsvoll mit den Schwänzen, vielleicht würde endlich etwas passieren. Doch Hallvor legte nur jedem eine schwielige Hand auf den struppigen Kopf und beobachtete weiterhin den gegenüberliegenden Wald. Niedergeschlagen murmelte sie etwas auf Merronisch, das Ùlfnaor in besänftigendem Ton beantwortete.

Wynter wünschte, Christopher wäre bei ihr, und nicht nur, weil er dann für sie übersetzen könnte. Während sie ihn mit aller Kraft herbeisehnte, bildeten sich tiefe Falten auf ihrer Stirn. Als sich Razi erneut rührte, knirschte es hinter ihr im Kies. Sein langer Schatten fiel über Wynter, dann ging er neben ihr in die Hocke, die Ellbogen auf den Knien, die Augen auf das jenseitige Ufer gerichtet.

»Ich glaube nicht, dass wir hier Glück haben werden«, sagte er leise.

Wynter nickte. Seit dem frühen Morgen zogen die Merroner an diesem Fluss entlang und machten immer wieder an im Voraus vereinbarten Treffpunkten halt, um auf Alberons Männer zu warten, die sie ins Rebellenlager führen sollten. Dies war bereits der vierte Treffpunkt, und wie bei allen vorigen hatte sich auch hier keine Menschenseele gezeigt. Sie warteten nun schon weit über eine Stunde, doch Ùlfnaor wollte nur ungern weiterreiten. Nach diesem Ort verblieb lediglich eine Stelle, an der sie hoffen konnten, auf Alberons Männer zu stoßen. Sollte sich auch diese als verwaist herausstellen, wäre die gesamte merronische Mission gescheitert. Die nördlichen Krieger müssten in ihre Heimat zurückkehren, ohne ihre Pflicht erfüllt zu haben, und Razi, Wynter und Christopher wären ihrem Ziel, Alberons Feldlager zu finden, keinen Schritt näher als vor fast drei Wochen.

»Chris und Sòl sind schon zu lange weg«, murmelte Wynter.

Razi seufzte nur und rieb sich das Gesicht. Die Mühe einer Entgegnung machte er sich nicht; er hatte schon ausreichend Bemerkungen dieser Art von Wynter gehört, doch das war ihr ganz egal. Vor lauter Unruhe war sie reizbar. Es blieben ihnen nur mehr knappe vier Stunden Tageslicht, und sie wollte Christopher in Sichtweite haben, wollte ihn an ihrer Seite wissen, nicht draußen in den Wäldern, wo vielleicht die Loups-Garous umherschlichen und die Männer des Königs immer noch Jagd auf die Rebellen machten.

»Ùlfnaor hätte Chris und Sòl niemals allein nach dort draußen lassen dürfen«, sagte sie nun. »Zum Teufel mit der Auskundschafterei! Um ehrlich zu sein, glaube ich, er hat sie nur gehen lassen, damit sie Ruhe geben und etwas zu tun haben.«

Razi brummelte etwas Zustimmendes. Christopher war ein unverbesserlich leichtsinniger Bursche, und was Sòlmundr betraf – seit dem Verlust seines geliebten Ashkr schien der merronische Krieger geradezu besessen von einer gefährlichen, unüberwindlichen Ruhelosigkeit. Er und Christopher stachelten einander an, beide scharrten mit den Hufen, wollten unbedingt etwas tun. Für Wynters Geschmack waren sie mit viel zu großer Begeisterung und viel zu wenig Umsicht in den Wald gezogen. Wenn sie doch nur zurückkämen! Selbst in Begleitung von Sòlmundrs Kriegshund Boro waren ihre Freunde dort draußen ihrer Meinung nach furchtbar verletzlich.

Gerade klappte Wynter den Mund auf, um diese Ansicht zu äußern, als plötzlich unten am Fluss Hallvor und die Kriegshunde aufmerkten. Die Heilerin machte einen Schritt nach vorn und suchte den Wald ab; die Hunde knurrten, und Hallvor befahl ihnen mit einer knappen Geste, ruhig zu sein.

Razi und Wynter erhoben sich. Auch die Merroner auf dem Felsen standen auf.

»*Cad é, a Hallvor?*«, fragte Ùlfnaor.

Hallvor bedeutete ihm, still zu sein, den Blick weiterhin nach vorn gerichtet. Dann deutete sie auf die Bäume. »Coinín«, sagte sie. »*Agus é ag rith.*«

Tatsächlich, es war Christopher, der lautlos und sehr schnell durch den Wald rannte, das lange schwarze Haar hinter sich her wehend, die schlanken Arme und Beine vor und zurück schnellend. Er stürmte ins Sonnenlicht und durchquerte die flache Furt mit einem Flimmern spritzender Schritte, Boro und Sòlmundr dicht auf den Fersen.

»Rasch!«, zischte Christopher. »Da kommt jemand, und es sind ganz bestimmt keine diplomatischen Gesandten!«

Die Merroner rannten zu ihren Pferden, doch Sòlmundr rief sie zurück. Er selbst erklomm unverzüglich die Felsen und stürzte sich auf den Waffenstapel, um seinen Langbogen und die Pfeile an sich zu reißen. Seine Begleiter gesellten sich zu ihm, und er zischte ihnen atemlos Erklärungen zu, während sie sich mit Kampfgerät versahen.

Christophers graue Augen suchten die von Wynter, während er schlitternd neben ihr zum Stehen kam. »Keine Zeit zu fliehen«, sagte er. »Macht euch bereit zum Kampf! Sie sind knapp hinter uns.«

Wynter zückte ihr Schwert. »Wie viele?«

»Habe ich noch Zeit, die Muskete zu laden?«, fragte Razi.

Christopher schüttelte den Kopf. »Keine Ahnung, wie viele, ich glaube sogar, sie wissen nicht einmal, dass wir hier sind. Aber sie kommen genau auf uns zu, und sie haben es verdammt eilig. Keine Zeit für die Muskete, Razi. Zieht beide eure Schwerter und bleibt hinter den Bogenschützen.«

Sòlmundr rief etwas, und Christopher wirbelte gerade noch rechtzeitig herum, um die Armbrust aufzufangen, die ihm der Krieger zugeworfen hatte. Der Köcher mit Christophers schwarzen Bolzen kam hinterhergesegelt, und Wynter fing ihn mit einer Hand, während Christopher schon am Hebel zog. Sie reichte ihm einen Bolzen, und er spannte ihn ein. Dann drehte er sich mit dem Gesicht zur Furt, und Wynter trat neben ihn, das Schwert in der Hand.

Sòlmundr schüttelte sich das sandfarbene Haar aus den Augen und zielte mit seinem Langbogen in die Bäume, die anderen Merroner verteilten sich am Strand, die Bögen gespannt, die Kriegshunde gehorsam und ohne einen Mucks von sich zu geben neben sich. Holz und Leder der Bögen knarzten, als die Krieger nur eben so viel Druck auf die Sehnen legten, um die Pfeile gespannt zu halten, ohne jedoch ihre gesamte Kraft aufzuwenden. Die schwirrende Stille des Abends legte sich um sie herum, während sie warteten.

Christopher schob sich die Armbrust in die Schulterkuhle und nahm festen Stand ein. »Da sind sie«, flüsterte er.

Auch Wynter konnte sie jetzt hören, sie näherten sich schnell. Es war ganz anders als bei Christophers geräuschloser Ankunft gerade: So lärmte jemand, der achtlos durch den dichten Wald trampelte. Es klang nach einem Menschen in Todesangst, einem Verzweifelten. Die Merroner spannten ihre Bögen bis zum Anschlag und zielten.

Der Mann, der durch die Bäume gestürzt kam, nahm sie überhaupt nicht wahr. Er taumelte aus dem Schatten ins Sonnenlicht und platschte mitten ins helle Wasser, ohne die Reihe stattlicher Krieger am anderen Ufer, die ihm mit ihren Pfeilen folgten, auch nur zu bemerken. Den Kopf hielt er gesenkt, die Arme um den Bauch geschlungen, und er schien all seine Kraft zu benötigen, um einfach nur einen Fuß vor den anderen zu setzen.

»Halt!«, rief Wynter. »Nicht schießen!«

Beim Klang ihrer Stimme kam der Mann stolpernd zum Stehen. Sobald ihn der Schwung der Vorwärtsbewegung verließ, verlor er allem Anschein nach auch die Fähigkeit zu stehen; unvermittelt sank er auf die Knie und fiel mit dem Gesicht voran in den flachen Fluss. Sofort färbte sich das Wasser rot.

Einen Augenblick lang herrschte benommenes Schweigen, alle beobachteten, wie das Blut des Mannes wirbelte und sich ausbreitete und als dunkles Band von seinem Körper forttrieb. Dann schleuderte Razi klirrend sein Schwert beiseite und watete in den Fluss, um den Mann auf den Rücken zu drehen.

Wynter hatte angenommen, der arme Teufel wäre bewusstlos, doch sobald Razi sein Gesicht aus dem Wasser hob, tat er einen keuchenden Atemzug und umklammerte Razis Kragen mit einer blutigen Faust.

»Helft mir«, ächzte er. »Helft mir …« Seine halb geöffneten Augen lagen auf den Merronern, die nun wieder auf die

Bäume zielten und ihre Wachsamkeit zwischen dem Verletzten und seinen möglichen Verfolgern aufteilten.

Razi hievte den Mann hoch, und Wynter lief zu ihm, um zu helfen, gefolgt von Christopher. Ohne seine Deckung zu vernachlässigen, schob er sich vor sie und Razi, die Armbrust auf das gegenüberliegende Ufer gerichtet.

»Los, hinter die Bogenschützen mit Euch«, befahl er schroff.

»Kavallerie … Kavallerie …«, stöhnte der Verwundete, während sie ihn an Land schleppten. »Geflohen … der Prinz.«

Als sie ihn auf die warmen Steine des Strands legten, blickte Razi Wynter über den Kopf des Mannes hinweg an. »Gehört Ihr der Kavallerie des Königs an?«, fragte er, drehte den Verwundeten und öffnete seine Jacke, um seine Verletzungen zu begutachten. Beim Anblick einer pulsierenden Wunde in der Seite des armen Kerls krümmte sich Wynter unwillkürlich. Sie musste den Blick von dem freigelegten Knochen und den hervortretenden Eingeweiden abwenden.

»Ich hole deine Arzttasche«, erbot sie sich.

Doch Razi schüttelte mit finsterer Miene den Kopf, und Wynter wusste, dass man nichts mehr tun konnte.

Razi beugte sich herab. »Gehört Ihr der Kavallerie an?«, wiederholte er sanft.

»Ja … nein … nicht … sie sind hinter mir her. O Gütiger, hilf mir …« Der Mann versuchte fortzukriechen, seine blutigen Hände tasteten über die glatten Kiesel, das Gesicht war vor Schmerz verzerrt. Blut quoll in furchtbaren Mengen aus seiner Wunde und sammelte sich auf den Steinen um ihn herum.

»Ganz ruhig.« Wynter legte ihm die Hand aufs Gesicht. »Bleibt ruhig liegen … ganz ruhig, mein Freund.«

Der Mann hielt still und legte ächzend den Kopf auf den Boden.

»Wer verfolgt Euch?«, fragte Wynter.

»Die Kavallerie … die Kavallerie … die Männer des Königs …«

Wynter warf Razi einen Seitenblick zu. *Die Männer des Königs.*

»Ihr arbeitet für meinen Bruder«, sagte Razi leise.

Zum ersten Mal sah der Mann in Razis dunkles Gesicht empor, und seine Augen weiteten sich vor Angst. »O lieber Gott, steh mir bei«, raunte er. »Ihr seid der Araber.« Er schloss die Augen. »O weh, ich bin verloren.«

»Verfolgen dich die Männer meines Vaters?«, fragte Razi nun. »Suchst du den Schutz des Rebellenlagers?«

»Fürst Razi hofft, seinen Bruder im Rebellenlager zu finden«, flüsterte Wynter. »Er wünscht, ihn mit dem König zu versöhnen. Wir können Euch in Sicherheit bringen, wenn Ihr uns den Weg zum Prinzen weist.«

Doch der Mann drehte sein Gesicht nur in die Steine hinein, überzeugt, sich unter Feinden zu befinden, und entschlossen, kein Wort mehr über seine Lippen kommen zu lassen.

»Razi.« Christopher drehte sich kurz zu seinem Freund um. »Die Merroner können nicht zulassen, dass die Männer des Königs sie ergreifen.«

Auch Sòlmundr und Ùlfnaor blickten Razi über die Schulter an. Der Rest der Merroner konnte der Unterhaltung nicht folgen und zielte weiterhin auf den Waldrand, doch ihre Augen flackerten hin und her zwischen ihren Anführern und dem dunkelhäutigen Mann, den zu beschützen sie geschworen hatten.

»Razi«, beharrte Christopher. »Wenn die Männer deines Vaters eintreffen, müssen wir auf sie schießen! Sonst verurteilst du diese Menschen zum Tod – und deine Mission wäre gescheitert.«

Razi schüttelte den Kopf, ohne die Augen von dem Verwundeten abzuwenden.

Wynter legte ihm eine Hand auf den Arm. Dann blickte sie in Christophers gequälte Miene.

»Die Männer des Königs werden uns töten, Wynter«, sagte Christopher. »Entweder wir kämpfen gegen sie, oder wir sterben; daran geht kein Weg vorbei.«

»Andere kommen!«, rief Sòlmundr, und Wynter sprang auf die Füße, als sie schnelles Hufgetrappel durch die Bäume vernahm. Mit dem Schwert in der Hand stellte sie sich wieder an Christophers Seite, ihr Herz pochte laut vor Wut und Furcht. Lieber Gott, war es nun wirklich dazu gekommen? Musste sie treuen Soldaten der Krone entgegentreten und sie entweder töten oder selbst sterben?

Die Merroner riefen ihre Hunde bei Fuß und spannten erneut ihre Bögen bis zum Anschlag. Ein Aufblitzen von Sonne auf Metall leuchtete durch das schwankende Laub des Waldes, dunkle Gestalten näherten sich. Ùlfnaor, die massigen Arme zitternd vor Anstrengung, hielt den Bogen gespannt und murmelte seinen Kriegern leise etwas zu. Offenbar wies er sie an: »Wartet … wartet noch …«

Wynter sank in die Hocke und hob ihr Schwert höher. Ihr Entschluss stand fest: Sie würde hier nicht sterben. Sie würde *nicht* sterben!

Unterdessen sah sich Christopher zu Razi um, er wollte die Erlaubnis zu schießen einholen.

Die Augen fest zugekniffen, neigte Razi den Kopf. Dann griff er nach seinem Schwert, erhob sich und nahm seinen Platz an Christophers Seite ein. Als die Soldaten des Königs die Baumreihe gerade durchbrachen, legte Christopher an.

Es waren nur zwei, und sie erreichten die Furt mit beinahe kindlicher Selbstvergessenheit. Wynter wusste, dass sie den Ausdruck in ihren Gesichtern niemals vergessen würde, als sie sich – in Erwartung eines einzelnen, zu Fuß flüchtenden Soldaten – plötzlich einer Reihe finsterer Bogenschützen gegenüberfanden.

Es gab nur einen kurzen Moment der Verzögerung, einen winzigen Bruchteil Zeit, dann griff der jüngere Kavallerist nach seinem Schwert. Christophers Armbrustbolzen traf ihn zwischen den Augen und riss ihn rückwärts vom Pferd. Alle sonstigen Geräusche wurden begraben unter dem schweren *Plopp* der Langbögen, dem Zischen und Aufprallen der merronischen Pfeile, die ihr Ziel suchten und fanden. Die schlaffen Leiber der Soldaten stürzten in das hoch aufspritzende Wasser; ihr Blut strömte flussabwärts, genau wie das des Rebellensoldaten vorher.

Wynters Schwertarm sank herab, sie sah den Männern des Königs beim Sterben zu.

Die prächtigen Kavalleriepferde schwankten unter einem zweiten Pfeilhagel, dann gingen auch sie zu Boden, und ihr Blut vermischte sich mit dem ihrer Reiter, strudelte hinaus ins klare Wasser, tränkte den Fluss rot. Rasch erfüllte die dunkle Farbe die Furt, wirbelte und floss und reckte die Arme, bis sie in leuchtenden, von der Sonne umspielten kleinen Wogen ans Ufer schwappte und die gleichgültigen Kiesel zu Wynters Füßen verfärbte.

Razi hinter ihr wandte sich von diesem Schauspiel des Todes ab und kniete sich erneut neben den Rebellensoldaten. Unter Wynters traurigem Blick schloss er dem armen Teufel die leblosen Augen. Ganz kurz blieb Christopher an Wynters Seite stehen, den Arm teilnahmsvoll um ihre Taille gelegt. Dann rannte er in die blutrote Furt hinein und half den Merronern, ihre ins Wasser gefallenen Pfeile einzusammeln.

Das Rebellenlager

Es war Abend, und die Schatten des Waldes verdichteten sich bereits zur Finsternis, als Christopher vor Wynter seine Stute zügelte und ihr den Weg versperrte. Er fluchte unterdrückt. Beunruhigt ließ Wynter ihr eigenes Pferd die wenigen Schritte bis zu ihm weiterlaufen und hielt neben ihm an. Sie spähte durch das Laub, um zu sehen, was ihn aufgeschreckt haben mochte. Um sie füllte sich die Luft mit dem Schnauben von Pferden und dem Klimpern von Zaumzeug, als der Rest der merronischen Reiter ebenfalls zum Stehen kam. Gemurmel und leise Rufe der Besorgnis waren zu hören.

Als sie sich nach vorn beugte, um besser sehen zu können, sank Wynter der Mut; nur etwa zwei Meter vor ihnen hörten die Bäume unvermittelt auf, und die sichere Deckung wurde von einer großen Fläche felsigen Untergrunds abgelöst – eine Lücke von etwa zwanzig Metern zwischen dem diesseitigen und dem jenseitigen Abschnitt aus dichtem Gehölz. Das offene Gelände erstreckte sich weithin zu beiden Seiten, ein langer Steinrücken, der den Wald in zwei Teile spaltete.

»O je, Christopher, das ist nicht gut.«

Christopher nickte. »Wenn wir hier durchreiten, sind wir verletzlich wie Neugeborene.«

Wynter wandte sich der Spitze ihres Trupps zu, wo Razi neben Ùlfnaor und Sòl die vorderste Stellung einnahm. Alle drei betrachteten die Lichtung mit sorgenvollen Mienen.

»Mir gefällt nicht«, sagte Sòlmundr ruhig. »Schlecht. Wir sollten Umweg machen.«

Ùlfnaor wechselte einen Blick mit Razi, der knapp den Kopf schüttelte. »Ich sage, wir reiten hier durch.«

Der Aoire nickte. »Dann wir reiten hier durch«, befand er. »Wari, Coinín, Soma und Frangok geben Rückendeckung. Dann sie kommen nach, wenn alles gut.« Er bemerkte Sòlmundrs missbilligenden Blick und seufzte. »Die Zeit wird knapp, Sòl. Wir dürfen nicht riskieren, unsere Route zu ändern. Wir müssen vertrauen dem Urteil von Tabiyb. Wir reiten *hier* durch.«

Einen Moment lang sah Sòlmundr Razi, der den Blick weiter geradeaus gerichtet hielt und mit ausdrucksloser Miene wartete, finster an; dann willigte er widerstrebend brummelnd ein. Auf Merronisch wurden Befehle erteilt, die Wachmannschaft zückte ihre Bögen.

Als er seine Armbrust lud, sah Wynter Christopher eindringlich an. »Ich warne dich, Mädel«, sagte er feierlich. »Wenn wir es ohne Löcher im Leib auf die andere Seite schaffen, stehle ich sieben Küsse der Hohen Protektorin Moorehawke.«

Er wirkte so von sich überzeugt, so selbstsicher und lebendig, dass Wynter einfach die Hand nach ihm ausstrecken und ihre Faust um sein Hemd schließen musste. Lächelnd ließ er sich von ihr über die Lücke zwischen ihren Pferden ziehen, dann presste sie ihre Lippen auf seine, fest und leidenschaftlich und beschützend. Nach dem Kuss verharrten sie in dieser Stellung, ihre Stirnen berührten sich, die Augen waren halb geschlossen.

»Pass gut auf dich auf«, flüsterte sie.

»Wenn ich das mache, schuldest du mir noch sechs von der Sorte.«

Sie grinste. »Komm heil auf die andere Seite, Freier Garron, und ich gewähre dir unter Umständen noch mehr als Küsse.«

Als er den Mund breit verzog, bildeten sich Grübchen in seinen Wangen. »Da hast du aber einige Versprechungen einzuhalten«, murmelte er.

Sie küssten sich noch einmal, die Pferde tänzelten unter ihnen. Dann rückte Wynter von ihm ab, zog sich das Tuch über das Gesicht und reihte sich, ohne noch einmal zurückzublicken, in den Vortrupp ein, der nun seine Reittiere in den grellen Schein der Abendsonne trieb.

Froh, der Enge des Waldes entflohen zu sein, sprangen die Kriegshunde mit heraushängenden Zungen vor ihren Herren her, mit den langen Schwänzen freudig die Luft peitschend. Die Merroner behielten sie im Auge. Als die riesenhaften Geschöpfe auf halber Strecke über die Lichtung plötzlich ihr übermütiges Erforschen einstellten und erstarrten, hob Ùlfnaor sofort den Arm, und der Vortrupp hielt argwöhnisch an.

Mit gesenkten Köpfen beobachteten die Hunde den Wald vor sich. Dann heulte Boro jäh auf, machte einen Satz nach vorn und bellte wild die Bäume an. Die anderen Hunde taten es ihm gleich.

Erschrocken warf Wynters Pferd den Kopf nach hinten

und wollte kehrtmachen, bis Wynter ihm hart die Fersen in die Flanken drückte. »Ganz ruhig, Ozkar!«, zischte sie.

Vor ihnen, verborgen zwischen den Bäumen, wieherte ein weiteres Pferd furchtsam auf, und Wynter suchte die Schatten nach den Reitern ab, die sich dort ganz offensichtlich versteckten.

Etwas unwillig gehorchten die Kriegshunde Ùlfnaors Befehl, zurück zu den Reitern zu kommen, und liefen immer noch bellend hin und her. Der Lärm war ohrenbetäubend.

»*Ciúnas!*«, brüllte Sòlmundr, und sofort gaben die Tiere Ruhe. Winselnd trippelten sie vor ihren Herren herum, die Augen nach wie vor starr auf die dunklen Bäume gerichtet.

Immer noch blieb der Wald jenseits der Lichtung still, die Schatten für Wynters von der Sonne geblendete Augen undurchdringlich. Um sie herum hielten die Merroner gespannt den Atem an. Wynter hatte keinen Zweifel, dass Christopher hinter ihr im Wald in genau diesem Augenblick den Hebel seiner Armbrust zurückklappte, und sie widerstand dem Drang, über die Schulter zu blicken, versuchte, sich nicht das Heulen der durch die Luft schwirrenden Pfeile, nicht ihren dumpfen Aufprall vorzustellen, wenn sie ihr Ziel trafen. Mit Gewalt schob sie die Erinnerung an blutiges Wasser und Leichen aus ihrem Kopf und schnupperte nach dem verräterischen Geruch einer Lunte. Nichts zu riechen. Gut. Wenigstens wurde nicht mit einer Kanone auf sie gezielt. Das war doch schon mal etwas.

Rechts von ihr zog Razi den Kopf ein und schob das Tuch vor seinem Gesicht etwas höher. Wynter pries insgeheim den grellen Sonnenschein, denn so trugen sie alle die Hüte tief in der Stirn, und auch die Fliegenschwärme, wegen derer ihre verhüllten Gesichter weniger verdächtig wirkten, waren hilfreich. Als sich Razi wieder im Sattel aufrichtete, entdeckte sie zu ihrer Erleichterung, dass das Zusammenspiel von Hutschatten und Tuch es unmöglich machte, seine dunkle Haut zu erkennen. In seinem geborgten grünen Umhang und mit seiner beachtlichen Größe war er von den anderen merronischen Kriegern nicht zu unterscheiden. Wynter hoffte, ihre eigene kleine Statur wäre daneben nicht allzu auffällig.

Ein Pfeifen durchschnitt die Luft, und als sie das Signal vernahm, das Alberons Verbündete benutzten, machte Wynters Herz einen Satz. Ùlfnaor pfiff die korrekte Entgegnung. Darauf folgte ein Moment Stille, ehe eine vornehme Stimme auf Südlandisch rief: »So weit?«

Der erste Teil von Alberons Losung! Konnte es sein, dass sie endlich ihr Ziel erreicht hatten?

Ùlfnaor rief die Antwort. »Und noch nicht da?«

Ein Reiter löste sich aus dem Schatten der Bäume und brachte sein tänzelndes Pferd neben dem riesigen Felsblock am oberen Ende des Pfads zum Stehen. Er zog den Hut hinab, um sich gegen die Sonne abzuschirmen, und blinzelte die Hunde an. Der Mann trug keine Uniform, doch Zaumzeug und Waffen waren die eines Soldaten, und er ritt ein Kavalleriepferd, das er gut zu handhaben wusste, obgleich es in der Nähe der Hunde die Augen weit aufgerissen hatte und schreckhaft war. Mit Sicherheit war er ein Offizier aus Jonathons Armee. Kühl betrachtete Wynter ihn unter ihrer Hutkrempe hervor. Ein Offizier aus Jonathons Armee, ohne Uniform und auf Alberons Seite gegen den König. Was sollte sie da empfinden?

Unwillkürlich kam ihr das Wort *verräterisch* in den Sinn, doch dann dachte Wynter wieder an die toten Soldaten am

Fluss, an ihr Blut, das sich im Wasser vermischte, an ihre Gefolgschaftstreue, die sich zu beiden Seiten der königlichen Kluft aufgespaltet hatte. Alle waren sich so sicher gewesen, wo ihre Pflicht lag, einer wie der andere; alle waren unwiederbringlich tot. Sie bemühte sich, ihre Feindseligkeit zu bezwingen. *Warten wir ab, welche Erklärungen dieser Abend noch bringt*, dachte sie.

Ùlfnaor warf den Hut in den Nacken, so dass ihm das lange dunkle Haar auf die Schultern fiel. Dann schüttelte er seinen Umhang zurück, wodurch die Stammesarmreife zum Vorschein kamen. Sòlmundr lenkte sein Pferd neben das seines Anführers und entblößte ebenfalls Haar und Arme. Einen schrecklichen Augenblick lang dachte Wynter, alle Merroner würden ihrem Beispiel folgen, doch Hallvor und die rotschöpfigen Brüder hielten ihre Gesichter bedeckt und die Hüte aufgesetzt. So blieb Razis Andersartigkeit verborgen.

In seinem gebrochenen Hadrisch rief Ùlfnaor: »Ich bin Ùlfnaor, *Aoire an Domhain*, Gesandter der königlichen Prinzessin Marguerite Shirken der Nordländer. Ich bringe Dokument für königlichen Prinzen, Alberon Königssohn. Ich erbitte freies Geleit zu seinem Lager.«

Der Offizier riss sich von den aufgebrachten Hunden los und betrachtete Ùlfnaor eingehend. Dann wanderte sein Blick nacheinander von Reiter zu Reiter. Als seine Augen Razi erreichten, versteifte sich Wynter, doch der Fremde schenkte ihrem Freund nicht mehr Beachtung als allen anderen, und als sie selbst an der Reihe war, ging er ohne Verzug zum nächsten über. Schließlich wandte er sich erneut Ùlfnaor zu und sprach ihn in fehlerfreiem Hadrisch an. »Ihr habt Männer im Wald«, stellte er fest.

»Genau wie ihr«, sagte Ùlfnaor.

Der Offizier schnaubte. »Ganz schön großer Trupp für einen gewöhnlichen Boten«, bemerkte er.

Ùlfnaor schwieg einen Augenblick. Als er das Wort wieder ergriff, schwang etwas Warnendes in seiner Stimme mit. »Ich bin *Gesandter*«, sagte er. »Ich bin *Fürst* der merronischen Völker, beauftragt von der königlichen Prinzessin der nordländischen Völker, zu unterstützen sie bei ihren Verhandlungen.«

Wynter beäugte den Offizier. Falls Alberon kein untragbar schlampiges Lager führte, hatte dieser Mann sicherlich genaueste Anweisungen, was seine Behandlung jedes Besuchers betraf: Seine Haltung Ùlfnaor gegenüber müsste die des Prinzen ganz bewusst widerspiegeln.

»Vergebt mir«, murmelte er trocken. »Es war nicht meine Absicht, Euch zu beleidigen.«

Wynter gefiel sein Ton nicht. Ùlfnaor betrachtete ihn kalt und schwieg.

Der Offizier machte eine Geste über die Schulter, und ein weiterer Reiter tauchte aus dem Wald auf. »Mein Leutnant wird Euch ins Lager begleiten. Auf Befehl seiner königlichen Hoheit Prinz Alberon wird Euch freies Geleit gewährt. Ihr könnt Eure verborgene Wachmannschaft zu Euch rufen.«

Ùlfnaor neigte lediglich den Kopf, und sofort ertönte hinter Wynter das Trappeln von Hufen und das Klirren von Zaumzeug, als die anderen aus ihrem Versteck kamen. Jemand näherte sich ihr von links, das Pferd schnaubte und schüttelte den Kopf. Sie schielte zur Seite; es war Christopher, das Gesicht verhüllt, die Augen starr in die Bäume gerichtet.

Auf ein Nicken seines Vorgesetzten wendete der Leutnant sein Pferd, und der Merronertrupp folgte ihm in den Wald.

Es dauerte einen Moment, bis sich Wynters Augen an die Dunkelheit gewöhnt hatten, doch dann sah sie sich zu ihrem Schrecken von Soldaten umzingelt. Fünfzehn oder gar zwanzig gut bewaffnete Reiter flankierten den Pfad und beobachteten stumm den Zug der Merroner durch ihre Reihen.

Als die Reisenden vorbeigetrabt waren, wandte die Hälfte der Soldaten ihre Reitpferde zur Lichtung um; die anderen ritten den Merronern nach, überwachten schweigend ihr Vorrücken durch die Bäume. Wynter achtete genau auf ihre jeweilige Position und Bewaffnung, dann richtete sie ihre Aufmerksamkeit wieder auf den Weg.

Sie zogen bergauf, der Boden stieg steil an, der Wald wurde noch dichter, so dass die Merroner gezwungen waren, einzeln hintereinander zu reiten. Die Soldaten, die sie bewachten, waren nichts als verstohlene Schatten in der Finsternis, der Mann an der Spitze schweigsam und unnahbar. Licht fiel in schweren Säulen durch die Wipfel, und Wynter bemerkte, dass es ständig die Richtung wechselte; erst kam es von rechts, dann schien es langsam nach links zu schwenken, schließlich erneut nach rechts. *Wir gehen im Kreis*, dachte sie. Ein Blick nach hinten zeigte ihr die Tiefe der Schatten, die Undurchdringlichkeit des Waldes. Niemals würden sie den Weg zurück durch dieses Dickicht finden. Nicht ohne Führer.

Christopher ritt hinter ihr. Nachlässig hing er in seinem Sattel und machte den Eindruck, als schenkte er seiner Umgebung kaum Beachtung. Doch gerade als Wynter den Kopf wieder nach vorn drehen wollte, sah sie ihn den linken Arm ausstrecken und einen Ast abbrechen. Die Bewegung war kaum wahrzunehmen, doch der Ast hing nun nach unten und zeigte in die Richtung, aus der sie gekommen waren. Christopher begegnete ihrem erschrockenen Blick, und seine Augen leuchteten durch ein unverkennbar schelmisches Grinsen.

Verblüfft wandte sich Wynter im Sattel um. Ein paar Augenblicke später ließ Sòlmundr den linken Fuß hervorschnellen, so dass sein Stiefel eine Kerbe in die Rinde eines Baumstamms trieb. Weiter vorn duckte sich Hallvor unter einem Zweig hindurch. Als sie ihn beiseite schob, knickte sie die Spitze ab; das abgebrochene Stück zeigte rein zufällig in die Richtung, aus der sie kamen.

Nach einer kurzen Pause warf Wynter abermals einen Blick über die Schulter auf Christopher. Er blinzelte ihr zu. Wynter musste grinsen und drehte sich nach vorn. Diese Menschen hätten keine Schwierigkeiten, den Weg nach Hause zu finden, ob Alberon nun wollte oder nicht.

Urplötzlich hörten die Bäume auf, und vor ihnen erhob sich ein massiger Erdwall. Eine Schar Männer blickte von oben auf sie herab, die Armbrüste im Anschlag, und die Reisenden fanden sich eingeklemmt zwischen diesen Wachposten und den schweigenden Reitern wieder, die sie hierher geleitet hatten.

Wortlos trabte Alberons Leutnant an der Wache vorbei und verschwand im Lager. Die Merroner ihrerseits mussten sich auf dem engen Fleck zusammendrängen, während die auf dem Wall postierten Männer sie mit kalter Neugier beobachteten. Wynter drängte Ozkar durch die Menge und lenkte ihn Hals an Hals neben Razis Stute.

Razi sah durch einen Spalt in dem Wall, und Wynter spähte an ihm vorbei, um ebenfalls einen Blick auf Alberons Lager zu erhaschen. Dem Anschein nach war es außerordentlich günstig gelegen: Dadurch, dass es sich auf einer Anhöhe befand und sich an seinen Fuß ein Fluss und in seinen Rücken eine steile Felswand schmiegte, war es nicht nur leicht zu verteidigen, sondern auch im Falle einer Flucht leicht zu verlassen.

»Kluger Mann«, brummte Razi.

Wynter gab ihm Recht. Wirklich klug. Albi hatte einen guten Platz ausgesucht.

Sie betrachtete die Soldaten über sich; sie machten einen gut genährten und höchst disziplinierten Eindruck, nicht annähernd das, was man von einem zerlumpten Haufen vor dem Zorn des Königs geflohener Rebellen erwarten würde. Offenbar hatte sich ihr Freund aus Kindertagen zu einem exzellenten Heerführer entwickelt.

Als sie sich nun erneut dem Lager zuwandte, fand Wynter, was sie suchte: Auf der vom Tor am weitesten entfernten Anhöhe stand ein quadratisches Zelt, größer als alle anderen und in einigem Abstand zu ihnen aufgestellt, der einzige Schmuck daran war der an seinem Mittelpfosten flatternde königliche Wimpel. Sie starrte die Leinwand an, als könnte sie Alberon durch ihren bloßen Willen dazu bringen, aus dem Inneren aufzutauchen.

Jetzt kehrte der Leutnant zu den Neuankömmlingen zurück. »Ihr müsst die Waffen ablegen«, sagte er zu Ùlfnaor. »Sagt Euren Leuten, sie sollen alles an den Sätteln befestigen. Euch wird gestattet, durch das Lager zu reiten, aber sobald Ihr das königliche Quartier erreicht, müsst Ihr absteigen.«

Auf Ùlfnaors Nicken hin übersetzte Sòlmundr diese Anweisung, und die Merroner kamen ihr nach. Christopher und Wynter lenkten ihre Pferde zu beiden Seiten Razis, schirmten ihn vor den Blicken der Soldaten ab, so gut es ging, und begannen ebenfalls, sich ihrer Waffen zu entledigen.

»Ich hoffe, sie lassen sich nicht einfallen, uns zu durchsuchen«, raunte Christopher, während er sein Katar an der Satteltasche festband. »Denn ich bezweifle, dass unser brauner Bursche hier als bleicher Herr des Nordens durchginge.«

»Stimmt«, versetzte Wynter.

Jeden Moment rechnete sie damit, dass der Leutnant ihnen befehlen würde, ihre Gesichter zu enthüllen und die Arme auszubreiten, um sich durchsuchen zu lassen. Doch sobald die Merroner ihre Waffen gut sichtbar verstaut hatten, wendete der Leutnant einfach nur sein Pferd und ritt voran ins Lager.

Erstaunt drehte sich Wynter zu Razi, und er sah sie mit hochgezogenen Augenbrauen über den Schal hinweg an. Sie wurden durchgelassen? Einfach so?

Die Merroner schritten bereits langsam und würdevoll durch die Öffnung im Erdwall, aber Razi und Wynter zögerten weiter. Die einzige Verbindung, die sie seit Beginn dieser ganzen Geschichte zu Alberon gehabt hatten, waren die Meuchelmörder gewesen, die er ganz offensichtlich ausgesandt hatte, um Razis Leben ein Ende zu setzen. Welchen Empfang konnten sie beide hier erwarten, und wie wäre er heute, der Junge, den sie beide einst geliebt hatten und der nun ein Mann war, von dem sie nichts wussten?

Christopher zügelte sein Pferd dicht neben ihnen und sah

Razi eindringlich an. »Na, dann mal los«, befand er trocken. »Bisschen spät, es sich jetzt noch anders zu überlegen.«

Razi atmete sehr langsam und hörbar aus. Dann straffte er die Schultern, zog den Hut noch tiefer in die Stirn und trieb sein Pferd durch den Wall in das Heerlager seines Bruders.

Alberon

Sie wurden mitten durch das Lager auf das große Zelt zugeführt, das gewiss Alberons Quartier sein musste. Mit argwöhnischer Bewunderung beäugte Wynter ihre Umgebung; das war keine träge königliche Entourage, schwerfällig durch Luxusgüter und sperrig durch Personal. Nein, dies hier war ein leichtes, klug strukturiertes Feldlager. Es strahlte disziplinierte Beweglichkeit aus, und Wynter war sicher, dass das gesamte Lager innerhalb einer Stunde verpackt und verschwunden sein könnte. Hier spürte man eine unangefochtene Autorität, und Wynter musste zugeben, dass sie beeindruckt war.

Links vom Hauptdurchgang – umgeben von Soldatenzelten und genau unter dem aufmerksamen Auge des königlichen Quartiers – befand sich eine Reihe ziviler Unterkünfte. Wynter entdeckte die leuchtenden Farben der Haunardierjurten, sie sah mit den Symbolen der Comberer bemalte Zelte und einen hellblauen Pavillon, der mit Einhörnern und anderem Firlefanz der Mittelländer verziert war. Haunardier, Mittelländer und Comberer: Vertreter der drei stärksten Gegner des Königreichs, gekommen, um mit Alberon hinter dem Rücken seines Vaters zu verhandeln. Es war schwierig, zu glauben, dass es dafür eine harmlose Erklärung geben konnte.

In feierlicher Formation ritten die Merroner durch das Lager, Ùlfnaor und Sòlmundr an der Spitze. Die beiden Edelmänner ließen ihre Köpfe und Arme unbedeckt, wie es der merronischen Tradition entsprach, doch zu Razis Schutz hielt der Rest des Trupps die Gesichter verhüllt, die Umhänge verbargen größtenteils ihre kostbaren Gewänder. Der Schritt ihrer stämmigen Merronerpferde war so leicht wie der eines gut abgerichteten Arabers, ihre riesigen Kriegshunde trabten mit höfischer Disziplin und Herablassung einher. Keine königliche Gefolgschaft hätte majestätischer aussehen können, fand Wynter.

Die Nachricht ihrer Ankunft sickerte durch das Lager, und zwischen den Soldatenzelten hielten Männer in ihrer Arbeit inne, um sie anzugaffen. Manche schlüpften durch Eingänge, andere kamen um Ecken gerannt, um einen Blick zu erhaschen. In den Quartieren der Zivilisten standen zwei Comberer im Schatten ihres Vordachs und beobachteten die Neuankömmlinge misstrauisch. Als die Merroner näher kamen, verfinsterte sich die Miene des einen angesichts der auf die Pferde gemalten heidnischen Zeichen; er bekreuzigte sich und spuckte aus.

Haunardier waren keine zu sehen, und ihre Unterkünfte machten einen ausgestorbenen Eindruck, die bunten Leinwände wirkten im Abendlicht schwer und reglos.

Etwas erregte Wynters Aufmerksamkeit, eine dunkle Gestalt, die sich zwischen den Soldatenzelten bewegte. Unauffällig lehnte sie sich zurück, um besser sehen zu können, dann erschrak sie über den unerwarteten Anblick eines mittelländischen Priesters, der sich, eine Schüssel in der Hand, einen Weg durch das Lager suchte. Schließlich stieß er ein Stück vor dem Merronertrupp auf den Hauptweg. Dem Anschein nach bemerkte er sie gar nicht, und Wynter sah ihn den von der Kapuze bedeckten Kopf einziehen und durch den niedrigen Eingang des blauen Pavillons ins Innere treten. Sie erschauerte. Im Rahmen seiner diplomatischen Pflichten war Wynters Vater gezwungen gewesen, geraume Zeit am mittelländischen Hofe zuzubringen, daher plagten Wynter einige furchtbare Erinnerungen an die mittelländischen Priester und ihre allzu eifrige Rolle in der dortigen Inquisition.

Sie warf einen Seitenblick auf Razi, der hoheitsvoll auf seiner glänzend schwarzen Stute saß, die Augen auf das stumm wartende königliche Quartier gerichtet. Inzwischen war der Rand des Wegs von Soldaten gesäumt, die ihn unbewusst immer dichter umzingelten. Unwillkürlich tastete Wynters Hand nach dem leeren Gürtel an ihrer Hüfte.

Neben ihr kicherte Christopher. »Ich greife auch ständig danach«, raunte er ihr zu. Vor sich sahen sie Waris Schwerthand ebenfalls nach unten gleiten und zurückzucken, als ihm die leere Scheide wieder einfiel. »Wir sehen so sicher aus«, sagte Christopher. »Dabei sind wir nichts als Enten, die über Eis laufen.«

Sie kamen zum Fuße der Anhöhe, auf der das königliche Quartier stand, und der Leutnant bedeutete ihnen anzuhalten. Es folgte ein Augenblick atemloser Spannung, während dessen die Merroner nach oben blickten; das einzige wahrnehmbare Geräusch war das Klirren des Zaumzeugs und das Schnauben der Pferde. Oben am Hang flatterte und bebte die Leinwand des königlichen Zelts in der schwachen Brise, ein leerer Landkartentisch und Stühle kauerten sich finster unter das Vordach.

Nun drangen Stimmen zu ihnen herab, die Worte waren in der stillen Abendluft nicht auszumachen. Ein Mückennetz wurde am Haupteingang zur Seite gezogen, und zwei Haunardier kamen heraus. Als sie aus dem Schutz des Vordachs traten, blieben sie stehen und zogen sich die bunten Hüte tief in die Stirn. Der Jüngere ließ den Blick über die Baumwipfel schweifen, als wäre er tief in Gedanken, doch sein Gefährte sah den Hügel hinab. Beim Anblick der Merroner erstarrte seine Hand an der Hutkrempe. Er murmelte etwas, woraufhin der jüngere Mann ebenfalls die Augen auf den Fuß der Anhöhe richtete. Lange verharrte er so, sein flaches, honigfarbenes Gesicht war ausdruckslos, die schmalen schwarzen Augen verrieten nichts. Schließlich zog er den Hut nach unten, sagte etwas zu dem älteren Haunardier und marschierte voran den Hang hinunter.

Mit demonstrativer Gleichgültigkeit lief der Ältere an ihnen vorbei. Doch der Junge verlangsamte seinen Schritt, als er näher kam, den Blick auf die eindrucksvollen Nordpferde und Razis wundervolle Stute geheftet. Wynter lächelte wissend; die Haunardier waren berüchtigt für ihre Habsucht, was Pferde betraf. Razi täte besser daran, heute Nacht mit den Zügeln in der Hand zu schlafen.

Im Vorbeigehen schielte der junge Haunardier flüchtig nach Wynters verhülltem Gesicht, ging aber weiter. Wynter drehte sich rasch im Sattel um und sah ihm nach. *Das ist also ein Haunardier*, dachte sie. *Wie eigenartig sie von Nahem aussehen.*

»Wynter …? Wynter!« Christopher stupste sie sanft mit dem Fuß an, sie wirbelte erschrocken herum. »Ist er das?«, flüsterte er, den Blick nach oben gerichtet.

Ein Junge von etwa zehn Jahren stand im Eingang des königlichen Zelts – klein, dünn, feines braunes Haar, ganz offensichtlich ein Diener. »Ach, Christopher«, zischte sie mit heftig pochendem Herzen. »Red keinen Unsinn! Sieht der etwa aus wie ein Prinz?«

Auf ein Nicken des Jungen hin sprang der Leutnant vom Pferd, trabte den Hügel hinauf und verschwand im Zelt. Schweigend warteten die Merroner. Kurze Zeit später tauchte der Leutnant wieder auf, kam zu den Ankömmlingen zurück und blinzelte zu Ùlfnaor hinauf, mit der Hand die Augen abschirmend. »Seine königliche Hoheit dankt Euch für Eure Pflichterfüllung«, sagte er. »Ihr möget mir die Dokumente überreichen.«

Wynter erschrak. Einen Moment lang saß Ùlfnaor stocksteif da, blanke Bestürzung im Gesicht. Dann verhärtete sich sein Blick, und er richtete sich mit kalter Miene noch gerader auf. Er sagte kein Wort.

Ungerührt fuhr der Leutnant fort: »Ihr habt meine Erlaubnis, Eure Leute und Pferde ausruhen zu lassen, solange Ihr auf Eure Antwort wartet. Nahrungsmittel werden zur Verfügung stehen, sollten Eure Vorräte knapp sein.«

Ohne jede Spur Achtung in der Miene streckte er die Hand aus, um die Dokumente entgegenzunehmen. Wynter wusste ganz genau, dass er auf Alberons Befehl handelte und dass dies ein bewusster Affront gegen den Merronerführer war. Sie fragte sich nur, ob es ein Hinweis auf Albis Haltung Ùlfnaor selbst gegenüber war oder seine Empfindungen in Bezug auf Marguerite Shirken spiegeln sollte, die Ùlfnaor hier vertrat?

Immer noch blieb Ùlfnaor kalt und schweigsam. Sòlmundr jedoch trieb sein Pferd schnalzend voran und zwang den Leutnant damit rückwärts, bis er in geziemendem Abstand zum Merronerführer stand. Dann zügelte er seine

Stute und betrachtete den Soldaten mit der Verachtung, die ein Adler wohl einer Ameise gegenüber zeigen würde.

»Dies ist mein Fürst und Hirte, Ùlfnaor, *Aoire an Domhain*«, begann er leise. »Er bringt Dokumente von königlicher Prinzessin Marguerite Shirken von Nordländern. Er besitzt Vollmacht zu verhandeln mit königlichem Prinz Alberon der Südländer, im Namen der Prinzessin und aller Merronervölker. Ihr könnt ihn Eurem Herrn ankündigen als Staatsoberhaupt und Angehörigen des Königsgeschlechts der Merronervölker. Dann habt Ihr *meine* Erlaubnis, uns zum königlichen Prinzen Alberon zu geleiten.«

Der Leutnant zögerte kurz, und Wynter sah ihm an, dass er seine Möglichkeiten abwog. Der Mann tat ihr leid, da er nun in der Klemme saß zwischen der unerschütterlichen Würde der Besucher und den Befehlen seines Herrn. Doch als er sich umdrehte, um die kalten Gesichter der Merroner zu mustern, hielt das Mitgefühl Wynter nicht davon ab, wie die anderen die Schultern zu straffen und ihn mit all der ihr zur Verfügung stehenden hochmütigen Herablassung anzusehen. Daraufhin machte der Leutnant auf dem Absatz kehrt und ging zurück zu Alberons Zelt.

Sobald der Soldat außer Sichtweite war, drehte sich Ùlfnaor zu Razi um. Deutlich stand die Frage in sein Gesicht geschrieben: *Wenn das hier so verläuft wie von uns erwartet, soll ich handeln, wie wir es besprochen haben?*

Razi nickte, und Ùlfnaor wandte sich dem Leutnant zu, der erneut auftauchte. Es war jemand bei ihm, und Wynters Herz machte einen Satz. Oliver! Du lieber Gott, es war Oliver.

Razis Hand umfasste den Sattelknopf fester, und Wynter bemerkte, dass er sich leicht nach vorn lehnte, als der Mann, den sie früher »Onkel« genannt hatten, langsam den Weg zu ihnen nach unten antrat.

Fünf Jahre war es her, dass Wynter Oliver zuletzt gesehen hatte, doch er kam ihr nicht sehr verändert vor. Er war kleiner als König Jonathon, das dunkle Haar fein und glatt, doch er hatte dieselben lebhaften blauen Augen wie sein königlicher Cousin, dieselbe athletische Statur. Allerdings war er jetzt dünn, sein Gesicht zu alt und die Augen müde. Als Oliver auf die wartenden Merroner zulief, erinnerte sich Wynter traurig an die große Güte dieses Mannes, an seinen Sinn für Schelmerei. Sie waren solch gute Freunde gewesen, Oliver, Jonathon und ihr Vater. Er war ein so treuer Untertan gewesen. Was war nur geschehen, dass er sich heimlich gegen den König verschwor und Jonathons Feinde an seinen Tisch lud?

Oliver blieb neben Sòlmundrs Pferd stehen, und Wynter spürte kalte Entschlossenheit in ihrem Herzen aufwallen und die zärtlichen Erinnerungen zurückdrängen. »Onkel« oder nicht, dieser Mann war jetzt ein Verräter an Jonathons Thron. Er hatte wissentlich wider den König gehandelt, und er hatte den Erben des Königs dazu verleitet, es ihm gleichzutun. Oder zumindest hatte er doch einiges zu erklären.

»Ihr weigert Euch, die königlichen Dokumente auszuhändigen?«, fragte Oliver. Sein Hadrisch war tadellos, die vornehme Stimme kühl.

Sòlmundr setzte zu einer Entgegnung an, doch Ùlfnaor hinderte ihn mit erhobener Hand daran. Also neigte der Krieger den Kopf und lenkte sein Pferd zurück in die Formation.

»In meinem Herzen ich bin gewiss, dass es einen Irrtum gab bei der Übermittlung meiner Botschaft an den königlichen Prinzen«, begann Ùlfnaor ruhig. »Gewiss bin ich deshalb, weil der königliche Prinz, hätte er gewusst, dass ich Gesandter der königlichen Prinzessin und auch befugt bin, für mein Volk zu verhandeln, mich in Ehren begrüßt und mit Achtung behandelt hätte, von einem Staatsoberhaupt zum anderen, mit der Würde und edlen Gesinnung eines Mannes, der dazu bestimmt ist, König seines Volkes zu sein.« Bei diesen Worten schürzte Oliver die Lippen, doch Ùlfnaor blickte ihm unbeirrt in die Augen. »Und daher«, sprach er weiter, »werde ich meinem Stellvertreter noch einmal gestatten, mich vorzustellen, in dem Wissen, dass es dieses Mal keinen Irrtum mehr wird geben.«

Erneut trieb Sòlmundr sein Pferd voran, erneut stellte er den Merronerführer vor, und erneut wartete Ùlfnaor. Dieses Mal verbeugte sich Oliver, und der Leutnant tat es ihm manierlich nach.

»Fürst Ùlfnaor«, sagte Oliver, immer noch ab der Taille nach vorn gebeugt. »Vergebt mir. Uns war ein einfacher Bote angekündigt worden, kein diplomatischer Vertreter. Ich fürchte, wir waren schlecht vorbereitet. Hätte der königliche Prinz gewusst …«

»Ist nicht von Bedeutung. Ich vergebe. Wir fahren fort.«

Oliver richtete sich auf. »Leider ist seine königliche Hoheit sehr beschäftigt. Er bittet Euch, ihm zu verzeihen und die Dokumente auszuhändigen. Sobald es seine Zeit erlaubt, wird er mit Euch sprechen.«

Wynter schloss kurz die Augen und schüttelte den Kopf. So sollte es also sein. Nach allem, was er getan hatte, um hierherzugelangen, nach allem, was er zu opfern gezwungen gewesen war, stellte sich nun ziemlich klar heraus, dass Ùlfnaor wohl keine Gelegenheit bekäme, für sein Volk zu verhandeln. Er sollte trotz allem lediglich ein Bote sein, und Shirken würde sich ins Fäustchen lachen.

Eine lange, leere Stille folgte, während der Ùlfnaor schwer in seinem Sattel saß und Sòl blicklos in die Bäume starrte.

»Ich werde zum königlichen Zelt kommen«, sagte Ùlfnaor schließlich. »Ich werde Dokumente selbst aushändigen, wie es meine Pflicht ist. Dann werdet Ihr mir und meinen Leuten unser Quartier zeigen, und ich werde die Gunst des Prinzen abwarten.«

Oliver blinzelte überrascht. Vielleicht hatte er verletzten Stolz erwartet, mit einer Auseinandersetzung gerechnet. Er machte Anstalten, etwas zu sagen, schien es sich dann aber anders zu überlegen, nickte und bedeutete den Merronern, abzusteigen und ihm die Anhöhe hinauf zu folgen.

Christopher trat an Wynters Seite, und gemeinsam schlossen sie zu Razi auf, um ihn zu flankieren, als die Gruppe durch das schwindende Tageslicht zu Alberons Zelt lief. Dort angekommen traten Ùlfnaor und Sòl mit den Dokumenten vor, die restlichen Merroner gruppierten sich um Razi, schirmten ihn vor Blicken ab und versperrten Wynter die Sicht auf das Zelt. Sie hörte Olivers Stimme.

»Eure königliche Hoheit, dies ist Fürst Ùlfnaor, *Aoire* des merronischen Volkes, Gesandter Ihrer königlichen Hoheit, Prinzessin Marguerite der Nordländer.«

Das wurde mit einem Schweigen aufgenommen, und Wynter malte sich aus, dass Alberon nun ins Sonnenlicht trat. Ùlfnaor und Sòl knieten im Staub, Ùlfnaor streckte ihm das Bündel Dokumente hin. Sie stellte sich vor, wie Alberon es entgegennahm. Sie versuchte, ihn nicht mehr als den Knaben, den sie einst kannte, vor sich zu sehen; im

Geiste versuchte sie, ihn zu einem Mann zu gestalten. Doch es wollte nicht gelingen, nur ein einziges klares Bild war da, von dem Tag, als sie ihn zuletzt gesehen hatte: ein zehnjähriger Knabe in einem Türrahmen, die helle Sonne im Haar, die Hand zum Abschied erhoben – ihr letzter Blick auf ihn, als sie damals vom Palast fortgeritten war. Sie wartete auf seine Stimme, fragte sich, ob sie sie erkennen würde. Er sprach nicht.

Stattdessen sagte Oliver: »Seine Hoheit dankt Euch.«

Neben ihr hielt Razi den Atem an, und Wynter widerstand dem Drang, seine Hand zu nehmen. Die Mauer aus Merronern in Umhängen und mit verhüllten Gesichtern stand weiterhin zwischen ihnen und dem Zelt, und Wynter fühlte sich eingesperrt. Sie bekam keine Luft. Sie lechzte danach, sie alle beiseitezuschieben und sich das Tuch vom Gesicht zu ziehen, zu rufen: *Albi! Wir sind es! Wyn und Razi! Wir sind hier!* Ein Seitenblick auf Christopher zu Razis Linker zeigte ihr, dass seine Hände verkrampft waren.

Plötzlich ertönte Ùlfnaors Stimme, eindringlich, als würde sich Alberon bereits abwenden und der Merroner wünschte, ihn davon abzuhalten. »Eure königliche Hoheit! Ich habe noch etwas für Euch. Auch das ist meine Pflicht, Euch persönlich auszuhändigen.«

Es entstand eine Pause, als ließe sich der Prinz viel Zeit, um wieder kehrtzumachen. Eine verblüffend tiefe Stimme fragte: »Noch etwas?«

Razi legte Hut und Tuch ab und ließ den Umhang von den Schultern fallen. Er hob den Kopf. Die Merroner teilten sich, und die Brüder wurden einander endlich offenbart.

Verwirrt stand Alberon da, die Augen mit der Hand gegen die tiefe Sonne abschirmend. Er brauchte einen Moment, um zu begreifen, dann trat er einen Schritt nach vorn, Überraschung machte sich auf seiner Miene breit. Seine Hände sanken herab, die vollen Lippen verzogen sich zu einem Lächeln. »Razi«, flüsterte er.

Wynter betrachtete ihn voller Staunen, und die Welt verengte sich auf diesen einen Augenblick, nur auf ihn. Alberon. Sie nahm kaum wahr, dass Oliver nach den Wachen brüllte, spürte kaum, wie die Merroner wieder zusammenrückten, um Razi zu beschützen. Das Trampeln der heranstürmenden Soldaten war nur ein fernes Echo in der Luft.

Alberon. Alberon war hier.

Er ist so groß, dachte sie verwundert. Und das war er tatsächlich, so groß wie Razi und kräftig gebaut; die Ähnlichkeit mit seinem Vater zeigte sich in den breiten Schultern und dem starken Körper. Das vormals lockige Haar war zu einem kurzen rotblonden Schopf geschoren, die hellen Augenbrauen zeichneten sich stark von seiner sonnengebräunten Haut ab. Doch die Augen waren unverändert, diese lebhaften blauen Augen unter den schweren Lidern. Immer noch Albi. Immer noch er.

Wynter spürte ein Lächeln auf den Lippen, doch gerade als sie vortreten wollte, wurde Alberons Miene verschlossen, die Brauen zogen sich zusammen, und die höfische Maske glitt über seine Züge. Nicht mehr der verlorene Bruder, nicht mehr der Freund aus Kindertagen; jetzt war es ein Prinz, der dort vor ihr stand, und der Ausdruck in seinem Gesicht ließ Wynter die Luft anhalten. Als Alberon das Kinn senkte und Razi durch die staubige Luft hindurch musterte, empfand Wynter die kalte Gewissheit, dass er keinen Bruder sah, sondern einen möglichen Rivalen und etwaigen Widersacher in seinem jüngsten Kampf gegen den König.

Endlich drangen die Geräusche der sich nähernden Soldaten mit einem Schlag in Wynters Bewusstsein. Die Merroner drängten sich dicht um Razi zusammen. Die Hunde begannen zu bellen, und Ùlfnaor befahl ihnen: »*Tarraingígi siar!*« Einer der Soldaten wiederum brüllte: »Erschießt die verfluchten Köter!«

Ohne die Augen von seinem Halbbruder zu lösen, hob Alberon die Hand und rief: »*Genug!*« Beim Klang seiner Stimme kamen die Wachen rasselnd zum Stehen.

In der nun entstandenen Stille war das Knurren der Kriegshunde sehr deutlich zu vernehmen. Sòl brummte »*Tóg go bog é*«, und die großen Tiere verstummten. Daraufhin füllte sich die Abendluft mit dem Schlurfen von Füßen und dem Murmeln unruhiger Männer; das Geräusch hatte etwas Gefährliches an sich, die angespannte Erwartung eines Gefechts. Als sich Razi schließlich räusperte und aus dem schützenden Kreis der Merroner heraustrat, musste sich Wynter mit aller Kraft davon abhalten, ihn zurückzuzerren.

Mit ausgebreiteten Armen – um zu zeigen, dass er unbewaffnet war – rief Razi: »Königliche Hoheit, Fürst Razi bittet um Erlaubnis, sich zu nähern und zu sprechen.«

Ängstlich beobachtete Wynter Alberon. Von Razis Seite war das ein wohlbedachter Anfang, denn er bewies nicht nur seine Anerkennung Alberons als rechtmäßiger Thronerbe, sondern auch Razis Akzeptanz seiner eigenen Position: lediglich ein Fürst. Mit diesen wenigen, schlichten Worten hatte er Alberon – und wichtiger noch: Alberons Männern – versichert, dass er, Razi, keinen Anspruch auf den Thron erhob.

Alberon nickte kühl, und Razi fiel zu Füßen seines Bruders in den Staub.

Wynter verlagerte ihr Gewicht. Neben ihr stand Christopher in tödlicher Regungslosigkeit, die grauen Augen grimmig. Razis Anweisung für den Fall, dass Alberon ihm einfach kurz entschlossen den Kopf von den Schultern schlagen sollte, lautete, dass sie beide sich unter den Merronern verstecken und dann still und leise davonschleichen sollten. Als Razi ihnen das mitgeteilt hatte, hatten Wynter und Christopher einander nur einen Seitenblick zugeworfen und geschwiegen. Keiner von ihnen hatte die Absicht, still und leise davonzuschleichen.

»Königliche Hoheit«, sagte Razi. »Ich komme im Namen Seiner Majestät, des gütigen Königs Jonathon, und entbiete meine Dienste als Gesandter und Botschafter, sollte königliche Hoheit sich entscheiden, Gebrauch von mir zu machen.«

Da haben wir es, dachte Wynter.

Razi hatte soeben kundgetan, dass er im Namen des Königs gekommen war. Er hatte sich Alberon unbewaffnet und wehrlos zu Füßen geworfen und ihn wissen lassen, dass er ihn in seinem Widerstand gegen die Krone nicht unterstützen würde. Wynter hielt den Atem an. Jetzt hatte Alberon zwei Möglichkeiten: Er konnte die Gelegenheit ergreifen, das Gespräch mit seinem Vater wieder aufzunehmen, oder er konnte seinem Halbbruder den Kopf abschlagen und sich dadurch vom einzigen anderen Anwärter auf Jonathons Thron befreien.

Ohne den Blick vom geneigten Haupt seines Bruders zu heben, sagte er auf Südlandisch zu Oliver: »Räumt das Zelt.«

Oliver zögerte. »Eure Hoheit, ich glaube nicht …«

»Oliver. Räumt das Zelt.«

Widerstrebend verschwand Oliver im königlichen Quartier, um fast unmittelbar mit dem jungen Diener, einem Sekretär und einem Wachposten zurückzukehren.

Alberon ruckte mit dem Kopf, und die Bediensteten gesellten sich zu den wartenden Soldaten. »Tritt ein«, sagte er, und ohne zu warten, bis sich Razi erhoben hatte, drehte er sich um und ging ins Zelt.

Oliver folgte ihm rasch.

Fassungslos verharrte Razi einen Moment lang auf den Knien, dann stand er unsicher auf und ging hinter Oliver her. Wynter schielte zu Christopher, und unmittelbar bevor die Schatten des Zeltinneren ihren Freund verschluckten, rannten die beiden quer über den von der Sonne ausgedörrten Boden und durch den Eingang, ehe einer der Wachposten sie davon abhalten konnte.

Wynter schlitterte in das trübe Licht und schreckte Razi und Alberon auf; die Brüder sprangen mit einem Satz auseinander. Während er sich noch Tränen aus den Augen wischte, zog Alberon sein Schwert und schob sich vor den unbewaffneten Razi. Draußen stürmten laut brüllende Männer zum Eingang. Christopher wirbelte herum, um sich ihnen entgegenzustellen, und Oliver wollte sich mit gezücktem Messer auf ihn stürzen.

Doch Razi riss den Ritter zurück. »Nein, Oliver! Halt! Albi, es ist Wynter! Es ist Wyn!«

Eilig riss sich Wynter das Tuch vom Gesicht, und Alberon, das Schwert drohend über den Kopf gereckt, blieb ruckartig stehen und starrte sie ungläubig an. »Wyn!«, rief er.

Unterdessen drängten sich Soldaten grollend und mit erhobenen Waffen ins Zelt. Sie gingen auf Christopher zu, und Alberon winkte mit der Hand ab, ohne den Blick von Wynter zu nehmen.

»Ist schon gut«, sagte er. »Ihr könnt gehen …«

Noch zögerten die Soldaten und beäugten Christopher, der sie mit geballten Fäusten gefährlich anfunkelte. Da endlich riss sich Alberon von Wynter los, bemerkte das Gebaren seiner Männer und schrie sie zornig an.

»Raus jetzt! Raus mit euch, zum Donner, ihr Taugenichtse! Sie hätten mich schon zweimal umbringen können, wenn sie gewollt hätten! Raus!«

Beschämt zogen sich die Männer zurück, und sofort drehte sich Alberon wieder zu Wynter um, die Miene freudig verwandelt. »*Wyn!*«, rief er und rammte sein Schwert zurück in die Scheide. »Sieh dich nur an!«

Zu Wynters Entsetzen nahm er ihr Gesicht zwischen beide Hände und bückte sich, um sie zu küssen. Erst auf den Mund, dann auf die Stirn, dann auf beide Wangen, mit jedem Kuss fester. Dann packte er sie um die Taille und wirbelte sie herum, bis sie keine Luft mehr bekam.

»Sieh dich nur an!«, rief er. »Sieh dich an! Meine kleine Schwester! Immer noch nicht größer als ein Daumen, aber trotzdem ganz erwachsen!«

Plötzlich setzte er sie ab und wandte sich erneut an seinen Bruder, woraufhin Wynter ins Taumeln geriet und Christopher sie mit einer Hand im Rücken stützte. Sie blinzelte benommen und sah fassungslos zu, wie Alberon Razis Gesicht ergriff, ihm in die Augen sah, wieder auflachte und ihn heftig an sich zog.

»Er hat dich geschickt! Ich wusste es! Ich wusste, dass der störrische alte Bulle nicht lange aushalten würde, sobald du erst heimgekehrt wärst. Ich wusste, du würdest ihn dazu bringen, dir zuzuhören!« Er legte die Hand auf Razis Hinterkopf und schlang die Finger in die Locken seines Bruders. »Aber es war eine grausame List«, sagte er, die Stimme unvermittelt heiser. »Dass er mich glauben machte, du wärest tot. Das war zu grausam, Razi. Zu grausam …« Dabei verzog Razi das Gesicht und quetschte seinen Bruder an sich. »Zu grausam war das«, flüsterte Alberon, und mehr sagte er eine Weile lang nicht, Worte waren für jeden von ihnen zu viel.

Seine königliche Hoheit

Olivers Schwert senkte sich herab und tippte auf Christophers Hand. »Ihr würdet gut daran tun, die Dame freizugeben«, sagte er ruhig und schob Christophers Arm mit sanftem Druck der flachen Klinge allmählich von Wynters Taille.

Christopher trat zurück, die Arme ausgebreitet, und Oliver bedeutete ihm mit dem Schwert, sich von Wynter zu entfernen. Etwas unsicher sah er sie an; sie bemerkte die Überraschung in seinen Augen, da sie ihn nicht sofort verteidigte, und ihr wurde das Herz schwer.

Unterwegs war es so leicht gewesen, die Unterschiede zwischen ihnen zu vergessen. Sie waren einfach nur Christopher und Iseult gewesen, und eine Zeit lang, die ihr schier ewig vorgekommen war, hatte nur das gezählt. Nie war Gelegenheit gewesen, über diese Rückkehr ins Leben bei Hofe zu sprechen, und Wynter hatte immer angenommen, dass sich Christopher ganz einfach daran anpassen würde. In einem plötzlichen Aufwallen von Angst und Bedauern stellte sie fest, dass viel zu viele Dinge unausgesprochen geblieben waren, und nun war es zu spät. Sie sah ihn an, ihr Gesicht eine abweisende Maske; gleichzeitig spürte sie die Erinnerung an ihren letzten Kuss noch auf den Lippen und betete, dass Christopher mitspielen würde, bis sie Zeit hatten, über alles zu reden. Aber Christophers klare graue Augen bekamen einen harten Ausdruck, er senkte das Kinn, und Wynters Herz zog sich zusammen, weil sie fürchtete, er wollte etwas sagen, was sie beide bereuen würden.

Alberons trockenes Lachen rettete sie. Er wischte sich die Augen, musterte Christopher mit nachsichtiger Erheiterung von Kopf bis Fuß und wandte sich auf Südlandisch an Oliver.

»Sei nicht so streng mit ihm, Herr Ritter«, sagte er. »Diese Burschen haben nicht den Sinn für Schicklichkeit, den man sich vielleicht wünschen mag. Der arme Wilde glaubt wahrscheinlich, er könnte sich bei uns lieb Kind machen, indem er Razis Frau beschützt – verzeih meine Ausdrucksweise, Wyn.«

»Alberon …«, sagte Razi warnend.

»Oliver, bringt ihn doch raus zu diesen anderen«, fuhr Alberon fort. »Besorgt ihnen was zu kauen und eine Ecke, um sich hinzuhocken, bis ich bereit bin, mich mit ihnen zu befassen.«

»Alberon …«, begann nun Wynter leise.

»Offen gesagt«, unterbrach Christopher sie und enthüllte sein Gesicht, »würde dieser Wilde es vorziehen zu bleiben, bis Fürst Razi ihn anderweitig anweist.«

Es folgte angespannte Stille, während Alberon zur Kenntnis nahm, dass Christopher fehlerfrei Südlandisch sprach.

»Der Freie Christopher Garron ist meine rechte Hand, Hoheit«, sagte Razi. »Mein Leibwächter. Und ein sehr guter Freund.«

»Ein Freund«, wiederholte Alberon. Der Prinz betrachtete Christopher kühl – seine Kleider, seine Armreife. Als er bei Christophers furchtbar verstümmelten Händen ankam, stockte er kurz, dann wanderten seine Augen hinauf zu seinem Gesicht. »Euer Südlandisch ist hervorragend, Freier Garron.«

»Danke, Eure Hoheit«, entgegnete Christopher ausdruckslos.

Verbeug dich, dachte Wynter. *Verdammt noch mal, verbeug dich.* Aber natürlich tat er es nicht.

»Sprechen die anderen auch Südlandisch?«, erkundigte sich Alberon. »Es käme mir hinterhältig vor, das zu verbergen. Ich hatte erwartet, mit den Boten der Prinzessin auf Garmain zu verhandeln, und war überrascht, dass diese Leute nur Hadrisch sprechen, und das auch noch so schlecht. Obwohl, vielleicht …?« Er sah Christopher an, Zweifel in der Miene. »Vielleicht seid Ihr der Übersetzer?«

Christophers Augen verfinsterten sich, sein gefährlicher Stolz machte sich bemerkbar. »Ich bin mir sehr gewiss, dass die merronischen Herren tadelloses Garmain sprechen«, sagte er. »Dass sie Hadrisch sprechen, geschieht aus Achtung vor dem Fürsten Razi. Er beherrscht weder Garmain noch die merronische Zunge, und die Merroner würden es als unter ihrer Würde als Edelleute betrachten, ein Gespräch zu führen, dem einer der Anwesenden nicht folgen kann.«

Falls Alberon die Spitze in dieser Entgegnung wahrgenommen hatte, ließ er sich nichts anmerken. »Verstehe«, sagte er. Er blickte zu Razi, dachte einen Moment lang nach und wandte sich dann an Oliver. »Geht jetzt nach draußen und dankt dem Merronerführer für seine Pflichterfüllung meinem Bruder gegenüber. Sagt ihm, dass ich sehr erfreut bin. Und findet für ihn und seine Gefolgschaft Unterkunft … und zwar eine *gute* Unterkunft.«

Oliver zögerte. Mit Blick auf Christopher murmelte er: »Es *gibt* keine Unterkünfte, Hoheit.«

Alberon seufzte. »Dann legt die Männer eben irgendwie zusammen. Requiriert ein paar Zelte. Ich will, dass diese Menschen vor Einbruch der Nacht untergebracht sind, Oliver. Ich möchte sie nicht über ihren Stand erheben, aber wenn sie hierbleiben, will ich sie im Auge haben. Ihr, Freier Garron, geht mit Ritter Oliver. Gebt acht auf Eure Leute; erstattet ihm Bericht, falls Unzufriedenheit aufkommt.«

Christopher erstarrte. »Ich bin kein Spitzel«, zischte er.

»Christopher.« Razis ruhige Stimme zog die Aufmerksamkeit aller Anwesenden auf ihn. »Es wäre vermutlich klug, den Merronern bei ihrer Unterbringung behilflich zu sein.« Christopher sah ihm unverwandt in die Augen. »Der Hohen Protektorin und mir wird nichts zustoßen.« Razi lächelte sanft. »Ich danke dir, mein Freund.«

Christopher warf einen raschen Seitenblick auf Wynter, und sie nickte, um zu bestätigen, dass alles in Ordnung war. Obwohl sie sich bemühte, freundlich zu wirken, wie Razi zu lächeln und warmen Dank auszudrücken, hatte sie das schreckliche Gefühl, auszusehen, als entließe sie hochmütig einen Dienstboten. Christopher presste die Lippen aufeinander; dann funkelte er Alberon ein letztes Mal misstrauisch an, verneigte sich steif und stapfte hinaus. Wynter wandte nicht den Kopf, um ihn aus dem Zelt gehen zu sehen.

Unglücklich drückte sich Oliver weiter herum, die Augen hüpften von einem Bruder zum anderen.

»Husch!«, sagte Alberon da mit einem Grinsen. »Raus mit Euch! Ich schreibe Euch einen vollen Bericht bis zum Morgen.«

Mit zusammengebissenen Zähnen blickte Oliver ihn an, verbeugte sich und ließ Wynter, Razi und Alberon allein.

Eine Weile lang beobachteten die drei wortlos das Flackern und Tanzen des Lichts im Zelt, hervorgerufen von den Bewegungen der Männer draußen. Staub wirbelte durch den offenen Eingang herein, trübte die Luft, während sich die Soldaten nach und nach zurückzogen. Alberons Leibwache bezog ihren Posten am Vordach und warf zwei lange Schatten auf die Leinwand. Allmählich wurde es still.

Der kleine Diener kam und spähte herein. Alberon lächelte ihn an.

»Dünnbier bitte, Anthony. Etwas Käse und ... gibt es Brot?«

Der Knabe nickte, und Alberon entließ ihn mit einer Handbewegung. Sie lauschten seinen davonhuschenden Füßen, dann wandte sich Alberon an seine Familie. »Wie sollen wir vorgehen?«, fragte er leise. »Es gibt so vieles ...« Er musterte Razi. »Ich würde sehr gern meine Verhandlungen zu Ende bringen, Razi. Bevor wir zurückkehren. Ich hatte immer vor, es ihm vollendet zu bringen, als *Fait accompli*, und es gibt noch viel zu tun. Obgleich alles fast bereit ist.«

Razi stand mit dem Rücken zu einem kleinen Klapptisch aus dunklem Holz. Jetzt legte er die Fingerspitzen hinter sich auf die vernarbte Oberfläche, als suchte er Halt. »Der König hat mich nicht geschickt«, gestand er. Sofort wich alle Wärme aus Alberons Miene, doch Razi fuhr rasch fort. »Vater hat mir nichts von dir erzählt, auch nichts von dem, was du getan hast. Ich bin heimlich hergekommen, ohne seine Erlaubnis, in der Hoffnung, euch miteinander auszusöhnen ... bevor diese Sache nicht wieder gutzumachen ist.«

Alberons Kopfschütteln kam Wynter wie bittere Missbilligung vor. »So, so«, sagte er. »So, so. Du spielst also sogar bei mir den Politiker, ja, Bruder? Ich hatte gehofft, du würdest diese Spielchen im Maghreb hinter dir lassen. Ich hatte gehofft, wenigstens du würdest mit mir als Mann reden – geradeheraus und aufrichtig.«

»Ich spiele keine Spielchen, Alberon. Ich habe lediglich –«

»Du hast lediglich mir gegenüber den Mund aufgemacht, und dein erster Satz war eine Lüge«, unterbrach ihn Alberon. Razi machte Anstalten zu widersprechen, doch sein Bruder brachte ihn mit erhobener Hand zum Schweigen.

»Nein«, sagte er, »kein Wort mehr. Ich verstehe, dass du jahrelang doppelzüngig gesprochen hast, Razi, und unser Vater ist dir dafür einiges schuldig. Aber mit dieser Gewohnheit wirst du nun brechen, begreifst du das? Du bist jetzt hier bei *mir*. Du stehst auf *meiner* Seite. Du brauchst jetzt keine zwei Gesichter mehr. Von jetzt an marschieren wir zusammen voran, als Männer, ehrlich und ohne Falschheit.«

Bekümmert zog Razi die Stirn in Falten und presste die Lippen zusammen, als müsste er sich eine Antwort verkneifen.

»Mein guter Mann«, wisperte Alberon mit nun wieder weicherer Miene. »Mein guter Mann. Uns allen würde etwas weniger Arglist so guttun.« Er schenkte Wynter ein schiefes Lächeln. »Übrigens, was hat dich dazu bewogen, unsere arme kleine Schwester mitzuschleppen? Dachtest du etwa, meine Socken müssten gestopft werden?«

»Alberon«, fauchte Wynter. »Was genau machst du hier eigentlich?«

Alberon grinste. »Du liebe Güte! Wie unverblümt, Schwesterchen. Wie durch und durch unhöfisch. Du hast ja keine Ahnung, wie erfrischend das ist. Vielleicht hat dich dein Aufenthalt bei Marguerite etwas Freimut gelehrt? Vielleicht hat sie dir gezeigt, was es wahrlich bedeuten kann, ein Herrscher zu sein?«

»Nur, wenn Herrscher zu sein heißt, das eigene Volk mit dem Knüppel in die Unterwerfung zu prügeln und alle Abweichler auf dem Scheiterhaufen zu verbrennen.«

»Manchmal ist das eben nötig, Hohe Protektorin. Ich habe inzwischen begriffen, dass ein wahrer Anführer wissen muss, wann es der artigen Worte genug ist und man die Gegnerschaft mit Nachdruck auf Linie bringen muss. ›Wer nicht für mich ist, der ist gegen mich‹, stimmt's?« Alberon nickte vor sich hin. »Stimmt«, sagte er.

Offenbar von der Kraft seiner Gedanken mitgerissen, begann er, mit gesenktem Kopf und gesammelter Miene auf und ab zu laufen. »Bis vor kurzem war ich nicht sicher, ob mein Vater wirklich wusste, was diese Art von Stärke bedeutet … aber jetzt!« Ein Ausdruck fröhlicher Bewunderung trat auf sein Gesicht. »*Mortuus in vita! Das* war ein königlicher Akt. Das hätte ich ihm nicht zugetraut – seinen einzigen rechtmäßigen Nachkommen zu enterben. Natürlich hätte er mich besser einfach töten lassen – aber wie üblich wendet er sein Haupt vor dem endgültigen Schlag ab. Ich sage euch, wäre ich ein König und mein Sohn stellte sich gegen mich, dann bliebe kein Stein auf dem anderen, bis sein verkohlter Leichnam und die all seiner Unterstützer den Berg hinuntergezerrt und entlang der Port Road aufgehängt worden wären.«

Wynter und Razi wechselten einen Blick, während Alberon zwischen ihnen hin und her stapfte. Der Ausdruck auf Razis dunklem Gesicht war ein Spiegelbild der Verwirrung in Wynters eigenem Herzen. Schalt Alberon tatsächlich seinen Vater dafür, ihn nicht umgebracht zu haben?

»Dein Tod jedoch.« Alberon zeigte auf Razi. »Ein hinterlistiger Schachzug, aber dennoch genial! Welche List wäre besser geeignet, mich zu brechen, als die vorgetäuschte Abschlachtung meines Bruders? Wenn irgendetwas mich zu Fall bringen könnte, dann das! Der alte Mann kennt mich, Razi, das muss ich ihm lassen. War verdammt nah dran, meinen Willen zu brechen.«

»Aber das war keine *List*!«, rief Wynter. »Albi, das war der arme Shuqayr! Es war *Shuqayr*! Und Simon de Rochelle und all seine Männer! Diese Morde sind wirklich geschehen, Albi. Diese grauenhaften Dinge sind tatsächlich passiert! Und sie geschahen in dem Glauben, Shuqayr wäre Razi! Ach, Albi! Was sie mit diesem armen Mann getan haben. Wenn du nur wüsstest.«

»Shuqayr?« Betroffen blieb Alberon stehen. »Dieser große Araber, mit dem du befreundet bist? Der Sohn des Apothekers? Das tut mir leid, Razi. Ehrlich. Er schien ein guter Junge zu sein.«

Razi sagte nichts. Stand nur weiterhin mit dem Rücken zum Tisch und starrte seinen Bruder an, das Gesicht verschlossen wie ein zugeklapptes Buch.

»Sie haben es getan, weil sie glaubten, Razi wollte deinen Thron, Albi«, sagte Wynter. »Sie haben diese furchtbaren Dinge mit dem armen –«

»Oh, natürlich«, fiel Alberon ihr ins Wort. »Natürlich – so muss es sein.« Er lief zum Zelteingang, und Shuqayrs schrecklicher Tod rückte dem Anschein nach für ihn in den

Hintergrund, während er auf sein Heerlager hinabblickte. »Meine Leute würden alles tun, um mich zu schützen«, murmelte er angesichts der ordentlichen, im schwachen Abendlicht rosa gefärbten Zelte. »Ich erhalte viel Unterstützung vom Hof, wie du siehst. Obwohl sie noch nicht wissen, welcher Art genau mein Missverständnis mit Vater ist, sind sie fest entschlossen, *dich* von der Macht fernzuhalten.« Er warf Razi über die Schulter einen Blick zu. »Nicht, dass ich je an dir gezweifelt hätte, Bruder. Obwohl Gott weiß, dass du in den Berichten der Schwatzbasen über Tische und Bänke springst und greinende Wachposten beiseiteschiebst in deiner Hast, auf meinen Thron zu gelangen. Ich weiß, dass es nie in deinem Wesen lag, nach solcher Macht zu streben. Du bist kein Mann, der zum König bestimmt ist. Nimm das bitte nicht als Kränkung, so meine ich es nicht. Wir können nicht alle königliche Männer sein.« Erneut wandte er sich der nachdenklichen Betrachtung seines Lagers zu. »Denn wahrlich, wo wären wir sonst? Unablässig würden wir aufeinander einschlagen, während unser Königreich vor die Hunde ginge.«

Er lächelte, sein Blick glitt zu Wynter hinüber. »Du aber bist gerissen wie eh und je, unsere Schwester mitzubringen. Zweifellos dachtest du, ihre Anwesenheit würde meine Entschlossenheit abmildern. Tut mir leid, Wyn, aber ich fürchte, du musst dich noch ein Weilchen länger mit knappen Rationen und einem harten Lager begnügen. Ich warte noch auf die letzten Vertreter – die Strolche hätten schon vor Tagen hier sein sollen – und werde nicht aufbrechen, ehe meine Arbeit getan ist.«

Jetzt wurde Wynter zornig. Sie war an Männer bei Hofe gewöhnt, die sie für ein zu hätschelndes und zu beschützendes Weibchen hielten, aber nach allem, was sie durchgemacht hatte, diese Meinung auch noch von Alberon zu hören, war einfach zu viel. »Ich kam aus freiem Willen hierher, Alberon Königssohn«, sagte sie steif. »Es war reiner Zufall, dass Razi und ich uns trafen. Ich habe alles riskiert, um hierherzugelangen, und ich habe meinen armen Vater auf dem Sterbebett zurückgelassen, um nach dir zu suchen.«

Bei Lorcans Erwähnung erstarb Alberons Lächeln. Er errötete, öffnete den Mund, fand aber keine Worte.

Mit jäh aufflackernder Wut stellte Wynter fest, dass ihr Vater ihm vollkommen entfallen war – ihre ganze höfische Zurückhaltung war zum Teufel. Alberon machte einen Schritt auf sie zu, doch sie riss die Hand hoch, so dass er stehen blieb.

»Alberon«, rief sie. »Was *tust* du? Du hast das Königreich in Aufruhr gestürzt! Dein Vater ist rasend vor Furcht und Zorn. Und die Unterstützer, auf die du so stolz bist? Sie liegen hier auf diesem Berg, tot in Flüssen und Gräben! Sie baumeln in Käfigen die gesamte Port Road entlang! Und jene, die noch frei sind, haben es sich zur Aufgabe gemacht, *deinen Bruder zu töten*!«

Mit weit aufgerissenen Augen wich Alberon zurück, und Wynter ging auf ihn zu, mit dem Zeigefinger in die Luft stechend wie eine zänkische Ehefrau. »Alles, wofür unsere Väter gekämpft haben, steht kurz davor, in die Brüche zu gehen, Alberon! Und du, gottverdammt noch mal, du steckst mittendrin in diesem Tumult. Steh nicht da rum, *Hoheit*, und erzähl mir was von Königen und königlichen Akten, wenn du doch entschlossen bist, mutwillig all das Gute zu zerstören, was unsere Väter getan haben, und dieses Königreich in dieselbe Aasgrube zu verwandeln, in der sich der

Rest der Europas suhlt!« Sie blieb stehen, den Tränen schmerzlich nah, und aus Mangel an Worten schlug sie Alberon gegen die Brust.

»Wynter …«, sagte er sanft. »Wyn …«

Er nahm ihre Hand, doch sie entzog sie ihm und machte einen Schritt rückwärts. Ungeduldig wischte sie sich die Tränen vom Gesicht. Warum nur hatte sie geweint? Jetzt würde er sie für ein unverbesserliches Mädchen halten und sich verpflichtet fühlen, sie zu trösten. Das Gespräch käme hoffnungslos vom Thema ab.

»Wyn«, begann er erneut. »Du musst wissen, dass ich kein Verlangen danach habe, das Werk unserer Väter zunichte zu machen.«

Überrascht blickte sie zu ihm auf.

»Alles, was ich tue, gilt dem Wohl dieses Königreichs. Das kannst du doch gewiss nicht anzweifeln? Mein einziger Wunsch ist, auf das Fundament aufzubauen, das unsere Väter gelegt haben. Es ist nur ein Fall von … Wyn, es gibt ein paar Dinge, die du einfach noch nicht weißt.«

»Dann klär uns auf«, sagte Razi ruhig. »Bitte, Hoheit. Hilf uns verstehen.«

Mit trauriger Miene drehte sich Alberon zu ihm um. »Razi«, sagte er, »musst du immer noch den Höfling spielen?« Als Razi ihn verständnislos ansah, seufzte Alberon. »Nenn mich *Bruder*, um Himmels willen. Wenigstens, solange wir allein sind.«

Razi wirkte verunsichert. Seine Augen glitten zu den Schatten der Wachposten unmittelbar vor dem Zelt, und Alberon folgte seinem Blick mit gerunzelter Stirn.

Genau in diesem Moment machte sich ein dünnes Stimmchen bemerkbar, und Alberons Diener kündigte sich am Eingang an. Ein zärtliches Lächeln machte sich auf Alberons Gesicht breit.

»Braver Junge, Anthony«, rief er. »Stell alles auf den Landkartentisch, so ist es recht, und dann hol das Kissen von meinem Bett, damit die Hohe Protektorin es etwas bequemer hat.«

»Sehr wohl, Eure Hoheit«, piepste der kleine Bursche, und Alberon wandte sich wieder an Razi. »Komm, Razi. Lass uns draußen essen, ja? Wir können Seite an Seite im Sonnenuntergang sitzen, du und ich: der Thronfolger und sein treuer Bruder, die sich vor den Augen und zum Erstaunen aller meiner Männer friedlich unterhalten. Was sagst du? Fühlst du dich der frischen Luft gewachsen?«

Die beiden Männer verständigten sich einen Moment lang wortlos, dann nickte Razi, und Alberon verzog den Mund zu einem Grinsen. »Guter Mann«, flüsterte er. »Und du, Hohe Protektorin?« Er verneigte sich mit höfischer Gewandtheit und bot Wynter seinen Arm. »Würdet Ihr mir die Ehre erweisen, meinen Tisch zu zieren?«

Sie zögerte noch, es widerstrebte ihr, so herabgemindert zu werden.

»Ich verspreche«, sagte Alberon mit einem verschmitzten Lächeln, »keine Frage unbeantwortet zu lassen.«

Wynter ergriff seinen Arm. »In diesem Fall, Hoheit«, sagte sie, »nehme ich mit Freuden an.«

Abendmahl

Anthony! Hast du das den Männern weggenommen?«

»Auf die Gefahr hin, dass Ihr mich in Eisen legt? Aber nein, Eure Hoheit. Das schicken sie Euch als Geschenk.«

Alberon beugte sich über den kleinen Topf mit geschmortem Fleisch und atmete dankbar ein. »Wer hat ihn geschossen?«, wollte er wissen.

»Wer glaubt Ihr wohl?«

»Das gibt's doch nicht«, lachte Alberon und grinste den kleinen Diener an, der emsig ein fadenscheiniges Kissen aufschüttelte und an die Lehne des Stuhls legte, den er für Wynter vorgesehen hatte. »Nicht schon wieder die Italiener?«

»Doch. Schon wieder. Keiner ist besser als sie.«

»Gütiger«, versetzte Alberon. »Bis wir gen Heimat aufbrechen, wird kein einziger Keiler mehr am Leben sein. Wo sind sie?«

»Drücken sich seit zwanzig Minuten unten am Hügel herum, tun so, als würden sie Holz schleppen, und hoffen auf ein Wort des Lobs.«

Mit langen Schritten ging Alberon zur Kante des Abhangs. Der Knabe klopfte auf das Kissen und sah Wynter schüchtern an. »Hohe Protektorin«, sagte er. »Ich habe es Euch hier ganz behaglich gemacht.«

Seine scheue Höflichkeit veranlasste Wynter unbewusst dazu, nicht vorhandene Röcke glatt zu streichen und sich mit einem anmutigen Kopfnicken zu bedanken, als sie ihren Platz am Tisch einnahm. Razi in seinem wunderbar gearbeiteten langen Mantel und den blank polierten Stiefeln wirkte da viel standesgemäßer, und der kleine Diener wartete in banger Anspannung, während Razi den steinharten Käse, das winzige Stück ungesäuertes Brot und die bescheidene Ration Fleisch begutachtete, die zum Essen aufgetragen worden waren.

»In dem Eintopf sind auch Zwiebeln, mein Fürst«, sagte er hoffnungsvoll.

Razi betrachtete ihn einen Augenblick lang, dann wandte er sich an Alberon, der zwei Männer mit einem schweren Holzwagen am Fuße der Anhöhe beobachtete. »Ihr tischt großzügig auf, Hoheit«, rief Razi. »Ich danke Euch sehr für Eure Gastfreundschaft.«

Alberon sah ihn mit einer hochgezogenen Augenbraue an, doch der junge Diener reckte sich in freudiger Überraschung. Überschwänglich hob er den Krug Dünnbier. »Darf ich Euch etwas zu trinken eingießen, mein Fürst?«

Unschlüssig beäugte Razi das ziemlich dickflüssige Gebräu, und Wynter musste sich angesichts seiner Miene ein Lachen verbeißen. »Du darfst«, murmelte er dann, und der kleine Bursche tat es mit sorgsamer Förmlichkeit.

»Danke«, sagte Wynter freundlich, als ihr eigener Becher gefüllt war. Sie nahm einen Schluck und schielte gleichzeitig nach Alberon, der, die Hände in die Hüften gestützt, weiterhin die beiden Männer beobachtete. Mit ernstem Gesicht verfolgte er ihr betont langsames Vorankommen.

»Haben alle Männer etwas Fleisch bekommen, Anthony?«

»Auch Feldposten und sonst alle, Hoheit. Alle gleich.«

»Bist du sicher? Niemand wurde ausgeschlossen?«

»Niemand, Eure Hoheit. Es war ein ausgewachsener Keiler, das reicht für alle.«

»Und die Gäste?«

»Alle außer den Neuankömmlingen, Eure Hoheit. Die kamen ja erst nach der Aufteilung.«

»Also gut.« Dann trat Alberon vor und hob die Arme. »Eduardo und Phillip di Oliva!«, rief er. »Ist denn kein Keiler vor Euren Speeren sicher?«

Die beiden Männer unten am Hügel hielten inne und beschirmten ihre Augen mit den Händen.

»Wenn es stimmt, dass ein Soldat mit vollem Bauch weiter marschiert, dann habt Ihr beide wieder einmal unseren Schritt verlängert!«

Alberons kräftige Stimme war weithin über das schläfrige Lager zu hören, und sofort erschallte Jubel aus den dunklen Zelten. Er gab eine beeindruckende Figur ab, golden im Abendlicht schimmernd, die starken Arme hoch über den Kopf gereckt, das helle Haar umrahmt von den letzten Sonnenstrahlen. Aufmerksam beobachteten Razi und Wynter, wie sich seine Männer in den purpurnen Schatten des Hauptdurchgangs versammelten und mit lächelnden Gesichtern zum Prinzen aufblickten.

»Die Italiener haben uns erneut die Kochtöpfe gefüllt!«, rief er. »Was sagt Ihr, Männer? Sobald wir wohlbehalten ins Schloss meines Vaters zurückgekehrt sind und uns dort wieder im Schoß unserer Familien niedergelassen haben, glaubt Ihr vielleicht, dass dann zwei Brüder die Erlaubnis erteilt bekommen, für meines Vaters Küche zu jagen und Nahrung zu beschaffen?«

Lautstarke Zustimmung erhob sich, diverse wohlmeinende Pfiffe gellten durch die Reihen der Männer. Die beiden Italiener am Fuße des Hügels knufften einander und grinsten vergnügt. Alberon nickte ihnen zu, und sie verneigten sich.

»Und jetzt schafft das Holz weg, Ihr Faulpelze, sonst lass ich Euch teeren.«

Noch mehr Gelächter, dann wurde es wieder ruhig im Lager, als die Männer zu ihrem Essen und ihrer Arbeit zurückkehrten. In den Zivilistenquartieren wehte Rauch aus den Kaminlöchern der Haunardierzelte. Die Comberer saßen unter ihren Vordächern, ihre Umrisse erleuchtet vom trüben Schein ihrer Pfeifen. Die Merroner waren noch damit beschäftigt, sich einzurichten.

Unauffällig reckte Wynter den Hals, um einen Blick auf Christopher zu erhaschen, doch sie konnte nur Wari sehen, der vor dem Eingang ihres geborgten Zelts eine Flamme anblies. Alberons Augen wanderten von dem blauen Pavillon der Mittelländer weiter zum Merronerzelt, dann seufzte er, strich sich müde mit der Hand über die Stirn und wandte sich mit einem Lächeln an seine Leibwache.

»Ihr könnt jetzt essen gehen«, sagte er. »Ich werde euch erst morgen wieder brauchen.«

Misstrauisch schielten die Männer nach Razi, Alberon gluckste.

»Charles.«

Einer der Männer stand stramm.

»Ihr könnt dem Fürsten Razi seine Waffen holen, auch der Hohen Protektorin. Sie werden heute Nacht für meinen Schutz sorgen.«

Die Augen des Mannes weiteten sich, er konnte seine

Beunruhigung schlecht verbergen, was Alberon erneut erheiterte.

»Geht schon«, sagte er, und die Soldaten gehorchten unwillig, immer wieder besorgt über die Schulter blickend. Alberon sah ihnen nach, wie sie den Hügel hinabstiegen.

»Deine Männer lieben dich«, versetzte Razi sanft.

»Sie haben alles für mich riskiert und für das Königreich meines Vaters. Es sind Männer aus Gold.«

Sobald seine Soldaten die Unterkünfte der Zivilisten erreicht hatten, setzte sich Alberon an den Tisch. Wynter fand, er sah plötzlich erschöpft aus, all sein Schwung war fort.

»Zünde bitte die Kerzen an, Anthony«, bat er mit einem Seufzen. »Und lass Holz für das Feuer bringen. Ich möchte nicht, dass die Hohe Protektorin friert.« Das Zögern des Knaben ließ ihn aufmerken. »Gibt es keine Kerzen mehr?«

»Ich kann auf die Suche gehen, Eure Hoheit, aber …«

»Nicht nötig. Nun geh schon, kümmere dich um das Feuer, mein lieber Junge. Es wird neben der Wärme auch genug Licht geben … ach, und Anthony?«

»Ja, Eure Hoheit?«

»Sorge dafür, dass Ritter Oliver heute Abend etwas isst.«

»Sehr wohl, Eure Hoheit.«

Damit ging der Knabe, und zwischen den Freunden herrschte Schweigen, während Alberons Leibwache mit Razis und Wynters Waffen den Hügel erklomm.

»Der Wilde mit den abgehackten Fingern wollte sie nicht rausrücken«, murmelte einer der Soldaten, während er die Gegenstände übergab. »Das ist ein ganz widerborstiger Hundesohn.«

Wynter beugte sich nach vorn und sah Christopher am Fuße der Anhöhe stehen, eine bleiche Erscheinung im rasch schwindenden Zwielicht. Kaum merklich hob sie die Hand; *alles ist gut*. Einen Augenblick lang wartete er noch ab und beobachtete sie, dann trottete er fort in die Finsternis. Wynter versuchte, ihm nachzusehen, bis er die Sicherheit der merronischen Zelte erreichte, doch sobald er sich umgedreht hatte, war er auch schon verschwunden. Sie wandte sich wieder dem Tisch zu und fand Alberons Blick forschend auf sich gerichtet.

»Ihr scheint gut mit den Merronern zu stehen«, bemerkte er.

Wynter wusste nicht recht, was sie entgegnen sollte, denn gewiss würde jeder Versuch, ihr Verhältnis zu den Merronern zu erklären, ihre Gefühle für Christopher verraten. Ihr unbehagliches Schweigen löste bei Alberon Stirnrunzeln aus, und er blickte hinab zu der Stelle, an der Christopher gestanden hatte.

»Ich … ich würde nicht unbedingt sagen, dass wir *gut* stehen«, setzte Wynter an, woraufhin Alberon seinen nachdenklichen Blick wieder ihr zuwandte.

Razi schnaubte. »Die Merroner waren nützlich, das ist alles. Unsere Pfade haben sich auf dem Weg hierher gekreuzt. Ich habe einen ihrer Krieger behandelt, und sie haben uns Obdach gewährt.«

Alberon entließ seine Leibwache und wartete, bis sie alle fort waren, ehe er weitersprach. »Du hast diesen Dieb deinen Freund genannt«, sagte er.

»Christopher ist *kein* Dieb«, erklärte Wynter.

»Der Freie Garron gehört nicht zu ihnen«, sagte Razi. »Mach diesen Fehler nicht, Alberon.«

Alberon musterte sie beide eingehend, seine Augen hüpften von einer grimmigen Miene zur anderen. »Dann schuldet ihr diesen Leuten also keine Treue?«, fragte er schließlich.

»Überhaupt nicht«, gab Razi fest zurück.

»Das ist gut, Bruder. In unserer Welt gibt es keinen Platz für sie.«

Wynter wurde es eiskalt ums Herz, doch falls Alberons schroffe Worte seinen Bruder ebenfalls zum Schaudern brachten, ließ sich Razi nichts anmerken. Er zuckte nur die Achseln, als würde ihn das Schicksal der Merroner nicht kümmern.

»Deinen Männern gegenüber sagtest du vorhin ›Das Schloss meines Vaters‹«, befand Wynter.

Alberon nickte.

»Sollen wir daraus schließen, dass du dich nicht gegen den König stellst?«

Alberon machte ein missbilligendes Geräusch und wedelte mit der Hand, als wäre die Antwort auf diese Frage zu offensichtlich, um sie auszusprechen.

»Aber er glaubt das«, sagte Razi.

Alberon verdrehte die Augen. »Vater und ich hatten eine Meinungsverschiedenheit«, sagte er. »Das ist alles.«

»Meinungsverschiedenheit?«, wiederholte Wynter. »*Meinungsverschiedenheit?* So nennst du das also? Alberon, das Königreich ist bis ins *Mark* erschüttert!«

Alberons Erheiterung war ärgerlich, und Razi legte seine Hand auf ihre und drückte sie sanft, um Wynter zu beruhigen. Er bemühte sich um einen neutralen Ton, als er sagte: »Ich muss unserer leidenschaftlichen Schwester zustimmen, Alberon. Das hier ist dem Anschein nach mehr als eine bloße *Meinungsverschiedenheit*. Es sterben Menschen deswegen.«

Alberons Lächeln verschwand. »In den vergangenen fünf Jahren sind Menschen gestorben. Hast du das vergessen?«

»Natürlich nicht.«

»Vielleicht kann man über den Tod leichter hinwegsehen, wenn man selbst nicht derjenige war, der durch das Blut der Gefallenen gewatet ist?«

»Alberon, ich leugne ja nicht, dass der Aufstand bitter geführt wurde. Ich weise lediglich darauf hin, dass diese derzeitige Kluft zwischen dir und unserem Vater nicht dazu beiträgt, die Wunden des Königreichs zu heilen.«

»Dieses Königreich hat keine Hoffnung, wenn Vater weiterhin meine Pläne ablehnt, Razi. Er muss zur Vernunft gebracht werden. *Unbedingt!* Sonst war alles, was wir durchlitten haben, vergebens. Sonst hätten wie ebenso gut sofort die Waffen niederlegen können, als sich diese verdammten Unruhestifter gegen seine Reformen stemmten.« Razi setzte zum Sprechen an, doch Alberon riss die Hände in einer inzwischen schon vertrauten abwehrenden Geste hoch. »Du wirst mir helfen, ihn zu überzeugen«, sagte er. »Du warst immer derjenige, der gut mit Worten umgehen konnte, Razi. Du wirst unserem Vater begreiflich machen, wie sinnvoll meine Ideen sind. Du wirst ihn zur Vernunft bringen. Wir können dieses Königreich nicht als Lämmer regieren, Razi! Nicht als Lämmer. Wir müssen es als Löwen tun, oder wir werden gar nicht regieren!«

»Ich hatte noch nie den Eindruck, dass euer Vater ein Lamm war«, murmelte Wynter. »Nicht in einer Weise, die seinen Thron gefährdet hätte.«

Alberon schnaubte abfällig, als wollte er sagen: *Was weißt du schon davon.*

Als Anthony zurückkam und begann, ein Feuer in der

Schale zu entzünden, verbiss sich Razi jede weitere Bemerkung. Die drei Freunde schwiegen, und Alberon nutzte die Gelegenheit, um sein ärmliches Mahl zu verspeisen, seinen Becher Dünnbier zu leeren und sich noch einen einzugießen. »Iss«, befahl er und deutete auf Wynters Teller. »Vergeude nicht, was so mühsam gewonnen wurde.«

Wynter machte einen widerwilligen Versuch, an dem Brot zu knabbern, aber nicht einmal ihr großer Hunger kam gegen dessen Härte an, also krümelte sie es ins Fleisch und hoffte, dass der Sud es aufweichen würde.

Alberons Lippen verzogen sich zu einem Strich, da sein Bruder weder aß noch trank, sondern nur an seinem Becher herumnestelte, während er darauf wartete, dass der kleine Diener wieder ging. »Bist du mir etwa religiös geworden während deiner Abwesenheit?«, fragte er unvermittelt.

Aufgeschreckt blickte Razi hoch, dann wieder hinunter auf den Becher. »Nein, ich … es ist nur …«

Wynter runzelte die Stirn. »Dünnbier ist ihm noch nie bekommen, Albi«, sagte sie. »Besonders ungefiltertes. Das weißt du doch sicher noch?«

Plötzlich ungeduldig, entriss Alberon Razi den Becher. »Bring dem Fürsten Razi etwas Wasser, Anthony«, sagte er und zog eine missbilligende Grimasse. »Hier wirst du keine kalte Limonade finden, Bruder. Ganz zu schweigen von einer Konkubine, die sie dir darreicht. Du tätest gut daran, dich abzuhärten.«

»Alberon«, rief Wynter.

Einen Moment lang blieb Razi still und reglos, dann nickte er Anthony dankend zu, als der ihm etwas Wasser eingoss. »Ich werde versuchen, dem Beispiel Seiner Hoheit gerecht zu werden«, entgegnete er.

Alberon seufzte. »Jetzt werd nicht griesgrämig. Ich meine es ja nicht so schroff. Es ärgert mich nur, dass du die Nase über die Sachen rümpfst, die meine Männer bei Kräften halten. Du befindest dich jetzt unter Kriegern, Razi, du musst lernen, sie für dich zu gewinnen.«

»Razi ist kein verweichlichter Höfling, Alberon. Sei nicht so –«

Noch einmal legte Razi seine Hand auf die von Wynter und drückte sie beschwichtigend. »Wie möchtest du das Königreich unseres Vaters stärken, Albi?«

Jetzt grinste Alberon breit, das Gesicht von jäher Fröhlichkeit verwandelt. »Aha, jetzt kommen wir zum Thema!« Er schob seinen Teller zurück und sprang auf die Füße. »Esst auf«, rief er und stapfte zum Zelteingang. »Lasst Anthony den Tisch abräumen.«

Der Zunder in der Schale fing Feuer, und als die Flammen zum Leben erwachten, setzte sich Anthony zurück. Am Eingang zu seinem Zelt verharrte Alberon und blickte zu Wynter hinüber, sein Kopf wurde vom Schein der Glut erleuchtet, die Augen glänzten vor feierlicher Freude.

»Ich habe eine wunderbare Überraschung für dich, Wynter«, sagte er sanft. »Du wirst dich so freuen.« Damit zog er den Kopf ein und verschwand im Zelt.

Finster sah Wynter ihm nach, wütend über die unergründliche Behandlung seines Bruders und verwirrt von seinen unberechenbaren Stimmungsschwankungen. Die ganze Zeit ließ Razi die Hand auf ihrer liegen, die Augen auf das dunkle Rechteck des Eingangs gerichtet.

»Hoher Herr?« Anthony stand dicht neben Razis Ellbogen und wartete auf die Teller.

Razi schien ihn nicht zu hören, daher schielte Anthony

zu Wynter. Sie lächelte etwas gequält, aß die paar Mundvoll Brot und Fleisch von ihrem Teller auf und bedeutete ihm mit einer Kopfbewegung, ihren Platz abzuräumen.

»Razi«, murmelte sie. »Iss jetzt. Lass das Kind seine Arbeit beenden.«

Ohne große Begeisterung kam Razi der Aufforderung nach, und der junge Diener zog mit dem Geschirr ab, wobei er die Krüge und Becher auf dem Tisch stehen ließ. Wynter zog sich den Umhang höher um den Hals und blickte der kleinen Gestalt nach, wie sie in der Dämmerung verschwand.

Erst als der Knabe außer Hörweite war, raunte sie Razi zu: »Alberon hat kein Recht, so mit dir zu sprechen.«

»Er hat Jahre im Krieg verbracht.« Razis Lippen bewegten sich kaum. »Er glaubt nicht, dass ich verstehen kann.«

»Aber ich kann das nicht dulden. Wenn er so weitermacht –«

»Pst, still jetzt, Wyn.«

Razi ließ den Eingang zu Alberons Zelt nicht aus den Augen. Nun wandte auch Wynter ihre Aufmerksamkeit dorthin und legte den Kopf schief, um mögliche Geräusche von drinnen aufzuschnappen. Nichts als Stille. Sie warteten. Das Feuer knackte und knisterte, während es die größeren Scheite anfraß, und Wynter stellte fest, dass sie froh über die zusätzliche Wärme war. Die dünne Bergluft hatte sich nach dem Untergehen der Sonne rasch abgekühlt.

Bald wird das Wetter umschlagen, dachte sie, *und selbst diese kleine Anzahl Männer wird sich nicht mehr ernähren können. Es ist unübersehbar, dass die Vorräte jetzt schon zur Neige gehen. Alberon muss wissen, dass ihm die Zeit knapp wird.*

Falls sich allerdings Alberon dessen bewusst war – und wie konnte er es nicht sein –, dann war ihm davon nichts anzumerken. Er schien einfach nur hartnäckig entschlossen zu siegen. Ein flüchtiger Blick auf Razis Gesicht brachte Wynter auf den Gedanken, dass – trotz der ermüdenden Sticheleien gegen seinen Halbbruder – ein Großteil von Alberons Selbstvertrauen in Razis Fähigkeit wurzelte, ihren Vater für sein Vorhaben zu gewinnen.

In der Absicht, Razi darauf aufmerksam zu machen, beugte sie sich vor, doch ein Tuscheln aus dem Zeltinneren schreckte sie auf; Alberons Stimme ertönte sanft und leise durch die Leinwand, und Wynter sah Razi an, als sie ihn sagen hörten: »Komm schon, jetzt sei nicht so misslaunig. Es ist gleich draußen, und ich verspreche dir … du wirst erfreut sein.«

Ganz langsam setzte sich Razi auf, die Beunruhigung deutlich in seiner Miene sichtbar. Dort drin war noch jemand! Wynter erinnerte sich an Alberons Schlafplatz – halb verborgen durch ein schweres Netz, das ordentliche Bettzeug von Schatten verhangen –, und mit großen Augen drehte sie sich in ihrem Sitz um. Da trat Alberon in den Zelteingang, das spitzbübisch-fröhliche Leuchten im Gesicht, das sie noch so gut aus Kindertagen kannten. Unter dem linken Arm trug er Marguerites Dokumente sowie zwei Rollen unförmigen Pergaments; auf dem rechten ein Bündel Tuch.

»Mach mal Platz auf dem Tisch«, lachte er, die unhandlichen Schriftrollen mühsam festhaltend.

Razi stand rasch auf, schob die Krüge und Becher zur Seite und wischte Krümel und Fett von der Platte. Nachlässig warf Alberon die Papiere darauf. Dann nahm er das Stoffknäuel sanft in beide Hände und setzte es grinsend auf Wynters Schoß.

Das Bündel bewegte sich – Wynter wäre beinahe vor Schreck aufgesprungen und hätte es fortgeschleudert. Ihr erster Gedanke war, dass Alberon in einem Anfall seines alten, koboldhaften Übermuts einen Sack Ratten auf ihre Knie gelegt hatte. Dann aber seufzte das Bündel mit vertrauter, hochmütiger Ungeduld, und Wynter erstarrte, die Hände erhoben; kaum wagte sie, es zu glauben. Der Stoff wurde abgeschüttelt, und ein grauer Fellkopf kam zum Vorschein. Als riesige gold-grüne Augen sie anblinzelten, verschleierten Tränen Wynters Blick.

»Coriolanus?«, flüsterte sie.

Einen Moment lang musterte der Kater sie mit einem Stirnrunzeln. Dann verdrehte er die Augen. »Ach«, sagte er müde. »Du bist es nur. Pffff. Dafür zerrt Er-der-Thronfolger-ist mich aus meinem warmen Nest.«

»Coriolanus!« Wynter packte das mürrische Geschöpf unter den dürren Schultern und hielt es ins Licht. Der Kater stieß ein kurzes Schmerzensjaulen aus, und Wynter bemerkte bestürzt, wie dünn er war, wie räudig sein einst seidiges Fell.

»Lass mich los, Mädchen«, zischte er, und sie setzte ihn sachte auf ihren Schoß. Eine Weile blieb er keuchend liegen, die sich hebenden und senkenden Rippen im flackernden Schein des Feuers furchtbar hervortretend. Dann schielte er nach Wynter und zog eine Grimasse. »Ach du großer Jäger«, ächzte er. »Ich hatte ganz vergessen, was für ein raffgieriger kleiner Mensch du warst.«

»Entschuldige.« Sie lächelte ihn an, die Hände in der Luft schwebend. Unfassbar, dass er noch am Leben war. Als sie aus dem Norden nach Hause gekommen war, waren sie alle weg gewesen; all die geschmeidigen, beherrschten Freunde ihrer Kindheit waren einer unerklärlichen Säuberung zum Opfer gefallen, auf den mörderischen Befehl des Königs hin getötet. Doch hier war er, Cori, ihr Liebling, der rauchfarbene Kamerad ihrer glücklichen Kindheit.

Er schloss die Augen, um sich zu sammeln. »Du darfst mich streicheln«, sagte er dann gnädig. »Wenn du es wünschst. Ich hätte nichts dagegen, es dir zu erlauben.«

»Danke.« Zart strich sie mit der Hand von seinen Schultern bis zum Schwanz, genau wie er es immer gemocht hatte.

»Mmmmmmm«, schnurrte er.

Immer noch mit Tränen in den Augen blickte Wynter Alberon an, während sich ihr alter Katzenfreund reckte und steif auf ihrem Knie zusammenrollte. *Danke, Albi. Vielen, vielen Dank.*

Alberon nickte lächelnd, auch seine Augen sehr, sehr hell.

Mit einem Seufzer legte Coriolanus das Kinn auf die Brust. Seine Wirbelsäule war unter Wynters Handfläche deutlich zu spüren, der ausgezehrte Körper nur dünn von Haut bedeckt. »Beim großen Jäger, Mädchen«, murmelte er schon beinahe schlafend. »Was hast du nur getrieben? Du riechst unangenehm nach Hund.« Und damit döste er ein, vollkommen zufrieden, sein rasselndes Schnurren in warmem Gleichklang mit dem Knistern des Feuers.

Karten und Pläne

»Ist GrauMutter auch hier, Albi?« Aus Achtung vor der schlafenden Katze dämpfte Wynter ihre Stimme.

Traurig schüttelte Alberon den Kopf und kraulte Coriolanus' Kopf. »Ich habe versucht, sie zum Mitkommen zu überreden, aber sie wollte sich lieber mit den letzten der jungen Kätzchen verstecken. Cori war schon mit dem Gift in Berührung gekommen und einfach zu schwach, um weiter fortzulaufen. Als ich Oliver und seine Männer voranschickte, ließ ich sie das arme Kerlchen mitnehmen. Er hat alles überlebt, aber wie du siehst, geht es ihm nicht sonderlich gut.«

»O je, Alberon. Warum? Warum hat der König das getan?«

Alberon verzog den Mund zu einem gequälten Lächeln. »Ich war ziemlich unerbittlich bei meiner Suche nach seiner wunderbaren Maschine, Wyn. Ich wollte einfach nicht nachgeben.«

Wynter wechselte einen erschrockenen Blick mit Razi. Wunderbare Maschine? Damit konnte nur die berüchtigte *Blutmaschine* ihres Vaters gemeint sein. Sollten sie etwa endlich erfahren, wo sie sich befand?

Unterdessen fuhr Alberon, weiterhin Coriolanus' Köpfchen liebkosend, ruhig fort: »Die Katzen kennen jeden Zoll des Schlosses, genau wie die Geister. Ich fürchte, dass ich die armen Geschöpfe unablässig ausgefragt habe. Sie haben mir nichts Nützliches erzählt, aber am Ende glaubte Vater, keine andere Wahl zu haben, als sie aus dem Weg zu schaffen. Ich schätze mal, es war ihm lieber, als *mich* zu vergiften.«

Jetzt blickte er auf und Wynter in die Augen. *Deine Schuld!*, dachte Wynter. *Alles deine Schuld!* Doch Alberons Lächeln war so kummervoll, seine große Hand auf Coris zerbrechlichem Rücken so sanft, dass sie es nicht übers Herz brachte, es laut zu sagen.

Razi saß, dem Anschein nach in Gedanken versunken, mit ausgestreckten Armen und Beinen auf seinem Stuhl und schnippte die aufgerollte Ecke der größeren Schriftrolle träge mit der Fingerspitze. Es war eine vollkommen beiläufige Geste, doch Wynter wusste, dass er zu erkennen versuchte, was das Pergament enthielt. Alberon lehnte sich zurück. Der Ausdruck trockener Erheiterung auf seinem Gesicht verriet Wynter, dass auch er genau im Bilde war, was sein Bruder vorhatte.

»Du hast Oliver *vorausgeschickt*?«, fragte da Razi. »Das ist mal eine spannende Betrachtungsweise der Geschichte.« Alberons Miene verhärtete sich, und Razi hob den Kopf. »Dem Hofklatsch zufolge war es umgekehrt; angeblich war Oliver derjenige, der den Hochverrat ausheckte, und du hast dich ihm angeschlossen und bist ihm gefolgt, als Vater ihn dafür verdammte.«

Alberons Mundwinkel zuckten. »Oliver ist ein Ritter, Bruder, und ich der Thronerbe. Wer folgt in dieser Rangordnung wohl wem?«

In Anerkennung dieses Arguments legte Razi den Kopf schief, und Alberon sprach weiter.

»Ich habe Oliver vorgeschickt, um dieses Lager zu errichten und meine Verhandlungen vorzubereiten. Er hat alles für mich riskiert. Seinen Titel, seine Ländereien, sein Leben und das seiner Männer. Weil er an mich – seinen königlichen Prinzen – und an meine Pläne für die Zukunft dieses Königreichs glaubt. Du darfst ihn nicht verkennen, Razi, er ist unserem Vater und dem Königreich so treu ergeben wie eh und je, und seinem Gelöbnis als Ritter ebenfalls. Über den Mann will ich kein böses Wort hören.«

»Dann solltest du ihn bei eurer Heimkehr lautstark verteidigen, Eure Hoheit. Sonst hast du den armen Mann zu einem langsamen Tod als Hochverräter verurteilt.«

»Oliver weiß, was es heißt, sein Leben für den Thron aufs Spiel zu setzen, Razi. Er ist ein geborener Krieger. Er würde sein Leben ebenso mit *Freuden* für das Königreich opfern wie ich.«

Wynter ärgerte sich über die darin enthaltene Andeutung, Razi wäre nicht bereit, dasselbe zu tun, doch Razi selbst veränderte seinen sorgsam unbeteiligten Gesichtsausdruck nicht, also blieb sie friedlich.

Unvermittelt spreizte Alberon die Hände, um das Thema zu beenden. »Bekümmert euch deswegen nicht.« Er stand auf. »Jene, die hier auf meiner Seite stehen, werden es nie bereuen. Dafür werde ich sorgen. Unser Vater selbst wird ihre Namen eines Tages segnen, wartet's nur ab. Nun …« Er breitete eine der Schriftrollen auf dem Tisch aus. »Halt mal die Seite fest«, befahl er, dann knallte er einen Krug und einen Becher auf gegenüberliegende Ecken, um das Pergament glatt zu halten. »Seht her.«

Razi legte die Hand flach auf die ihm nächstgelegene Ecke und betrachtete die Schriftrolle kühl. Wynter hob sich die schlafende Katze auf die Schulter und drehte sich etwas zur Seite, um besser zu sehen. Coriolanus miaute leise, wachte aber nicht auf.

Zu Wynters Enttäuschung war es keiner der ausgeklügelten Pläne ihres Vaters, sondern eine wundervoll ausgeführte Karte der Europas, getreulich mit Bergen und Flüssen und politischen Trennlinien. Die unteren Grenzen wurden von den zarten Buchten und Halbinseln der maghrebinischen Gestade geziert, während die zerklüftete Küste der nordländischen Gebiete den oberen Rand schmückte. Wunderschöne kleine Blattgoldburgen zeigten die Sitze der Macht in den unterschiedlichen europäischen Königreichen an, und ein goldenes Schloss stellte die Qasba des Sultans des Maghreb in Algier dar.

Wynter bestaunte die kunstvoll gezeichneten Berge mit den weißen Gipfeln, die Jonathons Königreich umgaben. Sie betrachtete das lange, gerade Band der Port Road, die sich über beachtliche einhundertsiebenundachtzig räuberfreie, gut überwachte Meilen erstreckte. Ihr Blick folgte ihrem natürlichen Verlauf hinaus in das Meer aus friedlichen blauen Wellen, das sich zwischen Marseille und Algier erstreckte. Der einzige nicht von Piraten verseuchte Schifffahrtsweg im gesamten Mittelmeer, möglich gemacht durch die beispiellose Zusammenarbeit der maghrebinischen und südlandischen Flotte, die ihre Kräfte bündelten. Nicht zum ersten Mal nötigte Jonathons bemerkenswerte Errungenschaft, dieses kleine, ungewöhnliche Land inmitten der Gewalt und des derzeit die umliegenden Reiche verheerenden Hasses zu bewahren, Wynter Bewunderung ab.

Wir sind sehr nah dran, alles zu verlieren, dachte sie bekümmert. *So nah dran. Diese kleine Insel der Toleranz. Diese zarte Flamme der Hoffnung in der Finsternis.*

Mit dem Finger strich sie über einen der vielen Flecke, die die stürmische Gegend von Gibraltar sprenkelten, an denen laut der Beschriftung der Karte Wölfe hausten, und besah die lange, dunkle Grenze der Haun-Gebiete, die nun erneut an den brüchigen Rändern Italiens und der venetischen Staaten nagten. Vor Sorge zog sich Wynters Herz zusammen. Alles war so unbeständig, alles eine solche Bedrohung.

»Abdallah ash-Shiekh«, sagte Alberon auf den Tisch gestützt und sah eindringlich seinen Bruder an.

Razi, der die Karte mit für ihn ungewohnter Wehmut betrachtet hatte, blickte überrascht auf. »Der Sultan des Maghreb? Was ist mit ihm?«

»Er hat Schwierigkeiten.«

Razi nickte etwas unschlüssig. »Ein paar«, sagte er. »Sehr ähnlich denen, die Vater auch hat. Die große Anzahl enteigneter Muselmanen und Juden, die aus den nördlichen Inquisitionen hereinströmen, belasten die maghrebinische Wirtschaft schwer. Sie haben keinen Platz zum Wohnen, wenig Mittel zum Leben … sie sind zornig. Die Verfolgungen, die sie in den Europas erlitten, haben ein Aufwallen antichristlicher Gefühle hervorgerufen, wogegen der Sultan nur schwer Einwände vorbringen kann. Es ist eine heikle Situation. Aber Alberon, das ist dir doch sicherlich nicht neu? Mir ist bewusst, dass das Nachrichtenwesen hier im Argen lag, aber ich habe Vater gewissenhaft höchst ausführliche Berichte gesandt, und bei meiner Rückkehr schien er genau zu wissen –«

»Warum hast du uns nichts von den Versuchen, ihn abzusetzen, mitgeteilt?«

Razi wirkte verständnislos. »Es gab keine Versuche, den Sultan abzusetzen.«

»Die Korsaren, Razi. Die Slawi-Korsaren in Fez und ihre Verbündeten unter den radikalen Imamen. Ich habe hieb- und stichfeste *Beweise*, dass sie entschlossen sind, die Macht an sich zu reißen! Aber da *du* es nicht erwähnt hast, zieht unser Vater vor, mir nicht zu glauben!«

Einen Augenblick lang sahen die Brüder einander eindringlich an.

»Willst du mir erzählen, dass du davon nichts wusstest?«, fragte Alberon schließlich. »Du, der du die letzten fünf Jahre am Hof des Sultans verbracht hast?«

Das Unausgesprochene hinter Alberons Worten schob sich langsam in Wynters Bewusstsein. »Albi«, flüsterte sie. »Du glaubst doch wohl nicht, dass Razi diesen Umstand absichtlich vor eurem Vater verheimlicht hat?«

»Vielleicht hast du unterschätzt, wie bedeutsam diese Nachricht war?«, versetzte Alberon. »War es das, Bruder? Ich muss gestehen, ich kann nicht nachvollziehen, wie man zu einem solchen Schluss kommen könnte – aber dennoch wäre ich bereit anzunehmen, dass es bei dir so war.«

Wynter starrte ihren alten Freund an, wollte ihn durch bloße Willensanstrengung dazu bringen, die Anschuldigung nicht auszusprechen, die ihm auf der Zunge lag. Als er fortfuhr, verkrampfte sich ihr Herz.

»Oder vielleicht«, sagte er, »wurdest du dazu *überredet* zu schweigen?«

»Alberon Königssohn«, zischte sie. »Du ungehobelter *Flegel*!«

Alberon würdigte sie keines Blickes.

»Sag es mir, Bruder.« Immer noch stand er über den Tisch gebeugt. »Ich bin äußerst gespannt auf deine Erklärung. Wenn du doch wusstest, dass die Zukunft unseres Königreichs von der Unterstützung des Sultans abhängt, warum hast du diese tödliche Schwäche im Herzen des maghrebinischen Hofs verheimlicht?«

»Jemand hat dich irregeführt«, entgegnete Razi sehr ruhig.

»Das glaube ich nicht!«, rief Alberon und schlug mit der Hand auf die Karte. »Laut meinen Quellen ist der Hof des Sultans hoffnungslos entzweit, und es ist nur eine Frage der Zeit, bis der mächtigste Verbündete unseres Vaters von seinem Thron gezerrt wird. Sag mir, dass ich Unrecht habe, Razi. Wag es, dort zu sitzen und mir zu sagen, dass ich Unrecht habe, wo ich doch Unterlagen besitze, die es beweisen, und eine Gesandtschaft auf dem Weg hierher und bereit ist, es zu bezeugen.«

»Du *hast* Unrecht.«

Lange und eindringlich sah Alberon Razi in die Augen; dann wurde seine Miene weicher, und er tätschelte seinem Bruder die Hand. »Also gut«, sagte er leise. »Also gut, Bruder. Ich glaube, dass du ehrlich bist. Du wurdest offensichtlich getäuscht. Aber ich glaube dir, dass du selbst fest an das glaubst, was du unserem Vater erzählt hast.«

Mit starren Gesichtszügen und feuchten Augen setzte sich Razi zurück.

»Alberon …« Wynter war beinahe sprachlos vor Wut. »Alberon, ich schwör's dir … ich schwör dir, ich trete dir in …«

Jetzt drückte Alberon ihr die Hand, und sie entzog sie ihm schnaubend. Er gluckste.

»Sei nicht sauer, Wyn. Razi versteht es, nicht wahr, Bruder? Ich musste mich seiner Redlichkeit vergewissern. Hier«, er tippte sich an den Kopf, dann legte er die Hand aufs Herz, »wie auch hier. Sag es ihr, Razi. Männer wie wir müssen so etwas einfach tun.«

Razi wandte den Blick ab und hustete mit vorgehaltener Hand. »Das ist … eben die Welt, in der wir leben«, sagte er heiser. »Man kann sich nie sicher sein.«

»Genau«, bestätigte Alberon. »Man muss sich sicher sein.« Er verschob die Becher etwas und blickte auf die Karte des Königreichs. »Und deshalb«, sagte er, »muss man das stärken, was man als schwach entdeckt hat.«

»Es gibt keine Schwächen am maghrebinischen Hof, Alberon. Ich kann dir versichern, dass Sultan Abdallah ash-Shiekh so stark ist wie eh und je. Er hat keine –«

»Still jetzt«, befand Alberon und winkte ab. »Du wirst schon sehen. Morgen, falls meine Gewährsleute endlich eintreffen, werde ich dir beweisen können, dass du getäuscht wurdest.«

»*Glaub* mir, Bruder –«

Alberon hob den Kopf. »Es reicht jetzt«, fauchte er. »Du hast dich als aufrichtig erwiesen; du brauchst nicht weiterzureden.«

Razi blinzelte. Sein Kiefer klappte herunter. Wynter sah, wie er eine finstere Empfindung hinter seiner Stirn wegschob.

»Die Nordländer.« Alberon zeigte auf die riesige Landfläche, die Shirkens Reich umfasste. »Und Prinzessin Marguerite. Sie ist der Schlüssel.« Er wandte sich an Wynter. »Wie ist sie?«, fragte er.

»Eine unbarmherzige Tyrannin«, gab sie verkniffen zurück.

Alberon lachte. »Ich zweifle nicht daran, dass du das glaubst. Aber das meinte ich nicht. Wie sieht sie aus, Schwesterchen? Ein Gemälde hat nur eine begrenzte Aussagekraft, und man fragt sich doch, wie sich eine solche Stärke in einer Frau offenbart.« Liebevoll sah er Wynter an. »Ich stelle mir vor, dass sie Ähnlichkeit mit dir hat. Eine gewisse Unbeugsamkeit in den Augen? Diese kühne Wachsamkeit, die für eine Frau nicht gewöhnlich ist?«

»Ich bin ihr überhaupt nicht ähnlich«, wehrte Wynter ab. »Und ich bin entsetzt, dass du so etwas vermutest.«

Von ihrer Heftigkeit erheitert, grinste Alberon. »Ach, sei nicht langweilig, Wyn. In ihren Briefen erinnerte Marguerite mich ständig an dich, durch ihre Unverblümtheit, ihre Zielstrebigkeit.«

In ihren Briefen. Wynter und Razi sahen sich an.

»Du stehst in regelmäßigem Briefwechsel mit der Prinzessin?«, fragte Razi.

»Schon seit vielen Monaten.«

»Zu welchem Zweck?«

Alberon verzog nur verschmitzt den Mund und griff nach Shirkens Dokumenten. Razi beobachtete ihn schweigend, während er die Schnur an der Mappe löste und rasch durch die versiegelten Dokumente blätterte.

In der folgenden Stille stellte Wynter zu ihrer Beschämung fest, dass sie mit verletzten Gefühlen zu kämpfen hatte. Sie musste zugeben, dass Alberons Briefwechsel mit Marguerite Shirken sie über jede politische Aufgebrachtheit hinaus schmerzte. Im Laufe der vergangenen fünf Jahre hatte Alberon nicht ein einziges Mal auf Wynters Mitteilungen und Briefe geantwortet, und sie hatte angenommen, dass sie in den Wirren des Aufstands verloren gegangen waren. Doch das kam ihr jetzt unwahrscheinlich vor, in Anbetracht seines offenbar regelmäßigen Austauschs mit der Prinzessin der Nordländer. Wynter drückte den schlafenden Kater an sich und streichelte seine gebrechlichen Schultern. Dann hatte Alberon ihre Briefe eben nicht beantwortet. Na und? Sie war kein Hoffratz, der bei jeder eingebildeten Kränkung schmollte. Alberon war ein Prinz im Krieg gewesen; bestimmt hatte er keine Zeit für die albernen Kritzeleien seiner einsamen kleinen Schwester gehabt. *Er hatte Größeres zu erwägen*, dachte sie.

Sie blickte hinter den Feuerschein. Das Lager lag in Dunkelheit verloren, die Berge, die sie umgaben, waren in der Nacht unsichtbar. *Ich kenne meinen Platz*, flüsterte Lorcans geduldige Stimme in ihrem Gedächtnis. *Ich kenne meinen Platz.* Wynter hatte immer geglaubt, das verstanden zu haben, hatte immer geglaubt, sie wüsste genau, was es bedeutete, sich selbst Angelegenheiten des Staats nachzuordnen. Jetzt war sie nicht mehr sicher. Sie war nicht mehr sicher, ob sie die gleiche tiefe, selbstlose Ruhe besaß, die es ihrem Vater gestattet hatte, seine Stellung im politischen Leben anzunehmen. Unten am Hang zwinkerte das Feuer der Merroner ihr zu wie ein wissender orangefarbener Stern. *Wir wissen, wie das ist*, schien es zu sagen. *Wir wissen, wie du dich fühlst.*

»Du meine Güte, Schwester! Wach auf!«

Mit einem Ruck kam Wynter wieder zu sich. Razi und Alberon starrten sie an, Razi besorgt, Alberon ungeduldig.

»Erzähl mir von Gunther Shirken«, forderte Alberon, als sagte er es zum dritten Mal. »Ich hörte, er sei krank? Sein Verstand sei angegriffen?«

»Du bist müde, Wyn«, sagte Razi sanft. »Würdest du dich gern hinlegen?«

Alberon musterte sie neugierig, als sähe er sie zum ersten Mal. »Bist du wirklich müde?«, fragte er. »Denn dann ...« Er deutete auf sein Zelt, als böte er ihr Gelegenheit, sich zurückzuziehen.

Sie schüttelte den Kopf.

»Es war eine schreckliche Reise, Alberon«, sagte Razi. »Du machst dir keine Vorstellung. Wynter, vielleicht solltest du doch lieber –?«

»Mir geht es gut.« Wynter richtete sich auf. »König Shirken ist ein alter Mann, Albi, und mein Vater hat immer gesagt, dass er eine verzerrte Sicht auf die Welt hat. Aber er ist bei guter Gesundheit und voll zurechnungsfähig. Sein Verstand ist nicht beeinträchtigt. Warum fragst du?«

Razi verdrehte die Augen und gab sich geschlagen.

Unterdessen ließ Alberon nicht locker. »Marguerite schrieb mir, ihr Vater werde immer unausgeglichener«, sagte er. »Seine gerechtfertigten Säuberungen haben sich in regelrechte Hetzjagden verwandelt. Seine erneuten Inquisitionen sorgen für Unruhe. Sie schreibt, die Nordländer stünden am Rande des Ruins.«

Wynter zögerte, von Erinnerungen an den Norden überwältigt. Die furchtbaren Inquisitionen, die schrecklichen Massenhinrichtungen. Sie brauchte einen Moment, um diese Bilder fortzudrängen. »Gewiss, Shirken ist ein tollwütiger Schurke«, sagte sie. »Es ist mir wahrhaftig ein Rätsel, wie er so lange überleben konnte, ohne sein Land in die Knie zu zwingen. Während wir dort waren, hat sich mein Vater ungeheuer angestrengt, alte Wunden zu heilen, aber er fürchtete damals schon, dass die Ruhe keinen Bestand haben würde. Seine große Sorge war, dass Shirkens Tyrannei sein Volk in einen Bürgerkrieg treiben würde, der die Nordländer auseinanderbräche.«

»Verheerend«, murmelte Razi.

Wynter und Alberon nickten. Shirkens Königreich war der stärkste Verbündete der Südländer in den Europas und das Hauptbollwerk des Nordens gegen die Haunardier. Ohne Shirkens stützenden Einfluss wäre Jonathons anfällige Nordgrenze stark gefährdet.

Alberon tippte mit dem Finger auf Marguerites versiegelte Papiere. »Dann sind Marguerites Befürchtungen also wohlbegründet, und die Maßlosigkeit ihres Vaters gibt tatsächlich Anlass zur Sorge.«

Wynter runzelte die Stirn. »Es ist nicht nur die Maßlosigkeit des Königs, Albi. Die Prinzessin selbst ist eine entsetzliche Tyrannin. Während unserer Zeit dort forderte sie die abscheulichsten Säuberungen, wobei ihre Beweggründe oft undurchsichtig und tief in ihrem Hass auf jegliches Andere verwurzelt waren. Einfach ... einfach grauenhafte Dinge.«

Erneut hielt Wynter inne. Sie erinnerte sich an die nordländische Prinzessin in vollem Staat, an ihre schönen Kleider, ihre berühmten Perlen, die aus jeder festgesteckten Locke ihres Haars leuchteten. Sie hatte stets so prächtig ausgesehen, doch immer hatte sie diesen furchtbaren Geruch an sich gehabt. Wynter kannte ihn noch – hatte ihn erst kürzlich gerochen –, den fettigen, versengten, öligen Geruch von Menschen, die auf dem Scheiterhaufen verbrannt werden. Niemals würde sie ihn vergessen, ebenso wenig wie seine dauerhafte Verbindung mit Marguerite Shirken.

»Sie ist ein schlechter Mensch«, flüsterte sie. »Ich bin noch nie jemandem mit einem so schwarzen Herzen begegnet.«

Für einen Augenblick war Alberon still. »Verstehe«, sagte er dann. »Du … bist du dir da sicher, Wyn? Vater erzählte mir, dass Lorcan dich vom Hofleben weitgehend fernhielt, solange ihr dort wart, was natürlich angesichts deines Geschlechts eine löbliche Entscheidung war.«

Wynters Stimme klang kälter, als ihr lieb war. »Man kann eine Menge aus dem Hintergrund erkennen, Alberon. Manchmal mehr, denn angebracht erscheinen mag.«

»Du warst allerdings sehr jung«, befand Alberon, als wäre er selbst um Jahre älter. »Es wäre doch möglich, dass du die Lage falsch gedeutet hast?«

»Ich bin deiner Andeutungen, dass Razi und ich irgendwie unfähig und nicht vertrauenswürdig sind, langsam überdrüssig, Hoheit.«

Entschuldigend verzog Alberon das Gesicht. »Verzeih. Ich habe mich zu sehr an Soldaten gewöhnt.«

Mit einem Nicken nahm Wynter seine Entschuldigung an, doch sie war nicht sicher, was er damit gemeint haben mochte. Jetzt strich Alberon mit dem Finger über Marguerites Siegel.

»Es ist ihr gelungen, diese Seite ihres Wesens vor mir zu verbergen«, sinnierte er. »Welch Arglist. Dennoch könnten solche Dinge möglicherweise im Laufe der Zeit sanft gezügelt werden. Der Einfluss eines guten Mannes und so weiter.« Wynter sah ihn scharf an. Alberon schielte nach Razi. »Du kannst ihren Wert als Verbündete nicht leugnen, Bruder.«

»Hat sie bezüglich einer Übereinkunft vorgefühlt?«, fragte Razi.

»Ganz unbedingt.«

Wynter drückte den Rücken durch, eine schreckliche Erkenntnis dämmerte ihr allmählich. »Alberon. Du kannst doch damit nicht meinen …« Außerstande, ihrer Verzweiflung Ausdruck zu verleihen, wandte sie sich an Razi.

Der aber blieb ruhig, lehnte sich in seinem Stuhl zurück, die Hand auf der Karte, den Blick auf seinen Bruder gerichtet. Seine Stimme klang weich und bar jeder Empfindung, als er sagte: »Vater würde einer solchen Heirat niemals seinen Segen geben, Albi.«

Alberon lächelte traurig, trommelte mit den Fingern auf den Tisch, zuckte die Achseln. »Was getan werden muss, wird getan. Er wird es eines Tages einsehen.«

»Marguerite wird sich niemals mit einem Ehemann belasten!«, rief Wynter. »Sie würde niemals auf die Macht ihres Throns verzichten und sich selbst in eine untergeordnete Position versetzen. Das ist etwas, das sie immer deutlich gemacht hat. Sie … sie führt dich hinters Licht, Alberon. Du … Und jedenfalls hat dein Vater Recht! Er hat immer gesagt, die Shirkens muss man genau *so* halten!« Sie streckte die Hand mit der Fläche nach außen vor, genau wie Jonathon es stets tat. »Ihre Vorgehensweise ist zu zerstörerisch, ihre Rechtsgrundsätze sind zu … einfach zu schrecklich, um damit in nähere Verbindung gebracht zu werden! Es ist eine List! Eine gemeine List! Sie will dich zugrunde richten!«

Coriolanus jammerte missmutig und wand sich auf ihrem Arm. »Beruhige dich, Katzendienerin«, zischte er. »Ich kann mich ja kaum noch rühren!«

»Marguerite wird mich nicht betrügen, Wynter«, sagte Alberon. »Dazu braucht sie mich zu sehr. Und sie wird auch nicht die Macht ihres Throns an mich abtreten. Sie ist wild entschlossen, selbst zu herrschen. Aber sie hat die Lektion der irischen Pyratenkönigin gelernt, die ohne Erben alt wurde und nun mit ansehen muss, wie sich ihr einst einiger Hof um ihre Nachfolge zankt. Marguerite wird nicht denselben Fehler machen.« Alberon klopfte auf Shirkens Briefe. »Wir haben ein Abkommen aufgesetzt, das uns ebenso stark binden wird wie das Ehegelöbnis. Marguerite wird ihr Land ohne jeden Einfluss von mir regieren; genau wie ich eines Tages meines regieren werde. Wir müssen einander nur gelegentlich treffen, um Bedingungen und dergleichen zu verhandeln. Und zu gegebener Zeit werden wir den einen oder anderen Erben hervorbringen, daran habe ich keinen Zweifel. Aber Marguerite und ich beabsichtigen, die höfischste aller Beziehungen zu führen, Wynter – eine politische Ehe.«

Sprachlos starrte Wynter ihn an. Staatsmännisch gesehen war das natürlich brillant. Eine durch und durch angemessene, ausgeklügelte und beispiellose Verbindung: die Herrscher zweier Königreiche, in Macht einander ebenbürtig, vereinigt durch Heirat. Doch dass Alberon auch nur mit dem Gedanken an ein Bündnis mit einer Tyrannin wie Marguerite spielte, war unfassbar schrecklich. Es war erschütternd und bescherte Wynter eine Gänsehaut.

Alberon zog eine Augenbraue hoch, als wüsste er, was sie dachte. »Prinzessin Marguerite ist die einzige Hoffnung ihres Königreichs auf Überleben, Wyn. Wenn ihr Vater, wie sie behauptet, aus dem Gleichgewicht geraten ist –«

»Aber Shirken *hat* nicht den Verstand verloren! Er ist nicht verrückter als –«

»Schluss jetzt, Wyn. Schluss. Ich habe nur dein Wort gegen das von Marguerite. Das Wort einer Fremden, die alles vom Rande aus beobachtet hat, gegen das einer Frau mitten im Herzen des nordländischen Hofs. Wenn du in meiner Lage wärest, wem würdest du glauben? Du hast drei Monate für die Heimreise gebraucht. Könnte es nicht sein, dass Shirken innerhalb dieser Zeit dem Wahnsinn verfallen ist?«

Wynter runzelte die Stirn und zog den Kopf zurück. Alberon nickte beifällig und tätschelte ihr den Arm. »Nun komm schon, Schwesterherz.« Sein Ton war nun wieder weich und sanft. »Es ist doch nur eine politische Angelegenheit. Wir alle wussten, dass ich nie aus Liebe heiraten würde.« Schelmisch zog er den Kopf ein und lächelte zu ihr auf. »Für die Liebe hat man ja Mätressen«, flüsterte er.

Wynter senkte den Blick auf die Hand, die Alberon auf ihren Arm gelegt hatte, und ihre ganze Wut versank unter einer schweren Last des Kummers. Auch wenn Alberon das nicht glaubte, bis zu diesem Moment war Wynters Empörung wirklich eine politische gewesen. Jetzt aber wurde ihr allmählich der volle Umfang seines Vorhabens bewusst, und sie begriff, welch ungeheuer großes persönliches Opfer er bringen würde. Was Alberon sagte, stimmte, sie alle wussten es nur zu gut: Kein Angehöriger einer königlichen Familie konnte auf eine Liebesheirat hoffen. Dennoch war eine Ehe mit Marguerite Shirken weit entfernt von dem, was Alberon für sich hätte erwarten können. Der König hatte stets erkennen lassen, dass er eine der älteren Töchter des Sultans in Betracht zog. Das wäre eine zweckdienliche Verbindung gewesen, und Wynter bezweifelte nicht, dass Jonathon zumindest *versucht* hätte, ein sanftes und williges Mädchen auszusuchen, eines, das klug und nicht gerade eine Beleidigung der Sinne war. Der Gedanke an Albi jedoch, der mit dieser Viper »Erben hervorbrachte«, wie er es formulierte, ließ Wynter erschauern.

Hilfesuchend blickte sie zu Razi, doch der war plötzlich meilenweit entfernt. Er starrte ins Feuer, das Gesicht unbeschreiblich traurig, und Wynter wusste, dass er sich an seine eigene Hoffnung auf Liebe vor so kurzer Zeit erinnerte. Embla. Diese wunderschöne, zärtliche Frau, die all das so bereitwillig einer anderen Art von Flammen geopfert hatte.

Wynter kniff die Augen zusammen.

Eine lange Stille folgte. Als Wynter schließlich wieder aufblickte, bemerkte sie zu ihrer Überraschung, dass Razi Alberon anstarrte. Der stechende Ausdruck in Razis dunklen Augen veranlasste sie, sich aufrecht hinzusetzen.

»Du bist sehr schweigsam, Bruder«, sagte Alberon.

»Du hast vor, Marguerite Shirken dabei zu helfen, ihren Vater vom Thron zu stürzen.«

»Razi!« Wynter stockte der Atem vor Entrüstung, dass er so etwas auch nur denken konnte.

Aber Alberon schüttelte lediglich in verblüffter Bewunderung den Kopf, und im selben Augenblick wusste Wynter, dass Razi Recht hatte.

»Ach, Alberon«, stöhnte sie. »Nicht.«

»Bei Gott, Razi«, meinte Alberon. »Ich habe mich darauf verlassen, deine Worte zu meiner Unterstützung einzusetzen – aber ich hatte vergessen, welch unglaublichen Geist du besitzt. Was für ein Staatsmann du sein musst. Mit dir an meiner Seite werde ich so stark sein. Du musst –«

Razi schlug mit der Handfläche auf den Tisch. »Du planst die Entthronung eines *Königs*.«

»Ich tue, was das Beste für dieses Königreich ist.«

»Alberon!«, sagte Wynter. »Ein solcher Akt widerspricht

doch dem Kern dessen, was es bedeutet, ein geborener Herrscher zu sein! Du kannst einen König nicht vom Thron stoßen, bloß weil dir seine Art zu regieren nicht passt! Wenn wir alle so denken würden, dann bräche Chaos aus!«

»Also wirklich, Schwester«, rief Alberon. »Du klingst ja wie eine ahnungslose Bäuerin. Du kannst doch wohl nicht immer noch so unbedarft sein? Die meisten königlichen Familien sind nicht älter als drei Generationen, und das weißt du genau! Unser eigener Urgroßvater hat dieses Reich William von Comber entrissen. Inzwischen nennen unsere Historiker es eine rechtmäßige Rückforderung des Titels, aber geben wir doch hier unter uns einmal kurz zu, was es wirklich war: Zwei Männer mit großen Stöcken, die sich um Land prügelten – und der mit dem größeren Stock hat gewonnen. Ein König bleibt nur so lange König, wie er listiger, schneller und stärker ist als seine Widersacher, Wynter, und das ist die nackte und ehrliche Wahrheit.«

Wynter fehlten die Worte. Diesen ungenierten Zynismus bei ihrem königlichen Freund zu erleben, war erschütternd. Es war nicht weniger als Hochverrat, solchen Überzeugungen Ausdruck zu verleihen – ja, an manchem Königshof galt es sogar als Blasphemie! Und doch fühlte sie sich außerstande, ein vernünftiges Argument gegen Alberons unerschrockene Freimütigkeit vorzubringen.

Erneut tätschelte er ihre Hand und warf Razi einen Seitenblick zu. »Erzähl bloß Vater nie, dass ich das gesagt habe«, raunte er.

»Ich glaube, er argwöhnt es bereits selbst«, gab Razi zurück.

Alberon nickte, offenbar ohne den trockenen Hintersinn in der Stimme seines Bruders wahrzunehmen. »Ja, ja, gewiss. Natürlich ist ihm das von allen Menschen am stärksten bewusst. Dennoch kann ich es einfach nicht ertragen. Dass Vater nach allem, was er getan hat, um das Los dieses Reichs zu verbessern, beinahe von jenen, die sich die furchtbaren Zustände von einst zurückwünschen, zu Fall gebracht wurde.«

»Die Oberen dieses Landes stammen aus weit schlichteren Zeiten, Alberon, und sie sind nicht an den Verlust von Macht und Wohlstand gewöhnt, den Vaters Vision ihnen auferlegt. Es wird immer schwierig sein, Machtträger davon zu überzeugen, dass die Zahlung eines gerechten Lohns besser ist als Sklaverei und dass alle Menschen ein Recht auf Gleichheit vor dem Gesetz haben. Vater hat stets gewusst, dass seine Reformen ihm manchen Ärger einbringen würden.«

»Nichts fürchtet der Adel so sehr wie ein selbstbewusstes, gebildetes Volk«, zitierte Wynter halblaut den Lieblingsspruch ihres Vaters. »Dein Vater herrscht erst seit fünfzehn Jahren, Albi. Er wird Zeit brauchen, um jene für sich zu gewinnen, die noch an die alten Gepflogenheiten glauben.«

»Für sich zu gewinnen … oder auszumerzen«, sagte Alberon finster. »Einen dritten Weg kann es nicht geben.«

»Was uns wieder zum Thema zurückführt, Alberon. Unsere Schwester hat Recht; die Entthronung eines Königs schwächt sie alle. Ich kann deine Pläne nicht dulden. Tyrann oder nicht, wahnsinnig oder nicht, Shirken *muss* gegen Aufwiegelung unterstützt werden.«

Alberon zog seine Hand von Wynters Arm zurück. »Von mir aus kannst du die ganze Nacht über die Moral oder Unmoral von Aufwiegelung disputieren, Bruder; es wird nichts daran ändern, dass Marguerite entschlossen ist, den nordländischen Thron für sich zu beanspruchen. Sie wird das mit oder ohne meine Hilfe versuchen. Ohne meine Hilfe scheitert sie möglicherweise, und wenn das geschieht, wird ihr Königreich zerstört und werden die Europas aus dem Gleichgewicht gebracht – und was würde dann aus den wunderbaren Plänen unseres Vaters für die Zukunft?« Da sein Bruder schwieg, nickte Alberon streng. »Daher will ich auf jeden Fall dafür sorgen, dass der Rest der Europas nicht unter Marguerites Handlungen zu leiden hat – ich hoffe sogar, diese Gelegenheit nutzen zu können, um das Los vieler zu verbessern.«

»Was gedenkst du zu tun?«, fragte Wynter.

»Die Haunardier sind hier meine Hauptsorge. Wenn es Marguerite nicht gelingt, den Thron mit politischen Mitteln zu erringen und sie auf Krieg zurückgreifen muss, befürchte ich, dass sich die Haunardier das zunutze machen und versuchen werden, einzumarschieren, solange die nordländischen Truppen gespalten sind. Und an dieser Stelle«, er erhob sich mit grimmiger Miene, »habe ich vor, auf den Plan zu treten.«

Ein unmögliches Instrument

So sieht es also aus.« Alberon breitete die Hände auf der Karte aus. »Marguerites Königreich steht am Rande schweren Aufruhrs. Zu ihrer Linken die Haunardier. Zu ihrer Rechten der mittelländische König Tamarand und die mit ihm verbündeten Comberer, zweifellos ein Unruheherd, wenn sie die Macht ergreift.«

»Tamarand ist Shirkens Cousin«, sagte Wynter. »Er könnte sich rechtmäßig den nordländischen Thron aneignen, falls sich Marguerites Edelleute gegen die Absetzung ihres Vaters stellen.«

»Tamarand auf dem Thron der Nordländer wäre keine gute Sache«, überlegte Alberon, den Blick auf die Karte geheftet.

Das wäre eine Katastrophe, dachte Wynter. Alexander Tamarand war launisch, eigensinnig und der Sekte der Comberer fanatisch ergeben. Was die gewaltsame Unterdrückung seines Volks betraf, stand er Gunther Shirken gewiss nicht nach, aber er verstand nicht halb so viel vom Regieren wie sein Cousin. Sollte Tamarand den nordländischen Thron besteigen, wäre es nur eine Frage der Zeit, bis ihm die Kontrolle entgleiten würde. Sowohl die Mittelländer als auch die Nordländer würden ins Chaos stürzen, und dadurch stünden die Pforten weit offen für die Haunardier, um hereinzuschlendern und sich zu nehmen, wonach ihnen der Sinn stand.

Wynter drückte Coriolanus fester an sich, als könnte sein magerer kleiner Leib sie gegen den heranziehenden Sturm wärmen. Er drehte den Kopf, stützte das Kinn in ihre Armbeuge und ließ den Blick über die Karte schweifen, die riesigen Augen im Feuerschein leuchtend. Wynter streichelte ihn sachte, die Augen auf Alberon gerichtet, der tief in Gedanken seines Vaters Königreich betrachtete. Auch Razi beobachtete ihn.

»Warum hast du nicht versucht, mit dem König gemeinsam eine Lösung zu finden?«, wollte Wynter wissen. »Warum nimmst du an, dass du das allein und jenseits seiner Zustimmung tun musst?«

»Erwartest du etwa von mir, ihm von Marguerites Plänen zu erzählen, ihren Vater zu stürzen?«, fragte Alberon zurück. »Er würde doch sofort zu Gunther gehen, und Marguerite wäre tot.«

»Und wäre das schlimm?«, murmelte Razi. »Noch vor einer Stunde hast du Vaters Mangel an Skrupellosigkeit im Umgang mit euren eigenen … Meinungsverschiedenheiten getadelt.«

Alberons Lippen verzogen sich zu einem nachsichtigen Lächeln. »Gunther Shirken ist ein unberechenbares Geschwür. Ich bin überzeugt, dass er sich über kurz oder lang gegen uns wenden wird. Marguerite wird eine viel stärkere Verbündete für Vaters Thron sein – und ich habe vor, dafür zu sorgen, dass sie, wie auch immer, die Macht ergreift. Natürlich wird Vater ihren Aufstand niemals hinnehmen, aber sobald sie den Thron tatsächlich bestiegen hat, steht es Vater frei, sie als Verbündete anzunehmen, ohne die Absetzung des Königs je unterstützt zu haben – für ihn wird es sehr glatt laufen.« Er lachte bitter auf. »Sehr opportun.«

»Wenn du den Verbündeten deines Vaters nicht traust, dann solltest du das mit ihm besprechen, Albi.«

»Das habe ich versucht, Wyn«, sagte Alberon. »Aber dank deinem Vater und unserem Bruder weigert sich der König, auf mich zu hören. Lorcan hatte ihn von Shirkens Stärke und Beständigkeit überzeugt – ungeachtet der vielen gegenteiligen Bezeugungen Marguerites. Und Razi hier hat ihm eingeredet, dass unsere Verbündeten im Maghreb so stark sind wie eh und je. Daher ist Vaters Vertrauen zu ihnen beiden ungebrochen. Er ist blind für ihre Verwundbarkeit.«

»Das liegt daran, dass es diese Verwundbarkeit nicht *gibt*!«, rief Razi. »Die einzige Bedrohung hier ist Marguerite, und du *förderst sie noch bei ihren Plänen*!«

Bei dieser ersten unverhohlenen Äußerung von Razis Zorn verdunkelte sich Alberons Miene, und er presste ungeduldig die Lippen zusammen. »Das ist *deine* Meinung«, bellte er.

»Wer sollte denn die Tatsachen besser kennen als ich? Hör mal, Alberon, in den vergangenen fünf Jahren haben Lorcan und ich darum gekämpft, Vaters Bündnisse stark zu halten. Wir –«

»Gekämpft?«, brüllte Alberon. Er schlug mit der Hand auf den Tisch. »*Gekämpft?* Du hast noch nicht einen Tag in deinem Leben gekämpft, Razi! Was ist denn eine Schlacht für dich? Nichts! Nichts als ein *Wort*!«

»Albi.« Wynter war erschrocken über die unerwartete Wut in der Miene ihres Freundes.

»Nein, Wyn! Nein! Das muss mal gesagt werden!« Alberon beugte sich über den Tisch und zischte seinem Bruder ins Gesicht: »Wo warst du, Bruder? Als sich die Leichen auftürmten und wir vom Blut unserer eigenen Männer trieften? Wo warst du, als uns Tag und Nacht Schreie in den Ohren gellten und der Geruch von verwesendem Fleisch in der Nase brannte? Gekämpft willst du haben? *Gekämpft?* Wohl kaum!«

Razi machte den Mund auf, um etwas zu erwidern, aber Alberon schlug erneut auf den Tisch, dass die Becher hüpften. »Das werde ich mir nie wieder ansehen!«, rief er. »Nie wieder werde ich das erleben! All deine Worte haben es nicht aufgehalten, Razi! All dein Reden konnte es nicht beenden! Also sitz jetzt nicht mit deinem höfischen Geschwätz und deinen höfischen Kleidern dort herum und erzähl mir, du habest gekämpft, denn DU HAST NOCH NIE GEKÄMPFT!«

Coriolanus miaute ängstlich, und Wynter drückte ihn an sich. »Albi«, wisperte sie. »Hör auf damit.«

Abermals knallte Alberon die Hände auf den Tisch, Dünnbier spritzte dunkel auf die Karte. »Das hier wird GELINGEN!«, schrie er. »Es wird GELINGEN!«

Verzweifelt griff er nach der befleckten Karte, die Augen riesengroß und rot gerändert, und einen Moment lang dachte Wynter, er würde das Pergament zerreißen. Dann aber streckte Razi zu ihrem großen Erstaunen die Hand aus und legte sie sanft auf Alberons geballte Faust.

»Alberon«, sagte er. »Es tut mir leid.«

Alberon zuckte und blickte auf Razis dunkle Finger hinab, als wäre er nicht sicher, was er vor sich hatte.

Razi drückte seine Hand. »Es tut mir leid«, wiederholte er. »Natürlich kann ich niemals verstehen, was du durchgestanden hast.«

Alberon sah auf in seines Bruders Gesicht und sank ganz benommen langsam auf seinen Stuhl hinunter.

Seine Schreie mussten wohl seine Soldaten aufgeschreckt haben, denn man hörte Männer die Anhöhe hinaufrennen, Rüstungen klirrten, besorgte Stimmen riefen: *Eure Hoheit! Eure Hoheit!*

Wynter und Razi lehnten sich zurück und hoben bedächtig, aber gut sichtbar ihre Hände.

Alberon legte seine zitternden Finger an die Stirn.

Plötzlich grub Coriolanus die Krallen in Wynters Oberschenkel. »*Wolf* …«, zischte er, angestrengt die nahenden Männer beobachtend.

Wynter folgte seinem Blick und sah das grüne Licht von Wolfsaugen in der Dunkelheit funkeln. Schon wollte sie einen Warnruf ausstoßen, da erkannte sie, dass es Christopher war, der mit gezogenem Schwert neben den Soldaten herlief und dessen Augen in der Nacht leuchteten. Coriolanus auf ihrem Arm holte tief Luft, um ein Katzengeheul anzustimmen, und Wynter schlug ihm die Hand über das Maul und drückte es fest zu, so dass nur ein ersticktes *mmmmmwwwauuuuuu* hervordrang.

»Dieser Wolf ist mein Freund, Cori«, raunte sie ihm ins Ohr. »Ich flehe dich an, still zu sein.«

Entsetzt sah ihr der Kater in die Augen, und Wynter begegnete beschwörend seinem Blick. Er blinzelte. Ganz langsam gab sie sein Maul frei, und zu ihrer Erleichterung blieb er ruhig.

Soldaten eilten mit erhobenen Schwertern in den Lichtkreis des Feuers, dicht gefolgt von Christopher, Sòl und Hallvor, ebenfalls mit gezückten Waffen.

Sòlmundr rief Razi zu: »Tabiyb! *Cad é?*« Er machte Anstalten, sich dem Tisch zu nähern, und einer der Soldaten schob ihn weg.

»Zurück mit dir, du heidnischer Wilder!«

Verächtlich schubste Sòlmundr den Mann nach hinten, woraufhin die anderen Soldaten ihn mit einem Brüllen umringten. Christopher und Hallvor sprangen ihm zu Hilfe. Es entstand ein Handgemenge.

Razi blieb regungslos, die Hände erhoben, so dass die Wachposten sie sehen konnten.

»Eure Hoheit«, sagte er gedämpft. »Eure Männer sind aufgebracht.«

Alberon blinzelte ihn an.

»Albi«, sagte nun auch Wynter. »Deine *Männer*.«

Endlich drehte sich Alberon um und nahm das Gerangel hinter sich wahr. Seine Miene klärte sich etwas, und er schien genau in dem Moment wieder zu sich zu kommen, als Oliver ins Licht stürmte. Der ältere Mann warf nur einen Blick auf den Prinzen, erfasste die Lage offenbar sofort und wandte sich an die Soldaten.

»Bleibt zurück«, befahl er. »Los jetzt, auseinander … Ihr da!« Er deutete mit dem Schwert auf die Merroner. »Ihr wurdet angewiesen, Eure verdammten Waffen in Eurem Zelt zu lassen.«

Wütend wollte Sòl etwas entgegnen, doch als er den warnenden Ausdruck in Razis Augen sah, schritt Christopher ein. Er legte seine vernarbte Hand auf den Arm des Kriegers, verneigte sich leicht und sprach Oliver an. Bei seinem besonnenen, höfischen Tonfall schwoll Wynters Brust vor Stolz an.

»Wir glaubten, es gäbe Schwierigkeiten, Herr«, sagte er, »und wollten nur helfen. Wenn es so aussah, als hätten wir böse Absichten, bedauern wir das.«

Christopher steckte sein Schwert in die Scheide, und Sòl und Hallvor folgten seinem Beispiel und richteten sich in vornehmem Schweigen kerzengerade auf. Da die Soldaten weiterhin die Merroner bedrängten und schubsten, brüllte Oliver sie an, zurückzutreten. Die Augen auf den Prinzen gerichtet, rückten sie schlurfend und verunsichert ab.

»Ihr könnt gehen«, sagte Alberon still. »Es gibt keine Schwierigkeiten.«

Christopher sah Razi an, der nickte. »Danke, Freier Garron. Der Prinz ist nicht in Gefahr.«

Als sich Christopher an Wynter wandte, sah sie ihm in die Augen, die Katze an die Brust gedrückt, die Miene sorgsam ausdruckslos. Sehr langsam und feierlich verneigte er sich vor ihr; da war keine Spur seiner üblichen spöttischen Erheiterung in der Geste.

»Zu Euren Diensten«, sagte er. Dann ging er den anderen Merronern voran wieder den Abhang hinunter.

Wynter blickte seinem schlanken Rücken nach, während er in die Dunkelheit verschwand. Irgendwo kurz vor dem Fuß des Hügels blitzte kurz ein doppeltes Leuchten auf, als er sich noch einmal zu ihr umdrehte, dann war er fort.

Coriolanus flüsterte ihr verschmitzt ins Ohr: »Ein bisschen mehr als nur Freunde, deucht mich. Kein Wunder, dass du nach Hund riechst.«

»Still jetzt«, sagte sie und kraulte seine mageren Schultern, bis er schnurrte.

Oliver entließ die Männer und musterte dann seinen Prinzen. Alberon lächelte ihn matt an.

»Ich habe wieder die Beherrschung verloren«, erklärte er. »Aber es ist nichts Schlimmes passiert.«

»Ihr seid müde, Hoheit. Auch der stärkste Krieger muss einmal schlafen.«

Alberon winkte nur ab. »Hört schon auf, mir Vorträge zu halten, alter Heuchler, und geht selbst schlafen.«

Olivers Augen schnellten zu Razi. »Der Prinz arbeitet zu schwer«, platzte er unvermittelt heraus. »Niemand könnte sich mehr abverlangen.«

»Oliver!«, warnte Alberon.

»Wenn Ihr nur wüsstet, was wir in den letzten fünf Jahren mitgemacht haben, mein Fürst. Wenn Ihr nur einen Bruchteil dessen gesehen hättet, was der Prinz …«

»Es *reicht*«, sagte Alberon jetzt scharf.

Sofort verstummte Oliver, und Alberon seufzte und rieb sich erschöpft die Stirn. »Geht ins *Bett*, Oliver«, stöhnte er. »Seht zu, dass Ihr endlich etwas Schlaf bekommt.«

Oliver wandte sich zum Gehen, doch Alberon rief ihn noch einmal. »Oliver, falls Anthony noch wach ist – aber nur dann, bitte –, möchte er uns doch etwas Tee auftreiben, ja?«

Ohne sich umzusehen, nickte Oliver und marschierte in die Finsternis.

Es folgte eine kurze Stille. Coriolanus schnurrte. Das Feuer prasselte. Alberon starrte mit müdem Gesicht in die heftig züngelnden Flammen. »Es waren fünf lange Jahre«, sagte er schließlich.

Razi und Wynter blieben sorgsam stumm.

Alberon drehte sich zu ihnen um. »Zweifellos für uns alle.«

Sie bestätigten das.

Als Alberon nun Razi ansah, waren seine blauen Augen im tanzenden Licht sehr hell. »Ich werde nicht zulassen, dass sich diese fünf Jahre wiederholen, Bruder. Ich habe genug vom Reden; es ist nutzlos, wenn man keine eiserne Faust besitzt, um es zu bekräftigen.«

Razi nickte. »Erzähl mir von Lorcans Maschine«, sagte er.

Alberon breitete das zweite Pergament aus, und die beiden Männer standen ganz vertieft über die Pläne gebeugt. Razi sagte etwas und deutete auf einen Abschnitt der Darstellung, doch seine Worte drangen nicht zu Wynter durch. Sie blieb auf ihrem Stuhl sitzen und betrachtete Lorcans ordentliche, unverwechselbare Handschrift, seine wundervoll zierlichen Zeichnungen, die sorgfältigen Schaubilder der Einzelteile.

Langsam streckte sie die Hand aus und legte einen Finger auf das Pergament, fuhr ganz leicht die vollkommene, gezackte Rundung eines Zahnrads nach.

Vor ihrem geistigen Auge sah sie Lorcan; er beugte sich über die Pläne für eine Apparatur zur Wasserführung, eine Feder hinter das Ohr geklemmt, die Finger mit Tinte befleckt. Seine Augenbrauen waren aufmerksam zusammengezogen, das rote Haar tanzte im Kerzenschein um seinen Kopf. Er blickte auf, sah sie und lächelte, wie er es immer getan hatte. *Hallo, mein kleines Mädchen*, flüsterte er. *Kannst du nicht schlafen?*

Wynter presste ihre Handfläche auf die Wärme des Papiers. *Vater.*

»Deine Augen tropfen, Katzendienerin.«

Wynter hob die freie Hand an die Augen und drückte sie fest.

»Mein Fell ist schon ganz feucht.«

»Pst«, sagte sie.

»Wynter.« Razis Stimme, plötzlich dicht bei ihr.

Er ging neben ihr in die Hocke. »Wyn«, wiederholte er leise.

Sie schüttelte den Kopf, die Finger immer noch in die Augen gedrückt. Razi legte ihr eine Hand auf den Rücken, warm und tröstlich. Sein Mitgefühl trieb Wynter gefährliche Tränen in die Augen, die Art von Tränen, die nicht aufzuhalten wären, wenn sie erst flössen, das wusste sie. Also schüttelte sie seine Hand ab und wischte sich über das Gesicht.

»Was ist es, Albi?«, krächzte sie. »Es sieht aus ...« Sie räusperte sich. »Es sieht aus wie eine Muskete. Eine Art Schusswaffe.«

Razi stand wieder auf, legte ihr die Hand kurz aufs Haar und beugte sich dann erneut über den Plan. »Es sieht eher aus wie – tja, ich bin mir selbst nicht sicher. Eine Abfolge rotierender Musketen vielleicht? Aber falls es so ist, dann begreife ich nicht ... wo ist der Luntenhalter? Ich finde kein Reibrad, kein Steinschloss. Alberon, wo sind die verfluchten Zündpfannen? Es passt alles nicht zusammen.«

Alberon hatte sich auf seinen Stuhl gesetzt und musterte ihn eingehend.

»Hoffst du ...?« Razi warf einen Blick in Richtung der Haunardier- und Combererzelte. Das Lager war dunkel und still, Wachfeuer flackerten lautlos in der Nacht. Er beugte sich zu Alberon vor und fragte leise: »Hoffst du, die anderen in die Irre zu führen? Sie irgendwie davon zu überzeugen, dass wir eine Waffe besitzen, die sie nicht haben?«

Alberon grinste. »Du Politiker«, neckte er.

»Was ist das, Albi?« Wynter deutete auf mehrere senkrecht angeordnete Reihen eigentümlicher Abbildungen. »Das ist nicht die Arbeit meines Vaters.«

»Genau das ist offenbar der Schlüssel zum Ganzen«, erwiderte Alberon. Er strich mit dem Finger über die kleinen Symbole, von unten angefangen jede Spalte hinauf, von links nach rechts. »Ich kann sie selbst nicht deuten, aber Oliver kann es. Er vermutet, es ist die Arbeit eines gewissen ›Borchu‹.«

»Borchu«, hauchte Razi. Seiner Miene nach kramte er angestrengt in seinem Gedächtnis.

»Kennst du diesen Mann?«, fragte Alberon neugierig.

»Tja.« Razi hob entschuldigend die Hände. »Ich ... ich glaube nicht. Obwohl ich mir einbilde, diesen Namen bei Vater gehört zu haben. Ich habe eine dunkle Erinnerung daran, unter einem Tisch gesessen zu haben, als er und Großvater einander einmal anbrüllten. Vater war schrecklich außer sich. Das waren sie beide. Einer dieser furchtbaren Augenblicke zwischen ihnen. Da kam, glaube ich, der Name auf. Vielleicht war dieser Borchu ein Freund von Vater?«

»Oliver sagt Nein. Er behauptet, nichts von dem Mann zu wissen, außer, dass er mit Lorcan zusammengearbeitet und wahrscheinlich diese Formel hier aufgeschrieben hat. Wie auch immer, es spielt keine Rolle. Oliver hat es für mich übersetzt.« Er drückte den Finger auf die Bildzeichenreihen. »Es ist ein chemischer Vorgang.«

»Was geschieht dabei, Albi?«, wollte Wynter wissen.

Alberon blickte sie zärtlich an und lehnte sich nach vorn. »Es ändert *alles*«, flüsterte er.

Mit einer kleinen Schachtel in der Hand kam Alberon aus dem Zelt. »Weißt du, wie eine Muskete funktioniert, Schwester?«, fragte er, stellte die Schachtel auf den Boden und ging in die Hocke, um den Deckel abzunehmen.

»Man stopft Schwarzpulver, Kugel und Schusspflaster in den Lauf und füllt die Zündpfanne mit Zündkraut. Dann hält man eine Lunte an die Pfanne, das Zündkraut entzündet das Schwarzpulver und PENG!« Wynter klatschte in die Hände, so dass Coriolanus zusammenzuckte. »Die Kugel wird aus dem Lauf in den Feind geschossen … den sie hoffentlich tötet, ehe er einem selbst das Schwert in den Leib rammen kann.«

Alberon lachte. »Kurz und knapp«, sagte er. »Sieh dir das an.« Er hielt ein Röhrchen hoch, ungefähr so lang wie ein Finger und dem Anschein nach aus festem Papier. »Was glaubst du, was das ist?« Ratlos schüttelte Wynter den Kopf, und Alberon wandte sich an Razi. »Bruder, was meinst du?«

Razi schielte nach dem Pergament. »Hmm«, machte er nachdenklich. »Könnte das eine …« Er blinzelte und reckte den Hals, offenbar las er von den Plänen ab. »Eine … gewachste, mit Schwarzpulver und einer Kugel gefüllte Papierhülse sein?«

Wieder musste Alberon lachen. »Die und siebenundvierzig ihrer makellosen kleinen Brüder werden in die hier beschriebene Ladevorrichtung gelegt.« Er zeigte auf den entsprechenden Abschnitt der Zeichnung. »Dann werden sie alle gleichzeitig in den Ring von Musketenläufen gesteckt. Siehst du diesen Klingenkreis an der Ladevorrichtung? Da, siehst du ihn? Der da an dem Hebel befestigt ist, der ihn dreht? Die Papierkartuschen werden unmittelbar, bevor der Kolben sie einschiebt, aufgeschlitzt. Dadurch zerfallen sie zu Schießpulver, Kugel und Schusspflaster, genau wie bei jeder normalen Muskete …«

»Nur, dass man achtundvierzig auf einmal lädt, in der Hälfte der Zeit«, überlegte Razi.

»Sogar noch schneller, Bruder … und siehst du, hier? Das gesamte System aus achtundvierzig Läufen kann in einem Stück abgenommen, gereinigt und neu geladen werden, während an seiner statt ein frisches eingesetzt wird. Dadurch verfügt man über eine beinahe ununterbrochene Schussfolge.«

»Absolut tödlich«, stellte Wynter fest. »Stellt euch eine ganze Reihe von diesen auf einer Schlossmauer vor.«

»Du sagst es, Wyn!«, rief Alberon. »Zwölf Mann an jeder Waffe, mehr braucht man nicht! Zwölf Männer, und sie tun die Arbeit von Hunderten Bogenschützen. Es ist unglaublich … nicht nur das, im Gegensatz zu unseren sperrigen Kanonen kann dieses Gerät bis ins kleinste Teil auseinandergenommen und kinderleicht über jedes noch so schwer zugängliche Gebiet transportiert werden! Überlegt euch mal, welche Möglichkeiten das bietet!«

»Aber das kann nicht sein, Albi«, sagte Razi. »Eine hochfliegende, aber unmögliche Idee, denn es kann doch gewiss nicht zünden?«

Nun sah Alberon seinem Bruder zufrieden ins bedauernde Gesicht. »Pass auf«, sagte er leise und zog einen weiteren Gegenstand aus der Schachtel.

Bei dessen Anblick spannte sich Coriolanus' Leib. »Ich werde mich zurückziehen«, sagte er, löste sich aus Wynters Armen und ließ sich steif auf den Boden fallen. Ihr wurde weh ums Herz, als sie ihn so unbeholfen landen sah. Auf dem Weg ins Zelt machte er einen großen Bogen um Alberon.

»Ich werde es nur ein Mal vorführen, Cori«, versprach Alberon. »Ich weiß, dass du das Geräusch nicht magst.«

»Pffff! Macht Euch meinetwegen keine Umstände, Prinz-und-Thronerbe. Ich bin kein kopfscheues kleines Kätzchen, das Angst vor dem Donner hat. Macht so viel Lärm, wie es Euch behagt, ich bin nur allmählich Eurer Gesellschaft überdrüssig.« Er glitt in den Schatten des Zelts, und Wynter zog den Umhang fest um sich, da sie ohne das warme Wesen auf ihrem Schoß plötzlich fror.

»Seht her«, sagte Alberon. Er entfaltete ein kleines Stück des Gegenstands in seinen Händen, und Wynter erkannte, dass es sich um eine Rolle handelte. Das Papier war sehr dick, und in der Mitte verlief eine Reihe kleiner Erhebungen. Alberon riss etwas von dem Streifen ab, legte dann den Rest der Rolle zusammen mit der Papierkartusche zurück in die Schachtel und schloss den Deckel.

»Jetzt passt auf.« Damit legte er das Stück Papierstreifen auf einen flachen Stein, nahm sein Gürtelmesser, grinste Razi an und schlug dann mit dem Metallgriff seines Messers auf das Papier.

Es gab einen gewaltigen Knall und ein grelles Aufblitzen. Razi schrie, und Wynter machte einen Satz und schlug sich die Hände vor die Augen. Unten zwischen den Zelten heulten die Kriegshunde auf, aber ihr verängstigtes Bellen drang nur schwach durch das hohe Pfeifen in Wynters Ohren. Sie versuchte, die Lichtnarben auf ihren Augen wegzublinzeln, und hörte Alberons Lachen als gedämpftes Geräusch. Allmählich erholten sich ihre Ohren, und seine Worte wurden deutlicher.

»… hätte euch warnen sollen«, rief er fröhlich. »Aber auf den Schreck kann man sich nicht vorbereiten.«

Das hast du doch genossen, dachte sie. *Du Halunke!*

Razi taumelte ein paar Schritte nach vorn und nahm das jetzt geschwärzte Papier in Augenschein, wobei Alberon ihm vergnügt zusah. »Ich habe ein paar auf einmal knallen lassen, um den Effekt zu vergrößern«, rief er, um das immer noch in ihren Ohren hallende Klingeln zu übertönen. »Aber du bist im Bilde, Bruder, oder?«

Razi hockte sich hin und legte die Finger auf das versengte Papier. »Wie geht das? Du hast keine Flamme benutzt … was dann? Einen Funken?«

»Kein Feuer, Bruder! Keine Lunte, kein Feuerstein, kein Reibrad, keine Zündpfanne. Nur diese genialen Papierkartuschen, ein kleines Metallhämmerchen, das über einem Messingstück schwebt … und das hier.« Mit leuchtenden Augen hielt er den zerfetzten Papierstreifen hoch.

»Willkommen in einer völlig neuen Welt!«, brüllte er.

Tee und Gebäck

Hastige Schritte näherten sich, begleitet von einem Scheppern. Anthony tauchte aus der Dunkelheit auf, einen dampfenden Kessel vor sich her tragend, das kleine Gesichtchen erwartungsvoll strahlend. Jäh blieb er stehen, entdeckte das verbrannte Papierstück, und sein Lächeln erstarb. Er stampfte mit dem Fuß auf, seine ganze vornehme Ernsthaftigkeit wich kindlicher Enttäuschung.

»O nein!«, klagte er. »Ihr habt es schon wieder ohne mich gemacht!«

Alberon musste lachen, stand auf und klopfte seine Hose ab.

»Aber Ihr habt es versprochen!«, rief Anthony.

»Beim nächsten Mal.« Im Vorbeigehen zerzauste Alberon Anthonys Haar. »Und jetzt besinn dich auf deine Manieren, kleiner Mann, und gieß der Hohen Protektorin etwas Tee ein … so denn welcher da ist.« Er ließ sich auf seinen Stuhl sinken und begann lustlos, die Zeichnungen zu falten.

Wynter nahm sie ihm weg. »Du machst sie ja ganz kaputt«, tadelte sie sanft, rollte sie auf und band sie ordentlich mit den Bändern zu.

Alberon lächelte sie dankbar an und ließ sich gegen die Lehne fallen. Nun stolperte auch Razi herbei, den Blick fest auf das schwarze Papier geheftet, das er unablässig hin und her drehte. Anthony knallte den Kessel neben der Feuerschale auf den Boden, räumte den Tisch ab und machte sich schmollend an das Auswaschen der Becher. Alberon beobachtete ihn mit matter Heiterkeit.

»Ein Sprengstoff, der durch Erschütterung entzündet wird«, murmelte Razi, erneut das Papier umdrehend. »Unfassbar …« Er schnupperte und hielt seine Zunge daran, dann runzelte er bei dem Geschmack nachdenklich die Stirn.

»Ich glaube, die Hauptsubstanz wird durch ein ominöses Verfahren unter Zuhilfenahme von Scheidewasser, irgendeiner Form von Alkohol und – dein Lieblingsspielzeug, Razi – Quecksilber gewonnen.«

Bei der Erwähnung von Quecksilber leuchteten Razis Augen auf, und Wynter musste schmunzeln. Sofort fühlte sie sich in das fantastische Laboratorium von St. James zurückversetzt, wo Razis Kindergesicht staunend beobachtet hatte, wie magisches Flüssigmetall in Tröpfchen über den Boden einer Phiole kullerte. *Siehst du?*, hatte er gelispelt und die Phiole zuerst Wynter, dann Albi vor die großen Augen gehalten. *Das ist Wassermetall, ist es nicht wunderbar? Seht ihr, wie es fließt?*

»Quecksilber«, raunte der nun erwachsene Razi und hob das Papier ehrfürchtig in die Luft, als könnte sein heiß geliebtes Quecksilber herausrollen und ihm auf den Schoß tropfen.

»Entschuldigt die Störung, Hoher Herr«, sagte Anthony und stellte die frisch gespülten Becher auf den Tisch. Behutsam goss er Tee aus dem dampfenden Kessel. »Vorsicht, der ist rechtschaffen heiß.«

Dankbar nahm Alberon einen Schluck und riss ungläubig die Augen auf. »Anthony!«, seufzte er. »Das ist ja *frischer* Tee!«

Anthony, der sich noch nicht ganz von seiner kindlichen Verstimmtheit erholt hatte, schniefte trotzig. »So ist es«, sagte er. Wynter schmunzelte über das unausgesprochene *Nicht, dass Ihr das verdient hättet* in seinem Tonfall.

Alberon jedoch sog den Dampf ein und stöhnte vor Behagen. »Tee«, schwärmte er. »Oh, was für ein Segen … wo um alles in der Welt hast du den her? Seit zwei Wochen haben wir keinen frischen Tee gehabt.«

Der kleine Diener machte einen etwas verlegenen Eindruck. »Ich …«, begann er, dann blickte er den Hügel hinab. »Das ist ein Geschenk. Zusammen mit denen hier, Eure Hoheit.« Er zog ein kleines Päckchen aus der Schürze und faltete ein rechteckiges Stück Stoff auf dem Tisch auf. Es enthielt sechs süß duftende Küchlein, die noch leicht dampften. Wynter erkannte sie sofort als merronische *Scòns*.

»Der mit den abgehackten Fingern hat sie mir gegeben«, erklärte Anthony. »Er steht unten am Abhang. Er auf der einen Seite des Wegs, Ritter Oliver auf der anderen, beide starren zu Euch hinauf, ohne ein Wort zu sagen.«

Christopher, dachte Wynter besorgt. Sie betete, dass ihr Freund nicht so töricht gewesen war, eine Botschaft mit diesem Geschenk zu senden. *Bitte sag nicht, dass die für mich sind!* Inständig hoffte sie, der Junge würde den Mund halten. Jetzt war nicht die Zeit, ihre wahren Empfindungen für Christopher zu enthüllen. Alberons Reaktion wäre zweifellos stürmisch, und Wynter wollte die ausgeglichene Stimmung dieses Abends nicht beeinträchtigen.

Doch Alberon musterte erst das Gebäck, dann Wynter. Er zog die Stirn in Falten, und sie musste schlucken.

Er hat es erraten, dachte sie. *Ein Blick in mein Gesicht hat gereicht, um mich zu durchschauen. Ach, zum Teufel mit dir, Christopher Garron. Zum Teufel mit dir und deinem verdammten Stolz. Warum schreien wir unsere Gefühle nicht gleich von den Dächern? Tanzen mitten im Lager zusammen die Allemande? Verkünden der ganzen verfluchten Armee unsere Verlobung?* Sie spürte ihre Wangen vor Scham rot aufleuchten und war mit einem Mal wütend auf Alberon, weil sie sich seinetwegen über Christopher ärgerte, und auf Christopher, weil er sie in Zugzwang brachte.

Der kleine Diener beugte sich vor und flüsterte Alberon ins Ohr: »Der merronische Dieb hat mich aufs Geratewohl einen Kuchen aussuchen lassen, Eure Hoheit. Ich hab ihm zugesehen, wie er ihn gegessen hat, und habe auch bestimmt drei Minuten abgewartet, damit er sich nicht den Finger in den Hals steckt oder so etwas. Ich bin fest davon überzeugt, dass man sie gefahrlos essen kann.«

»Aha«, sagte Alberon. Er leckte sich die Lippen und betrachtete die Scòns jetzt, da er wusste, dass sie nicht vergiftet waren, mit ganz anderer Miene, und Wynter begriff mit brennendem Schuldgefühl, dass Alberon keine Ahnung von deren Bedeutung für sie hatte.

Alles hatte sich nur in ihrem Kopf abgespielt. Starr und ausdruckslos saß sie da, entsetzt über sich selbst: Angesichts dieser warmen und zarten Geste der Zuneigung war ihre erste Empfindung Christopher gegenüber Wut und Scham gewesen. Sie schielte zu Razi, der das Gebäck mit gerührter Miene betrachtete. Ohne seinen kostbaren Papierstreifen wegzulegen, nahm er seinen Teebecher und erhob ihn als stilles Zeichen der Dankbarkeit in Richtung Finsternis am Fuße der Anhöhe.

»Ist dir nicht wohl, Schwester?«, erkundigte sich Alberon. »Du bist schrecklich blass geworden.«

»Mir geht es gut.« Sie wandte sich ihm zu. »Warum hat Marguerite die Merroner zu ihren Gesandten erwählt, Alberon? Die Frau hat nichts als Verachtung für sie übrig. Warum sollte sie ihnen so etwas anvertrauen?«

Missbilligend sah Alberon sie an. »Sei doch nicht so einfältig, Wyn. Wer wäre besser geeignet, ihre geheimen Botschaften zu überbringen? Welcher Mensch bei klarem Verstand würde einen Haufen gottverlassener merronischer Heiden verdächtigen, Marguerite Shirkens Dokumente für sie zu befördern? Außerdem«, er nahm sich einen Scòn, »selbst wenn sie es wagen sollten, zu schnüffeln – was können Leute wie die schon anrichten? Jeder weiß doch, dass die verdammten Wilden nicht lesen können. Großer Gott, die schmecken aber gut! Woraus sind die gemacht?«

»Kastanienmehl«, erwiderte Razi rasch. Unter dem Tisch trat er Wynter, und sie verbiss sich weitere Fragen über die Merroner.

Razi beugte sich nach vorn und legte den Papierstreifen zwischen sich und Alberon auf den Tisch. »Die Haunardier und die Comberer«, sagte er. »Hast du vor, sie durch diese Erfindung einzuschüchtern? In der Hoffnung, sie lassen Marguerite dann in Ruhe? Falls ja, musst du ihnen möglicherweise mehr als nur eine Zeichnung und einen lauten Lichtblitz zeigen, Bruder. Ich vermute mal, sie müssten die Maschine schon mit eigenen Augen sehen, um ihre Macht wahrlich zu begreifen. Befindet … befindet sich diese Waffe in deinem Besitz?«

Alberon gluckste. »Schön wär's«, sagte er. »Aber Vater hat das einzige verbliebene Exemplar. Nein, die Comberer haben ihre ganz eigenen Gründe, hier zu sein. Was die Haunardier betrifft, sind sie meinem Ruf nach Verhandlungen in dem selbstgefälligen Glauben gefolgt, sie hätten eine geheime Macht über mich inne; unterdessen lassen sie mich *gewähren*, weil sie hoffen, die Kluft zwischen Vater und mir vertiefen zu können. Sie kamen hierher, um Lorcans wundervolle Entwürfe zu begaffen, Besorgnis über die möglichen Auswirkungen zu heucheln – und sich dann nach Hause zu ihren Anführern zu trollen, während sie sich die ganze Zeit über ihre eigenen geheimen Ränke ins Fäustchen lachen. Sie glauben, ein Bündnis in Algier geschmiedet zu haben, das den Sultan zerstören wird. Aber morgen – oder wann auch immer meine verdammten Boten aus Fez eintreffen – habe ich vor, den Haunardiern den Läufer unter den hübsch beschuhten Füßen wegzuziehen. Wart's nur ab.«

Alberon lächelte Razi finster an. »Die werden schon bald *ehrlich* besorgt nach Hause galoppieren. Wenn von ihren Plänen nichts mehr übrig ist und ihnen der Lärm meiner Maschine noch in den Ohren gellt. Ich werde den Hof des Sultans stärken, die Haunardier untereinander aufhetzen und Marguerite Raum zum Manövrieren verschaffen, alles mit einem einzigen schmerzlosen Mischen der Karten.«

Razi wartete darauf, dass Alberon weitersprach, aber Albi lächelte einfach nur. »Warte es ab«, wiederholte er.

Wynter fröstelte und zog den Umhang fester um sich. Das Feuer in der Schale flackerte hoch, und der Becher Tee war warm in ihren Händen. Trotzdem war ihr kalt, sie war völlig durchfroren, wie man es ist, wenn man nach einem zu schweren Tag zu lange aufbleibt. Plötzlich war sie todmüde und das Kissen in ihrem Rücken zu bequem.

Razi sagte etwas anderes, etwas, das mit den kargen Quecksilberbeständen zu tun hatte, aber die schachähnliche Vielschichtigkeit des Gesprächs der Männer verschwamm allmählich in ihrem Kopf, und sie hatte nicht mehr die Kraft, ihm zu folgen.

Ich werde etwas verpassen, dachte sie. *Wenn ich sie weitermachen lasse, solange ich in diesem Zustand bin.*

»Ich bin müde«, brummelte sie. »Es ist spät.«

»Der Mond geht unter, ob ihr es glaubt oder nicht«, stellte Alberon fest. »Armer Anthony, ich habe ihn schon wieder die ganze Nacht wach gehalten.«

Von dem Jungen war kein Mucks zu hören, und als sich Wynter vorbeugte, sah sie, dass er sich auf dem Boden zusammengerollt hatte und neben dem Feuer tief und fest schlief. Armer Kleiner.

»Er ist noch sehr jung, Albi, um von dir in diese Sache hineingezogen zu werden.« Sie hatte den Mund aufgemacht, ohne nachzudenken, und zog sofort den Kopf ein, da sie mit einem weiteren Ausbruch von Alberons unberechenbaren Launen rechnete. Doch ihr Freund seufzte nur.

»Ich weiß«, sagte er. »Und es war nicht meine Absicht, glaub mir. Ich habe ihn nur aus dem Schloss mitgenommen, um ihn vor einer Befragung in Sicherheit zu bringen, und hatte ihn bei einer Köhlerfamilie im Wald untergebracht. Er hatte Order zu warten, bis ich ihn holen komme. Aber der närrische Knirps ist mir beinahe bis zu den Toren des Lagers gefolgt. Wäre dafür auch noch beinahe erschossen worden.« Mit unverhohlenem Bedauern sah er das Kind an. »Närrischer Knirps«, sagte er noch einmal.

»Wollte seine Familie ihn nicht aufnehmen?«

»Ich bin mir nicht sicher, ob er überhaupt eine hat, Wyn. Um ehrlich zu sein, weiß ich von dem Jungen nichts als seinen Namen, und dass er offenbar zu einem Leibdiener ausgebildet werden sollte.« Auf Razis und Wynters fragenden Blick hin seufzte Alberon erneut, als würde er lieber nicht davon sprechen. Dann aber senkte er die Stimme. »Er ist ein Mitglied des Truffaut-Haushalts«, sagte er. »Alles, was vom Truffaut-Haushalt noch übrig ist, um genau zu sein.«

Razi stöhnte auf. Sie kannten die Geschichte vom Truffaut-Massaker gut – wer könnte sie je vergessen?

Wieder blickte Wynter zu dem armen kleinen Burschen. »Ich dachte, niemand hätte dieses Gemetzel überlebt«, sagte sie kaum hörbar.

»O ja«, erwiderte Alberon ebenso leise. »Als wir ankamen, waren die Aufständischen und ihre Comberer-Verbündeten bereits weitergezogen. Es war nicht mehr rückgängig zu machen ... die Truffauts selbst hingen an ihren berühmten Apfelbäumen – mögen sie in Frieden ruhen –, und jeder Mann, jede Frau, jedes Kind aus ihrem Haushalt war tot und nackt vor dem Haupteingang zu einem Haufen aufgestapelt, das Anwesen nur mehr eine lodernde Ruine.«

Alberon zögerte, er schien das schreckliche Bild vor Augen zu haben. Als er dann wieder ansetzte, war seine Stimme sehr ruhig. »Wir hatten schon angefangen, das Loch, in dem wir sie bestattet haben, wieder zuzuschaufeln, als ich bemerkte, dass sich etwas rührte. Ich habe ihn mit bloßen Händen ausgegraben.«

Wynter presste sich die Hand vor den Mund und schüttelte entsetzt den Kopf.

»Ich weiß, Schwester. Solch eine winzige Bewegung.

Hätte ich sie nicht gesehen …« Mit einer Grimasse brach Alberon den Satz ab. »Der Segen ist, dass er sich an nichts erinnert. Er wachte zwei Tage später als vergnügter, umtriebiger kleiner Kerl auf, ungefähr so, wie ihr ihn heute erlebt habt. Er hat sein Leben, bevor wir ihn fanden, nie erwähnt, und ich muss gestehen, dass ich nicht viel Verlangen verspüre, ihn danach zu fragen.«

»Ach, Albi. Das arme Kind.«

»Ja. Nach jenem Tag konnte mich niemand mehr davon abhalten, ins Feld zu ziehen. Vater meinte, zwölf sei zu jung. Aber wenn sechs alt genug ist, um lebendig begraben zu werden, dann ist zwölf alt genug, um zu kämpfen.« Eigenartig gleichgültig zuckte Alberon die Achseln. »Wie dem auch sei, so ist der Krieg. Ich fürchte, ich habe seither viel Schlimmeres gesehen.« Etwas schwerfällig erhob er sich. »Anthony«, flüsterte er und rüttelte an der Schulter des Knaben. »Komm mit. Wir gehen ins Bett. So ist es brav.«

Anthony gähnte. »Wo bringen wir die Dame unter?«, fragte er schläfrig. »Ich habe dich … Euch noch gar nicht nach Euren Wünschen gefragt …« Seine Stimme verlor sich, und er sackte gegen Alberons Schulter, der ihm über das Haar strich und Wynter ansah. Plötzlich war er offenbar unfähig, Entscheidungen zu treffen, zu müde für Worte.

»Ich werde mich in Razis Zelt legen«, sagte Wynter, den Blick auf den Knaben gerichtet, innerlich mit seiner Geschichte beschäftigt.

Alberon brummte unwillig. »Ich weiß nicht, Wyn. Das ist wahrscheinlich keine so gute Idee. Das hier ist ein Soldatenlager. Die Männer haben Soldatengedanken und Soldatenzungen. Am Hofe wurden bereits Anspielungen auf einen anstößigen Umgang gemacht. Was auch immer auf eurer Reise hierher gewesen sein mag – ich halte es nicht für klug, die Gerüchte zu bestätigen, indem du den armen Razi zu deinem Bewacher hier im Lager machst.«

»Großer Gott.« Razi fuhr aus seiner traurigen Betrachtung des kleinen Jungen hoch. »Du kannst doch wohl nicht glauben, dass Wynter und ich …? Dass wir …?«

Alberon krümmte sich vor Abscheu. »Bruder! Sei nicht ekelhaft! Ich versuche lediglich, das bisschen Ruf, das Wyn bei Hofe noch geblieben ist, zu bewahren.« Er drückte sich vom Stuhl hoch, geriet ins Taumeln, dann stupste er Anthony mit dem Zeh an. »Auf, kleiner Mann.«

Langsam kam Anthony auf die Füße.

»Hör mal, Razi«, sagte Alberon. »Falls Wyn irgendwelche Hoffnungen hegt, eine gebührende Verbindung einzugehen, dann müssen wir sorgfältig darauf achten, ihren guten Leumund wiederherzustellen. Mit dem Mann, der ohnehin bereits für ihren Liebhaber gehalten wird, allein in einem Zelt zu schlafen, wird ihr dabei nicht zustattenkommen. Sie ist bereits eine …«

Alberon sprach weiter und weiter, seine Absichten löblich, seine Worte abscheulich. Mit ihnen sank das Hofleben mit all seinen Verflechtungen, all seinen labyrinthischen Bedeutungen, all seiner Wachsamkeit wie eine erdrückende Last auf Wynters Schultern zurück. Schweigend lauschte sie ihm, zu entkräftet von Müdigkeit, um etwas zu entgegnen; zu ausgefüllt von Kummer. Sie sah in die Nacht hinaus, doch der flackernde Feuerschein verwischte alles zu einem Nichts. Sie war zu müde für das hier. Sie war einfach zu *müde*. Sie sehnte sich nach Christopher, wollte zu ihm laufen, ihn in der Dunkelheit finden, den Kopf an seine Schulter betten. Sie wollte, dass er kicherte und sie beim Namen nannte. Sie wollte, dass er ihr Haar küsste und sich um nichts scherte.

Razi und Alberon stritten darum, ob es klug wäre, wenn Wynter diese Nacht in Alberons Zelt verbrächte. Aus irgendeinem Grund betrachtete Alberon das überhaupt nicht als Kompromittierung ihrer Tugend, Razi hingegen beharrte darauf, dass sie in *seinem* Zelt wenigstens nicht mit ihm allein wäre, da auch Christopher Garron dort schliefe. Das wiederum fand Alberon so haarsträubend, dass er laut lachte. Auf Anthony, der neben dem Prinzen schwankte und dem bereits wieder die Augen zufielen, achtete keiner.

»Dort sind Frauen«, murmelte Wynter.

Die Männer wirbelten gleichzeitig herum. »Was?«, bellten sie, verärgert, dass sie ihren Disput unterbrach.

»Frauen«, wiederholte sie. »Bei den Merronern. Frauen. Sie können meine Tugend verteidigen.«

Ohne sich weiter um den Protest der Männer zu kümmern, machte sie sich auf den Weg nach unten. Alberon sagte gerade etwas von den Merronerfrauen, die genauso schlimm seien wie die Männer; Razi ermahnte ihn, seine Stimme zu senken. Wynter trat vom Licht des Feuers in die Pechschwärze. Steine knirschten unter ihren Stiefeln, während sie sich blind vorankämpfte. Nun erzählte Alberon etwas von dem blauen Zelt, und Razi entgegnete: *Morgen, verdammt, Albi. Warte einfach bis morgen ab.*

Wynter war es egal. Sollten sie sich doch streiten.

Es war kalt, sehr kalt, aber die Luft strich angenehm über ihr müdes Gesicht. Wynter erreichte den Fuß der Anhöhe, und jemand trat leise wie eine Katze an ihre Seite. Als sie seinen vertrauten, würzigen Geruch aufschnappte, lächelte sie.

»Hallo, Wynter«, murmelte er.

»Du hast gewartet.«

»Hast du an mir gezweifelt?«

»Keinen Augenblick.«

Seine Arme schlossen sich warm um sie, und sie lehnte sich an ihn, ihr Kopf fand in der Finsternis seine Schulter. »Lass uns zu Bett gehen«, flüsterte sie.

»Allein?«

Wynter seufzte. Wie schön wäre es, inmitten all dieser Verwicklungen allein zu sein. Sich einfach nur bei der Hand zu nehmen und durch das schweigsame Gewirr aus Zelten hinaus in den Wald zu spazieren; ihre Umhänge über ein duftendes Bett aus Kiefernnadeln zu breiten, die Schnüre an der Kleidung des anderen zu lösen und sich aneinanderzupressen, Haut auf Haut im gefleckten Mondlicht. Es täte so gut, sich endlich das Geschenk des Zusammenseins zu gewähren. Es täte so *gut*. Es wäre eine solch einfache, solch ehrliche Freude.

Beim bloßen Gedanken daran kniff Wynter die Augen zu und zog Christophers schlanken Körper dichter an sich. Auch er verstärkte den Griff seiner Arme um sie, und so standen sie aneinandergedrückt, die Leiber so eng zusammen, einander so fest umschlingend, dass es sich anfühlte, als schlügen ihre Herzen Seite an Seite, nur durch eine dünne Schicht Haut voneinander getrennt.

Ich sehne mich so sehr nach dir, dachte Wynter. *Ich möchte dich so unbedingt behalten. Bitte. Bitte. Darf ich dies haben? Nur dieses eine für mich selbst?*

Einige ihrer Haare hatten sich aus dem Band gelöst, und Christophers Finger strichen nun durch die Strähnen in ihrem Nacken. Seine Berührung jagte ein köstliches heißes Kribbeln über Wynters Körper, sie empfand ein schmerzliches Ziehen. Er senkte die Stirn auf ihre Schulter, und sie legte die Lippen auf seinen Hals.

Er stöhnte.

»Wir tun uns hier keinen Gefallen, Wynter.«

»Nein«, raunte sie, »das tun wir wohl nicht.«

»Wir müssen uns loslassen, bevor keiner von uns beiden mehr die Kraft dazu hat.«

»Ich weiß.«

Trotzdem hielt er sie in der samtigen Dunkelheit weiter fest an sich gepresst, ohne ein Geräusch oder eine Regung, bis sie sich schließlich von ihm löste und er ihre Hand nahm. »Komm«, sagte er heiser. »Wir suchen uns etwas Gesellschaft.«

»Christopher?«, brummelte Wynter. Sie war nicht sicher, ob er wach war. »Danke für die Scòns. Sie waren köstlich.«

Als stumme Antwort drückte Christopher ihre Taille, und Wynter legte den Kopf an seine Schulter und blickte in das Halbdunkel des Zelts. Hinter seiner sich sanft hebenden und senkenden Brust konnte sie schwach Frangoks Rücken und ein Büschel von Somas hellem Haar ausmachen. Irgendwo noch weiter hinten schnarchte Hallvor leise.

Auf Christophers geflüsterte Bitte hin hatten sich die drei Merronerfrauen wortlos von ihren Lagern erhoben, waren in Razis Zelt gewankt, hatten ihr Bettzeug auf den Boden geworfen und sich sofort wieder hingelegt. Wynter vermutete, dass sie dazu kaum richtig wach geworden waren. Sie war ihnen so schmerzhaft dankbar, dass sie kaum wusste, wie sie es ausdrücken sollte. Doch trotz der Anwesenheit der Frauen und trotz ihrer eigenen großen Müdigkeit fiel es ihr kein bisschen leichter, in Christophers Nähe zu sein, ohne ihn küssen, ihn anfassen zu wollen, und so lag sie angespannt neben ihm und sehnte sich danach, ihre Hand unter sein Hemd zu schieben, einfach nur, um die Wärme seines nackten Bauchs zu spüren.

Christopher lag auf dem Rücken, Wynters Kopf auf seiner Schulter, ihren Arm auf der Brust. Er schien restlos glücklich, sie bei sich zu haben, und strich versonnen mit dem Daumen über das gedrehte Wollarmband an ihrem Handgelenk.

Leise, die Stimme ein sanftes Beben unter ihrer Wange, fragte er: »Was wünschst du dir, Hohe Protektorin? Wenn das alles hier vorüber ist und unser Leben wieder uns gehört – was wird dich glücklich machen?«

Die Antwort auf diese unerwartete Frage stand Wynter so klar und unverzüglich vor Augen, dass sie beinahe weinen musste. *Ein Häuschen im Schatten von Walnussbäumen*, dachte sie. *An einem mit Forellen gefüllten Bach. Eine nach Holzspänen und Harz duftende Werkstatt. Ein Ort, an dem ich gute, starke Dinge bauen kann, die ein Leben lang halten.*

Geduldig wartete Christopher auf ihre Entgegnung, aber Wynter sagte nichts. Genau so gut hätte sie einfach nur antworten können: *Warum das Unmögliche wünschen?* Ihr Verlangen nach Christopher verblasste allmählich unter der schrecklichen Erkenntnis, dass alles andere, auf das sie gehofft hatte, verloren war. In der friedlich atmenden Stille schloss sie die Faust um Christophers Hemd und überlegte, was er sich wohl wünschen würde. Wynter hatte eine furchtbare Ahnung, dass ihm alles, was er je wirklich gewollt hatte, bereits unwiederbringlich von den Wölfen geraubt worden war.

Dennoch wandte sie den Kopf und flüsterte: »Was würde *dich* denn glücklich machen, Liebster?«

»Ach, du weißt schon«, gab er zurück. »Das Übliche – ein großer funkelnder Palast, Dienstboten aus reinem Gold, mit Diamanten besetzte Konkubinen.«

Wynter kicherte. Das war mit Sicherheit genau *nicht* das, was er sich wünschte. »Du bist unmöglich.«

»Stimmt«, murmelte er. »Das bin ich.«

Es folgte ein kurzes Schweigen, während dessen sich Christophers vernarbte Hand sanft um Wynters Handgelenk schloss. Sie spürte, wie sich sein Körper entspannte und in den Schlaf sank.

»Christopher, wir sollten reden. Es gibt Dinge, die wir besprechen sollten, über das Leben bei Hofe. Dinge, die wir –«

»Nein.« Kaum zu vernehmen.

»Nein?«

»Ich weiß alles, was ich wissen muss.«

»Chris –«

»Hohe Protektorin. Ich weiß alles, was ich wissen muss.«

Wynter wartete kurz etwas unsicher ab, dann setzte sie erneut an.

Christopher legte den Kopf schief, sein Flüstern liebkoste ihre Wange. »Hör auf, dir Sorgen zu machen, und schlaf jetzt. Razi wird bald hier sein.«

Wynter kuschelte den Kopf wieder an seine Schulter. Stirnrunzelnd presste sie ihre Finger in seinen zusammen und beobachtete, wie sich ihre miteinander vereinten Hände mit seinem Brustkorb hoben und senkten. Zu guter Letzt brachte sein gleichmäßiger Atem sie zur Ruhe, ihr Puls verlangsamte sich zu einem gemächlichen Rhythmus, und sie schlief ein.

Donnernder Rauch

Wynter stand auf dem Hauptweg des Lagers und lauschte der Stille. Der Pfad erstreckte sich als holpriges Band aus Mondlicht fort bis zu dem verlassenen Schutzwall. Hinter ihr schlief Alberons Zelt unter den großen Augen des Mondes.

Warum hörte man nichts? Wo waren all die Geräusche eines nächtlichen Feldlagers? Vergeblich horchte Wynter auf das verhaltene Stapfen und Murmeln der Wachposten, das Schnarchen, Seufzen und Husten der schlafenden Männer. Da war nichts – nur ein gedämpftes Knarren, wie ein träge an einem Seil schaukelnder schwerer Sack. Sie blickte den Weg auf und ab, konnte aber keine Ursache für das Geräusch entdecken.

Alberons Stimme wehte vom Zelt zu ihr herab, seine Worte deutlich, obwohl nur leise ausgesprochen.

»Du bist auf meiner Seite, Bruder?«

Wynter drehte sich zu der Anhöhe um und wartete auf Razis Antwort. Es kam keine. Sie wusste, Razi stand dort oben und musterte Alberon, die Miene so wenig zu deuten wie ein sternenloser Himmel. Sie machte einen Schritt nach vorn, um den Hügel zu erklimmen, doch das Knarren lenkte sie erneut ab, und sie warf einen Blick über die Schulter.

Nun erst bemerkte sie die Galgen, die überall im Lager errichtet worden waren. Es gab mindestens zwei pro Zelt, die kreuz und quer angeordneten Balken zeichneten sich schroff gegen den vom Mond erhellten Himmel ab. Jeweils fünf Männer hingen daran, ihre leblosen Körper schwangen in der sanften Brise. Es waren so viele. Wie hatte ihr das bisher entgehen können? Die dicken Seile ächzten an dem Holz der Galgenstangen, und das verursachte das schwere Knarren. Wynter war unendlich dankbar für die Schatten, die Einzelheiten verbargen; noch nie hatte sie den Anblick der aufgedunsenen Gesichter von Gehenkten ertragen können.

Deshalb also ist das Lager so still, dachte sie. *Das sollte ich besser Alberon berichten. Sicher möchte er wissen, dass seine Männer tot sind.*

Ein kühler Wind blies von nirgendwoher, wehte Wynter Staub und Dreck ins Gesicht. Sie riss die Hände hoch, um ihre Augen zu schützen, und der Gestank nach Schießpulver und Verwesung brachte sie zum Würgen. Da erzitterte der Boden unter ihren Füßen, sie spürte den vertrauten, warnenden Rhythmus eines herangaloppierenden Pferdes, und ein Geisterreiter löste sich aus den dunklen Bäumen. Als er durch den Erdwall hindurch und über den Weg auf sie zustürmte, erkannte Wynter in ihm den Soldaten von der Furt, jenen Mann, den Razi nicht hatte retten können. Mühsam nur hielt er sich im Sattel, das durchsichtige Gesicht schmerzverzerrt. Er rief etwas, sein Mund öffnete und schloss sich in lautloser Verzweiflung, während er durch das Lager ritt.

Er näherte sich mit ungeheurer Geschwindigkeit. Kaum blieb Wynter Zeit, zurückzutaumeln, schon war er bei ihr: Pferd und Reiter durchdrangen sie in einem Schwall eisiger

Kälte. Der Sturm ihres Ritts heulte in Wynters Innerem fort, kreischte in ihren Ohren, peitschte ihr das Haar aus Stirn und Schläfen, trieb ihr den Atem aus den Lungen. Ihre Augen wurden von einem wirbelnden milchigen Licht geblendet, in ihrem Kopf brüllte die Stimme des Soldaten: *Er wird Euch verraten! Er wird Euch verraten! Mein Prinz! Das ist eine Falle!*

Dann war er fort, und Wynter fiel in den Staub auf die Knie, die Hände zu Krallen verkrümmt, der Blick leer, die Kehle zugeschnürt.

Razi schrie *NEIN*, und Wynter sah im Umdrehen gerade noch, wie er sich zwischen Alberon und das Pferd warf. Er riss die Arme hoch, wandte das Gesicht ab, und der Bote traf ihn mit voller Wucht.

Pferd und Reiter zerbarsten zu einer Wolke aus Staub und Rauch, übersäten die Luft mit Lichtteilchen. Razi wurde in die Arme seines Bruders geschleudert, sein Umhang und das Haar waren mit einem Leuchten gesprenkelt. Unter dem Gewicht seines Bruders taumelnd, blickte Alberon zum Schutzwall auf. Er erblasste, und wieder schnellte Wynter zu den Bäumen herum, um die Ursache seiner Verzweiflung auszumachen.

Weitere Reiter kamen aus dem Wald. Mit starren Mienen und gezogenen Armbrüsten ritten sie durch den dicken Schutzwall, die Augen fest auf den Prinzen gerichtet. Die beiden vordersten erkannte Wynter an den merronischen Pfeilen, die immer noch in ihren Leibern steckten, und an ihren vom Blut geschwärzten Pferden. Sie führten eine Attacke leuchtender, nebelhafter Männer an – Opfer irgendeiner fernen Schlacht –, die ihnen verbissen folgten.

Wynter rannte auf sie zu, schrie *NEIN! NEIN!*

Doch unbeirrt setzten sie ihren Weg in einem Orkan aus Staub und Kälte fort. Alle gleichzeitig legten sie die Armbrüste an und schossen. Statt des *Plock* von Pfeilen quoll eine kleine Qualmwolke aus jeder Sehne, ein Donnern wie von einem Dutzend Kanonen. Rauchfahnen schossen heraus, über Wynters Kopf hinweg, zerzausten ihr das Haar. Sie blickte ihnen auf ihrem tödlichen Weg die Anhöhe hinauf nach.

Alberon hob den Kopf, das Gesicht vom herannahenden Licht erhellt. Razi runzelte die Stirn und drehte sich um, doch zu spät, um etwas zu erkennen. Die Geschosse trafen, und die Brüder wurden von Feuer verzehrt.

In der Finsternis knurrte ein Kriegshund, und Wynter schreckte aus dem Schlaf hoch und horchte. Noch einmal knurrte der Hund leise, aber es lag kein Nachdruck darin, und sonst war außer dem ruhigen Atmen der schlafenden Bewohner des Zelts kein Laut zu vernehmen.

Christopher lag neben ihr, geräuschlos träumend. Schwer hing sein Arm über Wynters Taille, die silbernen Armreife gruben sich in ihre Rippen. Sie schmiegte sich dicht an ihn, tief in die Wärme ihres geteilten Bettzeugs, und sog seinen wundervollen Duft ein, um den Schießpulvergestank aus ihrem Kopf zu vertreiben. Nun murmelte Christopher etwas und gluckste leise im Schlaf. Wynter nahm seine Hand. Die ausgefransten Enden seines wollenen Armbands kitzelten sie am Handgelenk. Sein schlanker Körper fühlte sich so wohlig neben ihrem an, eine warme Kraft und ein Trost, der dem schrecklichen Frost ihres Traums entgegenwirkte.

Lang auf dem Rücken ausgestreckt und reglos schlief

Razi neben ihnen. Eingehend beobachtete Wynter das Heben und Senken seiner Brust – vergewisserte sich, dass er noch lebte. Erst nach und nach ließ der Schrecken des Traums nach.

Wieder grummelte der Kriegshund vor sich hin, seine Kette rasselte. Die Tiere waren unmittelbar vor den Zelten angebunden, furchtlose Wächter in der Finsternis. Wynter drehte den Kopf, versuchte, sie zu erkennen, doch sie waren nichts als bleierne Schatten in der dunklen Öffnung des Zelteingangs. Draußen zwitscherte das erste Rotkehlchen in freudiger Erwartung des Tages. Es war etwas voreilig, da der Himmel kaum erste Spuren von Grau aufwies und das Lager noch keine Anzeichen von Leben zeigte.

Razi seufzte. Er ließ den Arm von seinem Gesicht rutschen, und Wynter sah seine Augen im Halbdunkel aufblitzen. Er war wach und starrte an die Decke.

»Wyn?«, flüsterte er.

»Ja.«

»Er hat vor, einige von Lorcans Maschinen zu bauen und sie den mittelländischen Reformisten zu schenken.«

Abrupt stützte sich Wynter auf die Ellbogen hoch. Verdammt, die Brüder waren noch aufgeblieben und hatten weitergeredet! Sie hatte angenommen, die beiden würden sofort zu Bett gehen, aber sie mussten ihr Gespräch noch lange, nachdem sie gegangen war, weitergeführt haben. Verdrossen schüttelte sie den Kopf und verfluchte sich dafür, etwas verpasst zu haben.

»Mittelländer!«, brummte sie. »Die Bewohner des blauen Zelts, vermute ich?«

»Genau.« Razi sah sie an. »Als Gegenleistung für die Waffen deines Vaters haben sie versprochen, Marguerite den König Tamarand vom Hals zu halten. Während sich die Prinzessin des Throns ihres Vaters bemächtigt, werden die Mittelländer die Maschinen gegen *ihren eigenen König* einsetzen. Damit hoffen sie, ihn zu zwingen, die Rechte-Charta der Reformer zu unterzeichnen, und auf diesem Wege seinen entsetzlichen Inquisitionen ein Ende zu bereiten.«

Darüber musste Wynter einen Moment lang nachdenken. Sie musste eingestehen, dass es ein recht guter Plan war. Wenn Tamarand durch innere Zwistigkeiten abgelenkt wäre, könnte er schlecht Shirken zu Hilfe eilen. Es war möglich, dass Marguerite ihren Vater absetzte und sich selbst krönte, ehe etwas dagegen unternommen werden konnte.

»Weißt du, wenn sie das schaffen, dann ist durchaus nicht ausgeschlossen, dass die mittelländischen Reformisten Tamarands Tyrannei tatsächlich beenden. Mein Vater argwöhnte, dass die Reformer an Tamarands Hof viele geheime Unterstützer hatten. Sein Volk ist seines Wahnsinns schon lange überdrüssig.«

Razi seufzte, und Wynter konnte nur schwach ein müdes Kopfschütteln in der Dunkelheit erkennen. Diesen Sturz eines weiteren Königshauses billigte er nicht.

»Hier sind auch Comberer, Razi. Was ist mit ihnen?«

»Das sind freisinnige Comberer, sie fühlen sich der mittelländischen Reform verbunden und sind gekommen, um ihre Unterstützung zuzusagen. Sollten die mittelländischen Reformisten erfolgreich sein, haben die Comberer zugesichert, dass es von ihrer Seite keine Vergeltungsmaßnahmen geben wird.«

»Haben sie die Macht, ein solches Versprechen abzugeben? Die Sekte ist furchtbar stark in Comber, mir kommt es unwahrscheinlich vor, dass eine freidenkerische Splittergruppe eine vernünftige Grundlage für …« Ein eiskalter Gedanke schoss ihr durch den Kopf, sie geriet ins Stocken. »O nein, Razi, bietet Alberon ihnen etwa auch eine Maschine an?«

Razis Schweigen verriet ihr, dass er das mutmaßte.

Die Aussichten, die sich daraus ergaben, wollten Wynter gar nicht gefallen. Solange sie fest in südlandischer Hand blieben, wären diese mächtigen Waffen ein Segen für Jonathons anfälliges kleines Königreich. Aber wenn sie aufs Geratewohl unter den umgebenden Gruppen und politischen Lagern verteilt wurden? Dann entzog das den Südländern sämtliche Vorteile ihres ausschließlichen Besitzes und schwächte das Königreich.

Leise rutschte Razi neben ihr herum. »Wyn? Kannst du dir diese Maschinen in den Händen der Comberersekte oder, Gott bewahre, in denen von Tamarand vorstellen? Und schlimmer noch – was würde wohl Marguerite Shirken damit anstellen?«

»Ich bin sicher, dass Alberon das in Betracht gezogen haben muss«, flüsterte sie zurück. »Vielleicht sollten wir –«

Hinter ihr ächzte Christopher und drehte sich auf den Rücken. »Bei Frith! Was brüllt ihr beiden denn um diese nachtschlafende Zeit so rum?«

Wynter lächelte auf ihn hinab. Er war kaum wach. »Albi ist überzeugt, dass König Shirken den Verstand verloren hat«, raunte sie ihm zu.

»Würde mich nicht überraschen«, nuschelte Christopher schläfrig. »Der alte Mistkerl hatte schon immer einen Sprung in der Schüssel.«

»Marguerite plant, ihren Vater zu stürzen«, berichtete

Wynter weiter. »Und Albi hat vor, sie dabei zu unterstützen. Er glaubt, sie wird eine stabilisierende Kraft im Norden werden.«

Mit einem Mal verlor Christopher seine benommene Trägheit und lag ganz still und starr. »Eine stabilisierende Kraft?«, fragte er schließlich. »So würde *ich* persönlich sie nicht nennen.«

»Alberon hat außerdem die Absicht, die mittelländischen Reformisten mit zwei von Lorcans Kriegsmaschinen zu versorgen, um mit ihrer Hilfe ein Ende von Tamarands Inquisitionen zu erzwingen«, erklärte Razi. »Faktisch zettelt er die Entmachtung der beiden stärksten Nachbarn unseres Vaters an.«

Christopher schnaubte. »Hat er auch vor, in den Maghreb einzumarschieren? Nur mal so aus Spaß?«

»Das ist nicht lustig«, zischte Razi. »Alberon hat sich in den Kopf gesetzt, alle Königreiche im nördlichen Europa neu zu ordnen. Er wird das ganze ohnehin wacklige Kartenhaus um uns herum zum Einsturz bringen.«

»Tja, dann«, seufzte Christopher, »können wir alle mischen und ein neues Spiel beginnen.«

Razi machte ein missbilligendes Geräusch, ihm war die Verdrossenheit anzuhören. »Das ist kein Witz, Christopher.«

»Dann ist es ja gut, dass ich nicht lache, oder?« Christopher stützte sich jetzt ebenfalls auf die Ellbogen auf und sah Razi über Wynters Rücken hinweg an. »Marguerite ist eine blutrünstige Hexe, Razi, aber sie ist nicht schlimmer als ihr Vater. Alberon tauscht einfach nur einen Tyrannen gegen einen anderen aus, na wenn schon? Und wenn er dabei hilft, eine jahrzehntelange Inquisition in den Mittelländern abzuschaffen, dann sage ich: alle Macht in seine Hände.«

Christopher warf einen kurzen Seitenblick auf die schlafenden Merroner, dann beugte er sich über Wynter und flüsterte Razi leise zu: »Weißt du was? Lass ihn einfach machen, und du, Iseult und ich gehen nach Hause in den Maghreb. Das ist doch nur dasselbe alte Lied mit neuen Noten, Razi. Etwas anderes wird es nie sein. All deine harte Arbeit, alles, was du und Lorcan geopfert habt – nichts davon hat am Ende auch nur das Geringste bewirkt. Du wirst hier nie etwas *verändern*, Razi; es wird nie aufhören! Hast du es denn nicht satt? Möchtest du nicht ein eigenes Leben haben? Möchtest du nicht etwas Freude haben?« Kurz blickte er Wynter an, dann wieder Razi, der sich nicht rührte und nichts sagte. »Möchtest du denn nicht etwas Besseres als das hier, Razi?«, fragte er sanft. »Lass uns etwas Besseres für uns suchen.«

»Das kann ich nicht«, sagte Razi.

Ärgerlich ließ Christopher den Kopf hängen.

Wynter strich ihm mit der Hand den nackten Arm hinauf, und er sah sie an, sein blasses Gesicht schwebte über ihrem in der Dunkelheit. Sie widerstand dem Drang, ihm das Haar aus der Stirn zu streichen, damit er nicht das Gefühl bekam, sie behandelte ihn wie ein Kind.

»Das ist eine sehr heikle Situation, Liebster«, sagte sie. »Zwischen dem König und seinem Erben wurden Brücken abgerissen, die nur Razi wieder aufbauen kann. Alberon hat einen großartigen Plan ausgearbeitet, um dieses Königreich zu stärken, und Razi ist sein einziges Mittel, um den König zum Zuhören zu überreden. Ohne Razis Einfluss –«

»Großartigen Plan?«, fragte Razi. Er schnaufte unterdrückt. »Meines Vaters Königreich ist ein Wunder, Wynter. All diese Jahre hat er seine Beständigkeit bewahrt, nicht durch rohe Gewalt, sondern durch Diplomatie und Sorgfalt.

Die Tyrannen, die uns umgeben, mögen ja weiterhin an ihrem eigenen Volk zerren und reißen, und ihr Vorgehen mag gemein und gewissenlos sein, aber mein Vater hat mit ihnen ein außerordentlich freundliches Verhältnis gepflegt. Sie nutzen seine Port Road, sie profitieren von den sicheren Schifffahrtswegen, die er durch seine Beziehungen zum Sultan geschaffen hat. Und wenn sie auch vielleicht über seine *lächerlichen* Gesetze und seinen *empörenden* Humanismus spotten, so lassen sie uns doch in Ruhe – weil Vater dafür gesorgt hat, dass ihnen allen seine fortgesetzte Anwesenheit auf dem Thron nutzt, und weil er sie nie mit Krieg bedroht hat.« Razi schüttelte den Kopf. »Das alles wird Alberon wegwerfen. Er wird es alles aufgeben in dem Glauben, dass man Gewalt durch Gewalt beenden kann.«

Razi hielt inne, und Wynter und Christopher warteten schweigend darauf, dass er fortfuhr. Wynter wünschte, sie könnte sein Gesicht deutlicher erkennen; seine ruhige, sanfte Stimme verriet ihr nichts.

»Meines Vaters Königreich ist ein Wunder«, wiederholte er flüsternd. »Ich habe nicht die Absicht, meinem Bruder bei seiner Zerstörung zu helfen.«

Entsetzt über die Worte ihres Freundes richtete sich Wynter etwas weiter auf. »Razi! Du willst ihn doch wohl nicht verraten!«

»Ihn verraten? Gütiger, Wynter! Was bringt dich dazu, so ein Wort gegen mich zu verwenden?«

»Ohne deine Unterstützung ist Alberon tot, Razi! Er ist *tot*! Das muss dir doch klar sein.«

»Was Alberon vorhat, wird unseren Vater zerstören, Wyn! Es wird alles zerstören! Das kann ich nicht zulassen. Aber verraten werde ich ihn dennoch nicht, wie kannst du überhaupt …? Wie kommst du überhaupt auf so einen …?« Razi brach ab, plötzlich niedergeschlagen und entmutigt legte er sich die Hände aufs Gesicht.

Eine Weile sagte er keinen Ton, und Wynter war sicher, dass er die Zähne aufeinanderbiss und die Augen fest zukniff. Endlich schob er die Hände durch die zerzausten Locken zurück und holte tief Luft. Als er sprach, klang seine Stimme erneut ruhig und gleichmäßig. »Sobald ich einen Ausweg aus dieser Sache gefunden und den verdammten Narren nach Hause gebracht habe, werde ich anfangen, ihm das Ganze auszureden. Insbesondere die Sache mit dieser verwünschten Heirat – glaubt er ernsthaft, Marguerite Shirken wird ihm etwas anderes als Vipern gebären? Genauso gut könnte er ihr und ihrer Brut dieses Königreich einfach aushändigen.«

Wieder machte er eine Pause, und Wynter schlug das Herz bis zum Hals.

»Ja«, sagte er mehr zu sich selbst. »Sobald ich ihn nach Hause gebracht habe. Sobald ich ihn wieder beruhigt habe, werde ich ihm alles erklären. Langsam und sorgfältig –«

»Razi!«, unterbrach Wynter ihn. »Alberon ist kein aufsässiges Kleinkind, das man mit einem Becher warmer Milch ins Bett schickt! Er ist der Thronerbe dieses Reichs, und als solcher trifft er Entscheidungen. Warum musst du so um ihn herumtanzen? Sprich mit dem Mann! *Sprich* mit ihm! Gewähre ihm die Achtung, ihm deine Meinung mitzuteilen!«

Razi drehte ihr sein Gesicht zu und setzte zu einer Erwiderung an, doch Christopher brachte ihn mit einem Blick zum Zelteingang jäh zum Schweigen. Einer der Kriegshunde hatte erneut geknurrt, dieses Mal im Ernst. Die drei Freunde verstummten und horchten angestrengt.

Draußen war es heller geworden, und sie sahen die verschwommenen Umrisse der aufmerksam vor dem Zelt stehenden großen Hunde. Einer von ihnen trottete außer Sicht, die lange Kette klirrte leise. Als die verbliebenen Hundeschatten die Köpfe senkten, war ein weiteres gemeinschaftliches Knurren zu vernehmen. Sie alle hatten den Blick auf das Mittelländerzelt gerichtet.

Lautlos tasteten die Freunde nach ihren Waffen, schlugen die Decken zurück und krochen zum Eingang. Hinter ihnen regten sich die Merronerfrauen. An der Zeltöffnung kauerte sich Christopher hin und spähte hinaus, Wynter und Razi krabbelten neben ihn, während sie noch ihre Schwerter festzurrten. Dunkel und unbewegt lag das Quartier der Mittelländer in der Morgendämmerung. Von ihrer Position aus konnte Wynter nur die Rückseite des Zelts erkennen; es war von Soldaten mit gelangweilten Gesichtern und erschöpfter Haltung umstellt, die offenbar die ganze Nacht Wache gestanden hatten.

Hallvor kniete sich hinter Wynter, die Augen auf die Soldaten gerichtet. Mit einer Handbewegung rief die Heilerin die Hunde zu sich, und sie gehorchten widerstrebend. Dann beugte sie sich zu Christophers Ohr vor.

»*Cén fáth na saighdiúirí, a Choinín?*«

Er zuckte die Achseln.

»Sie will wissen, was die da machen«, übersetzte er, doch ehe Razi antworten konnte, ertönte eine gebildete mittelländische Stimme von der Vorderseite des Zelts.

Es war ein Mann, sehr gekränkt und verärgert. »Was in Gottes Namen tut Ihr da?«, wollte er wissen. »Habt Ihr den Verstand verloren? Lasst mich durch!«

Nun hörte man Oliver ruhig entgegnen: »Geht bitte wieder hinein, Presbyter.«

»Ich muss für meine Herrin sorgen! Sagt Euren Männern –«

»Haltet den *Mund*«, versetzte Oliver matt. »Geht jetzt hinein, hockt Euch auf Euren verdammten Hintern und wartet, bis der Prinz Euch die Ehre erweist.«

Wynter begegnete Razis Blick. »Lass uns nachsehen«, schlug sie vor, und noch bevor Razi antworten konnte, schlüpfte sie aus dem Zelt und hinaus in die kalte Luft.

Mary

Alberon stapfte gerade von seinem Quartier herunter, als Wynter um den blauen Pavillon bog. Er war in einen dicken roten Umhang gewickelt, und sein junges Gesicht sah müde aus, die Augenbrauen hatte er tief nach unten gezogen. Jetzt im Freien sah Wynter, dass auch Razi abgespannt aussah, seine Haut war vor Erschöpfung grau. Die Brüder mussten den Großteil der Nacht wach gewesen sein und sich unterhalten haben.

Wynter warf einen Blick zurück. Die Merronerfrauen waren mit gezogenen Schwertern aus dem Zelt getreten. Christopher bedeutete ihnen, sich zu entfernen, woraufhin die Kriegerinnen unauffällig ins Nachbarzelt glitten, wo ihre männlichen Kameraden schliefen.

Auf der Vorderseite des blauen Zelts hatten sich noch mehr Soldaten versammelt, und Oliver stand vor dem geschlossenen Eingang und sprach leise mit einem Leutnant. Wynter, Razi und Christopher blieben vorsichtig an der Ecke stehen; bei ihrem Auftauchen nahmen die Wachposten Haltung an und beäugten sie argwöhnisch, so dass sich Oliver umdrehte, um zu sehen, was seine Männer beunruhigte. Sein Blick fiel auf Christophers und Wynters blanke Klingen, dann richtete er ihn vielsagend auf Razi.

Sogleich hob Razi als Zeichen, sich nicht einmischen zu wollen, die Hände, und die drei Freunde steckten ihre Waffen weg.

Missmutig knirschte Oliver mit den Zähnen und wandte sich dann dem Prinzen zu, der sich eben über den Hauptweg näherte.

»Sind sie auf?«, grunzte Alberon.

Oliver nickte.

»Hast du ihnen was gesagt?«

Oliver verneinte.

»Dann komm.«

Der Prinz machte Anstalten, sich durch den Eingang zu bücken, doch Oliver hielt ihn am Arm zurück.

»Hoheit«, sagte er gedämpft. »Wir können da nicht einfach so eindringen. Sie hat keine Zofe, überhaupt keine Begleitung oder Betreuung außer diesem … diesem *Kerl.* Es ist nicht schicklich.«

Alberon seufzte ungeduldig. »Zum Donner, Oliver …«, begann er.

»Hoheit, es ist nicht schicklich. Wir reden hier nicht von irgendeiner Marketenderin. Ein gewisses Maß Anstand muss doch wohl gewahrt werden, auch wenn die Umstände noch so rau sind, und für eine Frau in ihrem –«

»Ach, *genug* jetzt«, ächzte Alberon und warf eine Hand in die Luft. Ratlos sah er sich um und entdeckte Wynter neben Razi und Christopher an der Ecke. »Hohe Protektorin«, rief er und winkte sie zu sich. »Und Ihr auch, Fürst Razi, wenn ich bitten darf.«

»Warte bitte hier, Chris«, sagte Razi halblaut. »Versuch nicht, näher zu kommen. Und Chris, falls sich die Gelegenheit ergibt, dann wäre es wirklich besser, deine Waffen ins

Zelt zu bringen, wie mein Bruder es befohlen hat. Tu bitte dein Bestes, die Merroner ebenfalls dazu zu überreden.«

Christopher nickte. Razi strich sich das vom Schlafen zerknitterte Hemd glatt und ging zu seinem Bruder, gefolgt von Wynter. Sie schielte nach den Wachen, während sie ihre Reihen durchschritt, sah den Spott und die Verachtung gegenüber Christopher in ihren Mienen und musste ihre Wut unterdrücken.

Plötzlich spazierte Boro aus dem Nichts herbei, und mit einem Schlag wurden die Soldaten stocksteif, jeglicher Hohn wich beim Anblick des riesigen, nicht angeketteten Hunds aus ihren Gesichtern. In Christophers Mundwinkel bildete sich ein kaum wahrnehmbares Grübchen.

»Na bac faoi, a chú«, murmelte er. *»Níl iontu ach amadáin.«*

Was er auch gesagt haben mochte, Boro pflichtete ihm ganz offensichtlich bei, denn er ließ sich zu Boden fallen, legte den Kopf auf die Pfoten und schloss die Augen, wodurch er die Soldaten nicht mehr sah. Christopher lehnte sich an eine Zeltstange, und das große Tier döste friedlich zu seinen Füßen. Jetzt erst richteten die Soldaten die Augen geradeaus, und Wynter grinste zufrieden über die Farbe ihrer Wangen.

Da erschreckte sie eine Hand, die sich um ihren Arm schloss, und als sie sich umdrehte, sah sie sich dem stirnrunzelnden Alberon gegenüber. Er warf einen gereizten Blick auf Christopher und zog Wynter dann herum, so dass sie zwischen Razi und ihm selbst stand.

»Was können wir für dich tun, Bruder?«, fragte sie unsicher. Mit Razi, Alberon und Oliver um sich herum fühlte sie sich eingekeilt. Jeder der drei war beträchtlich größer als sie, und sie musste zu ihren Gesichtern aufblicken wie ein

Kind zwischen lauter Erwachsenen. Unbewusst machte sie einen Schritt rückwärts, und wenigstens Razi war besonnen genug, ihr etwas Raum zu geben.

»Ich muss mit der Frau in diesem Zelt sprechen«, erklärte Alberon scharf. »Sie ist hochgeboren und … und ein wenig … empfindsam. Die Anwesenheit einer weiteren weiblichen Person wäre ihrem Seelenfrieden sehr förderlich.«

Wynter verbiss sich ein erheitertes Prusten. Die Vorstellung, dass sie – von Kopf bis Fuß staubig und in Männerkleidung – als weiblicher Puffer zwischen einer »empfindsamen« Frau und ihren männlichen Gefährten dienen sollte, war einfach zu komisch. Mühsam gelang es ihr, höflich zu nicken. »Ich werde mein Bestes tun«, sagte sie. »Wer ist das zarte Pflänzchen?«

»Die Edle Mary Phillipe D'Arden«, sagte Alberon. »Sie –«

»Die Edle Mary?« Erschrocken erinnerte sich Wynter, die Worte waren heraus, ehe sie sich's versah. »Isaacs Mary?«

»Großer Gott«, stöhnte Razi. »Wyn!«

Grob packte Alberon sie am Arm und zog sie näher heran, seine Augen waren weit aufgerissen. Wynter unterdrückte einen Aufschrei und zwang sich dazu, sich nicht zu wehren, als sich seine Finger tief in ihr Fleisch gruben.

»Alberon«, flüsterte sie, bemüht, kein Aufsehen zu erregen. »Mein Arm.«

»Woher kennst du Isaac?«

Wynter zögerte, sie wusste nicht recht, wie sie ihre schauerliche Unterredung mit dem armen gefolterten Geist erklären sollte, der Wynter den Standort des Rebellenlagers verraten hatte, damit sie seinem »Liebling Mary« eine Nachricht übermittelte. Ihr Stocken schien Alberon noch weiter zu erzürnen, sein unsanfter Griff um ihren Arm verstärkte sich. Wyn konnte nicht anders; sie wand und krümmte sich.

»Albi, hör auf!«, stieß sie leise hervor.

Da fuhr Razis Hand zwischen sie beide. Er umfasste Alberons Finger und drückte sie so fest zusammen, dass die Sehnen auf seinem Handrücken hervortraten wie verknotete Seile.

»Lass sie los«, sagte er langsam und betont und sah seinem Bruder durchdringend in die Augen.

Alberon tat es, und Wynter trat zurück. Ihr Arm fühlte sich taub an.

Razi allerdings hielt seinen Bruder eine Sekunde länger als nötig fest und ließ erst dann los. Er sah Oliver aus dem Augenwinkel an. »Herr Ritter«, murmelte er. »Nehmt das Messer aus meinem Rücken, sonst breche ich Euch den Arm.«

Auf Alberons Nicken hin ließ der Ritter seinen kleinen Dolch wieder in der verborgenen Scheide verschwinden.

Besorgt schielte Wynter nach Christopher; er stand wachsam unmittelbar neben dem Vordach des Zelts, die Hand auf dem Gürtelmesser, die Miene unschlüssig. Die Soldaten um ihn herum verharrten in ähnlicher Haltung, und Wynter begriff, dass die ganze Auseinandersetzung so kurz und unauffällig vonstatten gegangen war, dass die Zeugen nicht sicher waren, was eigentlich vorgefallen war.

»Die Hohe Protektorin hat sich keiner Verschwörung schuldig gemacht, Hoheit«, raunte Razi. »Ich habe dir nichts von ihrer Begegnung mit Isaac gesagt, weil ich sie aus dieser Sache heraushalten will. Verstehst du mich, Alberon? Ich will Wynter *heraushalten*. Sie hat schon genug durchgemacht.«

»Du verdammter Narr!«, schimpfte Alberon. »Was sollte

ich denn glauben, nachdem du mir erzählt hattest, sie wüsste nichts von dem Mann? Wie soll ich dir vertrauen, wenn du darauf beharrst, Spielchen zu spielen? Was hast du mir sonst noch verheimlicht?«

Alberons Gesicht war zorngerötet, Razis finster und entschlossen, und beide zischten einander wütend über Wynters Scheitel hinweg an. Sie stand in der Mitte, hielt sich den schmerzenden Arm und blickte zu ihnen hinauf.

»Fass mich nicht noch mal so grob an, Hoheit«, sagte sie ruhig. »Das würde ich nicht gut aufnehmen.«

Alberon stockte und erbleichte. »O je, Schwester«, flüsterte er. »Habe ich dir wehgetan?«

Ohne darauf zu antworten, wandte sich Wynter an Razi. »Und was dich betrifft, mein Fürst, könnten wir vielleicht auf die Heimlichtuerei verzichten? Wenigstens unter uns dreien wäre es doch erfrischend, nicht über die Lügen des anderen zu stolpern.«

Erschrocken teilten sich Razis Lippen, und seine Wangen röteten sich kaum merklich, ob vor Wut oder Scham, war kaum zu sagen. Beide Brüder versanken in verlegenes Schweigen. Als sich Wynter nach Oliver umsah, starrte der unbeteiligt in die Luft, während die Höhergestellten ihre Differenzen beilegten. Manchmal hatte höfisches Benehmen auch einiges für sich.

Erneut wandte sich Wynter an Alberon. »Nun gut, Hoheit. Was wünschst du von uns?«

Das Innere des mittelländischen Zelts war düster und stickig, es roch nach feuchter Leinwand und ungelüfteten Decken. Die beiden Bewohner kümmerten sich dem Anschein nach kaum um das Eintreten des Grüppchens; der Priester hob nur kurz den Kopf, die Dame sah gar nicht auf. Sie waren ins Gebet vertieft, wobei die Frau auf einem zarten Betpult kniete und der Mann hinter ihr stand, die Hände in die Ärmel gesteckt. Verhalten musterte Wynter ihn. Sein von der dunklen Kapuze eingerahmtes langes Gesicht mit dem kantigen Kiefer war so glatt und schurkisch wie ein Musterbild der Comberer. Als ausgerechnet ein Araber und eine Frau ohne Kopfbedeckung an der Seite des Prinzen eintraten, zeigte er keine erkennbare Regung.

Die Dame sprach weiter ihre Gebete, die Lippen bewegten sich sanft, die Augen waren geschlossen. Man sah ihr an, dass sie sich Mühe gegeben hatte, ein gewisses Maß an höfischer Aufmachung zu wahren, trotz ihrer etwas schwierigen Lebensumstände. Ihr einst prächtiges Gewand war vom Reisen abgewetzt und verschlissen, doch sie hatte es stets sauber gehalten, und es war gut ausgebürstet und ordentlich. Ihr dunkles Haar war sorgsam unter der eng anliegenden Haube hochgesteckt, zwei zu schweren Schnecken aufgerollte Zöpfe verbargen züchtig ihre Ohren. Ihre Hände waren manierlich bis zu den Spitzen bedeckt, nur ihr Ringfinger war frei, um ihren Stand als verheiratete Frau anzuzeigen. Sie war in jeder Hinsicht eine anständige, gottesfürchtige mittelländische Dame, und sie war entschlossen, ihre Gebete zu Ende zu sprechen, ganz gleich, was um sie herum vorging.

Mit verhaltener Ungeduld räusperte sich Alberon und tippte sich mit dem Finger auf den Oberschenkel.

Die Dame beachtete ihn immer noch nicht und hielt weiterhin die schlanken Hände unter dem Kinn zusammengelegt. Sie hatte ein liebes Gesicht, sogar ein sehr annehmbares höfisches Gesicht – herzförmig, der kleine Mund von einem weichen, genügsamen Rosa, die Wimpern lang und anmutig ihre Wangen beschattend. Wynter war sicher, dass sie eine gewisse Auswahl an Freiern gehabt haben musste, ehe sie sich für den entschieden hatte, der gewiss eine gute Partie gewesen war.

Was jedoch hatte sie hierhergeführt? In dieses muffige Zelt im Niemandsland, umgeben von Soldaten, mit lediglich einer Lagerstatt aus geflochtenem Seil, einem Betpult und einem Hocker als Möbel und nur einem Priester mit steinerner Miene als Begleiter?

Wynter hoffte, sie würde nicht allzu lang in die Gesellschaft dieser Dame verbannt. Alles in allem langweilten sie die Edelfrauen bei Hofe furchtbar. Das Leben dieser armen Geschöpfe war so eingeengt, ihre Weltsicht so schrecklich begrenzt, dass Wynter selten eine Gemeinsamkeit mit ihnen fand. Sie wollte ihre Zeit nicht damit verbringen, sich über Nichtigkeiten auszutauschen, während sich das Mannsvolk mit der harten Lebenswirklichkeit befasste.

»Edle Mary«, sagte der Priester.

Die Dame seufzte und verzog die Lippen zu einem Strich. Dann schlug sie Augen von dunkelstem Braun auf und blickte geradeaus, starrte die Leinwand an, als sammelte sie etwas in ihrem Inneren. Sie drehte sich zu Alberon um. In ihrem jungen Gesicht lag solche Müdigkeit, solch undurchdringlicher, hoffnungsloser Stolz, dass Wynter unwillkürlich Mitleid für sie empfand.

Schließlich erhob sie sich mühevoll, und Wynter bemerkte zu ihrem Entsetzen, dass sie schwanger war. Unter den weiten Röcken war es schwierig zu erkennen, wie weit sie war, aber dem Anschein nach gute sieben Monate. Wynters Blick, der ihren Schreck nicht verhehlen konnte, glitt wieder hinauf zum Gesicht der Dame, und die Frau erwiderte ihn kurz und ausdruckslos, ehe sie sich Alberon zuwandte.

»Edle Mary«, sagte er. »Ich möchte mit Euch sprechen. Zu diesem Behufe stelle ich Euch die Hohe Protektorin Wynter Moorehawke vor. Sie wäre hocherfreut, Eure Bekanntschaft zu machen, falls Ihr das wünscht.«

Wynter deutete einen Knicks an. Sie rechnete mit der üblichen mittelländischen Abneigung bei der Erwähnung des ungewöhnlichen Titels ihres Vaters. Doch zu ihrer Überraschung wurde die Miene der Edelfrau etwas weicher, und sie schien etwas von ihrer Zurückhaltung abzulegen.

»Hohe *Protektorin*?«, fragte sie. Ihr melodischer Tonfall verlieh dem Titel eine reizvolle Poesie. »Ihr seid die Tochter des großen Lorcan Moorehawke?«

Erfreut nickte Wynter, und die Dame lächelte freundlich und faltete die Hände vor der Brust, wie es die höfische Geste der Freude war.

Nun stellte Alberon die Hohe Protektorin Wynter Moorehawke in aller Form der Edlen Mary Phillipe D'Arden vor, und Wynter durchquerte den Raum, um den geziemenden Platz einer Begleiterin zur Linken der Dame einzunehmen.

»Danke, Eure Hoheit.« Marys Erkenntlichkeit war aufrichtig. »Was für eine Freude!«

Alberon musterte sie mit geschürzten Lippen. Statt einer Entgegnung folgte gespannte Stille. Etwas verunsichert schnellte Marys Blick zu Razi und wieder zurück, dann zu Oliver. Beide Männer beobachteten sie mit undurchdringlichen Mienen.

Ihre Gesichtszüge verdunkelten sich wieder.

Von dieser Seite des Zelts aus sah Wynter ihre Gefährten aus einem neuen Blickwinkel, und der Wechsel war ein wenig erschütternd. Razis dunkles Kinn war rau vor Bartstoppeln, seine Kleider unordentlich. Das ohnehin immer widerspenstige Haar glich einem zerzausten Nest. Trotz seiner vornehmen Körperhaltung und seiner gepflegten Umgangsformen wirkte er unberechenbar und wild. Alberon neben ihm schaute böse und grüblerisch drein, sein Schweigen ein bewusst feindseliger Akt. Und hinter den beiden stand Oliver, kräftig, hartnäckig und von finsterer Bereitschaft. Er machte den Eindruck eines Mannes, der nur darauf wartet, loszuschlagen.

Alle drei waren mindestens einen Kopf größer als die beiden Frauen, alle waren bewaffnet, alle starrten Wynter und Mary quer durch das spärlich möblierte Zelt aus einer Position absoluter Macht an. Der Priester, der sich momentan nicht in ihrem Sichtfeld aufhielt, war eine unbekannte Größe. Wynter verspürte einen jähen, eigenartigen Beschützerinstinkt für die Frau neben sich.

»Eure Hoheit«, wagte Mary zu fragen, »wünscht Ihr etwas von mir?«

Ruckartig deutete Alberon mit dem Kinn auf den Hocker. »Setzt Euch«, befahl er.

Ganz kurz verschränkte Mary ängstlich die Hände ineinander, dann schien sie sich zu zwingen, ruhig zu bleiben, und machte lächelnd einen anmutigen Knicks.

»Eure Hoheit«, sagte sie, »wie glücklich ich bin, Euch in meinem Quartier zu empfangen. Bitte erlaubt mir, Euch einen Platz anzubieten.«

Sie machte eine Handbewegung in Richtung der einfachen Bettstatt aus Seil, als handelte es sich um ein goldenes

Sofa mit Samtkissen darauf. Einen Moment lang kam Wynter das recht jämmerlich vor, eine eigentümlich *weibliche* Geste, doch dann entdeckte sie das Unbehagen in den Gesichtern der Männer und empfand Bewunderung. Welcher Edelmann konnte sich im Angesicht solch gewandter Gastfreundschaft anders als gesittet verhalten?

Mit ausgestrecktem Arm und höflicher Miene wartete Mary. Es war eine furchtbar zittrige, verzweifelt unsichere Form der Selbstverteidigung, aber in Wynters Augen verlieh es der Edlen Mary eine seltsame Art von Macht, eine unleugbare Würde und eine Aura von unverbrüchlichem Selbstwert.

Alberon schäumte innerlich, sein Kiefer trat deutlich hervor. Oliver wandte den Blick zur Zeltwand.

Razi blinzelte und schob dann, zu Wynters großem Stolz, sein Schwert zurück auf die Hüfte und verbeugte sich. »Ihr seid zu gütig, Edle Mary«, sagte er. »Und wir sind Euch sehr verbunden. Wollt Ihr nicht ebenfalls Platz nehmen?«

Mary nickte gnädig und setzte sich auf den kleinen Stuhl. So würdevoll wie möglich ließ sich Razi auf dem niedrigen Bett nieder. Er brauchte einen Augenblick, um seine langen Beine zu sortieren, aber am Ende gelang es ihm, ohne allzu unbeholfen und tölpelhaft auszusehen. Ohne sichtbare Regung sah er seinen Bruder an. Alberons Augen funkelten ärgerlich, seine Lippen waren fest zusammengekniffen.

»Hohe Protektorin Wynter«, sagte Mary, während sie sich zurücklehnte und aufblickte.

Jetzt, da sie ihr Gesicht zum ersten Mal richtig erkennen konnte, stellte Wynter fest, dass sie kaum älter als neunzehn oder zwanzig sein konnte. Sie beugte sich hinunter, um Mary zuzuhören.

»Möchtet Ihr Euch setzen, meine Liebe?«, fragte diese nun. »Ich fürchte, mehr Sitzplätze haben wir nicht, aber wir könnten Jareds Bettzeug aus der Ecke dort holen, das könntet Ihr als Kissen benutzen.«

»Nein, vielen Dank, Edle Mary. Ich stehe sehr gern.«

»Seid Ihr sicher? Jared hätte gewiss nichts dagegen einzuwenden.«

Wynter nahm an, dass Jared der sich schweigend im Hintergrund herumdrückende Priester sein musste. Lächelnd schüttelte sie den Kopf und richtete sich wieder auf. Sie nahm beinahe Habachtstellung ein, ihre Hand ruhte wie beiläufig auf dem Schwertgriff. Mal abgesehen davon, dass sie kein Bedürfnis danach hatte, auf Jareds möglicherweise verwanztem Bettzeug zu sitzen, spürte sie den überwältigenden Drang, schützend hinter dieser Frau zu stehen und dieselben Männer, mit denen sie gekommen war, durch ihren Blick niederzuzwingen. Unterdessen sah Alberon zwischen ihr und Razi hin und her, als hätten sie beide vollkommen den Verstand verloren.

»Willst du dich nicht setzen, Hoheit?« Razi klopfte auf die Bettstatt.

»Ihr müsst der Bruder des Prinzen Alberon sein?«, fragte Mary und beugte sich vor, um Razi leicht an seinem schmutzigen Ärmel zu berühren. »Ich möchte nicht ungebührlich sein, aber ich wäre sehr erfreut, Eure Bekanntschaft zu machen, sollten wir einander je vorgestellt werden.«

Wynters Mundwinkel wölbten sich nach oben. Man könnte sich auf einem Empfang wähnen! *Sollten wir einander je vorgestellt werden*, also wirklich. Verstohlen schielte sie nach Alberons unverändert erbostem Gesicht und raunte Mary ins Ohr: »Ich habe die Ehre, dem Kreis des Fürsten

Razi anzugehören. Da Ihr und ich nun miteinander bekannt sind, Edle Mary, kann sicherlich niemand Anstoß daran nehmen, wenn ich die Vorstellung übernehme.«

Ohne jede Spur von Spott sah Mary zu ihr auf. »Das würde mich sehr freuen, Hohe Protektorin. Wenn Ihr glaubt, dass Ihr das einrichten könntet.«

»Fürst Razi«, begann Wynter förmlich. »Würdest du mir das Vergnügen gewähren, dir die Edle Mary Phillipe D'Arden vorzustellen? Sie wäre hocherfreut, deine Bekanntschaft zu machen, solltest du das wünschen.«

Fürst Razi machte keine Anstalten, sich aus seiner unbehaglichen Stellung zu erheben, aber es gelang ihm dennoch, eine knappe Verbeugung zuwege zu bringen. Die Edle Mary neigte den Kopf, und Wynter stellte sie in aller Form vor. Razi schüttelte Marys Hand. Ihr Ärmelaufschlag war stark zerschlissen, der von Razi mit Ruß befleckt.

»Erfreut«, murmelte er.

»Darf ich aus Eurer Anwesenheit, mein Fürst, schließen, dass mein lieber Isaac Euch endlich gefunden hat?«

Razis große Hand verkrampfte sich vor Schreck, und über Marys Gesichtszüge huschten Schmerz und Furcht, ehe sie wieder zu erzwungener Ruhe erstarrten.

»Euer *lieber* …?«, sagte Razi.

Mary blieb regungslos, nur ihre Augenlider flatterten, da sie vielleicht glaubte, Razi füge ihr absichtlich Schmerz zu, und dennoch nicht willens war, ihn zu bitten, damit aufzuhören.

»Razi«, mahnte Wynter halblaut.

»Euer *lieber* Isaac«, ließ sich Alberon jetzt vernehmen, so dass sich die Dame ihm zuwandte, »hat mein Vertrauen enttäuscht und, statt ein Gespräch mit meinem Vater zu vermitteln, seinen Zugang zum Hofe missbraucht, um einen *Mordversuch an meinem Bruder* zu unternehmen.«

Immer noch nach vorn gebeugt, den Arm unbehaglich zwischen sich und Razi ausgestreckt, schüttelte Mary stumm den Kopf. Erneut sagte Wynter Razis Namen, und er bemerkte, dass er Marys Hand schier zerquetschte. Sofort ließ er sie los, und sie entzog sie ihm mit bemüht gefasster Miene, öffnete und schloss unauffällig die Faust. Er machte eine Bewegung, als wollte er ihre Finger untersuchen, doch sie zog sie zurück.

»Das würde Isaac niemals tun«, flüsterte sie. »Niemals.«

»Der Bruder Eurer Hoheit irrt sich«, sagte da der Priester. Sein tiefes Grollen überraschte sie alle.

»Irrt sich?« Alberon klang gefährlich leise. »Irrt …?« Unvermittelt trat er hinter die Bettstatt, drückte Razis Kopf zur Seite und riss ihm das Hemd von der rechten Schulter. Razi protestierte lautstark, und die Edle Mary keuchte beim Anblick des hässlichen Narbengeflechts, das seine braune Haut verunstaltete, auf.

»Großer Gott«, rief Razi, schüttelte seinen Bruder ab und zupfte mit einem Ruck das Hemd wieder hoch. »Albi!«

Alberon beachtete ihn gar nicht, er starrte nur den Priester an. »Isaac hat ein Messer quer durch einen Raum voller Menschen geworfen«, knurrte er. »Er hat *ein Messer geworfen.*«

Die Worte »Messer geworfen« schienen eine eindringliche Wirkung zu haben, denn der Priester sank in sich zusammen. Er wechselte einen bestürzten Blick mit der Dame. »O Isaac«, sagte er.

»Spielt mir hier nicht den Erschrockenen«, sagte Alberon. »Und Ihr auch nicht!«, fuhr er Mary an. »So höfisch sein Benehmen auch gewesen sein mag, Isaac war kein Politiker. Er war nur ein verdammter Soldat und hoffnungslos in Euch verliebt, Mary! Also sitzt nicht dort mit Euren Rehaugen und erzählt mir, Ihr hattet keine Ahnung von seiner Absicht, meinen Bruder zu töten!«

Fassungslos saß Mary da, die schmerzenden Finger an die Brust gedrückt, die Augen glitzernd vor Tränen. Wynter verhielt sich ganz still, ihre Haltung und Miene spiegelten unwillkürlich die von Oliver, der mit der Hand an seinem Schwert und betont ausdruckslosem Gesicht auf seinem Posten am Eingang stand. Sie warf einen Seitenblick auf den Priester; wie Mary wirkte er aufrichtig erschüttert.

»Isaac …«, begann der Mann. »Isaac ist sehr fromm.«

Was er damit meinen mochte, begriff Wynter nicht, aber Mary schloss entsetzt die Augen.

»O Jared«, sagte sie. »Nein.«

»Damit wollt Ihr vielleicht andeuten, dass er den Gedanken an einen Muselmanen auf dem Thron nicht ertragen konnte? Ist das Eure Vermutung, Presbyter?«

Stumm sah der Priester Alberon an, seine Augen schnellten kurz zu Razi hinüber.

»Könnte es sein, dass Ihr diese Ansichten bestärkt habt?«, zischte Alberon.

Die Augen des Priesters weiteten sich, aber er schwieg weiterhin. Was erwartete Alberon von diesem Mann? Ein Geständnis? An Stelle des Priesters hätte sich Wynter lieber die Zunge abschneiden lassen, als sich selbst in diese Sache zu verwickeln. Andererseits – hielt Alberon es wirklich für wahrscheinlich, dass sich ein mittelländischer Priester und ein frommer mittelländischer Soldat mit der Vorstellung eines muselmanischen Erben auf dem südlandischen Thron anfreunden könnten? Glaubte er ernstlich, diese beiden wären darüber etwas anderes als außer sich? Solche Empfindungen abzuleugnen, wäre für den Priester selbstverständlich absurd.

Wynter musterte das zu Tode verängstigte Gesicht des Priesters und fragte sich, wie viel oder wenig er mit Isaacs glühenden Überzeugungen zu tun hatte. Sie fragte sich, ob er sie wohl auch noch vertieft hätte, wenn er gewusst hätte, welch grauenvollen Tod der arme Mann deswegen würde erleiden müssen.

»Wir haben nicht über Fürst Razi gesprochen«, flüsterte der Priester schließlich. »Es schien nie wahrscheinlich, dass er Euren Platz einnehmen würde. Es war doch unmöglich, dass Euer Vater so –«

Der Priester verstummte, doch jeder wusste, was er hatte sagen wollen. *So dumm wäre.* Es war doch unmöglich, dass Jonathon so *dumm* wäre. Alberon musterte den Mann von oben bis unten, und Wynter las es in seinem Gesicht; genau wie sie selbst zog Alberon die Möglichkeit in Betracht, dass Isaac allein gehandelt hatte, aus dem Augenblick heraus, als heftige Reaktion auf Razis plötzliche und unerwartete Beförderung zum Thronerben.

Razis tiefe Stimme riss sie aus ihren Überlegungen. Er sprach Mary an. »Seine königliche Hoheit hat mir berichtet, dass Isaac Euer Kavalier war, hohe Dame.« Sein Blick wanderte zu Marys gewölbtem Bauch. »Ich hatte nicht gewusst …«, versetzte er sanft.

Die Dame legte die Hand auf ihren Leib, wie um ihn zu verbergen, und setzte sich aufrechter hin. Wynter errötete um ihretwillen. Es musste furchtbar sein, in diesem Zustand von einem Mann gesehen zu werden. Die arme Frau sollte sich eigentlich längst aus der Gesellschaft zurückgezogen haben, sollte sich abgeschottet, im Kreise ihrer Hofdamen und weiblichen Verwandten strickend und nähend freudig auf die Ankunft ihres Kinds vorbereiten, anstatt hier in diesem Wald festzusitzen, umgeben von rauen Männern, ohne auch nur einen Becher frischen Tee zu ihrer Erquickung.

»Das ist das Kind meines verstorbenen Ehemanns, mein Fürst«, sagte sie. »Bitte erniedrigt Euch nicht, indem Ihr meine Freundschaft mit Isaac besudelt. Das könnte ich nicht ertragen.« Ihre Stimme klang kalt, zitterte aber, und es war klar erkennbar, dass sie ihre Selbstbeherrschung nicht mehr lange aufrechterhalten konnte.

»Das tut mir so leid«, sagte Razi. Er beugte sich vor und drückte mitfühlend ihre Hand. Das wiederum hatte den Effekt, dass die arme Frau ein wenig die Fassung verlor und sich ihre Augen mit Tränen füllten. Sie entwand Razi ihre Hand und drückte sich die Finger auf das Gesicht, bis sie sich wieder gesammelt hatte.

»Er war nur mein Freund«, flüsterte sie. »Er war mein Freund.«

Razi wandte sich an den Priester. »Presbyter, würdet Ihr der Dame vielleicht etwas Tee holen? Oder etwas zu essen?«

Der Priester blickte erst ihn einen Moment an, dann Alberon und Oliver, und schließlich wanderte sein Blick zum Eingang. Die Sonne war inzwischen voll aufgegangen, und innerhalb des eckigen Schattens des Vordachs zeichneten sich die Umrisse der Soldaten riesig ab. Der Priester schüttelte den Kopf, und Wynter spürte einen winzigen Funken Bewunderung für ihn. Er würde seine Herrin unter diesen Umständen nicht allein lassen.

»Oliver?«, sagte Razi. »Bitte besorgt etwas für die Dame.«

Oliver rührte sich nicht vom Fleck, er wartete auf Befehle

von Alberon. Seufzend sah Razi seinen Bruder an, doch der Prinz erwiderte seinen Blick mit einer missbilligenden Kopfbewegung und setzte sich auf die Bettstatt.

Razi starrte ihn an. »Albi!«, rief er.

»Ich werde den Freien Garron bitten, so gütig zu sein«, schaltete sich Wynter ein und marschierte zum Eingang, ehe sich die Brüder in eine Wiederholung ihres jüngsten Streits stürzen konnten.

Soldaten gafften Wynter an, als sie in den Zelteingang trat, und wandten sich sofort wieder ab.

Sie winkte Christopher zu sich, und er kam mit Boro auf den Fersen. »Freier Garron«, begann sie ruhig, »die Edle Mary ...« Verlegen hielt sie inne, dann beugte sie sich zu Christopher vor und flüsterte ihm mit brennenden Wangen ins Ohr: »Die hohe Dame ist schweren Leibes, Christopher, und obwohl sie lobenswert beherrscht ist, so vermute ich doch, dass sie großen Kummer leidet. Ich wollte fragen ... glaubst du, Hallvor hat vielleicht ein linderndes Getränk für sie? Und vielleicht auch etwas Reichhaltigeres zu essen, als sonst in diesem Lager verfügbar scheint?«

Christopher nickte, das Gesicht ganz dicht bei ihrem. Als er zurücktrat, streiften sich ihre Wangen kurz.

»Ich werde sehen, was ich tun kann, Hohe Protektorin.« Er verneigte sich.

Wynter sah ihm nach, warf einen schnellen Blick auf die Soldaten und schlüpfte zurück ins Zelt.

Dort redete der Priester gerade hastig auf Razi ein. »Was Isaac Euch angetan hat, bedaure ich zutiefst, mein Fürst. Ich verstehe, in welchem Licht mich das erscheinen lässt, aber ich kann Euch versichern, dass ich in aller Aufrichtigkeit herkam, um die Arbeit meines Herrn, des Edlen Phillipe

D'Arden, zu vollenden. Hätte ich auch nur geahnt, wie Isaac handeln würde, dann hätte ich ganz gewiss mein Möglichstes versucht, um ihn davon abzubringen. Ich hoffe …« Ängstlich blickte er zu Alberon. »Ich kann nur beten, dass dies nicht das Ende unserer Verhandlungen bedeutet?«

Alberon betrachtete ihn kühl.

»Es … so viele Menschen sind davon abhängig … Phillipe selbst gab sein Leben dafür …« Der Priester stotterte sich in ein hoffnungsloses Schweigen. »Habt Ihr Grund, mich für schuldig zu halten?«, rief er plötzlich. »Hat Isaac etwas gesagt, das Euch das glauben macht? Es sind Lügen!« Erneut verstummte er, völlig außer sich.

Unschuldige Panik, aus Furcht geboren, überlegte Wynter, *oder jämmerlich schlechtes Gewissen*? Auch Razi taxierte den Priester mit verengten Augen. Unter den prüfenden Blicken der beiden sah der Mann aus, als wollte er vor Angst schreien.

Schließlich sagte Razi: »Isaac hat nichts über Euch gesagt, Priester. Nur dass Alberon mit den Mittelländern über die Blutmaschine verhandelt.« Er hielt inne und richtete dann jäh das Wort an Oliver.

»Was Isaac allerdings sagte, war, dass Ihr für seinen Zugang zum Schloss gesorgt habt, Herr Ritter.«

Olivers Gesicht wurde flammrot, sein Rücken straffte sich. Seine Augen allerdings blieben starr auf die gegenüberliegende Leinwand gerichtet.

»Was Ihr natürlich auch getan hattet«, sagte Alberon. »Auf meinen Befehl hin.«

Olivers Blick schnellte zu Razi.

»Wohlgemerkt«, ergänzte Alberon, »keiner meiner Befehle beinhaltete das Töten meines Bruders.«

Bei diesen Worten wurde Wynter eiskalt in der Magengrube, und sie betrachtete Oliver ganz neu. Auch Alberon und Razi beobachteten ihn, die Mienen fragend, aber unbewegt.

Oliver blieb still und stumm, die Augen geradeaus gerichtet.

»Erinnert Ihr Euch an einen Mann namens Jusuf Marcos, Herr Ritter?« Razis Frage entlockte Oliver ein steifes Nicken. »Er hat mir erzählt, der Prinz habe ihm einige Befehle zukommen lassen. Ich vermute, dass diese Befehle von Euch stammten. Wisst Ihr sie noch?«

Oliver sagte nichts und rührte sich weiterhin nicht.

»Entsinnt Ihr Euch der Befehle, die Ihr Jusuf Marcos übermittelt habt, Herr Ritter?« Da Oliver weiterhin schwieg, seufzte Razi. »Oliver«, sagte er müde, »habt Ihr Jusuf Marcos angewiesen, den Thronanwärter zu töten?«

Endlich sah Oliver Razi an. Seine Mundwinkel sanken herab. Er nickte.

Entsetzt schnappte Wynter nach Luft, doch die Mienen von Alberon und Razi veränderten sich nicht; sie blieben einfach nebeneinander auf der niedrigen Bettstatt sitzen, die Ellbogen auf den Knien, die so unterschiedlichen Gesichter aufmerksam.

Ganz im Gegensatz zu ihrer seltsamen Ruhe kostete es Wynter alle Kraft, nicht ihren Dolch aus der Scheide zu reißen und ihn Oliver ins Gesicht zu schleudern.

»Gottverdammter Verräter«, schrie sie ihn an.

»Was sollte ich denn sonst tun?«, sagte er traurig. »Für den König käme es nicht infrage, ohne Erben zu sein. Wenn Fürst Razi tot gewesen wäre, hätte Jon keine andere Wahl gehabt, als Seiner königlichen Hoheit zu gestatten, nach Hause zu kommen. Ohne Razi kein *Mortuus in vita*.«

»Und der Angriff auf Simons Männer?«, fragte Razi jetzt mit harter, aber ruhiger Stimme, die Zähne fest zusammengebissen. »Der Mord an ihm und an meinem guten Freund Shuqayr ibn Jahm? War das auch Euer Plan, lieber Onkel? Habt Ihr das auch befohlen? Dass ich an mein Pferd gebunden werden soll? Dass ich zu Tode geschleift werden soll? Dass mein Kopf abgehackt und herumgetreten und schließlich in einem Hanfsack zu meinem Vater zurückgeschickt werden soll? Waren das auch Eure Befehle?«

Oliver schüttelte den Kopf. »O nein, Razi«, flüsterte er. »Um Gottes willen, nein. Das nicht.«

Alberon war auf den Beinen, ehe jemand es wahrnahm. In tödlicher Stille lief er zu Oliver und schlug ihn fest auf die Schläfe, streckte ihn nieder, als hätte er ihm ein Messer in den Kopf gerammt. Oliver fiel auf die Knie, das Gesicht vor Schmerz und Verzweiflung verzerrt.

Die Edle Mary schrak zusammen, gab aber keinen Ton von sich.

Alberon ragte jetzt über Oliver auf, der benommen zu seinen Füßen kniete. »Habe ich das befohlen?«, zischte er.

Oliver blinzelte schnell, seine Hände hingen in der Luft, als hätte er seinen Kopf abschirmen wollen, aber vergessen, die Bewegung zu Ende zu führen. »Habe ich das befohlen?«, wiederholte Alberon leise, und er schlug Oliver erneut, so dass der zu Boden ging.

Wynter verbiss sich einen Einspruch. Trotz ihres Zorns war es erschütternd, Alberons Gewaltausbruch mitanzusehen, und furchterregend, Olivers stillen Mangel an Widerstand gegen die Attacke des jüngeren Mannes zu beobachten.

Alberon bückte sich und knurrte dem Ritter kaum hörbar ins Ohr: »Antworte mir, du Hundesohn! Habe ich *den Tod meines Bruders befohlen*?«

»Nein, Eure Hoheit«, wisperte Oliver mit abgewandtem Blick. »Nein.« Immer noch hielt er die Hände hoch, als rechnete er mit einem weiteren Hieb.

Alberon schlug ihn ins Gesicht. »Du elender Aufrührer. Du treuloser, gottverfluchter Verräter. Wie kannst du es wagen?«

»Alberon«, murmelte Razi. »Lass ihn.«

Alberon antwortete nicht.

»Hoheit«, sagte Razi. »Bitte, lasst ihn.«

Alberon richtete sich auf, die Fäuste immer noch geballt, und Oliver schob sich langsam auf die Knie hoch. Er blickte zu Razi auf, einen Ausdruck von trauriger Reue im Gesicht.

»Mein Fürst«, flehte er. »Was hätte ich denn sonst tun sollen?«

»Auf deine *verdammten Befehle* warten!«, fauchte Alberon.

Als seine Worte zu Wynter durchgedrungen waren, begriff sie mit jähem Schaudern, dass es Olivers Ungehorsam war, der den Prinzen am meisten erzürnte. Erschrocken sah sie in Alberons rotes Gesicht. Plötzlich stand es ihr ganz klar vor Augen: Falls Oliver den höchsten Preis für sein Handeln bezahlen würde, wäre es mehr seiner Treulosigkeit Alberon gegenüber geschuldet als seinen Versuchen, Razis Leben ein Ende zu setzen.

Immer noch stand Alberon schweigend und wütend dort, und Wynter wurde mit einem Schlag bewusst, dass trotz seines üblichen Polterns und seines offenbar echten Zorns sowohl er als auch Razi diese Sache sehr ruhig angingen. Sie warf einen Seitenblick auf die Schatten der Soldaten, die den Eingang bewachten. Sie hatten sich nicht gerührt. Dem Anschein nach hatten sie keine Ahnung, was innerhalb der Leinwände des Zelts vor sich ging.

Langsam drückte Wynter den Rücken durch, und als sie verstand, zog sich ihr Herz zusammen.

Sie wollen ihn davonkommen lassen, dachte sie. *Grundgütiger, nach allem, was er getan hat, werden sie Oliver davonkommen lassen!*

Ungläubig sah sie Razi an. Er ließ Oliver immer noch nicht aus den Augen.

»Ihr hättet mir vertrauen sollen«, sagte er traurig. »Ihr hättet wissen müssen, dass ich niemals …« Seine Stimme erstarb, die beiden Männer sahen einander schweigend an; beide wussten, dass Razi wenig Mitspracherecht bei seiner Erhebung zum Thronerben gehabt hatte.

Als er jetzt den Kopf schüttelte, zeigte Oliver aufrichtige Reue. »Es tut mir leid.«

»Versteht Ihr denn nicht«, fragte Razi, »dass ich gar kein Verlangen habe, meinen Bruder vom Thron zu verdrängen? Traut Ihr mir nicht so weit, dass ich nur sein Bestes im Sinn habe? Vor mir braucht Ihr ihn nicht zu beschützen, Oliver.«

Mit feuchten Augen sah Oliver Razi an, und Wynter wusste, was er dachte. Razis gute Absichten wären alle vergebens, sollte der König weiterhin darauf bestehen, ihn auf den Thron zu setzen. Egal, wie man es drehte oder wendete, Alberons Stellung wurde durch den Tod seines Bruders beträchtlich gestärkt, und Oliver konnte nicht mit reinem Gewissen vor Razi knien und ihm seine Gefolgschaft antragen, wenn das Alberons Enterbung bedeutete.

»Ritter Oliver«, sagte Wynter. »Wie es auch im Augenblick scheinen mag, ich versichere Euch, dass Fürst Razi die einzige Hoffnung Seiner Hoheit ist, den Thron wiederzuerlangen. Der Fürst hat alles aufs Spiel gesetzt, indem er hierherkam, genau wie Ihr alles aufs Spiel gesetzt habt, um Euren Prinzen zu unterstützen. Ich bitte Euch, Herr Ritter, Ihr müsst verstehen, dass Ihr ohne Fürst Razi verloren seid; Seine königliche Hoheit ist verloren. Ja, ich glaube ehrlich, dass dieses Königreich verloren ist, wenn Fürst Razi nicht am Leben bleibt, um seine Mission zu erfüllen, den König mit seinem Erben auszusöhnen.«

Der Mann, den sie als »Onkel« gekannt hatte, blickte von der Stelle, an der sein geliebter Neffe ihn zu Boden geschlagen hatte, zu ihr auf. Derselbe Mann, der mit Razi auf dem Rücken oben auf der Schlossmauer herumgetrabt war, wiehernd wie ein Pferd und eingebildete Hürden überspringend; der geweint hatte, als er Wynter an dem Tag, an dem sie von diesem verdammten Baum gefallen war und sich den Arm gebrochen hatte, zum Schloss zurückgetragen hatte; der Albi auf den Rücken seines ersten Pferdes gehoben und ihm gesagt hatte: *Reite, mein Junge! Hab keine Angst! Reite einfach!* Genau dieser Mann, der ein guter Freund ihres Vaters gewesen, der des Königs hochgeschätzter Vetter war – breitete nun entschuldigend die Arme aus, weil er den Tod ihres geliebten Razi befohlen hatte, und schüttelte den Kopf.

»Hohe Protektorin«, sagte er. »Ich tat, was ich tun musste.«

Ein Schatten huschte über Leinwand, und der Leutnant räusperte sich, ehe er den Eingang aufklappte. Beim Anblick von Oliver zu Alberons Füßen, das Gesicht gerötet und angeschwollen von den Schlägen des Prinzen, verharrte er erschrocken, unsicher, was zu tun war. Rasch wandte er den Blick auf die Zeltwand gegenüber und tat, als hätte er nichts bemerkt, während Oliver ihn kläglich über die Schulter anblickte.

»Was gibt's?«, knurrte Alberon.

Der Leutnant, immer noch stockstarr, die Augen auf absolut nichts gerichtet, stotterte: »Berichte wie befohlen, Herr … äh … Eure Hoheit. Die Feldposten wurden abgelöst und immer noch kein Nachschub in Sicht, Herr … Hoheit … Herr.«

»Ritter Oliver wird gleich bei Euch sein. Geht und wartet draußen auf ihn.«

Der Leutnant ließ die Türklappe mit ungebührlicher Hast fallen, und Oliver starrte Alberon mit offenem Mund an, er wagte kaum, seinen Ohren zu trauen.

»Ich sollte dich zu Tode peitschen lassen, Oliver.«

Oliver nickte mit großen Augen.

»Ich sollte dich meinem Bruder ausliefern und ihm seine Rache an dir gewähren. Damit er dich vielleicht zu Tode schleift … oder mit *deinem* Kopf ein bisschen Fußball spielt.«

»Das war ich nicht«, wehrte Oliver erstickt ab. »Niemals würde ich …«

»Steh auf«, sagte Alberon. »Geh dich um deine Männer kümmern.«

Steif erhob sich Oliver und wandte sich zum Gehen.

»Oliver«, sagte Razi leise.

Der Ritter erstarrte, die Hand an der Türklappe. Widerstrebend sah er sich um.

»Ich verstehe, dass Ihr keine Wahl hattet«, sagte Razi. »Das ist nun mal die Welt, in der wir leben.«

Nun konnte Oliver nicht mehr an sich halten und brach in Schluchzen aus, Tränen strömten ihm über das Gesicht. »Es tut mir so leid«, weinte er. »So unendlich leid.«

»Es ist vorbei«, sagte Razi. »Ich habe es vergessen. Geht und tut Eure Arbeit.« Und damit ließ er Oliver aus dem Zelt treten und fortgehen.

Der Platz einer Frau

Als Oliver fort war, entstand betretene Stille. Mary und der Priester verhielten sich sehr ruhig, als hätten sie Angst, die Aufmerksamkeit auf sich zu lenken. Die hohe Dame saß aufrecht, die Hände im Schoß verschränkt, die Augen auf Razi gerichtet.

Wynter aber starrte Alberon an. »Du hast doch wohl nicht vor, ihm zu vertrauen?«

Alberon machte ein missbilligendes Geräusch, und Razi rieb sich seufzend die Stirn.

Fassungslos sah Wynter von einem zum anderen. »Er hat sich als treulos erwiesen!«, rief sie. »Er hat den König verraten, er hat hinter deinem Rücken gehandelt, und er hat versucht, *Razi zu töten*!«

Mit einem Ruck wandte Alberon ihr das Gesicht zu. »Auf welche Weise hat er den König verraten?«, fragte er.

Als Alberon sie finster anfunkelte, ließ Wynter die ausgestreckte Hand sinken.

»Auf welche Weise hat Ritter Oliver den König verraten, Hohe Protektorin?«

»Albi«, sagte Razi sanft. »Sie hat nicht …«

»Niemand in diesem Lager hat den König verraten. Ich möchte dich dringend bitten, das nicht zu vergessen!

Schlimm genug, dass diese Männer alles riskieren mussten, um mich zu unterstützen, ohne dass meine eigenen Verbündeten ihre Namen verunglimpfen!«

»Hoheit«, sagte Razi noch einmal. »Bitte. Sie hat das nicht so gemeint.«

»Er hat *deinen Tod befohlen*«, schrie Wynter außerstande, sich zu beherrschen. »Bist du irrsinnig?« Und an Alberon gewandt: »Er hat *Razis Tod befohlen*! Sag mir, dass dir das etwas bedeutet!«

»Wynter!« Nun war Razis Ton scharf, er schlug mit der Hand auf das Bett. »Das reicht jetzt!«

Sie ballte die Hände zu Fäusten, sie war unsagbar wütend, und Razis Miene wurde etwas weicher. »Senk deine Stimme«, bat er, doch sie schüttelte nur den Kopf. Sie konnten doch wohl nicht vorhaben, darüber einfach hinwegzusehen? Das war unmöglich.

»Oliver hat getan, was er glaubte tun zu müssen, um die Stellung des Prinzen als Thronfolger zu schützen«, sagte Razi. »Er hatte das Gefühl, keine Wahl zu haben … dafür werde ich ihn nicht verurteilen.« Sein Blick huschte zu Mary, und plötzlich wirkte er erschöpft und hilflos. »Wir alle haben zu unserer Zeit schreckliche Dinge getan.« Schwerfällig stand er auf. »Was nun, Hoheit?«

Grimmig deutete Alberon auf den Priester. »Ich muss mit Jared hier ein paar Einzelheiten besprechen.« Er musterte seinen Bruder von Kopf bis Fuß. »Geh dich rasieren und kämmen, Razi, du siehst furchtbar aus. Wynter, du wirst dich um die Edle Mary kümmern. Ich lasse Frühstück kommen.« Noch während er sprach, duckte er sich durch den Zelteingang, seine Stimme verlor sich. Jared folgte ihm.

Razi blieb noch einen Augenblick stehen, sein Blick war

vor Müdigkeit ganz leer. Dann schüttelte er sich kurz. »Bleib hier, Schwesterchen.« Er lächelte. »Wir kehren bald nach Hause zurück … Edle Mary? Kann ich irgendetwas für Euch tun? Braucht Ihr vielleicht etwas?«

Mary starrte ihn nur an, die Hände vor dem Bauch gefaltet. Razi verneigte sich und ging mit schweren Schritten zum Eingang. Schon wollte er durch die Klappe nach draußen treten, da erhob Mary die Stimme.

»Was habt Ihr mit ihm gemacht?«, fragte sie.

Razi blieb stehen, die Hand auf die Leinwand gestützt.

»Isaac«, erklärte sie. »Was habt Ihr mit ihm getan?«

O nein, dachte Wynter. *Nicht. Sag es ihr nicht.*

Razi wandte den Kopf nur ein klein wenig, sie sah, wie er zögerte. Dann aber drehte er sich zu der Frau um und blickte ihr voll in die Augen. Wynter spürte, dass Mary neben ihr die Luft anhielt, die kleinen Hände fest ineinander verschränkt.

»Ich habe ihn foltern lassen«, sagte Razi.

Entsetzt schüttelte Mary den Kopf.

»Ich ließ ihn foltern.« Razi sprach zu laut. »Es war abscheulich.« Er wich Marys erschüttertem Blick nicht aus, als wollte er sich dadurch bestrafen. »Er ist gestorben«, sagte er. Dann ging er hinaus, und die Zeltklappe fiel zu.

Wynter stand immer noch hinter dem Stuhl der Frau, sie wartete auf Tränen und kramte in ihrem Kopf nach geeigneten Seichtheiten, doch als Mary sprach, klang sie seltsam gefasst und kühl.

»Armer Isaac, ich hatte immer den Verdacht, dass er Gefühle für mich hegte.«

Er hat Euch »Liebling« genannt, dachte Wynter. *»Mein Liebling« … ich sollte Euch ausrichten, dass er treu war. Ich* *glaube nicht, dass ich Euch das jemals erzählen werde. Ich glaube, es könnte Euch das Herz brechen, das zu erfahren.*

»Er wurde nicht aus Rache gefoltert, Hohe Dame. Das versteht Ihr doch? Einem Menschen so etwas anzutun ... entspricht Razi überhaupt nicht. Ich wünschte, ich könnte Euch begreiflich machen, *wie wenig* es ihm entspricht.«

Mary schwieg. Wynter betrachtete die Spitzenhaube, die ordentlich auf ihrem glänzenden schwarzen Haar saß, überwältigt von Mitgefühl.

»Hohe Dame«, fragte sie behutsam. »Haltet Ihr es für wahrscheinlich, dass Isaac allein gehandelt hat?«

»Das vermute ich. Der arme Isaac war meinem Gatten unbedingt treu, aber er war kein Reformist. Ich fürchte, die dunkle Haut Eures Fürsten Razi könnte schon gereicht haben, um den armen Burschen zu entsetzen ... und die Vorstellung eines Nicht-Christen auf dem Thron! Ich kann mir seine Entrüstung ungefähr ausmalen.« Flehentlich sah sie Wynter an. »Es stimmt, dass Isaac kein Freidenker war, Hohe Protektorin, aber ich hoffe, dass Ihr mir glauben könnt, wenn ich Euch sage, dass er ein guter Mensch war.«

»Ich verstehe«, sagte Wynter.

»Die Inquisition holte Phillipe in eben der Woche ab, in der er hierher reisen wollte. Jared wusste, ich wäre zu Hause nicht mehr sicher, also kam er zu mir und nahm mich mit. Phillipes Kameraden sollten uns eigentlich unterwegs treffen; sie tauchten nicht auf, aber Jared weiß, dass sie noch immer für die Sache tätig sind. Sie warten auf Neuigkeiten von den Verhandlungen – sie sind so begierig auf Veränderung.«

Mary hielt inne, mitgerissen von ihren Gedanken.

»Glaubt Ihr, sie werden diese Veränderung herbeiführen, Hohe Dame?«

»O ja«, hauchte Mary. »O ja. Mit den Maschinen Eures Prinzen können sie es erreichen. Daran habe ich keinen Zweifel.«

Die Maschinen des Prinzen.

»Hohe Dame?«, fragte Wynter mit trockenem Mund. »Wird es eine Veränderung sein, die es wert ist?«

Mary blickte zu ihr auf. »Hohe Protektorin, alles wäre besser als die derzeitige Lage. Die Pläne meines Mannes haben ihn das Leben gekostet und mir alles genommen. Ich bezweifle, dass auch nur ein einziger Angehöriger meiner Familie noch am Leben ist. Aber dennoch glaube ich an die Reform, Hohe Protektorin. Das muss ich. Denn wenn Ihr nur wüsstet, wie es dort ist …« Sie schüttelte den Kopf. »Es muss ein Wandel geschehen.«

Wynter senkte den Blick von den dunklen, ernsthaften Augen der Frau auf die Wölbung ihres Unterleibs; es war furchtbar, wie wenig dieser Frau geblieben war. Was um alles in der Welt würde nun, da Tamarands Säuberung sie all dessen, was sie gewesen war, beraubt hatte, aus ihr werden?

Mary strich sich über den Bauch. »Das hier zeigte sich erst unterwegs«, sagte sie weich. »Dummes Kind.« Sie tätschelte die Rundung unter ihren Röcken. »Was für ein Zeitpunkt, um in diese Welt zu kommen.«

Nun versagte ihr doch die Stimme, und Wynter setzte sich auf die Bettstatt und blickte ihr ins Gesicht. Sie nahm Marys Hand. Die Seide der Handschuhe der Dame war weich, die schmutzige Spitze an den Fingern sehr fein.

»Isaac blieb zurück, während Jared und ich flohen, und als der arme Phillipe schließlich aus dem Kerker geholt und auf dem Hinrichtungsplatz verbrannt wurde, schleuderte Isaac ein Messer quer durch die Menge und setzte sein eigenes Leben aufs Spiel, um Phillipes Schmerz ein Ende zu bereiten. Erst dann stieß er zu uns. Tapferer Isaac. Durch ihn war die endlose Reise hierher so viel leichter zu ertragen«, flüsterte sie. »Er schaffte es, jede Lage etwas aufzuhellen.« Nun kamen endlich die Tränen, langsam und geräuschlos kullerten sie über Marys hübsches Gesicht. »Mein Mann war sehr viel älter als ich, Hohe Protektorin. Isaac war … er war ein sehr *lieber* Freund.«

»Es tut mir so leid für Euch.« Wynter wollte noch etwas sagen, zögerte aber. Gern hätte sie Razis Taten irgendwie gerechtfertigt, hätte dieser sanften Frau gern sein wahres Wesen enthüllt, aber sie wusste nicht, wie.

»Es ist ihm eine Last«, versetzte Mary unvermittelt. Verständnislos runzelte Wynter die Stirn, und Mary wischte sich mit dem Spitzenhandschuh das Gesicht ab. »Euer Freund, Fürst Razi, er trägt seine Taten als schreckliche Last mit sich herum.«

Sie sagte das mitfühlend, nicht tadelnd, und Wynter spürte Tränen aufsteigen.

Sie nickte.

»Armer Mann«, sagte Mary. »Ich nehme an, es verbrennt ihn innerlich.«

Ihrer beider Aufmerksamkeit wurde von Rufen vor dem Zelt abgelenkt, und sie sahen die Soldaten abrücken; sie wurden nicht mehr gebraucht, da nun die Mittelländer ihre Treue bewiesen hatten.

»Und so bleiben wir zurück«, seufzte Mary, »während Männer die Welt gestalten.«

Wynter, die selbst danach trachtete, dort draußen zu sein, öffnete und schloss unzufrieden ihre Hände. Mary beäugte das Schwert an ihrer Hüfte und die staubigen Männersachen. »Ihr seid nicht an dieses Warten einer Frau gewöhnt, Hohe Protektorin. Diese Abkapselung wird Euch wahnsinnig machen.«

»Und Euch macht sie nicht wahnsinnig, Edle Mary?«

Mary lächelte. »Welchen Unterschied würde es schon machen, wenn es so wäre?«, fragte sie trocken.

Ein Schatten fiel auf das Zelt, und als sie die unverkennbaren Umrisse von Christopher und Boro erkannte, stand Wynter auf und ging zum Eingang. »Mein Freund ist hier«, sagte sie. »Ich schätze, er hat Euch Essen und etwas Tee gebracht, falls Ihr etwas mögt?«

Die Miene der Dame erhellte sich, und Wynter stockte kurz. »Er ist Merroner, Hohe Dame.«

Sofort erstarb die Freude in Marys Gesicht, und sie schien zusammenzuschrumpfen. Ängstlich betrachtete sie Christophers Schatten.

»Er ist ein guter Mensch. Er wird Euch nichts zuleide tun.«

Nun blieb Christopher vor dem Zelteingang stehen. Er räusperte sich und rief leise: »Wynter?«

Wynter verdrehte die Augen. Nur weil die Soldaten inzwischen weg waren, hieß das nicht, dass er so nachlässig sein konnte, verdammt.

Mary starrte immer noch Christophers schmalen Schatten und Boros riesige Gestalt an, die bedrohlich an seiner Seite aufragte. Der Atem des Hunds war beunruhigend laut, als er am Eingang herumschnüffelte.

»Man … man hört Geschichten«, sagte Mary gedämpft. »Über Merroner und das, was sie tun.«

»Ihr könnt ganz unbesorgt sein.« Damit schlug Wynter die Klappe zur Seite und ließ Christopher hinein. Glücklicherweise gab sich Boro damit zufrieden, einen Blick durch den Eingang zu werfen, und versuchte nicht, in das Zelt der Dame einzudringen.

In einiger Entfernung stand Hallvor, die Hände an die Ellbogen gelegt, das ernste Gesicht wachsam. Wynter hob zum Gruß das Kinn, dann schlüpfte sie wieder ins Zelt und ließ die Klappe vor Boros neugierige Schnauze fallen. Der große Hund jaulte ärgerlich, dann sackte sein schwerer Körper auf den Boden, ein langer, keuchender Schatten, der die Schwelle versperrte.

»Welche Laus ist unserem lieben Razi über die Leber gelaufen?«, fragte Christopher und nickte Mary knapp zu. »Er sieht aus, als wäre er von einem Maulesel getreten worden.«

»Wo ist er denn?«

»Er hat versucht, in Richtung Fluss zu spazieren, aber davon wollten die Merroner nichts wissen. Sòl hat ihn sich gegriffen und ans Feuer gesetzt. Er hat vor, ihm etwas Tee und Haferbrei einzutrichtern, und wird kein Nein hinnehmen.«

Er wartete auf eine Erklärung, aber Wynter nickte nur ernst und wich seinem Blick aus.

»Alberons großer männlicher Ritter hat sich hinter den Zelten die Augen aus dem Kopf geheult«, fuhr Christopher fort. »Die Soldaten haben sich beinahe die Hälse ausgerenkt, um so zu tun, als würden sie es nicht bemerken.«

»Fürst Razi und Oliver hatten ein Missverständnis«, murmelte Wynter.

»Iseult!«, rief Christopher plötzlich und verschüttete beinahe vor Verdruss den Tee. »Mach das nicht mit mir!«

Endlich sah Wynter in sein besorgtes Gesicht. Christophers Augen waren weit aufgerissen vor lauter Fragen, aber sie konnte sich noch gut an seine Wut an jenem Tag erinnern, als sie die Sache mit Shuqayr erfahren hatten. Sie sah noch die harte Helligkeit in seinen Augen, als er gesagt hatte: *Wenn ich herausfinde, dass Alberon den Befehl gab, seinen Bruder zu Tode zu schleifen und aus seinem Kopf einen Fußball zu machen, dann werde ich ihn töten. Ob Razi es will oder nicht.* Wynter war sicher, dass das Gleiche auch für Oliver galt. Christopher würde sich auf den Mann stürzen, und – Razi hin oder her – das würde seinen Tod bedeuten.

Sie nahm ihm die dampfenden Becher aus den Händen. »Sie hatten ein Missverständnis, Christopher. In der Hitze des Gefechts hat Oliver ein paar schreckliche Dinge gesagt. Er hat es sofort bereut, aber es hat sie beide verletzt. Jetzt ist es vorbei. Sie haben sich versöhnt, und es würde nichts bringen, diesen bedauerlicherweise schmutzigen Wortwechsel noch einmal wiederzukäuen.«

Aus dem Augenwinkel sah sie Mary zwischen ihnen hin und her blicken, aber sie vertraute darauf, dass die Frau klug genug war, den Mund zu halten. Christopher musterte sie immer noch forschend.

»Ich möchte dir gern die Edle Mary vorstellen«, sagte sie freundlich, und Christopher gab zähneknirschend nach.

Mary betrachtete ihn mit etwas ängstlicher Neugier und Verwunderung. Wynter kannte die mittelländische Vorstellung vom Aussehen eines Merroners gut; zweifellos hatte Mary einen riesigen, bedrohlichen Koloss erwartet, mehr Pelz als Mann, der lüstern grinste, derbe Anspielungen machte und Leuten unentwegt auf den Schädel schlug. Daher musste Christopher sie ziemlich überrascht haben: schmal gebaut, von eher kleiner Statur und glatt rasiert, wie er war, entsprach er kaum den üblichen Schauermärchen. Dennoch wurde er dem Ruf der Merroner als ungehobelte

Burschen durchaus gerecht, als er unaufgefordert zu Mary lief, sich vor ihre Füße kauerte und unverhohlen ihren runden Bauch angaffte.

»Wie weit seid Ihr schon?«, fragte er.

Entsetzt riss Mary die Augen auf und warf Wynter einen bangen Blick zu.

Wynter seufzte verdrossen. *Sie ist doch keine Zuchtstute, du Tölpel.*

»Edle Mary Phillipe D'Arden«, sagte sie. »Bitte erlaubt mir, Euch – soweit er die Höflichkeit gestattet – meinen sehr guten Freund, den Freien Christopher Garron, vorzustellen. Verzeiht ihm seine Manieren, er ist unverbesserlich zwielichtig.«

Christopher grinste breit, ganz geschmeichelt, weil Wynter auf ihren alten Scherz anspielte. Er streckte die Hand aus. Ohne groß nachzudenken, wollte Mary sie ergreifen, stockte jedoch bei ihrem Anblick. Christopher wartete, und nach einer Weile schloss die Dame zögerlich ihre kleine Hand um seine grausam verstümmelten Finger.

»Ist schon gut«, sagte er ruhig. »Ihr werdet mir nicht wehtun.«

Die hohe Dame sah ihm forschend ins Gesicht, dann festigte sie ihren Griff und schüttelte beherzt seine Hand.

Nun sah sich Christopher im Zelt um und rümpfte die Nase über den moderigen Geruch. »Wie lange ist es her, dass Ihr Euch draußen die Beine vertreten habt?«, fragte er.

Mary errötete und schwieg.

»Das hier ist nicht gerade ein gemütlicher Harem, oder, hohe Dame? Kommt schon!« Er sprang auf die Füße und bot ihr seine Hand. »Es tut nicht gut, mit einem Kind im Bauch immer nur herumzusitzen … das ganze Wasser rutscht in die Füße, und am Ende seht Ihr aus wie ein afrikanischer Elefant.«

»Christopher«, stöhnte Wynter.

Er würdigte sie keines Blickes. »Kommt schon, meine Dame«, ermunterte er sie. »In der merronischen Gruppe gibt es Frauen. Sogar ihre Heilerin ist eine Frau. Sie werden Eure Entourage bilden, falls Ihr Lust auf einen kleinen Spaziergang verspüren solltet.«

Immer noch unschlüssig sah Mary zu ihm auf, ihre Hand hing in der Luft, als könnte sie sich nicht entscheiden.

»Es sind wirklich bewundernswerte Frauen«, sagte Wynter, selbst überrascht von der tief empfundenen Ernsthaftigkeit ihrer Worte.

»Wenn auch unverbesserlich zwielichtig«, raunte Christopher ihr vertraulich zu.

Sobald sie aus dem Schatten des Vordachs getreten war, schloss die hohe Dame die Augen, hob ihr Gesicht der Sonne entgegen und atmete tief ein. »Du meine Güte«, sagte sie, einen Ausdruck beinahe schmerzlichen Behagens auf den Zügen. »O du liebe Güte. Wie wunderbar.«

Im hellen Tageslicht bemerkte Wynter zu ihrem Schrecken, wie ungesund blass sie war, wie dunkel die Ringe unter ihren Augen.

Mary legte sich die Hände auf die Wangen, als könnte sie die frische Luft darauf nicht fassen. »Du meine Güte«, sagte sie noch einmal.

Wynters Herz zog sich zusammen; die arme Frau musste unerträglich lange eingesperrt gewesen sein.

Razi saß am Feuer der Merroner, einen Becher Tee achtlos in Händen haltend, mit den Gedanken meilenweit entfernt. Sòlmundr allerdings blickte auf, als Wynter und Christopher Mary aus dem Zelt geleiteten. Er grinste Christopher, der den kleinen Klappstuhl der Dame trug, beifällig zu.

»Schöner Tag, zu essen draußen«, bemerkte er mit seiner krächzenden Stimme und wendete dann wieder seine Sauerampferküchlein auf den heißen Steinen im Feuer.

Soma und Frangok kamen gerade vom Fluss, über ihren Schultern hingen schwere, tropfende Wasserschläuche. Die Männer des Lagers pfiffen und johlten ihnen anzüglich nach. Die Frauen beachteten sie gar nicht, aber Wynter nahm es sehr wohl zur Kenntnis. Sie würde schnellstmöglich ein Wörtchen mit Alberon reden, und noch ehe der Tag zu Ende ging, würden dieselben Männer die Köpfe neigen und die Kriegerinnen achtungsvoll grüßen.

Nun kam Hallvor auf sie zu und beäugte Mary mit fachkundiger Besorgnis.

»Edle Mary«, erklärte Christopher, »das ist die Heilerin der Merroner. Ihr Name ist Hallvor an Fada, *iníon* Ingrid an Fada, *cneasaí*.«

Als er Marys angestrengte Miene bemerkte, verzog Christopher fröhlich den Mund. »Ihr könnt sie einfach Hallvor nennen«, sagte er. »Aber ich fürchte, sie spricht nur Merronisch und Garmain.«

»Der Freie Garron würde mit Freuden für Euch übersetzen«, schlug Wynter vor. »Aber wie es der Zufall will, spreche ich ebenfalls leidlich gut Garmain. Ich könnte also leicht übersetzen, falls Ihr …«

»Gütigen Dank, Hohe Protektorin, aber ich spreche auch sehr gut Garmain. Ich werde meine Unterhaltung gern selbst meistern.« Mary machte einen Knicks vor Hallvor.

Die Heilerin nickte ernst, und die beiden schüttelten sich die Hände. Dann stellte sich die hohe Dame auf Garmain vor.

»Es ist mir ein Vergnügen, Euch kennenzulernen«, entgegnete Hallvor. »Gewiss haben Euch Eure Leute vortrefflich untergebracht und versorgt, aber die Edle Iseult scheint zu glauben, Ihr wüsstet vielleicht meine Hilfe zu schätzen, daher stelle ich Euch – ohne Eure Beschützer beleidigen zu wollen – meine Kenntnisse zu Diensten.«

Hallvors tadelloses Garmain erstaunte Wynter. Bis jetzt hatte sie noch nie ein Wort von dem, was die Heilerin sagte, verstanden. Sie schämte sich, es einzugestehen, aber Hallvors vertraute, rauchige Stimme mit solcher Anmut und Gewandtheit sprechen zu hören, hob die Heilerin in ihrer Achtung. Es war, als sähe Wynter Hallvor zum ersten Mal richtig. Mit großen Augen lauschte sie der Heilerin, als sie Mary den anderen Merronern vorstellte. Sie alle schienen Garmain ähnlich fließend, wenn auch mit angenehmem Akzent, zu beherrschen.

Sòlmundr stand auf, sein gewohnter schleppender Tonfall verwandelte sich in einen heiser vornehmen, der stark an die Stimme von Wynters Vater erinnerte. Als sie nun den Krieger lächelnd seine Zahnlücken entblößen und der Dame die Hand geben sah, empfand Wynter es als tief bewegend – und unbeschreiblich traurig – zu erkennen, dass sie die ganze Zeit die Möglichkeit gehabt hätte, diese Menschen wirklich zu verstehen, wenn sie nur den Mund aufgemacht hätte.

Unterdessen kehrten Wari und Ùlfnaor von den Pferden zurück. Mary machte einen tiefen Knicks vor dem gütig lächelnden Aoire, und ohne weitere Umstände wurde sie in das Frühstück der Merroner einbezogen.

Hallvor klappte den Stuhl für die Dame auf und stellte ihn mit einem bedeutsamen Seitenblick auf Wynter neben Razi. Er hob den Kopf, bemerkte erschrocken Marys Anwesenheit und machte Anstalten, aufzustehen. Doch Mary bedeutete ihm, sitzen zu bleiben.

»Nicht doch, nicht doch«, sagte sie und ließ sich nieder. Dann beugte sie sich vor, wie um Razi eingehender in Augenschein zu nehmen. »Wie geht es Euch?«, fragte sie mit weicher Stimme.

Ihre Besorgtheit brachte ihn sichtlich etwas aus der Fassung, Razi zuckte zusammen und schüttelte den Kopf. *Nicht*, sagte seine Miene, *bitte nicht*.

Mary nickte verständnisvoll und dachte kurz nach. »Ich hörte einmal«, sagte sie dann, »dass Ihr studiert, um Arzt zu werden.«

Razi bestätigte das müde.

»Wie fesselnd. Ich nehme an, Ihr wisst von Padua? Das ist meine Lieblingsstadt, müsst Ihr wissen. Meine Familie lebte drei Jahre lang dort, als ich noch ein Kind war.«

Überrascht leuchtete Razis Gesicht auf. Mary sah ihn freundlich an, und bald schon waren die beiden in eine leise Unterhaltung vertieft. Wynters Herz schmerzte vor Dankbarkeit und Zuneigung. Sie begegnete Hallvors Blick; die Heilerin blinzelte mütterlich-verschwörerisch und machte sich wieder an ihre Arbeit.

»Wynter.« Christopher zupfte an ihrem Ärmel und bedeutete ihr, ein paar Schritte vom Feuer wegzugehen. »Sprich mit mir.«

Zusammen gingen sie um die Ecke und blieben in dem Gang zwischen dem mittelländischen Pavillon und dem großen Armee-Versorgungszelt stehen. Das ganze Lager war inzwischen aufgewacht, Männer liefen herum, die Luft war schwer von Feuern und Staub. Die Sonne schien hell, aber schwach, und im Schatten zwischen den Zelten war es kalt. Wynter bibberte, sie schlang die Arme um sich und beobachtete verstohlen die Soldaten, die auf dem breiten Hauptweg kamen und gingen. Christopher reichte ihr ein warmes Sauerampferküchlein, geistesabwesend aß sie es.

»Trink ein bisschen Tee«, sagte er.

Sie lehnte ab und leckte sich die bitteren Reste des Küchleins von den Zähnen, während sie die Anhöhe hinauf zu Alberons Zelt blickte. »Ich muss mit dem Prinzen sprechen«, sagte sie. »Jetzt ist ein guter Zeitpunkt, weil Razi abgelenkt ist.«

»Worüber willst du mit ihm reden?«

Christophers Ton machte sie stutzig, und sie sah ihn an. Sein schmales Gesicht war streng und argwöhnisch.

»Ich möchte mehr über die Maschine meines Vaters herausfinden. Ich möchte die Pläne, die Albi damit hat, verstehen.«

»Razi hat sie dir bereits *erklärt*. Er hat dir *gesagt*, dass es nicht gelingen wird.«

Wynter blickte ihm direkt in die Augen, einen Moment lang sprach keiner von beiden.

»Aber ich möchte mir selbst ein Bild machen«, sagte sie schließlich.

Bekümmert und verständnislos fragte Christopher: »Du willst dich doch wohl nicht gegen unseren Freund stellen?«

»Christopher.« Sie legte ihm die Hand auf den Arm, aber angesichts ihrer Miene entzog er ihn sanft ihrem Griff. »Chris, das hat nichts mit meinen Gefühlen für Razi zu tun. Es geht hier um Größeres. Das siehst du doch sicher ein?«

Er schwieg weiterhin mit starrem Gesichtsausdruck, und Wynter seufzte. »Die Welt ist nicht einfach, Christopher, und ich werde mit dem Prinzen reden.« Sie wollte sich umdrehen, aber Christopher hielt sie am Ellbogen fest. Ohne ihn anzusehen, wartete sie.

»Ich begleite dich hin«, sagte er.

Aus den Belüftungslöchern in der Spitze der Haunardierjurten quoll Rauch. Die Erste, an der sie vorbeikamen, wirkte still und leblos, genau wie am gestrigen Tag, aber Christopher murmelte, es seien mindestens drei Haunardier darin. Wynter verzog einen Mundwinkel nach oben – er musste nachts herumgeschnüffelt haben, um die Lage zu sondieren. Erneut verspürte sie Stolz auf ihn; ihr Mann war im besten Sinne des Wortes gerissen.

Langsam gingen sie nebeneinander her, den Blick auf die Haunardier gerichtet, die vor der zweiten Jurte hockten. Einer von ihnen war der junge Mann vom Vortag, und bei ihm saßen sein Gefährte und ein weiterer älterer Mann. Die beiden Älteren waren damit beschäftigt, irgendetwas über dem Feuer zu kochen, während sich der Jüngere offenbar gerade umzog. Seine vielen Schichten bunter Hemden und Jacken hatte er bereits abgelegt, und als Christopher und Wynter mit ihm auf einer Höhe waren, löste er gerade die Schnüre seines Unterhemds. Wynter wandte sich höflich ab, als er das Kleidungsstück auszog, doch beim Anblick seiner Narben schnellte ihr Kopf jäh zurück. Christopher blieb vor Schreck beinahe stehen, aber beide fassten sich rechtzeitig wieder und verlangsamten nur ihren Schritt, die Augen unbezwingbar von dem Rücken des jungen Mannes angezogen.

Die Narben waren alt, mit der Zeit zerfurcht und gedehnt. Ihre Form hatte sich seit dem Zeitpunkt der Verletzung, zu dem er noch ein kleines Kind gewesen sein musste, durch das Heranwachsen seines Körpers in den des jungen Mannes von etwa Anfang zwanzig, der er nun war, verzerrt. Sein stämmiger Körper war fest und muskulös, als hätte er sein Leben lang schwer gearbeitet, aber sein kräftiger Rücken war durch die Reihe hässlicher Narben, die knapp über dem Bund seiner Hose auf der linken Seite begann und sich bis zur rechten Schulter hochzog, entstellt. Es waren insgesamt vier, und es waren tiefe, schlimm aussehende Löcher, als hätte ein grausamer Riese ihn als Kind festgehalten und ihm mit einem spitzen Stock fein säuberlich in den Rücken gebohrt.

Der Mann zog sich ein frisches Hemd an, und als er es zuschnürte, sah er auf und bemerkte Wynter. Sofort blickte sie zur Seite und ging weiter.

»Bei Frith«, flüsterte Christopher. »Wie hat er das überlebt?«

»Entschuldigung!«

Beim Klang der kultivierten Stimme hielten sie an und drehten sich um. Der junge Mann kam auf sie zu, im Gehen eine Jacke überziehend. Seine schwarzen Augen waren nur auf Wynter gerichtet, das Gesicht mit den breiten Zügen höflich ausdrucksleer. Er blieb stehen und musterte sie von oben bis unten, offenbar besonders gefesselt von ihrem Haar. Als er sprach, war sie von seinen vollendeten Umgangsformen und seinem Südlandisch beeindruckt, in dem lediglich der Hauch eines Akzents zu hören war.

»Grünäugige Dame«, begann er, »ich bin entzückt von der Farbe Eures Haars. Es ist prachtvoll.«

Wynter errötete, und Christopher schnaubte entrüstet, aber leise.

Nun machte der junge Mann eine liebenswürdige Handbewegung. »Und diese einzigartigen Augen«, fuhr er fort. »Wie durchscheinende Jade. Unvergesslich.«

Seine Miene war immer noch nichtssagend, doch in seiner Stimme lag etwas, das Wynter nicht gefiel, und sie spürte eine wachsende Anspannung.

Christopher neben ihr prustete kurz. »Ihr seid wohl ein kleiner Dichter?«

Die Augen des Haunardiers schnellten kurz zu ihm hinüber, dann zurück zu Wynter. »Einzigartige Augen«, wiederholte er. »Selbst unter Euren eigenen Leuten, würde ich sagen. Bezeichnend.«

Inzwischen schlug Wynters Herz etwas schneller, und sie hob das Kinn; langsam hatte sie einen Verdacht. »Soll das heißen, Ihr kanntet meinen Vater?«, fragte sie. »Wollt Ihr das damit andeuten?«

Plötzlich verzog der Mann den Mund zu einem Grinsen, und das erinnerte Wynter an die kleine orangefarbene Katze, die sie vor mittlerweile einer Ewigkeit durch die Geheimgänge zu Hause im Schloss geführt hatte. Genau wie bei diesem Mann war das Grinsen der Katze hasserfüllt und ihre Verachtung für Wynter so tief gewesen, dass sie ihr niemals auch nur ihren Namen verraten hatte.

»Die Hohe Protektorin Moorehawke«, sagte der Haunardier. »Natürlich.«

Bei der Nennung ihres Namens standen die beiden älteren Männer unvermittelt auf, die Mienen misstrauisch, die dunklen Augen unruhig abwechselnd auf Wynter und den jungen Mann gerichtet.

»Wie geht es denn Eurem Vater?«, fragte er leise und beugte sich vor. »Sicher hat er es schön behaglich. Gepriesen als der Krieger, der die Südländer von der haunardischen Bedrohung befreite. Wie nennen sie ihn? Ein Held wie er muss doch einen wunderbar bildhaften Namen haben. Moorehawke der Große vielleicht? Moorehawke der Unbesiegte? Wie wäre es mit Moorehawke der Blutige? Moorehawke der Schlächter von Kindern?«

Ohne nachzudenken, versetzte Wynter dem Mann eine Ohrfeige, und sein Kopf kippte ruckartig nach hinten. Wild schnatternd eilten seine Gefährten zu ihm und zogen ihn fort. Die Hand an die Wange gelegt, den Blick fest auf Wynter geheftet, zog er sich immer noch grinsend zurück. Christopher sah ihm wütend nach, doch Wynter wandte sich ab, um die unerwarteten Tränen zu verbergen. Sie zitterte vor Schreck und Bestürzung.

Ehe sie sich's versah, taumelte sie weiter, von Christophers Hand fest am Ellbogen geführt. »Aber was hat er damit gemeint?«, fragte sie. »Was hat er gemeint?« Sie wollte sich umdrehen, doch Christopher verstärkte seinen Griff und schob sie weiter vorwärts auf den Hügel und Alberons Zelt zu. Nachdem sie eine Weile lang stumpf mit ihm mitgelaufen war, blieb Wynter unvermittelt stehen.

»Ich muss es wissen«, rief sie.

Christopher hielt immer noch ihren Ellbogen fest und zog sie dicht an sich. »Es war Krieg, Iseult«, raunte er ihr zu. »Während eines Kriegs passieren Dinge. Dieser Bursche da stand auf der Verliererseite. Er wird wohl kaum ein Loblied auf den Edelmut der Gewinner singen, oder?«

»Aber er spricht von meinem Vater! Es ist nicht wahr! Ich kann das nicht glauben!«

»Lorcan war Soldat, Wynter. Was glaubst du denn, was er in der Schlacht getan hat? Den Feind mit Kuchen beworfen?«

»Warum hätte ein Kind an einer Schlacht teilnehmen sollen, Christopher?«

Teilnahmsvoll, aber verwirrt runzelte er die Stirn, und Wynter wusste, dass er niemals verstehen würde. Christopher stammte aus einer Welt, wo die Inquisition Säuglinge auf die Scheiterhaufen ihrer Mütter warf. Er war von einem Stamm adoptiert worden, für den das Wort *Soldat* nur Tod und Folter und Schmerz bedeutete. Nun blickte er sie über die Kluft ihrer Verschiedenheit hinweg an, und sie hegte keinen Zweifel, dass er dachte: *Warum hätte ein Kind* nicht *an einer Schlacht teilnehmen sollen*?

»Iseult«, sagte er sanft, »welche Fragen du auch haben magst, dieser Mann ist nicht der Richtige, um sie dir zu beantworten. In ihm steckt zu viel Hass.« Liebevoll strich ihr Christopher eine Strähne hinter das Ohr. »Du willst doch nicht deinen armen Vater durch die Augen dieses Kerls sehen, oder?«

Ein Husten hinter ihnen schreckte Wynter auf, und urplötzlich merkte sie, dass sie und Christopher mitten auf dem Hauptweg durch das Lager standen. Sie machte einen schnellen Schritt rückwärts. Die vorbeiziehenden Soldaten schienen sich wissende Seitenblicke zuzuwerfen, und die Comberer, die träge unter ihrem Vordach saßen, beäugten sie mit anzüglicher Verachtung. Oben auf der Anhöhe stand Anthony im Schatten des prinzlichen Zelts und beobachtete sie.

Mit brennendem Gesicht wandte sich Wynter zu dem Mann um, der gehustet hatte.

»Presbyter«, krächzte sie. »Seid Ihr wohlauf?«

Der Priester betrachtete sie beide mit Besorgnis. *Seid Ihr von Sinnen?*, sagte sein Blick. *Habt Ihr den Verstand verloren?* Er sah auf Christophers Hand um Wynters Arm herab, dann hoch in die Augen des jungen Mannes. Trotzig hob Christopher das Kinn, aber zu Wynters Überraschung war in der Miene des Priesters unvermittelt gequältes Mitgefühl zu lesen.

»Seid kein hochmütiger Narr, Junge«, flüsterte er. »Ihr habt ihr nichts als Verzweiflung zu geben.«

Unter seinem gütigen Tonfall schmolz Christophers Trotz dahin, leicht verunsichert ließ er Wynter los. Der Priester nickte. Hoch über ihren Köpfen verschwand Anthony in Alberons Zelt.

»Ich muss mich um meine Herrin Mary kümmern«, sagte der Priester noch, verneigte sich und ließ sie allein.

»Ich …« Wynter starrte ihm nach. »Ich muss mit dem Prinzen reden.« Christopher machte Anstalten, sie den Hügel hinaufzubegleiten, doch Wynter legte ihm die Hand auf den Arm. »Ich muss allein mit ihm sprechen, Christopher.«

Unvermittelt wurden Christophers Wangen feuerrot. Er trat zurück, das Gesicht starr vor Beschämung. »Natürlich«, sagte er.

»Er wird nicht mit mir reden, wenn du dabei bist«, erklärte sie behutsam.

Er nickte, hatte aber die Augen abgewendet.

»Wartest du auf mich?«

Erneut nickte er. Sein entschlossenes Schweigen brachte die Entscheidung für sie. Wie konnte Wynter nach all seinen stillen Gesten der Liebe – den Scòns, der höfischen Verbeugung, seiner sanftmütigen Bereitschaft, ihre Lebensweise hinzunehmen – ihre Gefühle für ihn verleugnen? Wie konnte sie auch nur mit dem Gedanken spielen, sie zu verleugnen?

»Chris?«

Er sah sie von der Seite an. Als sie sich reckte, um ihn zu küssen, zog er erschrocken den Kopf zurück und warf einen raschen Blick die Anhöhe hinauf. »Nicht, Wynter«, sagte er.

Wynter aber zog ihn am Hemd zu sich heran. »Jetzt hör mir mal gut zu, Freier Garron. Ich sage dir jetzt, dass ich dich liebe.«

Christopher schüttelte den Kopf, Zweifel und Besorgnis deutlich in seinen grauen Augen erkennbar. »Das musst du nicht sagen.«

»Ich liebe dich«, wiederholte sie und hielt ihr Gesicht ganz dicht vor seines. »Bei Hofe werde ich immer die Hohe Protektorin Wynter Moorehawke sein. Für Razi und Alberon werde ich immer Wyn sein – Razis kleiner Liebling, Albis Schwesterchen. Das alles bin ich, Christopher, und ich bin stolz darauf. Aber ich bin auch deine Iseult. Du bist der einzige Mann, für den ich das jemals sein werde, und das werde ich immer festhalten. Wir werden unseren Platz finden«, versprach sie. »Wie wir ihn finden werden, weiß ich selbst noch nicht so genau, und auch nicht, wo, aber egal, wo er sein wird, wir werden zusammen sein, Christopher; und was wir auch tun, ich werde dabei nicht in einem Zelt sitzen und darauf warten, dass mein Mannsvolk die Welt verändert.«

Bei diesen Worten verzog Christopher den Mund zu seinem frechen, schiefen Grinsen, und dann küsste Wynter ihn vor den Augen des gesamten entsetzten Lagers mitten auf den Mund. Seine Hand fand ihre Taille, und er stieß dieses köstliche *Mmmmm* in der Kehle aus, bei dem sie immer weiche Knie bekam.

»Wartest du hier auf mich?«, flüsterte sie.

Er nickte mit einem Lächeln, und mit einem letzten feierlichen Kuss löste sich Wynter von ihm und machte sich auf den Weg zu Alberons Zelt.

Maschinen und Machenschaften

Mit grimmiger Miene wartete Alberon unter dem Schutz des Vordachs. Die Sonne schien hart auf sein wütendes junges Gesicht und leuchtete in den hellen Spitzen seines kurzen Haars wie Flammen. Der Wind hatte aufgefrischt und brachte die Leinwand über ihm zum Flattern, bebte sich durch das Zelt in seinem Rücken und zupfte an seinem roten Wollumhang.

Wynter spürte die Kühle des frühen Morgens und wünschte sich ihren eigenen Mantel herbei. Schwer hing das Schwert an ihrem Gürtel, und der Anstieg erinnerte sie daran, wie müde sie war.

»Hoheit«, sagte sie und blieb im kalten Sonnenschein stehen. »Können wir reden?«

Alberons Blick schnellte kurz zu Christopher, der immer noch am Fuße der Anhöhe stand, dann zurück zu Wynter. »Komm rein«, zischte er, und sie schob sich an seinen Wachen vorbei in das Dämmerlicht und die mäßige Wärme des leeren Zelts. Alberon folgte ihr.

Der junge Diener spähte durch den Eingang, die Wangen rot, die Augen geweitet. Ganz bestimmt war er – wie ein braver kleiner Höfling – vorgerannt und hatte dem Prinzen erzählt, dass die Hohe Protektorin mitten auf dem

Hauptweg des Lagers mit einem Wilden ohne Titel tändelte. Wynter schnitt eine Grimasse, und sein kleines Gesicht verzog sich kläglich verlegen.

Alberon hingegen stand nun in der Mitte des Zelts und blitzte sie zornig an. »Was in Gottes Namen hast du vor, Wynter?«

Wynter lächelte sanft. »Christopher Garron ist nicht der Grund, weshalb ich mit dir reden wollte, Hoheit. Vielleicht könnten wir darüber ein anderes Mal sprechen?«

»Was auch immer du glaubtest, dir auf der Reise erlauben zu können, Hohe Protektorin, dein Verhalten hier legt den Grundstein für deine Zukunft. Ich habe jetzt schon alle Hände voll zu tun, deinen Leumund wiederherzustellen, und ich werde nicht zulassen, dass man bei Hofe sagt, du hättest die Beine für einen gottverfluchten Dieb und merronischen Wilden breitgemacht!«

Alberons unerwartete Grobheit verschlug Wynter die Sprache. Sie spürte ihr Gesicht feuerrot anlaufen. Schließlich begann sie: »Alberon, bitte …«

»Ich bin verdammt noch mal kein Puritaner, Wynter, aber du kannst dir nicht leisten, dich vor aller Augen und mitten auf der Straße deinem derben Pläsier hinzugeben.«

Kalte Wut verdrängte Wynters Beschämung, und sie reckte angriffslustig das Kinn. »Ich muss dich bitten, deine Zunge zu hüten«, sagte sie leise. »Kein Mann hat das Recht, so mit mir zu sprechen, nicht einmal ein königlicher Prinz. Christopher Garron ist mein Zukünftiger, Alberon. Mein Vater hat ihn geliebt, ich habe keinen Zweifel, dass er unsere Heirat gebilligt hätte. *Razi* billigt sie. Unsere Verbindung ist ein *Fait accompli*, Hoheit, und ich fürchte, dass du in dieser Angelegenheit kein Mitspracherecht hast.«

Entsetzt und ungläubig riss Alberon die Augen auf. »Heirat?«, rief er. »Großer Gott, Wyn, der Mann hat nichts! Er ist ein *Zigeuner*! Er wird dich ruinieren! Willst du wirklich den Rest deines Lebens in einem Straßengraben verbringen?«

Bei dieser Vorstellung presste er sich die Hände an den Kopf, und Wynters Zorn verflog, als sie begriff, dass Alberon schreckliche Angst um sie hatte. Sie machte den Mund auf, doch Alberon ließ sie nicht zu Wort kommen.

»Nein«, rief er. »Komm mir jetzt nicht mit Lorcans altem Mist, dass man seinen eigenen Weg gehen muss! Du bist kein *Kind*, Wynter. Du wirst am Ende dieses Monats sechzehn Jahre alt, und du hast *gar* nichts. Dein Vater hat dich mit Hirngespinsten großgezogen. Er hätte lieber eine Zukunft für dich sichern sollen, statt diesen verdammten Fantastereien zu frönen! Tischlerin, also wirklich! Wer zum Teufel wird dich jemals anstellen? Du bist eine *Frau*. Selbst wenn es dir gelingen sollte, Arbeit zu bekommen, wie willst du denn auf dem Gerüst herumklettern, wenn du den Bauch voll mit den Welpen dieses Herumtreibers hast?«

Das Wort *Welpe* war so unglücklich gewählt, dass sich Wynter ein Lächeln nicht verkneifen konnte. *Welpe kommt der Sache näher, als du glaubst*, dachte sie, verzichtete aber darauf, es laut zu sagen. Schlimm genug, dass Alberon Christopher für einen Zigeuner hielt; welche Gesichtsfarbe würde er wohl annehmen, wenn Wynter ihm die gefährlicheren Aspekte des Wesens ihres Zukünftigen enthüllte?

»Was grinst du denn so?«, brüllte Alberon.

Sie zuckte die Achseln, doch ihre Lippen verzogen sich noch breiter, und Alberon fuhr sich ungläubig mit der Hand durchs Haar. Ihr lächelndes Schweigen beschwichtigte ihn offenbar ein wenig, und er begann, mit nachdenklich gerunzelter Stirn auf und ab zu laufen.

»Jeder kann mal einen Fehler machen«, brummelte er. »Es haben sich schon Frauen von viel Schlimmerem wieder erholt. Frauen mit weit höheren Aussichten als du, wohlgemerkt. Dennoch, eine ansehnliche Mitgift kann bereitgestellt werden …«

»Albi«, sagte Wynter.

»Natürlich besitzt du kein Land. Keine eigene Leibrente. Überhaupt keine familiären Beziehungen. Aber du bist nicht unansehnlich, und du bist immer noch recht jung …«

»Albi.«

»Deine Freundschaft mit uns könnte dir zugutekommen – falls aus dieser Tändelei kein Nachwuchs entspringt und die Männer hier überredet werden können, den Mund zu halten.« Er warf einen finsteren Blick durch den Zelteingang nach draußen. »*Er* kann abgefunden werden …«

»Verdammt noch mal, Alberon! Das reicht!«

Er blieb stehen und sah sie streitlustig an, und sie seufzte.

»Albi«, versetzte sie sanft. »Ich vertraue Christopher Garron. Ich liebe ihn. Und er liebt mich. Willst du mir das verwehren, Albi? In dieser schrecklichen, blutigen Welt: Willst du mir das *verwehren*?«

Inzwischen lauschte der kleine Diener ganz unverhohlen ihrem Gespräch, völlig gebannt stand er vor dem Zelt. Die beiden waren besser als ein Bühnenstück, so kam es ihm vor, und angesichts des Schauspiels hatte er sich gänzlich vergessen. Bei Wynters tragischer Rede glänzten seine runden Augen, und er verschränkte die Hände vor der Brust.

»Oh«, flüsterte er, »das ist wirklich wundervoll.«

Alberon drehte sich zu ihm um, und der kleine Kerl erstarrte wie ein Hase unter einer Fackel.

»Bürschlein?«, schalt Alberon. »Hast du mit dir nichts Besseres anzufangen, als dich wie eine alte Jungfer aufzuführen?«

Das arme Kind starrte ihn ängstlich an, und Wynter bekam Mitleid. »Ich würde sehr gern etwas frühstücken, Anthony. Gibt es irgendetwas zu essen oder zu trinken?«

»Mögt … mögt Ihr vielleicht etwas Haferschleim, Hohe Protektorin? Ich könnte Euch welchen beschaf–«

»Du kannst dich selbst FORTSCHAFFEN«, donnerte Alberon mit einer Geste gespielter Drohung. Anthony floh quiekend, und Alberon lief ihm ein paar Schritte hinterher und rief: »Und besorg etwas gottverfluchten Tee, wenn du schon dabei bist!«

Es war ein schwaches *Jawohl, Hoheit* zu vernehmen.

Alberon blieb stehen und blickte böse den Hügel hinab. Wynter war sicher, dass er Christopher ansah, der wiederum ebenso gewiss zurückstarrte. Geduldig wartete sie, während ihr Bruder den Mann, den sie sich auserwählt hatte, in Augenschein nahm. Kurz erwog sie, die beiden einander förmlich vorzustellen und sie sich unterhalten zu lassen, aber es gab so vieles, was sie mit Alberon besprechen wollte. Wynter glaubte nicht, dass es einer Unterhaltung förderlich wäre, wenn die beiden Männer unablässig umeinander herumschlichen, was sie zweifellos tun würden. Nein. Vorstellen konnte sie die beiden später noch.

»Tja«, murmelte der Prinz. »Ich schätze mal, eine Ehe – egal, wie unklug – ist bei deinem hoffnungslos beschädigten Ruf *ein* möglicher Ausweg. Sollte es zum Schlimmsten kommen, was bei einem Kerl wie ihm unausweichlich ist, können wir dich immer noch als vermögende Witwe wiederverheiraten.«

»Alberon«, zischte sie.

Er drehte sich nicht um.

»Alberon!«

Nun legte er den Kopf schief, und Wynter vermutete, dass er ihr mehr Entgegenkommen vorerst wohl nicht zeigen würde.

»In meiner Zukunft wird es keine Witwenschaft geben, Bruder. Ganz gleich, wie sehr mein Gatte deine Pläne für mich auch durchkreuzen mag.«

Alberon zuckte mit den Schultern. »Das Hofleben birgt für uns alle Gefahren«, sagte er. »Nichts besteht ewig.«

»Du solltest besser dafür sorgen, dass mein *Ehemann* ewig besteht, Alberon Königssohn. Kronprinz oder nicht, du wirst keine Hofspielchen mit dem Leben von Christopher Garron veranstalten. Wenn er auch nur stolpert und sich das Knie aufschlägt, werde ich …«

Schritte knirschten den trockenen Abhang empor, und Wynter verstummte wütend, da sie sicher war, dass Oliver Zutritt zum Prinzen erbitten würde. Zum Teufel mit ihm! Der schlechteste Zeitpunkt für eine Unterbrechung. Wynter glaubte nicht, dass sie dem Ritter in diesem Moment gegenübertreten könnte, ohne ihre inzwischen nur mehr dürftige Beherrschung zu verlieren.

Doch es war nur Alberons Leutnant, der strammstand und zackig salutierte und dann auf die Erlaubnis wartete, sich nähern zu dürfen. Alberon bedeutete ihm, sich zu rühren und zu sprechen.

»Ritter Oliver hat bei den Feldposten Wache bezogen, Eure Hoheit. Er sendet Euch eine Botschaft vom Waldrand.«

»Was gibt's?«, fragte Alberon.

»Der Nachschub ist immer noch nicht in Sicht, Eure Hoheit. Da inzwischen bereits zwei Tage vergangen sind und nach allem, was Fürst Razi an der Furt mitangesehen hat, hält Ritter Oliver es für möglich, dass der Nachschubtrupp gefangen genommen wurde.«

Alberon seufzte. »Das ist natürlich mehr als nur möglich. In den Tälern wimmelt es von den Soldaten des Königs. Wenn Ritter Oliver Recht hat und diese armen Männer tatsächlich gefasst wurden, dann werden sie früher oder später meinem Vater verraten, wo wir sind ... ich fürchte, wir müssen wohl wieder weiterziehen, Marcel, und zwar bald.«

Der Leutnant nickte ernst und ließ den Blick über das Lager schweifen. »Die Männer brauchen das aber noch nicht zu erfahren, Hoheit. Es würde sie nur beunruhigen.«

»Ja. In jedem Fall müssen wir auf die letzten noch fehlenden Gesandten warten. Ehe sie hier sind, können wir unsere Zelte nicht abbrechen. Ich gehe davon aus, dass es von ihnen noch keine Nachricht gibt?«

Wynter bemerkte, dass sich die Miene des Leutnants vorübergehend widerwillig verzog. »Nein, Eure Hoheit«, sagte er dann kalt. »Nichts.«

Erneut seufzte Alberon und entließ den Mann. Er sah ihm nach, dann zog er seinen Umhang fester um sich und wandte sich nachdenklich dem Wald zu. Seine Gedanken schienen nun gänzlich von Christopher abgelenkt, und Wynter betrachtete ihn finster – hin und her gerissen zwischen dem Verlangen, ihre verzweifelte politische Lage zu besprechen, und dem Wunsch, das Thema ihrer eigenen Zukunft ein für alle Mal abzuschließen.

Im hinteren Teil des Zelts regte sich etwas, ein dünnes

Wimmern erregte Wynters Aufmerksamkeit. Mit einem abschließenden grimmigen Blick auf den Prinzen ging sie nachsehen. Auf der Truhe, die Alberon als Nachttisch diente, lagen Marguerite Shirkens Dokumente, die Siegel immer noch ungebrochen. Misstrauisch beäugte Wynter sie, dann zog sie das Mückennetz beiseite und suchte dahinter nach dem Ursprung des Geräuschs.

Es war Coriolanus, versteckt in seinem Nest aus Decken am Fuße des ordentlichen Feldbetts. Das arme Geschöpf wurde offenbar von einem bösen Traum heimgesucht, es miaute heiser im Schlaf und fletschte die kleinen Zähnchen.

Wynter kauerte sich neben das Bett. »Cori«, flüsterte sie und streckte die Hand aus, um ihn zu streicheln. »Cori … wach auf.«

Der Kater fauchte und schlug nach ihr, und Wynter riss mit einem Aufschrei die Hand zurück, auf der sich vier nicht sonderlich tiefe Kratzer abzeichneten. Sie fluchte heftig.

»Cori!«, schimpfte sie. »Wach auf!«

Nun schlug er die Augen auf, legte sich auf den Rücken und starrte sie an, die weißen Vorderpfötchen vor die knochige Brust haltend. »Katzendienerin.«

»Du hast mich gekratzt.«

Er besah das Blut, das sie von ihrem Handrücken leckte, und runzelte die Stirn, dann rollte er sich auf die Seite. »Ich … ich habe von meiner lieben Mutter geträumt. Die Soldaten-die-töten waren wiedergekommen. Ich war zu krank, und meine Mutter … meine Mutter lockte sie fort. Aber«, er kniff die wunderschönen Augen zu, »aber in meinem Traum kamen sie zurück. Und reckten die Hände.«

»Das war nur ich«, sagte Wynter, tief bewegt vom sichtlichen Kummer des Tiers. »Ich wollte dich nur streicheln.«

»Aaaaahhrrrr«, schnaubte er aufgeregt. »Menschen. Immer anfassen. Immer nach etwas greifen!« Er sah sie aus den Augenwinkeln an. »Obwohl ich mich sicherlich durchringen kann, es zu dulden, solltest du mich unbedingt auf den Arm nehmen wollen.«

Wynter hob ihn hoch, ein zerbrechliches Bündel schwacher Wärme, und hielt ihn wie einen Säugling. »Deine Mutter lebt noch, weißt du«, flüsterte sie ihm zu. »Eine orangefarbene Katze hat es mir erzählt. GrauMutter versteckt sich mit ihren letzten Jungen irgendwo im Schloss.«

Coriolanus erwiderte darauf nichts, rieb nur seinen Kopf an ihren zärtlichen Fingern und blickte ins Leere. »Eine flammenfarbene Katze«, murmelte er, »mit einem Herzen voller Hass?«

»Woher weißt du das?«

»SimonSchmauchs zehnte Tochter, die einzige flammenfarbene Katze ihres Wurfs. Sie hat keinen von Menschen gegebenen Namen. Sie wütet jetzt gegen euch alle, das tapfere Ding. Sie und die Geschwister ihres Wurfs waren die letzten im Schloss geborenen. GrauMutter trug sie hinunter in den Wald, wo sie wie Füchse leben.« Er seufzte. »Ich bin erstaunt, dass sie überhaupt mit dir gesprochen hat, Katzendienerin. Sie muss dich für dienlich erachtet haben.«

»So war es wohl. Sie wollte, dass Razi von der Blutmaschine erfährt. Ich glaube, sie dachte, dass diese Entdeckung den König zugrunde richten würde.«

»Tja, sie hatte Unrecht«, befand Coriolanus schläfrig. »Ihre Verheimlichung ist es, die ihn zugrunde gerichtet hat.« Seine Augenlider wurden schwer. »Du bist deinem Vater sehr ähnlich geworden«, murmelte er. »Mit eurem Fell und euren

Augen hättet ihr hübsche Katzen abgegeben, hättet ihr nicht das Pech gehabt, anders geboren zu werden.«

»Mein Vater ist tot, Cori.«

Der Kater zuckte gleichgültig, schon fast wieder eingeschlafen. »Das wird uns allen zustoßen.«

»Cori?«

»Moorehawke?«

»Warum verheimlicht der König die Maschinen?«

»Ach, menschliche Gründe für menschliche Dinge … wie soll ein vernünftiger Kater das verstehen?«

Alberon kam und setzte sich still auf das Feldbett. Wynter streichelte weiterhin das schlafende Tier, ohne aufzublicken.

»Du musst mich für unerträglich hart halten«, sagte Alberon.

Sie erwiderte nichts.

Er berührte Coris Kopf, nur einmal, dann zog er die Hand wieder zurück. »Danke für die Briefe, Wyn. Sie haben mir in all diesen Jahren so viel bedeutet.«

Überrascht sah sie ihn nun doch an. »Du hast sie erhalten? Du … du hast nie geantwortet.«

Unfroh lachte er auf. »Worüber sollte ich schon schreiben? Blut und Tod und Verrat? Die bevorstehende Zerstörung des wundervollen Traums meines Vaters? Du weißt, dass ich die Kunst der Worte nicht beherrsche, Wyn. Ich wäre nicht fähig gewesen zu lügen, und was hätte dir die Wahrheit schon genützt? Deine Briefe waren immer so glücklich, voller fröhlicher Dinge. Ich konnte es nicht ertragen, das zu trüben. Ich konnte nicht ertragen, dich wissen zu lassen, wie schlimm alles wirklich war.«

Glücklich? Meinte Alberon das ernst? Wynter hatte Herz und Seele in diese Briefe strömen lassen. All diese elenden

Jahre – wie konnte Alberon je geglaubt haben, sie wäre glücklich?

»Was … was habe ich denn geschrieben, das so fröhlich war?«

Dieses Mal war Alberons Lächeln echt. »Ach, du weißt schon, deine ganzen Abenteuer! Die wunderbaren Erfindungen deines Vaters. Und wie er diesen niederträchtigen nordländischen Kriechern um den Bart gegangen ist. Alles eben. Besonders gefiel es mir, wenn du deine Erinnerungen an zu Hause aufschriebst. Ich habe mich immer so gefreut, wenn die Boten aus dem Norden kamen. Diese kleinen Seiten Sonnenschein, die mitten … mitten in dem, was aus uns geworden war, eintrafen. Ich las sie und dachte, genau *dafür* kämpfen wir. Aus ebendiesem Grund müssen wir siegen. Du hast mich bei der Stange gehalten, Wyn. Jeden Tag las ich etwas von dir. Schau!« Er griff hinter sie, schob Marguerites Dokumente beiseite und hob etwas auf. »Siehst du?«

Wynter entfaltete das Pergament mit etwas zittriger Hand, es war zerknittert und zerlesen, der Fleck vom Wachssiegel immer noch an der Kante sichtbar. Es war einer ihrer kürzeren Briefe, und sie entsann sich genau des Tages, an dem sie ihn geschrieben hatte. Es war ein besonders schwerer Tag gewesen – das Ende einer langen Woche von Massenprozessen in Shirkens Burg. Die Verurteilten waren in Zehnergruppen verbrannt worden. Wynter wusste noch, dass sie den Brief mit bebenden Händen verfasst hatte, gellende Schreie im Ohr, das Fenster voller Qualm. Bis zu diesem Moment hatte sie sich nur an diese Schrecklichkeit erinnert, der tatsächliche Inhalt des Briefs war ihr nicht im Gedächtnis gewesen. Sie erschrak über ihre eigene Handschrift, so leserlich und gleichmäßig war sie.

Mein liebster Bruder,
wie ich Dich vermisse! Heute musste ich an jenen Tag denken, an dem wir die Kuchen vom Geburtstagsfest des maghrebinischen Botschafters stahlen. Weißt Du noch? In unseren Brokatgewändern waren wir steif wie die Mumien herausgeputzt, aber dennoch gelang es Dir, sieben Marmeladentörtchen und einen ganzen Zimtkuchen zu stibitzen. Die Flecke, die sie auf Deinen Taschen hinterließen! Du sagtest, Kuchen schmecke immer besser, wenn man ihn unter dem Tisch äße, also setzten wir uns mitten zwischen die Beine hin und stopften uns voll, während die Dienstboten insgeheim von Panik ergriffen wurden! Razi war es (natürlich), der uns fand. Ich erinnere mich noch an sein kurzes Grinsen, als er unter die Tischdecke lugte, dann seine Stimme – unverwechselbar Razi –, die sagte: »Vater, ich bin mir sicher, dass sie nicht hier sind. Ich habe jeden Zoll abgesucht, und da unten ist nur Mamas Hündchen.« Ach! Ich muss gerade laut lachen.

Sag, besinnst Du Dich noch?

Alberons ruhige Stimme holte sie zurück ins Zelt, und er nahm ihr den Brief ab, faltete ihn und verstaute ihn wieder. »Ich habe sie alle aufgehoben, weißt du. Die meisten sind in meiner Truhe im Schloss. In Sicherheit in meinem Zimmer.«

Bei diesen Worten zog Wynter bekümmert die Augenbrauen hoch – alles, was an Alberon erinnern könnte, war aus dem Schloss entfernt worden. Sie konnte sich kaum vorstellen, dass sein Zimmer unversehrt geblieben war. Er musste es in ihrer Miene gelesen haben, denn er wandte den Blick ab und räusperte sich.

»Wie geht es Razi?«, fragte er leise.

»Ach, Albi, warum fragst du ihn das nicht selbst, statt ihm nur zu sagen, er solle sich die Haare kämmen und sich rasieren, als wäre nichts geschehen? Warum musst du in seiner Nähe immer den Prinzen spielen?«

»Ach bitte! Er hat doch, seit er herkam, nichts als den Politiker gespielt! Der Mann würde Knoten in eine Schnur quasseln! Jedes Mal, wenn er den Mund aufmacht, habe ich das Gefühl, mit einem gottverfluchten Aal zu ringen.«

Wynter schnaufte. »So ist Razi eben, Alberon, er war noch nie anders.«

»Mit mir war er nie so.«

Du hast ihm vorher noch nie Grund gegeben, sich so zu verhalten, dachte Wynter. Aber sie sprach es nicht aus. »Er hat nur die besten Absichten«, sagte sie stattdessen. »Du bist sein Bruder, Albi. Er liebt dich von Herzen – das weißt du.«

»Ich … ich werde mir mehr Mühe geben, die Geduld zu wahren.« Alberon sah sie von der Seite an. »Und er billigt wirklich deine Verbindung mit diesem Christopher?« Auf ihren warnenden Blick hin breitete er abwehrend die Hände aus. »Ich schätze mal, gemeinsam können wir es uns leisten, dich zu unterstützen«, seufzte er. »Dich und deinen Zigeuner.«

Wynter biss die Zähne zusammen und verzichtete auf eine Entgegnung.

»Das mit Lorcan tut mir leid, Wyn. Ich möchte, dass du das weißt. Es muss aussehen, als kümmerte es mich nicht, aber das stimmt nicht. Es ist in diesen Tagen so schwierig, sich so zu verhalten, wie man sollte.« Alberons Blick schweifte zum Zelteingang, er beobachtete das in der Brise flatternde Mückennetz. »Ich bin ruhig, oder ich bin wütend«, sagte er leise. »Dazwischen scheint es nichts zu geben.«

»Warum haben unsere Väter diese Maschine verheimlicht, Albi?«

»Das weiß ich nicht!«, rief er, erneut erregt. »Ich sehe keinen Sinn darin! Vater zerrte sie einfach im einen Moment ans Licht und schob sie dann im nächsten wieder in den Schatten. Es war Irrsinn! Wir hatten bereits so viele Männer verloren! Es war so *verdammt knapp* geworden. Und dann zu erfahren, dass wir die ganze Zeit in der Lage gewesen wären, diese wunderbaren Maschinen zu bauen! Dass wir tatsächlich eine zur Verfügung hatten und sie bis zum allerletzten Augenblick nicht benutzten. Mein Gott, Wynter!« Er senkte die Stirn auf seine geballten Fäuste und verbarg das Gesicht. »Mein Gott, ich war so zornig, dass ich ihn beinahe umgebracht hätte.«

»Sag so etwas nicht.«

»Ich spreche nur mit dir. Das würde ich niemals laut sagen.«

»Tja, in jedem Fall ist es etwas zu spät für Vorsicht. Der arme Mann glaubt, du hast vor, ihn zu stürzen, Alberon. Es hat ihm das Herz gebrochen.«

Er schüttelte den Kopf. »Ich kann nicht aufgeben, Wyn. Ich *weiß* einfach, dass es gelingen wird.«

Wynter streichelte den Kater und wählte ihre Worte mit Bedacht. »Ich glaube, dass gewisse Aspekte deines Plans Mängel haben. Diese Ehe mit Marguerite Shirken zum Beispiel.«

Er blickte zwischen seinen Fäusten auf. »Wollen wir hier gegenseitig unsere künftigen Ehepartner beleidigen, Wyn?«

Sie spannte den Kiefer und sah ihn warnend an. »Wie ich schon sagte, dein Plan hat Mängel. Meiner Ansicht nach täte es dir gut, dich mit deinem *diplomatischen* Bruder hinzusetzen und einige Einzelheiten zu besprechen. Aber im Großen und Ganzen, Alberon, stimme ich dir zu. Ich glaube, dass die Herstellung von weiteren Maschinen eine große Hoffnung für dieses Königreich ist. Ich kann nicht verstehen, warum unsere Väter sie verheimlicht haben.«

Verwundert blickte Alberon sie an, und er sah ihrer Kindheitserinnerung an ihn so ähnlich, dass Wynter beinahe weinen musste. »Ehrlich?«, fragte er.

»Ehrlich«, flüsterte sie.

»Und Razi?«

Sie senkte den Blick. »Razi kann überredet werden. Später.«

»Aha … verstehe.«

Einen Moment lang herrschte nachdenkliche Stille zwischen ihnen.

»Dieser Haunardier«, sagte Wynter dann. »Ich glaube, er kannte meinen Vater.«

»Der Jüngste von ihnen? Der Sprachkundige?« Auf ihr Nicken hin erhob sich Alberon müde, stellte sich in den Zelteingang und betrachtete das Lager weiter unten. Das Mückennetz flatterte im Wind um ihn herum, und er sah aus wie ein rot gewandeter Geist inmitten von Dunstschwaden. »Das ist ein seltsamer Bursche. Ich glaube, er ist möglicherweise verrückt. Ich habe den Verdacht, dass er einer des Verlorenen Hunderts ist.«

Wynter erschrak; auf diesen Gedanken war sie noch gar nicht gekommen. »Aber als die Haunardier gen Osten geschickt wurden, müsste er noch sehr jung gewesen sein«, wandte sie ein.

»Stimmt. Aber überleg mal, Schwester. Sein hervorragendes Südlandisch, die guten Umgangsformen. Er strahlt etwas Höfisches aus, findest du nicht?«

Wynter streichelte den Kater und dachte darüber nach. Das würde gewiss einiges erklären. Der junge Mann wäre nach der Hauninvasion etwa sechs gewesen, und daher wäre es durchaus möglich, dass er sich an ihren Vater erinnerte. Besonders, wenn seine Familie tatsächlich zum Verlorenen Hundert gehörte und auf irgendeine Art in Verbindung mit dem Leben im Schloss stand. Von allen nach Osten vertriebenen Haunardiern waren es diese im Südland geborenen Edel- und Kaufleute – die sogenannten *Hundert Verlorenen Familien* –, die am meisten gelitten hatten. Die Eltern des jungen Haunardiers hätten alles eingebüßt, als Jonathons Vater die Haunardier aus seinem Reich verbannt hatte. Kein Wunder, dass er so verbittert war. Solches Unrecht erzeugte unter den Enteigneten über Generationen hinweg Rachsucht.

Plötzlich fühlte sich Wynters Magengrube eiskalt an, und sie sah Alberon mit großen Augen an. Man hatte ihnen erzählt, das Verlorene Hundert sei zurück nach Osten geschickt worden; ihre Habseligkeiten habe man auf ihre vornehmen Rücken getürmt, ihre weinenden Familien auf Karren verladen und ihre Geschäfte unter der südlandischen Aristokratie verteilt. Doch was, wenn es sogar noch schlimmer gewesen wäre? Was, wenn etwas ganz anderes geschehen wäre? Etwas, das so schwer auf Lorcans und Jonathons Gewissen lastete, dass sie es nicht über sich brachten, es auszusprechen – selbst untereinander nicht?

»Albi, hast du den Rücken dieses Mannes gesehen?«

Alberon hörte sie offenbar nicht; seine Aufmerksamkeit war auf das andere Ende des Lagers gerichtet, und während Wynter sprach, zog er das Mückennetz zur Seite und runzelte angestrengt die Stirn.

»Was ist denn?«, fragte sie.

Coriolanus verkrampfte sich auf ihrem Schoß, kurz zeigte er im Schlaf seine Krallen. »Nein …«, wimmerte er. »Nein.«

Da schlugen die Hunde unten im Lager an.

»Was ist los, Albi?«, fragte Wynter erneut, setzte den Kater behutsam auf seine Decken und stellte sich neben den Prinzen.

Alberon trat aus dem Zelt. »Ein Bote von den Feldposten. Meine Gesandten müssen eingetroffen sein.« Er winkte dem Reiter, der soeben am Fuß der Anhöhe angekommen war, und der Mann nickte, wendete sein Pferd und trabte zurück Richtung Schutzwall.

»Wir werden diese verdammten Hunde anketten müssen«, überlegte Alberon.

Und wirklich, die Tiere drehten beinahe durch. Wynter konnte sie zwischen den Zelten bellen und heulen hören. Unten stand Christopher mit dem Rücken zu ihr und beobachtete eingehend das andere Ende des Lagers, und etwas an seiner Haltung versetzte sie in Unruhe. Er sah aus wie ein Hund, der etwas Unangenehmes wittert. Nun ging er erst langsam auf den Erdwall zu, fiel dann in Laufschritt. Binnen kurzem rannte er.

Auf dem Hauptweg tauchten nun auch Sòlmundr und Razi zwischen den Zelten auf, die Gesichter erwartungsvoll dem Schutzwall um das Lager zugewandt. Sie mussten von Neuankömmlingen gehört haben und wollten nachsehen. Christopher schoss an ihnen vorbei und drehte sich auch nicht um, als Razi ihm nachrief. Also hefteten sich Sòl und Razi an seine Fersen, doch Christopher war ihnen bereits weit voraus.

Er schlängelte und wand sich durch die neugierigen Männer, die sich inzwischen auf dem Pfad drängten, offenbar wollte er unbedingt so schnell wie möglich das Tor erreichen. Das panische Bellen der Hunde trieb ihn voran, und Wynter spürte kalte, wachsende Besorgnis.

»Alberon«, flüsterte sie, »wer sind deine Gesandten?«

Er antwortete nicht, beobachtete nur mit wachsamer Miene den Wall.

Fez. Er hatte gesagt, sie kämen aus Fez. Wynter folgte dem Blick des Prinzen zum hinteren Teil des Lagers, und als die Loups-Garous ihre Pferde durch das Tor lenkten, empfand sie keinerlei Überraschung.

Wieder

Beim Anblick der Loups-Garous kam Christopher taumelnd zum Stehen, die Knie gebeugt, die Arme ausgebreitet, als wollte er einen Ball fangen. So verharrte er stocksteif, wie versteinert, und Wynter war sich absolut sicher, dass er einfach dort stehen bleiben und den Wölfen gestatten würde, auf ihn zuzukommen. Sie raste los, den Hügel hinunter, gleichzeitig nach Razi Ausschau haltend.

Hinter ihr rief Alberon einem seiner Männer einen Befehl zu. »Sag den Merronern, sie sollen ihre verfluchten Köter anleinen, sonst lasse ich sie erschießen.«

Endlich, als sie sich am Fuße des Abhangs an einem dicht stehenden Grüppchen von Soldaten vorbeigeschoben hatte, entdeckte Wynter Razi. Mit offenem Mund stand er am Rande des Wegs. Sòlmundr rüttelte an seinem Arm und redete ungeduldig auf ihn ein, als versuchte er, zu ihm durchzudringen. Wynter wehrte sich gegen den Impuls, laut Razis Namen zu rufen, und steuerte durch Soldaten und aufwirbelnden Staub auf ihn zu. Als sie näher kam, raunte Razi Sòl etwas zu, woraufhin der Krieger entsetzt einen Schritt rückwärts machte, sich dann mit einem Schrei umdrehte und hastig die Straße absuchte. Er entdeckte Christopher, der immer noch reglos dastand, und rannte auf ihn zu.

Und genau in diesem Moment – gerade als es unausweichlich schien, dass die Wölfe ihn sehen würden – erwachte Christopher mit einem Ruck zum Leben. Er ging in die Hocke, griff nach seinem Katar, bemerkte, dass es nicht an seinem Gürtel hing, drehte sich um und flitzte fort zwischen die Zelte. Sòlmundr bremste und bog nach rechts ab, in dieselbe Richtung wie sein junger Freund.

Wynter stellte sich neben Razi, und im selben Augenblick erschien auch Ùlfnaor.

»Wer sind diese Männer?«, fragte er mit zusammengekniffenen Augen. »Gehören zum König?« Dann erst erhaschte er einen Blick auf die Wolfsfelle, die über den Pferderücken lagen, und seine Miene wurde kalt und gefährlich.

Oliver führte die Wölfe ins Lager, seine scheckige Stute tänzelte unruhig neben dem großen dunklen Hengst David Le Garous. Als er sein scheuendes Pferd auf den Hauptweg lenkte, sah Wynter, wie sein Blick unbeabsichtigt auf Razi fiel. Das Gesicht des Ritters verzog sich kummervoll, er schlug die Augen nieder.

Die Wölfe sahen prächtig aus, ihre Pferde wunderschön, die Kleider und Waffen sehr edel und kostbar. David Le Garous Blick war ausschließlich auf Alberons Quartier gerichtet, aber seine drei Stellvertreter hinter ihm – Gérard, Jean, Pierre – musterten die umstehenden Soldaten angriffslustig. Die beiden jungen Araber folgten ihnen unmittelbar, ruhig führten sie ihre stämmigen kleinen Pferde ihren Herren hinterher. Die Silberglöckchen an ihren Handgelenken und Stiefeln klirrten fröhlich, und Wynter verspürte ein kurzes Aufwallen von Zorn, weil die Wölfe sie mit hierher brachten, offen und ohne jeglichen Versuch, den Umstand zu verbergen, dass sie Sklaven waren. Dann fiel ihr auf, dass die

Wölfe nur drei Packmulis bei sich hatten und dass die sechs dunkel gekleideten Schattenreiter, die den Rest von David Le Garous Rudel ausmachten, nirgendwo zu entdecken waren.

»Razi, wo sind die anderen?«

Razi beachtete sie nicht. Er blickte auf die Zelte, hinter denen Christopher verschwunden war. Eine Weile sah es so aus, als wollte er einfach nur dort stehen bleiben. Dann machte Ùlfnaor Anstalten, etwas zu sagen, und Razi schnellte herum, packte den großen Mann an den Schultern und zischte ihm drängend ins erschrockene Gesicht: »Er holt sein Schwert! Er will sie angreifen. Er will sie endlich angreifen! Wir müssen ihn aufhalten!« Damit schob er den Aoire zurück und drängte sich an ihm vorbei auf das merronische Quartier zu. Verwirrt folgte Ùlfnaor ihm.

Wynter war außerstande, den heranreitenden Wölfen den Rücken zuzukehren, und statt sich umzudrehen und das Weite zu suchen, drückte sie sich langsam rückwärts in den schattigen Zwischenraum zwischen den Zelten, die Augen weiterhin auf den Weg gerichtet. Das leise Klirren der Sklavenglöckchen war deutlich über dem Trampeln der Hufe und dem Klimpern des Zaumzeugs zu vernehmen, und als der Umriss eines Reiters das Licht verdunkelte, ging Wynter leicht in die Hocke. Es war Oliver – im einen Moment da, im nächsten fort, als er die Mündung des Pfads passierte. Dann kam David Le Garou, die Augen nach vorn gerichtet, das edle Profil scharf abgezeichnet vom leuchtend blauen Himmel. Als Nächstes folgte die Reihe der Stellvertreter, die den hellen Platz mit wachsamen Mienen überquerten. Am dichtesten an sie heran trabte der dunkelhäutige Gérard, unablässig die Umgebung absuchend. Er drehte den Kopf, aber ehe er sie sehen konnte, löste sich Wynter aus ihrer benommenen Starre und rannte los.

Sie holte Razi und Ùlfnaor auf Höhe der mittelländischen Zelte ein. Die Luft schwirrte vom Bellen der Hunde, von den merronischen Zelten her hörte man Rufen und Poltern. Jared drängte Mary seitlich an das Versorgungszelt. Die hohe Dame war ganz außer sich, warf sich auf Razi und ergriff furchtsam seinen Arm.

»Die Hunde toben!«, rief sie. »Sie sind wild geworden!«

Razi schubste Ùlfnaor auf den Lärm zu. »Lass ihn nicht gehen!«, brüllte er. »Nimm seine Waffen und lass ihn nicht aus dem Zelt!« Verständnislos schüttelte der große Mann den Kopf.

»Christopher!«, erläuterte Razi. »Er darf nicht an seine Waffen gelangen!«

Ùlfnaor lief los, und Razi wandte sich Mary zu, umfasste ihre Schultern und blickte ihr eindringlich in das verängstigte Gesicht. »Geht in Euer Zelt! Ihr dürft es auf keinen Fall verlassen!« Er schob sie auf Jared zu. »Sorgt dafür, dass sie in ihrem Zelt bleibt!«

Empört über Razis raues Benehmen stellte sich Jared zwischen den dunklen jungen Mann und die Frau, die jener so unsanft herumschubste. Mary aber klammerte sich weiterhin an Razis Arm, so dass der Priester zwischen ihnen beiden eingeklemmt war.

»Was ist geschehen?«, blaffte Jared, das Gesicht dicht vor Razis.

»Loups-Garous.«

Der Priester verstummte. Mary starrte Razi an, den Arm um Jared herum gestreckt, die Finger in Razis Ärmel gekrallt. »Ein Angriff?«, wisperte sie.

Razi verneinte und löste Mary sanft von seinem Arm. »Bleibt in Eurem Zelt«, drängte er. »Presbyter, ich bitte Euch, passt auf, dass sie drinbleibt.«

Jetzt nickte Jared grimmig und brachte Mary in ihr Quartier. Mit aufgerissenen Augen blickte sie zurück, bis sie um die Ecke außer Sicht waren. Razi hastete in die Richtung, aus der der Lärm der Hunde kam, und Wynter folgte ihm.

Bei den merronischen Zelten herrschte ohrenbetäubendes Chaos. Thoar und Surtr rangen mit den riesigen Kriegshunden, zerrten an den Halsbändern, versuchten, sie festzuhalten, während die Frauen Pflöcke in den Boden rammten, um ihre Ketten zu verkürzen. Die Hunde knurrten und bellten, Schaum auf den Lefzen, sie gebärdeten sich wie wild, um sich loszureißen und die Wölfe aufzuspüren.

Der Soldat, den Alberon geschickt hatte, um das Anleinen der Tiere zu überwachen, presste sich an die Leinwand eines der merronischen Zelte. Jetzt schob Ùlfnaor ihn beiseite, brüllte ihn auf Merronisch an und bedeutete ihm zu gehen. Plötzlich machte Boro mit brennenden Augen einen Satz auf ihn zu, und der Soldat brauchte nicht weiter überredet zu werden. Er floh, seine Pflicht war erfüllt.

In diesem Moment schlüpfte Christopher aus dem Zelt, das Katar in der Hand, die Miene starr. Ihm auf den Fersen war Sòlmundr, das Schwert ebenfalls gezückt. Sòl rief Hallvor im Laufen etwas zu und warf ein Schwert hoch; es segelte durch die Luft, die lange Klinge in der Sonne leicht bebend, und Hallvor stand geschmeidig auf und fing die Waffe an ihrem Griff.

Sòlmundr winkte ihr, ihm zu folgen.

Da schrie Ùlfnaor etwas, und Sòl hielt bestürzt an. »*Cad é?*«, fragte er.

Christopher lief weiter entschlossen auf den Hauptpfad zu.

»Haltet ihn auf!«, rief Razi, und Thoar und Surtr stellten sich dem jungen Mann in den Weg. Doch Christopher schlug einfach einen Bogen und wich ihnen geschickt aus. Etwas unschlüssig sahen die Krieger Ùlfnaor an.

»Haltet ihn auf«, wiederholte Razi, und Ùlfnaor nickte.

Surtr machte einen Schritt zur Seite und legte Christopher eine Hand auf die Brust. »*Cosc ort nóiméad, a luch*«, sagte er.

Verwundert blieb Christopher stehen. Er blinzelte den rothaarigen Krieger kurz an, dann sah er sich in dem Kreis unsicherer Gesichter um.

»Kommt schon«, sagte er, als hätten sie vergessen, was sie eigentlich zu tun hatten.

Niemand rührte sich. Alle Augen hüpften von Christopher zu Razi.

»Kommt!«, wiederholte Christopher mit einer ungeduldigen Handbewegung. Dann fiel sein Blick auf Razis unerbittliche Miene, und alle Gewissheit verließ ihn. »O nein, Razi«, flüsterte er erschüttert.

Razi sah ihn nicht an. »Es tut mir leid«, sagte er. »Aber ich muss wissen, warum sie hier sind.«

»NEIN!« Christopher warf sich nach vorn, und die rothaarigen Brüder gerieten ins Schlingern, machten dann einen Satz und ergriffen ihn unter den Achseln. »Nein, Razi!«, schrie er. »Nicht wieder! Nicht *wieder*!«

Mit gesenkten Augen deutete Razi auf das merronische Zelt, und die beiden riesigen Männer zerrten Christopher zurück zum Eingang.

»Nein!« Vor Verzweiflung und Fassungslosigkeit jaulte Christopher laut auf. »Neeeeeiiiiin!«

Immer noch wich Razi seinem Blick aus, was Christopher offenbar wütender machte als alles andere. Er geriet völlig außer sich, schrie und fletschte die Zähne, wehrte sich so heftig, dass die beiden Brüder beinahe den Halt verloren und unter seinem wild um sich schlagenden Gewicht schwankten. Dann reckte er das Katar hoch, in der Absicht, es auf Surtrs Kopf zu schmettern, aber Hallvor sprang nach vorn, ergriff seine erhobenen Arme und verdrehte sie, bis er gezwungen war, die Waffe fallen zu lassen. Erneut heulte Christopher auf und trat böse nach der Heilerin.

Wynter wollte ihm zu Hilfe eilen, doch Razi riss sie grob zurück.

»Lasst ihn los!«, schrie sie.

Christopher knurrte sie an, sein Gesicht war nicht wiederzuerkennen. Die Brüder schleiften ihn zum Zelt, und als er rückwärts in das Dämmerlicht getragen wurde, stieß er ein animalisches Geheul aus. Die Klappe fiel zu, von innen aber hörte man Christophers wortlosen Zorn weiter wüten. Surtr und Thoar brüllten ihn an, um ihn zur Ruhe zu bringen.

Aufgebracht entwand sich Wynter Razis Griff und schubste ihn fort, dann rannte sie zum Zelt, um Christopher zu befreien.

»Nein, Wyn!«, schrie Razi. »Warte! WARTE!«

Urplötzlich hörten die Hunde auf zu bellen, die jähe Stille ließ die Menschen erstarren.

Auch innerhalb des Zelts waren alle Kampfgeräusche verstummt.

Ganz deutlich hörte Wynter Thoar sagen: »Coinín?«

Die Hunde zogen sich ans Ende ihrer Leinen zurück, winselten mit eingekniffenem Schwanz. Boro jaulte vor

Furcht, die scharfen Ohren gespitzt, auf das horchend, was hinter der Leinwand geschah.

Sòl machte einen zögernden Schritt nach vorn, dann stürmten er und Razi gleichzeitig zum Zelt. Wynter wollte mit, aber Razi drängelte sich vor, schubste sie buchstäblich zur Seite und duckte sich durch die Klappe, ehe sie an ihm vorbeikam. Von drinnen hörte man Surtr schreien, dann folgte ein Reißen, und gerade als Wynter den Kopf einziehen und ins Zelt klettern wollte, sauste der Krieger an ihr vorbei, flog rückwärts aus dem Zelt wie von einem Katapult geschleudert.

Erst gute zehn Fuß weiter schlug der riesige Mann dumpf im Staub auf. Sein Hemd war aufgerissen, der Bauch zerkratzt und rot vor Blut. Sofort versuchte er, sich auf die Füße zu rollen, das Gesicht vor Sorge um seinen Bruder verzerrt.

»THOAR!«, rief er, fiel jedoch vor Schmerz wieder zurück auf den Boden. »THOAR!«

Als Wynter endlich ins Zelt gelangte, fand sie sich einem Getümmel aus Lärm und Bewegung gegenüber. Sòlmundr und Thoar lagen der Länge nach auf Christopher und versuchten, ihn festzuhalten; Razi wiederum hatte sich auf den Rücken der Krieger geworfen und gab sich alle Mühe, sie herunterzuziehen.

»Nicht!«, schrie er. »Er macht das nicht absichtlich! Lasst ihm einen Moment Zeit.«

Razi trat Thoar weg, während er gleichzeitig an Sòl zerrte. Da taumelten die drei Männer rückwärts, von Christopher brutal gestoßen.

»Lasst ihm einen Moment Zeit!«, brüllte Razi noch einmal, als Thoar sein Schwert ziehen wollte. »Er macht das nicht absichtlich!«

Wynter setzte an, zu ihm zu laufen, blieb aber beim Anblick von Christophers furchtbarem Gesicht wie angewurzelt stehen. Er war völlig verwandelt, seine Augen funkelten im trüben Licht gelb, er knurrte und schnappte um sich wie ein in die Enge getriebener Hund. Er wand sich in den Schatten ganz hinten im Zelt, als kämpfte er gegen einen unsichtbaren Dämon, seine vernarbten Finger gruben tiefe Krallenspuren in die Erde.

»Christopher«, flüsterte sie.

Er machte keine Anstalten anzugreifen, blieb einfach nur, wo er war, und wälzte sich herum, sein Körper drehte sich um die eigene Achse, als versuchte er, seinen Zorn zu bezwingen. Die Geräusche, die aus seinem verzerrten Mund drangen, waren nicht menschlich – sie waren alles andere als menschlich –, aber Wynter erkannte Furcht. Sie erkannte Schmerz.

»O Christopher«, flüsterte sie erneut und kniete sich gerade eben außerhalb seiner Reichweite auf den Boden, die Hand ausgestreckt, wie um ihn zu trösten. Er trat weiterhin um sich und kämpfte, anscheinend war er sich ihrer Anwesenheit nicht bewusst. Nun krabbelte Razi neben sie; seine Miene wirkte bestimmt, doch auch er kam seinem Freund nicht näher und unternahm nichts.

Am Ende war es Sòl, der zu ihm ging. Er kroch an Razi und Wynter vorbei und drehte Christopher ohne weiteres Zögern auf den Rücken.

Christophers gelbe Augen weiteten sich bei der Berührung, die Lippen zogen sich zurück. Seine gekrümmten Hände umklammerten Sòlmundrs Schultern, die zu langen Finger bohrten sich in sein Fleisch, und der Krieger keuchte vor Schmerz auf. Mit zusammengebissenen Zähnen nahm

Sòl Christophers Gesicht fest zwischen die Hände und riss seinen Kopf herum, so dass er in Christophers nicht menschliche Augen sehen konnte.

»Coinín!«, rief er. »*Is mé atá ann!* Ich bin es, Sòl!«

Christopher öffnete den Mund, die langen, spitzen Zähne schwebten nur wenige Zoll von Sòlmundrs Kehle entfernt. Seine Finger krallten sich brutal in Sòls Schultern, und zu Wynters Entsetzen quoll Blut unter seinen Nägeln hervor.

Obwohl sich Sòlmundrs Gesichtszüge vor Pein strafften, entzog er sich nicht, sondern schüttelte Christophers Kopf zwischen seinen Händen und rief: »Du bist freier Mann, Coinín! Du tust mir nicht weh! Du *weißt*, wer du bist!«

Jetzt blickten Christophers gelbe Augen in die von Sòlmundr. Unvermittelt lockerten seine Finger den Griff um die Schultern des Kriegers, seine Miene wurde weicher, als er ihn erkannte. Dann war er wieder Christopher, einfach nur Christopher; die vernarbten Hände umklammerten das Hemd seines Freunds, das schmale, feine Gesicht drückte Entsetzen und Verzweiflung aus.

»O nein«, flüsterte er. »O nein!« Er hob die Hand von Sòlmundrs Schulter und starrte auf das Blut, das seine Finger rötete. »O nein!«, rief er. »Iseult! *Iseult!*«

Wynter presste sich die Hände auf den Mund. Sie konnte nicht sprechen. Christopher versuchte, sich aufzusetzen, rief nach ihr und tastete blind herum, als wäre er nicht Herr über seine Augen und seine Gliedmaßen. Sòlmundr zog den jungen Mann an sich, um seine hilflosen Bemühungen zu unterbinden, und hielt ihn ganz fest.

»Iseult!«, krächzte Christopher.

»Iseult geht es gut«, besänftigte Sòl etwas zittrig und tätschelte Christophers Schulter. »Du hast ihr nicht wehgetan.« Er spähte nach draußen, wo Thoar Surtr beim Aufstehen half. Hallvor war bei ihnen. Vorsichtig drückte Surtr seine Finger auf die langen Kratzer auf seinem blutverschmierten Bauch. »Du hast ihr nicht wehgetan«, flüsterte Sòl.

Neben Wynter erhob sich Razi langsam. Sòl sah zu ihm auf; als Razi seinem Blick begegnete, verwandelte sich die benommene Verwirrung in der Miene des Kriegers zu eisiger Missbilligung. Wynter jedoch hob den Kopf nicht. Sie konnte sich nicht von Christopher losreißen.

Atemlos, zitternd und offenbar Schmerzen leidend zog ihr Freund Arme und Beine an und bettete den Kopf an Sòlmundrs Brust. Durch seine wirren Haare blinzelte er zu Razi empor, und sein Gesicht bekam einen Ausdruck von Bitterkeit und Verzweiflung.

»Du bleibst hier«, sagte Razi ausdruckslos.

»Du hast es mir versprochen«, erwiderte Christopher. »Du hast versprochen …«

»Du bleibst *hier*«, wiederholte Razi mit Nachdruck. Ùlfnaors dunkler Schatten füllte den Zelteingang, und Razi drehte sich zu ihm um. »Du sorgst dafür, dass er hierbleibt«, wies er den Aoire an. »Das ist mein Wunsch. Als euer Caora ist dies mein Befehl.«

Ùlfnaors Gesichtszüge waren im Gegenlicht nicht zu erkennen, doch er neigte ehrerbietig den Kopf. Christopher stöhnte.

»Bleib du auch hier, Wyn«, sagte Razi. »Es ist mir ernst.«

Sie drehte den Kopf leicht und funkelte ihn aus den Augenwinkeln an. Er war nur eine schwarze Gestalt gegen das helle Licht. Dann stieg er durch den Eingang hinaus, und sie sah ihn kurz im Sonnenschein zwischen den Zelten davonstapfen. Schnell war er fort.

»Er hat es versprochen«, klagte Christopher heiser. »Er hat gesagt, niemals wieder. Er hat es versprochen.«

»Warum sind die Wölfe hier, *a luch*?«, wollte Sòl von Wynter wissen. »Was haben sie anzubieten dem Prinzen?«

Sie schüttelte nur den Kopf und schielte nach Christopher, und seine Mundwinkel sanken herab, als er sie ansah.

»O nein, Wynter«, wisperte er. »Nicht du auch.«

»Es muss einen Grund geben«, sagte sie.

»ICH HABE SEINE GRÜNDE SATT«, schrie Christopher so plötzlich, dass Wynter zusammenzuckte. »ICH HABE SIE GRÜNDLICH SATT!« Er bäumte sich in Sòls Armen auf und wäre ihm beinahe entschlüpft. »Ich will sie *tot* sehen!«, heulte Christopher. »Sie sollen tot sein! Wie er es versprochen hat! Er hat es gesagt! Ich will das nicht mehr! Ich will sie *toooooooooooot sehen*!«

Sein Geheul bekam wieder etwas Tierisches, und Sòl wiegte ihn nicht mehr, sondern hielt ihn sehr fest. Traurig sah der Krieger Ùlfnaor an, und der Aoire kam und half ihm, den jungen Mann zu bändigen, solange er mit dem Hass in seinem Inneren rang.

Wynter wich rückwärts zum Eingang zurück, die Augen starr auf ihren zappelnden Freund geheftet. Sòlmundr sagte etwas zu Ùlfnaor, woraufhin der große Mann seine Hände auf Christophers Schultern legte und etwas murmelte. Wynter glaubte, er bete vielleicht.

Sie wusste, dass Christopher nun keine Gefahr mehr für diese Männer darstellte. *»Es tut nichts weh«*, hatte er Razi erklärt. *»Nicht, wenn man es absichtlich macht. Es fühlt sich gut an.«* Aber jetzt sah Wynter den Schmerz in ihm; sie sah ihn das zu unterdrücken suchen, was er seine *dunkle Macht* nannte. Und sie zweifelte nicht daran, dass Christopher gewinnen würde.

Sie wusste, sie sollte besser bei ihm bleiben. Sie wusste, sie sollte für ihn da sein, wenn er müde und wund und trostbedürftig aus diesem Kampf hervorging. Dennoch zog sie sich zurück.

Sòlmundr sah sie an, und seine Augen weiteten sich, als er begriff, dass sie fortging.

»Ich muss es wissen«, sagte sie.

Sie hielt seinem anklagenden Blick stand, und nach einer Weile legte sich seine Verachtung, und er wandte sich ab. Als jemand, der sein ganzes Leben lang den Mann beschützt hatte, den er liebte, nur um dann seinem Volk zu gestatten, ihn ihrem Gott zu opfern, hatte Sòlmundr nicht das Recht, mit dem Finger auf jene zu zeigen, die ihre Pflicht über ihre Liebe stellten.

»Ich werde ihm seine Antworten bringen, Sòl«, versprach sie.

Sòlmundr entgegnete nichts und widmete sich wieder Christopher, der um sich schlug und knurrte und unter seinen schweren Händen mit sich rang. Das Gebell der Hunde hatte erneut eingesetzt, und Wynter lief aus dem Zelt, vorbei an Hallvor und immer weiter, bis das Heulen der Tiere nicht mehr von dem des Mannes, den sie liebte, zu unterscheiden war.

Sobald sie den vorwurfsvollen Augen der Merroner entronnen war, hielt Wynter inne. Sie stand im staubigen Sonnenlicht, atmete tief durch und ballte die Fäuste, um ihre Selbstbeherrschung zurückzugewinnen.

In der Ferne sah sie Razi auf Alberons Zelt zumarschieren. Er lief an dem Grüppchen älterer Haunardier vorbei, die den Hügel hinaufstarrten und besorgt vor sich hinmurmelten; er ließ die wunderschönen Pferde der Wölfe und die Sklaven, die sie versorgten, hinter sich. Auch am Fuße der Anhöhe verlangsamte er seinen Schritt nicht, sondern erklomm sie entschlossen, als hätte er stets mit diesem Treffen gerechnet, als hätte er sich sein gesamtes Leben lang darauf vorbereitet.

Wynter senkte das Kinn und rannte ihm nach, schlängelte sich um die Haunardier und die Pferde und die geduldigen Sklaven herum. Als sie Razi eingeholt hatte, passte sie ihren Schritt dem seinen an, die Augen starr geradeaus gerichtet, die Hand am Schwert. Er blieb stehen, sie aber stapfte weiter, ohne sich umzudrehen.

»Wyn, geh zu ihm zurück. Ich will dich hier nicht.«

»Gib dir keine Mühe, Razi«, fauchte sie. »Ich werde meine Zeit nicht damit vergeuden, mit dir zu streiten.« Sie ging weiter, aber Razi folgte ihr nicht, so dass sie nun doch gezwungen war, anzuhalten und ihn anzusehen.

Sein Gesichtsausdruck war unerbittlich hart. »Du wirst diesen Männern nicht gegenübertreten.«

»O doch, das werde ich«, widersprach sie. »Ich werde diesen Männern auf jeden *Fall* gegenübertreten. Ich möchte *unbedingt* die Männer sehen, die ihm seine Hände gestohlen und seine Familie versklavt haben. Ich möchte *unbedingt* in die Gesichter jener blicken, die diese armen Mädchen aus dem Gasthaus gejagt haben. Ich möchte wissen, warum sie immer noch Tag um Tag durch Algier spazieren, ohne dass du nach Vergeltung trachtest, Razi. Ich möchte wissen, warum unser Bruder sie an diesen Tisch gerufen hat. Ich werde nicht auf meinem Hintern sitzen wie ein braves Weibchen und dies ohne mich stattfinden lassen. Wenn Christopher seine Rache erneut verwehrt wird, dann werde ich herausfinden, warum.«

»Das ist nicht der Zeitpunkt für kindischen Trotz«, rief er. »Diese Kreaturen hängen mir wie ein Mühlstein am Hals, seit ich vierzehn Jahre alt bin, Wynter. Christophers Leben wurde von ihnen zerrüttet, seit er denken kann. Komm jetzt nicht daher und tu so, als verstündest du auch nur einen Funken dessen, was wir empfinden.«

Wynter würdigte ihn keiner Antwort. Sie stand einfach nur breitbeinig da und wartete, dass Razi weiterging. Er brummte wütend und drehte den Kopf weg.

Sein Blick huschte hinüber zu den Zelten, hinter denen die Hunde noch immer ihrem Zorn und Missmut Ausdruck verliehen.

»Erwarte nicht von mir, mit gezogenem Schwert dort einzutreten«, warnte er ruhig. »Ich glaube nicht, dass Alberons Pläne mir diesen Luxus gestatten werden. Dies ist keine einfache Welt, Wynter. Man bekommt nicht immer das Blut, nach dem es einen gelüstet.«

Als die Hunde aufs Neue aufheulten, verrutschte Razis wütende Maske ein wenig. Er schüttelte den Kopf und kniff die Augen zu.

»Ach, gräm dich nicht, Bruder«, sagte Wynter kalt. »Es sind nur die Kriegshunde. Christopher ist ein guter Mann, und stark ist er auch. Ich habe keinen Zweifel, dass er sich bereits wieder im Griff hat. Ich möchte wetten, dass er mittlerweile außergewöhnlich versiert darin ist, seine Gefühle zu unterdrücken. Immerhin pflegt er schon lange genug Umgang mit unseresgleichen.«

Razi sah sie durchdringend an, und Wynter erwiderte seinen Blick ungerührt.

»Na schön«, sagte er endlich. »Schön! Wenn du unbedingt mit willst, dann los.« Und mit großen Schritten machte er sich auf den Weg, Wynter an seiner Seite.

Le Garou

Die Wachposten um Alberons Zelt herum beäugten Razi und Wynter, als sie in Sicht kamen. Oliver stand im Schatten des Vordachs und trat rasch vor, um Razi abzufangen, ehe er auch nur in die Nähe der argwöhnischen Soldaten kam.

Wynter rechnete damit, dass Razi ihn einfach aus dem Weg schieben würde, doch stattdessen hielt er an und musterte den Ritter unter gesenkten Augenbrauen hervor.

»Tut das nicht, mein Fürst«, warnte Oliver leise. »Ich bitte Euch.«

Razi sprach ebenso leise, so dass seine Stimme für die Soldaten nicht zu hören war. »Entweder Ihr lasst mich vorbei, oder Ihr tötet mich, Oliver. Was soll es sein?«

Oliver betrachtete ihn eingehend, und Razi sah ihm in die Augen. »Ich werde Zugang erhalten oder bei dem Versuch sterben, Herr Ritter. Ich frage Euch noch einmal: Was soll es sein?«

Olivers Blick fiel auf Wynter.

»Ich werde den Fürsten Razi begleiten.«

Ganz kurz schloss Oliver die Augen, dann bedeutete er den Wachposten, den Fürsten und die Hohe Protektorin passieren zu lassen. Wynter und Razi schritten unter das

Vordach und ohne Zögern durch den Eingang. Einen Moment lang blieb Oliver im Sonnenschein stehen, als wäre er zu müde, um sich zu bewegen, dann folgte er ihnen hinein.

Der Tisch und die vier Stühle waren hereingetragen worden. Auf der einen Seite saß Alberon, auf der anderen David Le Garou. Davids Stellvertreter standen in lockerer Haltung, aber in Bereitschaft hinter ihm an der Zeltwand aufgereiht und gaben ihm Rückendeckung. Bei Razis Eintreten strafften sie alle gleichzeitig die Schultern, und ihre schräg gestellten Augen füllten sich mit Belustigung.

Geschmeidig erhob sich David Le Garou, alle Zähne in einem breiten Grinsen entblößt. Er blickte auf Wynter herab, dann zurück zu Razi.

»Al-Sayyid«, sagte er. »Was für eine angenehme Überraschung. Ich hatte gehört, Ihr wäret tot.«

»Warum seid Ihr hier?«, fragte Razi ohne Umschweife.

David zog die Augenbrauen hoch und wandte sich in gespielter Bestürzung an Alberon, als erwartete er vom Prinzen, seinen Bruder seiner Unhöflichkeit wegen zurechtzuweisen. Einen Moment lang herrschte schwere Stille. Alberon trommelte mit den Fingern auf den Tisch – ein Mal. Eine Geste mühsam beherrschter Wut.

»Ich nehme an, Ihr kennt einander«, sagte er dann verkniffen.

Le Garou zuckte die Achseln und breitete die Hände aus. »Wir sind uns flüchtig begegnet. Hin und wieder.«

»Ihr habt Euch in den vergangenen fünf Jahren alle Mühe gegeben, meine Beziehungen zum maghrebinischen Hof zu stören«, sagte Razi. »Ihr habt alles nur Erdenkliche getan, um einen Keil zwischen den Sultan und meinen Vater zu treiben. Ich frage Euch noch einmal: Warum seid Ihr hier?«

»Die Machenschaften bei Hofe waren nicht meine Idee«, erwiderte David tadelnd. »Das war mein Vater, der große André Le Garou. Er ist es, der versucht, den Sultan seinen alten Verbündeten zu entfremden. Mir persönlich ist es einerlei, wer den Maghreb regiert. Aber wir alle müssen unsere Väter unterstützen, nicht wahr? In Wort und Tat. Man muss tun, was der Vater einen heißt … dennoch.« Der Wolf lächelte verschlagen. »Wenn mein Vater Euch ein Ärgernis war, so habt Ihr doch nie einen allzu unbehaglichen Eindruck gemacht, al-Sayyid. Sollte er Euch in irgendeiner Weise gekränkt oder Euch ein Unrecht getan haben, so habt Ihr es Euch bislang nie anmerken lassen.«

»Euer Vater glaubte, ich würde Alarm schlagen, ist es nicht so?«, fragte Razi. »Er dachte, mein Stolz würde mich zu unbedachtem Handeln treiben. Er hoffte, ich würde eine blutige Fehde anzetteln und so mein Ansehen als Diplomat beschädigen. Zweifellos dachte er, ein halbblütiger Knaben-Fürst hätte niemals die Selbstbeherrschung, eine solche Tat durchgehen zu lassen.«

Le Garou zuckte mit den Schultern. »Wenn es so war, dann habt Ihr das Gegenteil bewiesen. Wie stolz Euch das machen muss.«

Misstrauisch blickte Alberon von Le Garou zu Razi; er wusste nicht, worum es ging.

»Was habt Ihr getan?«, fragte er den Wolf.

Wieder verzog sich Le Garous Mund zu einem Lächeln. »Ach«, sagte er, »al-Sayyid glaubt, wir hätten sein Eigentum beschädigt … ein unbedeutender Vorfall von Vandalismus, für den er uns die Schuld gibt. Das ist nicht ungewöhnlich; die Loups-Garous werden oft solcher Dinge beschuldigt. So ist eben die Welt.«

Mit jähem Entsetzen begriff Wynter, dass er von Christopher und dem, was ihm angetan worden war, sprach. Unvermittelt, erschreckend wurde ihr deutlich, dass Christophers furchtbare Verstümmelung, der Raub all dessen, was er gewesen war, nur aus dem einen Grund geschehen war: um Razi zu treffen. Es war nichts als ein heimtückischer Schlag gegen al-Sayyid gewesen. Christopher war zerbrochen worden wie ein gestohlenes Spielzeug, und das alles nur, um Razi zur Rache anzustacheln und seinen Ruf am Hofe des Sultans zu zerstören.

Sie starrte in David Le Garous gemein lächelndes Gesicht und verstand nun endlich den Abgrund von Razis Beherrschtheit und Christophers Geduld. Seit annähernd vier Jahren unterdrückten ihre Freunde ihre Wut und ihren Kummer, alles um dieses Königreichs willen. Wynter fragte sich, wie oft Razi Christopher in diesen Jahren gesagt hatte *bald, bald*, und wie oft er sein Wort hatte brechen müssen.

Erneut erhob sich das Gebell der Hunde vor den Zelten, und Wynter hatte Mühe, den in ihr aufsteigenden Hass und den Zorn zu zügeln. Beides drohte ihre Urteilskraft zu trüben.

»Grundgütiger, Razi!«, seufzte Alberon erschöpft. »Was auch immer diese Männer getan haben, ich werde dafür sorgen, dass sie Wiedergutmachung leisten. Aber jetzt ist nicht der richtige Zeitpunkt, alte Rechnungen zu begleichen. Pferdediebstahl und zerschlagenes Geschirr müssen einstweilen zurückgestellt werden. Es steht Größeres an.«

»Ja, al-Sayyid«, fiel Le Garou höhnisch ein. »Bitte bekümmert Euch nicht. Auch wenn die Wölfe nichts mit Eurem Verlust zu tun haben, werden wir Eure beschädigte Habe mit Leichtigkeit ersetzen, dessen bin ich gewiss. Denn wenn solche Dinge auch hierzulande selten sind, so gibt es sie dort, wo wir herkommen, doch wie Sand am Meer. Es könnte gut sein, dass ich sogar ein paar dabeihabe, wenn ich mal in meinem Gepäck nachsehe.«

Der Wolf namens Jean kicherte, und Alberon und Oliver sahen ihn scharf an. Wynter bemerkte kalte Entschlossenheit in Alberons Miene aufziehen, und sie half, ihre Übelkeit auslösende Wut etwas zu lindern. Sie wusste, dass Alberon unmöglich den Zusammenhang der boshaften Sticheleien der Wölfe erfasst haben konnte, aber ein Blick in das Gesicht des Prinzen verriet ihr, dass er ihre niederträchtige Erheiterung auf Kosten seines Bruders nicht dulden würde. Wie auch immer Alberon ursprünglich zu einer Beteiligung Razis an diesen Gesprächen gestanden haben mochte, Wynter war überzeugt, dass die Wölfe ihrem Rivalen soeben einen Platz am Tisch des Prinzen verschafft hatten.

Und wirklich, Alberon klopfte auf den Stuhl zu seiner Linken. »Bruder«, sagte er, »komm und setz dich neben mich. Wie üblich werde ich von deinem Beitrag zu meinen Angelegenheiten profitieren. Deine Erkenntnisse sind immer so scharfsinnig.«

Le Garous Lächeln erstarb, und Razi ging um den Tisch herum. Seine Miene war finster und verschlossen, die Bewegungen geschmeidig und ohne Hast. Als er seinen Platz eingenommen hatte, verschränkte er die Hände auf dem Tisch und sah Le Garou unbewegt an, als wartete er darauf, dass jener ihm aus einer Speisekarte vorläse oder etwas Tee serviere. Seine Ruhe erstaunte Wynter; sie erinnerte sie daran, wozu Razi fähig war.

Oliver stellte sich hinter Alberon, die Hände auf dem

Schwertgriff ruhend, ganz bewusst ein Spiegelbild zu Le Garous drei aufmerksamen Wächtern bildend.

»Hohe Protektorin«, sagte Alberon, »werdet Ihr ebenfalls beiwohnen?«

Wynter nickte steif, dankbar, dass er sich entschlossen hatte, Notiz von ihr zu nehmen, anstatt sie – wie es sein gutes Recht gewesen wäre – nicht zu beachten und dadurch zu zwingen, von selbst wieder zu gehen. Sie beging nicht die furchtbare Anmaßung, sich an den Verhandlungstisch zu setzen, und ebenso wenig baute sie sich als Oliver ebenbürtig zur Bewachung des Prinzen auf. Vielmehr durchquerte sie das Zelt und setzte sich eher unauffällig auf Alberons Bettstatt.

Die drei Stellvertreter folgten ihren Bewegungen mit ratloser Neugier. Noch ehe sie ihre Position am Eingang verlassen hatte, hatte Wynter erfolgreich ihre Wut niedergerungen, und als sie ihren Platz einnahm, empfand sie fast nichts mehr – so tief hatte sie ihre Gefühle vergraben. Ihr Gesicht war kalt, die Hände ruhig, und sie starrte die lüstern dreinblickenden Wölfe an, bis sie die Blicke senkten. In ihren Gesichtern war zweifelsfrei zu lesen, dass sie Wynter für Razis Frau hielten, und diese Vorstellung belustigte sie grenzenlos.

»Hübsch«, murmelte Gérard.

»Aber klein«, fügte Pierre hinzu. »Kaum mehr als ein Mundvoll.«

Wynter sah sich nach Razi und Alberon um, erwartete, sie würden ungehalten werden, aber entweder hatten sie es nicht gehört, oder sie weigerten sich, sich davon reizen zu lassen. Pierre feixte und leckte sich die Lippen.

Wart ihr bei der Taverne?, dachte Wynter plötzlich. *Wart ihr das?* Sie wusste, dass es nicht so war. Diese höherrangigen Wölfe hatten an den schrecklichen Taten in der Wherry Tavern nicht teilgenommen. Dennoch erinnerte sich Wynter beim Blick in ihre Gesichter unwillkürlich wieder an das Gefühl von Zähnen und Fell auf ihrer Wange, den eisernen Griff starker Arme um ihren Leib, den heißen Schwall eines Kicherns in ihrem Ohr. Christopher hatte sich geopfert, um sie vor ihnen zu retten, aber die Töchter des Wirts hatten nicht so viel Glück gehabt. Das Gesicht der Älteren stand ihr noch deutlich vor Augen – zerkratzt und geschwollen und weiß vor Entsetzen, die geschundene Leiche ihrer kleinen Schwester vor sich auf dem Küchentisch.

Wynter schloss die Hand um das Heft ihres Schwerts. Ihre Miene verriet nichts, aber in ihrem Bauch spürte sie jähen, beißenden Schmerz, und sie fragte sich, ob es all ihre verborgene Wut und Furcht war, die sich in ihre Magengrube hineinbrannte.

Neben ihr bewegte sich kaum merklich etwas, und ihre Augen glitten nach links. Coriolanus kauerte sich in sein kleines Nest, die wunderschönen Augen riesengroß. Nie hatte sie, dachte Wynter, eine Katze den Tränen so nah gesehen. Sie zwang sich, ihre Waffe loszulassen, und strich ihm unauffällig über den zitternden Rücken. Das schien Cori etwas zu trösten, aber gleichzeitig half es Wynter auch, sich zu sammeln und nachzudenken.

Unterdessen schob David Le Garou die bestickten Schöße seines moosgrünen Mantels zurück und nahm wieder Platz. »Eure Hoheit –«, setzte er an.

»Ihr habt Sklaven mit in dieses Lager gebracht«, unterbrach Razi ihn.

»Ach, sollen wir über Sklaven sprechen?«, fragte Le Garou mit gespannt hochgezogenen Augenbrauen und verschränkte die behandschuhten Finger auf der Tischplatte.

»Sie sind hier verboten.«

Le Garou stieß ein geduldiges Seufzen aus. »Wenn ich Euch daran erinnern darf, Sklaven sind nur jenen untersagt, die in Eures Vaters Königreich ihren Wohnsitz haben, al-Sayyid. Reisenden ist ihr Eigentum gestattet.«

»Nur bei Benutzung der Port Road, und nur nach Zahlung der geeigneten Steuern. Wir sind weit entfernt von der Port Road, David, und von Steuern zahlenden Wölfen habe ich noch niemals gehört.«

»Ich bin davon befreit.« Eindringlich blickte Le Garou Alberon an.

»Die Beförderung menschlicher Güter habe ich nicht bewilligt«, stellte Alberon richtig.

Le Garou lehnte sich zurück und hielt die Hände in gespielter Kapitulation hoch. »Dann werde ich sie freilassen«, sagte er. »Vielleicht haben sie ja Glück und finden irgendwo eine Arbeit – oder sie könnten ja auch an Eure Barmherzigkeit appellieren, al-Sayyid? Da Ihr doch so großzügig seid.«

Razi schob das Kinn vor und zog die Lippen zurück, um etwas zu entgegnen, doch Alberon brachte beide mit einer erhobenen Hand zum Schweigen.

»Genug!«, sagte er scharf. »Wir haben hier *Wichtiges* zu besprechen, und ich wünsche keine Ablenkungen! Monsieur Le Garou, wenn Ihr Euren Wohnsitz hier habt, werde ich die Haltung von Sklaven nicht dulden. Jene, die Ihr und Eure Männer nicht in Lohn und Brot beschäftigen könnt, müsst Ihr mit großzügiger Börse ausgestattet freilassen, so dass sie sich in einem Gewerbe niederlassen können. Verstanden?«

Le Garou zuckte die Achseln; Wynter und Razi jedoch starrten Alberon mit offenen Mündern an. *Wenn Ihr Euren Wohnsitz hier habt?* Konnte er das ernst meinen?

Alberon wandte sich an Razi. »Fürst Razi«, sagte er bestimmt, »wir werden bei dem Thema bleiben, das Le Garou und mich an diesen Tisch gebracht hat. Deine eigenen Angelegenheiten werden nicht berücksichtigt.«

Damit drehte er sich wieder zu Le Garou um und setzte zum Sprechen an, doch am Eingang machte sich der Leutnant bemerkbar, und der Prinz ließ zermürbt den Kopf hängen, während sich Oliver die Nachricht mitteilen ließ.

Beim Warten lächelte David Le Garou Razi über den Tisch hinweg an, der wiederum ungläubig Alberon anblickte. »Diese Hunde klingen ein wenig wild, mein Fürst«, sagte der Wolf, den Kopf in die Richtung geneigt, aus der das entfernte Bellen drang. »Ich hoffe, sie sind gut angepflockt.«

Razi drehte den Kopf, als hinge er an rostigen Scharnieren, und Alberon musterte Le Garou unter zusammengezogenen Augenbrauen, verärgert über die neuerliche Aufnahme verbaler Feindseligkeiten.

Le Garou aber machte ungerührt weiter. »Selbstverständlich gibt es nichts Gefährlicheres als einen nicht angeketteten Köter«, fuhr er fort. »Man kann nur hoffen, dass der Besitzer eines solchen Tiers klug genug ist, es an der Leine zu halten.«

Die drei Wölfe in seinem Rücken grinsten, und Razi sah sie hasserfüllt an.

Oliver kam und flüsterte Alberon etwas ins Ohr, woraufhin sich das junge Gesicht des Prinzen zu einem frechen Schmunzeln aufhellte. »Oh, ich zweifle nicht daran, dass sie das wollen«, sagte er und blickte Le Garou an, als wüsste er einen großartigen Scherz zu erzählen. »Die Haunardier bitten um Zutritt zu meiner Gegenwart.«

David Le Garou gluckste. »Natürlich tun sie das.«

»Sag ihnen Nein«, beschied Alberon, und Oliver nickte und überbrachte dem Leutnant die Botschaft.

»Meine Ankunft hat sie aus der Fassung gebracht«, freute sich Le Garou. »Die Armen. Sie verlassen sich so sehr auf das geheime Einverständnis meines Vaters mit des Sultans Niedergang. Mein unerwarteter Austausch mit Euch kann sie nur beunruhigen.« Er seufzte und strich mit den behandschuhten Fingern über die Tischplatte, die Augen auf Alberon gerichtet. »Nun«, sagte er, »was ist meine Belohnung?«

»Gascon de Bourg«, begann Alberon. »Entsinnst du dich seiner, Fürst Razi? Ein törichter Mann. So töricht, dass er sich während des Aufstands auf die Seite der Feinde meines Vaters stellte.«

»Was sich als seiner Gesundheit abträglich herausstellte?«, fragte der Wolf.

»Außerordentlich.«

»Und seine Erben? Darf ich annehmen, dass die Torheit ihres Vaters auch *ihrer* Gesundheit schadete?«

»Sie erwies sich als tödlich.«

»Wie es sich gehört. Kein Haus sollte gegen einen König zu den Waffen greifen und es sich hinterher anders überlegen dürfen. Sagt, Eure Hoheit, dieser tote Verräter an Eurem Vater … hat er erkleckliche Ländereien hinterlassen?«

»Groß, fruchtbar, in gutem Zustand. Sie umfassen Weinberge, einen See sowie Weideland. Exzellentes Vieh und eine gut geführte Pächterschaft. Der König hat vor, sie zwischen vier seiner Mitstreiter aufzuteilen, und alle vier könnten sie fürwahr trefflich davon leben … ich werde dafür sorgen, dass das Land stattdessen Euch überlassen wird, Monsieur Le Garou, in seiner Gänze. Ihr und Eure Männer werdet ausgesorgt haben.«

Wieder seufzte Le Garou und schloss die Augen. Er ließ den Kopf kreisen, als knetete ihm eine unsichtbare Hand die Anspannung aus den Schultern. »Ländereien«, stieß er kaum hörbar hervor, »endlich.«

Wynter konnte es nicht fassen, sie beobachtete Alberon genau. Das musste eine Art List sein. Irgendwie plante er, die Wölfe zu narren; eine andere Erklärung konnte es nicht geben.

Nun wurde Alberons Blick hart. »Und jetzt, Monsieur«, fragte er unumwunden, »was habt Ihr mir zu bieten?«

Le Garous Miene verdunkelte sich in bitterer Genugtuung. »Mein Vater hat mir zu lange verwehrt, was mir zusteht«, sagte er leise. »Er grinst mich an und nennt mich seinen Besten, aber er hält mich bei Fuß wie einen Welpen, während geringere Söhne ihren Titel erhalten und entlassen werden. Ich werde des Misstrauens eines alten Hunds allmählich überdrüssig. Sein mangelndes Vertrauen hat das aus mir gemacht, was er immer schon befürchtet hat.« Kalt lächelnd legte er den Kopf schief. »Ich werde die Rudel für Euch spalten, Prinz. Die Verbündeten meines Vaters werde ich mit dem Versprechen, sich mir in meinem neuen Leben anschließen zu dürfen, von ihm abziehen. Diejenigen, die unter seinem Befehl bleiben, werden seine Schwäche wittern und ihn in ihrem Streben, die Macht zu erringen, zerreißen.« Mit einer ruckartigen Kopfbewegung deutete er auf das Lager. »Diese Haunardier da warten auf die Bestätigung, dass mein Vater und seine Korsarenverbündeten bereit sind, eine Allianz zum Sturz des Sultans zu schmieden.

Sie werden schwer enttäuscht sein, wenn ich ihnen die Nachricht vom Sinneswandel meines Vaters überbringe.«

»Einem Sinneswandel, der nur in Eurer Fantasie besteht«, murmelte Alberon.

Le Garous Mundwinkel verzogen sich noch breiter, und Wynter erkannte deutlich den Wolf hinter dem Mann. »Ich bin die Stimme und die Klaue meines Vaters, Prinz. Warum sollten sie an mir zweifeln? Die Haunardier sind bereits schwach. Sie sind von Zeit und räumlichem Abstand aufgezehrt; von diesem Schlag werden sich ihre Führer nicht erholen. Wenn sie begreifen, dass die Loups-Garous nicht länger auf ihrer Seite stehen, ist ihr Plan, in den Westen einzufallen, zerstört. Auch sie werden sich durch gegenseitige Beschuldigungen und Kämpfe entzweien. Die westlichen Haunardier werden irreparabel geschwächt.«

Razi schnaufte. »Welchen Nutzen haben Wölfe und Korsaren für die Haunardier?«, fragte er halblaut. »Warum sollten sie die Unterstützung von Piratengesindel und tollwütigem, unregierbarem Abschaum wie Euch erstreben?«

Finster sah Le Garou ihn aus den Augenwinkeln an. Wenn Blicke vergiften könnten, dachte Wynter, dann hätte Razi gewiss zu Boden stürzen und sich im Todeskampf winden müssen.

»Die Haunardier hätten sich für vieles zu bedanken, falls die Korsaren und die Wölfe den Sultan von seinem Thron vertreiben würden«, knurrte Le Garou. »Wenn er nicht mehr herrscht, dann hat dieses Königreich keinen Verbündeten mehr am maghrebinischen Hof, und die Haunardier müssen keine Vergeltungsmaßnahmen fürchten, wenn sie hier eindringen und Euer Land plündern. Dafür wären sie meinem Vater so sehr, sehr dankbar, al-Sayyid. So verbunden. Sie haben bereits angeboten, das, was nachher von diesem Königreich noch übrig ist, demjenigen zu schenken, der ihnen half, die Macht zu erringen. Und mein Vater und seine Verbündeten werden es vergnügt untereinander aufteilen. Die Korsaren werden die südlandischen Häfen sowie freie Hand bei diesen verdammten Schifffahrtswegen Eures Vaters erhalten. Die Loups-Garous dagegen werden über die Port Road gebieten. Und die Haunardier?« Der Wolf grinste breit, zu breit, zeigte zu viele Zähne, und seine Augen verdunkelten sich, bis keinerlei Farbe mehr darin enthalten war. »Die Haunardier werden einfach über die Europas herfallen, nur so aus Spaß, um zu sehen, was sie kriegen können.«

Wynters Hand verkrampfte sich auf Coriolanus' Rücken, und der Kater erschauerte und miaute ängstlich und leise.

»Aber ich kann all dem Einhalt gebieten«, fuhr Le Garou fort. »Ein oder zwei Worte von mir genügen, und alles bricht zusammen; der maghrebinische Thron ist sicher, die Südländer bleiben geschützt. Alles, was ich als Gegenleistung fordere, ist ein eigenes Heim.«

»Lügen«, sagte Razi.

Le Garou wandte ihm erneut den dunklen Blick zu, und Alberon musterte seinen Bruder mit unverhohlener Neugier.

»Die Korsaren haben ihre gesamte Gefolgschaft verloren«, sagte Razi. »Dank der Reformen des Sultans haben sich sogar ihre alten Slawi-Verbündeten gegen sie gewandt. Sie treiben ziellos über das Meer, Geächtete ohne Hafen, ohne Freunde, verzweifelt auf der Suche nach einem Zufluchtsort. Und die Wölfe? Ihr seid, was Ihr immer wart – ein loses Bündnis ungleicher Rudel, manche stark, manche schwach, zu wild und ungestüm, um sich jemals lange genug zusammenzutun, um gemeinsam zu handeln.«

Alberon runzelte die Stirn, und Wynter konnte sehen, dass er zuhörte, Razis Worten wirklich lauschte. Als sie beobachtete, wie der Prinz den Wolf mit neuen Augen sah, flammte Hoffnung in ihrer Brust auf.

Ruhig sprach Razi weiter. »Die Feinde des Sultans haben keine Kraft, David, und das wisst Ihr auch. Euer Vater und seine Verbündeten sind lediglich lärmende, zänkische Banditen und Geschmeiß. Sie haben keine Aussichten darauf, eine Streitkraft zu vereinen, die stark genug wäre, den maghrebinischen Thron an sich zu reißen. Ihr kamt mit nichts als leeren Worten hierher und hofftet, ein Reich darauf aufzubauen. Das wird Euch nicht gelingen.«

»Glaubt Ihr ehrlich, der Prinz hört auf Euch?«, grollte Le Garou. »Euch, der Ihr Euren Arsch die letzten fünf Jahre auf ein Samtkissen gebettet habt, während sich Euer kleiner Bruder durch die Reihen der Feinde Eures Vaters fechten musste?«

»Nein«, warnte Alberon und zeigte mit dem Finger auf den Wolf. »Das reicht.«

»Ihr?«, fuhr Le Garou trotz Alberons sichtlicher Missbilligung schneidend fort. »Wie könnt *Ihr* es wagen, *mich* leerer Worte zu beschuldigen, wenn Ihr nichts als Worte zu bieten habt? Ihr kastriertes Kalb!«, schrie er und schlug auf den Tisch. »Ihr eierloses Weibsstück! Zwingt mich nicht, Euch auf die Probe zu stellen, al-Sayyid. Ich würde Euch die Kehle mit einem bloßen Blick herausreißen!«

Alberon sprang auf, und David setzte sich zurück; jäh wurde ihm bewusst, dass er zu weit gegangen war. In diesem Moment war sich Wynter ganz sicher, dass Razi gewonnen hatte. Alberons Zorn überzeugte sie davon. Dann beging Razi seinen furchtbaren Fehler, und diese beiden wütenden Sätze lenkten den Groll des Prinzen zurück auf seinen Bruder.

»Ihr werdet die Torheit meines Bruders nicht als Werkzeug benutzen, um Eure eigenen Zwecke zu befördern«, sagte Razi zu dem Wolf. »Das werde ich nicht zulassen.«

Kaum hatte er diese Worte ausgesprochen, wünschte Razi, sie wären ungesagt geblieben, das sah Wynter ihm an. Seine Augen weiteten sich, und er hätte sich beinahe die Hand auf den Mund geschlagen. Doch der Schaden war angerichtet; Alberons Zorn wurde eiskalt. Le Garous Unsicherheit verwandelte sich in ein Grinsen – die Schlacht war verloren.

Leere Worte

Alberon setzte sich, ohne seinen Bruder anzusehen. »Schickt die Haunardier jetzt hoch, Ritter Oliver. Monsieur Le Garou und ich sind bereit, mit ihnen zu reden. Fürst Razi, du kannst bleiben oder auch gehen. Für mich spielt es keine Rolle.«

»Alberon …«, flüsterte Razi.

Doch Alberon wandte sich an David Le Garou und fragte: »Wie sollen wir das angehen, Monsieur? Zieht Ihr es vor, selbst zu sprechen, oder soll ich?«

Und damit war es vorbei. Razi war ausgeschlossen worden und sah aus der Ferne zu, wie sich sein Bruder an die Arbeit machte.

Die Haunardier kamen – beflissen, liebedienernd und gänzlich verunsichert. Der Sprachkundige unter ihnen übersetzte Le Garous Neuigkeiten schreckensstarr, und die darauf folgenden Bemühungen der Älteren, zu leugnen und zu schmeicheln, waberten als schroffer Gegensatz zu Razis gebrochenem Schweigen um Wynter herum. Ihr Bruder ließ einfach alles über sich ergehen, die Augen auf den Tisch gesenkt. Er wirkte vollkommen erschöpft.

Irgendwann kroch Coriolanus auf Wynters Schoß, und sie drückte ihn schützend an sich, da die Wölfe aus den Augenwinkeln nach ihm schielten. Oliver hielt sich im Hintergrund, während Alberon die verstörten Haunardier in die Schranken wies. Der Ritter wirkte so gelassen und stattlich wie immer, doch er sah müde aus, und manchmal ertappte Wynter ihn trotz seiner höflichen Unbewegtheit dabei, wie er Razi oder Le Garou einen Seitenblick zuwarf, unverhohlenen Kummer in den Zügen.

Endlich gingen die Haunardier, und Alberon erhob sich, um die Wölfe zu entlassen. Er lächelte etwas schief, streckte den Arm über den Tisch und schüttelte zu Wynters Bestürzung David Le Garou die Hand.

»Dann wären wir also fertig.«

»Ist unsere Abmachung jetzt besiegelt, Prinz?«, fragte Le Garou. »Kann sich mein Rudel Eures Schutzes sicher sein?«

Alberons Miene verhärtete sich ein wenig, und er festigte seinen Griff um die Hand des Wolfs. »Hintergeht mich nicht, Monsieur, und ich werde bestrebt sein, Euch nicht zu hintergehen.«

Le Garou lächelte sein gerissenes Lächeln und sah dem Prinzen in die Augen. »Ich werde Euch nicht hintergehen, Prinz«, sagte er. Nach einem kurzen, abfälligen Blick auf Razi wandte er sich an seine Männer. »Geht und sagt den Burschen, sie sollen unser Quartier aufschlagen.«

Sie verbeugten sich. »Ja, Vater«, erwiderten sie, und Wynter sah, wie Le Garou den Titel in sich aufnahm und dabei die Augen schloss, so wie man die Liebkosung einer Geliebten genießt.

»Ja«, murmelte er. »*Vater*. Endlich.«

Bei diesen Worten runzelte Alberon angewidert die Stirn,

unbewusst rieb er sich die Hand an der Hose. »Ritter Oliver wird Euren Männern zeigen, wo sie lagern können«, sagte er. »Und, Le Garou, Eure Leute werden sich den Haunardiern gegenüber anständig benehmen, ist das klar? Es wird nicht triumphiert.«

Le Garou verneigte sich. »Aber nicht doch«, versprach er aalglatt.

Oliver brachte die Wölfe fort, und Alberon schwieg eine Weile, lauschte ihren sich entfernenden Schritten. Wynter hielt Coriolanus dicht an sich gedrückt und wartete auf Alberons Zorn. Wartete darauf, dass er sich Razi zuwenden und die gesamte Wut eines Prinzen, dessen Autorität geschmäht worden war, an ihm ausließ. Als es Razi war, der als Erster sprach, zuckte sie regelrecht zusammen. Seine Stimme blieb sehr leise, er blickte nicht zu seinem Bruder auf.

»Die Wölfe haben sechs Reiter im Wald«, sagte er.

Alberon sah ihn kalt an. »Zu welchem Zweck?«, fragte er, ging Marguerite Shirkens Dokumente holen und setzte sich damit an seinen wackligen kleinen Schreibtisch.

»Zu seinem eigenen Schutz«, sagte Razi.

Alberon entkorkte sein Tintenfass und legte seine Federn bereit, und Wynter hielt still. Vielleicht bestand noch die Möglichkeit, dass Razi es wieder einrenkte? Wenn er still und ehrerbietig und nützlich war?

Alberon öffnete die Mappe, wählte einen Brief aus und erbrach das Siegel. Er überflog das Papier, dann nahm er sich das nächste vor. »Sind sie eine Gefahr für meine Männer?«, fragte er.

Razi sah Wynter an, und sie erwiderte seinen Blick hoffnungsvoll. »Das glaube ich nicht«, gab er zurück. »Im Augenblick nicht.«

»Gut«, sagte Alberon und las einen weiteren Brief. Sein Ton ließ keinen Zweifel daran, dass er sich mit unendlich viel wichtigeren Dingen zu befassen hatte als der Meinung seines Bruders. Er legte das Dokument zur Seite und öffnete ein weiteres Siegel. Wie er so im kreuzweise durch den Eingang einfallenden Licht saß, die Sonne in seinem hellen Haar, die Miene königlich unnahbar, hatte er seinem Vater nie ähnlicher gesehen, fand Wynter. Nie hatte er königlicher gewirkt.

»Alberon?«, fragte Razi.

»Ich bin jetzt beschäftigt, Bruder. Wir reden später.«

»Alberon, ich wäre dir dankbar, wenn die Loups-Garous so weit von meinem Zelt entfernt untergebracht würden wie nur möglich.«

Jetzt endlich senkte Alberon das Pergament und sah Razi an. »Soll das heißen, deine Diplomatie hat ihre Grenzen, Bruder? Kannst du es nicht über dich bringen –«

»Alberon«, unterbrach Razi ihn. »Die beschädigte Habe, von der die Wölfe sprachen, war mein Freund Christopher. Der Vandalismus, den sie erwähnten, war die Entfernung seiner Finger.«

Entsetzen breitete sich auf Alberons Miene aus, und einen Moment lang sah er Razi mit reinem und aufrichtigem Mitgefühl an. »*Grundgütiger*, Razi«, hauchte er.

»Christopher hat meine Duldsamkeit ihnen gegenüber all diese Jahre ertragen, Bruder. Zwing ihn nicht dazu, jetzt ihre Nähe aushalten zu müssen – nicht, wenn nicht sicher ist, ob seine Geduld jemals belohnt wird.«

Alberon senkte den Blick auf Marguerite Shirkens Brief. Sie hatte ihn in dunkelroter Tinte verfasst, und die ordentliche Schrift erinnerte Wynter an Blut; vollkommene kleine

Gebilde aus Blut, säuberlich in Reihen angeordnet. Das akkurate Ergebnis einer Massenhinrichtung.

»Marcel«, rief Alberon da plötzlich, so dass Wynter erneut aufschrak.

Der Leutnant trat ans Zelt, und Alberon gab ihm seine Anweisungen, ohne sich umzudrehen. »Geht und teilt Ritter Oliver in Hörweite von Le Garou mit, dass ich mich entschlossen habe, die Wölfe, die im Wald herumschleichen, zu verschonen. Falls Ritter Oliver nicht sofort folgen kann und einen verwirrten Gesichtsausdruck macht, dann erklärt ihm, der Prinz sehe keine Notwendigkeit mehr, sein Wissen um die Wolfsspione geheim zu halten.«

»Jawohl, Eure Hoheit.«

»Marcel.«

»Ja, Eure Hoheit?«

»Sorgt dafür, dass die Wölfe räumlich so weit wie möglich vom Zelt des Fürsten Razi entfernt ihr Lager aufschlagen.«

Marcel warf einen neugierigen Seitenblick auf Razi, salutierte und ging.

Erleichtert schloss Razi die Augen. »Danke«, flüsterte er.

Doch Alberon hatte sich schon wieder seiner Lektüre zugewandt. Er machte sich nicht die Mühe, seinen Bruder zu entlassen, sondern ging einfach nur schweigend seiner Beschäftigung nach, bis sich Razi erhob.

Wynter hoffte, ihr würde gestattet zu bleiben; sie hatte sich fest vorgenommen, ihre Überzeugungskraft einzusetzen, sobald Razi fort war. Als sich aber Razi zum Gehen anschickte, sagte Alberon: »Ich habe zu tun, Hohe Protektorin Moorehawke.«

»Willst du mir nicht noch etwas von deiner Zeit schenken, Hoheit? Es ist gewiss …«

»Vielleicht kannst du mich später besuchen«, erwiderte Alberon knapp, die Augen auf den Brief gerichtet. »Wenn ich Zeit für die schöneren Dinge habe.«

Wynter schielte zu Razi, der am Eingang wartete. Niedergeschlagen bedeutete er ihr, mitzukommen. Sanft setzte sie einen widerstrebenden Cori am Fuße von Alberons Bettstatt ab und stand auf.

Doch sie war eben erst an Alberons Tisch vorbeigelaufen, als er unterdrückt und heftig fluchte und aufsprang.

»Er ist kein Gesandter!«, rief er mit Shirkens Brief fuchtelnd. »Diese merronische Schlange! Er ist kein Gesandter! Sie schreibt hier, dass sie gezwungen war, ihre Vertreter in die Obhut … seht selbst.« Er deutete auf einen Absatz und las laut: » …*in die Obhut eines Mannes, von dem ich nicht weiß, ob ich ihm trauen kann. Ein ungehobelter Schurke, ein Merronerführer mit Namen Ùlfnaor, Air… Aeeur* … verflucht, ich kann diesen blöden Namen nicht aussprechen! Jedenfalls, hört weiter … *ich bin höchst beunruhigt wegen dieses Mannes, doch mir blieb keine Wahl, und ich muss hoffen, dass sich der Ruf der Merroner, ein Volk des Betrugs und des Verrats zu sein, in seinem Fall nicht bewahrheitet. Ich habe …* Moment, wo geht es weiter? Genau, hier … *meine Gesandten sind ein wunderschönes Paar, Bruder und Schwester, die betörendsten Geschöpfe Gottes. Wenn Ihr sie erblickt, mein Lieber, so werdet Ihr gewiss sofort wissen, dass sie von mir geschickt wurden. Sie sind blond wie Gottes gesegneter Sonnenschein, und ihr Auftreten ist wundervoll edel und vornehm – man kann nur die göttliche Gnade des Herrn anflehen, dass ebendiese Umgangsformen die Wilden, mit denen zu reisen sie gezwungen sind, beeinflussen werden. Doch ich fürchte, man muss damit rechnen, dass sich dieser merronische Unhold ihrer gänzlich entledigen und sich an ihrer statt einset-*

zen wird … aus keinem triftigeren Grund, als dass er dadurch die Gelegenheit erhält, sich als Fürst aufzuspielen und bei seiner Ankunft mit Tand überhäuft zu werden.«

An dieser Stelle blickte Alberon von dem Papier auf, seine Miene sagte alles. »Was er auch GETAN hat!«, rief er. »Genau das! Ihr habt ihn gesehen! Spielt sich als Edelmann auf! Grundgütiger! Das wird diesen gottverdammten Heiden den Kopf kosten! Hört euch das an … *Mein Lieber, diese beiden Gesandten genießen mein höchstes Vertrauen und meine Liebe. Sollte es zum Schlimmsten kommen, dann bitte ich Euch, sie in meinem Namen zu rächen. Diese Mission ist von mir als Geste des Vertrauens zu den Merronern gedacht. Ich bete, dass sie vernünftig sind und meine Großzügigkeit annehmen. Sollten sie sich erneut als unfähig zu zivilisiertem Verhalten erweisen, bleibt mir keine Wahl, als etwas zu unternehmen. Eine weise Herrscherin muss ihrer Toleranz Grenzen setzen.«*

Fassungslos starrte Alberon Wynter und Razi an. »Ich kann es nicht fassen!«, sagte er. »Dass er gedacht hat, er käme damit durch!« Erzürnt marschierte er auf den Zelteingang zu.

»Alberon«, setzte Wynter an, die Stimme kratzig vor Schreck. »Vielleicht gab … es könnte …« Verstört brach sie ab.

Ashkr und Embla: Nur sie konnten in Marguerites Brief gemeint sein. Das schöne, sanfte und letztlich dem Untergang geweihte Paar, das die Merroner ihr gesamtes Leben lang geliebt und in Ehren gehalten – und dann auf grausamste Art geopfert hatten. Bei der Erinnerung daran schloss Wynter die Augen. Gleich, was sie sagen wollte, es schien falsch. Zu ihrem eigenen größten Verwundern drängte es sie, zu rufen: *Nein! Sie lügt! Sie haben nichts getan!*

Doch wie willig Ashkr und Embla auch in den Tod gegangen waren, es änderte nichts an der Sinnlosigkeit und der Brutalität ihres Sterbens, und Wynter fiel nichts zu sagen ein, das die Merroner nicht in einem unmöglich dunklen Licht erscheinen ließe.

Sie sah Razi an; seine Miene war kalt und starr. Als er den Kopf senkte und zur Seite trat, um Alberon hinauszulassen, wusste Wynter, dass er das merronische Verbrechen enthüllen und diese Ablenkung nutzen würde, um das Vertrauen seines Bruders zurückzugewinnen. Dafür konnte sie ihn einfach nicht verdammen. Immerhin war Embla seine Geliebte gewesen, nein, mehr als das: Sie war die Frau gewesen, die er *liebte*. Razi hatte jedes Recht, Vergeltung zu üben, und dennoch wünschte Wynter, es wäre nicht so. Zu ihrer Beschämung wünschte sie sich insgeheim, dass die Merroner frei von Konsequenzen dieser furchtbaren und sinnlosen Tötungen zurück in den Wald gehen könnten.

Ganz kurz sah Razi sie mit seinen kalten Augen an. Wynter hob die Hände, verschränkte sie: *bitte*.

Razi wandte sich ab. Ihr wurde schwer ums Herz. Aber gerade, als sie sicher war, dass er Alberon an sich vorbei und die Wachen rufen lassen würde, ballte Razi die Fäuste, kniff die Augen zu und streckte dann die Hand aus, um den Prinzen aufzuhalten.

»Ich glaube, ich kenne die Leute, die Marguerite meint«, seufzte er. »Das Zwillingspaar, von dem sie in ihrem Brief schreibt.«

Alberons Augen weiteten sich. »Um Himmels willen, Mann!«, rief er. »Warum hast du nicht –«

Razi sah ihm gerade in die Augen. »Sie waren krank, als ich sie traf. Dieselbe Krankheit, wegen der ich einen ihrer

Krieger behandelt habe. Ich habe mich persönlich um sie gekümmert, aber es konnte nichts für sie getan werden.«

Alberon wirkte beschwichtigt. »Ach so«, sagte er.

»Ùlfnaor versucht nur, mit dir zu verhandeln, weil er von den beiden Gesandten selbst dringend darum gebeten wurde. Bevor sie starben, hießen sie ihn ihren Platz einnehmen. Er kommt in dem unschuldigen Glauben zu dir, dass ihm das Recht zur Unterhandlung gewährt wurde.«

»Ach so«, sagte Alberon noch einmal. Verwirrt betrachtete er den Brief.

Wynter blickte starr geradeaus, sie traute sich nicht, Razi anzusehen, um ihren Schreck über seine so mühelos glaubhaften Lügen nicht durch ein Zucken ihrer Gesichtszüge oder eine Veränderung in ihrer Haltung zu verraten.

»Marguerite hat dir Ùlfnaor nicht richtig beschrieben«, sagte Razi. »Sie stellt ihn als Wilden und Monstrum dar, aber ich halte ihn für keines von beidem. Lass dich von seinem Auftreten nicht beleidigen; er benimmt sich wie ein Fürst, weil er für sein Volk ein Fürst *ist*. Auf seine Weise ist Ùlfnaor ein Edelmann, und ich glaube nicht, dass du Anlass hast, seinen Absichten zu misstrauen.«

Diese Rede musste gefährlich nah an eine Empfehlung gekommen sein, denn Alberon schien sich zu erinnern, dass er keine Ratschläge mehr von seinem Bruder annahm, und betrachtete mit hochgezogener Augenbraue Razis Griff um seinen Arm. Sorgsam entfernte Razi die Hand, und Alberon verharrte in ausdruckslosem Schweigen, bis sich Razi verneigte und zum Gehen wandte. Wynter folgte ihm steif. Am Rande des Zeltschattens, unmittelbar bevor sie in das kalte Sonnenlicht hinaustraten, drehte sich Razi ein letztes Mal um.

»Wenn du es wünschst, Hoheit, kannst du der Prinzessin etwas von mir ausrichten. Nämlich, dass ich bestätigen kann, dass ihre Gesandten mit all der Fürsorge und Hingabe behandelt wurden, auf die sie jemals hätten hoffen können. Du kannst ihr versichern, dass ich Zeuge dessen wurde und dass die beiden mit größter Ergebenheit und tiefer Liebe bis zum Tag ihres Todes gepflegt wurden.«

Da sich Alberon weder rührte noch etwas entgegnete, nickte Razi nach einer Weile und ging fort. Alberon sah Wynter an.

»Stimmt das, was er sagt?«

Stumm und mit steifem Hals bejahte sie. Erneut blickte Alberon auf Shirkens Brief, ganz offenbar befremdet von den Unterschieden in der Darlegung seines Bruders und der der Prinzessin.

Sie macht ein Spielzeug aus dir, dachte Wynter. *Sie benutzt dich für ihre eigenen Zwecke.* Aber sie sagte nichts, denn manchmal war die Wahrheit leichter anzunehmen, wenn man sie selbst erkennen durfte.

Alberon wanderte zurück in sein Zelt, und Wynter sah, dass er sich wieder an seinen kleinen Schreibtisch setzte. Er legte Marguerites Brief auf die Platte, strich die blutrote Schrift mit der Hand glatt und begann erneut zu lesen.

Ohne ein weiteres Wort drehte sich Wynter um und folgte Razi den Hügel hinab.

Silberne Lügen

Die Wölfe hatten sich noch nicht vom Fuße des Hügels wegbewegt, obwohl sich Oliver – bereits auf dem Pferd sitzend und dem Anschein nach wutschnaubend – redliche Mühe gab, sie voranzutreiben. Razi stockte nicht, als er sich ihren Pferden näherte, aber das hämische Grinsen und die verschlagenen Blicke der Loups-Garous zeigten deutlich, dass sie absichtlich getrödelt hatten, um ihn zu zwingen, an ihnen vorbeizugehen.

Zu Wynters Beunruhigung kamen die merronischen Kriegerinnen über den Hauptweg auf sie zu, die Blicke fest auf Razi gerichtet. Sie wurden von Hallvor angeführt und trugen ihre Schilde in der Hand. Die Waffen steckten zwar in den Scheiden, aber um die Taille geschlungen. Sie waren da, um ihren Caora zu beschützen. Wynter wusste, dass eine solche Demonstration von Stärke ihnen – und Razi – nicht zum Vorteil gereichen würde, daher hob sie die Hand und setzte eine warnende Miene auf. *Bleibt, wo ihr seid!*

Hallvor bemerkte sie und bedeutete den anderen, anzuhalten. Mit dem Kinn zeigte Wynter auf die Zelte. *Geht zurück.* Nach kurzem Zögern verbeugten sich die Kriegerinnen und zogen von dannen.

David Le Garou sah betont an Razi vorbei, aber als sich

Jean Razi in den Weg stellte, schmunzelte Le Garou boshaft.

»Al-Sayyid!«, rief Jean. »Wo soll's denn hingehen? Wollt Ihr nicht beim Prinzen bleiben? Habt Ihr ihm keine weiteren guten Ratschläge zu erteilen?«

Razi machte einen Bogen um ihn, ohne etwas zu entgegnen.

Jetzt drehte sich Gérard kichernd im Sattel herum. »Benimm dich nicht wie ein Welpe, Jean«, brummelte er.

Olivers Miene verfinsterte sich. »Ihr blockiert den Weg«, fuhr er David an. »Sagt Euren Männern, sie sollen sich in Bewegung setzen.«

David lächelte ihn nur an und nahm in aller Ruhe seine Zügel.

Plötzlich ließ Gérard sein Pferd rückwärts gehen, und Razi musste jäh stehen bleiben, da das riesige Tier quer vor ihm auftauchte. »Huch«, sagte Gérard kindisch, machte aber keine Anstalten, sein Reittier zur Seite zu lenken.

Wynter stellte sich neben Razi und blickte hinauf in das dunkle, spöttische Gesicht des Wolfs.

»Das wird nett, wieder Nachbarn zu sein«, rief David Le Garou. »Man gewöhnt sich ja so an das Vertraute. Wenn man nicht jeden Tag die gleichen Gesichter sieht, kommt einem alles regelrecht leer vor.«

Razi ballte die Hände und stapfte mit großen Schritten durch den dichten Staub davon. Doch Le Garou war noch nicht fertig, er wendete sein Pferd und trieb es voran bis neben Razi. Wynter, die neben ihrem schweigenden Freund herlief, hob den Kopf. Der Wolf ließ sein Pferd im Schritt gehen, genau in Razis Geschwindigkeit. Davids ebenmäßige Züge waren heiter, er ließ den Blick über die Zelte schweifen, als suchte er nach einem hübschen Plätzchen für eine gemütliche Rast.

»Wie schön«, seufzte er. »Einfach perfekt.«

Seine Männer folgten ihm, und der ganze Tross zockelte langsam, mit fröhlichen Gesichtern neben Razi her. Razi ging einfach immer weiter, störrisch verweigerte er, sich Le Garou zu entziehen, indem er sich seitlich zwischen die Zelte schlug.

»Hmm.« Mit hochgezogener Augenbraue betrachtete der Wolf die nun stillen merronischen Quartiere. »Dieser Mischlingsköter hat endlich sein Kläffen eingestellt. Vielleicht hat der Prinz das einzig Vernünftige getan und ihn mundtot gemacht … ich würde ganz gewiss dasselbe tun, hätte ich so eine zuchtlose Bestie am Hals. Man kann ihnen einfach nicht über den Weg trauen, diesen rudellosen Kreaturen. Ja, ich würde sogar so weit gehen zu sagen –«

Glücklicherweise wählte Oliver ebendiesen Augenblick, um sein Pferd zwischen David und Razi zu lenken, wodurch er Le Garou mitten im Satz unterbrach. Er ritt zwischen den beiden her und blickte den Wolf mit seiner ganzen vornehmen Verachtung an. »Ihr werdet jetzt damit *aufhören*, Le Garou. *Sofort*. Sonst bin ich gezwungen, Euch im Wald beim Rest Eurer räudigen Köter schlafen zu lassen.«

Als Oliver den großen Hengst des Wolfs mit seinem eigenen Pferd zur Seite abdrängte, verlor Wynter Le Garous Gesicht aus den Augen.

»Wir unterhalten uns später weiter, Fürst Razi«, trällerte Le Garou, während er wegritt. »Wenn ich mich ausgeruht habe.«

Zu Wynters Überraschung und Erleichterung ließen sich die Loups-Garous in Richtung der Zelte auf der gegenüberliegenden Seite des Hauptwegs treiben; das Packmuli und die Sklaven trotteten friedlich hinterdrein, die Glöckchen klingelten. Wynter sah ihnen nach, dann rannte sie los, um Razi einzuholen, der einfach weitergegangen war.

Die merronischen Frauen begleiteten Razi auf seinem Weg durchs Lager, blieben stets auf gleicher Höhe, hielten aber Abstand. Weiter vorn sah Wynter Jared an der Ecke des Versorgungszelts stehen und grimmig den Rückzug der Loups-Garous verfolgen. Er hatte sich ein Schwert umgeschnallt und die Kapuze abgestreift, so dass seine Tonsur zu sehen war. Hinter ihm drückte sich Mary herum, aufmerksam zwischen Razi und den Wölfen hin und her blickend. Wynter war ziemlich sicher, dass die Dame den Schutz ihres Quartiers ohne Jareds Wissen verlassen hatte.

Razi musste den Priester entdeckt haben, denn er drehte unvermittelt bei und bog zwischen die nächstgelegenen Zelte ab. Wynter machte einen Satz, um mit seinen langen Beinen Schritt zu halten. Die Merronerinnen waren im Augenblick nicht mehr zu sehen. Stur lief Razi weiter, offenbar ohne ein bestimmtes Ziel im Sinn.

»Razi.« Atemlos rannte Wynter neben ihm her.

Er schüttelte den Kopf.

»Die Merroner sind dort drüben«, sagte sie und zeigte in die Richtung. »Wir müssen Ùlfnaor Bescheid geben. Er muss gewarnt werden … er muss … er muss wissen, was er sagen soll … falls Alberon ihn rufen lässt. Razi!«, rief sie. »Bitte! Mir geht die Luft aus!«

Ruckartig blieb er stehen und drückte sich die Handballen in die Augen. Völlig überrascht hielt auch Wynter an und ging dann die paar Schritte zu ihm zurück.

»Razi?«

»Darf ich denn niemals ein einziges ehrliches Gefühl haben?«, flüsterte er. »Darf ich nie … wird immer ein Verrat gegen einen anderen abgewogen werden?«

Wynter legte ihm die Hand auf den Arm. »Komm mit zurück zu den Merronern«, sagte sie sanft. »Setz dich hin und denk nach und –«

»Ich kann nicht.« Er presste die Hände noch fester in seine Augen. »Ich kann ihm nicht gegenübertreten. Ich … kann es einfach nicht.«

»Mein Fürst.« Marys leise Stimme schreckte Wynter auf. Die Edelfrau trat zwischen den Zelten hervor, den besorgten Jared auf den Fersen. Es war deutlich zu sehen, dass der Priester sie lieber wieder abgeschirmt in ihrem Zelt gewusst hätte, und ebenso deutlich war zu erkennen, dass er nicht viel Glück dabei hatte, sie zur Rückkehr zu überreden.

Beim Klang von Marys Stimme stöhnte Razi auf, ohne hochzublicken, doch Mary trat ohne Zögern an ihn heran. Wynter machte einen Schritt zurück, und Mary nahm ihren Platz ein und zog behutsam Razis Hände von seinem Gesicht.

»Mein Fürst«, sagte sie noch einmal besorgt.

»Vier Jahre, Mary«, flüsterte er, nahm ihre beiden Hände und hielt sie zwischen seinen. »Vier Jahre habe ich geschwiegen. Und heute, ausgerechnet heute lasse ich mich von meinem Zorn überwältigen. Mary, ich habe alles zerstört.«

Er sprach mit ihr, als hätte sie genaue Kenntnis dessen, was er sagte, als wäre sie jemand, dem er sich im Laufe seines schwierigen Lebens schon viele, viele Male anvertraut hatte. Und die hohe Dame betrachtete sein bekümmertes Gesicht mit dem Mitgefühl und Verständnis, das man einem lieben Freund entgegenbringen würde.

Sie nickte. »Unser Leben ist so, dass Worte die tödlichsten Fallen bedeuten können, *n'est-ce pas*? Aber Ihr seid so klug, mein Fürst. Ihr werdet einen Weg finden.«

Razi drückte Marys Hände an seine Brust, und Wynter sah Dankbarkeit unter seiner Verzweiflung aufflackern. »Ich danke Euch, Mary«, sagte er.

Wynter konnte es nicht begreifen, dieses Verständnis zwischen zwei Menschen, die einander eben erst begegnet waren. Woher kam es? Doch gleichzeitig war sie überaus bewegt davon, und unwillkürlich wünschte sie sich mehr als alles andere, dass Mary hier und jetzt die Arme um Razi legte, ihn sanft an sich drückte und ihm sagte, dass *alles gut wird*.

»Stellen die Loups-Garous eine Gefahr für uns dar?«, wollte Jared wissen.

»Sie sind Wölfe, Jared«, seufzte Mary. »Sie werden uns kaum zum Tee einladen.« Augenzwinkernd sah sie Razi an. »Außer natürlich, wir sind als Vorspeise gedacht.«

Zu Wynters Erstaunen lächelte Razi. Es war ein schiefes Lächeln, das schon, aber ein Lächeln. Wynter hätte sich auf der Stelle in Mary verlieben können, so dankbar war sie dieser sanften, wunderbar gefassten kleinen Frau mit der leisen Stimme.

»Und nun kommt!« Mary gab Razis Hände frei und strich ihm resolut die Hemdbrust glatt. »Kommt mit in mein Zelt. Ich werde Jared schicken, etwas Tee zu erbetteln, und Ihr könnt in seliger Einsamkeit dasitzen und ein Weilchen nachdenken, ohne dass Euch jemand stört. Ach, nun schaut nicht so drein, Jared! Was könnte noch der verleumderischste Geist einer Frau in meinem aufgeblähten Zustand und einem Mann vom Rang des Fürsten unterstellen, die einen unschuldigen Becher Tee zusammen trinken?«

»Ich werde für dich mit Ùlfnaor reden«, erbot sich Wynter. »Wenn du möchtest, kannst du dich ein wenig ausruhen. Vielleicht etwas schlafen? Mit Christopher kannst du später sprechen, ich bin sicher, dass er …«

Razi wehrte ab. »Danke, Wyn«, sagte er. »Aber ich muss mich dieser Sache jetzt stellen. Es aufzuschieben, würde alles nur schlimmer machen.« Er küsste Marys Hand. »Ewigen Dank, liebreizende Dame. Eure Freundlichkeit ist mir unerklärlich nach … nach dem, was ich getan habe. Sie beschämt mich … ich fühle mich …«

Mary legte ihm die Finger auf die Lippen. »Wir haben genug durchgemacht, Ihr und ich. Ich werde Euch nicht mit Anschuldigungen quälen, wenn doch unübersehbar ist, dass Ihr Euch bereits selbst quält. In der kurzen Zeit, die ich Euch kenne, mein Fürst, habe ich ein solch großes Verzeihen bei Euch erlebt, und Vergebung erzeugt Vergebung. Der Mann, der Ihr seid, formt jene, die um Euch sind.«

Razi presste Marys Finger an seine Lippen, seine Augen schimmerten. Wynter war sich ganz sicher, dass er in Tränen ausbrechen würde. Aber nach einem kurzen Moment atmete er nur tief ein, nickte, küsste Marys Finger erneut und ließ sie los.

»Ihr habt etwas zu erledigen«, sagte Mary und strich sich die Röcke glatt. »Ich bin müde. Ich werde mich zurückziehen. Hohe Protektorin, es war mir ein Vergnügen.« Wynter machte einen Knicks, ihr Herz war von Dank erfüllt. An Razi gewandt sagte Mary nun: »Mein Fürst.« Razi verneigte sich. »Kommt mich jederzeit besuchen«, sagte sie und wandte sich ihrem Zelt zu. »Ich bin die meisten Tage zwischen Sonnenaufgang und Sonnenuntergang zu Hause. Ihr braucht keinen Diener vorauszuschicken, ich werde Euch ganz ungezwungen empfangen.« Und damit entfernte sie sich, gefolgt von einem reumütigen Jared.

Als sie wieder bei den Merronern ankamen, waren die Frauen bereits da, und alle Krieger standen dicht beisammen und unterhielten sich halblaut. Bei Razis und Wynters Anblick verstummten sie.

Sòlmundr und Christopher saßen am Feuer, Christopher an seinen Freund gelehnt und finster in die Flammen starrend. Sòl murmelte etwas und stand mit kampflustiger Miene auf, woraufhin Christopher hochblickte. Zu Wynters Betroffenheit verhärtete sich sein schmales Gesicht; ohne ein Wort erhob er sich etwas unbeholfen, ging ins Zelt und zog die Klappe hinter sich zu. Wynter blieb stehen und betrachtete den geschlossenen Eingang.

Ùlfnaor verbeugte sich währenddessen etwas misstrauisch, und Razi riss den Blick von dem Zelt los und erwiderte die Verbeugung. »Ich muss mit dir sprechen«, sagte er.

Ùlfnaor zeigte aufs Feuer, und Razi setzte sich neben ihn. Außer Sòlmundr gingen alle Merroner in die Hocke und hörten aufmerksam zu, als Razi zu erklären begann, was Marguerite Shirken in ihren Dokumenten geschrieben hatte. Ohne sich um die anderen zu kümmern, ging Wynter um Ùlfnaors Hunde herum zum Zelteingang.

»Er will nicht mit Euch reden«, sagte Sòlmundr kalt.

Wynter warf ihm nur einen flüchtigen Seitenblick zu und

lief weiter. Der Krieger zog eine Grimasse und gesellte sich dann zu seinen Gefährten, und Wynter schlüpfte am knurrenden Boro vorbei ins Zelt.

»Ich bin böse«, sagte Christopher. »Das ist keine gute Zeit für einen Besuch.«

Seine Stimme klang heiser und rau, sie war kaum als seine erkennbar. Er stand hinten im Zelt, eine schlanke Dunkelheit zwischen den Schatten, und Wynter spürte unwillkürlich ein ängstliches Kribbeln.

»Ich kann dein Gesicht nicht sehen, Christopher«, sagte sie sanft. »Komm doch bitte ins Licht.«

Er lachte auf, ein schroffes, trockenes, höhnisches Lachen. »Du hast Angst vor mir«, sagte er.

»Hast du etwas anderes erwartet?«

Eine Stille folgte, dann trat er vor, so dass sein Gesicht im trüben Licht schwach zu erkennen war. Seine Augen sahen seltsam aus; die übliche schelmische Anmut schien ins Boshafte verwandelt. Als wäre aus dem Christopher, den Wynter kannte – diesem schlaksigen, lächelnden Burschen –, etwas Finsteres und Beutegieriges geworden; etwas, das auf schreckliche Weise *bereit* war.

»O Christopher«, flüsterte sie, »nicht.«

»Ich kann nicht anders«, grollte er. »Meine Geduld ist *erschöpft*.«

Wynter breitete die Arme aus und schüttelte den Kopf. Ihre Augen füllten sich mit Tränen. »Ich weiß, Liebster«, sagte sie. »Ich weiß. Es tut mir leid. So unendlich leid. Es ist nicht gerecht.«

Mit offenem Mund starrte Christopher sie an. Ihre Tränen verblüfften ihn offenbar so sehr, dass Wynter gelacht hätte, wäre sie nicht plötzlich vollauf damit beschäftigt gewesen, in ihren Ärmel zu schluchzen.

»Nicht … nicht weinen«, bat er.

»Tut mir leid.« Es schien das Einzige zu sein, was sie zu sagen imstande war, denn es rutschte fast sofort noch einmal heraus. »Tut mir leid.«

Er kam zu ihr und hielt sie fest, und sie legte die Arme um ihn. Sein schlanker Körper war vor Anspannung gestrafft, die Muskeln zuckten noch von seinem Kampf, das Geschöpf in seinem Inneren zu bezwingen; das Geschöpf, das sein Hass aus ihm machen konnte. Wynter klammerte sich an sein Hemd und sah in sein Gesicht empor. Die Augen, die auf sie zurückblickten, waren wieder klar und grau. So ehrlich wie Wasser im Sonnenschein.

»Es tut mir leid«, sagte sie erneut und mit einer Heftigkeit, die ihre Tränen überwand. »Ganz ehrlich. Die Loups-Garous sind abscheulich, Christopher. Ich weiß nicht, wie du es all diese Jahre in ihrer Nähe ausgehalten hast. Ich weiß nicht, warum du nicht wahnsinnig geworden bist.«

Er lachte auf, ein gepresstes Lachen am Rande des Weinens. »Das dachte ich. Als sie ankamen, dachte ich, ich hätte den Verstand verloren. Beinahe hätte ich …« Bei dem Gedanken daran riss er die Augen weit auf. »Beinahe hätte ich Surtr getötet.«

»Hast du aber nicht«, sagte sie mit Bestimmtheit, und er nickte.

»Ja. Ja, das stimmt. Habe ich nicht.«

»Was wird –?«

Sie wurde davon unterbrochen, dass jemand die Eingangsklappe hob. Sòlmundr spähte ins Zelt. Er schien erstaunt, sie beide in den Armen des anderen vorzufinden, dann aber ließ trauriges Verständnis sein wettergegerbtes Gesicht weich werden. »Alles gut bei euch?«, fragte er mit seiner heiseren Stimme.

Sie bejahten.

»Tabiyb will reden. Bist du einverstanden, Coinín? Soll Tabiyb kommen und reden?«

Wynter spürte die Kraft in Christophers Leib aufwallen, ein beängstigendes, körperliches Offenbarwerden seiner Wut. Unvermittelt löste er sich von ihr und zog sich in die Schatten zurück.

»Ich kann nicht«, brummte er.

Wynter wandte sich an Sòl, das Herz heftig in der Brust schlagend. »Lasst Razi eintreten«, sagte sie.

Sòl wirkte unsicher.

»Lasst ihn ein, Sòl. Christopher wird nicht zulassen, dass die Wölfe ihm diese Freundschaft stehlen.«

Im hinteren Teil des Zelts herrschte langes Schweigen. Dann sagte Christopher kaum hörbar: »Lass ihn herein, Sòl. Aber du sollst auch bleiben.«

Der drahtige Mann nickte und schlüpfte hinaus. Kurze Zeit später war er zurück, scheuchte Razi ins Zelt und schloss die Klappe hinter ihnen. Sòl blieb mit wachsamer Miene an der Leinwand stehen, und Razi trat vor, den Blick fest auf Christopher gerichtet.

»Es tut mir leid«, sagte er.

»Dann lass mich sie töten.«

Razi zuckte zusammen. »Chris«, flehte er.

»Lass mich sie töten. Damit es vorbei ist.«

»Chris, das kann ich nicht.«

»Doch, du kannst. Lass mich mein Schwert nehmen, lass

mich die Merroner holen, lass uns die Wölfe töten. Es ist sehr, *sehr* einfach, Razi. Tu es jetzt. Erfüll dein Versprechen. Lass mich die Wölfe töten.«

»Ich kann nicht«, flüsterte Razi.

»WARUM NICHT?«

»Alberon braucht sie noch eine Weile.«

»Eine *Weile*«, zischte Christopher. »Das höre ich schon seit fast vier Jahren.«

»Ich weiß, mein Freund. Es –«

»Erzähl mir nicht, dass es dir leidtut, Razi.«

Trostlos sah Razi ihn an. Einen Moment lang zögerte er, als ränge er mit sich, dann aber zog er etwas aus der Tasche und hockte sich neben das ordentlich aufgestapelte Bettzeug der Merroner. Als er den Gegenstand auf den sandigen Bogen einer zusammengerollten Unterlegplane legte, erkannte Wynter den matten Schimmer von Silber im Dämmerlicht.

»Das habe ich«, erklärte er, »damals im Merronerlager machen lassen. Ich wollte es dir schenken, war aber nicht sicher, ob es geschmackvoll war. Und dann wurde … wurde die Lage schwierig.«

Er verstummte; es war nicht nötig, weiterzusprechen. Sie alle wussten, *wie schwierig* die Lage geworden war. Razi rückte den Gegenstand mit einem Finger zurecht, schob hierhin und dorthin, bis er einen vollkommenen Kreis bildete, der auf dem dunklen Stoff glitzerte. Wynter beugte sich vor. Christopher hinter ihr rührte sich, kam aber nicht näher.

Es war eine geflochtene Lederkette, die von einer wunderschön geschmiedeten Silberschließe gehalten wurde. Eingelassen in Silberfassungen und auf das Leder aufgezogen waren vier silberne Fänge und vier Bernsteine in

Augenform. Wynter erkannte sie sofort, sie hatten den Loups-Garous gehört, die von den Merronern beim Ausspionieren ihres Lagers gefasst worden waren. Sie erinnerte sich daran, dass Razi fieberhaft die Habseligkeiten der toten Wölfe durchwühlt hatte, und begriff endlich, was er seinerzeit gesucht hatte.

Immer noch machte sich Razi an der Kette zu schaffen, als stellte er sie bei einem Juwelier aus. »Ich schwöre dir, Christopher, eines Tages wirst du sie alle haben: vierundzwanzig Bernsteinaugen, sechzehn Silberfänge, acht goldene.« Er sah sich zu Christopher um. »Du wirst sie um den Hals tragen, und jeden Tag werden sie dich daran erinnern, dass nichts ungestraft blieb. Das schwöre ich dir.«

»Aber nicht heute«, sagte Christopher. »Das ist es, was du mir eigentlich sagst. Nicht heute.«

»Nicht heute«, bestätigte Razi leise. »Ich muss meinen Vater mit meinem Bruder aussöhnen, Chris. Ich muss einen Weg finden, ihre Zukunftsvisionen miteinander zu vereinen und dadurch dieses Königreich heilen. Mein Bruder braucht David Le Garou, um die Beziehungen zwischen den Rudeln und den Haunardiern zu stören. Bis das geschehen ist, können wir nicht handeln.«

»Dein Bruder hat Unrecht. Das hast du selbst gesagt.«

»Aber vielleicht nicht in *dieser* Sache. Wir müssen einfach warten und –«

»Ich *habe* gewartet! In *Algier* habe ich gewartet! Mit jedem Jahr, das verstrich, habe ich mir gesagt, *bald* wird es so weit sein. Bald! Aber es passierte nie! Und dann hast du mich gebeten, hierherzukommen, und – *Gott vergib mir* – Razi, ich habe Ja gesagt. Ich habe Ja gesagt und meine Mädchen dort gelassen! Als Sklaven dieser widerwärtigen Kreaturen! Ich habe meine Familie verloren gegeben und an dieses dein neues Leben geglaubt. Aber die *Wölfe sind hier*! Sieh sie dir an! Sie sind hier. Es *gibt* kein neues Leben! Ich will ihr Blut, Razi. Du hast mir ihr BLUT versprochen!«

Bei dem Wort *Blut* steigerte sich Christophers Stimme zu einem Heulen. Es war ein wildes, langgezogenes Geräusch, und Wynter konnte nichts dagegen tun – unwillkürlich machte sie einen ängstlichen Schritt rückwärts. Die Schatten um ihren Freund waren plötzlich zu dicht, Christopher verlor sich darin. Dann bewegte er sich, ein verstohlenes Flackern der Dunkelheit, und sie schrak zusammen.

»Coinín!«, sagte Sòlmundr scharf.

Christopher hielt inne. Einen Moment lang herrschte Stille. »Ich bin noch hier«, flüsterte er dann. »Ich weiß, wer ich bin.«

Sòl nickte, und Wynter verstand, warum Christopher ihn gebeten hatte zu bleiben. Der Krieger bedachte Christopher mit einem warnenden Blick und trat wieder zurück.

»Ich werde einen Weg finden, Christopher«, versprach Razi ruhig. »Sowohl meines Vaters Königreich zu schützen, als auch das hier zu beenden.« Er stand auf und streckte ihm die Kette entgegen. »Ich schwöre es.«

Endlich trat Christopher aus den Schatten. »Du kannst schwören, soviel du willst«, sagte er. »Aber nicht *du* hast die hier gekriegt. Das waren die Merroner.« Er nahm die Kette aus Razis Fingern und blickte Razi kalt in die Augen, bis sein Freund den Kopf einzog und ging.

»Ach, Chris«, sagte Wynter. »Das war nicht gerecht.«

Christopher sah sie nicht an. Er stand einfach nur mit der Kette aus Silberzähnen in der Hand da, die Augen auf den Zelteingang gerichtet, die Miene unnachgiebig.

»Tabiyb hat uns vor Shirkens Plan gerettet«, bemerkte Sòlmundr. »Er hat angelogen seinen Bruder, um uns zu retten. Ich muss zugeben, ich bin überrascht, dass er nicht Rache genommen hat. Deshalb glaube ich, er wird Ùlfnaor ziehen lassen. Deshalb glaube ich, er wird uns alle ziehen lassen, selbst nach dem, was wir getan haben.«

»Ja«, flüsterte Christopher. »Razi ist kein Heuchler.« Er hob die Kette hoch, die Silberzähne schimmerten zwischen seinen vernarbten Fingern. »Aber er ist auch kein Merroner, stimmt's, Sòl?«

Wynter gefiel die Andeutung nicht, die darin mitschwang. »Christopher, du darfst nicht handeln.«

Christopher sah sie an, mit diesem störrischen Rasiermesser von einem Blick, den sie stets bewundert hatte und der ihr nun einen eisigen Stich durchs Herz jagte.

»Christopher, bitte, ich flehe dich an, nichts zu unternehmen.«

»Mach dir keine Sorgen, Wynter.« Er lächelte sie an, doch das Lächeln war nur ein dünner Strich, die Lippen straff über die Zähne gedehnt, die Augen hart – und er gab ihr kein Versprechen.

Tand und Ehre

»Was machen wir mit ihnen?«

»Nichts. Wie Tabiyb sagt.«

Sòlmundr sah von Ùlfnaor zu Razi und zurück. »Wir sollen uns auf den Rücken drehen und unseren Bauch hinstrecken, ist es das, was du sagst?«

»Niemand verlangt, dass ihr euch für die Wölfe auf den Rücken legt«, widersprach Razi. »Ich bitte euch nur um etwas Zeit, mehr nicht.« Er schaute kurz zu Christopher, aber sein Freund schwieg und blickte nicht von seinem Essen auf. »Nicht alles kann mit einem Schwertschlag auf den Hinterkopf gelöst werden, Sòlmundr. Gib mir etwas Zeit, um einen besseren Weg zu finden.«

»Wann können wir denn dann mit dem Prinzen reden?«, fragte Sòl. »Wann können wir Merroner über unser neues Leben verhandeln?« Da weder Ùlfnaor noch Razi etwas entgegnete, schüttelte Sòl erbost den Kopf. »Also«, krächzte er, »wir sind angepisst zu Hause. Wir sind angepisst hier. Und jetzt müssen wir uns auch noch hinlegen und von den Wölfen anpissen lassen.«

»Ich sage dir doch, Sòl, niemand verlangt von euch –«

Unvermittelt stand Christopher auf, ließ den Rest seiner Mahlzeit am Feuer stehen und ging fort. Es folgte kurzes

Schweigen, dann machte sich Wari über Christophers Essen her. Mit belustigter Missbilligung betrachtete Hallvor ihn, und der große Mann zuckte die Achseln. Nach einem Anstandsmoment bediente sich auch Soma.

»Dafür haben Embla und Ash nicht ihr Leben gegeben.« Sòl stand auf. »Dass wir Laufburschen für Tyrannen und Hündinnen für Wölfe sind. Das sind nicht wir. Das ist nicht die Art der Merroner.« Er schleuderte seine leere Schale auf den Boden, nahm Boro bei der Kette und stapfte Christopher hinterher.

Ùlfnaor stieß ein Seufzen aus und presste sich die Finger an die Schläfen. Seine Krieger beobachteten ihn aus den Augenwinkeln, widmeten sich aber weiter ihrem Essen. Keine Fragen wurden gestellt, und Ùlfnaor machte keine Anstalten, für sie zu übersetzen.

»Es ist nicht richtig, Tabiyb«, sagte er schließlich, »dass wir diese Hundesöhne nach dem, was sie Coinín angetan haben, frei herumlaufen lassen. Selbst wenn er keiner von unserem Stamm wäre, dann wäre es nicht richtig, aber Coinín, er ist jetzt Sòls *Sohn*. Er trägt die Armreife der Bärenmerroner … es ist unsere Pflicht und unsere Ehre, ihn zu rächen.«

»Ùlfnaor«, beschwor Razi ihn, »wenn du wirklich dieses neue Leben, nach dem du ständig verlangst, zu erringen wünschst, dann musst du bereit sein, wenigstens zu *versuchen*, es auch zu führen.«

Der große Mann wurde still und nachdenklich, und Razi warf einen Blick auf Wynter. Sie erwiderte ihn, sagte aber nichts; sie hatte dem Gespräch nichts hinzuzufügen. In ihrem Kopf war dumpfe Leere, ihre Brust vor Zorn zusammengeschnürt. Verdrossen knallte sie ihre Schale auf die

Feuersteine. Das Essen schmeckte sowieso wie Sägemehl und Asche. Frangok schielte danach, und Wynter schob ihr die Schale mit dem Fuß entgegen.

»Nimm ruhig«, sagte sie. »Ich müsste spucken, wenn ich noch mehr äße.«

Überrascht, dass Wynter Garmain sprach, riss Frangok die Augenbrauen hoch.

Wynter jedoch beachtete sie nicht weiter, zog nur die Knie an, stützte den Kopf auf die verschränkten Arme und beobachtete Christopher, der in einer Lücke zwischen den Zelten in Sicht kam. Mit großen Schritten stampfte er den Hügel hinab Richtung Fluss und Pferde. Sòlmundr hatte ihn rasch eingeholt. Boro schlängelte sich vor ihnen her, zog an seiner Kette und schnüffelte aufgeregt. Mit gesenkten Köpfen liefen die Männer nebeneinander her, und Wynter folgte ihnen mit den Augen, bis sie nicht mehr zu sehen waren. Sie wäre nicht so töricht, sich ihnen aufzudrängen; Christopher hatte ihr unmissverständlich zu verstehen gegeben, dass er allein gelassen werden wollte.

Den ganzen langen Tag über hatte Wynter gehofft, Alberon würde eine Nachricht senden, wenn schon nicht an Razi, dann wenigstens an sie, als Auftakt zu einer Versöhnung mit seinem Bruder. Doch es war nichts gekommen. Nun brach der Abend an, und die Rhythmen des Lagers verlangsamten sich allmählich, der Rauch der Feuer hing süß und dunstig im sinkenden Licht. Es schien unwahrscheinlich, dass heute noch Verzeihung gewährt würde.

Das bereitete Wynter Kummer, aber sie konnte nicht aufrichtig behaupten, dass es sie überraschte. Man warf einem Kronprinzen am Verhandlungstisch keine *Torheit* vor. Zum Mindesten musste es Alberons Stolz verletzt haben, solches über sich zu hören, besonders nachdem er sich solche Mühe gegeben hatte, Razis Status als seine rechte Hand zu bestätigen. Wynter kniff die Augen zusammen. Gott stehe ihnen bei, aber es war so dumm, so *dumm* gewesen, das zu sagen. Und es dann auch noch zu verschlimmern durch *Das werde ich nicht zulassen!* Was für eine unbedingte und unmissverständliche Behauptung von Überlegenheit, was für eine entsetzlich herablassende Aussage eines Bastardsohns gegenüber seinem königlichen Bruder. An vielen Höfen hätten allein diese Worte Razis Ende bedeutet.

»Gütiger«, murmelte sie vor sich hin. »Was sollen wir nur tun?«

Als sich jemand neben sie setzte, hörte man ein leises Schaben auf dem Boden. Wynter roch Kochfeuer und den Duft bitterer Kräuter. Hallvors raue Stimme erklang leise und vertraulich.

»*Luichín*, Ihr sprecht Garmain. Warum habt Ihr uns das nie erzählt?«

Wynter zuckte nur mit den Schultern. Sie war nicht in der Stimmung, sich zu unterhalten.

Nun musterte Hallvor Razi, der stirnrunzelnd zu ihnen herübersah und dem Anschein nach zu verstehen versuchte.

»Ach so«, meinte sie. »Eure Gefährten sprechen es nicht. Das ist natürlich ein löblicher Grund für Euch, Eure Kenntnisse zu verbergen, *a chroí*. Es wäre eine furchtbare Nichtachtung, über den Kopf seiner Begleiter hinweg zu sprechen.« Sie lächelte mit ihrem gewohnten ernsten Lächeln auf Wynter hinab, die dunklen Augen gütig. »Dennoch bin ich froh, es zu wissen. So froh, dass ich glaube, ich werde nun eine schreckliche Sünde gegen die guten Manieren begehen und ein Gespräch mit Euch führen.«

O Gott, dachte Wynter. *Geh weg. Bitte.* Ihr Blick wanderte zu der Stelle, an der sie Christopher zuletzt gesehen hatte, und sie zog die Knie noch fester an die Brust.

Hallvor folgte ihren Augen. »Sorgt Euch nicht, *luichín*. Euer *Croíeile* wird zu Euch zurückkehren. Wenn ein Wolf liebt, dann liebt er mit allem, was er ist. Ein stärkeres Band gibt es nicht.«

Wynter richtete sich auf. »Gibt es etwa viele Wölfe unter den Merronern?«, fragte sie gedämpft.

Hallvor zuckte die Achseln. »Ein paar. Diejenigen, die ihre Kindheit überleben, wachsen zu guten, starken Kriegern heran, treu und stolz – nicht wie diese *caic*, die sich Loups-Garous nennen und doch nur als tollwütige Hunde aufgezogen werden.«

»Wie meint Ihr das, ›die ihre Kindheit überleben‹?«

»Nicht alle haben das Glück, jemanden wie Aidan *an Filid* Garron zu finden, der sie aufnimmt«, sagte Hallvor. Sie legte die Arme um ihre angewinkelten Knie und blickte gedankenvoll zum Fluss hinab. »Wolfskinder können sehr wild sein«, fuhr sie leise fort. »Wisst Ihr, wenn er Euch jemals wieder solchen Ärger macht wie heute?« Sie tippte sich an die Schläfe. »Schlagt ihn fest auf den Kopf. Sie können die Wolfsgestalt nicht behalten, wenn sie auf den Kopf geschlagen wurden.«

»Hallvor! Niemals würde ich Christopher auf den Kopf schlagen!«

»Sagt niemals nie, Mädchen. Ein Mann ist ein Mann – besonders, wenn er ein Wolf ist!« Hallvor sah sie von der Seite an, und Wynter war sich nicht mehr sicher, ob die Frau es ernst meinte oder nur versuchte, sie aufzumuntern. Angesichts ihrer Verwirrung kicherte Hallvor. Dann wandte sie die dunklen Augen Razi zu, der sich halbherzig mit Ùlfnaor unterhielt. »Es ist seltsam und wundervoll«, sagte sie weich, »dass Tabiyb und Coinín Brüder des Herzens sind. Und Ihr habt bleiche Haut und Tabiyb schwarze, und doch sieht er Euch als Schwester.« Sie zog die Stirn in Falten. »Ich hatte geglaubt, es würde Gutes für uns hier bedeuten. Diese große Liebe zwischen drei so unterschiedlichen Menschen.«

»Wenn wir das Zerwürfnis zwischen Razi und dem Prinzen heilen können, dann besteht noch Hoffnung«, sagte Wynter.

Hallvor sah sie an, und ihr nüchternes Lächeln verriet Wynter, dass sie sich nur wenig Hoffnung auf eine Aussöhnung der Brüder machte. Jetzt drückte die Heilerin kurz Wynters Knie und erhob sich langsam. »Tja«, sagte sie. »Ashkr und Embla haben Tabiyb aus einem bestimmten Grund zu unserem Caora gemacht. Wenn es nicht war, um ein Zerwürfnis zu heilen, dann wohl zu einem anderen Zweck. Wir werden es abwarten müssen.«

Diese beiläufige Erwähnung des geopferten Zwillingspaars ließ Wynters Herz stocken. Unvermittelt ergriff sie Hallvors Hand, hielt sie fest. *Verspürt Ihr keine Schuld?*, wollte sie schreien. *Empfindet Ihr keine Scham?*

Mit besorgter Miene sank Hallvor zurück in die Hocke. »Was ist denn, *lucha*?«, fragte sie. »Habt Ihr noch weitere Fragen über Euren Mann? Habt Ihr Angst um ihn?«

Wie könnt Ihr das tun?, dachte Wynter. Immer noch umklammerte sie die Hand der Frau und starrte ihr verzweifelt ins Gesicht. *Ich will es wissen! Ich will wissen, wie Ihr so habt töten können und danach einfach weitermacht wie vorher!*

Schon wollte sie den Mund aufmachen, da ertönte Surtrs Stimme.

»Tá na Haun ag imeacht, a Aoire.«

Wynter blickte sich um. Der rothaarige Krieger stand an der Ecke und zeigte auf den Weg. Ùlfnaor erhob sich und klopfte Razi auf die Schulter. »Surtr sagt, die Haunardier reisen ab.«

Teilnahmslos zog Razi die Schultern hoch und blieb sitzen, doch Wynter stand auf und ging mit Hallvor und den Männern nachsehen.

Sobald Alberon seine Karten aufgedeckt und die Haunardier begriffen hatten, dass ihr Plan nicht aufgehen würde, hatten sie ihre Sachen gepackt. Es war ziemlich klar ersichtlich, dass sie vonseiten des Prinzen nicht mit Nachsicht rechneten und lieber aufbrachen, ehe er es sich anders überlegte und ihr Leben vielleicht doch nicht verschonte. Für einen Haunardier war nun einmal die eindeutigste Form von Botschaft häufig der in einer Kiste nach Hause geschickte abgetrennte Kopf des armen Kuriers. Diese Männer vertrauten eindeutig nicht darauf, dass Alberons Art der Verständigung mit ihren Machthabern unblutig verliefe. Unwillkürlich fragte sich Wynter, welchen Empfang diese Männer wohl zu Hause zu erwarten hatten. Von ihrem Vater wusste sie, dass die Strafen für Versagen bei den Haunardiern oft im höchsten Maße grausam waren. Vom Kadaver des eigenen Pferdes zu Tode gequetscht zu werden, war eine, an die sie sich noch am lebhaftesten erinnerte.

Als sie um die Zelte herumgegangen war, trieben die älteren Haunardier ihre Pferde bereits den Weg hinab, die schwer beladenen kleinen Packstuten hinter sich herziehend. Einige der Lagerbewohner waren vor ihre Quartiere getreten, um der Abreise zuzusehen, aber Wynter stellte beeindruckt fest, dass nur sehr wenige von Alberons Soldaten herumstanden und die fliehenden Männer angafften, und jene, die sich doch aufgestellt hatten, beschränkten ihre Reaktion auf ein höhnisches Grinsen und hin und wieder ein gedämpftes Pfeifen.

Alberon musste sie angewiesen haben, sich anständig zu benehmen. Wynter bewunderte das. Es zeigte unerwartetes Feingefühl und Diplomatie gegenüber einem in Verwirrung begriffenen Feind.

Der jüngste Haunardier war der Letzte, der sich in Bewegung setzte, und er bestieg sein Pferd wie in einem Traum; er wirkte benommen und fahrig. Man sah ihm an, dass er diese jähe Verkehrung seiner Hoffnungen und Vorhaben nicht fassen konnte. Als er schließlich losritt, um die anderen einzuholen, trat Wynter zwischen den Zelten hervor und beobachtete ihn mit einer eigentümlichen Mischung aus Furcht und Bedauern. Es gab so vieles, was dieser Mann ihr vielleicht über ihren Vater und seine Vergangenheit erzählen könnte, so vieles, das zu wissen sie verlangte. Gleichzeitig war sie beinahe froh, dass sie niemals Gelegenheit bekommen würde, ihm diese Fragen zu stellen.

Der junge Mann bemerkte sie, und zu ihrer Verblüffung zügelte er sein Pferd und starrte sie unverwandt an. Jäh verwandelte sich seine zerfahrene Verwirrung in Hass. Wynter sah seine Miene sich verfinstern, sah seine Absichten deutlich in seinen Augen aufsteigen, dann raste er unvermittelt los. Im Galopp donnerte er auf sie zu, ließ die Hand an die Seite sinken, und Wynter – starr wie ein Hase im Auge eines Adlers – sah ihn voller Entsetzen sein Schwert ziehen.

Ùlfnaor flüsterte *Frith an Domhain!*, dann brüllte er: »HALT!« Er rannte nach vorn und warf sich zwischen Wynter und das heranstürmende Pferd, als könnte sein Körper allein den wildäugigen Angriff aufhalten. Er wurde zur Seite gestoßen. Hinter Wynter wirbelte Hallvor herum und schrie etwas auf Merronisch, zweifellos rief sie nach Waffen.

Wynter stand dort wie angewurzelt. Die Augen des jungen Haunardiers blieben starr auf sie gerichtet, sein verbittertes Grinsen war wie ein Bann. Vom Weg her rief jemand eine Warnung, und trotz ihrer Schreckstarre wusste Wynter, dass es Oliver war. Dennoch konnte sie sich nicht rühren. Der Haunardier schwang das Schwert über dem Kopf; seine Wut, das Blitzen seiner Waffe, die dröhnenden Pferdehufe erfüllten die Welt.

»Sag es deinem Vater!«, schrie er. »Sag es deinem Vater!«

Was soll ich ihm sagen?, dachte Wynter begriffsstutzig.

Nun stand der Haunardier in seinen Steigbügeln auf, das Grinsen wurde noch breiter. Wynter dachte: *Aber ich will nicht sterben.* Dann war er fort, und sie blinzelte in den leeren Himmel hinauf.

Mit einem dumpfen Aufprall landete der Haunardier zu ihren Füßen, ein Armbrustbolzen ragte aus seinem Hals wie ein blutroter Dorn. Sein Pferd scherte zur Seite aus und trippelte an Ùlfnaor vorbei, der völlig benommen mitten auf dem Weg stand. In der Gasse hinter Wynter erhob sich Lärm und Geschrei von Kriegern. Schubsend und drängelnd liefen sie an ihr vorbei zu ihrem Aoire. Soldaten strömten herbei.

Auf dem Hauptweg setzte der Haunardier, der den Schuss abgegeben hatte, seine Armbrust ab und hob die Hände. »Er stirbt!«, rief er Oliver zu. »Ich töte! Er nicht verletzen Frau!«

Soldaten rannten mit gezogenen Schwertern los. Auf der gegenüberliegenden Seite hatten sich die Wölfe versammelt, um sich das Spektakel anzuschauen, und ein hohes, meckerndes Lachen bezeugte Jeans Erheiterung angesichts des jungen Mannes, der gurgelnd und zuckend in einer Lache seines eigenen Bluts lag.

»Ist kein Zwist!«, rief der ältere Haunardier, als sich die Soldaten um sein Pferd drängten.

Oliver rannte auf ihn zu, das Gesicht zornesrot. »Protektorin?«, rief er im Vorbeilaufen.

Wynter hob die Hand, ohne den Blick von dem jungen Mann zu ihren Füßen abzuwenden. *Mir geht es gut.*

»Ist kein Zwist«, wiederholte der Haunardier. »Borchuxah tot! Ich töte! Ich töte!«

Borchu-xah, dachte Wynter und ging neben dem jungen Mann auf die Knie. *Ist das dein Name?*

Seine Augen rollten in ihre Richtung. Er krümmte sich, dunkles Blut quoll aus seinem Mund und sickerte um den Pfeil herum aus seinem Hals. »Holt Razi«, murmelte sie. Dann schrie sie es, wild um sich blickend, ob irgendjemand zuhörte. »Holt Razi!«

Die Arme des Haunardiers ruckten nach außen, und Wynter begriff, dass er versuchte, an sein Schwert zu gelangen. Sie packte seine Hände. »Hör auf!«, rief sie. »Hör auf! Du stirbst! Kannst du nicht aufhören?«

Bei diesen Worten weiteten sich seine Augen, und er umklammerte ihre Hand. Sie sah, wie sein Verlangen zu töten entsetzt von ihm abfiel, als er der Wahrheit seiner Lage mit einem Schlag gewahr wurde.

»Borchu-xah«, flüsterte sie. »Ist das dein Name? Borchu-xah?«

Er stieß ein zischendes Geräusch aus, aber keine Worte.

»Schschsch.« Wynter wischte ihm Staub und Blut vom

Mund und drückte seine Hand fester. »Nicht reden. Mein Freund wird dir helfen.«

Die Augen des jungen Mannes füllten sich mit Tränen, und er starrte verzweifelt in Wynters Gesicht. Er wollte nicht sterben. Das konnte Wynter sehen. Er wollte nicht sterben. Ganz gleich, was er noch Sekunden vorher gedacht hatte, ganz gleich, wie entschlossen er gewesen war. Dieser Mensch wollte leben. »Nicht bewegen«, flüsterte sie. »Mein Freund wird dir helfen. Halt nur ganz fest meine Hand und lieg still.«

Alle Anspannung wich aus seinem Leib, die Angst aus seiner Miene. Ohne Wynters Hand loszulassen, glitt sein Blick an ihr vorbei, und er sah hinauf in den Himmel. Tränen rannen aus seinen dunklen Augen, er seufzte, hellrote Blasen zerplatzten auf seinen Lippen. Er ging dahin, gerade als sich Razi neben ihn kniete.

»Großer Gott«, rief Razi und presste die Finger auf den blutigen Hals des Mannes. »Was ist geschehen?«

»Er hat versucht, mich umzubringen«, flüsterte Wynter.

»Was?« Er schreckte zurück. »Warum?«

»Er kannte meinen Vater, Razi. Ich glaube, er wollte sich an meinem Vater rächen.«

Die Wölfe auf der anderen Seite des Wegs betrachteten sie vergnügt. Jean pfiff, um Razi auf sich aufmerksam zu machen. »Heda«, rief er, »ich bin ja kein Arzt, aber ich glaube, er hat was im Hals stecken!«

Razi biss die Zähne zusammen, erwiderte aber nichts. Zu Wynters Beschämung liefen ihr plötzlich Tränen über das Gesicht. Irgendwie konnte sie die Hand des Toten nicht loslassen.

»Er kannte meinen Vater, Razi«, wiederholte sie mit be-

bender Stimme. »Er wollte sich an meinem Vater rächen. Warum?«

Razi warf einen Blick hinter sie, wo Oliver in eine Auseinandersetzung mit dem Haunardier verwickelt war. »Komm jetzt hier weg, mein Herz.« Er ließ den Blick über den Weg schweifen. »Komm zurück zu den Merronern.«

»Nein, hör doch, es waren nicht die anderen. Er war es. Nur *er*. Er kannte Vater, Razi. Er kannte ihn, dessen bin ich sicher! Und er hasste ihn! Er hat ihn einen Kinderschlächter genannt! Warum, Razi? Warum? Sag mir, warum jemand meinen Vater so nennen sollte!« Wynters Stimme wurde immer schriller, und sie hielt weiter die Hand des jungen Mannes umklammert, die Augen blind vor Tränen. Sie spürte, dass sie gefährlich nah am Rande der Hysterie stand.

Jean rief von gegenüber: »Du musst pusten, al-Sayyid! Pusten, dann tut es dem kleinen Mädchen nicht mehr weh!«

Die Wölfe gluckSten. Warnend funkelte Oliver sie an, doch Jean grinste nur und breitete die Arme aus. »Nur ein kleiner Scherz«, lachte er. »Wollte lediglich die Stimmung etwas aufhellen!«

David Le Garou trat hinter seinen Männern hervor, ganz dunkle Anmut und Lächeln. »Halt den Mund, Jean«, sagte er, und Jean verstummte sofort. »Braucht Ihr Hilfe, Herr Ritter?«, rief er dann. »Sollen wir vielleicht etwas für Euch fortschaffen?«

Oliver zog die Augenbrauen zusammen. Ohne Le Garou weiter zu beachten, hockte er sich neben Wynter in den Staub. »Hohe Protektorin«, sagte er sanft. »Die Haunardier behaupten, es sei der Wahnsinn ihres Dolmetschers gewesen, der ihn zu dem Angriff getrieben habe. Ich muss zugeben, dass er mir immer etwas unstet vorkam. Der königliche Prinz brachte ihm Argwohn entgegen.«

Wynter weigerte sich, Oliver anzusehen. Selbst in ihrem gegenwärtigen Zustand war ihr Zorn auf ihn so heftig, dass sie nicht einmal mit ihm sprechen konnte.

Er seufzte. »Hohe Protektorin«, drang er weiter in sie. »Ich werde diese Männer verhaften, und sie werden den Preis dafür bezahlen, dass sie ihren Gefährten nicht von seinem Angriff auf Euch abgehalten haben. Und ich werde mich bemühen, die Vergeltung, nach der Ihr verlangt, in vollem Umfang durchzusetzen. Aber ich muss Euch sagen, für die Zwecke des königlichen Prinzen ist es unerlässlich, dass mindestens einer von ihnen es nach Hause schafft. Gleich, was auch geschieht, ich fürchte, ich muss mindestens einen von ihnen unversehrt hier abreisen lassen.«

Wynter sah in das tote Gesicht des jungen Haunardiers. Sie zwang sich, seine Hand freizugeben. »Lasst sie gehen«, flüsterte sie.

Überrascht stockte Oliver.

»Lasst sie gehen«, sagte sie noch einmal, ohne ihn anzublicken. »Sie hatten nichts damit zu tun.«

»Wyn«, mahnte Razi ruhig. »Vielleicht haben sie deine Antworten. Möglicherweise kennen sie den Grund für den –«

»Nein.« Sie senkte den Kopf. »Nein. Ich will es nicht erfahren. Schickt sie einfach fort.«

»Welche Antworten, mein Fürst?«, fragte Oliver.

»Schickt sie einfach *fort*!«, schrie Wynter. »Schickt sie *fort*!«

Hastig erhob sich Oliver und ging. Wynter kniete weiterhin im Staub, zitternd und außerstande, ihre Tränen zurückzuhalten.

Razi streckte ihr die Hand hin. »Steh jetzt auf, Wyn. Komm mit zurück zum Zelt.«

Sie blieb auf den Knien. Schließlich legte er ihr die Hände auf die Schultern und zog sie sanft auf die Füße. Oben auf der Anhöhe stand Alberon im Schutze seines Zelts und beobachtete sie. Voller Kummer blickte Wynter ihn an, bis Razi sie auf dem Absatz herumdrehte und von dem belebten Weg fortlenkte.

»Wenn dir etwas zugestoßen wäre«, raunte er ihr zu, »dann wäre Albi im selben Moment mit seinem Schwert hier unten gewesen, und diese Männer wären tot. Das weißt du doch.«

Wynter schüttelte den Kopf.

»Du *weißt*, dass er so tun muss, als stünde er über allem, Wyn«, bohrte Razi nach. »Er muss den Eindruck machen, als wäre jedes Ereignis geplant und erwartet. Dieser Vorfall hier ist nun erledigt, und es muss so aussehen, als wäre für ihn alles vorüber. Er darf sich nicht anmerken lassen, dass es ihn berührt. Doch er wird dich später besuchen«, versicherte er. »Zum geeigneten Zeitpunkt wird er kommen. Das verspreche ich dir.«

Nein, das wird er nicht, dachte sie wie betäubt. *Er wird nicht kommen. Er wird überhaupt nicht kommen.*

»Hast du keine Ahnung, wer dieser Mann gewesen sein mag?« Razi setzte Wynter ans Feuer der Merroner und ging neben ihr in die Hocke.

Erneut schüttelte sie den Kopf. Es war, als sei die Welt von ihr abgetrennt, und das störte Wynter nicht im Geringsten. Sie wäre froh, wenn das ganze verdammte Ding einfach davonsegeln, auf immer und ewig forttreiben würde; dann hätte sie vielleicht endlich etwas Frieden.

Hallvor reichte ihr einen Becher Tee. Wynter hielt ihn in der Hand, ohne davon zu trinken, bis Razi ihn nahm und auf die Feuersteine stellte. »Möchtest du dich hinlegen?« Sein fürsorgliches Gesicht schwebte vor ihr. Sie gab keine Antwort.

Unterdessen kehrten die Merroner lärmend vom Ort des Geschehens zurück. Ùlfnaor berichtete: »Sie lassen die Haunardier *ziehen*!«, unverkennbar Ungläubigkeit in der Stimme.

Razi stand auf, und die beiden Männer wechselten einige Worte, die für Wynter keine Bedeutung hatten.

Jemand stupste sie in den Rücken. Sie schüttelte ihn ab. Er stupste erneut, und sie wandte sich um, wedelte matt mit der Hand, um ihn zu verscheuchen. Es war Boro, der mit besorgter Miene über ihr aufragte und ihr keuchend und muffig ins Gesicht hechelte.

Da rannte Christopher vom Fluss herauf. »Iseult!« Atemlos blieb er auf der anderen Seite des Feuers stehen, die Augen aufgerissen. »Mein Mädchen!«

Wynter schob Boro zur Seite, drängte sich mit den Ellbogen an Razi vorbei und warf sich in Christophers Arme. Er umschlang sie mit all seiner erstaunlichen Kraft, und sie vergrub den Kopf an seiner Brust und klammerte sich stumm an ihn, während er eine Salve Fragen über ihren Kopf hinweg abfeuerte. Hinter ihm tauchte nun auch Sòl auf. Als die beiden Männer erfuhren, was passiert war, folgte ein aufgeregter Wortwechsel auf Merronisch.

Olivers Stimme unterbrach das unverständliche Gewirr. »Fürst Razi?«, begann er. »Kann ich irgendetwas tun? Würde die Hohe Protektorin sich gern allein zurückziehen? Ich könnte fragen, ob die Edle Mary ihr Zuflucht in ihrem Zelt gewähren würde.«

Wynter hob den Kopf und bedachte ihn mit einem finsteren Blick. Verunsichert verneigte er sich, doch ihre Miene wurde nicht freundlicher. Sie löste sich aus Christophers Umarmung und wischte sich die Augen.

»Wer war er, Herr Ritter?«, fragte Razi. »Die Hohe Protektorin glaubt, er kannte ihren Vater. Ist das möglich?«

Oliver schüttelte den Kopf. »Mein Fürst«, entgegnete er müde, »ich kannte nicht einmal den Namen des Mannes. Seine Gefährten behandelten ihn mit großem Argwohn. Sie schienen ihm gänzlich zu misstrauen … ich vermute wegen seines verstörten Wesens. Er übersetzte lediglich alles, was gesagt wurde, hatte aber selbst keinen Anteil an den Verhandlungen. Doch er hatte stets etwas … ich kann es nicht erklären, mein Fürst, immer eine Aura von geduldiger Böswilligkeit. Als übte er schon durch seine bloße Anwesenheit hier eine lang ersehnte Vergeltung.«

»Sein Name war Borchu-xah«, sagte Wynter.

»Borchu«, stieß Oliver leise hervor, und Wynter sah ein Flackern über sein Gesicht huschen.

»Ihr kennt ihn!«, rief sie. »Der Name sagt Euch etwas!«

Oliver seufzte und schien alte Erinnerungen abzuschütteln. »Vergebt mir, Hohe Protektorin, aber Borchu ist ein häufiger Name unter ihresgleichen. Das ist, als würdet Ihr mich nach einem John oder Michael fragen. In unserem Land gab es viele Borchus und Borchu-xahs, bevor der verstorbene König sie nach Hause schickte.«

»Aber er kannte meinen Vater«, beharrte sie. »Dessen bin ich sicher. Er kannte meinen Vater, und er hasste ihn. Warum?«

Oliver legte mit jener alten väterlichen Nachsicht den Kopf schief, und Wynter bekämpfte den Drang, ihn zu ohrfeigen. »Alle Haunardier hassen Euren Vater, Hohe Protektorin. Er ist berühmt dafür, dass er ihren Einmarsch zurückschlug und das Königreich von ihrer Bedrohung befreite. Aber es ist höchst unwahrscheinlich, dass ein so junger Mann Lorcan persönlich kannte. Es gab allerdings tatsächlich damals einen Borchu, und dessen entsann ich mich, als Ihr den Namen erwähntet. Erinnert Ihr Euch, Fürst? Der Bursche, der für St. James arbeitete? Das war der Mann, den der verstorbene König *das gelbe Wiesel* nannte.«

»Ich erinnere mich, dass Großvater diesen scheußlichen Spitznamen verwendete«, gab Razi stirnrunzelnd zurück. »Und dass mein Vater ihn verabscheute.«

»Das stimmt«, gestand Oliver errötend. »Ja, der verstorbene König pflegte den derzeitigen König damit zu ärgern. Das hatte ich vergessen. Aber das gel… dieser Mann war damals schon über dreißig Jahre alt und …« Wieder seufzte Oliver. Er wirkte, als wäre ihm die Kraft für das Gespräch ausgegangen, und Wynter fiel auf, wie unendlich erschöpft er war. Er sah aus, als hätte er seit Tagen nicht geschlafen.

»Verzeiht mir, Hohe Protektorin«, sagte er nun. »Es tut mir aufrichtig leid, aber wenn Ihr Fragen hattet, hättet ihr mich bitten sollen, diese Männer festzuhalten. Es ist, wenn ich das untertänigst so sagen darf, etwas spät, sie nun zu stellen. Ich kann Euch die Antworten nicht geben, die Ihr sucht.«

Der Klang von Silberglöckchen ließ alle verstummen, eisige Ruhe senkte sich auf die Merroner herab.

Die Sklaven der Loups-Garous standen an der Mündung der Gasse, ihre Haltung hoheitsvoll, die Mienen wissend. Sie hatten sich leere Wasserschläuche über die Schultern gelegt und sahen Razi mit falscher Unschuld an.

»Unsere Herren heißen uns fragen, ob das der Weg zum Fluss ist?«

Einen Moment lang verwirrte ihr Anblick Wynter; dann wurde ihr bewusst, dass sie in Nachahmung der Merroner die Ärmel bis zur Schulter hochgekrempelt hatten und Christophers gestohlene Armreife auf den harten braunen Muskeln ihrer Oberarme blitzten.

Mit einem Ruck beugte sie sich vor, plötzlich blind vor Zorn, doch Christopher schlang ihr den Arm um die Taille und hielt sie fest. »Nicht, Wynter«, murmelte er.

Als sie die Armreife entdeckten, schrien die Merroner auf und stürzten wie ein Mann los.

»LASST SIE.« Razis donnernder Befehl ließ sie alle erstarren, außer Sòlmundr, der mit klar in seiner Miene zu lesenden Absichten losstürzte.

Ùlfnaor allerdings trat ihm in den Weg, so dass der Krieger mit geballten Fäusten stehen blieb. »*Fan*, Sòl«, sagte er leise. »Sie tun nur, wie ihre Herren sie geheißen haben.«

Die Sklaven grinsten, die Brandzeichen auf ihren Gesichtern kräuselten sich belustigt. »Ach, jetzt sehe ich den Fluss«, sagte einer. »Da hinten ist er ja.«

»Geht mir aus den Augen«, zischte Razi. »Und wenn Ihr noch einmal diesen Weg nehmt, werde ich Euch in einem Jutesack zu Euren Herrn zurücksenden.«

Lächelnd schoben sich die Sklaven durch die finster dreinblickenden Merroner hindurch und marschierten in unverschämter Seelenruhe von dannen. Ùlfnaor sah ihnen nach, mehr Mitgefühl als Wut in der Miene.

»Bedauert sie nicht zu sehr, Aoire«, sagte Christopher.

»André Le Garou hat ihnen eingeredet, dass sie eines Tages wie er werden, wenn sie sich nur als grausam und rücksichtslos genug erweisen. Noch nie bin ich einem *Burschen* der Wölfe begegnet, der nicht an diese Lüge glaubt. Sie sind boshaft und hinterhältig, und sie sind den Wölfen unverbrüchlich treu ergeben. Sie würden Euch ohne jedes Zögern die Kehle aufschlitzen.«

»Woher haben sie das zweite Armreifpaar?«, fragte Wynter.

Christophers harte Fassade bekam Risse, Schwermut glänzte in seinen Augen. »Sie gehörten meinem Vater. Das ist einer von Davids Lieblingsscherzen, sie so herumstolzieren zu lassen.«

Wynter stöhnte auf und drückte seinen Arm. »O nein, mein Liebster.«

»Nun haben sie zwei Paar, um mich damit zu verhöhnen.«

Hallvor blickte Sòlmundr fragend an. Unwirsch stellte sie eine Frage, ganz offensichtlich verlangte sie nach Erklärungen. Sòlmundr nahm sie beim Ellbogen, drehte sie herum und ging mit ihr zwischen die Zelte.

»Ùlfnaor«, warnte Wynter, während sie den beiden Kriegern nachsah.

»Keine Sorge«, entgegnete der. »Hally bringt ihn zur Vernunft.«

Wynter war sich da nicht so sicher. Im Gehen sprach Sòlmundr leise und wütend auf die Heilerin ein, den sandfarbenen Schopf dicht an Hallvors Kopf haltend, und sie lauschte ihm aufmerksam. Unmittelbar, bevor sie um eine Ecke bogen, schnappte Hallvor nach Luft und sah sich mit großen Augen zu Christopher um, dann waren die beiden nicht mehr zu sehen.

Razi und Oliver blickten den Sklaven hinterher. Der Ritter hielt sich die Hand vor die Nase, als wehrte er einen schlimmen Geruch ab, und Razi wirkte höchst angespannt.

»Oliver.« Seine Stimme klang, als wäre sie meilenweit entfernt. »Ich muss mit meinem Bruder sprechen.«

»Es steht mir nicht zu, dem Prinzen zu befehlen, mein Fürst.«

»Oliver ...«

»Er lässt sich nicht umstimmen«, rief Oliver da.

Wynter schrak zusammen, und Razi straffte die Schultern.

Doch Oliver legte die Finger an die Schläfen und schloss einen Moment lang die Augen. »Lieber Himmel«, flüsterte er. Dann trat er näher, die Stimme wieder gedämpft, den Blick um Verständnis heischend auf Razi gerichtet. »Ich bin dem König treu ergeben, mein Fürst. Seine Hoheit, der königliche Prinz, ist ihm treu ergeben, aber Ihr werdet ihn nicht von seinem Vorgehen abbringen können. Ihr und Euer Vater, mein Fürst, seid herausragende Männer – herausragend –, aber Ihr verlasst Euch zu sehr auf die Stärke des maghrebinischen Hofs.«

»Oliver«, seufzte Razi. »Es *gibt* keine Schwäche am Hofe Abdallah ash-Shiekhs. Dieses Komplott, von dem David Le Garou sprach, ist zum Scheitern verurteilt. Die Korsaren haben nichts, sie sind bereits vernichtet. Um die Loups-Garous kann sich der Sultan selbst kümmern, und was die Haunardier –«

»Wir waren so nah dran zu verlieren«, schrie Oliver und reckte verzweifelt die Hände empor. *»So nah.* Begreift Ihr nicht? Ihr sagt, es gebe keine Schwäche am Hof des Sultans. Nun gut, das mag *jetzt* so sein, aber was ist morgen? Oder nächstes Jahr? Was, wenn der Sultan stirbt? Abdallah ash-

Shiekh schätzt Euren Vater sehr, mein Fürst, und das zu Recht, Euer Vater ist ein außergewöhnlicher Mann. Doch was ist mit des Sultans Nachfolgern und den Nachfolgern all dieser Könige, denen Jonathon so sorgfältig seine Huldigung erwies? Werden sie ihn ebenfalls hochschätzen? Werden sie ihn dulden? Euer Vater ist ein Mann, der sich vor keiner Kirche verneigt, während jene anderen sämtlich die Religion als Peitsche benutzen, um ihre Völker zum Gehorsam zu zwingen. Er ist ein Mann, der sich weigert, Sklaverei zuzulassen, wo die Sklaverei die Wirtschaft aller Länder um ihn herum befördert. Wir können uns nicht immer auf die Toleranz dieser stärkeren Männer verlassen, mein Fürst! Das geht nicht! Wir sind klein und verletzlich, und die wunderbare Weltanschauung Eures Vaters macht uns zum Dorn im Auge von jedermann außer Gott!«

Mit Tränen in den Augen ließ er die Hände sinken. »Und es kümmert mich nicht, was die Priester uns sagten, als wir noch klein waren – Gott hilft in dieser Welt nicht den Schwachen, auch wenn er sie in der nächsten lieben mag. In *dieser* Welt müssen wir uns stark machen, auf dass wir gegen die Schlechten kämpfen und die Guten beschützen können.«

Unvermittelt schloss Oliver die Augen. Seine Gemütsbewegung war so stark, dass sie sogar jene rührte, die ihn nicht verstehen konnten, und die umstehenden Krieger schwiegen achtungsvoll, während er sich sammelte.

»Ich bin Eurem Vater treu, Razi«, fuhr er dann leise fort. »Ich liebe ihn. Aber ich bin zornig, dass er es so weit kommen ließ. Nie werde ich verstehen, warum er, obwohl er eine solch wundervolle Erfindung besaß, nicht Lorcans Maschine hervorholte und den Aufstand früher beendete. Euer Bruder raste vor Wut, als er es herausfand.« An dieser Stelle lächelte Oliver zärtlich. »Gott steh uns bei, aber der Prinz ist ein bemerkenswerter junger Mann. Wenn Ihr ihn am Kriegstisch erleben könntet! Vom ersten Moment an, als Euer Vater ihn an der Schlacht teilnehmen ließ, legte er eine solche Klarsicht an den Tag, ein solches Verständnis für Soldaten. Es ist ganz erstaunlich. Euer Vater nennt ihn seinen *kleinen Alexander*.«

»So weit jedoch muss er nicht gehen«, flüsterte Razi. »Er muss kein Gesindel wie David Le Garou an diesen Tisch holen oder sich so unumkehrbar mit einem Krebsgeschwür wie Marguerite Shirken verbünden.«

Oliver sah Razi kurz in die Augen und dann wieder zur Seite. »Ich … vielleicht … ich weiß nicht.« Ratlos strich er sich mit der Hand über das müde Gesicht. »Ich bin nur ein Soldat, mein Fürst, es gibt Dinge, die ich nicht verstehe. Der Prinz hätte Euren Rat gut gebrauchen können. Aber …« Kopfschüttelnd starrte er in das sich rasch verdichtende Zwielicht. »Ich weiß nicht, was ich tun soll.«

Razi legte ihm die Hand auf die Schulter. »Helft mir, mit ihm zu reden, Oliver«, bat er noch einmal sanft, aber eindringlich. »Mehr müsst Ihr nicht tun. Helft mir, mit ihm zu reden, und ich werde dafür sorgen, dass das hier gelingt.«

Die Musik der Erinnerung

Wohin gehst du?« Christopher erwischte Wynter am Ellbogen, als sie Oliver folgen wollte.

Sie schielte unauffällig zu Razi; er hatte Ùlfnaor beiseitegezogen und unterhielt sich leise und geheimnistuerisch mit ihm. »Ich möchte Oliver etwas fragen«, flüsterte sie. »Dauert nur einen Moment.«

»Du gehst aber nicht allein. Ich komme mit.«

»Nein, Liebster.« Sie legte ihm ihre Hand auf die Brust. »Die Loups-Garous könnten immer noch dort draußen sein, und ich möchte nicht, dass du ihnen gegenübertreten musst. Ich komme schon zurecht.«

Fassungslos und gleichzeitig ärgerlich sah er sie an. »Bist du *geistesgestört*?«, blaffte er. »Komm jetzt.«

Er schob sie vor sich in die Gasse, und gemeinsam erreichten sie den Lärm und das schwindende Sonnenlicht des Hauptwegs. Neben dem Versorgungszelt war ein dunkler Fleck auf dem Boden, wo der junge Haunardier gestorben war. Jetzt schon war der scharfe Umriss seines Bluts von vielen Füßen und dem verwehenden Staub verwischt. Schleifspuren zeigten, in welche Richtung die Soldaten seine Leiche fortgeschleppt hatten. Wynter blieb stehen, betrachtete diese verblassenden Überreste der Gewalt und seufzte.

Christopher nahm ihre Hand. »Bei Frith, Wynter«, hauchte er. »Das war sehr knapp.«

Wynter drückte seine Finger kurz und ließ ihn los. »Komm.« Sorgfältig darauf bedacht, nicht auf den Blutfleck zu treten, eilten sie Oliver nach, der auf dem Weg zu Alberons Zelt gerade seinen Leutnant hinter sich ließ.

»Herr Ritter!«

Er drehte sich um, Überraschung zeichnete sich deutlich auf seiner Miene ab. »Hohe Protektorin.«

»Herr Ritter.« Sie blieb vor ihm stehen und sah in sein Gesicht empor. »Ihr werdet doch Euer Bestes tun, um den Prinzen und den Fürst miteinander ins Gespräch zu bringen?«

Er nickte. »Jawohl, Hohe Protektorin, das werde ich.«

»Das ist von allergrößter Wichtigkeit. Versteht Ihr? Ihr dürft in dieser Angelegenheit keine politischen Spiele treiben.«

Der Ritter schwieg eine Weile und musterte Wynter eingehend, und sie wusste, dass ihr Verdacht stimmte. Oliver war immer noch unschlüssig, was Razis Nützlichkeit für den Prinzen betraf, und keineswegs gewiss, ob er den Dialog zwischen den Brüdern wiederherzustellen gedachte. An ihre gemeinsame Vergangenheit appellierend, schlug Wynter einen weniger förmlichen Ton an und senkte die Stimme. »Hört mir zu, Oliver. Ich glaube, ich weiß, warum unsere Väter die Maschine vergessen machen wollten. Ich vermute, sie haben sie früher bereits eingesetzt, um die Haun-Invasion zu beenden.«

Oliver zog die Augenbrauen zusammen. »Mit Verlaub, Hohe Protektorin. Wenn das der Fall wäre, dann müsste ich das doch wissen. Aber ich habe von diesen Maschinen nie etwas gehört oder gesehen, ehe Jon –«

»*Oliver*. Ich glaube außerdem, sie haben sie benutzt …« Wynter zögerte. Unwillkürlich wanderte ihr Blick zurück zu der dunklen Stelle auf dem Boden.

Oliver folgte ihren Augen, verwirrt starrte er den Blutfleck an. »Benutzt, um was zu tun?«

»Wo wart Ihr, als die Haunardier geschlagen wurden?«, fragte sie gedämpft.

»Oben im Norden. Jon hatte mich nach Norden geschickt, um seinen Vater nach Hause zu holen.«

»Und als das Verlorene Hundert vertrieben wurde?«

Oliver antwortete nicht sofort. »Da war ich immer noch im Norden und drängte die letzten Comberer zurück«, sagte er langsam. »Der alte König hatte mir aufgetragen, dort zu bleiben und bei der Beendigung der Kampfhandlungen zu helfen. Ich kehrte erst lange, nachdem das Verlorene Hundert fort war, zurück nach Hause.«

Nun suchte Wynter seinen Blick. Er verstand allmählich.

»O nein!«, wehrte er ab. »Das Hundert wurde einfach nur gen Osten geschickt. Sonst nichts. Sie wurden nur …«

Seine Stimme verlor sich, und die beiden schauten einander an. Wynter konnte sehen, wie in seinem Kopf Erinnerungen zusammengefügt, Verbindungen hergestellt wurden, wie sich Dinge klärten. Entsetztes Begreifen spiegelte sich in seinen geweiteten Augen. Sie tastete hinter ihrem Rücken mit der Hand nach Christophers; er umschloss sie sachte. *Ich bin hier.*

Oliver setzte zum Reden an, doch Wynter schüttelte den Kopf, sie wollte nicht, dass er aussprach, was sie beide dachten.

»Lorcan«, presste er schließlich hervor. »Lorcan war *zerstört*, als ich heimkehrte. Ich dachte, es läge an Eurer armen

Mutter … ich muss gestehen, dass ich nach einer Weile sehr ungeduldig mit ihm wurde. Monatelang lag er im Bett. Sprach mit niemandem. Er war …« Vor Verzweiflung und Schuldgefühlen stöhnte Oliver auf. »Gütiger Jesus«, flüsterte er. »Ich war doch erst vierzehn. Wie hätte ich verstehen sollen?«

»Und der König?«, fragte Wynter. »Unser derzeitiger König. Was war mit ihm?«

»Mein Gott.« Oliver erinnerte sich. »Mein Gott.«

»Was *war* mit ihm?«

»Ich schob es auf seinen *Vater*«, rief Oliver. »Zwar hatten sie sich nie vertragen, aber manchmal ist das ja so – ein Sohn trauert um das, was er nie hatte. Ich dachte, er wäre untröstlich wegen des Todes des alten Königs.«

»Also ging es ihm schlecht?«, fragte Christopher leise.

»Jon war fast zwei Monate lang betrunken«, erzählte Oliver. Abwehrend blickte er Christopher an. »Nicht, dass er gestürzt wäre, versteht Ihr, aber eben … er hörte nicht auf zu trinken …« Er brach ab. »Mein Gott.«

»Offenbar ahnen weder Fürst Razi noch der Prinz etwas davon, Ritter Oliver. Ich glaube, es könnte die Versöhnung aller Parteien fördern, wenn diese Dinge aufgedeckt würden.«

»Auf jeden Fall könnte es ihnen helfen, ihren Vater ein wenig besser zu verstehen«, murmelte Christopher.

»Es wird ein heikles Unterfangen«, sagte Wynter, »mit einem solchen Geheimnis an die Söhne heranzutreten. Insbesondere einem Geheimnis, das ihr Vater ihnen nie offenbaren wollte. Wir werden sehr behutsam vorgehen müssen.«

Jetzt sah Oliver sie freundlich an. »Wyn. Lorcan war ein wunderbarer Mensch. Wie auch immer die Umstände dieser schrecklichen … schrecklichen Tat waren, Ihr dürft auf keinen Fall glauben, dass er –«

Wynter unterbrach ihn mit einer ruckartigen Handbewegung. »Ich brauche *Euch* nicht, um meinen Vater zu verteidigen, Herr Ritter.«

Oliver drückte den Rücken durch und blinzelte.

»Ihr dürft mit dem Prinzen reden«, sagte sie schroff. »Ich werde mich mit Fürst Razi unterhalten. Ihr und ich zusammen werden das hier erledigen, und dann ist endgültig Schluss damit; wir alle können ins Schloss zurückkehren, werden nicht mehr davon sprechen, und das Leben wird einfach weitergehen.«

Mit starrer Miene machte Oliver einen Schritt zurück und verbeugte sich. »Ich werde mein Bestes tun, Hohe Protektorin. So Gott will, werden sich der Fürst und der Prinz noch heute Abend wieder miteinander austauschen.« Er drehte sich um.

Christopher drückte Wynters Hand, und sie schloss die Augen. *Bitte, Liebster*, dachte sie, *sag jetzt nichts*. Sie glaubte nicht, dass sie ertragen könnte, wenn er ihren Vater zu verteidigen versuchte. Sie glaubte nicht, dass sie Fragen ertragen könnte. Den Mund öffnen und all diese schrecklichen Dinge, deren sie Lorcan inzwischen verdächtigte, aussprechen zu müssen, überstieg ihre Kraft. Zu ihrer großen Erleichterung jedoch sagte Christopher nichts; er wartete einfach nur geduldig und schweigend ab, und dafür liebte Wynter ihn. Für jede Minute, die er am Leben war, liebte sie ihn noch mehr.

»Gérard hat euch belauscht«, flüsterte er.

Sie schlug die Augen auf und sah gerade noch den dunkelhäutigen Wolf aus dem Schatten eines Zelts treten und

Oliver nacheilen. Schon tänzelte er in einem kleinen Bogen vor den Ritter und verneigte sich aalglatt. Oliver marschierte weiter, und Gérard trippelte rückwärts vor ihm her.

»Ihr beabsichtigt, den Fürsten und den Thronerben miteinander auszusöhnen, Herr?«, fragte Gérard. »Wäre das denn weise? Ich fürchte, der Prinz wäre sehr verärgert, wenn er glaubte, Ihr würdet die Partei seines Rivalen um den Thron ergreifen.«

Kalt und ohne langsamer zu werden, erwiderte Oliver: »Falls Euch Eure Zähne lieb sind, entfernt Ihr Euch aus meiner Nähe.«

Mit übertriebener Anmut trat Gérard zur Seite und ließ Oliver vorbei. Er sah dem Ritter nach, wie er den Weg erklomm und in Alberons Quartier verschwand, dann wandte er sich lächelnd an Christopher. »Dein Herr behält dich also immer noch, was, Hündchen? Du musst ja einige wundersame Fähigkeiten besitzen, um so lange in seiner Gunst zu bleiben. Wo du doch nur ein Krüppel bist.« Gérard leckte sich über die Zähne und musterte Christopher von Kopf bis Fuß. Wynter hätte ihm am liebsten die Augen aus dem Kopf gerissen. »O ja«, fuhr der Wolf fort. »Ich wette, du hast viele Wege gelernt, um gefällig zu sein. Sicherlich bedient sich al-Sayyid deiner, wann immer es ihm behagt.« Gérard kicherte. »Ich hab schon immer gesagt, es gibt keine schönere Musik als die von Sklavenglöckchen, die ihren Rhythmus in der Dunkelheit erklingen lassen.« Damit verbeugte er sich formvollendet vor Wynter und trollte sich im schwindenden Licht.

»Abschaum«, zischte Christopher. »*Abschaum!*«

Wynter umschloss seine geballte Faust. Vor Zorn war ihre Kehle so fest zugeschnürt, dass sie nicht sofort sprechen konnte. »Es sind nur Worte, Liebster«, quetschte sie endlich hervor. »Nur Worte.«

Christopher entriss ihr seine Hand und wandte sich zum Gehen. Als er Jean vor sich auf dem Weg entdeckte, verfinsterte sich sein wütendes Gesicht noch stärker. Der breitschultrige Wolf kauerte neben dem Versorgungszelt, dicht vor Alberons kleinem Diener Anthony; er hatte Wynter und Christopher gar nicht bemerkt. Nun beobachteten sie, wie sich der Wolf vorbeugte und dem Kind etwas ins Ohr sagte. Jeans Stimme war nicht zu hören, doch bei seinen Worten wurde der ohnehin eingeschüchterte kleine Junge kreideweiß und starr vor Schreck. Immer noch flüsternd strich Jean mit den Fingern durch das seidige Haar des Knaben.

Da stieß Christopher ein wütendes, leises Geräusch aus und stürzte nach vorn, doch ehe er und Wynter ihn erreichten, stand Jean auf, kniff dem Kind in die Wange und spazierte in Richtung Wolfsquartiere davon. Anthony blieb zurück, seinen Wasserkessel steif in den Armen haltend, die kleine Brust in raschen, verängstigten Atemzügen bebend.

»Was wollte er?«, knurrte Christopher und ging neben dem Jungen auf die Knie.

Anthony schrie vor Furcht auf und sprang rückwärts, so dass Wasser aus dem Kessel schwappte.

Wynter legte Christopher begütigend die Hand auf den Arm. »Ist schon gut, Anthony«, sagte sie ruhig. »Der Freie Garron tut dir nichts.«

Doch der kleine Diener machte einen weiteren Schritt rückwärts, die Augen starr auf Christopher gerichtet. Sein Schrecken schien sich durch die Wut im Gesicht des jungen Mannes nur noch zu steigern. Christopher allerdings bemerkte die Not des armen Kinds offenbar gar nicht. »Sag mir, was er *wollte*!«, rief er und packte Anthony bei den schmalen Schultern. »Du musst es mir *sagen*!«

Wynter umfasste Christophers Arm fester und hockte sich auf den Boden. »Anthony«, sagte sie.

Er brauchte einen Moment, um den Blick von ihrem Freund loszureißen.

»Ist schon gut«, wiederholte sie. »Du darfst jetzt gehen.«

Sofort floh der Knabe, rannte mit schwappendem Kessel völlig kopflos auf den Hügel und die Sicherheit von Alberons Zelt zu. Christopher machte Anstalten, aufzuspringen und ihm nachzulaufen, doch Wynter zog an seinen Armen und hielt ihn unten. Sie sah ihm in die gefährlich verdunkelten Augen.

»Es ist gut«, sagte sie fest. »Der Junge ist in Sicherheit.«

Christopher knurrte sie ohne ein Anzeichen des Erkennens an, und sie nahm seine vernarbten Fäuste in ihre Hände und drückte sie.

»Es ist gut, Christopher. Komm jetzt zu mir zurück.«

Unsicher runzelte er die Stirn und blinzelte.

»Komm zu mir zurück«, sagte sie. »Ich brauche dich.«

Da plötzlich atmete Christopher tief ein. Seine Augen wurden klar, seine Fäuste lösten sich.

»Bist du bei mir, Liebster?«, flüsterte sie.

Er nickte. Oben auf der Anhöhe hatte es der Knabe in des Prinzen Zelt geschafft. Sie sahen ihm zu, wie er in den schützenden Schatten des Vordachs rannte und im Inneren verschwand – eine winzige Gestalt, kaum groß genug für den Kessel, den sie trug. Ein letztes Mal quetschte Wynter Christophers verstümmelte Finger, und gemeinsam erhoben sie sich und machten sich auf den Weg zurück zu den Merronerzelten.

Wynter erzählte Razi von den Narben des jungen Haunardiers und ihrer Mutmaßung bezüglich der Blutmaschine. Danach sagte Razi lange nichts.

In der Stille betrachtete Wynter ihre Hände; zu ihrem Erstaunen öffneten und schlossen sie sich unablässig ohne ihr Zutun. Sie ballte sie zusammen, zwang sie zur Reglosigkeit, drückte so fest, dass ihre Knöchel im Feuerschein hell leuchteten.

Ihr gegenüber, die Miene aufmerksam, wartete Christopher darauf, dass Razi sprach. Die Merroner saßen ruhig auf der anderen Seite des Feuers. Obwohl sie sich alle Mühe gaben, nicht zu lauschen, hatten Wynters leise gesprochene, eindringliche Sätze sie in den Bann gezogen, und ihre Blicke huschten immer wieder über die Flammen, die Neugier darin war nicht zu verbergen.

»Ich werde mir seine Leiche ansehen müssen«, stellte Razi schließlich fest.

Geistesabwesend nickte Wynter, während sie sich die schmutzigen Nägel in den Handrücken drückte. Am Ende war es sehr, sehr leicht gewesen, die Worte zu sagen. Solch ein schlichter Satz eigentlich, und so schnell vorbei: *Ich glaube, unsere Väter haben sie alle getötet.* Aber als sie ihn endlich ausgesprochen hatte, da hatte sie einen Schmerz in der Brust gespürt, ein scharfes Reißen, und nun empfand sie gar nichts mehr.

Sie spreizte die Hände und beobachtete das Spiel des Feuerscheins auf ihren verdreckten Fingern. Ihre Nägel hatten helle Halbmonde in ihrer Haut hinterlassen. Wynter betrachtete sie eingehend und versuchte dann, ihre Nägel in genau dieselben Kerben wieder einzupassen, bohrte sie fest hinein. Bräuchte man viel Druck, überlegte sie, bis die Haut aufplatzte? Noch tiefer grub sie die Nägel hinein, legte die Stirn vor Anspannung in Falten.

»Iseult!«, zischte Christopher, und sie blickte erschrocken auf. »Hör auf damit!«

»Ich werde mir seine Leiche ansehen müssen«, murmelte Razi erneut. Er rieb sich die Hände an den Hosenbeinen.

»Genau. Diese Narben … können alle möglichen Ursachen gehabt haben. Du bist kein Arzt, mein Herz. Vielleicht hatte der arme Kerl die Pocken. Oder er ist von einem Bären angefallen worden. Oder …« Er verstummte und hielt die Hände still, blickte in den sternenübersäten Himmel hinauf. »Vielleicht«, sagte er verzweifelt. Dann schien er es aufzugeben. »O mein Gott«, flüsterte er.

Mit bebenden Lippen sah Christopher Boro an. Der Hund grinste, und Christopher kraulte ihn zwischen den Ohren. »Mein Braver.«

Die Nacht war sehr ruhig, man hörte nur die gedämpften Geräusche des Lagers, das knisternde Feuer, das Schnarchen der anderen Kriegshunde. Sòlmundr und Hallvor saßen bei den Merronern, ernst und verschlossen. Nach dem Essen waren sie dabei ertappt worden, wie sie die Sklaven der Loups-Garous unten am Fluss bedrängt hatten; die Soldaten hatten die beiden mit Schimpf und Schande zurück zu ihrem Quartier gebracht. Ùlfnaor war sehr böse auf sie gewesen. Er schickte sie zu David Le Garou, um sich zu entschuldigen, und zwang sie, den Wölfen Ersatz für das verschüttete Wasser zu holen. Seither waren die beiden angespannt und schweigsam.

Von irgendwo tief im Lager wehte Musik heran, leise klimperte eine Gitarre. Wynter warf Christopher einen trüben Blick zu; auch er hörte die Musik, und sie bemerkte, wie seine Miene bei dem Klang weicher wurde. Er schloss die Augen und legte den Kopf schief, um zu lauschen. Schöne Erinnerungen huschten über sein Gesicht.

»*Maidin Òr*«, flüsterte er.

Auch Ùlfnaor jenseits des Feuers lächelte, als er die Melodie erkannte, und murmelte etwas. Hallvor sah ihn zärtlich an. Surtr bewegte den Kopf im Takt der Musik und klopfte mit den Fingern auf den Boden.

»*Go h-álainn*«, seufzte er.

Plötzlich stellte Frangok eine Frage, und die ganze warme Fröhlichkeit der Merroner war mit einem Schlag dahin. Langsam setzten sie sich kerzengerade hin, die Mienen verhärtet. Frangok richtete die Frage noch einmal in scharfem Ton an Christopher, woraufhin ein Ausdruck schmerzlichen Verstehens auf sein Gesicht trat und er ächzend den Kopf in die Hände senkte.

»O weh«, sagte er. »Dieser Abschaum.«

»Was ist denn?«, wollte Wynter wissen, doch Christopher gab keine Antwort.

»Das ist *Maidin Òr*«, schimpfte Sòlmundr. »Ein merronisches Lied! Merronisch! Wer hat es beigebracht *coimhthíoch*?«

»Das war ich«, flüsterte Christopher. »Als ich ein Sklave war. Ich lehrte es Pierre auf der Gitarre meines Vaters.«

Wie vom Donner gerührt setzte sich Sòl zurück. »Aber warum, Coinín? Es ist ein merronisches Lied, niemals würden wir –«

»Weil ich es *mochte*!«, fauchte Christopher ihn an. »Ich *mochte* es, und ich habe es oft gespielt, und deshalb hat er mich gezwungen, es ihm beizubringen! In Ordnung? Ist das in Ordnung, Sòl? Kannst du das hinnehmen?«

Angesichts Christophers Aufgebrachtheit beruhigte sich

Sòl sofort wieder und hielt beschwichtigend die Hände hoch.

»Nicht doch«, sagte er. »Nicht doch, *a luch. Na bac faoi* … ist schon gut.«

Christophers Miene verfinsterte sich, und wieder senkte er den Kopf. Er vergrub die Finger in seinem Haar und drückte fest zu, als versuchte er, sich selbst zusammenzuhalten.

»Mach dir keine Gedanken, *luch*«, brummte Ùlfnaor. »Niemand macht dir Vorwurf. Es ist nicht deine Schuld, dass diese *caic* alles stehlen, was sie sehen.«

Immer noch floss die Musik sanft um sie herum, und es war, als hielte das gesamte Lager inne, um zu horchen, so still war die Nacht geworden. Irgendwo dort draußen saß der blonde Wolf und spielte diese wunderschöne Melodie, und Wynter zweifelte nicht, dass diese schrecklich schmerzliche Reaktion darauf genau der Grund war, warum er sie gewählt hatte. Gewiss blickte er von den Saiten zu David Le Garou auf, und das Wissen um das, was er anrichtete, stand deutlich in sein Grinsen geschrieben. Wynter fragte sich, ob er immer noch auf Aidan Garrons Gitarre spielte, und allein bei dieser Vorstellung flammte heiße und stechende und reine Wut in ihr auf. Sie begrüßte die Empfindung. Es war ein gutes Gefühl – viel besser als der bisherige, alles dämpfende Schleier. Razi saß neben ihr, die Hände zu Fäusten geballt, das Gesicht ausdruckslos, und Wynter funkelte ihn an.

»Wann sollen wir handeln?«, fragte sie.

»Bald.« Er war kaum zu hören. »Gib mir Zeit.«

»Wofür? Die Haunardier sind auf dem Weg zu ihren Anführern, und sie haben die Botschaft bei sich, die Alberon wünschte. Welche Verwendung hast du nun noch für die Wölfe?«

Razi schloss die Augen. »Bitte, Wyn.«

Christopher hob den Kopf aus den Händen, und Wynter und er sahen sich an, Wut auf Wut. *Bald* war nicht früh genug.

Ohne Vorwarnung hörte die Musik auf, brach mitten im Akkord ab, als wäre dem Spieler die Gitarre weggenommen worden oder aus den Händen geglitten. Es war ein so jähes Ende, dass alle einen Augenblick lang verblüfft dasaßen und warteten, dass es weiterginge. Christopher richtete sich auf und starrte in die Nacht. Die Stille dehnte sich aus, und die Geräusche des Lagers drangen langsam vor und füllten die Leere. Hallvor blickte Sòlmundr aus den Augenwinkeln an, doch der sah absichtlich nicht in ihre Richtung.

Mit einem warnenden Knurren erhoben sich da die Kriegshunde, und die Merroner schreckten auf.

»Ruft Eure Hunde zurück«, sagte eine vertraute Stimme. »Ich muss mit meinem Bruder sprechen.«

Als Alberon ins Licht trat, standen Wynter und Razi auf. Er wirkte angespannt und bekümmert, den roten Umhang hielt er wie zum Trost um sich gerafft. Oliver, der hinter ihm in den Schatten nur schwach zu erkennen war, musterte die Versammlung mit Vorsicht, doch Alberon hatte nur Augen für seinen Bruder.

»Razi«, sagte er heiser, »weißt du es?«

»Wyn hat es mir erzählt.«

Alberon zog den Umhang noch fester um sich und hielt sich am Rande des Lichtscheins. »Großer Gott«, flüsterte er. »Sie alle abzuschlachten. Sogar Frauen, Razi … sogar kleine Kinder. Eine solch schändliche Tat kann ich mir gar nicht vorstellen. Kein Wunder, dass sich Vater so bemühte, diese Maschine zu verstecken.«

Mit einem leisen Winseln trottete Boro auf den Prinzen zu. Die Merroner zuckten besorgt zusammen, und Oliver verkrampfte sich, aber Alberon, schon immer ein Hundefreund, senkte nur den Blick und streichelte die spitzen Ohren des Tiers. Einen Moment lang schien er in diese unschuldige Beschäftigung versunken, dann holte er tief Luft.

»Razi«, sagte er schließlich. »Was sollen wir tun? Wie soll ich jemals diese Kluft überbrücken?«

»Wir müssen uns unterhalten«, sagte Razi ruhig.

Etwas unsicher blickte sich Alberon in dem Kreis gespannter Gesichter um das Feuer um.

»Nicht hier«, versetzte Razi.

Alberon nickte. »Komm mit.« Müde winkte er Razi zu sich.

Wynter und Christopher wollten hinterherlaufen, doch Razi streckte eine Hand aus.

»Bleibt hier«, sagte er.

Und als sie protestieren wollten, fuhr Razi sie an: *»Bleibt hier, verdammt noch mal!«*

Fassungslos riss Wynter den Kopf zurück; er wollte ihr das verwehren? Nach allem, was sie durchgemacht hatten, wollte er sie einfach ausschließen? »Razi!«, rief sie.

Doch er marschierte ohne ein weiteres Wort an ihr vorbei, und in vergeblichem Zorn sah sie ihm nach, während er seinem Bruder in die Dunkelheit folgte.

»Cad a rinne tú?«

Christophers ungläubiges Flüstern kratzte an der Oberfläche eines Traums, so dass Wynter gerade noch in das Gesicht ihres Vaters blickte – unfassbar jung und im strömenden Regen schreiend: »Halt sie auf! Um Himmels willen, Rory! Halt sie auf!« – und im nächsten Augenblick verwirrt aufwachte, die Hände in die leere Decke gekrallt, wo Christopher eigentlich liegen sollte.

Sie stützte sich auf die Ellbogen und sah sich um.

Christopher stand am Eingang des Zelts, ein schwarzer Schatten, der sich schemenhaft gegen den schwachen Schein des verlöschenden Feuers abhob. Jemand war bei ihm, anfangs nur ein dunkler Umriss, bis er sprach und Wynter das unverkennbare Krächzen Sòlmundrs erkannte. Der Krieger murmelte leise etwas, und Christopher schrie vor Schreck auf.

Sofort schlug Sòl seinem Freund eine Hand auf den Mund. »Pssssst, *a luch*«, sagte er. »Pst.«

Wynter sah Christopher nicken, woraufhin Sòlmundr vorsichtig die Hand wieder von seinen Lippen nahm. Außer Wynter war offenbar niemand im Zelt; Razi war wohl noch nicht zurückgekehrt. Sie tastete nach ihrem Hemd.

Nachdem Razi mit Alberon weggegangen war, hatten sich die Frauen rücksichtsvoll in ihr Quartier zurückgezogen und Wynter und Christopher allein gelassen. Wynter hatte sich nichts dabei gedacht, war einfach in ihr Zelt gestapft und hatte sich grimmig hingelegt. Dann aber hatte sich Christopher neben sie gelegt, die Arme um sie geschlungen und sie sanft an sich gezogen, und sie war sofort zusammengebrochen. Ehe sie sich's versah, schluchzte sie an seiner Brust, stieß tiefe, erschauernde Atemzüge, erstickte Seufzer aus; ihr Kummer war zu groß, um aufzuhören, sie war zu erschüttert, um zu sprechen.

»So war Lorcan nicht, Wynter«, hatte er gemurmelt. »So

war er nicht. Das weißt du. Er war ein wundervoller Mensch.« Sie hatte den Kopf geschüttelt, während sie wortlos in sein Hemd weinte. »Vielleicht hat der König es getan«, sagte er. »Vielleicht war es der Vater des Königs. Das wirst du nie erfahren, weil der König es dir wohl kaum erzählen wird, oder?« Sie hatte sich nur noch stärker an ihn geklammert, ihn an sich gezogen, weil sie ihn nah bei sich brauchte, und er hatte ihr über das Haar gestrichen. »Lorcan war nie anders als gut zu dir.« Er wiegte sie sanft. »Ist das nicht alles, was du wissen musst? Er war nie anders als gut zu dir.«

So war sie dann in den Schlaf getaumelt, schluchzend, von Christopher fest im Arm gehalten. Nun brannten ihre Augen und ihre Nase vom Weinen, und das Bett war kalt, weil Christopher aufgestanden war, um am Zelteingang zu flüstern. Sie schlug die Decke zurück und wickelte sich in der Nachtluft zitternd in ihren Umhang. Himmel noch mal, es war verflucht frostig.

»Christopher«, flüsterte sie, zerrte die Stiefel über die Füße und stand auf. »Was in Gottes Namen machst du da?« Christopher gab keine Antwort, und plötzlich besorgt lief Wynter zum Eingang. Der kleine Platz vor den merronischen Zelten war verlassen. Christopher war fort.

Die merronische Art

Ùlfnaors Hunde waren bis zum Ende ihrer Ketten gerannt und starrten neugierig die Gasse zwischen den Zelten hinauf. Wynter lief an ihnen vorbei, schnallte sich das Schwert um, blieb im Schatten stehen und spähte hinaus auf den im Mondschein liegenden Hauptweg. Das Lager war vollkommen still und bar jeden Lebens, aber Wynter wusste, dass es Wachen gab, die ihre Runden machten, und die Posten vor Alberons Zelt würden jede Regung hier unten wahrnehmen, wenn sie gerade hinabblickten. Da bemerkte sie etwas aus dem Augenwinkel, eine flüchtige Bewegung am anderen Ende des Wegs. Boro zeichnete sich kurz vor der Leinwand eines Zelts ab, dann verschwand er um eine Ecke.

Oh, ihr Nichtsnutze, dachte sie. *Ihr Narren*. Ein schneller Blick zum königlichen Zelt, dann überquerte Wynter hastig den allzu hellen Weg. Tief in der Hocke, als könnte sie das vor Entdeckung bewahren, eilte sie im Schutze des schmalen Schattenstreifens unter den Vordächern weiter und bog hinter Boro und den beiden Männern, die er zweifelsohne begleitete, in die Gasse ein.

Sein Versprechen, die Wölfe weit entfernt von Razis Zelt einzuquartieren, hatte Alberon jedenfalls eingehalten. Ja, während Wynter den beiden Gestalten durch das schier unendliche Gewirr des Lagers folgte, fragte sie sich allmählich, ob die verdammten Kreaturen auf dem Mond untergebracht waren. Sie lief, so schnell sie konnte, und betete, dass sie nicht über eine der vielen Zeltleinen oder Vorratskisten stolpern würde, die tückisch in der Finsternis lauerten. Das Letzte, was sie jetzt brauchen konnte, war, einen Trupp schlafender Männer mit viel Getöse unter einer Leinwand zu begraben.

Wie ein Storch stakste sie gerade durch ein besonders dichtes Labyrinth aus Abspannseilen, als ein Geräusch sie veranlasste, anzuhalten und zu horchen. Es war Sòlmundr, der leise sprach und kicherte. Wynter schlich sich zum Rande der Schatten und wagte einen Blick hinaus. Sie befand sich am äußeren Rand des Lagers, die Armeezelte standen mit dem Rücken zu ihr in einer Reihe, die Unterkünfte der Wölfe waren davon durch ihren offenen Kochplatz getrennt. Dahinter senkte sich der Boden in Richtung Pferdekoppeln, Fluss, Schutzwall und Bäume ab.

Sòlmundr spazierte durch das Lager der Wölfe, sein Schwert in der Hand, Boro an seiner Seite. Christopher stand als schmaler schwarzer Umriss neben dem beinahe erloschenen Lagerfeuer. Er betrachtete den ausgestreckt am Boden liegenden Körper eines der Sklaven der Loups-Garous; der junge Mann regte sich nicht, neben seiner nach außen zeigenden Hand lagen eine Schale und verschüttetes Essen. Verblüfft trat Wynter aus den Schatten hervor. Da zischte Sòl am Eingang zum Zelt der Wölfe etwas, und als der Krieger über den zusammengesackten zweiten Sklaven stieg und ins Innere verschwand, blickten sowohl Wynter als auch Christopher auf.

Christopher bückte sich und schleifte den ersten Sklaven an den Knöcheln unter das Vordach. Dort ließ er ihn an seinen reglosen Gefährten gelehnt liegen und folgte Sòl ins Zelt. Auf Zehenspitzen tapste Wynter hinterher. Vor dem Eingang ging sie in die Hocke und legte eine Hand auf die Brust des Sklaven. Er atmete sanft, genau wie sein Gefährte. Wynter erhob sich und lugte ins Zelt.

Drinnen herrschte Dunkelheit. Dann das leise Schlagen eines Feuersteins. Eine Feuerschale erwachte flackernd zum Leben und beleuchtete den darüber kauernden Sòl. Er blickte zu Christopher auf und rutschte zur Seite, als reichte er ihm ein Geschenk dar. Das Licht aus der Schale breitete sich in der Finsternis aus, und das Innere des Zelts wurde sichtbar.

Die Loups-Garous waren in unterschiedlichen Stellungen im Raum verstreut, je nachdem, in welcher Haltung sie das Bewusstsein verloren hatten. David Le Garou thronte der Länge nach auf einem Knäuel aus Pelzen, den Kopf im Nacken, die Augen geschlossen, als schlummerte er sanft. Zu seinen Füßen lag Jean mit dem Gesicht nach unten; ein Arm war ausgestreckt, er musste ihn im Fallen nach seinem Anführer gereckt haben. Gérard wiederum war in sich zusammengesunken, da er offenbar gesessen hatte. Mit dem Rücken lehnte er an einem Haufen Sattelzeug, ein Kartenspiel überall auf sich verteilt. Pierre schließlich war auf die Seite gekippt, die Gitarre noch in der Hand. Die glänzenden blonden Locken bedeckten sein Gesicht und schimmerten im flackernden Licht.

Sòl grinste Christopher an, die Augen vor bitterer Genugtuung leuchtend. Er setzte zum Sprechen an, sah dann aber Wynter ins Mondlicht am Eingang treten und machte ein langes Gesicht. Langsam stand er auf. Christopher drehte sich zu ihr um, und Wynter sah es in seinen Augen: Er war genauso erstaunt wie sie selbst. Er war in diesen Plan nicht eingeweiht gewesen.

Sòls Miene verhärtete sich. Er senkte das Kinn. »Nimm ihm das nicht weg«, warnte er.

Wynter stieg über die Sklaven hinweg und ließ die Zeltklappe hinter sich zufallen, wodurch der klare Mondschein ausgesperrt wurde. Gespannt beobachtete Sòl, wie sie ihr Schwert zog. Die Flammen in der Schale loderten und ließen orangefarbenes Licht und dunkle Schatten über die besinnungslosen Gesichter der Wölfe zucken.

»Was habt ihr vor, wenn sie tot sind?«, fragte Wynter ruhig.

Sòlmundr verzog den Mund zu einem finsteren Grinsen, er verstand ihre Frage als Billigung seines Vorhabens.

»Gute Frau«, flüsterte er.

Unterdessen wandte sich Christopher von ihr ab und ging langsam im Zelt herum. Er stupste Pierre mit dem Zeh an und rollte ihn auf den Rücken. Dabei rutschte die Gitarre aus den schlaffen Fingern des Wolfs und fiel mit einem schwachen melodischen Hallen auf den Boden. Nun starrte Christopher Gérard an.

»Hast du ihnen etwas ins Wasser getan?«, fragte er.

»Hally, sie hat mir das langsame Gift gegeben. Sie hat gesagt, es bringt die Loups-Garous vielleicht nicht um, weil sie Wölfe sind. Vielleicht betäubt es sie nur. Das hat ihr Sorgen gemacht, aber ich bin froh, dass sie nicht tot sind. Ich bin froh, dass sie für dich am Leben sind, obwohl es schade ist, dass sie nicht wach sind und miterleben, wenn du endlich deine Rache nimmst.«

Christopher durchquerte das Zelt und ging neben David Le Garous schlafendem Körper in die Hocke. Das lange braune Haar des Wolfs war unordentlich über sein Gesicht gefallen. Unwillkürlich streckte Christopher die Hand aus, um es zur Seite zu streichen, doch im letzten Augenblick zögerte er und zog den Arm wieder zurück.

»Ich werde hinterher weggehen«, sagte Sòlmundr. »Und alles kann meine Schuld sein.«

»O nein, Sòl«, widersprach Wynter. »Nein. Du darfst nicht fortgehen. Wir können einen anderen Weg finden.«

Sòl lächelte sie an. »Es gibt keinen anderen Weg«, sagte er. »Aber es ist gut. Es macht mich stolz. Nach allem, was Coinín für mich und für Ash riskiert hat, ist es mir eine Ehre, ihn und seinen ersten Vater zu rächen.«

»Wir werden einen anderen Weg finden«, sagte Wynter bestimmt.

Sie warf einen Blick auf Christopher, der dieses Gespräch offenbar gar nicht mitbekommen hatte und immer noch neben David Le Garou kauerte und ihn unverwandt betrachtete. Wynter wunderte sich, wie unbewegt er war. Nach allem, was er durch die Hand dieses Mannes und seines Rudels erlitten hatte, hätte sie mehr als diese eigenartige Ruhe erwartet. Erneut wollte sie etwas sagen, doch Christopher zog den langen schwarzen Dolch aus seinem Stiefel, und Wynter und Sòl wurden ganz still.

Ohne erkennbare Gefühlsregung schnippte Christopher David Le Garou das Haar mit dem Messer aus dem Gesicht, dann strich er ihm langsam, beinahe zärtlich mit der Spitze der Klinge über Stirn und Schläfe. David Le Garous Lid zuckte, und Christopher hielt inne. Sein Dolch glitt zum Augenwinkel und übte dort leichten Druck auf die

Haut aus. Wynter bereitete sich darauf vor, den Kopf abzuwenden, doch statt noch fester zu drücken, seufzte Christopher lediglich und senkte die Messerspitze hinunter auf die Wange des Wolfs.

Die Klinge schabte vernehmlich über die Bartstoppeln auf Le Garous Kinn, zeichnete die verwundbare Wölbung seines Adamsapfels nach und kam dann auf dem schwach schlagenden Puls an seinem Hals zum Stillstand.

»Ich könnte«, flüsterte Christopher.

Er drückte zu, unter seinem Dolch bildete sich eine zarte Einbeulung. Ein winziger Tropfen Rot quoll unter der Spitze des Messers hervor, und Christophers Lippen teilten sich. Er legte den Kopf schief und beobachtete andächtig, wie Davids Blut in einem dünnen Faden auf seinen Kragen hinabrann. Dann wandte er sich wieder dem Gesicht Le Garous zu. Was auch immer er dort sah, schien Christophers seltsame Entrückung zu durchbrechen, und er knurrte plötzlich wütend auf, packte den Wolf an den Haaren und riss seinen Kopf hoch, bis ihre Gesichter dicht voreinander schwebten. Mit einem Zischen, das auch ein Wort gewesen sein mochte, presste er abermals das Messer gegen Davids bleichen Hals.

»Ich könnte!«

Ruckartig zog er den Dolch weg und steckte ihn zwischen Davids Beine in den Schritt. »Ich könnte«, sagte er wieder und starrte dem Wolf in das leblose Gesicht. »Ich könnte dich Stück für Stück auseinandernehmen.«

Der Wolf blieb regungslos mit geschlossenen Augen und geöffnetem Mund liegen. Er wirkte vollkommen friedlich, er ahnte nichts von Christophers Zorn. Mit einem leisen Aufschrei zerrte Christopher ihn noch näher an sich heran und legte ihm das Messer wieder ans Auge. Die Spitze zitterte vor den dunklen Wimpern des Wolfs, und Christopher suchte in seiner Miene verzweifelt nach einer Reaktion – doch da war keine.

»Verflucht seist du«, stieß er hervor. »Verflucht seist du. Du gottverdammte *Pest.*«

Und dann schleuderte Christopher David zu Wynters Verwunderung zurück auf die Pelze und steckte den Dolch mit bebenden Händen zurück in den Stiefel.

»Coinín«, sagte Sòlmundr. »Es ist gleichgültig, dass er nichts spürt. Du musst es jetzt tun! Das ist vielleicht deine einzige Gelegenheit.«

Christopher schüttelte den Kopf und stand auf.

»Wir könnten das Zelt hinterher abbrennen«, murmelte Wynter.

Beide Männer drehten sich entsetzt zu ihr um, und sie wog etwas verunsichert das Schwert in der Hand.

»Wenn du sie töten musst, dann könnten wir das Zelt mit ihren Leichen darin verbrennen. Du könntest endlich Rache nehmen, Christopher, und sie wären für immer aus deinem Leben verschwunden. Sòl müsste nicht fortgehen. Es wäre alles ganz einfach.« Vom Schweigen der Männer und ihren Blicken im züngelnden Feuerschein etwas aus der Fassung gebracht, wartete sie ab. »Ich bin allerdings nicht sicher, ob ich das mitansehen könnte«, gestand sie leise. »Ich dachte, ich könnte es … aber ich glaube, ich könnte es nicht ertragen.«

»Gott steh mir bei, Iseult«, sagte Christopher. »Ich liebe dich jeden Tag mehr.«

Wynters Augen füllten sich mit Tränen, und Christophers dunkler Umriss wurde plötzlich von orangefarbenen

Sternen umrahmt, als das Feuer in Tausende heller Punkte zerstob. »Ich liebe dich auch«, sagte sie. Dann wischte sie sich die Augen, schob das Schwert in die Scheide und wandte sich zum Zelteingang. »Ich warte draußen.«

»Bleib«, bat Christopher.

»Ich kann nicht, Chris, verzeih mir. Ich verstehe, was du tun musst. Aber ich kann nicht bleiben.«

»Nein. Bleib. Es ist schon gut. Ich mache nichts.«

Sowohl Sòlmundr als auch Wynter runzelten ungläubig die Stirn.

»Aber du bekommst vielleicht nie wieder so eine Gelegenheit!«, rief Sòl.

»O doch«, sagte Christopher. »Das werde ich. Razi hat es mir versprochen. Er hält seine Versprechen immer. Ich werde ihn nicht enttäuschen.«

»Aber …« Sòl blickte sich unter den ohnmächtigen Wölfen um, außerstande, Christophers Entscheidung, sie zu verschonen, zu begreifen.

Christopher aber durchquerte das Zelt und hob behutsam die zu Sòlmundrs Füßen liegende Gitarre auf. Das polierte Holz glänzte im warmen Licht wie Honig, die silbernen Bünde und die Schlangenkopfwirbel schimmerten. Christopher drehte das Instrument um, und auf der Rückseite prangte als Einlegearbeit in dunkles Holz die Darstellung zweier umeinander gewundener Schlangen, jede biss in den Schwanz der anderen. Wynter ging neben Christopher in die Hocke und betrachtete das Bild. Es war herrlich gefertigt.

»Das ist wunderschön«, sagte sie.

»O ja. Vater hat sie auf dem *Aonach* von Hollis machen lassen, in dem Jahr, als ich adoptiert wurde. Von demselben Mann, der auch die Truhe gezimmert hat.« Christopher lächelte und strich mit den Fingern über das Schlangensymbol. Er wollte etwas sagen, dann aber schien ihn der Anblick seiner eigenen verstümmelten Hand zu beirren. Sein Atem stockte, unverwandt starrte er seine Finger an. Plötzlich ballte er eine Faust, stand auf und schlang sich den Gitarrenriemen über die Schulter. »Kommt schon«, fauchte er. »Hauen wir ab.«

Und damit stapfte er zum Eingang, warf die Klappe auf und stürmte hinaus, als hätte er Angst, noch länger zu bleiben.

Wynter kam langsam auf die Füße. Sòl betrachtete die um ihn herum liegenden Leiber mit vor Wut zuckenden Gesichtszügen, und Wynter wusste genau, wie er sich fühlte. *Na ja*, dachte sie dann mit Blick auf das schlimme Narbengewebe um seinen Hals und seine Handgelenke. *Vielleicht nicht ganz.*

»Das ist nicht deine Rache, Sòl«, sagte sie leise.

»Wie kann er einfach weggehen?«, brach es aus ihm hervor.

»Er geht nicht für immer.«

Sòlmundr schnaufte erbost, seine Enttäuschung war greifbar.

»Glaubst du, es ist töricht von ihm, Razi zu vertrauen?«

Er antwortete nicht, und Wynter fragte sich, ob es ihn wohl genauso verletzte, dass Christopher sein Geschenk zurückwies, wie er zornig war über das Davonkommen der Wölfe.

Draußen rief Christopher ungeduldig nach ihnen. Er war damit beschäftigt, die Armreife seines Vaters von den schlaffen Armen des Sklaven zu zerren. »Los, weg hier«, zischte er. »Wir müssen zurück sein, ehe Razi zurückkehrt.«

Wynter ging schon zu ihm hinaus, während Sòl hinter ihr noch die Feuerschale löschte und das Zelt damit in Pechschwärze tauchte.

»Werden sie sterben, Sòl?«, fragte Wynter mit Blick auf die bewusstlosen jungen Männer zu ihren Füßen.

»Ich hoffe«, entgegnete er kalt.

»Sosehr sie es auch erstreben mögen, sie sind keine Wölfe.« Christopher stand auf und schubste die Hand des einen Sklaven mit dem Fuß zur Seite. »Daher bringt das Gift sie wahrscheinlich um.«

»Wird es schlimm sein?«, flüsterte sie. »Sòlmundr hat es langsames Gift genannt. Das *klingt* schlimm.«

»Das bedeutet nur, es schleicht sich langsam an«, erklärte Sòlmundr. »Es ist nicht wie …« Er machte eine zuckende Krampfbewegung, die Wynter an Razi erinnerte, als Christopher ihn in Emblas Zelt betäubt hatte. »Das hier zieht dich einfach sanft hinunter. Man merkt es kaum, bis es zu spät ist, und dann stirbt man.«

Christopher machte ein abfälliges Geräusch. »Das ist immer noch viel zu gut für die«, sagte er.

Sòl nickte verständnisvoll, und Wynter empfand ihr mangelndes Mitgefühl als seltsam. Fühlten sich ihre Freunde diesen beiden jungen Männern überhaupt nicht verbunden? Hatten sie nicht als Sklaven dieselben Dinge erlitten? Christopher musste ihr diese Gedanken von der Miene abgelesen haben, denn er wandte sich ab und spielte unbehaglich mit den Armreifen in seiner Hand. »Du verstehst nicht, wie sie sind«, sagte er leise. »Das kannst du dir gar nicht vorstellen. Das hier sind zwei ihrer *Burschen*. Die Wölfe haben sie von klein auf großgezogen und … sie sind nicht normal. Sie sind wild. Sie sind entsetzlich grausam.«

»Bei manchen Menschen«, sagte nun Sòlmundr, sichtlich von unerwünschten Erinnerungen gequält, »sind am Ende nicht nur die Körper Sklaven. Bei manchen Menschen sind es auch die Seelen.«

Im Gedenken an seine eigene Vergangenheit erschauerte Christopher, dann schüttelte er sich. »Los jetzt.« Er schlug Sòlmundr auf den starken Arm. »Hauen wir ab.«

Mit grimmigem Gesicht stieg der Krieger über die bewusstlosen Burschen hinweg und steuerte auf eine Lücke zwischen den Armeezelten zu. Wynter wollte ihm folgen, zögerte aber, als Christopher vor ihr unvermittelt stehen blieb.

»Sòl!«, rief er gedämpft.

Sòlmundr sah unwirsch über die Schulter. »Was denn?«

Statt einer Antwort reckte Christopher nur mit leuchtenden Augen wortlos die Faust mit den Armreifen in die Luft, als wollte er sagen: *Das kann ich dir niemals vergelten.*

Sòlmundrs Miene wurde weich. »Ach«, murmelte er. »Ach, ja.« Er räusperte sich. »*Ná bac, lucha.* Lass uns … lass uns gehen, bevor Tabiyb merkt, dass ihr weg seid, und wir alle Ärger bekommen.« Mit einem kurzen Seitenblick auf Wynter drehte sich der Krieger um und ging voran zu den Zelten.

»Mist«, flüsterte Christopher. »Hätte er nicht verdammt noch mal ein bisschen länger brauchen können, der Trottel?«

Razi stand neben dem Versorgungszelt, sein Schatten und die der ihn begleitenden Soldaten dehnten sich im sinkenden Mondlicht lang und schwarz aus. Er versuchte gerade, die Männer zu entlassen.

»Ihr könnt jetzt gehen«, sagte er. »Von hier an komme ich allein zurecht.«

»Der Befehl Seiner Hoheit lautet, Euch zu Eurem Zelt zu bringen, Fürst.«

»Danke, Leutnant, aber zwischen mir und meinem Bett befindet sich nichts außer etwas Finsternis. Eure Anwesenheit würde nur die Hunde aufscheuchen, und die würden sich rächen, indem sie den Schlaf des gesamten Lagers stören.«

Wynter hörte den Leutnant unterdrückt lachen, und Razi sandte ihn mit einem Kopfnicken fort. Die Soldaten marschierten von dannen, und Razi bog in die schwarze Schlucht zwischen den Zelten ein. Wynter seufzte entmutigt; jetzt gab es keine Hoffnung mehr, sich vor ihm zurückzuschleichen. Sie konnten ebenso gut gestehen.

Sòlmundr reckte den Kopf und sah den sich zurückziehenden Soldaten nach, dann bedeutete er Wynter und Christopher, dass die Luft rein sei. Verstohlen huschten sie über den Weg und erreichten die andere Seite, ohne Alarm auszulösen.

Als sie ankamen, tauchte Razi gerade wieder aus dem leeren Zelt auf, er musterte sie beunruhigt. »Wo wart ihr?« Doch beinahe unmittelbar entdeckte er die Armreife in Christophers Händen, stöhnte auf und schloss die Augen. »Ach, Chris«, sagte er. »Nein.«

Wynter setzte zu einer Erklärung an, Christopher aber kam ihr zuvor. »Die Pläne deines Bruders sind damit zunichte gemacht, schätze ich mal.«

Erneut stöhnte Razi und rieb sich müde mit der Hand über das Gesicht. »Mein Gott, den wird der Schlag treffen«, sagte er. Zu Wynters höchstem Erstaunen allerdings warf er die Hände in die Luft und seufzte. »Nun ja«, versetzte er, »mach dir keine Sorgen. Ich kann sicherlich einen Ausweg finden, obwohl es so viel besser gewesen wäre, wenn – ach, egal. Mach dir keine Gedanken, mein Freund.« Mit aufrichtigem Bedauern sah er Christopher an. »Es war unerträglich grausam, deine Langmut noch weiter zu beanspruchen. Ich freue mich für dich, Christopher. Ich wünschte nur –« Er schüttelte den Kopf. »Nein! Ich freue mich für dich«, sagte er bestimmt. »Ich bin froh, dass es für dich nun endlich vorbei ist.«

»Du wünschtest nur was?«

Reumütig verzog Razi das Gesicht. »Das spielt keine Rolle, mein Freund. Schließlich war es *mein* Plan und hatte nichts mit deinen Wünschen oder Sehnsüchten zu tun. Letztlich ist es besser, dass du es machen durftest, wie du es wolltest, nachdem du es so lange meinen Bedürfnissen zuliebe zurückgestellt hast.«

»Du wünschtest nur was?«, beharrte Christopher. »Sag mir jetzt endlich, was du wünschtest, du alter Narr, und hör auf, ständig etwas zu verheimlichen!«

Da trat Razi unvermittelt ins Mondlicht, und die erschöpfte Nachsicht in seiner Miene wich etwas Härterem. Er ballte die Fäuste vor der Brust, die Augen blitzten leidenschaftlich. »Ich hatte mehr gewollt, Christopher. Ich hatte mir gewünscht, dass es etwas *bedeutet*.«

Abwartend betrachtete Christopher ihn, und da Razi sah, dass er nicht ganz verstand, breitete er nach Worten ringend die Hände aus. »Ich hatte mir gewünscht, dass es mehr als eine persönliche Rache wird. Etwas Machtvolleres als eine still und heimlich in der Finsternis aufgeschlitzte Kehle. Ich hatte gehofft, dass deine Vergeltung eines Tages, wenn es so weit wäre, etwas versinnbildlichen würde. Ich hatte von den Dächern rufen wollen: *Sehet, das ist der Lohn des Bösen. Schaut, was jenen widerfährt, die auf Kosten Schwächerer leben.* Der Tod der Loups-Garous hätte sagen sollen: *Man wird uns nicht dulden. Unseresgleichen wird nicht den Sieg davontragen.*« Eine Weile lang starrte Razi vor sich hin, als sähe er seinen Plan vor seinem geistigen Auge erblühen. Dann ließ er die Hände sinken.

Christopher lächelte. Er sah Wynter an, sie nahm seinen Arm. Gelassen klimperte er mit den Armreifen seines Vaters. »Tja, dein Glück, dass die Wölfe nicht tot sind«, sagte er.

Razis Kinnlade fiel herunter.

»Nö«, sagte Christopher mit vorgetäuschter Beiläufigkeit. »Es kam mir einfach nicht richtig vor. Ich hab beschlossen, es mir für ein anderes Mal aufzuheben.«

»Christopher«, erwiderte Razi. »Ich habe einen Plan.«

»So was dachte ich mir schon.« Christopher grinste Sòl so zärtlich und liebevoll an, dass der ältere Mann lächeln musste. Wynters Herz füllte sich mit Stolz. Christopher hatte Recht gehabt; Gott sei Dank.

»Du musst die Armreife zurückbringen«, sagte Razi.

Sofort fiel Sòlmundrs etwas kleinlaute Heiterkeit von ihm ab, und Wynter rief: »O nein, Razi! Das ist ungerecht!«

Christopher erstarrte kurz, den Schmuck fest umklammernd, die Augen vor Schreck aufgerissen. »Aber … warum?«, presste er schließlich hervor.

»Weil sie Beweise für ein Verbrechen sind. Komm mit, mein Freund. Zeig mir, was ihr getan habt, und ich werde dir unterwegs meinen Plan erläutern.«

Dieses Mal gab es kein Herumschleichen und sich in die Schatten drücken; Razi marschierte einfach durch das Lager, als wäre nichts dabei, nachts herumzuspazieren, und die anderen trippelten hinter ihm her wie verunsicherte Entenküken. Auf dem Weg begegneten sie einer Wachpatrouille, und Razi seufzte betont ungeduldig, als der Sergeant den seltsamen kleinen Trupp musterte und erklärte, er müsste sie dem Prinzen melden.

»Tut das ruhig, Sergeant, und ich muss Eure Gewissenhaftigkeit loben. Geht Ihr bitte einfach Eurer Pflicht nach und lasst mich meine erledigen.«

Der Sergeant zögerte noch, und Razi beugte sich vor. »Ich würde Seiner Hoheit gern eine Nachricht zukommen lassen. Ihr müsst sie aber genau so wiederholen, wie ich sie Euch auftrage, verstanden?«

Der Sergeant bejahte.

»Sagt ihm, dass ich mir nur einen Vorschuss auf fällige Entschädigungen nehme und sein unmittelbares Vorhaben davon nicht gestört wird. Bitte wiederholt das für mich … so ist es gut. Und jetzt los. Ich bin sicher, der Prinz wird mit Eurem Pflichtbewusstsein höchst zufrieden sein.«

Damit zogen die Soldaten ab.

Verwundert sah Sòlmundr ihnen nach. Dann musterte er Razi von Kopf bis Fuß. »Ich glaube, ich nehme Euch mit nach Hause, Tabiyb«, sinnierte er. »Ihr seid ein sehr eindrucksvoller Mann.«

In der Miene des Kriegers war keine Spur von Erheiterung zu erkennen, und Wynter musste angesichts des Unbehagens, das sich auf Razis dunklem Gesicht abzeichnete, schmunzeln. »Ähm«, machte er. »Äh … genau.« Verlegen hustend ging er weiter.

Sòlmundr zwinkerte Wynter zu. »Manchmal ist es zu einfach«, sagte er und lief ihrem in der Dunkelheit verschwindenden Freund nach.

Die Wölfe schliefen immer noch. Razi beachtete sie gar nicht, half aber Sòlmundr und Christopher, die Sklaven hinaus ins Mondlicht zu schleppen und sie gegen einige aus dem Zelt geholte Pelze zu lehnen. Wynter hockte sich neben Razi und betrachtete die beiden besorgt. In diesem sonderbaren Licht war es schwierig zu beurteilen, aber ihre Gesichtsfarbe wirkte eigenartig, ihre Atmung ging flach und schnell.

»Werden sie sterben, Razi?«

»Sind das Siebte?«, fragte Razi, die Finger auf den Hals eines der Sklaven gelegt.

Christopher bejahte finster. »Dann«, murmelte er, während er nach dem Puls des anderen jungen Mannes tastete, »sind sie die Söhne von Wölfen? Auf einem ihrer Sklavenraubzüge gezeugt und dann von ihnen zu sich geholt worden?«

»Sie sind aber keine Wölfe«, gab Christopher zurück. Razi sah ihn an. »Dessen bin ich sicher«, fuhr Chris fort. »Auch wenn André ihnen eingeredet hat, sie könnten sich verwandeln, wenn sie es nur unbedingt wollen, aber so läuft das einfach nicht. Es ist wie rote Haare oder blaue Augen haben; man wird entweder als Wolf geboren oder eben nicht. Daran ist nichts zu ändern.«

Diesen letzten Satz sagte er sehr leise und mit einem Seitenblick auf Wynter. Sie lächelte ihn an; für sie machte es keinen Unterschied. Christopher war ein guter Mensch, sonst nichts, ein guter Mensch, der zufälligerweise auch ein Wolf war.

»Dennoch«, sagte Razi, »haben sie Loup-Garou-Blut in sich. Sie könnten vielleicht ein klein wenig anders sein als normale Menschen, oder? Es könnte körperliche Abweichungen geben, die sie widerstandsfähiger gegen Gift machen?«

Mit kalten Augen zuckte Christopher die Achseln. Es war ihm aufrichtig gleichgültig.

Razi seufzte. »In jedem Fall kann ich nichts für sie tun. Von den Pflanzen, die Sòlmundr aufgezählt hat, habe ich noch nie gehört, und ich werde keine Behandlung riskieren, wenn ich die angewendete Tinktur nicht kenne. Ob sie leben oder sterben, liegt in der Hand des Schicksals.« Er stand auf und wischte sich die Hände ab. »Möchtest du, dass ich ihnen die Armreife wieder überstreife?«, fragte er behutsam.

Christopher wehrte ab. »Nein, ich mache es.«

»Bist du dir sicher mit deinem Plan?«, krächzte Sòlmundr.

Razi nickte. »Selbst wenn es mir nicht gelingt, eine Aussage der älteren Tochter des Wirts zu beschaffen, so können Christopher und Wynter bezeugen, dass es die Loups-Garous waren, die das arme Kind in der Wherry Tavern getötet haben. Ich werde diese Hundesöhne vor Gericht bringen, Sòlmundr, mit Hilfe des neuen Rechtswesens meines Vaters. Ich werde an ihnen ein Exempel statuieren, das niemand je vergessen wird. Mein Bruder wird sie vorher aufbauen, und ihr Sturz wird somit umso heftiger sein und umso öffentlicher.« Er sah Christopher an. »Deshalb jedoch musst du die Armreife zurückgeben, mein Freund, damit wir beweisen können, dass *sie* sie dir in jener Nacht stahlen.«

Widerstrebend fügte sich Christopher. »Es wäre so viel

einfacher, ihnen die Kehlen durchzuschneiden«, grummelte er, streifte aber dennoch den Sklaven die Schmuckstücke über die Arme. Dann drehte er sich um, ging zurück ins Zelt und nahm die Gitarre von der Schulter.

Wynter folgte ihm. »Gib die nicht zurück«, flüsterte sie, während er sich bückte, um das Instrument neben Pierre zu legen. »Bitte, Liebster. Ich kann die Vorstellung, dass er wieder darauf spielt, nicht ertragen.«

Sòlmundr trat hinter sie, sein langer Schatten verdeckte den Großteil des Lichts. »Wir können sie behalten und verstecken«, schlug er vor.

Christopher schüttelte den Kopf. »Sie würden nachsehen. Sie würden sie finden, und dann müssten wir zugeben, dass wir es waren, die sie vergiftet haben. Es ist schon gut. Ich kann …« Er legte die Gitarre auf den Boden und richtete sich auf. »Ich habe schon …« Plötzlich atmete er hörbar ein. »Nein, das kann ich auch nicht.« Und zu Wynters Entsetzen hob er den Fuß – bereit, ihn auf das zarte Holz der Gitarre seines Vaters zu stampfen.

»Nicht!«, rief Wynter, die im Geiste schon das Zersplittern des geliebten Instruments unter seinem Stiefel hörte.

Doch Christopher brachte es ohnehin nicht über sich, er knallte seinen Fuß stattdessen auf den Boden und stieß dabei einen lauten Schrei aus. Wynter schlug sich die Hand auf den Mund und schloss erleichtert die Augen. Um sie herum schliefen die Wölfe ungerührt weiter; draußen kauerte Razi neben den Sklaven und beobachtete seinen Freund aus dem kalten Mondlicht.

»Warte, Coinín«, sagte Sòlmundr. »*Fan nóiméad* …« Und er drehte sich unvermittelt um und lief zu den Resten des Lagerfeuers der Wölfe.

Schweigend sah Wynter zu, wie Sòlmundr in der Asche stocherte, ein Stückchen Glut fand und es vorsichtig anblies. Er speiste die zarten Flammen mit Scheiten vom Holzstapel, bis ein kräftiges Feuer sein warmes Licht auf ihn und Razi und die bewusstlosen Sklaven warf. Christopher schob sich an Wynter vorbei, die Gitarre seines Vaters in der Hand, und stellte sich mit ernster Miene Sòl gegenüber ans Feuer.

»Du hattest nie Gelegenheit, für deinen Vater ein richtiges Ritual abzuhalten?«, fragte Sòl.

Christopher verneinte. Langsam sank er auf die Knie, die Augen aufs Feuer gerichtet, und Wynter löste sich aus den Schatten und stellte sich neben ihn. Als sie die Hand auf die Schulter ihres Freunds legte, nickte Sòlmundr zustimmend.

»Soll ich den Aoire holen?«, fragte er Christopher.

Wieder schüttelte Christopher den Kopf.

»Soll ich es tun?«

Christopher reichte ihm die Gitarre, und Sòlmundr nahm sie mit feierlichem Ernst entgegen. Der Krieger küsste das glatte Holz, dann streckte er es über die Flammen. Warm flackerte das Licht auf seinen starken Armen und seinen Armreifen; es leuchtete in den Tiefen des polierten Holzes. Sòl begann auf Merronisch, doch Christopher bat ihn: »Auf Hadrisch, Sòlmundr, meine Familie ist hier«, woraufhin Sòlmundr mitten im Satz in diese Sprache wechselte.

»… und Friede mit dir, Aidan *an filid*, *mac* Oisín *an filid, as Tír na Garron*. Eine Million Mal danke ich dir dafür, mir den Sohn deines und nun meines Herzens, Coinín *mac* Aidan *'gus mac* Sòlmundr, geschenkt zu haben. Siehe, er ist nun in Freiheit und gehört den Stämmen an. Wir vertrauen darauf, dass dich das glücklich macht, während du in Frieden im Herzen der Welt wandelst, und wir bitten dich, dein Eigentum wieder einzufordern, das dein und mein Sohn für dich befreit hat und nun zurückgibt, wie es recht ist.«

Noch einmal küsste er die Gitarre und hielt sie erneut über das Feuer, bis Christopher sie nahm. Der reckte sie einen Moment lang mit entschlossener Miene über die hungrigen Flammen; doch dann schien ihn seine Kraft zu verlassen. Er riss sie zurück und umschlang sie, als könnte er sie niemals loslassen. Seine Schulter bebte unter Wynters Hand, und sie drückte sie sanft. Tränen ließen alles vor ihren Augen verschwimmen. Auch Sòlmundr neigte voller Mitgefühl den Kopf zur Seite, als Christopher lautlos wehklagte, den Körper vor und zurück wiegend, die Stirn auf das Schlangensymbol der Gitarre gelegt. Dann hob Christopher jäh den Kopf und setzte die Gitarre seines Vaters ohne weiteres Zögern in die Mitte des Feuers.

»Leb wohl, Vater.«

Das Instrument entzündete sich sofort, die Funken prasselten hoch, die Saiten zersprangen mit einem grellen Knacken. Wynter sank neben Christopher auf die Knie, und er legte den Arm um ihre Taille. Razi stellte sich hinter sie beide, und alle beobachteten, wie sich die Flammen um das lackierte Holz herum blau und grün färbten.

Sie sahen zu, bis nichts als Asche und Glut übrig war, bis die Silberbeschläge nur mehr bedeutungslose Metallklumpen waren. Dann erhoben sie sich gemeinsam, als die Sonne ihre ersten schwachen Strahlen über die Baumwipfel sandte, und liefen in erschöpftem Schweigen zurück zu ihren Zelten.

Verbündete des Prinzen

Was ist mit euch los? Ihr seht aus, als hättet ihr getrunken zu viel Met. Sòl? Hast du heimlich etwas gemaust?«

Sòlmundr machte nicht einmal die Augen auf, winkte nur faul in die Richtung, wo der Aoire stand. Der Krieger lag, alle viere von sich gestreckt, auf einer Decke und ließ sich gemütlich von der Sonne braten. Neben ihm döste Boro. Die anderen Merroner machten gutmütig belustigt einen Bogen um ihn, während sie ihren täglichen Aufgaben nachgingen. Ùlfnaor richtete einen fragenden Blick auf Wynter, und sie zuckte unverbindlich mit den Schultern; besser, er glaubte, sie hätten dem Wein zugesprochen, und erfuhr nicht, was sie wirklich getrieben hatten.

Als die Lagergeräusche und die stickige Luft im Zelt sie endlich geweckt hatten, war es beinahe Mittag gewesen. Übernächtigt und mit schwerem Kopf war sie aufgestanden, nur um festzustellen, dass sowohl Razi als auch Christopher noch leise unter ihren Decken schnarchten. Mühsam hatte sie die beiden wachgerüttelt, und seitdem saßen sie alle drei zusammengesunken vor den Zelten, so teilnahmslos und schwach wie Soldaten nach dem Fest der heiligen Barbara.

Wir hätten im Bett bleiben sollen, dachte Wynter, als Razi so herzhaft gähnte, dass sein Kiefer knackte.

»Ich sollte mich auf die Socken machen«, murmelte er. »Ich habe Dinge zu erledigen.«

Christophers Kopf fiel herunter, sein Becher rutschte ihm langsam aus den Fingern. Wynter beobachtete das mit müdem Vergnügen – sie freute sich schon auf seine zweifellos deftige Reaktion auf einen Schoß voll Tee –, als das Knurren der Kriegshunde sie ablenkte. Mit gesträubtem Nackenfell und gesenkten Köpfen starrten sie in die Gasse zwischen den Zelten. Sòlmundr setzte sich auf, alle anderen Krieger erstarrten, und als David Le Garou in der Mündung des Durchgangs auftauchte, war die ganze träge Entspannung dahin.

Er war allein, stützte sich an den Zelten ab wie ein verwahrloster Betrunkener und blickte über die Merroner hinweg zu Razi. »Ich möchte mit Euch sprechen, al-Sayyid.«

Ohne eine Miene zu verziehen, blieb Razi einfach sitzen.

Christopher aber stellte seinen Becher sorgsam auf dem Boden ab. »Guten Morgen, David«, sagte er. »Heute seht Ihr aber hübsch aus. War niemand in der Nähe, um Euch die Haare zu bürsten?«

Le Garou sah ihn mit Abscheu an, und Christopher grinste so fröhlich wie trotzig. Um ein Haar hätte Wynter laut gerufen: *Hör auf, Christopher!* Sie wollte ihm am liebsten einen Umhang über den Kopf stülpen, damit er nicht mehr zu sehen wäre und dieses gefährliche Wesen nicht weiter reizen könnte. Irgendetwas an Le Garous zerzaustem Zustand ließ ihn noch schlimmer erscheinen als sonst, als hätte der Verlust seiner glatten Fassade das Böse in ihm näher an die Oberfläche gebracht. Wynters Schwert lag hinter ihr auf dem Boden, noch in der Scheide. Sie tastete herum, bis sie den harten Griff beruhigend unter der Handfläche spürte.

Le Garou riss den Blick von Christopher los und sprach erneut Razi an. »Ich möchte mit Euch sprechen.«

Razi legte gemütlich die Füße übereinander, stützte sich auf die Ellbogen und verschränkte die Hände. Achselzuckend sagte er: »Ich bin gerade etwas beschäftigt. Aber ein Momentchen könnte ich wohl erübrigen. Ist Euch unwohl, David? Ihr wirkt etwas blass.«

Der Wolf sah eine Spur schlimmer aus als »etwas blass«: Seine Augen waren rot und gereizt, das Haar ein stumpfes Nest um sein graues Gesicht. Mit einer gequälten Grimasse stieß er sich von dem Zelt ab und trat blinzelnd in die Sonne. Sofort versperrten ihm die Hunde den Weg, das Nackenfell zu einer steifen Bürste aufgestellt, die gefletschten Zähne triefend. Die Merroner summten vor sich hin und gingen ihren Tätigkeiten nach, ohne David den Weg freizumachen.

»Pfeift sie zurück«, sagte er, und dann erneut, ungeduldig: »Pfeift die Köter zurück, verflucht noch mal! Ich habe heute Morgen keinen Sinn für Spielchen.«

Auf Ùlfnaors Nicken hin rief Hallvor die Tiere, und sie und Wari brachten sie hinunter zu den anderen Merronern, die gerade die Pferde versorgten.

»Pack«, zischte David, während er über die Lichtung taumelte und sich auf dem Platz niederließ, den Hallvor soeben verlassen hatte. Sòlmundr und Ùlfnaor wechselten einen Blick, blieben aber stumm. Eine Weile lang saß David schwankend, mit geschlossenen Augen da, dann griff er in seine Gürteltasche, holte beide Schlangenarmreifpaare heraus und legte sie auf die Feuersteine.

»Nehmt sie.« Le Garou schob die Armreife zu Razi hin. »Sie sind nun wieder in Eurem Besitz.«

Christophers Hände verkrampften sich auf seinem Schoß, doch weder er noch Razi machten Anstalten, die Schmuckstücke zu berühren. Wynter musste sich mit aller Kraft beherrschen, nicht nach Christophers Fingern zu greifen und sie mit ihren eigenen zu umklammern. Sie konnte sich nicht überwinden, den Wolf anzusehen, also hielt sie die Augen auf die Spitzen seiner kostbaren Stiefel geheftet.

»Jean hat sie gestohlen«, sprach David weiter. »In der Wherry Tavern, glaube ich. Dabei hat er, wie ich erfuhr, versucht, Eurem Jungen Schaden zuzufügen. Jean gehört natürlich Euch zur freien Verfügung. Keiner von uns wird eingreifen.«

Jetzt hielt Wynter es nicht mehr aus; sie musste Le Garou ins Gesicht sehen. Es war ruhig und ausdruckslos, als wäre Razis Antwort eine reine Formsache. Die Frechheit des Wolfs war nicht zu fassen. Ganz gewiss war es nicht Jean gewesen, der diese schrecklichen Taten in dem Gasthaus begangen hatte. Es waren die Schattenreiter gewesen, die rangniederen Wölfe, jene Männer, die nun verborgen und außer Reichweite im Wald lauerten – und sie hatten es mit Davids Erlaubnis getan, als Belohnung für ihre Geduld auf der langen Reise aus dem Maghreb. Doch Jean war ein ungebärdiger Welpe, den André David gegen seinen Willen aufgehalst hatte, und laut Christopher konnte David es kaum erwarten, ihn loszuwerden. Und jetzt erdreistete er sich, Razi für diesen Zweck zu missbrauchen?

»Ich verstehe nicht, David«, gab Razi höflich zurück. »Verwechselt Ihr mich mit jemandem?«

Le Garous siegessichere Miene verrutschte leicht.

»Vielleicht haltet Ihr mich für einen Lumpensammler«, fuhr Razi fort, »und glaubt daher, mich bitten zu können, Euren Müll für Euch fortzuschaffen? Oder wollt Ihr einfach nur meinen Verstand beleidigen, indem Ihr mir Eure Drecksarbeit im Gewand einer Gunst anbietet?«

Le Garou klappte die Augen auf und zu. Als er die Stimme wieder erhob, erklang sie mit sorgsam beherrschter Wut. »In meinem neuen Leben werden wir mehr als bloße Nachbarn sein, al-Sayyid. Ihr müsst Euch damit abfinden, dass ich nun ein getreuer Verbündeter Seiner königlichen Hoheit bin und mich schon bald als ebensolcher seiner Majestät, des Königs, erweisen werde. Durch meine Beziehungen hier und am Hofe des Sultans sollte ich Euch ein nützlicher Freund sein, wenn Ihr nur vernünftig genug sein wollt, mich als solchen anzunehmen. Ich kam heute Morgen zu Euch, ohne Anschuldigungen wegen der Ereignisse der vergangenen Nacht zu erheben, und brachte Euch ein Zeichen des Friedens und der Versöhnung. Eine einfache Handlung von Eurer Seite wird ausreichen, um Eure Ehre wiederherzustellen. Macht nicht den Fehler, meine Freundlichkeit zurückzuweisen.«

»Ich wünsche Euch Freude mit Eurem neuen Leben, David. Möge es Euch all die Wohlfahrt gewähren, die Ihr verdient, aber ich muss Euch trotzdem bitten, Euch und Eure *Freundlichkeit* aus meiner Nähe zu entfernen. Euer Gestank bringt mich zum Würgen.«

»Wie Ihr wollt«, fauchte David, riss die Armreife von den Feuersteinen und erhob sich schwankend. »Ihr werdet feststellen, dass Stolz ein fadenscheiniger Mantel ist, wenn man in Ungnade gefallen ist, *mein Fürst*. Euch wird sehr bald kalt werden, und dann werdet Ihr bereuen, ein aufrichtiges

Bündnis ausgeschlagen zu haben.« Er wog die Silberreife in der Hand und musterte Christopher von Kopf bis Fuß. »Ohne Glöckchen daran sind sie nicht halb so schön«, sagte er. »Aber ich schätze, Ihr seid ein Mann von schlichtem Geschmack. Ihr müsst den Verlust Eures Schmucks bedauern, Jungchen, und gewiss schmerzt es, dass Euer Herr nichts unternimmt, um sie für Euch zurückzuerlangen. Dennoch werden meine Burschen froh sein, sie zurückzuerhalten; sie haben solches Vergnügen daran, sie zu tragen. Adieu, al-Sayyid. Ich werde dem Prinzen Eure besten Grüße ausrichten, wenn ich ihn das nächste Mal spreche.«

Nachdem er gegangen war, herrschte kurz angespannte Stille; dann legte Christopher den Kopf in die Hände und stöhnte. »Bei Frith, Razi. Wenn das nicht funktioniert, dann ziehe ich dir bei lebendigem Leib die Haut ab.«

Sòlmundr nickte zustimmend. »O ja«, sagte er.

Wynter betrachtete sein finsteres Gesicht und versuchte, sich selbst davon zu überzeugen, dass er es nicht wörtlich meinte.

Doch Razi hörte gar nicht zu, sondern spähte zur Seite gelehnt die Gasse hinab. »David muss sich seiner Position sehr sicher sein«, murmelte er. »Wenn er das Gefühl hatte, mich wie eine Marionette … aha!« Er hatte etwas entdeckt, das ihn aufspringen ließ. Er strich sein Hemd glatt und griff nach seinem scharlachroten langen Mantel, den er vorher ausgeschüttelt und auf einen der Pfosten des Vordachs gehängt hatte. »Komm schon, Wynter. Auf, auf!«

Sie musste in ihrer Verwirrung lustig ausgesehen haben, wie sie zu ihm aufblinzelte, denn er lächelte und stupste sie mit dem Stiefel an. »Auf!« Er warf sich seinen Umhang um. »Du auch, Christopher. Jetzt macht ein munteres Gesicht, klopft euch den Staub ab und zieht eure Mäntel über. Versucht, einigermaßen präsentabel auszusehen.«

Etwas wackelig standen sie auf und unternahmen ein paar halbherzige Anstrengungen, ihre hoffnungslos zerknitterten Kleider zu glätten. Razi seufzte. »Herrje … dann muss es eben so gehen.«

Er drehte sich zu Alberons Leutnant um, der just in diesem Moment mit drei Angehörigen von Alberons Leibwache aus der Mündung der Gasse trat.

Der Leutnant verbeugte sich ungewöhnlich tief. »Mein Fürst«, sagte er. »Seine königliche Hoheit würde Euch jetzt empfangen, wenn Ihr etwas Zeit hättet.«

Razi nickte ernst und ordnete seinen Kragen. »Kommt mit«, sagte er. »Wenn wir uns beeilen, kommen wir gerade rechzeitig, damit David Le Garou es mit ansehen kann.« Er folgte dem Leutnant hinaus in den Staub und Lärm des Lagers. Beschützend schirmten die Soldaten seinen Rücken ab, und Wynter und Christopher trotteten hinterdrein.

»Sollte ich auch mitkommen?«, flüsterte Christopher besorgt.

Wynter zuckte mit den Schultern. Es schien unwahrscheinlich, dass Razi Christopher mit zu Alberon nähme. Vielleicht hatte er vor, ihn als Wache vor dem Zelt zu postieren? Das wäre eine große Ehre, aber dennoch etwas vermessen von Razi, besonders in Anbetracht seiner leicht unbeständigen Beziehungen zum Prinzen in letzter Zeit. Fahrig nestelte Wynter an ihrem Umhang herum und hastete Razis langen Schritten mühsam hinterher.

Christopher reckte den Hals, um an dem feierlichen Trupp vorbei einen Blick auf Alberons Zelt zu erhaschen. »Der Prinz beobachtet uns von der Anhöhe aus«, raunte er ihr zu. Plötzlich zog er den Kopf wieder ein. »Bei Frith! Er kommt runter!«

Wynter scherte rasch nach links aus, schaute den Hügel hinauf und reihte sich wieder ein. Tatsächlich, Alberon marschierte den steilen Pfad herab und geradewegs auf seinen Bruder zu. Ihm folgte ruhig Oliver, unablässig die Menschenmenge absuchend.

»Ich sollte nicht hier sein«, zischte Christopher. »Wir haben ihn missverstanden.« Besorgt rieb er sich die Hände an der Hose. »Sieh mich doch an. Ich sehe aus wie ein gottverfluchter Zigeuner. Ich hab mich weder gewaschen noch mir die Zähne geputzt. Ich hab mir noch nicht mal die Ärmel hochgekrempelt! Ich mache unserem Razi Schande!«

Verstohlen begann er, seine Ärmel nach oben zu schieben, doch Wynter hielt seine Hand fest. »Bleib ganz ruhig«, flüsterte sie. »Wir sind nur als Staffage hier, der Prinz wird uns gar nicht be-«

»Bruder!«, donnerte Alberon laut genug, um die Vögel aus den Bäumen zu schütteln. »Ich freue mich, dass du kommen konntest!«

Worauf Razi beinahe ebenso dröhnend antwortete: »Dein Gedanke allein genügt, Hoheit, und ich bin zur Stelle!«

Die Soldaten auf dem Weg drehten neugierig die Köpfe, und Wynter begriff, dass sie Teil einer Vorführung war: die lärmende, öffentliche, unumstößliche Wiederaufnahme des Dialogs zwischen dem königlichen Prinzen und seinem Bastardbruder. Sie blickte über die Schulter und sah David Le Garou geschwächt am Versorgungszelt lehnen. Mit unverhohlenem Missmut und Zorn verfolgte er die Ereignisse.

Ungefähr in der Mitte der Anhöhe trafen die beiden Brüder aufeinander – nah genug für die Männer auf dem

Weg, um ihr übertriebenes Gespräch mit anzuhören, hoch genug, um von allen gesehen zu werden. Mit geübter Gewandtheit lenkte Alberons Leutnant seine Soldaten zur Seite, so dass alle verfolgen konnten, wie der Prinz den Arm seines Bruders ergriff und Razi mit einer durch und durch höfischen Geste geschwisterlicher Einigkeit kurz umarmte. Dann traten beide zurück, und Razi verneigte sich tief. Zu Wynters ungeheurer Überraschung deutete er nun auf sie.

»Hoheit«, sagte er. »Die Hohe Protektorin Moorehawke ist im Namen des Königs gekommen, um ihre Zuneigung und ihre Unterstützung anzubieten. Trotz des schrecklichen Verlusts, den sie jüngst erlitt, konnte unsere geliebte Schwester nicht ruhen, ehe sie dich gefunden und sich mit eigenen Augen vom Wohlergehen deiner Hoheit überzeugt hatte.«

Alberon wandte sich ihr zu. »Hohe Protektorin«, erklärte er laut, »wir trauern gemeinsam mit dir um deinen großen Vater. Ich bin zutiefst ergriffen, dass du trotz deines unendlichen Kummers diese Reise auf dich genommen hast, um mich zu finden. Du bist eine Zierde deines Geschlechts, edle Dame, und ein Beispiel für jedermann.«

Mit feierlichem Ernst nahm Alberon Wynters Hand und küsste sie mit einer knappen Verbeugung aus der Hüfte. Unter den umstehenden Männern erhob sich gedämpftes Murmeln, und Alberon drückte sanft Wynters Finger, als er sich wieder aufrichtete. Sie schloss ihre Hand fest um seine, überwältigt von Dankbarkeit für diese öffentliche Beileidsbezeugung und für Alberons Anerkennung ihrer selbst als Verbündete und als der Achtung würdige Frau. Zweifellos waren die staubigen Gesichter auf dem Weg unten nun erfüllt von gefühlsseliger Fürsorglichkeit und Mitgefühl; denn nichts liebte ein Soldat mehr als eine tragisch tapfere Edelfrau. *Gott steh uns bei*, dachte sie, *aber Alberon kennt seine Männer wirklich gut*. Allein durch diese Begrüßung hatte er sie von einer verdächtigen Mörderin und Hure in ein glänzendes Leitbild weiblicher Größe verwandelt.

»Und dein Gatte, Hohe Protektorin? Der Mann, dessen Mut und Kenntnis der Wildnis deine Sicherheit und die des Fürsten Razi gewährleistete? Werden wir einander jemals vorgestellt?«

Bei dem Wort *Gatte* verstummten die versammelten Männer vollständig. Wynter wunderte sich, dass sich nicht einhundert brennende Löcher in Christophers steifem Rücken auftaten, da alle Augen auf ihn gerichtet waren. Sie beging nicht den Fehler, Christopher selbst vorzustellen, als wäre er ein zerlumpter Seemann, den ein gewöhnliches Weibsbild auf der Straße aufgelesen hatte. Vielmehr wartete sie darauf, dass Razi, ihr anerkannter männlicher Begleiter, vortrat und seine Pflicht erfüllte.

Razi verbeugte sich, deutete auf seinen Freund und sagte: »Hoheit, auf deinen Wunsch hin gestatte mir, dir meine rechte Hand und meinen getreuen Leibwächter, den Freien Christopher Garron, vorzustellen. Ein höchst achtbarer Mann, Hoheit, und gleichzeitig eine kostbare Rarität: ein ehrlicher Mensch.«

Christopher verneigte sich sehr tief, erlaubte sich aber nicht zu sprechen.

Alberon musterte ihn mit königlicher Kühle. »Ich habe viel von Euch gehört, Freier Garron«, sagte er still. »Mein Bruder ist der Ansicht, Euch viel zu schulden.«

Christophers Augen flackerten zu Razi hinüber, der beinahe unmerklich nickte.

»Danke, Eure Hoheit«, erwiderte er dann. »Doch Fürst Razi schuldet mir nichts. Meine Schuld bei ihm kann allerdings niemals beglichen werden, obgleich ich den Rest meines Lebens damit zubringen werde, ebendies zu versuchen.«

Alberons Miene wurde etwas weicher, als hätten Christophers Worte ihn verblüfft, und er zögerte einen Augenblick. Als er wieder sprach, erklang seine Stimme laut genug, um von allen gehört zu werden. »Ihr wäret nicht der erste Bürgerliche, der sich der Gesellschaft von Angehörigen der königlichen Familie als würdig erweist. Jeder hier weiß, welch unerschütterlicher Freund der Hohe Protektor Moorehawke meinem Vater, dem König, gewesen ist. Willkommen in meinen Diensten, Freier Garron. Möget Ihr es darin weit bringen.«

Bei dem leisen Spott im letzten Satz biss Wynter die Zähne zusammen, doch Christopher bemerkte nichts und richtete sich mit sichtlicher Erleichterung wieder auf. Alberon beugte sich vor, und unter dem Deckmantel des Händeschüttelns raunte er ihm zu: »Wenn Ihr meiner Schwester wehtut, Garron, sterbt Ihr den Tod eines Verräters. Ist das klar?«

Die beiden Männer sahen einander in die Augen. Christopher nickte, und Alberon wandte sich ab. »Seht euch meinen Bruder an«, rief er, wobei er den Arm um Razis Schulter legte und ihn mit dem Gesicht zum Lager herumdrehte. »Unter Einsatz seines Lebens ist er hierhergereist, um uns bei unserer Aufgabe, das Königreich meines Vaters zu kräftigen, behilflich zu sein. Kein Prinz könnte sich einen zuverlässigeren Mitstreiter wünschen, kein Mann einen treueren Bruder besitzen.«

Die Männer murmelten unsicher vor sich hin. Stirnrunzelnd blickten sie Oliver an, der zu Alberons Rechten stand, die Hände ruhig auf dem Schwert gefaltet.

»All meine Verbündeten sollen dieses Gesicht kennen!« Alberon umschloss Razis Kinn und drehte es hin und her. »Eigentlich sollte es nicht so schwer einzuprägen sein!« Er sah sich unter den versammelten Reihen seiner Männer um, und obwohl sein Lächeln unverändert blieb, war die Warnung in seiner Stimme für alle unüberhörbar: »Tut überall kund, dass dieses Gesicht mir lieb und teuer ist. Tut überall kund, dass diesem Mann kein Leid geschehen soll, weder durch die Hand meiner Verbündeten, noch durch die eines anderen. Wer meinem Bruder etwas antut, der tut mir etwas an. Ist es nicht so, Ritter Oliver?«

»Jawohl, Eure Hoheit«, erwiderte der. »Es gibt hier keinen Mann, der die Ergebenheit des Fürsten Razi Euch gegenüber nicht anerkennt. Es gibt hier keinen Mann, der nicht zu seiner Verteidigung sterben würde. Mein Schwert gehört Euch, mein Fürst!« Er neigte den Kopf vor Razi. »Meine Kraft, mein Blut, mein Leben, alles gelobe ich, in Euren Dienst zu stellen.«

Es war der übliche Treueschwur eines Ritters an seinen Herrn, aber die Männer sahen mit großen Augen von Oliver zu Razi, das Wissen um die Kluft zwischen den beiden Männern war in ihren argwöhnischen, sonnenverbrannten Gesichtern deutlich zu erkennen. Wynter selbst musste sich beherrschen, nicht vor Olivers Füße auf den Boden zu spucken, aber natürlich lag keine Andeutung von Spott, nicht einmal eine Spur Bitterkeit in Razis Stimme, als er sagte: »Mein Bruder ist gesegnet, solche Gefolgschaftstreue unter seinen Befehlshabern und solche unbedingte Hingabe unter seinen Männern zu besitzen. Kein Ritter könnte je ergebener sein, Edler Oliver. Wir streiten gemeinsam, und ich fühle mich geehrt, Euren Schutz und Eure Treue anzunehmen.«

Warum ihm die Worte nicht in der Kehle stecken blieben, wusste Wynter nicht, aber sie sah deren Wirkung, als sich das Misstrauen der Soldaten zu widerstrebender Anerkennung wandelte. Sie wusste, diese Männer würden Oliver jetzt folgen und würden ihr Leben ebenso fraglos für Razi hingeben, wie sie ihm gestern noch die Kehle aufgeschlitzt hätten. So war nun einmal das Soldatenleben. Der Mann, den man gerade noch in der Schlacht angriff, konnte schon im nächsten Augenblick derjenige sein, vor dem man sich verbeugen musste, und das Warum und Weshalb solcher wechselnden Geschicke würde immer jenseits ihres Begreifens bleiben. Das einzig Beständige für solche Soldaten war ihre Treue dem Prinzen gegenüber, und letzten Endes konnten sie nur tun, was er von ihnen verlangte, und auf das Beste hoffen.

Oliver hob den Kopf, ohne Razi anzusehen, und Wynter wandte sich mit ausdrucksloser, glatter Miene von ihm ab. Ein letztes Mal drückte Alberon Razis Schulter, dann ließ er ihn los, trat vor und hob die Hand. Im Rücken der Menge stellte sich Gérard schlingernd und mit gequälter Miene zu Le Garou, seine sonst so stolze Haltung unter der Wirkung von Sòls Gift gekrümmt. Er setzte zum Sprechen an, doch Le Garou verbot ihm durch eine Handbewegung das Wort, ohne den Blick vom Prinzen zu lösen.

»Ihr könnt schon bald zu packen beginnen«, sprach Alberon nun feierlich seine Männer an. »Vor Ablauf eines Monats brechen wir auf.«

Wynter sah verblüffte Freude in den Mienen der Soldaten aufflackern. Dennoch betrachteten sie den Prinzen weiterhin stumm, als zweifelten sie an dem Gesagten.

»Nach Hause!«, brüllte Alberon und reckte die Faust gen Himmel, und seine Männer brachen jäh in Jubel aus. Um sie zu übertönen, hob er die Stimme noch weiter: »Mein Bruder wird als mein Gesandter vorausreiten! Er wird uns den Weg bereiten. In weniger als einem Monat macht ihr euch auf den Heimweg, Männer! Die Schlosstore werden weit aufgestoßen werden, eure Familien, die euch aus Not verstießen, werden euch in die Arme schließen, und wir werden als diejenigen gefeiert werden, die alles riskierten, um dieses Königreich zu retten!«

Die Männer brüllten und schubsten einander, und Alberon ließ sie mit zärtlicher Miene ein Weilchen herumtollen. Dann hob er langsam wieder den Arm über den Kopf, und nach und nach wurden die Männer still und blickten in freudiger Erwartung zu ihm auf.

»Wir haben unser Leben aufs Spiel gesetzt«, sagte er, »unser Vermögen, unseren guten Namen, die Liebe unser Familien. Immer wussten wir, dass der letzte Schritt der schwerste würde. Dank meines Bruders jedoch müssen wir jetzt nichts weiter tun, als unser Bündel zu schnüren und nach Hause zu spazieren. Wir sind am Ziel«, schrie er. »Wir haben uns behauptet.«

Die Männer schienen wie aus einem Mund aufzuseufzen. Wynter sah einige die Augen schließen, andere wandten die Gesichter dem Himmel zu.

»Wir sind am Ziel«, wiederholte Alberon leise. Dann streckte er den Arm noch höher, und obwohl seine Stimme unter den schweigend versammelten Männern weit zu hören war, besaßen seine nächsten Worte die Traulichkeit eines unter Freunden gesprochenen Gebets.

»Lang lebe mein Vater«, sagte er. »Lang lebe der König.«

Und wie eine Gemeinde in feierlicher Verbundenheit mit Gott erwiderten seine Männer leise und von Herzen: »Lang lebe seine Majestät. Lang lebe der König.«

Ein Schritt voran

Kaum hatten sie das prinzliche Zelt betreten, ließ Alberon Razi los.

»Da hast du es, Bruder«, seufzte er, während er sich erschöpft am Kartentisch niederließ. »Das sollte dir deinen Kopf noch ein Weilchen auf dem Hals bewahren.«

Christopher und Wynter blieben zögernd am Eingang stehen, und Razi winkte sie ungeduldig herein. Oliver wollte sich schon an ihnen vorbei ins Zelt schieben, als Razi die Aufmerksamkeit des Ritters auf den Fuß des Hügels lenkte. Wynter folgte seinem bedeutungsvollen Blick; mit entschlossenen Mienen näherten sich David Le Garou und Gérard den unteren Wachposten.

»Kümmert Euch bitte darum, Herr Ritter«, sagte Razi.

Betont blickte Oliver an Razi vorbei zu Alberon, um die Befehle des Prinzen abzuwarten. »Die Loups-Garous begehren Einlass, Hoheit«, sagte er.

Alberon lehnte sich zurück und musterte Wynter und Christopher gereizt. »Könnte es sein, dass ihr auf eurem nächtlichen Streifzug irgendetwas angerichtet habt, von dem ich wissen sollte?« Da das junge Paar errötend schwieg, wandte sich der Prinz kühl an Razi.

Der zuckte die Achseln. »Es gab einen Vorfall von

geringfügigem Vandalismus«, sagte er. »Nichts von Bedeutung.«

Erneut seufzte Alberon, trommelte mit den Fingern auf den Tisch, dann bedeutete er Oliver durch einen Wink zu gehen. »Versucht, sie loszuwerden, Herr Ritter. Verlasst Euch auf Eure Urteilskraft. Beschwichtigt sie.«

»Sehr wohl, Hoheit.«

Wynter sah Oliver nach. Auch Sòlmundr, Hallvor und Ùlfnaor beobachteten die Vorgänge vom Wegesrand aus, und bei ihrem Anblick zog Razi eine Grimasse.

»Diese verdammten Narren«, flüsterte er.

Hinter ihnen sprach mit kalter Stimme Alberon, und als sich Wynter umdrehte, sah er Christopher an. »Mir fehlt die Geduld, Eure Schweinerei hinter Euch aufzuräumen. Dies ist nicht die Zeit für persönliche Rachefeldzüge. Egal, wie gerechtfertigt, ich kann nicht zulassen, dass Ihr und Eure Leute über meine Verhandlungen hinwegtrampelt und Männern Schaden zufügt, die im Vertrauen auf meinen Schutz herkamen. So etwas wird nicht wieder vorkommen, sind wir uns einig?«

»Voll und ganz, Eure Hoheit.«

Nichts an Christophers Tonfall hätte man als unverschämt auffassen können, doch Wynter wünschte, er könnte sich etwas tiefer verneigen und Alberon etwas weniger durchdringend ansehen. Der Prinz ließ den Blick noch den Bruchteil eines Augenblicks länger auf ihm ruhen, dann befahl er Razi: »Komm von der Tür weg und überlass das Oliver!«

Razi zog das Mückennetz vor den Eingang und setzte sich seinem Bruder gegenüber an den Tisch. Wynter blieb, wo sie war, sie wollte Christophers Seite nicht verlassen, ohne zu wissen, was von ihm erwartet wurde oder wohin er gehen sollte. Razi sah sich betont zu ihnen um, aber es stand ihm nicht zu, eine Einladung auszusprechen, und Alberon schien ihre Verlegenheit gar nicht zu bemerken, da er sich gänzlich seinem Bruder widmete.

»Also gut«, sagte er leise. »Ich habe meinen Männern eingeredet, dass wir sie wohlbehalten nach Hause bringen werden. Sie scheinen überzeugt davon, die armen Tölpel. Ihr Vertrauen ist mir eine schwere Last.«

Razi betrachtete seine Hände, das Wissen um die Gefahr, in der die Männer schwebten, zeichnete sich auf seiner Miene ab. »Albi, auch wenn dich das vielleicht verärgert, aber ich muss dich noch einmal bitten, Lorcans Erfindungen für dich zu behalten.« Alberon machte ein ungeduldiges Geräusch, und Razi fuhr rasch fort. »Nur, bis ich mit Vater gesprochen habe. Um dir selbst etwas Raum zum Taktieren zu verschaffen. Wenn du die Entwürfe nicht mit Jared und den Comberern nach Hause schickst, dann kann ich mit viel größeren Hoffnungen auf ein Entgegenkommen an Vater herantreten und –«

»Wenn ich Jared und den Comberern die Entwürfe nicht mitgebe, werden sie die Unterstützung ihrer Verbündeten verlieren. Alles muss genau so arrangiert werden. Das *weißt* du, Razi. Wir haben die gesamte letzte Nacht darüber debattiert. Alles, was ich geplant habe, absolut alles, beruht auf einem höchst delikaten, ausgewogenen zeitlichen Ablauf. Kommt es auch nur zu einer Verzögerung von einem Tag, dann zerfällt mein gesamtes Netzwerk des Widerstands. Ohne Lorcans Maschinen werden die mittelländischen Reformer verzagen, ihre combrischen Unterstützer werden sich verstecken, und der mittelländische Aufstand wird vorbei sein, ehe er begann. Marguerite Shirken wird ungeachtet all dessen ihre Pläne umsetzen und ihren Vater stürzen, aber ihr Königreich wird ungeschützt und schwach sein, und wir laufen Gefahr, alles zu verlieren. Das hier hat mich zu viel Vorbereitung gekostet, um im letzten Augenblick zu zögern. Jetzt oder nie. Ich bin zu weit gekommen und habe zu viel riskiert, um jetzt noch aufzuhören.«

Razi setzte sich zurück, und Alberon sah ihn forschend an.

Wie jung sie aussehen, dachte Wynter. *Wie jung und wie müde.*

»Du musst nicht so tun, als würdest du an mich glauben, Razi«, sagte Alberon leise. »Diese Art Unaufrichtigkeit verlange ich nicht von dir. Ich verstehe, dass du kein Vertrauen zu meiner Vision hast … versprich mir einfach nur, dass du dein Bestes geben wirst. Bitte. Sag mir, dass du dein Allerbestes tun wirst, um dafür zu sorgen, dass meine Männer in ihr Leben zurückkehren können und dass ich wenigstens eine Gelegenheit erhalte, unserem Vater meine Pläne zu unterbreiten. Um mehr bitte ich dich nicht.«

»Ich werde mein Bestes geben.«

»Danke.« Alberon stützte den Kopf in die Hände. »Danke … und bitte gib dir Mühe, wohlbehalten und ohne aufgeschlitzte Kehle nach Hause zu gelangen, ja?«

»Ich werd's versuchen.«

Beide Brüder gluckten, und als Alberon aufblickte, lächelten seine Augen. »Und wenn du dann noch so nett wärst, Vater zu überreden, mich nicht umzubringen, sobald ich durchs Tor reite?«

Razi machte eine flüchtige Geste vor dem Hals. »Mach darüber nicht mal Witze«, warnte er.

Alberon nickte, lehnte sich geschäftsmäßig zurück und schlug mit der flachen Hand auf den Tisch. »Also, Freier Garron«, begann er, runzelte dann die Stirn und winkte ungeduldig. »Warum drückt ihr zwei euch am verdammten Eingang herum? Kommt her. Setzt euch. Gut so. Freier, ich nehme meinen Bruder beim Wort und vertraue darauf, dass Ihr keinen Ton über das verliert, was hier besprochen wird.«

Christopher bestätigte das stumm.

»Meine Vorräte gehen zur Neige«, sagte Alberon. »Momentan reichen sie gerade noch für die nächsten beiden Tage, und Fürst Razi wird einen Gutteil davon für die zehn Tage dauernde Heimreise benötigen.«

»Siebzehn«, verbesserte Wynter. »Wenn man sein Pferd nicht schont und keine Umwege macht, braucht man mindestens siebzehn Tage zum Schloss.«

Alberon sah sie mit liebevoller Bewunderung an, und sie hätte ihn am liebsten geohrfeigt. War es wirklich eine solche Leistung, dass sie zählen konnte?

»Razi stehen meine Landkarten zur Verfügung, Schwesterchen. Sie werden ihn über die Sommerpässe nördlich des Schlosses führen und in knapp zehn Tagen nach Hause bringen. Allerdings gibt es auf dem Weg kaum genug Gebüsch, um einen Hasen am Leben zu erhalten, und ich werde ihn und seine Begleiter mit Verpflegung für die gesamten zehn Tage ausstatten müssen. Ich selbst werde ihm mit meiner Leibwache folgen. Da unsere Vorräte nicht ausreichen, um dieselbe Route zu nehmen, werden wir parallel zu ihm etwas tiefer an den Hängen entlangreiten. Dort kommt man langsamer voran, kann aber besser jagen, so dass ich meine Männer wahrscheinlich unterwegs versorgen kann.

Razi wird etwa fünf Tage vor uns ankommen. Das sollte ihm reichlich Zeit geben, die Befürchtungen meines Vaters zu zerstreuen und für meinen ungefährdeten Empfang zu sorgen. Danach«, Alberon breitete die Hände aus und grinste, »liegt es in Gottes Hand.«

»Ich würde sagen, es liegt in der Hand Eures Vaters«, bemerkte Christopher. »Und der ist ein kleines bisschen achtungsgebietender als Gott, wenn Ihr mich fragt.«

Der Prinz war nicht an Bürgerliche gewöhnt, die ungefragt geistreiche Kommentare von sich gaben, und er betrachtete Christopher wie einen sprechenden Hund. Razi zog lächelnd den Kopf ein, Christophers Grübchen kräuselten seine Mundwinkel, und Wynter seufzte. Eines Tages würde sich Alberon an ihn gewöhnen oder ihn schlagen – das hing ganz von der Belastbarkeit seiner königlichen Geduld ab.

»Euer Nachschub wurde unterbrochen, vermute ich?«, fragte Wynter.

Alberon bejahte. »Bis vor kurzem erhielten wir regelmäßig kleine Lieferungen. Natürlich kam niemand hierher, aber meine Nachschubtrupps ritten immer ins Tal und trafen sich mit meinen Anhängern. Die Männer der letzten Expedition sind noch nicht zurückgekehrt.«

»Der arme Teufel, den wir sterbend am Fluss fanden – glaubst du, er war einer von ihnen?«

»Das ist das Wahrscheinlichste.«

»Fürchtest du, dass die anderen gefangen genommen wurden?«

»Genau so ist es, Wyn.«

Bei dieser Vorstellung zog sich Wynters Magen zusammen. Diese armen Männer. »Sie werden dich verraten, Albi«, stellte sie leise fest. »Möglicherweise wollen sie es nicht, aber sie werden es. Der König hat Inquisitoren beauftragt. Niemand kann ihrer Folter lange standhalten.«

»Dieser Isaac schon«, murmelte Christopher. »Er hat ein unmenschliches Maß an Qualen ertragen.«

Bei dieser furchtbaren Erinnerung musste Wynter die Augen schließen. *Er hat Mary beschützt*, dachte sie.

Alberon räusperte sich. »Mein Nachschubtrupp ist bereits drei Tage überfällig.«

Drei Tage!

»Dann musst du das Lager verlegen!«, rief Wynter. »Jetzt sofort! Vielleicht haben sie dich bereits verraten!«

»Ich konnte bisher nicht umziehen, Schwester. Die Loups-Garous mussten mich finden. Aber ja«, er trommelte wieder mit den Fingern auf den Tisch und blickte aus dem Zelt hinaus. »Ich muss das Lager verlegen.«

»Und Ihr müsst Eure Männer verpflegen«, stellte Christopher fest.

»Ja«, stimmte Alberon leise zu. »Ich muss die Männer verpflegen, die mich zurück zum Schloss begleiten, wie auch jene, die hierbleiben. Dem Großteil von ihnen werde ich befehlen, im Lager zu warten. Bevor ich nicht das Einverständnis meines Vaters eingeholt habe, kann ich ihnen nicht gestatten, nach Hause zurückzukehren. Sie wären aufgeknüpft und tot, noch ehe die Worte ›Lang lebe der König‹ ihre Lippen verlassen hätten. Also muss ich sie so lange hier versorgen, bis wir alle das Schloss erreicht und ihre Sicherheit gewährleistet haben.«

»Wie viele insgesamt?«

»Die Comberer und Mittelländer brechen morgen auf, also schätze ich sie auf ungefähr –«

»Die Edle Mary ist nicht reisefähig«, unterbrach ihn Razi scharf.

»Tja, aber bleiben kann sie auch nicht!«, sagte Alberon. »Soll sie hier in ihre Wehen kommen? Mit einer Horde Soldaten als Hebammen?« Er schnaubte belustigt. »Meine Männer würden vor Aufregung eingehen; sie hätten keinen Schimmer, was zu tun ist. Nein, ich kann für die arme Frau nichts tun. Ihr Schicksal liegt nicht in meiner Hand, sie wird mit ihrem Priester zurückkehren müssen.«

Razi versank in verdrossenes Schweigen, und Christopher klopfte auf den Tisch, um Alberons Aufmerksamkeit auf sich zu lenken. »Wie viele Männer habt Ihr zu verpflegen?«, fragte er noch einmal.

»Achtzig.«

Bei dieser unmöglich großen Zahl prustete Christopher kopfschüttelnd.

»Aber Euer Volk ist doch daran *gewöhnt*, sich selbst zu versorgen«, rief Alberon. »Ich hatte geglaubt –«

»Achtzig ausgewachsene Männer sind eine verflucht große Sippe«, erklärte Christopher unverblümt. »Eine Gruppe dieser Größe müsste den gesamten Sommer Vorräte für den Winter sammeln. Sie würde ein wenig Handel treiben und von ihren Pferden leben. Ganz bestimmt würde sie nicht einfach mit leeren Händen im Wald auftauchen und erwarten, dass *An Domhan* schon für sie sorgt! So läuft das nicht in der Natur, Eure Hoheit.«

»Ich bin kein Dummkopf, Garron! Glaubt Ihr, ich wüsste das nicht? Aber meine Vorräte sind *aufgebraucht*!«

Unter dem Tisch legte Wynter Christopher die Hand auf den Oberschenkel. »Freier Garron«, sagte sie. »Seine königliche Hoheit befindet sich in einer Notlage. Gewiss wäre er dankbar für jedes bisschen Hilfe, das dein Volk anzubieten in der Lage ist.«

Schon wollte Christopher eine scharfe Erwiderung geben, doch er hielt sich zurück. Urplötzlich schien ihm die Bedeutung der Situation klarzuwerden, und Wynter las in seiner Miene, dass seine Verärgerung über Alberon der Erkenntnis wich, welche Möglichkeit sich hier bot. Wynter sah ihm in die Augen, drückte sein Bein und setzte sich dann zurück.

»Es … es gibt keinen Zauberstab, den man einfach schwenken kann«, wandte sich Chris jetzt wieder an Alberon. »Selbst für so erfahrene und geschickte Menschen wie die Merroner ist die Versorgung von achtzig Männern und ihren Pferden eine ungeheuer große Aufgabe.«

»Das verstehe ich.«

»Ihr müsst Männer ins Tal senden und die Vorräte des Lagers wenigstens um einige Säcke Getreide aufstocken.«

»Notfalls werden wir sie stehlen und die Leute später entschädigen.«

»Es wird eine magere Ausbeute sein … wenn es überhaupt eine Ausbeute gibt.«

»Verstanden.«

Christopher schwieg.

»Können Eure Leute es schaffen?«, hakte Alberon nach.

»Wenn es jemand kann, dann sie.«

Alberon strich mit den Fingerspitzen am Tischrand entlang, er zupfte unsichtbare Flusen von seinem Ärmel. »Es ist doch klar«, sagte er gedämpft, »dass ich meinen Männern gegenüber sehr behutsam vorgehen muss? Sie sind sehr stolz auf ihre Fertigkeiten. Es darf keinerlei Andeutungen geben, dass sie in irgendeiner Weise … äh …«

Christopher verzog den Mund zu einem bitteren Lächeln. »Die merronischen Fürsten sind höchst diplomatisch«, sagte er. »Sie werden Euren Männern mit Sicherheit nicht den Appetit verderben, indem sie sich damit brüsten, wer die Mahlzeit beschafft hat.«

Alberon musterte ihn eindringlich.

»Das schwöre ich«, sagte Christopher.

»Sie sind bemerkenswert feinfühlig, wenn es um Politik geht«, bestätigte Wynter. »Glaub mir – wenn du Diplomatie brauchst, dann bekommst du sie von diesen Leuten.«

»Falls du dich allerdings der Merroner zu bedienen wünschst, dann wäre es vielleicht klug, bald Gespräche mit ihnen aufzunehmen«, sagte Razi. »Ich werde den Freien Garron mit zurück zum Schloss nehmen, weswegen er dir hier nicht als Mittelsmann zur Verfügung steht.« Angesichts von Alberons bösem Blick lächelte er unschuldig. »Ich brauche Christopher. Ohne ihn könnte ich von einem Bären gefressen werden. Ich kann nun mal einen Baumwipfel nicht von einer Wurzel unterscheiden.«

Wynter verkniff sich ein Schmunzeln. Alberon setzte zu einer Antwort an, wurde aber von Oliver unterbrochen, der ins Zelt trat und die Klappe mit einem Ruck hinter sich schloss. Er wirkte nicht gerade fröhlich.

»Die Wölfe bitten um einen Arzt«, blaffte er. »Sie sind krank. Einer ihrer Sklaven ist halb tot, der andere schwer krank.«

»Ach du großer Gott!«, rief Alberon. »Haben sie uns jetzt zu allem Übel auch noch die Pest an den Hals geladen?«

Olivers Blick schnellte zu Razi, dann zur Seite. »Sie lassen durchblicken, dass es sich um Gift handelt, Hoheit.«

Alberons Miene verdunkelte sich. »Razi?«, knurrte er.

Razi bedeutete ihm mit gespreizten Händen, dass er nichts damit zu tun habe. Christopher starrte unablässig die Tischplatte an, Wynter untersuchte ihre Fingernägel.

»Razi!«, donnerte Alberon. »Du bist nachts im Lager herumgeschlichen. Du hast mir sogar eine *Nachricht* zukommen lassen, dass du etwas mit den Wölfen vorhast!«

»Wie ich bereits sagte, Bruder, geringfügiger Vandalismus, weiter nichts. Die Krankheit der Wölfe hat nichts mit mir zu tun.«

»Le Garou besteht sehr beharrlich darauf, einen Arzt zu rufen«, sagte Oliver. Und mit einem vielsagenden Blick auf Razi: »Wir haben im Lager nur Euch, mein Fürst.«

»Es gibt nichts, was ich für sie tun könnte.«

»Razi«, schimpfte Alberon.

»Ehrlich, ich kann nichts für sie tun«, beteuerte Razi. »Sie waren so töricht, etwas Schlechtes zu essen, das ist alles.«

»Das ist Eure Meinung?«, fragte Oliver. »Dass sie etwas Schlechtes gegessen haben?«

»Etwas sehr Schlechtes«, murmelte Christopher.

Warnend sah Razi ihn an. »Das ist meine Meinung«, versicherte er Alberon.

»Und woher willst du das wissen, Bruder?«, fragte Alberon streng. »Erspürst du das einfach? Bist du ein so wundervoller Heilkundiger? Kannst du den Zustand eines Patienten wie durch Zauberei durch unzählige Zeltleinwände hindurch ermitteln?«

»Die Wölfe haben etwas Schlechtes gegessen«, wiederholte Razi. »Deine Männer brauchen sich nicht vor der Pest zu fürchten. Darauf verwette ich mein Leben.«

»Daran hege ich keinen Zweifel«, sagte Alberon.

Wynter sah ihn schelmisch an, und er fing ihren Blick auf. »Grundgütiger!«, zischte der Prinz. »Ihr sitzt da wie drei Schlangen mit euren durchtriebenen Gesichtern und euren Unschuldsmienen. Oliver, sag David, dass wir leider keinen Arzt im Lager haben. Richte ihm mein Mitgefühl aus, sieh zu, dass du ihn besänftigst, und halte mich auf dem Laufenden. Diese Sache darf sich nicht weiter zuspitzen.«

Unglücklich nickte Oliver und ging.

»Es wird sich doch nicht zuspitzen, oder, Freier Garron? Ich werde mich doch nicht in einer Spirale aus Gewalt und Gegengewalt gefangen finden?«

»Es könnte klug sein«, befand Christopher daraufhin, während er mit dem Finger Kreise auf die Tischplatte zeichnete, »Ùlfnaor zu ersuchen, seinen Krieger Sòlmundr zusammen mit Fürst Razi zum Schloss zu schicken.«

»Gewiss«, pflichtete Wynter bei, »könnte der Freie Garron etwas Unterstützung dabei brauchen, uns in der Wildnis zu beschützen. Wo doch der Fürst und ich im Forstwesen so schlecht bewandert sind.«

»Mmmm«, überlegte Razi, »das ist ein ausgezeichneter Vorschlag. Natürlich nur, falls Sòlmundr hier entbehrt werden kann.«

»Sprechen wir gerade über diesen dünnen Kerl mit dem sandfarbenen Haar?«, fragte Alberon. »Den mit den entsetzlichen Fesselnarben?«

Christopher bejahte.

»Aha«, befand Alberon still. Sein Blick fiel auf Christophers verstümmelte Hände, und über seine Miene huschte etwas mehr Verständnis. »Ich nehme mal an, dass die Berufung dieses Kerls in Razis Dienste das Magenleiden der Wölfe wie durch ein Wunder heilen wird?«

Auch das bestätigte Christopher.

»Aha.« Entschlossen schlug Alberon auf den Tisch. »Also gut, Razi! Du sollst den Schutz des Wilden haben. Viel Spaß mit ihm. Ich an deiner Stelle würde ihn von meinem Kochtopf fernhalten, aber das bleibt natürlich dir überlassen.«

Razi gluckste. »Ich werde es mir merken«, gab er zurück.

Lächelnd sah Wynter Christopher an. Er schloss die Augen, und sie ergriff kurz seine Hand.

»Und nun«, sagte Alberon im Aufstehen, »eure Landkarten …«

Folgen

Du bestehst darauf, Wyn mitzunehmen?«, fragte Alberon halblaut, die Augen auf die Karte gerichtet. Wynter machte ein missmutiges Geräusch, doch der Prinz beachtete sie nicht und fuhr fort, über sie zu sprechen, als wäre sie gar nicht da. »Diese Bergpfade sind für eine Frau wenig geeignet.«

»Ich nehme sie mit und damit Schluss«, gab Razi zurück. Aufmerksam untersuchte er die dünne Linie eines Bergpasses. »Ich werde unsere Schwester nicht ohne deinen Schutz im Lager lassen, Albi, und ganz bestimmt werde ich sie nicht mit dir mitschicken, wenn Vaters gesamte Armee auf der Jagd nach deinem Kopf ist.« Er deutete auf die Landkarte. »Dieser Fluss hier«, sagte er. »Ist der tief?«

»Er ist sowohl tief als auch schnell. Wenn du ihn aber hier überquerst …« Alberon drehte die Karte so, dass Razi besser sehen konnte, und sie beugten sich tief über das Pergament, die wuscheligen Köpfe dicht zusammengesteckt, während sie den besten Weg zur Überwindung des Flusses debattierten.

Seufzend stieß sich Wynter vom Tisch ab und reckte den steifen Rücken. Sie hatten die Route bereits drei Mal durchgesprochen und prüften jetzt lediglich die Ausweichmöglichkeiten. Sie wusste genug.

Christopher war zum Eingang spaziert und beobachtete das Lager unter ihnen durch das Mückennetz. Er war nachdenklich und in sich gekehrt, und Wynter vermutete, dass er sich Sorgen um die Merroner und ihre Zukunft machte. Mehrmals hatte er sie ins Gespräch eingebracht, und Alberon war bemerkenswert geduldig mit ihm gewesen. Aber letzten Endes konnte man wenig tun, und das wusste Christopher.

Marguerite Shirkens heimtückischem Plan waren sie zwar nicht zum Opfer gefallen, doch das war schon das einzig Gute, was über ihre Lage zu sagen war. In diesem Königreich war kein Platz für ihre nomadische Lebensweise, und Alberon konnte wenig gegen Shirkens Zermürbungskrieg unternehmen. Selbst wenn er bereit wäre, Zuflucht zu gewähren – und bislang gab es dafür keine Anzeichen –, war nicht zu erwarten, dass Ùlfnaors Abordnung seinen Schutz annähme und ihre Stammesgenossen allein im Norden ihrem Schicksal überlassen würde. Irgendwann müssten die merronischen Anführer nach Hause zurückkehren, ihrem Volk die schlechten Nachrichten überbringen und sich dem stellen, was das Schicksal für die Stämme vorgesehen hatte.

Wynter stellte sich neben Christopher und nahm seine Hand. Sie lehnte sich an ihn und betrachtete ebenfalls das Lager.

»Dieses Vorhaben ist Wahnsinn«, sagte er leise. »Der König wird diese ganze Sache niemals einfach so durchgehen lassen. Welcher König würde das? Einen Erben, der seinen Thron bedroht, seine Verbündeten stürzt, seine sorgfältig aufgebauten Beziehungen neu ordnet? Wenn Jonathon das ungestraft lässt, kann er dem Jungen ebenso gut gleich die Krone aushändigen.« Grimmig schüttelte er den Kopf. »Damit werden sie nicht durchkommen.«

Wynter sah sich zu den Brüdern um. Gerade verglichen sie eine von Razis Landkarten mit denen von Alberon, maßen Entfernungen und grübelten.

»Razi ist ein hervorragender Unterhändler«, sagte sie. »Er muss Jonathon nur dazu überreden, sich mit Alberon zu treffen und –«

»Es wird nicht gelingen!«, zischte Christopher und wandte sich ihr zu.

Sie drückte seine Hand und sah ihn warnend an, damit er die Stimme senkte.

Also drehte er den Kopf nach vorn, und sie horchten auf ein Zeichen, dass die Brüder sie gehört hatten. Doch die leise Unterhaltung hinter ihnen wurde fortgesetzt, und nach einer Weile neigte Christopher Wynter den Kopf wieder zu.

»Sobald der König erfährt, dass Razi noch lebt, wird er zu den Waffen greifen und den Prinzen töten, und das wird das Ende von allem sein. Razi wird auf den Thron gezwungen, und noch vor Weihnachten sind wir auf seiner Beerdigung, da Jonathons geliebte Untertanen den braunen Bastard auf keinen Fall als Thronerben dulden werden.«

Diese Vorstellung schnürte Wynter das Herz zusammen. Einen Moment lang sah Christopher sie eindringlich an, dann wandte er sich wieder dem Lager zu. Hinter sich hörten sie, wie raschelnd eine weitere Karte aufgeschlagen wurde. Alberon sagte etwas, und Razi prustete belustigt auf. Er machte eine trockene Bemerkung, beide Brüder kicherten.

Christophers Hand schloss sich fester um Wynters, und sie zog seine Faust an ihr Herz. Mit leerem Blick starrte sie vor sich hin, während ihr all das Schreckliche, das geschehen könnte, durch den Kopf ging.

Ganz zu Anfang hatte Alberon zweifellos geglaubt, sein

Vater würde klein beigeben. Es musste ihm so undenkbar vorgekommen sein, dass Jonathon seinen Erben einfach wegfegen und mit Razi auf dem Thron neu beginnen würde. Ungeachtet aller anderen Umstände hätten die Folgen eines solchen Akts für das Königreich selbst damals bereits offenkundig sein müssen. Inzwischen allerdings musste Alberon die Hoffnungslosigkeit seiner Position bewusst geworden sein. In seiner Gewissenspein wegen der Blutmaschine und seinem heftigen Verlangen, sie nie wieder anzuwenden, hatte Jonathon die Kluft zwischen seinem Nachfolger und sich selbst zu öffentlich gemacht. Er hatte das Ganze zu weit getrieben. Gleich, was Razi tat oder sagte – wie konnte der König Alberon je gestatten, auf den Thron zurückzukehren?

Weder Razi noch Alberon waren Narren; sie beide wussten, wie schlecht ihre Aussichten standen, dieses Blatt noch einmal zu wenden. Dennoch schienen sie entschlossen, den Vorstoß zu wagen – Alberon in seiner unerschütterlichen Überzeugung, dass er das wunderbare Königreich seines Vaters stärken konnte, Razi in der Hoffnung, alle miteinander zu versöhnen.

»Sie können nichts anderes tun«, flüsterte Wynter.

»Ich weiß.«

»Das hier ist ihre einzige Chance.«

»Ich weiß.«

»Ich werde Razi nicht im Stich lassen, Chris.«

»Mein Gott, Wynter! Das weiß ich doch. Ich auch nicht.«

Sie lächelte. »Das dachte ich auch nicht.«

Unten im Lager rief gedämpft eine Trompete zum Essen, und sie beide lauschten dem Gerassel antretender Soldaten in der Ferne.

Alberon seufzte auf. »Ich bin halb verhungert. Sollen wir

den Tisch aufräumen, falls uns jemand zufällig eine Mahlzeit bringen möchte?«

Wynter hielt den Brüdern den Rücken zugewandt, während diese Karten falteten und Federn und Mappen verstauten. Christopher legte Daumen und Zeigefinger um seinen Nasenrücken, Mutlosigkeit und Kummer waren deutlich in jedem seiner Gesichtszüge zu lesen.

Mitfühlend küsste Wynter seine vernarbten Finger. »Würdest du gern einen alten Freund von mir kennenlernen?«, flüsterte sie ihm zu. Auf sein überraschtes Nicken hin führte sie ihn am Tisch vorbei zu Alberons Bettstatt.

»Er schläft.« Sie zog das Mückennetz zurück und setzte sich auf das Lager. »Es geht ihm nicht so gut.«

Beim Anblick der Katze zögerte Christopher. »Oh«, machte er. »Äh …« Er warf Alberon einen Blick über die Schulter zu, drehte sich dann zu ihr um und riss warnend die Augen auf. »Mit Katzen vertrage ich mich in der Regel nicht so gut«, sagte er. »Sie … also … ich *beunruhige* sie. Und da sich eure südlandischen Katzen gern etwas deutlicher äußern als die meisten anderen, ist es vielleicht nicht so schlau …«

Bei dem gequälten Versuch, sich wortlos zu verständigen, verzog er das Gesicht; ganz offensichtlich hegte er die Befürchtung, Coriolanus könnte aus seinem Nest springen und aus voller Lunge *Wolf* schreien.

Wynter lächelte. »Keine Sorge, Christopher. Cori weiß schon alles, was es über dich zu wissen gibt. Er wird nicht beunruhigt sein. Komm her.«

Sie klopfte neben sich auf das Bett, und Christopher setzte sich. Ohne zu zögern, schlang er den Arm um Wynter, legte das Kinn auf ihre Schulter und betrachtete die schlafende Katze. Wynter bemerkte Alberons Stirnrunzeln angesichts dieser höchst unhöfischen Zuneigungsbekundung. Sie wandte sich von seiner Missbilligung ab und zog Christophers Arm noch etwas enger um ihre Taille.

»Armes kleines Kerlchen«, sagte Christopher leise. »Er ist ja nur Haut und Knochen.«

»Ich würde gern der Edlen Mary meinen Schutz anbieten«, sagte da plötzlich Razi, und alle drehten sich erstaunt zu ihm um.

»Ach, Razi«, sagte Wynter traurig. Das war vollkommen ausgeschlossen.

»Sei kein Narr, Bruder. Sie ist eine Mittelländerin.« Da Razi schwieg, seufzte Alberon. »Sie ist eine *fromme mittelländische Hofdame*. Sie wird deine Hilfe ebenso wenig annehmen, wie sie in den Maghreb segeln und dort ihren Dienst im Harem des Sultans antreten würde.«

»Ich beabsichtigte lediglich, meinen Schutz anzubieten, Albi. Ich erwarte keine Gegenleistung.«

»Damit wollte ich ja auch gar nicht andeuten, dass du das arme Geschöpf zu deiner Konkubine machen möchtest«, sagte Alberon überraschend sanft. »Ich weise dich nur darauf hin, dass sie noch die ritterlichsten Avancen kaum annehmen wird von einem Mann deines Glaubens, deiner Hautfarbe und … ähm … Geburt. Das ist alles.«

»Sie ist mittellos«, wandte Wynter sachte ein. »Durch die Vernichtung ihres Gatten wurde sie ihrer Familie und ihres Vermögens beraubt. Sie braucht dringend Hilfe.«

»Das sieht man ihr gar nicht an«, bemerkte Christopher. Seine Stimme klang warm in Wynters Ohr. »Sie ist eine beeindruckende kleine Person.«

»Ja, sie hat bemerkenswertes Format«, pflichtete Razi ihm

bei. »Ich fände es furchtbar, sie in ihrem Zustand den mühsamen Weg nach Hause machen zu lassen. Und was dann?«

»Dort erwartet sie gar nichts«, bekräftigte Wynter. »Oder sogar Schlimmeres als nichts, falls die Säuberung gegen ihre Familie immer noch im Gange ist.«

»Und deshalb möchte ich ihr meinen Schutz anbieten, Albi. Wenn du dich bereit erklären würdest, sie hier zu beherbergen, solange ich fort bin, dann würde ich –«

»Ich dachte, ich hätte mich klar ausgedrückt«, versetzte Alberon scharf. »Das hier ist kein passender Ort für eine Frau in ihren Umständen. Du kannst ihr nicht einfach deinen Schutz anbieten und sie dann ohne weitere Gedanken in meine Obhut übergeben. Entweder bist du für sie verantwortlich oder nicht! Bürde die Folgen deiner Großherzigkeit nicht mir auf.«

»Aber ich kann sie nicht mit über die Berge nehmen!«, rief Razi. »Sei nicht albern.«

»Warum willst du ihr dann überhaupt deinen Schutz anbieten? Das sind doch nur hohle Worte! Wenn du –«

»Die Merroner könnten auf sie aufpassen«, schlug Wynter vor. »Zumindest, solange sie hier sind.«

»Ja, stimmt«, versetzte Christopher und streichelte Coriolanus über den Rücken. »Ùlfnaor würde sie bestimmt nicht abweisen, und sollte es dazu kommen, war Hallvor schon bei mehr Niederkünften zugegen, als wir zählen können, würde ich sagen. Unter der Fürsorge der Merroner wäre die Dame in Sicherheit, bis Fürst Razi zurückkehrt, und Eure Soldaten brauchen sich nicht davor zu fürchten, bei der Ankunft eines Kinds in dieser Welt helfen zu müssen. Gott weiß, dass Soldaten zu solchen Dingen nicht gerade gut zu gebrauchen sind, was?«

Als seinen Worten Stille folgte, blickten Christopher und Wynter auf; Razi und Alberon musterten sie mit seltsam erschrockenen Mienen, und Christopher geriet ins Stocken. »Äh … das heißt natürlich, wenn die Dame einverstanden ist«, sagte er. »Es ist ja nur ein Vorschlag.«

»Natürlich ist sie einverstanden«, sagte Wynter. Sie lehnte sich behaglich an Christophers Brust und verzog den Mund zu einem Lächeln. »Kümmer dich nicht um meine Brüder, Liebster, sie sind nur überrascht. Die Königssöhne sind nicht daran gewöhnt, die Dinge so geradeheraus zu betrachten.«

In diesem Moment machte sich Anthony am Zelteingang bemerkbar, und als der Diener ein Tablett mit Geschirr hereintrug, grinste Alberon voller Vorfreude.

»Essen!«, rief er. »Runter von meinem Bett, ihr zwei, setzt euch zum Essen.«

»Anthony«, wandte sich Razi an den kleinen Burschen. »Wäre es möglich, dass ich mich zuerst wasche?«

Anthony nickte verkniffen. Er war viel verhaltener als gewöhnlich, und Wynter fand ihn etwas blass. Aus dem Augenwinkel beobachtete sie, wie er die Schalen auf dem Tisch abstellte, unterließ es aber, ihn nach seinem Befinden zu fragen.

Nun stellte er eine Schüssel und einen Krug auf Alberons Nachttischschränkchen, und Razi ging sich die Hände waschen. Als er an ihr vorbeischlüpfte, lächelte Wynter Anthony an, doch er schien sie nicht zur Kenntnis zu nehmen. Christopher, der neben der Waschschüssel wartete, bis er an der Reihe war, blickte dem kleinen Jungen mit sorgenvoller Stirn nach.

»Haben wir Brot?« Alberon rieb sich die Hände und sah

sich hoffnungsvoll um. »Nein, haben wir nicht. Du hast das Brot vergessen, kleiner Mann«, sagte er. »Geh welches holen.«

Anthony war gerade dabei, einen Wasserkrug zum Tisch zu schleppen. Etwas wackelig goss er Alberon den Becher voll, und Wynter bemerkte, dass seine Hände zitterten.

»Anthony«, wiederholte Alberon, während er bereits seinen Haferschleim in Angriff nahm. »Hast du mich nicht gehört? Lauf runter zum Versorgungszelt und besorg uns etwas Brot.«

Bei dem Wort *Versorgungszelt* stieß Anthony ein leises, verzweifeltes Geräusch aus und ließ beinahe den Krug fallen. Bestürzt sah Razi zu, wie seine Essensschale vor Wasser überfloss. Wynter sprang auf, um den Krug festzuhalten, doch Christopher war schneller und nahm ihn dem Kind aus den bebenden Fingern. Anthony machte einen Schritt rückwärts und verzog das Gesicht, seine Augen füllten sich mit Tränen.

»Aber, aber, Maus, schon gut«, tröstete Christopher ihn und setzte den Krug ab. »Ist doch nur Wasser.« Er rührte mit dem Finger in Razis Schale herum. »Schau nur! Du hast Suppe gemacht! Du liebst Suppe, stimmt's, mein Fürst?«

»Üblicherweise bevorzuge ich dazu einen Löffel«, grummelte Razi.

Errötend zog Christopher den Finger aus der Schale. Razi wandte sich an Anthony. »Was zum Teufel ist mit dir los, Kind? Hast du die Schüttellähmung?«

Anthony holte tief Luft und straffte die schmalen Schultern, um sein inneres Gleichgewicht wiederzufinden. Wynter rechnete fest damit, dass er sprechen würde, doch seine

Lippen zuckten nur, und seine Tränen tropften ihm über die Wangen bis auf die Schürze.

»Großer Gott«, wehrte Alberon ab. »Ich wollte doch nur etwas Brot.«

»Ich bin *Euer* Diener«, rief das Kind da unvermittelt. »*Eurer.*«

Alle starrten ihn mit offenem Mund an, und er warf ein dürres Ärmchen hoch und deutete mit Nachdruck den Hügel hinab. »Mit Wölfen hab ich doch nichts zu schaffen, Hoheit? Sie können mich zu nichts zwingen! Nur weil die Soldaten sie nicht bedienen wollen! Ich bin nur Euer Diener, stimmt's? *Stimmt's*, Eure Hoheit? Ich gehöre *Euch*!«

Christophers Miene wurde hart und kalt, und ganz langsam richtete er sich aus der Hocke neben dem Jungen auf. Anthony wrang seine Schürze in den Händen und sah ihn flehentlich an, vielleicht hielt er seine Wut fälschlich für Missbilligung.

»Aber ich will nicht«, flüsterte er.

»Und du musst auch nicht«, schimpfte Christopher. »Du musst überhaupt nichts!«

»Christopher«, mahnte Razi sanft. »Sie wollten nur, dass er ihnen ihr Essen aufträgt. Weiter nichts, dessen bin ich sicher.«

»Aber ich will nicht«, beharrte Anthony. »Bitte. Ich bin doch *Euer* Diener, Hoheit. Ich bin –«

»Ja«, sagte Alberon. »Ja, Anthony. Still jetzt. Es ist schon gut. Ich brauche kein Brot, und du bist wirklich mein Diener, niemandes sonst. Also still jetzt.«

Genau in diesem Augenblick ertönte unten im Lager ein unendlich eigenartiges Geräusch – ein tiefes, klagendes Stöhnen.

Christopher verengte die Augen, die Schultern hochgezogen. In das erste Stöhnen fiel ein weiteres ein, und die beiden Stimmen schwollen an, steigerten sich fast zu einem Heulen, ehe sie erstarben. Sofort erhob sich das Klagen erneut, dieses Mal drei Stimmen, wie Geisterhunde, die im Schlaf aufjaulen.

»Warum machen sie das?«, flüsterte Anthony verängstigt und mit riesigen Augen.

Razi suchte über den mit Wasser bespritzten Tisch hinweg Christophers Blick.

»Die Sklaven sind tot«, erklärte Christopher. »Die Wölfe betrauern ihren Verlust.«

»Ich will nicht ihr Bursche sein!«, schrie Anthony. »Der Mann hat gesagt, ich muss! Aber ich will nicht! Er hat gesagt –«

Wynter zog ihn an seinem Hemd zu sich heran. »Still«, beruhigte sie ihn. »Das alles hat nichts mit dir zu tun. Der Prinz ist dein Herr. Und dabei bleibt es.«

»Wird der Tod dieser Sklaven Schwierigkeiten verursachen?«, blaffte Alberon. »Werden sie nach Rache trachten?«

Razi schüttelte den Kopf. »Für David steht zu viel auf dem Spiel, um wegen dieser Sache die Beherrschung zu verlieren«, sagte er. »Er fühlt sich unter deinem Schutz sicher und wird nicht so töricht sein, seine eigene Zukunft zu gefährden.« Sein Blick huschte zu Christophers wütendem Gesicht und zurück zu Alberon. »Es ist vorbei.« Fahrig zupfte er an seinem Ärmelaufschlag. »Dessen bin ich gewiss.«

Christopher starrte nur den zu Tode erschrockenen kleinen Jungen an und sagte kein Wort.

Die trotzige Geste

Du bist so still«, bemerkte Sòlmundr, während er Christopher über den Hals seines Pferdes hinweg beäugte.

Christopher zuckte die Achseln, zurrte den Sattelgurt fest und zog die Steigbügel herunter.

»Fühlst du dich nicht wohl?«

»Mir geht's gut«, grunzte Christopher, schwang sich in den Sattel und lenkte sein Pferd herum. »Hör auf, dich wie eine alte Glucke zu benehmen, und sattle auf.«

Sòlmundr sah Wynter an; seit dem Vorabend war Christopher wortkarg und reizbar, und der sonst so gelassene Sòl hatte an der Übellaunigkeit des jungen Mannes herumgepickt wie eine besorgte Henne. Er machte es nur noch schlimmer.

Je eher Razi und ich die beiden aus dem Lager schaffen, desto besser, dachte Wynter. Sie zog die Satteltaschen an die richtige Stelle und warf einen Blick auf Razi, der sich mit Jared unterhielt. Die Edle Mary hatte Razis Schutz abgelehnt, wie Alberon es vorausgesehen hatte. Zu Wynters Überraschung aber hatte sich der Priester erstaunlich aufgeschlossen für den Vorschlag gezeigt. Wynter gab sich die größte Mühe, ihm ehrenhafte Absichten zu unterstellen, aber der Verdacht lag nahe, dass es weniger mit Marys Wohlergehen zu tun hatte als mit den Beschwerlichkeiten, eine Schwangere den ganzen Weg nach Hause mitzuschleppen.

»Ich rede noch einmal mit ihr«, sagte Jared. »Ich werde versuchen, sie von der Vernunft dieses Vorgehens zu überzeugen.«

»Bitte, tut das«, sagte Razi. »Und betont meine Lauterkeit, wenn es irgend geht. Es wird dem kein Bettlermakel anhaften, nichts Anstößiges. Die Edelfrau D'Arden wird jede Würde genießen und ihr Kind die beste Pflege. Ihr glaubt mir doch, Presbyter? Ihr werdet Euch für mein Anliegen einsetzen?«

Jared strich mit der Hand über das glänzende Weiß seines Schädels. »Ich werde mich bemühen«, sagte er. »Aber ich muss bald aufbrechen. Um die Wahrheit zu sagen, hätte ich gestern schon losreiten müssen. Wenn ich sie nicht davon überzeugen kann, zu bleiben, muss ich sie mitnehmen. Anders geht es nicht.« Er schnaubte. »Wenn nur die selige Jungfrau diese verdammte Reise nicht auf einem Esel unternommen hätte, dann wäre meine Herrin möglicherweise weniger geneigt, dasselbe zu riskieren ... o Gott, vergib mir, so etwas zu sagen!« Er bekreuzigte sich rasch drei Mal hintereinander. »Diese Frau kann einen aber auch zur Verzweiflung bringen«, ergänzte er. »Ich bin nicht sicher, ob es klug von Euch ist, Euch ihrer anzunehmen.«

Razi streckte ihm seine Hand entgegen. »Tut Euer Bestes«, bat er ruhig.

Wynter, die gerade ihre Decke zusammenrollte, hielt inne und beobachtete, wie der Priester Razis dunkle Hand ergriff und schüttelte. Sie wusste nicht, warum, nach allem, was sie in den vergangenen Monaten erlebt hatte, aber diese Geste fesselte sie – ein mittelländischer Priester, der einem Araber in feierlicher Einmütigkeit die Hand schüttelte.

Die beiden Männer standen in einem schräg einfallenden Strahl frühen Morgenlichts, und es umrahmte sie golden, warf ihre Schatten lang und unförmig auf die geneigten Leinwände der merronischen Unterkünfte. Als Jared Razis Hand losließ und sich abwandte, trat Hallvor aus der Dunkelheit des Zelts hinter ihnen. Sie trug Sòlmundrs leuchtenden Wollumhang auf dem Arm, und im Vorbeihuschen funkelte die Sonne heiß von ihren Armreifen und leuchtete auf der flüssigen Schwärze ihres Haars, ehe sie zurück in den Schatten tauchte.

Es war ein solch lebendiger, so unerklärlich trauriger Augenblick, dass es Wynter den Atem verschlug.

Aus dem anderen Zelt kam Ùlfnaor und wartete, während Razi dem Priester nachblickte. Dann lächelte der Aoire und verneigte sich, bot Razi die Hand zum Abschied. Schweigend stellten sich die Merroner in einer Reihe hinter ihnen auf, ihre Mienen waren ernst, als die Männer einander die Hände schüttelten.

»Wir werden uns wiedersehen«, sagte Razi, »wenn ich mit meinem Bruder vereint bin.«

»Ich möchte Euch danken, Tabiyb, aber es kann gar nicht geben genug Worte dafür.«

Wortlos nickte Razi, drehte sich um und ging zu seinem Pferd. Ùlfnaor wandte sich Sòlmundr zu, der gerade in den Sattel stieg. Der Aoire sah seinem Freund in die Augen, und sein Gesicht verzog sich in stummer Gemütsbewegung. Sòlmundr machte eine klägliche Grimasse und zuckte die Achseln. Neben seinem Pferd stand Hallvor mit seinem Umhang in den Händen, die dunklen Augen kummervoll.

»*Sòl, Mo mhuirnín*«, flüsterte sie. »*Tar ar ais gan mhoill.*«

Sòlmundr nahm ihr seinen Umhang ab, beugte sich gefährlich tief herunter und drückte mit geschlossenen Augen seine Stirn an ihre. »*Slán, a stór.*«

»Bleibt am Leben!«, brüllte Wari plötzlich, und Sòl musste lachen, die Stirn immer noch an Hallvors gepresst. Nun erst richtete er sich auf und lenkte sein Pferd in die Reihe.

»Geht nicht ohne mich Wölfe jagen!«, sagte er. »Ihre Köpfe werden für meinen Sohn und mich aufbewahrt.«

Ùlfnaors und Waris Mienen drückten dunkles Verständnis aus, und nachdem Ùlfnaor leise übersetzt hatte, grinsten auch die anderen Krieger wissend. Surtr machte eine Schnittbewegung vor seinem Hals. Mit gerunzelter Stirn bestieg Wynter ihr Pferd, während Razi so tat, als hätte er nichts bemerkt oder verstanden. Christopher wartete einfach nur schweigend und ausdruckslos darauf, dass sie aufbrachen.

»Iseult?« Wynter senkte den Kopf und sah Hallvor zu sich auflächeln. »Ihr passt auf Euch auf, *luchín*, ja? Auf Euch und Euren seltsamen kleinen Stamm.« Wynter nickte. »Und vergesst nicht«, mit einem Augenzwinkern tippte sich Hallvor an die Schläfe, »wenn Coinín Euch je Ärger macht, schlagt ihm auf den Kopf, am besten mit dem Stiefel.«

Wynter konnte sich kein Schmunzeln abringen. »Ihr passt doch auf die Edle Mary auf, oder?«, fragte sie. »Solange sie in Eurer Obhut bleibt?«

»Ich werde sie beschützen«, versprach Hallvor. »Das schwöre ich.«

Sie quetschte Wynters Hand und trat dann zurück, als Razi seine Stute mit einem Schnalzen an ihnen vorbei Richtung Hauptweg trieb. Christopher reihte sich hinter ihm ein. Er schien ganz in seine eigenen Gedanken versunken, und es war offensichtlich, dass er vorhatte, ohne Abschied von seinen merronischen Freunden fortzureiten.

»Coinín«, rief da Ùlfnaor. Der junge Mann hielt inne. *»Fear óg thú, a Choinín. Tá neart ama agat.«*

Christopher nickte, ohne sich umzusehen, und ritt los.

»Ich werden mich kümmern um den kleinen Jungen!«, rief Ùlfnaor. »Ihr braucht Euch nicht zu sorgen.«

Jäh riss Christopher sein Pferd herum, die Augen weit aufgerissen, und mit einem Schlag begriff Wynter schmerzlich, dass Ùlfnaor auf den Ursprung seines Kummers gestoßen war.

»Er ist noch so klein«, sagte Christopher eindringlich. »Er hat doch keine Chance gegen sie.«

Ùlfnaor schüttelte den Kopf. »Sie kriegen ihn nicht.«

»Aber Ihr dürft sie nicht aus den Augen lassen. Vor allem Jean! Gebt ihm zu verstehen, dass wir uns merken werden, wenn er irgendetwas tut. Lasst sie wissen, dass wir stark sind.«

»Das schwöre ich«, beschwichtigte der Aoire ihn. »Sorgt Euch nicht.«

Plötzlich errötete Christopher, als wäre ihm sein Ausbruch peinlich, und er straffte die Schultern. Mit einer knappen Kopfbewegung lenkte er sein Pferd herum und warf Razi einen Blick zu, der wiederum ohne ein weiteres Wort den Weg zwischen den Zelten hindurch antrat. Wynter folgte den beiden, Sòl, Boro und ein launisches kleines Packmuli bildeten das Ende der Karawane. Sie ritten hinter Razi durch die Gasse auf den Hauptpfad, wo sie sich ohne Absprache hinter ihm auffächerten, ein merkwürdiger Trupp ungleicher Ritter, die ihrem Fürsten den Rücken deckten.

Es hatte keine Pläne für eine feierliche Verabschiedung gegeben, doch natürlich hatten sich die Soldaten versammelt, um bei der Abreise des Mannes, von dem sie alle abhingen, anwesend zu sein. Alberon und Oliver standen oben auf der Anhöhe und sahen zu, wie Razi sein kleines Gefolge zum Fuß des Hügels führte. Dass sich ein Kronprinz neben das Pferd eines Fürsten stellte und zu ihm aufblinzelte wie ein gewöhnlicher Stallbursche, war ausgeschlossen, also wartete Alberon mit regloser Miene, bis Razi abstieg und zu ihm kam, um sich vor ihn zu knien. Während Alberon Razi seinen Segen gab, ließ Wynter den Blick über die Menge schweifen; die hoffnungsfrohe Erwartung in den Mienen der Männer beruhigte sie. Es sah aus, als hätten sie sich Albis Worte aufrichtig zu Herzen genommen, und sie konnte keine Spur von Missmut oder der anfänglichen unterdrückten Feindseligkeit erkennen.

Dass die Loups-Garous nirgendwo zu sehen waren, löste Unbehagen und Erleichterung bei ihr aus. Vielleicht waren sie einfach zu krank, um aufzustehen. *Sollen sie ruhig im Bett bleiben*, dachte sie, während sie unauffällig die Zelte hinter sich absuchte. *Sollen sie ihre verdammten Gesichter fernhalten und uns in Frieden ziehen lassen.* Aber dieser Wunsch war vergebens, und ihr Herz verkrampfte sich, als sie Jean entdeckte, der mit zerknitterten Kleidern und zerzaustem hellen Haar zum Wegesrand taumelte und höhnisch das Geschehen auf der Anhöhe beobachtete.

Weder Sòl noch Christopher bemerkten die Anwesenheit des Wolfs, und Wynter hielt den Kopf nach vorn gerichtet, um die beiden nicht auf ihn aufmerksam zu machen. Die Wölfe würden ihnen gewiss keine Schwierigkeiten machen. Razi hatte Recht; Alberons Versprechungen hatten sie gezähmt, und sie würden jetzt nichts tun, als sich in Positur zu setzen. Sie wussten, dass ihre Zukunft von Razis Überleben abhing. Nicht einmal sie wären so töricht, ihr eigenes Schicksal zu gefährden, um den Tod eines Sklaven zu rächen.

Oben am Zelt erhob sich Razi. Der königliche Prinz zog einen Brief aus dem Mantel, betrachtete ihn einen Moment lang und überreichte ihn dann. Razi nahm ihn mit einer Verbeugung entgegen. Und dann schüttelte Alberon, überschwänglich, wie er nun einmal war, die steife Förmlichkeit ab und zog seinen Bruder an sich. Leise wehte seine Stimme durch die heller werdende Luft hinab, als er Razis Locken zerzauste und, als wäre er um Jahre älter als sein Bruder, sagte: »Pass auf dich auf, mein Kleiner.«

Razis unmutiger Gesichtsausdruck, als er seine Haare wieder in Ordnung brachte und den Hügel hinablief, erheiterte Wynter.

Während sein Bruder wieder sein Pferd bestieg, suchte Alberon Wynters Blick und lächelte sie an. Er hob die Hand zu einem zärtlichen Lebewohl, und Wynter deutete eine Verneigung an. *Adieu, Bruder. Wir sehen uns bald wieder.*

»Kommt«, sagte Razi, das Gesicht ins Morgenlicht gewandt. »Beeilen wir uns. Unsere Zeit ist kostbar.«

Die versammelten Männer zerstreuten sich bereits wieder, im Geiste mit den vielen Aufgaben befasst, die den Soldatenalltag ausmachten. Auf dem Weg durch das staubige Lager sah Wynter, wie sich Razi noch einmal nach der stillen Dunkelheit des mittelländischen Quartiers umblickte. Vielleicht hoffte er, die Edle Mary würde zum Abschied ihr Gesicht zeigen, doch sie blieb zurückgezogen, wie es schicklich war.

Das Versorgungszelt schwirrte wie ein Bienenkorb, während die Köche und ihre Gehilfen mit den umständlichen Vorbereitungen begannen, ein ganzes Lager hungriger Männer mit Essen zu versorgen. Aus Gewohnheit hielt Wynter die Augen offen, ob von irgendeiner Seite her Gefahr drohte. Christopher neben ihr tat dasselbe, seine Wachsamkeit unter seiner üblichen nachlässigen Haltung verborgen. Offenbar hatte er etwas bemerkt; er richtete sich leicht auf und folgte einer Bewegung in der Menge.

Vorsichtig bahnte sich Anthony seinen Weg durch die geschäftigen Männer, die dünnen Ärmchen ausgestreckt und ganz in Anspruch genommen von der Anstrengung, kein Wasser aus dem Kessel zu verschütten.

Später – als alles vorbei war und nichts mehr geändert werden konnte – sollte sich Wynter fragen: *Was, wenn ich gar nicht reagiert hätte? Was, wenn Christopher den Kopf nicht gedreht hätte?*

Aber derlei Überlegungen sind meist müßig. Sobald Wynter den kleinen Diener in der Menge entdeckte, zuckte sie zusammen und drehte sich blitzschnell nach Jean um. Ihr einziger Gedanke war: *Ich hoffe, Anthony ist oben auf dem Hügel, ehe dieser Hundesohn ihn sieht*, doch natürlich war Christopher von ihrer hastigen Bewegung aufgeschreckt und folgte ihrem Blick genau zu dem Wolf.

Jean wirkte matt und teilnahmslos, seine Kräfte offenbar von den Nachwirkungen des Gifts angegriffen; er lehnte an einer Zeltecke und sah Razi nach. Er nahm das Kind, das durch die Männer auf der anderen Wegesseite gegen seine Blicke abgeschirmt wurde, gar nicht wahr, und Wynter begriff sofort, dass er gar nicht die Absicht hatte, Ärger zu machen. Doch dann bemerkte Jean Christophers wütendes

Gesicht, und dem Anschein nach konnte der Wolf der Herausforderung in der Miene des jungen Mannes nicht widerstehen.

Grinsend rief er etwas auf Arabisch. Was auch immer er gesagt hatte, musste unverschämt geschmacklos gewesen sein, denn Razi riss entsetzt den Kopf zu ihm herum. Woraufhin Jean in Gelächter ausbrach, in dieses furchtbare Meckern, und rasch von Razis hochrotem Gesicht zu Christopher blickte. Er zwinkerte anzüglich. Razi zog die Oberlippe hoch und wandte sich sofort ab, zornig über sich selbst, weil er sich etwas hatte anmerken lassen.

»*Tóin caca*«, zischte Sòlmundr, und auch er drehte sich nach vorn und strafte den Wolf mit kühler Verachtung.

Christopher jedoch wich Jeans Blick nicht aus, und als sein Pferd auf einer Höhe mit dem Wolf war, senkte Christopher das Kinn und zog mit dem Finger etwas Helles aus seinem Kragen. Wynter wusste, was es war, noch ehe die silbernen Zähne zum Vorschein kamen, und als er Razis Kette auf seinem Hemd drapierte, so dass sie auf dem dunklen Stoff gut sichtbar schimmerte, wurde ihr das Herz schwer.

Jean runzelte die Stirn, blinzelte, und Wynter erriet an seinen erschlaffenden Gesichtszügen, dass er die warmen Bernsteine und die glitzernden Silberfänge erkannte, die nun den Hals seines ehemaligen Sklaven schmückten. Er sah Christopher an; Christopher grinste. Er drückte einen vernarbten Finger auf die glänzende Spitze eines der Fänge, streckte dann ganz langsam den Arm aus und zeigte auf Jean.

Alles, was diese Geste ausdrückte, kroch hell und klar über Jeans Miene, erschüttert taumelte er rückwärts. Wynter wusste, dass er nun genau verstand, wo das Schicksal der Wölfe lag, und sie verstand auch, dass das alles veränderte.

Christopher hatte Jean soeben mitgeteilt: *Du hast keine Zukunft.* Er hatte ihm gesagt: *Das hier ist dein Los. Eines Tages wirst auch du als Schmuckstück um den Hals eines Sklaven hängen.*

Jean drehte sich um und stolperte fort, und Wynter befürchtete, dass Christopher gerade den einzigen Knoten gelöst hatte, der die Wölfe noch zurückgehalten hatte. Der sie beherrschende Maulkorb war abgenommen, und nun gab es nichts mehr, was sie im Zaum hielt.

Ein unwahrscheinliches Ereignis

Sobald sie das Lager hinter sich gelassen hatten, nahm Wynter Razi beiseite und erzählte ihm besorgt von der Kette und ihrer möglichen Wirkung auf die Wölfe. Erschrocken wirbelte er zu Christopher herum, der lediglich trotzig das Kinn reckte und weiterritt. Razi konnte ihm nur sprachlos nachsehen. Kurz darauf schob Sòlmundr sein Pferd an ihnen vorbei, schloss zu seinem jungen Freund auf, und nebeneinander ritten die beiden weiter.

In den kommenden drei Tagen sprachen Razi und Christopher kaum miteinander.

Der Pfad führte sie höher und immer höher; vorbei an majestätischen Kiefern und hinein in unwirtliche Wälder, weiter durch vom Wind verkrümmtes Gestrüpp bis in die von Schiefergestein durchsetzte Ödnis, die ihre Umgebung bleiben sollte, bis sie die andere Seite erreichten.

So hoch in den Bergen wehte der Wind unerbittlich. Er fegte durch lockere Geröllschichten und toste schwarze Felswände hinab, er schnitt durch Wynters Kleiderschichten und zerrte die Wärme aus ihrem Körper. Sie ging dazu über, in Umhang und Decken gewickelt zu reisen, den Kopf zum Schutz gegen den unablässigen Sturm zwischen die Schultern eingezogen. Zum ersten Mal, seit sie ihn kannte, bedeckte Sòlmundr seine Arme. Schließlich gab er sich sogar gänzlich geschlagen, hüllte seinen drahtigen Körper in eine schwere, mit Filz gefütterte Jacke und schlang sich ein Tuch um den Kopf. Nur Boro schien die Kälte nicht zu spüren, er streifte fröhlich schnüffelnd durch die karge Landschaft, die Zunge heraushängend, das Fell vom Wind flachgedrückt.

Am dritten Abend plünderten sie ein Wäldchen aus wucherndem Stechginster und zündeten mit dem gefundenen Holz hinter einem Felsen ein flackerndes Feuer an. Sòlmundr zog seine Decken fest um sich und legte sich mit geschlossenen Augen zurück. Er war still, wie üblich überließ er das Reden bereitwillig den anderen. Wynter kuschelte sich neben ihn, und zwischen ihnen streckte sich Boro aus, den Kopf warm auf Wynters Schoß gebettet. Sie kraulte die borstigen Ohren des Hunds und beobachtete ihre schweigend vor sich hinbrütenden Männer.

In seinen Umhang und seine Decke gewickelt saß Christopher im Schneidersitz am Feuer und kaute an einem ihrer letzten Streifen getrockneten Hirschfleischs. Die Decke hatte er sich wie eine Kapuze über den Kopf gezogen, nur Mund und Kinn waren sichtbar. Razi starrte fröstelnd in die Flammen. Durch einen schmalen Riss im Felsen blies der Wind und wehte ihm die Locken in die Augen, und er strich sie zurück, zog das Tuch fester und band es straff unter dem Kinn zusammen.

Hinter ihnen erhoben sich die Berge schwarz und gesichtslos gegen den düsteren Himmel. Bald wäre es dunkel; einen Mond gäbe es nicht. Wynter suchte die scharfen Felskanten nach Bewegungen ab. Tückisch zischelten die Böen durch die Steine um sie herum und pfiffen durch den lockeren Schiefer.

»Was hast du dir nur dabei gedacht?«, rief Razi unvermittelt.

Eine Sekunde lang verharrte Christophers Kiefer regungslos, dann kaute er weiter.

»Ùlfnaor hat dir *versprochen*, dass er den Jungen beschützen wird! Hast du ehrlich geglaubt, du würdest die Sache besser machen, indem du den Wölfen meine Absichten enthüllst?«

Christopher schluckte ein Stück Fleisch. Er sagte nichts.

»Du bist ein ungebärdiger *Dickkopf*, Garron!« Razi trat einen Stein ins Feuer. »Du hast nicht mehr Verstand als ein Kind!« Ungehalten steckte er sich die Hände unter die Achseln und kauerte sich tiefer in seinen Umhang, ohne jedoch die zuckenden Schatten aus den Augen zu lassen. »Du bringst mich noch um.«

»Was geschehen ist, ist geschehen«, murmelte Sòlmundr. »Wenn sie kommen, wir kämpfen. Mehr ist nicht.«

»Ich glaube ja, dass die Wölfe uns, wenn sie die Absicht hätten, uns etwas anzutun, längst angegriffen hätten«, verkündete Wynter. »Ganz bestimmt wollte David ungern für eine so unbestimmte Drohung wie einen auf eine Kette zeigenden Finger alles riskieren, was Alberon ihm in Aussicht gestellt hat.« Sie schielte zu Christopher, in der Hoffnung, er würde ihr zustimmen, doch der schwieg weiterhin, das Gesicht von seinen Decken verhüllt. »Ich würde meinen, dass wir inzwischen sicher sind.«

Sòlmundr machte die Augen halb auf und sah sie an. »Außerdem sind sie krank«, beruhigte er sie. »Ich glaube nicht, dass sie in der Lage waren, zu folgen uns. Selbst als Wölfe ging es ihnen zu elend, um diesen Weg zu reiten.«

Razi schnaubte. »Tja«, sagte er, »ein Narr ist David gewiss nicht. Und ich schätze mal, Wynter hat Recht – er wird wohl kaum seine Zukunft wegen einer Geschichte, die Jean ihm zuträgt, aufs Spiel setzen.« Er lehnte sich zurück an seinen Sattel. »Vielleicht habt ihr beide Recht«, fuhr er fort. »Vielleicht wird alles gut. An den Pranger gehörst du trotzdem gestellt, Christopher Garron. Ich bin so wütend, dass mir die Worte fehlen.«

Wynter musste lächeln. Es kam ihr unwahrscheinlich vor, dass irgendeine Empfindung Razi längere Zeit der Worte berauben könnte, und tatsächlich klang er nun, da er seine Meinung hatte äußern können, schon nicht mehr sonderlich zornig. Erneut sah sie Christopher an; sie war froh, dass es endlich ausgesprochen war, hoffte auf eine versöhnliche Miene.

»Um die Wahrheit zu sagen«, sagte Christopher leise, »habe ich mir überhaupt nichts dabei gedacht. Wenn ich auch nur eine Sekunde überlegt hätte, dann hätte ich es nicht getan.« Er blickte zu Razi auf, endlich erleuchtete der Feuerschein sein Gesicht. »Es tut mir leid.«

Etwas an der Art, wie Christopher *Es tut mir leid* sagte, sandte Wynter einen eisigen Schauer über den Rücken. Sòlmundr stützte sich auf die Ellbogen und wartete ernst.

»David wird möglicherweise nichts unternehmen«, sagte Christopher. »Aber falls Jean glaubt, dass wir sein Leben bedrohen, dann wird er einen Weg finden, das niedere Rudel zu schicken. Sie werden als Wölfe laufen und angreifen, wann es ihnen gefällt. Wir können ihnen nicht davonlaufen, nicht einmal auf Pferden. Wenn sie also kommen, werden wir kämpfen müssen. Sie sind zu sechst, und wir sind zu viert plus Boro. Wenn wir Glück haben, riechen die Tiere sie, ehe sie sich anschleichen können, und wir bekommen Gelegenheit zu schießen.«

Wenn wir Glück haben, dachte Wynter.

»Wie schnell kommen sie voran?«, fragte Razi. »Werden sie bald hier sein?«

Christopher warf einen Seitenblick auf Wynter und senkte den Kopf, ohne zu antworten. Razi ließ die Schultern hängen. »Mist«, sagte er.

Die Wölfe griffen am fünften Tag an, am helllichten Tage, aus dem Nichts. Der Wind wehte beständig vom Pass herab, heulte in die Gesichter von Wynter und ihren Gefährten, und es gab weder von Hund noch Pferd eine Vorwarnung. Wynter dachte nicht einmal an die Möglichkeit eines Angriffs. Es war zu kalt, der Wind zu garstig und der Pfad zu schmal, um sich mit irgendetwas anderem zu befassen. Gerade blickte sie hinauf in den wilden grauen Himmel, hoffte, es würde nicht regnen, als etwas oberhalb über den Felsvorsprung sauste. Es jagte so schnell den Abhang hinunter, dass sie es für den Schatten einer Wolke hielt. Dann sprang es an ihr vorbei, unterbrach kurz den Luftstrom, und Wynter spürte Hitze und roch modrigen Wolfsdunst, als der Schatten auf Razi aufschlug und ihn über den Rand des Pfads riss.

Wynter sah Himmel und Fels, wo eben noch Mann und Pferd gewesen waren. Dann drangen die Schreie von Razis Stute durch ihre Schreckstarre, und Wynter drehte sich im Sattel um und starrte nach unten, wo Razi, Wolf und Pferd hinabstürzten. Razi war hilflos in seinem Sattelzeug verfangen, und er kam abwechselnd in Sicht und verschwand wieder, während sich seine Stute fortwährend überschlug, den ganzen Weg den steilen Abhang hinunter.

Christopher schrie. »Sie sind auf dem Kamm! Sie sind auf dem Kamm!«

Wynter hob den Kopf und entdeckte einen Wolf mit weit geöffnetem Maul, der ihr entgegensprang. Eine Armbrust schnalzte. Der Bolzen heulte an ihrem Ohr vorbei, und den Wolf durchlief mitten im Flug ein Ruck, als würde er an einer Kette zurückgerissen. Er fiel vor Ozkar auf den Boden, Christophers Pfeil aus der Brust ragend. Doch er war nicht tot und wand sich kreischend in gequälten Kreisbewegungen auf dem felsigen Pfad, in seiner Pein weder Mensch noch Tier.

Panisch bäumte sich Ozkar auf, und Wynter rutschte beinahe aus dem Sattel, als er versuchte, vor dem zu seinen Hufen um sich schlagenden Wesen zurückzuweichen.

»Bring ihn runter!«, brüllte Christopher. Dann schrie auch er auf, doch sein Schrei brach unvermittelt ab, es gab ein dumpfes Geräusch, und etwas Großes traf rasselnd hinter Wynters Pferd auf dem Kies auf.

Sòlmundr bellte etwas auf Merronisch, seine Wut war nicht zu überhören.

Wynter wandte sich im Sattel um, weil sie nach Christopher sehen wollte, doch Ozkar wählte eben diesen Zeitpunkt, um sich auf dem zu schmalen Pfad umzudrehen. Seine Hufe glitten auf dem Schiefer aus, und als seine Vorderbeine über die Felskante rutschten, wurde Wynter nach vorn geschleudert. Sie klammerte sich in seine Mähne, um nicht mit dem Kopf voran über seinen Hals in den Abgrund zu stürzen. Einen Moment lang schaukelte sie schwindelerregend über dem Abhang und erhaschte einen kurzen, verstörenden

Blick auf Razi, dessen roter Mantel einen bunten Farbfleck auf dem Felsen tief unter ihr bildete. Dann schaffte sie es, sich wieder aufrecht hinzusetzen und im Sattel zurückzulehnen, wodurch Ozkar wieder Tritt fassen konnte.

Sobald sich das Pferd gedreht hatte, ließ es den Kopf fallen und keilte mit den Hinterbeinen aus. Ein sattes *Plock* und ein kurzes Aufjaulen, und der verwundete Loup-Garou wurde vom Weg getreten. Er segelte weit in die Luft hinaus, ehe er in die Schlucht stürzte.

Vor Wynter stieg Christophers reiterloses Pferd auf dem gefährlichen Pfad hoch und schlug aus. Zwischen seinen trampelnden Hufen lieferte sich Christopher einen heftigen Kampf mit einem weiteren Loup-Garou. Wynter zog ihr Schwert. Sie zerrte Ozkar in Position, um dem Wolf in den Rücken zu stechen. Bevor sie jedoch eingreifen konnte, rollten Christopher und der Wolf zum Wegesrand und den Hang hinunter. Flüchtig konnte Wynter Christopher erkennen, seine Augen waren gelb, die Zähne gefletscht; dann schlitterten er und der Wolf in einer Lawine aus Steinen und Geröll außer Sicht.

Sòlmundr stieß einen heiseren Schrei aus, und Wynter wirbelte gerade noch rechtzeitig herum, um einen Loup-Garou auf ihm landen zu sehen. Der massige Wolfskörper begrub Sòlmundr vollständig unter sich. Seine Stute warf mit wilden Augen den Kopf nach hinten, als die hinteren Krallen der Kreatur breite, blutige Spuren in ihre Schultern und ihren Hals furchten. Das arme Pferd rutschte und tänzelte auf dem lockeren Kies herum, durch das Gewicht der zappelnden Last aus Reiter und Wolf beinahe auf die Knie gedrückt.

Wynter trieb Ozkar an, um an Christophers rasendem Pferd vorbei zu Sòl zu gelangen. Sie sah die Faust des Kriegers zurückschnellen, dann schlug Sòl den Kopf des Wolfs von seiner Kehle weg. Sein Messer blitzte auf, und eine rote Fontäne sprühte in die Luft, als er der Bestie in den Hals stach. Knurrend sprang Boro hoch und erwischte einen der Hinterläufe des Wolfs mit seinem gewaltigen Kiefer. Man hörte ein helles Knacken von Knochen, und der Loup-Garou bäumte sich heulend auf. Wolf und Hund stürzten herab. In einer wilden Raserei aus Zähnen und Fell taumelten sie zu Boden.

Sòlmundr war benommen und mit Blut beschmiert. Er glitt im Sattel zur Seite, und Wynter rief ihm etwas zu, überzeugt, dass er vom Pferd fallen würde. Im letzten Moment aber fing er sich und klammerte sich wie betäubt an den vor Blut triefenden Hals seines Pferdes, während sich Boro und der Wolf zu seinen Füßen ineinander verbissen.

Bei dem Versuch, dem brutalen Kampf zwischen Wolf und Hund zu entkommen, warf sich Christophers Pferd vom Weg hinunter. Panisch rutschte es inmitten aufspritzender Steine und Geröllstücke auf dem lockeren Boden des Abhangs, dann stürzte es kopfüber. Ozkar wollte ihm stumpfsinnig folgen, doch Wynter riss ihn herum und brüllte: »Ruhig!«

Der fünfte Wolf erklomm den Hügel, um Sòlmundr anzugreifen. Wynter öffnete den Mund, um einen Warnruf auszustoßen, doch da huschte ein Schatten über sie hinweg, und etwas prallte von oben auf sie drauf.

Als ein Wolfsgewicht sie auf den Rücken warf, flog ihr das Schwert aus der Hand. Hilflos lag sie unter dem heißen und stinkenden Leib der Kreatur. Sie wand sich. Die Zähne des Wolfs verfehlten ihre Kehle um Haaresbreite und schnappten in die Luft neben ihrer Wange. Ozkars Hinterbeine knickten unter dem doppelten Gewicht ein.

Immer noch im Sattel, spürte Wynter die hinteren Krallen des Wolfs über ihren Bauch kratzen, als er versuchte, sie aufzuschlitzen. Ihre vielen Kleiderschichten retteten sie zwar vor dem sofortigen Ausweiden, doch mit einem atemlosen Reißen klaffte ihre Jacke vorne auf, und sie wusste, der nächste Hieb der Krallen würde ihre Eingeweide freilegen. Mit einer Hand tastete sie nach ihrem Dolch, während sie mit der anderen verzweifelt versuchte, den Angreifer von sich herunterzuschieben. Er richtete sich auf, halb Wolf, halb Mann, und funkelte sie mit seinen furchterregenden Augen an, schon öffnete er den verzerrten Mund zum tödlichen Biss, da begann Ozkar mühsam, wieder aufzustehen, und Wynter und der Wolf glitten schwungvoll über sein rundes Gesäß hinunter.

Wynter klammerte sich an den Wolf, der Wolf klammerte sich an Wynter. Für einen winzigen Augenblick begegneten sich ihre Blicke, dann baumelte Wynter kopfüber, einen Fuß im Steigbügel verhakt, und wurde dem tückischen Abhang entgegengeschleift.

Aufheulend schoss der Wolf an ihr vorbei. Er griff nach Wynters Umhang, um seinen Sturz aufzuhalten, und schleuderte daran nach hinten, bis der Stoff straff gespannt war. Wynter würgte. Der Kragen schloss sich eng um ihren Hals, und sie bekam plötzlich keine Luft mehr. Mit hervortretenden Augen sah sie sich zu dem Loup-Garou um, er grinste zu ihr hinauf. Er wälzte sich im Kies, um den Umhang noch fester um ihre Kehle zu zurren. Ozkar kam mit einem Satz auf die Füße, und Wynter wurde nach oben gezerrt, den Fuß immer noch im Steigbügel hängend. Die Welt wurde immer dunkler, während sie zwischen Wolf und Pferd gestreckt wurde.

Wynter trat um sich und griff sich an den Hals. Zu ihrem Entsetzen spürte sie ihre Hände taub werden, ihre Arme erlahmten. Sie wurde von ihrem eigenen Umhang erwürgt! Da fiel jäh das Gewicht von ihr ab, der Stoff lockerte sich. Ihre Lungen füllten sich mit kalter Luft, und sie wurde brutal auf den steinigen Pfad gerissen, als Ozkar sie hochhievte.

Endlich glitt Wynters Fuß aus dem Steigbügel. Sie drehte sich auf die Seite und lag keuchend am Wegesrand. Unter ihr, auf dem Abhang, ertönte wütendes Knurren, dann prasselte ihr eine Wolke aus spitzen Schieferbrocken ins Gesicht, als sich der Loup-Garou über die Kante schwang. Blind wühlte Wynter nach ihrem Messer. Das Gewicht des auf ihr landenden Wolfs quetschte ihr die Luft aus dem Leib, doch sie versetzte ihm einen Schnitt in den Oberschenkel, ehe er von ihr herunterrollte. Dann krabbelte ein anderer Wolf den Hügel hoch und setzte dem ersten nach.

Wynter holte aus und zielte mit dem Messer zwischen die Augen dieses zweiten Loup-Garou. Doch er wich ihr aus, stürzte sich zu ihrer größten Verwunderung auf seinen Gefährten und legte den Kiefer um die Kehle des anderen Wolfs. Ineinander verkeilt trudelten die beiden unter Ozkars stampfende Hufe und knallten gegen den Fuß der Felswand. Verwirrt kam Wynter auf die Knie, während der zweite Wolf – klein, schlank und pechschwarz – nicht von dem kräftigen grauen abließ.

Auf dem Weg hinter Wynter kam Sòlmundr taumelnd auf die Füße. Boro kämpfte immer noch gegen den riesigen Wolf, der Sòl vom Pferd gezerrt hatte, und die beiden Tiere stolperten zusammen über den leblosen Körper des geköpften Loup-Garou, ihre Pfoten rutschten und schlitterten in der Blutlache herum. Sòlmundr rief seinem Hund einen Befehl zu. Der Wind peitschte rote Blutfäden von seinen Armen, als er das Schwert hoch über den Kopf reckte. Boro sprang zurück, und der Krieger ließ die Klinge herabsausen und trennte den Kopf von seinem Körper ab. Mit zwei dumpfen Schlägen traf der Leichnam zu Sòlmundrs Füßen auf.

»Bleib, wo du bist, Iseult!«, rief Sòlmundr. »Wir sind jetzt bei dir!«

Er versuchte, Ozkar mit einem Klaps beiseite zu jagen, und Boro drängte sich ungeduldig mit gesträubtem Nackenfell an seine Fersen. Wynter stand auf, den Dolch noch in der Hand, den Blick auf den kleineren, schwarzen Wolf gerichtet, der nach wie vor den Kiefer um die Kehle des Loup-Garous gelegt hatte.

Die Lefzen des schwarzen Wolfs zogen sich über blutige Fänge zurück, und er sah Wynter genau in die Augen, als er die Zähne in den Hals grub. Wynter nickte, und der schwarze Wolf schüttelte den Kopf, die Kehle des anderen fest umschlossen. Blut spritzte auf. Der Loup-Garou jaulte vor Schmerz. Seine scharfen Klauen krallten sich in den Bauch des schwarzen Wolfs, sein Gebiss schnappte nach dessen Schulter, um sich irgendwie zu befreien. In der Hocke näherte Wynter sich, den Dolch gezückt. Sòl, der immer noch nicht an Ozkar vorbeigekommen war, rief sie zurück. Beim Klang seiner Stimme drehte sich der Loup-Garou um, und Wynter sah Entsetzen in seinen Augen aufsteigen, als er den blutverschmierten Krieger und seinen gewaltigen Kriegshund wahrnahm.

In seiner Verzweiflung rammte der Loup-Garou den schwarzen Wolf gegen den Fels und versuchte, ihn von seiner Kehle abzuschütteln. Der Schwarze ließ nicht locker, doch der Loup-Garou war größer und stärker, und er schlug seinen Gegner erneut gegen die harte Wand, Blut klatschte in großen Tropfen auf das Gestein. Der schwarze Wolf richtete die verängstigten Augen auf Wynter, und sie wusste, er konnte nicht mehr lange durchhalten.

Mit einem lauten Schrei holte sie aus und stieß ihr Messer zwischen die Schultern des Loup-Garous. Jäh bäumte er sich auf die Hinterbeine auf und schüttelte seinen gesamten Körper, wobei er den kleineren Wolf und Wynter mit sich schleifte. Der Schwarze fiel herunter, nicht ohne einen Brocken aus dem Hals seines Widersachers zu reißen. Wynter, die Hände immer noch krampfhaft um den Griff ihres Dolchs geklammert, spürte ein Zucken durch die Muskeln des Loup-Garous unter sich laufen. Dann hing sie plötzlich an einem Mann, einem großen und breitschultrigen und unglaublich starken Mann. Er warf sich nach hinten und knallte Wynter gegen den Felsen, so dass ihr die Luft wegblieb. Doch das waren nur die letzten verzweifelten Zuckungen eines Sterbenden. Beinahe unmittelbar gaben seine Beine nach, und er glitt mit einem Seufzer zu Boden, eine klaffende Wunde in der Kehle, der ganze Oberkörper leuchtend rot vor Blut.

Nun sauste Boro wie der Blitz an Ozkar vorbei und mit gefletschten Zähnen auf den schwarzen Wolf zu – der floh mit einem ängstlichen Aufjaulen. Wynter stieß sich von dem Felsen ab und stürmte den beiden hinterher. Sie erwischte Boro am Fell und klammerte sich fest, um ihn abzubremsen, doch ihr Gewicht hemmte ihn kein bisschen. Der Kriegshund sprang unter ihr hin und her, versuchte, den schwarzen Wolf zu packen, während er gleichzeitig seinen um sich schnappenden Zähnen auswich.

Als Sòlmundr den Kopf des Loup-Garous abtrennte, ertönte hinter Wynter das Dröhnen von Metall auf Stein. Erneut schlingerte Boro unter Wynters Händen, krümmte sich, während der schwarze Wolf einen weiteren Versuch unternahm, sich davonzumachen. Wynter schrie: »Sòl! Ruf ihn zurück! Ruf ihn zurück!« Da biss Boros riesiger Kiefer durch Fleisch und Fell, riss eine rote Wunde in das Bein des schwarzen Wolfs.

»Sòl!«, kreischte Wynter. »Das ist Christopher! Ruf Boro zurück! Ruf ihn zurück!«

»*Frith an Domhain!*«, brüllte Sòl. Hastig befahl er Boro: »*Tar anseo!*«

Sofort ließ der Hund von seinem Gegner ab, und Wynter fiel genau vor dem schwarzen Wolf, der am Fuße der Felswand kauerte, auf Hände und Knie. Sein Nackenfell war zu einem stachligen Kragen um sein knurrendes Maul gesträubt, Zähne und Fell waren rot vor Blut. Einen winzigen Moment lang, als sie ihm in die schrägen gelben Augen sah, war Wynter sicher, sich geirrt zu haben; dann ließ sich der Wolf mit einem Winseln auf den Bauch fallen und blinzelte verwirrt und verzweifelt in seinem Schmerz.

»Ist schon gut, Christopher«, flüsterte sie und kroch auf den Knien vorwärts. »Ist schon gut.«

Sie legte die Arme um ihn und zog ihn an sich. Er zitterte, und wie ein Echo seines Zitterns begann Wynters gesamter Körper zu beben. Sòlmundr kam zu ihnen getaumelt, das blutige Schwert auf der Erde schleifend; völlig entkräftet sank er neben Wynter auf die Knie.

Als sie die enthaupteten Leichen um sich herum betrachtete, den blutverschmierten Pfad, die zitternden Pferde, da war es, als würde Taubheit auf Wynter herabsinken wie eine Decke. Der schwarze Wolf in ihren Armen wimmerte, und sie spürte seinen Körper erschauern, da seine menschliche Natur an die Oberfläche drängte. Während die Wandlung ihren Tribut forderte, zog Sòlmundr seinen blutbespritzten Umhang aus und breitete ihn über den bebenden Körper ihres Freunds. Wynter hielt ihn ganz fest, und allmählich kehrte Christopher zu ihnen zurück. Beim Warten aber hielt sie die Augen fest auf den tiefen Abhang und den reglosen roten Fleck dort unten gerichtet.

Wacht

Ich bin gleich wieder da«, krächzte Sòl. »Das Muli wird nicht weggelaufen sein weit, dann reite ich zum Pass weiter und suche nach gutem Weg, um die Pferde hinunterzubringen.«

»Ja, ja«, sagte Wynter, die Augen unablässig starr auf Razis Körper weit unten am Fuße des Abhangs gerichtet.

Sòlmundr betrachtete Christopher, der soeben die letzten Knöpfe an seiner Jacke schloss. »Bist du bereit für den Abstieg, *luichín*?«

Christopher nickte, zog den Umhang fest und verschnürte die Bänder mit zitternden Händen.

Sòl grunzte wenig überzeugt. »Ich bin bald zurück«, wiederholte er. »Unternehmt nichts, bis ich komme, *tá go maith*? Bewegt ihn nicht, bevor ich bin bei euch, ja?«

Nachdem er sich zu seiner Zufriedenheit von ihrer Fügsamkeit überzeugt hatte, hievte sich der Krieger schmerzhaft in den Sattel und trieb Ozkar mit einem Schnalzen an. Sein eigenes Pferd humpelte an einem Führseil hinterher, und Boro lief voraus und folgte den verstreuten Gegenständen, die das Muli auf seiner Flucht verloren hatte.

Christopher kam unsicher auf die Beine. Wynter sah sich

zu ihm um, dann stellte sie einen Fuß über die Kante. »Ich gehe vor«, sagte sie. »Lass dir Zeit.«

Ohne auf ihn zu warten, machte sie sich auf den Weg, ließ sich auf den Hintern fallen und richtete sich schräg aus, um nicht zu schnell zu werden. Der Untergrund war höllisch rutschig. Sie krabbelte seitwärts hinunter, grub Fersen und Hände in den rauen Boden. Als auch Christopher den Abstieg begann, regneten Geröll und lose Steine auf sie herab. Wynter zwang sich, den Blick von Razi zu lösen. Stattdessen suchte sie die schmale Schlucht nach den Pferden und dem Loup-Garou ab – Christopher war sicher, ihn zwar verletzt, aber noch lebend dort unten zwischen den Felsen zurückgelassen zu haben.

Der Wolf, der Razi über die Kante gestoßen hatte, lag ausgestreckt und regungslos auf der gegenüberliegenden Seite des Schluchtbodens; sein Hals war unnatürlich verdreht, das lange dunkle Haar bedeckte das Gesicht. Selbst tot, selbst nackt und verletzlich menschlich machte er Wynter durch seine bloße Anwesenheit Angst. Sie wünschte, Sòl wäre vor ihnen mit seinem Schwert dort hinuntergegangen und hätte diesem Wolf ebenfalls den Kopf von den Schultern geholt, wie er es bei all den anderen getan hatte. Unruhig schnellten ihre Augen zwischen dem Wolf und Razi hin und her.

Auf halbem Wege verstärkte sich der Steinhagel von oben plötzlich, und Christopher schrie auf, weil er sich nicht mehr halten konnte. Er raste den Abhang hinunter auf Wynter zu, und sie wandte das Gesicht ab, als er inmitten fliegender Steine und gefolgt von einer Staubwolke und einer Litanei von Flüchen an ihr vorbeirauschte. Einmal stolperte er, landete alle viere von sich gestreckt auf dem

Bauch und drehte sich dann träge im Kreis, als er die flacheren Ausläufer erreichte. Wynter hastete ihm hinterher, kaum sicherer auf den Beinen als er, und beide kamen schlitternd in einer Kaskade aus Steinen und Erdklumpen zum Stehen.

Sie standen auf, Sand und Kies rieselten aus jeder Falte ihrer Kleider, die blutverspritzten Gesichter waren nun weiß vom Staub. Einen Augenblick lang verharrten sie und betrachteten den reglosen Körper ihres Freunds. Dann stürmte Wynter zu Razi.

Christopher hingegen rannte zu dem Loup-Garou, noch im Laufen das Katar ziehend. Er schwang es hoch über den Kopf, und als er den Hieb führte, wandte sich Wynter ab. Für den heutigen Tag hatte sie genug Blut gesehen, selbst Loup-Garou-Blut, und obwohl sie die Kreatur unschädlich gemacht haben wollte, konnte sie nicht dabei zusehen. Während Christophers Klinge dem Wolf den Kopf vom Hals abtrennte, kniete sich Wynter neben Razi. Er atmete, aber seine Reglosigkeit erfüllte sie mit größter Sorge. Sie zögerte, sie wollte unbedingt helfen, wusste aber nicht, wo anfangen.

»Hilf mir, seinen Mantel herunterzuziehen«, flüsterte sie, als Christophers abgewetzte Stiefel in Sicht kamen. »Er ist ganz um seinen Kopf gewickelt.«

»Lebt er?« Christophers Stimme klang eigenartig ausdruckslos.

Als Wynter nickte, sank Christopher zu Boden, als hätte ihm jemand in die Kniekehlen getreten. Er schleuderte sein Katar hinter sich in den Kies und beugte sich über ihren Freund, die Hände in der Luft schwebend. »Was sollen wir tun?«, rief er. »Sòl hat gesagt, wir dürfen ihn nicht bewegen!«

Wynter löste das unbequeme Knäuel von Razis Umhang um seinen Hals, zog den Stoff herab und steckte ihn dann um seinen Körper fest wie bei einem Kind zur Schlafenszeit. Seine Gliedmaßen und die dunklen Gesichtszüge waren vollkommen schlaff, aber abgesehen von einigen aufgeschürften Stellen an Wange und Kiefer sah er unverletzt aus.

»Was sollen wir tun?«, fragte Christopher noch einmal.

Wynter blickte zu dem leeren Weg hinauf und betete um Sòls Rückkehr. »Ich weiß es nicht.« Sie umklammerte den Stoff auf Razis Brust und hielt sich mit Gewalt davon ab, die Worte auszusprechen, die ihr in einer solchen Lage immer zuerst einfielen: *Hol Razi. Razi muss kommen. Er macht es wieder gut.*

»Ist er gar nicht aufgewacht?«

Wynter schüttelte den Kopf und beobachtete Sòlmundr, der seine Finger in Razis Haar schob, den Kopf befühlte, die Schläfen drückte, den Schädel betastete.

»Er hat sich nicht übergeben?«, murmelte der Krieger. »Nicht bewegt? Keinen Laut von sich gegeben?«

Wieder verneinte Wynter. Sòlmundr strich mit der Hand über Razis Rippen und Arme, knetete vorsichtig seine Beine. Dann setzte er sich zurück und blickte forschend in Razis stilles Gesicht. »Nichts gebrochen«, stellte er leise fest. »Er scheint unverletzt.« Aufmunternd lächelte er Wynter zu. »Mach dir keine Sorgen, *a luch*. Wir nur müssen warten. Schon bald wird Tabiyb aufwachen.«

»Es wird bald dunkel«, sagte Christopher. »Wir müssen einen Unterschlupf finden. Ich kann den anderen Loup-Garou nicht finden. Ich bin zwar ziemlich sicher, dass er tot ist, aber trotzdem bedeutet das, es könnten noch zwei von ihnen da draußen sein.«

Sòlmundr nickte ernst. »Kommt.« Er erhob sich. »Ihr helft ihn tragen.«

Sòl bestand auf einem Feuer. Er bestand auf warmem Essen. Er bereitete einen keimtötenden Tee zu und wusch ihre Wunden aus. In dem engen Raum zwischen schräg geneigten Felsblöcken kuschelten sie sich zusammen, während der Wind vom Pass herunter ächzte und heulte und das Licht allmählich aus dem Himmel sickerte. Razi rührte sich nicht, lag wie tot in seinen Umhang gewickelt, und Christopher saß neben ihm, die Hand auf seine Brust gelegt, und starrte an dem winzigen flackernden Lichtkreis vorbei in die Abenddämmerung. Wynter flickte ihre zerrissene Jacke, Sòlmundr verband die furchtbaren Bisswunden an Boros Beinen.

»Morgen musst du mir helfen, die Stute festzubinden.« Mit gespannter Miene versorgte Sòl den Hund. »Ich muss versuchen, den Riss in der Schulter auszubrennen.«

»Er wird eitern«, sagte Christopher. »Ich nähe ihn für dich zu, und danach können wir zum Schutz vor den Fliegen Lehm darauf schmieren.«

Draußen in der ruhelosen Nacht kam plötzlich etwas Großes den felsigen Pfad herabgeklappert, und die drei erstarrten, die Hände an die Schwerthefte gelegt. Von den Wänden der Schlucht hallte Huftrappeln wider, und als sich Pferde der Lagerstelle näherten, hörten sie Ozkar zur Begrüßung wiehern. Wynter kroch zum Rand des Feuerscheins und spähte um die Felsen herum: Da trottete Razis große Stute heran, Christophers stämmiges kleines Tier neben sich. Die Sättel hingen schief auf ihren Rücken, Zaumzeug und Ausrüstung schleiften hinterher. Müde gesellten sie sich zu ihren Gefährten, ihre Umrisse verschmolzen im Halbdunkel miteinander.

»Großer Gott«, flüsterte Wynter und kroch hinaus, um nach ihnen zu sehen.

Christopher begleitete sie zum Schutz, den Blick in die Dunkelheit gerichtet, das Schwert in der Hand.

»Sie sind gesund!«, hauchte Wynter ehrfürchtig, während sie die armen Tiere vom Gewirr des Zaumzeugs befreite.

Christopher nickte verbissen und bedeutete ihr, sich zu beeilen. Der Wind war zu einer böigen Brise abgeflaut, ein schmaler Mond warf tintige Schatten auf die Felsen.

Als Wynter die Sättel von den müden Rücken der Pferde stemmte, erhob sich ein Heulen von der Steilwand über ihnen. Wehmütig dehnte es sich durch die Nacht; es war der einsame Ruf des verbleibenden Loup-Garous. Der Ton enthielt keine Drohung, nur Kummer, nur Schmerz, und als Wynter die Sättel auf den Boden legte und sich vorsichtig zu Christopher zurückzog, verklang die Stimme des Wolfs zu einem schluchzenden Stöhnen und erstarb dann ganz. Die Pferde erbebten und drängten sich dichter aneinander, ließen aber darüber hinaus kein Anzeichen großer Furcht erkennen. Boro knurrte nicht einmal.

Christopher nahm Wynter beim Arm und zog sie nach hinten, langsam schoben sie sich ans Feuer. Erneut ertönte das Heulen, klagte dem Mond seinen Verlust.

»Er ist verwundet«, raunte Christopher. »Er wird nicht angreifen.« Und damit ließen sie sich wieder an den Felsen und im warmen Leuchten des Feuers nieder.

Die Nacht wurde zum Morgen. Der Morgen verrann gen Mittag.

Sòlmundr kauerte in dem Spalt zwischen den Felsen und legte sich das Schwert über die Knie. Während er den Abhang über sich absuchte, blinzelte er in die Mittagssonne, die Brise zauste ihm das Haar und zupfte an seinem Umhang. »Wir haben sie nicht gefunden«, berichtete er. »Mindestens einer schleicht herum dort oben, aber der andere war nicht zu entdecken. Er könnte noch am Leben sein, aber ich bezweifle es. Er ist gefallen sehr tief.«

»Wahrscheinlich ist er unten zwischen die Felsen gestürzt«, sagte Wynter. »Inzwischen ist er nur noch Futter für die Krähen.«

Sòlmundr wandte seinen rastlos suchenden Blick Wynter zu. Er fragte nicht, wie es Razi ging; man sah deutlich, dass sich der Zustand des jungen Mannes nicht verändert hatte. Mit zusammengekniffenen Lippen forschte er in Wynters Augen, die unausweichliche Frage deutlich ins Gesicht geschrieben. Wynter saß neben ihrem reglosen Freund und sah den Krieger an.

»Wir warten«, sagte sie.

Sòlmundr seufzte und senkte den Blick auf die Dokumentenmappe auf Wynters Knien. Einen Augenblick lang glaubte Wynter, er würde etwas sagen, er wäre derjenige, der ausspräche, was sie dachte. Doch er nickte nur, stand auf und ging Christopher bei den Pferden helfen. Traurig kniff Wynter die Augen zu, ihre Hände schlossen sich um den Ledereinband der Mappe.

Es war der sechste Tag ihrer zehntägigen Reise. In ebendiesem Moment war Alberon mit seinem Gefolge irgendwo in etwas tieferen Lagen unterwegs, seit bereits fünf Tagen. Jede Stunde, die sie hier aufgehalten wurden, war eine Stunde, die Alberon gestohlen wurde, denn ungeachtet ihrer

Umstände tickte die Uhr ihres Plans erbarmungslos weiter. Falls Razi nicht rechtzeitig das Schloss erreichte, um den König zu beschwichtigen, falls Alberon vor seinem Bruder einträfe, wären die Folgen verheerend. *Einen oder zwei Tage Verspätung können wir uns erlauben*, dachte Wynter besorgt. *Das muss möglich sein!* Selbst wenn Razi zwei volle Tage zur Genesung bräuchte, könnten sie es immer noch schaffen. Drei Tage wären doch reichlich Zeit für einen Mann wie Razi, um den König zu überzeugen. Oder?

Neben ihr atmete Razi weiter, das stetige Heben und Senken seiner Brust war das einzige Anzeichen dafür, dass er lebte. Wynter presste sich die Dokumente an die Brust und wünschte inbrünstig, er möge aufwachen.

Der Tag verging. Die Sonne ging unter. Wieder brach die Nacht herein.

»Es ist nur ein Vorschlag«, sagte Christopher sanft. »Ich finde, du solltest darüber nachdenken.«

»Nein.«

»Aber es liegt so nahe! Warum musst du immer so störrisch sein?«

»In welcher Hinsicht liegt es nahe, Christopher Garron? Erklär mir, warum um Himmels willen es naheliegen sollte, dass du mit Dokumenten des Rebellenprinzen im Schloss auftauchst?«

Vermutlich in dem Bestreben, sein Gehirn am Platzen zu hindern, legte Christopher die Hände um den Kopf und drückte zu. »Ich werde erläutern, dass Fürst Razi verletzt in den Bergen liegt und ich in seinem Namen spreche«, knirschte er. »Sòl und Boro werden dich und Razi beschützen, bis die Soldaten euch finden. Es ist absolut vernünftig.«

»Die Wölfe werden dich töten.«

»Ach, sei nicht albern!«

»Die Wölfe werden dich töten, und wenn nicht sie, dann die Soldaten des Königs.«

Christopher rieb sich das Gesicht und murmelte finster auf Hadrisch vor sich hin. Sòl seufzte und warf etwas getrockneten Pferdemist ins Feuer. Der Mond war dunkel, der Himmel wolkenverhangen. Jenseits des kleinen Kreises ihres Feuers lauerte die Nacht dicht und undurchdringlich, die Luft war durch den Wind unerträglich kalt.

Über ihnen in den Felsen heulte der Loup-Garou tief und wehklagend, und Sòlmundr zog eine Grimasse. »Ich bringe diesen *cac* um!«, zischte er.

Im Tageslicht hatte sich die abscheuliche Kreatur versteckt, aber sobald die Dunkelheit eingebrochen war, hatte sie ihr schwermütiges Lied wieder angestimmt. Boro knurrte, Sòlmundr jedoch ließ den großen Hund nicht auf die Jagd gehen. Er vertraute nicht darauf, dass der Loup-Garou tatsächlich allein war.

»Iseult«, blieb Christopher hartnäckig. »Sieh mich an. *Wynter*, schau mich an!«

Sie tat es, mit starrer Miene.

»Iseult«, sagte er nun sanfter. »Wir dürfen ihn nicht im Stich lassen. Was wird er sagen, wenn diese Papiere nicht ankommen? Was wird er denken, wenn wir weiterhin hier faul herumsitzen und kostbare Zeit durch unsere Finger rinnen lassen? Wenn ich voranreite, besteht wenigstens die Chance, alles aufzuklären. Zumindest würde der Vater der beiden es sich dann sehr gut überlegen, ob er auf Alberon schießen lässt.«

Christopher wartete auf ihre Antwort, er blickte sie in dem flackernden Licht sehr ernsthaft an. Er war so durch und durch davon überzeugt, an den Wachposten am Tor vorbei und zum König zu gelangen, dass Wynter ihn küssen wollte. Unter ihrer Hand spürte sie Razis Brustkorb sich heben und senken, er war noch genauso still und unbewegt wie am Tag zuvor.

»Wenn Razi morgen früh nicht aufgewacht ist«, sagte sie, »binden wir ihn auf seinem Pferd fest und beenden die Reise zusammen. Keiner von uns geht ohne ihn.«

Sòlmundr hob den Kopf, sagte aber nichts. Er musste nicht darauf hinweisen, wie gefährlich der Ritt für Razi sein könnte; das wussten sie alle.

»Es ist die einzige Möglichkeit«, sagte Wynter. »Gleich, was die Leute von ihm denken mögen, Razi ist immer noch seine Hoheit der Prinz, Erbe des südlandischen Throns. Solange er bei uns ist, wird uns niemand den Zugang zum König verwehren. Aber was wären wir ohne ihn? Nichts als ein Wilder aus dem Norden, ein diebischer Zigeuner und eine entehrte Mörderin mit den aufwieglerischen Dokumenten eines Rebellenprinzen im Gepäck, der bereits für *Mortuus in vita* erklärt wurde. Verzeiht, aber wenn einer von uns versuchen würde, ohne Razi ins Schloss einzudringen, wären wir tot, ehe wir einen Fuß auf die Brücke über den Schlossgraben setzen könnten. Und selbst wenn Razi …« Sie hielt inne, die Worte waren kaum über die Lippen zu bringen. Doch sie zwang sich, fortzufahren. »Selbst wenn er sterben sollte, müssen wir ihn trotz allem mitnehmen. Ohne ihn haben wir keine Hoffnung. Mit ihm besteht wenigstens eine sehr geringe Aussicht darauf, dass wir angehört werden.«

Sie konnte den beiden Männern nicht in die Augen sehen, Christophers Miene jedoch vermochte sie sich auszumalen.

»Das willst du tun?«, fragte er. »Du willst Razi auf sein Pferd schnüren wie ein Gepäckstück und ihn seinem Vater darbieten wie eine Ware, die wir gegen Wohlwollen eintauschen?«

»Ja.«

»Du willst ihn über diese Berge verfrachten, egal, wie sich das auf seine Gesundheit auswirkt?«

»Ja, Christopher.«

Langes, bitteres Schweigen folgte, bis sie schließlich aufblickte. »Bitte sieh mich nicht so an«, bat sie leise. »Bitte, Christopher. Nicht.« Er biss die Zähne aufeinander, doch sie widerstand seinem Zorn. »Sag mir eines.« Ihre Stimme klang härter, als sie es sich jemals gewünscht hätte. »Wenn Razi selbst vor dieser Wahl stünde, was würde er tun?«

Herausfordernd sah sie von Christopher zu Sòlmundr, sie sollten es nicht wagen, ihr etwas anderes als die Wahrheit zu sagen. Beide senkten die Augen, und Wynter nickte.

»Wir brechen morgen auf«, sagte sie. »Wir alle. Also schlaft etwas, ich bin an der Reihe, über ihn zu wachen.«

Siebter Tag: Beide Seiten der Medaille

»Komm her und iss.«

Wynter zerrte ein letztes Mal an den Gurten des Packmulis und folgte Sòlmundr ans Feuer. Jeder bekam von Christopher eine Schale Haferschleim, den sie schweigend aßen. Über ihnen auf dem Pfad kreischten und zankten Bussarde, ihre weiten Schwingen raschelten, während sie sich um die Toten balgten. Noch weitere kreisten oben am Himmel und hielten Ausschau nach Raubtieren, ehe sie hinabstießen, um sich an dem grausigen Mahl zu beteiligen. Sòlmundr hatte den am nächsten liegenden Loup-Garou hoch in die Felsen geschleift und seinen Kopf wie ein Kugelstoßer hinterhergeworfen. Auch dort hüpften Bussarde und rauften sich um ihren Anteil am Futter. Wynter versuchte, nicht zuzuhören, mit Freuden würde sie diese Geräusche hinter sich lassen.

»Ich bin fertig.« Christopher warf seine Schale zu Boden. »Mach du das sauber.« Er stand auf, schnappte sich einen Wasserschlauch und ging zu Razi, der immer noch im Schutz der Felsen lag. »Ich versuche, ihm etwas Flüssigkeit einzuflößen. Ruft mich, wenn ihr fertig zum Aufbruch seid.«

Wynter und Sòlmundr wechselten einen Blick und aßen weiter. Mehr hatte ihr Freund den ganzen Morgen noch nicht gesagt.

»Huch!«, rief Christopher, und Wynter und Sòlmundr drehten die Köpfe. Sie sahen ihn auf alle viere gehen und in den Schatten der Felsen spähen. Ein breites Lächeln erschien auf seinem Gesicht. »Guten Morgen«, sagte er.

»Guten Morgen«, gab Razi zurück.

Sofort schleuderten Wynter und Sòl ihre Schalen zur Seite und hockten sich neben Christopher. Razi saß an einen Stein gelehnt, die Decke um die Beine gewickelt. Er wirkte so erschrocken über ihr plötzliches Auftauchen, dass sich Wynter ein zittriges Lachen nicht verkneifen konnte.

»Razi«, flüsterte sie. »Wie fühlst du dich?«

»Gut.«

»Dein Kopf, er schmerzt nicht?«

Razi richtete die dunklen Augen auf Sòl. Er dachte einen Augenblick nach. »Mein Hals tut weh. Ich bin etwas steif.«

»Komm da raus, Mann«, rief Christopher. »Iss etwas!«

Razi folgte seiner Aufforderung, blinzelnd wurde er zum Feuer geleitet, auf beiden Seiten gestützt wie ein alter Mann. Wynter setzte ihn auf einen Stein.

»Möchtest du etwas trinken?«, erkundigte sich Sòl. »Bist du durstig?«

»Ich bin durstig«, sagte Razi.

Er nahm einen Wasserschlauch von Sòlmundr entgegen, saß dann aber nur da und starrte ihn an. Mit einem Seitenblick auf Wynter fragte Sòl: »Dann hast du doch keinen Durst?«

Razi betrachtete immer noch den Wasserschlauch, als wäre er nicht sicher, was es war.

»Ähm … bist du hungrig?« Christopher nahm Razi das Wasser ab und drückte ihm eine Schale Haferbrei in die Hand. »Du musst Hunger haben.«

»Hunger, ja«, bestätigte Razi, machte aber keine Anstalten, das Essen anzurühren.

»Dann iss doch«, sagte Wynter. Ihr Herz begann besorgt zu flattern.

Mit großen, unsicheren Augen sah Razi zu ihr auf.

»Iss schon, Razi«, sagte sie.

Gehorsam verspeiste er den Haferschleim, schob sich Löffel für Löffel in den Mund. Als er fertig war, ließ er die Finger in der Schale liegen und blieb verwundert sitzen, Essensreste auf den Lippen.

»Razi …«, begann Wynter, doch seine verstörte Miene hielt sie davon ab, ihn zu fragen: *Was ist los?*

Es entstand eine kurze Stille, dann nahm Christopher den Wasserschlauch, befeuchtete eine Ecke seines Umhangs damit und wischte Razis Gesicht und Finger sauber.

»Komm«, sagte er heiser und half Razi auf. »Wir reiten los.«

Als Razi die Pferde sah, gesattelt und aufbruchsbereit, verschwand die verwirrte Leere aus seiner Miene, er löste sich von seinem Freund und ging zu seiner Stute. Sie wieherte und stampfte vor Freude, ihn zu sehen.

»Na, mein Liebling?« Er streichelte ihren edlen Kopf.

Langsam erhob sich Wynter, während Razi mit geübten Handgriffen seine gewohnten Reisevorbereitungen traf. Offenbar ohne die Schnitte und Wunden auf der Haut der armen Stute wahrzunehmen, strich er mit seinen starken Händen über ihre Beine und überprüfte die Hufe, untersuchte sorgfältig ihr abgewetztes Zaumzeug, zog den Sattelgurt fest und vergewisserte sich, dass die Packtaschen im Gleichgewicht hingen. Dann tätschelte er das schöne Pferd zufrieden auf den verletzten Hals, murmelte ihm auf Arabisch zu, es sei ein »wundervolles Tier«, und schwang sich geschmeidig in den Sattel.

Rückwärts lenkte er die Stute zwischen den anderen Tieren hinaus, drehte um und lächelte Christopher mit derselben Höflichkeit an, mit der er jeden beliebigen Reitknecht im Stall irgendeines Gasthofs behandelt hätte.

»Danke, guter Mann«, sagte er. »Sie ist in bester Verfassung.«

»Ja«, flüsterte Christopher.

»Ihr habt Euch gut um sie gekümmert.«

»Ja. Danke.«

Der niedergeschlagene Blick seines Freunds schien Razi kurz zu verunsichern, und seine Augen schnellten zwischen Christopher und Wynter hin und her.

Unterdessen sammelte Sòlmundr das Frühstücksgeschirr zusammen und scheuerte es nicht übermäßig gewissenhaft sauber. »Lasst uns aufbrechen.« Er ging die Sachen verstauen.

»Werdet Ihr uns begleiten, junge Dame?«, fragte Razi. »Dieser Ort erscheint mir zu trostlos, um länger zu verweilen. Es wäre vielleicht klug, wenn Ihr ein Weilchen bei uns bliebet. Wenigstens, bis wir eine etwas gastlichere Gegend erreichen.«

»Ist gut«, flüsterte sie.

Razis Gesicht verzog sich mitfühlend. »Nicht weinen«, sagte er. »Wir lassen nicht zu, dass Euch etwas geschieht.« Dann lächelte er – Razis warmes, aufmunterndes Lächeln, nicht gänzlich bar jeder Spur von Wiedererkennen – und bedeutete Wynter aufzusteigen. »Kommt einfach mit, sorgt

Euch nicht. Wir passen auf Euch auf. Schon bald werdet Ihr zu Hause und in Sicherheit sein, und das alles hier wird Euch wie ein böser Traum vorkommen.«

Wynter stieg in den Sattel. Wie üblich warteten alle darauf, dass Razi die Führung übernahm, doch er saß einfach nur da. Nach einer Weile schielte er ungewiss zu Christopher hinüber, und in seiner Miene lag die schwache Andeutung des Wissens, dass irgendetwas nicht in Ordnung war.

»Es tut mir leid«, sagte er, »aber ich bin mir nicht recht sicher, in welche Richtung wir müssen.«

Christopher verzog flüchtig das Gesicht, dann nickte er, räusperte sich und ritt voran auf den Kiesweg aus der Schlucht hinaus. Sogleich verschwand der Zweifel aus Razis Blick, widerspruchslos reihte er sich hinter Christophers kleiner Stute ein, gänzlich zufrieden, einem anderen zu folgen.

Aus der vergleichsweise stillen Schlucht führte Christopher sie zurück in die unerbittlichen Stürme der Bergpässe. Der Wind vereitelte jeden Versuch, miteinander zu sprechen, stundenlang verharrten sie mit gegen die eisigen Luftströme gesenkten Köpfen und zusammengekniffenen Augen.

Angst und Scham wetteiferten in Wynter Brust um die Vorherrschaft. Bitterkeit hatte sich in ihrem Herzen eingenistet. Während sie gegen den Sturm und ihre eigenen Sorgen ankämpfte, stellte sie zu ihrem Entsetzen fest, dass sie sich mehr um die Auswirkungen, die Razis Verwirrung auf das Königreich hätte, bekümmerte als um ihn selbst. Wäre ihr Freund bewusstlos und bewegungsunfähig gewesen, wäre es ihr leichter gefallen, um ihn zu bangen. Doch da saß er, stark wie eh und je, und lenkte seine Stute mit der gewohnten Geschicklichkeit durch das raue Bergland. Und dennoch war er vollkommen nutzlos.

Nutzlos? Mein Gott! Wann hatte sie Razi je an seinem Nutzen für sich gemessen? Gleichwohl war sie nicht imstande, ihre Freude über seine äußerliche Gesundheit stärker zu gewichten als den Schaden, den sein Zustand Alberons heiklen Verhandlungen zufügen könnte. Selbst ihre Hoffnung, Razi würde bald wieder genesen, war von der Furcht überschattet, er würde möglicherweise nicht *bald genug* genesen.

Sie kamen um eine Ecke – ganz buchstäblich knickte der Weg nach links und bergab –, und plötzlich war der Wind fort, als hätte jemand die Tür zu einem stillen Raum geschlossen und den Sturm ausgesperrt; ganz kurz war das Gefühl beinahe überwältigend. Wynter richtete sich auf und blinzelte. Hinter ihr knarzte Sòls Sattel, als er sich umdrehte. Der Wind war immer noch zu hören, er ächzte am engen Eingang der Klamm vorbei, rauschte wie Wasser durch den Pass, den sie soeben verlassen hatten.

»*Frith an Domhain*«, brummelte Sòl und löste das Tuch um seinen Kopf.

Ohne den Wind war es viel wärmer, und Wynter entledigte sich rasch ihres Umhangs und Schals. Die Männer taten es ihr gleich, wenn es auch ohne Jacken noch zu kalt gewesen wäre.

Je weiter sie in die Klamm hineinritten, desto leiser wurde es, und in der Stille fühlte sich Wynter verletzlich, als wären sie die einzige Beute in einer dunklen Welt lautloser Raubtiere. Unruhe legte sich über die Reiter, sie reckten die Hälse hierhin und dorthin, suchten forschend die Geröllhänge und abschüssigen Felsen über ihnen ab. Die Schritte der Pferde hallten von wehrhaften Steilwänden wider, und Boros schlitternde Ausflüge auf den Schiefer dröhnten furchterregend laut.

Christophers Blick hüpfte auf dem wüsten Abhang unter ihnen von Stein zu Stein, während Razis Aufmerksamkeit dem Anschein nach auf die zu ihrer Linken aufragende zerklüftete Landschaft gerichtet war. Wiederholt versuchte Boro, mit gesträubtem Nackenfell dort hinaufzuklettern, doch Sòlmundr behielt ihn dicht bei sich. Wynter jedoch ließ Razi nicht aus den Augen, und sobald der Pfad etwas breiter wurde, trieb sie Ozkar an und ritt neben ihn.

»Da oben ist jemand«, murmelte er. »Mein Pferd wittert ihn.«

»Das ist ein Loup-Garou«, sagte Wynter. »Er verfolgt uns. Ich vermute, in den Felsen dort unten ist noch einer.«

Razi wirkte eher überrascht als besorgt. »Loup-Garou?«, fragte er. »Ich hörte, das seien abscheuliche Geschöpfe. Euer Freund tut gut daran, seine Armbrust in Bereitschaft zu halten.«

Er wandte sich erneut der Anhöhe zu. Dass er ihre Lage so unbewegt hinnahm, war furchterregend; dass er keinerlei Fragen stellte, absonderlich.

»Razi?«

Er lächelte und blickte sie freundlich an. »Ihr solltet mich besser *mein Fürst* rufen«, sagte er. »Meine Ritter könnten das sonst als Beleidigung auffassen. Wobei Ihr mich unter vier Augen gern Razi nennen könnt, das stört mich nicht.«

Für wen hält er mich?, dachte Wynter verzweifelt. »Razi!«, rief sie ihn an. »Wo, glaubst du, sind wir?«

Verwirrung machte sich in Razis Miene breit.

»Was machen wir hier, was denkst du?«

Offenbar hatte er sich beide Fragen noch gar nicht gestellt, und er sah sich um. »Ich …«, sagte er. »Wir …« Da ihm nicht auf Anhieb eine Antwort einfiel, verwandelte sich seine Verwirrung in Panik. »Das sollte ich wissen.« Und endlich stand ihm die Erkenntnis, dass etwas ganz und gar nicht stimmte, klar ins Gesicht geschrieben.

»Das sollte ich wissen!«, schrie er. »Ich weiß es auch! Es ist hier drin!« Er umklammerte seine Stirn, als wollte er dort einen schwarzen Schatten einfangen. »Es ist hier drin! Ah!« Razi hieb sich mit der Faust gegen die Schläfe, wodurch er seine Stute erschreckte und sie den Kopf zurückwarf. Ein weiterer sehr fester Schlag folgte, als wollte er etwas in seinem Gehirn lösen, und Wynter hielt bestürzt seinen Arm fest.

»Nicht!«, rief sie.

»Aber ich sollte es *wissen*!«, brüllte er, so dass sein Pferd unter ihm tänzelte und scharrte. »Ich sollte es *wissen*.«

»Das macht doch nichts«, ertönte Christophers Stimme.

Razi zügelte sein Pferd und betrachtete seinen Freund ängstlich und hoffnungsvoll.

»Ist schon gut«, sagte Christopher.

»Ganz sicher?«

»Ja. Du kennst doch deinen Namen, oder?«

Razi nickte. Christopher fragte nicht, wie Wynter es getan hätte: *Weißt du, was er bedeutet? Erinnerst du dich, wer dein Vater ist?* Stattdessen wartete er geduldig, während sich Razi zu Sòlmundr umdrehte. Der Krieger lächelte traurig und hob zum Gruß das Kinn.

»Ich … ich bin Fürst Razi Königssohn«, erklärte Razi halblaut, und dann an Wynter gewandt: »Al-Sayyid Razi ibn-Jon Malik al-fadl.«

Liebe Leserin, lieber Leser,

Willkommen in der Welt der Moorehawke-Trilogie!

Willkommen in einem von Zwietracht und Kriegen gebeutelten Europa voller kleiner Reiche, überschattet von der Bedrohung durch religiöse Verfolgung und Intoleranz gegenüber allem Fremden. Ein Europa, das es so nie gegeben hat. Oder etwa doch?

Die Geschichte spielt im bedrängten Königreich der Südländer, das sich von der Region nördlich des realen Lyon bis hinunter zum realen Marseille erstreckt. Es wird beherrscht von König Jonathon und ist ein weltoffener, sicherer Ort, an dem die unterschiedlichsten Menschen und Kulturen friedlich zusammenleben. Ein Ort, an dem die Katzen noch mit den Menschen sprechen, und die Geister ungezwungen mit den Lebenden verkehren. Ein Ort, an dem der eigene Beitrag zur Gesellschaft von größerer Bedeutung ist als Religion oder Hautfarbe.

Zumindest war es früher einmal so – nach fünf Jahren im rauen Norden jedoch müssen Wynter Moorehawke und ihr Vater Lorcan feststellen, dass sich alles zum Schlechten gewandelt hat und ihr glückliches Zuhause nicht mehr ist, was es einst war. Aber lesen Sie selbst …

Celine Kiernan

N
Eire
Der
Pyraten-
königin
Gráinne
England
Des Königs
Henry
Hier
gibt es
Pyraten
Hollis
Hier hausen
Wölfe
Brandenburg
Des Königs Shirken
Haun
Herzogtum
Hadra
Paris
Königtum
Frankreich
Hier gibt
es Pyraten
Die Europas
Herzogtum
Comber
Hier hausen

Bergerac
Des Tamarand von Comber
Des Königs Jonathon
Herzogtum Savoyen
Venedig
Padua
Republik Venetien
Haun
Italienische Reiche
Republik Ragusa
Rom
Königreich Neapel
Marseille
Korsika unter Herrschaft des Maghreb
Königreich Sardinien Statt-halter des Maghreb
Königreich Sizilien Statthalter des Maghreb
Hier gibt es Pyraten
Königreich Santiago
Königreich Bilbao
Königreich Burgos
Hier hausen Wölfe
Königreich von Spanien
Königreich Navarra
Königreich Aragon
Königreich Portugal
Königreich Kastilien
Königreich La Mancha
Des Königs des Maghreb
Gibraltar
Königreich Granada
Malaga
Balearische Inseln
Menorca
Mallorca
Ibiza
Des Königs Jonathon
Algier
Hier gibt es Pyraten
Tanger
Gibraltar
El Araisch
Kasr el Kebir
Fez
Maghreb

Celine Kiernans
MOOREHAWKE-Trilogie:

Band 1: *Schattenpfade*
Band 2: *Geisterpfade*
Band 3: *Königspfade*

www.heyne-magische-bestseller.de

»Na siehst du.« Christopher ritt wieder los, ohne Wynter anzusehen. »Nur das zählt.«

Sofort wurde Razi ruhiger. »Aha«, sagte er. »Gut.« Er lachte etwas kläglich. »Gut. Das ist sehr gut.«

Aber das ist nicht das Einzige, was zählt!, dachte Wynter. *Ganz und gar nicht.*

In den Felsen über ihren Köpfen kicherte etwas. Wynter und Christopher zogen die Köpfe ein und tasteten nach ihren Schwertern. Der boshafte, schmutzige Laut hüpfte um sie herum von Stein zu Stein und kullerte als Echo vom Berg herab. Boro wollte hinterdreinstürmen, doch Sòlmundr befahl ihm scharf: »*Tar anseo*«, woraufhin der Kriegshund widerwillig bei Fuß ging.

Razi ging nicht in Deckung. Vielmehr straffte er entrüstet die Schultern und starrte mit unverhohlener Verachtung nach oben. »Geschmeiß«, zischte er. »Man muss doch irgendetwas gegen diese verfluchten Wesen unternehmen können?« Und mit einem missbilligenden *Ts, ts* trat er beiseite und forderte Christopher durch ein Nicken auf, weiter voranzureiten.

Erst am Abend, als im verblassenden Licht der unebene Boden zu tückisch und die Gefahr der Wölfe zu groß wurde, machten sie Rast. Immer noch tief in jenem stillen Tal voller Echos schlugen sie im Schutz einer Felsnische ihr Lager auf.

Nachdem die Pferde versorgt und die Ausrüstung überprüft waren, nahm sich Wynter erneut Alberons Mappe und setzte sich hin. Sie strich über den schlichten Einband und dachte über die Auswirkungen nach, die der Inhalt für das

Königreich hätte. Sie fragte sich, wie Razi diese Papiere wohl seinem Vater unterbreitet hätte. Ganz bestimmt glaubte er nicht an Alberons Pläne; ja, sie schienen sogar seinem innersten Wesen zu widersprechen. Doch obgleich es ihm sehr schwerfiel, Alberons Standpunkt nachzuvollziehen, war Wynter sicher, dass Razi sein Bestes getan hätte, um die Argumente seines Bruders zu vertreten. Wie er es anginge, ein Vorhaben gegen seine eigenen Überzeugungen zu verteidigen, überstieg ihre Vorstellungskraft, doch wenn jemand diese Aufgabe hätte meistern können, dann Razi.

Nun, da ihr Freund friedlich zusah, wie das trübe Sonnenlicht aus dem Tal wich, drückte Wynter die Mappe an ihre Brust und sorgte sich, was passieren würde. Razi hatte diese Dokumente nicht erkannt, sondern hatte Wynter nur neugierig gemustert, als sie versucht hatte, ihm seine Mission zu erklären. Der Drang, ihn zu packen und zu schütteln und zu schreien *Was sollen wir jetzt tun?*, war beinahe übermächtig gewesen. Doch trotz ihrer Verzweiflung wollte sie Razi nicht erneut so erschrecken, und daher war sie angesichts seiner leichten Verwirrung einfach aufgestanden und weggegangen. Seither saß Razi vollkommen reglos und teilnahmslos mit dem Rücken zur Felswand da. Wynter fand, er habe noch nie so gelassen ausgesehen, und zu ihrer Schande machte sie das furchtbar wütend.

Sòlmundr summte beim Kochen. Neben ihm lag Boro, die Schnauze auf die Pfoten gelegt. Hin und wieder stellte er die Ohren auf und knurrte etwas Unsichtbares in den Felsen über ihnen an. Doch inzwischen hatte er sich daran gewöhnt, von Sòlmundr zurückgerufen zu werden, und unternahm keinen Versuch, fortzurennen zu einer, wie Sòl überzeugt war, tödlichen Begegnung. Nicht mit einem, sondern mit zwei Loups-Garous.

Christopher machte sich am Gepäck des Mulis zu schaffen. Auch er trieb Wynter in den Wahnsinn, obwohl sie selbst nicht so recht verstand, warum. Es war nicht unbedingt so, dass sie ihn für den schrecklichen Vorfall mit den Wölfen *verantwortlich* machte. Nein, sie wollte eher – Gott vergebe ihr –, dass er sich *selbst* verantwortlich machte. Zumindest ein wenig. Zumindest so weit, dass sie ihn umarmen und ihm sagen könnte: »Es war nicht deine Schuld.« Aber Christophers Reaktion auf Razis Zustand war so ruhig, so teilnahmslos und praktisch, dass sie Wynter keinen Raum für etwas anderes ließ – weder für Wut noch für Verzeihen und nicht einmal für Zuneigung.

Christopher war unnahbar und spröde wie Eis geworden. Er fluchte still vor sich hin, zerrte am Gepäck, und Wynter wollte ihn schon bitten, mit dem Gefummel aufzuhören und sich zu setzen, als er mit einem Gegenstand in der Hand an ihr vorbeimarschierte.

»Hier.« Er hockte sich ans Feuer und stellte die Arzttasche vor Razis Füßen ab.

Sòlmundr erstarrte. Razi runzelte verunsichert die Stirn, und Wynter richtete sich leicht auf, die Papiere immer noch an die Brust gepresst. Sie wartete darauf, dass Christopher fragte: *Weißt du, was das ist? Erkennst du das?* Doch er ließ nur die Verschlüsse an der Tasche aufschnappen und klappte sie auf.

Ruckartig beugte sich Razi vor, als wäre er versucht, Christopher aufzuhalten.

»Sie ist vom Muli gefallen«, sagte Christopher mit einem Blick hinein. »Einige der Phiolen sind zerbrochen.«

»Vorsichtig!« Razis Finger schnellten vor und umschlossen Christophers Handgelenk, damit er nicht in die Tasche greifen konnte. Sanft schob er seinen Arm weg. »Wenn man den Inhalt einer zerbrochenen Phiole nicht kennt, könnte sich ein Schnitt als verheerend erweisen.« Er lächelte seinen Freund an. »Ich würde gern selbst nachsehen.«

Christopher beobachtete, wie Razi die Tasche an sich nahm und sie fachkundig untersuchte. Unterdessen sah Wynter Christopher an, dass er sich innerlich Worte zurechtlegte. Als er schließlich mühsam seine Frage formulierte, hatten sich seine Gefühle bis an die Oberfläche seiner Beherrschung geschlängelt, und seine Stimme klang schmerzlich nackt und verwundbar. Es versetzte Wynter einen Stich, die Verletzung und die Schuldgefühle zu erkennen, die er vor ihr verborgen hatte. Beinahe hätte sie geweint, weil sich Christopher entschieden hatte, seinen Kummer und seine Pein nicht mit ihr zu teilen.

»Ist etwas Wichtiges zerbrochen?«, presste er endlich hervor.

Woher soll er das wissen?, dachte Wynter. *Er weiß doch kaum, wer er ist.*

Aber Razi antwortete ohne jedes Zögern. »Es ist nicht viel kaputt. Nur einige Phiolen mit Stärkungsmittel, und ein Pillendöschen ist zerquetscht.« Er blickte auf, und es brach Wynter beinahe das Herz, als er fortfuhr: »Alles ist genau so, wie es sein soll. Nichts Wichtiges ist verloren. Was ist damit passiert?«

»Sie ist heruntergefallen, als die Wölfe angriffen«, sagte Sòlmundr.

Darauf entgegnete Razi nichts, doch er betrachtete Sòlmundrs Gesicht, als sähe er die Verletzungen darin zum ersten Mal. »Diese Wunde da ist ziemlich stark entzündet«, bemerkte er. »Ich könnte sie für Euch behandeln, wenn ich darf?« Er musste Sòls Schweigen fälschlicherweise als Widerstreben verstanden haben, denn er lächelte erneut. »Ich bin Arzt«, sagte er. »Wusstet Ihr das nicht? Kommt her, dann sehe ich es mir einmal an.«

Während Sòl sich von Razi versorgen ließ, sah Christopher Wynter an. Das Wissen um das Zurückerlangte stand groß und deutlich in seine funkelnden Augen geschrieben; Wynter legte den Kopf schief und lächelte traurig, das Wissen um das weiterhin Verlorene in den ihren zu lesen.

Achter Tag: Botschaften

Der Morgen brach in jenem Tal nicht mit Vogelgezwitscher an, nicht einmal mit einem rosa getönten Himmel. Vielmehr sickerte das Licht grau und gleichförmig herein, als stiege es von den Felsen selbst auf.

Wynter setzte sich hin und ächzte. *Wie machen Soldaten das*, fragte sie sich, *Tag um Tag auf einem Feldzug? Abgesehen von allen anderen Aufgaben, die ihnen gestellt werden, wie hieven sie ihre geschundenen Körper hoch?*

Alberon, fiel ihr ein, wäre derjenige, der das beantworten könnte.

Vorsichtig wickelte sie sich aus der Decke und rutschte von Christophers Seite. Weder er noch Sòlmundr rührten sich. Wie alle Merroner vertrauten sie auf ihren Kriegshund, um sie nachts zu beschützen, und Boro war der einzige Wächter des Lagers gegen die Loups-Garous gewesen.

»Und das hast du sehr gut gemacht«, flüsterte Wynter und kraulte ihm die Ohren.

Er blickte kläglich zu ihr auf, ohne die Schnauze von den Pfoten zu heben. Um ihn daran zu hindern, den Wölfen hinterherzulaufen, hatte Sòlmundr ihn am Knöchel festgekettet, und Boro konnte sich mit dieser Schmach nicht recht abfinden. Er strahlte etwas Betretenes aus.

»Mach dir nichts draus, Hund«, tröstete Wynter ihn. »Du bist immer noch ein großes, tapferes Tierchen.«

Boro seufzte und beugte sich ihrer Liebkosung mit stoischem Gleichmut. Wieder einmal dachte Wynter, was für ein unfassliches Geschöpf er doch war. Mit der Züchtung seiner Rasse könnte Sòl ein Vermögen machen. Das hatte sie ihm gegenüber am Vorabend auch erwähnt, woraufhin Sòl trocken bemerkt hatte, er behalte seine Lungen vorzugsweise innerhalb seines Brustkorbs, wenn es ihr nichts ausmache.

»In unserem Volk gilt es als Kapitalverbrechen, die *Cúnna* an Fremde zu verkaufen«, erklärte Christopher.

»Wobei«, ergänzte Sòl, »Shirken einmal vorhatte, sie an sich zu bringen.« Auf das erwartungsvolle Schweigen seiner Freunde hin hatte Sòlmundr fröhlich seine Zahnlücke entblößt. »Als genug von seinen Männern ihren Kopf verloren hatten, gab er den Plan auf. Schon die Welpen können einem Mann die Hand abbeißen. *Nach ea, mo ghadhar?*« Er tätschelte Boro den Kopf. »Nur die Merroner können umgehen mit *na Cúnna Faoil.*«

»In dem Fall hätte ich Shirken gleich zehn davon geschenkt«, meinte Wynter. »Fünf für ihn und fünf für seine Pest von Tochter.« Da die Männer sie verständnislos ansahen, grinste sie. »Obwohl die Hunde danach eine gründliche Reinigung gebraucht hätten.«

Sòlmundr lachte.

»Die armen Tiere hätten mehr als eine Reinigung gebraucht«, feixte Christopher. »Da Shirken bis ins Mark verdorben ist, könnten sie an einer Vergiftung sterben.«

Da hatte Razi kichernd gefragt: »Wer ist Shirken?«, und die Fröhlichkeit war rasch verflogen.

Bei der Erinnerung daran stöhnte Wynter leise und spazierte zu Razi hinüber, der etwas abseits des Lagers stand und in die Felsen über sich starrte.

Als sie näher kam, hob er den Kopf. »Diese Geschöpfe sind fort«, sagte er.

»Woher weißt du das?«

»Seit dem Morgengrauen halte ich Ausschau. Vor wenigen Momenten sah ich sie am Fuße dieses Bergkamms entlangrennen und in diese Richtung dort verschwinden. Euer Kriegerfreund hat Recht, es sind tatsächlich zwei.«

Wynter erschauerte. »Wo sie wohl hingelaufen sind?«

»Selbst die Brut des Teufels muss einmal fressen. Ich vermute, sie sind auf die Jagd gegangen.«

Sie zog den Umhang höher, und beim Anblick ihrer Abschürfungen zuckte Razi zusammen. »Euer Hals ist stark gerötet«, sagte er. »Habt Ihr Schwierigkeiten beim Schlucken … äh …?« Er musterte sie, zum wiederholten Male war ihm ihr Name entfallen. Er schien ihn sich einfach nicht einprägen zu können.

Am liebsten hätte sie gebrüllt: *Ich bin Wynter! Wynter, Razi! Versuch, dir das zu merken!* Doch sie zügelte sich und sagte stattdessen: »Ich bin die Hohe Protektorin Wynter Moorehawke, mein Fürst.«

Razi wirkte verunsichert; die Förmlichkeit überraschte ihn offenbar.

»Erfreut, Eure Bekanntschaft zu machen, Hohe Protektorin.« Er deutete eine Verbeugung an. »Wenn Eure Begleiter nichts dagegen haben, würde ich gern Euren Hals untersuchen.«

Sie ließ sich von ihm zu einem großen Stein führen, setzte sich und hob ihr Kinn, während er sanft die wunden Stellen betastete. Er fragte sie nicht, wie sie sich die Verletzungen zugezogen hatte.

»Bist du gern Arzt, Fürst?«

Er lächelte. »Etwas anderes wollte ich nie werden.«

»Es ist ziemlich ungewöhnlich. Ein Königssohn hat normalerweise Dringenderes zu tun, als Furunkel aufzuschneiden und Skorbut zu behandeln.«

Er hielt in seiner Untersuchung inne, und sie fuhr fort. »Als Zeitvertreib ist es lobenswert, doch deine Pflichten bei Hofe beinhalten doch gewiss unendlich wichtigere Aufgaben?« Er setzte sich zurück und starrte sie an, und sie verschränkte die Hände ineinander, beinahe hatte sie Angst, weiterzusprechen.

»Ihr haltet das Lindern von Leiden für unter unserer Würde?«, fragte er. »Das Retten von Leben ist in Euren Augen eines Königssohns nicht würdig?«

»Überhaupt nicht«, sagte sie. »Aber ein Mann wie du hat doch sicherlich größere Verpflichtungen?«

»Verpflichtungen«, murmelte Razi.

»Ja, mein Fürst!« Wynter war hocherfreut, ein Erkennen in seinen Augen aufflackern zu sehen. »Erinnerst du dich? Weißt du noch, welche Verpflichtungen du hast?«

»Mary«, sagte er verwundert. »Wie konnte ich sie nur vergessen?«

»Mary«, wiederholte Wynter ausdruckslos. »Du erinnerst dich an Mary.«

»Sie braucht meine Hilfe.«

»Großer Gott!« Verzweifelt warf Wynter die Hände hoch. »Razi! Ich schwöre bei Gott, wenn ich dich noch mal einen Abhang runterstoßen muss, dann tue ich es! Du treibst mich noch –« Ehe sie ihren Satz beenden konnte, wieherte ein Pferd auf dem Pass über ihren Köpfen, und die schrillen Angstschreie eines Fremden scheuchten alle auf.

Boro versuchte, bellend und an seiner Kette zerrend, den Schieferhügel hinaufzurennen, begierig, sich in die Schlacht zu stürzen. Sòlmundr wurde mehrere Fuß weit mitgeschleift, sein Fluchen war durch die Decke, die er sich über den Kopf gezogen hatte, gedämpft. Razi machte einen Satz über seinen zappelnden Körper und hastete zu den Pferden. Als Wynter in einem Bogen um die Männer herumflitzte, warf Christopher gerade seine Decke zurück, schnappte sich sein Schwert und rief ihr in heiserem Merronisch zu: »*Cad é*, Iseult? Was ist los?«

»Hol deine Waffen! Da oben auf dem Kamm passiert etwas!«

Sie erreichte Ozkar im selben Moment, als Razi seine Stute aufgezäumt hatte. Ohne sie zu satteln, griff er in ihre Mähne, sprang auf und trieb sie den Pfad hinauf. Wynter ritt höchst ungern ohne Sattel, aber sie tat es ihm gleich und galoppierte los. Unterdessen ließ Sòlmundr Boro von der Kette, und der Kriegshund schoss an Razis Stute vorbei und raste über die grauen Felsen wie ein Schatten des Windes.

Sòlmundr und Christopher brauchten nicht lange, um sie einzuholen, und ehe Wynter den steinigen Pfad noch halb erklommen hatte, hörte sie zu ihrer Erleichterung schon das Donnern der Hufe in ihrem Rücken.

Oben entdeckten sie einen einzelnen Reiter auf einem zähen kleinen, auf Schnelligkeit und Ausdauer gezüchteten

Pferd. Der Mann brüllte und teilte immer wieder Hiebe mit seinem Schwert aus, während ein zähnefletschender Loup-Garou ihn rückwärts auf die Felswand zudrängte. Von dem Angegriffenen unbemerkt schlich sich der zweite Wolf hinter ihn und kletterte die Felsen hoch zu einem Vorsprung über dem Kopf des Mannes. Offenbar hatte er vor, sich von oben auf ihn fallen zu lassen.

»Achtung!«, brüllte Razi und trieb seine Stute über den holprigen Boden. »Achtung! Über Euch!«

Der Reiter hörte ihn nicht und schlug weiter tapfer nach dem Loup-Garou, doch sein verängstigtes Pferd machte bei jedem Satz des Wolfs einen Schritt rückwärts.

»Passt auf!«, schrie Wynter.

Da kam Boro in Sicht, er schoss zwischen den Steinen hervor, flog – gerade als der erste Loup-Garou erneut dem Pferd an die Kehle zu springen versuchte – durch die Luft und packte ihn. In einer wilden Beißerei rollten die beiden zur Seite, und der Reiter schwang sein Schwert einen Moment lang durch die leere Luft. Glücklicherweise scheute sein Pferd zur Seite, fort von den miteinander ringenden Tieren und dem Felsvorsprung.

Hinter Wynter ertönte das vertraute *Plock* von Christophers Armbrust. Der Bolzen sauste über den Reiter hinweg auf den Felsvorsprung und bohrte sich dort neben dem kauernden Loup-Garou in den Boden. Als die Kreatur unverletzt aufsprang und floh, fluchte Christopher heftig. Da er seinen Gefährten vor Furcht laut aufjaulen hörte, entwand sich der andere Wolf Boros Klauen und rannte heulend in das Felsgewirr. Boro folgte ihm.

Wynter sah, wie sich die Erleichterung des Mannes in Angst verwandelte, als er die vier Reiter auf sich zugaloppieren sah, und sie konnte ihm nicht verdenken, dass er das Schwert reckte. Über sich selbst konnte sie nichts sagen, aber ihre Begleiter gaben wirklich ein wildes Schauspiel ab: zerzaust und grimmig, die Schwerter gezückt, die unrasierten Gesichter voller Angriffslust. Sie sahen aus wie die Verkörperung des Begriffs *Räuber*. Der arme Mann, buchstäblich mit dem Rücken zur Wand stehend, suchte ganz offensichtlich nach der Lücke zwischen ihnen, durch die er fliehen konnte. Doch während er sich bereitmachte, es darauf ankommen zu lassen und einfach zwischen ihren Pferden hindurchzustürmen, erkannte Wynter ihn als Angehörigen von König Jonathons Hof.

»Andrew!«, rief sie. »Andrew Pritchard! HALT!«

Völlig verblüfft darüber, seinen Namen zu hören, zügelte er sein Pferd und starrte sie mit großen Augen an. Beinahe sofort erkannte er Razis unverwechselbares Gesicht, was ihm noch mehr Furcht einzujagen schien als jede Räuberbande. Mit einem Aufschrei trieb er sein Pferd an, in der Hoffnung, zwischen Christopher und Sòl hindurch über den Pfad zu entkommen, ehe sie umkehren konnten.

»Haltet ihn auf!«, quietschte Wynter, und mit erstaunlicher Wendigkeit warf sich Sòlmundr vom Rücken seines Pferdes und riss Andrew Pritchard zu Boden.

Pritchard kämpfte und wehrte sich, aber Sòl hielt ihn fest, den starken Unterarm auf seine Kehle gepresst. »Brav sein jetzt!«, warnte Sòl. »Brav sein!«

Christopher sprang vom Pferd und trat das Schwert des Mannes weg, und Wynter baute sich ebenfalls neben ihm auf. Angesichts des über ihm aufragenden Kreises aus Angreifern schrie Pritchard auf und versuchte vergeblich, Sòlmundr von sich zu schieben. Erheitert schmunzelte Christopher über die Panik des armen Mannes.

»Ganz ruhig, mein Freund«, sagte er. »So hübsch Ihr auch sein mögt, wir werden Eure Keuschheit nicht antasten.«

»Gütiger!«, kreischte Pritchard und zappelte und wand sich noch heftiger.

»Andrew!«, fuhr Wynter ihn an. »Haltet jetzt endlich still! Wir tun Euch ja nichts!« Sie tippte Sòl mit dem Schwert auf die Schulter und sagte auf Hadrisch: »Sòl! Komm jetzt von dem armen Kerl runter.«

Grinsend sprang Sòlmundr auf, und er und Christopher richteten die Schwerter auf Pritchards Kopf.

»Ich werde nicht reden!«, rief der Mann und kam taumelnd auf die Füße. »Ihr könnt Euch die Mühe Eurer barbarischen Folter sparen.«

Mit neugieriger Miene trat Razi neben Wynter. Sie sprach schnell, um ihn nicht zu Wort kommen zu lassen. »Andrew«, begann sie, doch Pritchards Augen waren fest auf Razi gerichtet, und er redete über ihren Kopf hinweg, als wäre sie gar nicht vorhanden.

»Wir hätten wissen müssen, dass das in dem Sack nicht Euer Kopf war«, stieß er hervor. »Welchem armen schwarzen Bastard habt Ihr *das* antun lassen? Nur damit Ihr auf freiem Fuß bleiben und Eure Pläne weiterverfolgen konntet, Euren Bruder zugrunde zu richten!«

Christophers Faust kam aus dem Nichts, und Pritchard saß wieder auf dem Boden, ehe Wynter den Hieb wahrgenommen hatte.

»Das war ein *Freund* des Fürsten Razi!«, zischte Christopher und beugte sich mit einem Gesicht wie Gift über Pritchard. »Und er wurde von *Euresgleichen* zur Strecke gebracht.

Also schiebt bloß den Tod dieses armen Jungen nicht dem Fürsten Razi in die Schuhe, sonst werde ich Euch das Fell gerben, so wahr mir Gott helfe!«

Dieser Wortwechsel wurde auf Südlandisch geführt, Sòlmundr konnte ihn unmöglich verstanden haben. Christophers Zorn allerdings hörte er wohl und drückte Pritchard sein Schwert an die Kehle. Jede Spur von frecher Heiterkeit war aus seinem wettergegerbten Gesicht gewichen.

Die Hand auf die Nase haltend, betrachtete Pritchard Sòls Klinge mit schmalen Augen, dann sah er wütend Razi an. »Ich werde den Prinzen nicht an Euch verraten«, sagte er.

Entsetzt und verwirrt erwiderte Razi seinen Blick. Er machte den Mund auf, und Wynter ging neben Pritchards Füßen in die Hocke, um den Mann von ihrem Freund abzulenken, ehe der sich verplappern konnte.

»Herr Andrew«, sagte sie, »Ihr missversteht die Absichten des Fürsten Razi. Ihr beide arbeitet auf dasselbe Ziel hin. Mein Fürst Razi kommt gerade aus dem Lager seines Bruders im Indirie-Tal. Er führt Dokumente des Prinzen mit sich. Er reist im Namen des Prinzen, und seine Aufgabe ist es, für die Sache des Prinzen Alberon einzutreten und den wahren Erben mit seinem Vater, dem König, zu versöhnen.«

Misstrauisch musterte Pritchard sie. Ganz langsam wandte er sich wieder Razi zu.

»Wir …«, sagte Razi. Wynters Hände verkrampften sich. Razi räusperte sich, seine Stimme wurde kräftiger. »Wir können Euch die Papiere des Prinzen zeigen. Falls Euch das beruhigen würde?«

Erleichtert schloss Wynter kurz die Augen. Selbst in seinem geistig umnachteten Zustand war Razi noch gewandt wie ein Fuchs.

Zögernd beugte sich Pritchard vor, und in der Miene des Mannes entdeckte Wynter den starken Wunsch, Razi zu glauben.

»Mein Fürst Razi wurde von seiner königlichen Hoheit vorausgesandt«, beteuerte sie. »Er hat den Auftrag, dem Prinzen bei ihrem gemeinsamen Vater den Weg zu ebnen. Er will dem König versichern, dass der Thron nicht bedroht wird. Den König wissen lassen, dass seine königliche Hoheit, Prinz Alberon, keinen Staatsstreich beabsichtigt.«

»Ich fürchte, Ihr kommt zu spät, mein Fürst«, flüsterte Pritchard. »Ich fürchte, wir beide kommen zu spät. Der König hat Euren Bruder möglicherweise schon herausgelockt, und ich vermute, er könnte schon bereit sein loszuschlagen.«

Mit ernstem Gesicht streckte Razi ihm seine Hand entgegen. »Steht auf. Erzählt uns alles, was Ihr wisst.«

»Ich muss mich beeilen, mein Fürst.« Pritchard nahm Razis Hilfe beim Aufstehen an.

Sòlmundr klopfte Pritchard umständlich den Staub von Rücken und Schultern, und der Mann schüttelte ihn mit einem gereizten Knurren ab. Daraufhin begann Sòl spöttisch, ihm die zerzausten Haare zu ordnen.

»Sòlmundr«, schimpfte Wynter.

Artig spreizte der Krieger die Hände, wobei er die beiden kleinen Messer zeigte, die er Pritchard abgenommen hatte. Wynter lächelte.

Andrew Pritchard jedoch betrachtete Sòl mit mörderischer Verachtung, strich sich dann allerdings die Haare ebenso gefasst aus dem Gesicht, als hätte Sòl ein Stückchen Kuchen mit Zuckerguss aus den Falten seines Umhangs zutage gefördert. »Die möchte ich bitte zurückhaben«, sagte er.

»Wenn unsere Unterhaltung beendet ist«, versetzte Christopher.

Pritchard schob die Lippen vor. »Ich habe keine Zeit zu verlieren, mein Fürst. Die Pläne des Königs sind schon viel weiter vorangeschritten, als ich sagen kann. Ich muss versuchen, den Prinzen zu erreichen, bevor er die Einladung seines Vaters zu Friedensgesprächen annimmt.«

Wynter wechselte einen Blick mit Razi; er gab sich alle Mühe mitzuspielen, aber von ihm zu erwarten, sich durch diese Sache durchzumogeln, war, als forderte man einen Blinden auf, eine Farbe durch Berührung zu erraten.

Andrew Pritchard nahm ihr Schweigen als Misstrauen. »Du lieber Gott«, rief er und warf die Hände hoch. »Sind wir uns einig oder nicht? Wir können tagelang hier umeinander herumtanzen, oder wir könnten langsam anfangen, eine gemeinsame Vorgehensweise zu verabreden. Was soll es sein, mein Fürst?«

»Was genau, glaubt Ihr, hat der König vor?«, fragte Razi lobenswert neutral, um die Angelegenheit voranzutreiben.

Andrew Pritchards Augen schnellten von Razis dunklem Gesicht zu Sòl und Christopher.

»Ihr könnt den Männern des Fürsten Razi vertrauen«, sagte Wynter.

Pritchard machte kein Geheimnis aus seinem Argwohn, fuhr aber dennoch fort. »Einige Mitglieder des Rats haben seine königliche Hoheit mit Nachschub und Informationen versorgt. Der König ist ihnen auf die Spur gekommen. Sie wurden … sie wurden zum Reden gebracht.« Bedrückt und etwas angewidert verzog er das Gesicht.

»Das kann ich mir gut vorstellen«, brummelte Christopher und steckte sein Schwert in die Scheide.

»Viel habe ich nicht erfahren, aber sie haben wohl den Treffpunkt von Prinz Alberons Nachschubtrupps preisgegeben. Als die Männer des Prinzen beim nächsten Mal Vorräte abholen wollten, wurden sie von den Soldaten des Königs gefangen genommen.«

»Diese armen Männer«, flüsterte Wynter. »Als wir in Alberons Lager eintrafen, waren sie bereits zwei Tage überfällig.«

»Ich bezweifle, dass sie gefoltert wurden, Hohe Protektorin. Die Männer des Königs hatten Befehl, sie mit einer Botschaft Seiner Majestät zurückzuschicken, in der er Pardon und eine Gelegenheit zu Unterredungen anbietet.«

»Ist das eine Falle?«, fragte Razi.

Pritchard nickte. »Das vermute ich, mein Fürst. Aber ich habe all das um Tage zu spät herausgefunden. Der König ist bereits zu dem Treffen aufgebrochen, und obwohl ich mich nach besten Kräften beeile, um den Prinzen zu warnen, fürchte ich, er könnte sein Lager inzwischen verlassen haben und für mich unerreichbar sein.«

»Alberon …«, hauchte Wynter.

»Es wäre möglich, dass der Prinz die Nachricht des Königs nicht erhalten hat«, sagte Christopher. »Gewiss hatte er das nicht, solange wir noch im Lager waren, und er wollte sich eigentlich einen Tag nach uns in Marsch setzen. Es könnte sein, dass er in ebendiesem Moment unterhalb von uns auf dem Heimweg zum Schloss über die Hügel reitet, wie geplant.«

»Wenn das der Fall ist, dann muss Fürst Razi vor ihm dort ankommen«, sagte Pritchard. »Sonst wird es aussehen, als versuchte der Prinz einen Staatsstreich in Abwesenheit des Königs. Ihr müsst alle beteiligten Parteien davon überzeugen, nicht das Feuer zu eröffnen, ehe nicht rechtmäßige Verhandlungen aufgenommen wurden.«

»Aber es ist sinnlos, zum Schloss zurückzukehren, wenn der Prinz gleichzeitig unbekümmert unterwegs zu einem Treffen an ganz anderem Ort ist!«, rief Wynter.

»Vielleicht sollten wir alle ins Lager reiten?«, fragte Christopher.

»Wo beabsichtigt der König denn, den Prinzen zu treffen?«, wollte Razi wissen.

Pritchard wusste es nicht. »Seine Majestät brach mit sehr geringem Gefolge auf, verriet aber niemandem sein Reiseziel. Es gab Berichte von einem Lager in der Nähe der Chér-Furt. Aber das weiß ich nicht gewiss. Ich musste aufbrechen, ehe ich die Auskunft bestätigen konnte. Zwar wurde angeblich ein königliches Banner gesichtet, doch ob es sich dabei tatsächlich um den König handelte, entzieht sich meiner Kenntnis; es könnten auch nur Gerüchte sein.«

Die Chér-Furt. Wynter hatte davon gehört. Sie war verschlammt durch tückischen Schlick, das Fährhaus eine Ruine, weshalb die Furt schon seit Generationen nicht mehr von Reisenden genutzt wurde. Zudem lag sie abgeschieden tief im Wald und drei Tagesmärsche vom Schloss entfernt. Wenn Alberon die Nachricht des Königs wirklich erhalten und sich entschlossen hätte, ihr Folge zu leisten, statt seinen ursprünglichen Plan durchzuführen, dann wäre er jetzt schon fast dort. Wynter zweifelte nicht daran, dass er in eine Falle tappen würde.

»Ihr müsst es tun, Herr Andrew!«, rief sie und schob Pritchard zu seinem Pferd. »Ihr müsst zu Alberons Lager reiten und versuchen, ihm Eure Botschaft zu überbringen! Ihr müsst Euch *beeilen*!«

Christopher und Sòl händigten Pritchard seine Waffen aus, und er sprang auf sein Pferd.

»Was werdet Ihr tun?«, fragte er, sein Pferd noch zügelnd. Sie wussten keine Antwort. »Dann seht zu, dass Ihr das Schloss erreicht! Gebt gut acht auf Fürst Razi und wartet auf Nachricht.« Und mit einem letzten verzweifelten Blick wandte er sich um und galoppierte zurück auf den Pfad.

Christopher blickte ihm nach, wie er rasch außer Sicht verschwand. »Ich schätze mal, es ist überflüssig, meine Meinung zu äußern«, sagte er.

»Solange sie nicht von deinem üblichen Vorschlag, den ganzen Mist einfach hinter uns zu lassen und uns in den Maghreb aufzumachen, abweicht«, sagte Wynter.

»Es muss nicht unbedingt der Maghreb sein«, sagte er. »Einfach irgendwohin.«

Wynter lächelte ihn traurig an, und er seufzte. »Na, komm schon, Sòl. Holen wir die Pferde, und ruf Boro von seiner Jagd zurück.«

»Hmpf«, machte Sòlmundr, als sie sich zum Gehen wandten. »Du erklärst mir besser diesen Mann, sonst ich werde vielleicht ungehalten.«

»Danke, Christopher«, rief Wynter ihnen hinterher, sie wollte nicht so recht, dass er ging.

Christopher hielt inne. Er drehte sich um, seine Augen huschten kurz zu Razi hinüber. »Das ist seine Chance, weißt du?«, sagte er. »Egal, was sie wollen, sie können ihn jetzt nicht für ihre Zwecke nutzen. Er könnte frei sein, wenn du ihn gehen ließest. Er könnte von der ganzen Bande frei sein, und wir alle könnten von vorn anfangen.«

Er verharrte einen Augenblick, wartete auf ihre Antwort, und als sie ihm keine geben konnte, nickte er und drehte sich wieder um. Wynter hatte das schreckliche Gefühl, er würde sich für immer abwenden.

»Christopher!«

Er sah über die Schulter. »Immer mit der Ruhe, Frau«, sagte er sanft. »Ich will ja nur die Pferde holen.«

Beide lächelten in gegenseitigem Verständnis, und dann machte sich Christopher mit einem letzten Blick auf Razi auf den Weg.

»Sie haben den Kopf eines Mannes in einem Sack überbracht?«, flüsterte Razi.

Ohne etwas zu entgegnen, wandte sich Wynter ihm zu.

»Eines Freundes von mir? Sie haben seinen Kopf in einem Sack gebracht?«

»Razi?«, fragte sie behutsam. »Erinnerst du dich an gar nichts?«

Er legte sich eine Hand an den Kopf. »Es macht mir nichts aus, bis ich auf etwas angesprochen werde. Dann merke ich … ich habe offenbar keine Gedanken!«

»Das klingt friedlich«, sagte sie.

»Das ist es auch!«, gab er zu. »Es ist wirklich friedlich – bis mir bewusst wird, dass es nicht normal ist.« Beinahe beschämt sah Razi sie an. »Ich muss gestehen, es klingt nicht, als hätte ich viel Erinnernswertes.«

Ist es das?, dachte sie. *Hast du aufgegeben?* »Razi«, sagte sie vorsichtig. »Sosehr du es auch wünschen magst, du bist kein Mann, der es sich leisten kann zu vergessen.«

Entsetzt starrte er sie an, und Wynter bereute ihren Verdacht sofort. »Glaubt Ihr etwa, ich täusche das nur vor?«, rief er. »Dass mich danach verlangt, so zu sein? Ihr haltet das für Feigheit! Ihr glaubt, ich verstelle mich, um mich einer Verantwortung zu entziehen!«

»Nein, Razi!« Sie ergriff seinen Arm. »Nein! Überhaupt nicht!«

Doch er hatte es in ihrer Miene gelesen und wollte ihre Hand abschütteln.

»Entschuldige!«, sagte sie. »Bitte entschuldige. Es tut mir leid!«

Seine Wut verwandelte sich in Verzweiflung, und er umklammerte ihre Finger, während er sich zutiefst verwirrt umsah. »Ich weiß nicht, was ich tun soll«, sagte er kaum hörbar.

»Tja, *etwas* müssen wir tun, Razi. Und wenn wir uns einfach nur aufs Geratewohl eine Vorgehensweise aussuchen und bis zum Ende daran festhalten. Wir müssen *irgendetwas* unternehmen. Und zwar jetzt.«

Zehnter Tag: Es gibt kein Zurück

Am Ende war es Wynter, die eine Entscheidung traf, und zu ihrem Erstaunen schlossen sich die anderen ihr an. Es war ein merkwürdiges Gefühl, die Landkarten auszubreiten und ihre Route zu planen, während drei Männer nickten und andächtig ihren Ansichten lauschten. Daran war Wynter nicht gewöhnt; sie war nicht an die volle Verantwortung gewöhnt. Es jagte ihr furchtbare Angst ein.

Zwei Tage später, tief im Herzen eines stattlichen Kiefernwaldes, lag sie neben einem winzigen Feuer und sah zu, wie das letzte Tageslicht aus den Baumwipfeln sickerte. Das Wissen darum, wie willkürlich sie diesen Weg gewählt hatte, brannte in ihrer Magengrube, es lastete wie Blei auf ihrer Brust. Alles, *alles* hing davon ab, dass sie im Geiste eine Münze geworfen hatte. Logik war daran nicht beteiligt gewesen; sie hatte einfach nur im Kopf eine Runde *Ene, mene, miste* gespielt und per Zufall eine Vorgehensweise ausgewählt.

Jedes Mal, wenn sie die Augen schloss, sah sie Razi und Sòl und Christopher vor sich, als sie die drei zu diesem Vorhaben überredet hatte. Braune Augen, blaue Augen, graue Augen, die sie ernst anblickten und ihr vertrauten. *Gütiger im Himmel.* Und der morgige Tag würde die Wahrheit ans Licht bringen. Morgen früh würden sie endlich die Chér-Furt erreichen und dort … was vorfinden?

»Das bleibt dir noch.«

Sie schrak auf und sah in Christophers lächelndes Gesicht. »Wie bitte?«

»Dein Gesicht ist zerknautscht wie ein Taschentuch … das bleibt dir noch, wenn der Wind sich dreht.« Er ließ sich neben ihr nieder und zog seine Decken um sich fest. »Dann könnte ich dich nicht mehr lieben, weißt du. Du wärest viel zu hässlich.«

Sie musste lachen.

»Hör auf, dir Sorgen zu machen.«

»Das kann ich nicht, Christopher. Ehrlich nicht. Was, wenn ich die falsche Entscheidung getroffen habe? Was, wenn wir dort ankommen und nur die Überreste irgendeines Räuberschlupfwinkels oder die Abfälle einer Jagdgesellschaft finden? Dann hätten wir so viel Zeit vergeudet. Ich hätte Albis Chancen weggeworfen.«

»Wynter.« Er nahm ihre Hand und rieb mit dem Daumen über ihre Knöchel. »Es ist jetzt, wie es ist. Die Wahrheit ist doch, dass du die Einzige von uns warst, die den Mumm hatte, überhaupt etwas zu entscheiden. Hättest du das uns überlassen, dann würden wir immer noch an diesem Berghang hocken und zaudern, während die Wölfe uns aus den Felsen beobachten und auslachen.«

»Nein, würdet ihr nicht.«

»O doch. Sòl hast du die Sache gründlich verdorben, musst du wissen. Er hatte sich so schön erträumt, sich mit Razi dort niederzulassen. Sogar ein hübsches Fleckchen für eine Hütte und alles hatte er schon ausgesucht.«

Jenseits des Feuers zog Sòlmundr eine Grimasse und suchte Boro dann weiter nach Zecken ab. »Das hätte Razi wohl gern«, brummelte er.

»Ich verstehe immer noch nicht, zu welchem Zweck ich Euch dienen werde.« Razi tippte sich an die Schläfe. »Ich bin so leer wie ein weißes Blatt Papier.«

»Du bist unser Zugang zum König, Razi«, erklärte Wynter. »Danach«, sie hielt Alberons Dokumente hoch, »müssen diese hier für sich sprechen.«

Etwas unsicher betrachtete Razi die Mappe, seufzte und rieb sich die Stirn. »Wenn Ihr das sagt«, meinte er, legte sich hin und wickelte sich in seine Decken. Sein Kopf tat wieder weh, das sah Wynter an der Anspannung in seinen Augen und Lippen. Sie hatte gehofft, diese Beschwerden wären ein Anzeichen für eine Veränderung seines Zustands, aber bisher waren sie einfach nur Schmerz – schwach, leichte Übelkeit auslösend und vollkommen frei von der Last der Erinnerung.

Draußen in der Finsternis stimmten die Loups-Garous ihr tiefes Klagelied an, und Christopher riss gereizt die Arme hoch. »Bei Frith«, sagte er. »Diese verdammten …« Er sprang auf die Füße. »Ruhe!«, rief er.

Die Wölfe gluckten und feixten. »Komm doch her«, knurrten sie. »Komm und bring uns zum Schweigen, Bürschlein.« Das letzte Wort dehnten sie aus, bis es gemein und böse und schmutzig klang. Wynter stieß ein angewidertes Zischen aus.

Christopher trat einen Stein in die Dunkelheit. »Kommt ihr doch«, murmelte er. »Ihr miesen *caic*. Ich verfüttere euch an den Hund.«

»Jetzt beruhige dich mal«, sagte Sòlmundr. »Sonst kette

ich *dich* an meinen Knöchel, und Boro kann sich heute Nacht an deine Frau drängeln.«

»Warum sind die überhaupt noch hier?« Christopher pirschte sich an den Rand der Schatten heran. »Warum hauen sie nicht ab zu ihrem Herrn? WARUM HAUT IHR NICHT AB ZU EUREM HERRN?«, brüllte er.

Mit ernster Miene sah Sòlmundr zu ihm auf. »Weil du ihnen zu viel Unterhaltung bietest, Coinín. Schau dich an! Sie spielen mit dir wie mit einem Ball.«

Christopher bedachte ihn mit einem vernichtenden Blick und schlich weiter herum.

Razi, immer noch den Kopf auf seinen Sattel gestützt, beobachtete ihn, die dunklen Augen nachdenklich. »David Le Garou«, sagte er plötzlich, und alle drehten sich mit fragenden Mienen zu ihm um. »Ich erinnere mich an ihn. David Le Garou.« Und an Christopher gewandt: »Wir schulden ihm etwas. Auch daran erinnere ich mich.«

Christopher rührte sich nicht vom Fleck, als hätte er Angst, Razis neu erwachende Gedanken zu unterbrechen. Ganz langsam setzte sich Wynter auf. Razi, die Hände locker auf der Brust gefaltet, blickte immer noch mit demselben etwas neugierigen Stirnrunzeln von einem zum anderen. »Ihr beide seid gute Freunde von mir, stimmt's?«, sagte er. »Wir kennen einander schon furchtbar lange.«

Wynter nickte.

»Ich bin Euch etwas schuldig«, fuhr Razi fort. »Ich bin Euch viel schuldig.« Dann schüttelte er den Kopf, seufzte und schloss die Augen. »Dennoch entsinne ich mich nicht Eurer Namen.«

»Und deines Bruders, Razi?«

»Ein kleiner Junge? Voller Leben? Er liebt seine Hunde … oh!« Plötzlich riss er die Augen auf. »Ich habe mich an meinen Vater erinnert! Er war ein wunderbarer Mensch! Sanft. Gütig. Er hat mich viel gelehrt.«

Christopher wechselte einen Blick mit Wynter. »Wie sah er aus?«, fragte er.

»Aber Ihr kennt ihn doch gewiss, Chris?«

Bei der Nennung seines Namens durch Razi verzog Christopher schmerzlich das Gesicht. Razi schien das als Verwirrung misszuverstehen und fuhr fort, seinen Vater zu beschreiben. »Eher klein. Mit dunklem, kurz geschorenem Haar. Schlank, fahles Gesicht, große Nase.« Razi lächelte zärtlich. »*Nase größer als der Kopf*, pflegte er zu sagen. Er war ein guter Mensch … ich bin mir ziemlich sicher, dass Ihr ihn kanntet.«

»O ja«, flüsterte Christopher. »Ich kannte ihn ein Weilchen, aber …«

»Aber was?« Razi stützte sich auf die Ellbogen auf. »Aber was, mein Freund?«

Hilfesuchend blickte Christopher zu Wynter, und sie ließ bedrückt den Kopf sinken. »Du beschreibst gerade Victor St. James, Razi – deinen Lehrer. Dein Vater ist der König. St. James war gewiss kein König.«

»Aber er war Arzt«, sagte Razi. »Ein wunderbarer Mensch.«

Traurig stimmte Wynter ihm zu. »Aber er war nicht dein Vater.«

Verstört legte sich Razi wieder auf seinen Sattel.

Erneut ertönte das Gelächter der Wölfe in der Dunkelheit. In ohnmächtiger Wut schleuderte Christopher einen Stein nach ihnen. »Haut ab!«, schrie er. »Haut ab! Ihr verfluchten, nichtsnutzigen Hundesöhne!«

Sòlmundr seufzte. »Dein Vater mag ja kein Arzt sein, Tabiyb, aber wenigstens hat er sein Königreich von diesem Geschmeiß befreit.«

»Ja«, grummelte Christopher. »Das hat er.«

»Warum … warum sind sie dann hier?«, wollte Razi wissen.

»Das war dein verdammter Bruder.« Spöttisch schnaufte Christopher in die kichernde Finsternis. »Er hat dieses Pack eingeladen, zurückzukommen.« Er drehte sich um, und der Ausdruck auf Razis Gesicht brachte ihn wider Willen zum Lachen. »Ich weiß schon«, sagte er mitfühlend. »Das alles ist ein klein wenig zu verwirrend, was?«

Spät in der Nacht schreckte Wynter aus einem Traum hoch, in dem ihr Vater in ein Tal stummer Geister hinabblickte, die Hände rot vor Blut. Sie hatte ihm von der anderen Seite aus zugerufen: *Vater? Vater! Ich weiß nicht, wo ich bin.* Doch obwohl sie nach ihm rief, hatte sich Lorcan umgedreht und war in den trüben Regen davongelaufen, und sie hatte begriffen, dass sie ganz allein war. Als sie aufwachte, hielt sie die Dokumentenmappe an ihre Brust gepresst; sie war damit eingeschlafen.

Christopher lag neben ihr, die starken Arme um ihre Taille geschlungen. Vorsichtig rutschte sie unter ihre Decken, bis sie das Kinn auf seinen dunklen Scheitel betten konnte, und schlang die Arme fest um ihn.

»Alles in Ordnung bei dir?«, murmelte er, und sie nickte. »Schlaf jetzt«, sagte er. »Sie trauen sich nicht in die Nähe des Hunds.«

So lag sie und starrte hinaus in den undurchdringlichen Wald, hielt Christopher an sich gedrückt und lauschte den

Wölfen, die in der Dunkelheit jenseits des Lichts flüsterten. Ihr fiel einfach nichts ein, was sie dem König sagen sollte, wenn sie ihn träfe. Was sie tun sollte. Auf der anderen Seite des Feuers spiegelten Razis dunkle Augen das Licht, da auch er wach war und nachdachte. Sòlmundr wälzte sich ächzend herum und schimpfte auf seine Decke.

»Wynter«, wisperte Christopher. »Schlaf wieder ein.«

Doch das tat sie nicht, und er ebenfalls nicht, und als der Morgen schließlich anbrach, lagen sie immer noch dort und blickten nachdenklich in die Bäume, die ganz langsam aus der Finsternis hervortraten.

Elfter Tag: Die Chér-Furt

Also, es ist noch da, dachte sie mit Blick auf das kleine Grüppchen einfacher Zelte, das rauchende Lagerfeuer. *Aber das hier ist kein königliches Gefolge. Es sind zu wenige Männer, keine Proviantkarren, keine Soldatenausrüstung.*

Bei der Erkenntnis, dass sie sehr wahrscheinlich die falsche Entscheidung getroffen hatte, wurde ihr schwer ums Herz. So viel Zeit vergeudet.

Schluss damit!, ermahnte sie sich. *Christopher hat Recht. Es ist so, wie es ist! Wir befinden uns nur drei Tagesreisen vom Schloss entfernt. Wenn wir uns beeilen, können wir immer noch gleichzeitig mit Alberon eintreffen. Vielleicht sogar einige Stunden vor ihm. Es ist durchaus möglich, dass wir noch etwas Zeit haben.*

Sie sah sich zu ihren Gefährten um. Da sie darauf bestanden hatte, den alten Waldweg zu nehmen, näherten sie sich dem verfallenen Fährhaus nun von Osten her. Dieser nicht mehr benutzte Weg war auf ihrer Karte mit einer orangefarbenen Linie eingezeichnet und als »für Fuhrwerke und Wagen nicht passierbar« beschriftet. Gewiss war er schrecklich überwuchert, überall wuchsen Schösslinge, das Gras stand hüfthoch, Dornengestrüpp schleifte über den Boden. Dennoch war es, im Vergleich zu den Tiefen des umliegenden Waldes, noch vergleichsweise offenes Gelände, und es erleichterte ihnen den Zugang und gewährte ihnen einen guten Blick auf das Lager. Noch wichtiger: Die Bewohner des Lagers konnten die Ankömmlinge gut erkennen, wodurch sich die Gefahr, als Spione erschossen zu werden, deutlich verringerte.

Boro, mit feindselig gesträubtem Fell, versuchte, durch das hohe Gras nach vorn zu stürmen, doch Sòlmundr rief ihn bei Fuß. Widerstrebend gehorchte der Kriegshund, allerdings nicht ohne Bäume und Zelte anzubellen und anzuknurren. Sòlmundr schimpfte ihn, offenbar forderte er ihn auf, sich anständig zu benehmen.

»Von hier aus ist es schwierig zu sagen«, bemerkte Christopher leise, während er die kleine Gruppe beäugte, die nun dort stand, die Augen mit der Hand beschattete und ihnen entgegenblickte. »Aber sie sehen nicht aus wie Soldaten. Ich kann keine Uniformen oder Banner oder sonst irgendwelche pompösen königlichen Gegenstände erkennen.«

»Wir haben uns geirrt«, sagte Razi niedergeschlagen.

»Dann reiten wir einfach durch«, schlug Wynter vor. »Das macht es einfacher, dem Pfad zurück auf den Feldweg zu folgen. Von da aus müssen wir dann aber wie der Wind zum Schloss rasen. Großer Gott, ich kann nicht fassen, dass ich eine so schwere –«

»Keinen Schritt weiter, Reisende! Ihr müsst hier umkehren.«

Als Männer aus den umstehenden Bäumen auftauchten wie fleischgewordene Schatten, zügelte Wynter mit einem Ruck ihr Pferd. Sie drängten sich dicht auf dem Pfad vor und hinter ihnen. Boro knurrte und schlich hin und her, er sah zu Sòl auf, als wollte er sagen: Ich wollte dich ja warnen.

Der Krieger seufzte, hob die Hände und befahl dem Hund: »*Tarraing siar!*«

Obwohl sie in gewöhnliche Sachen gekleidet waren, richteten die Männer nun mit der unbewegten Entschlossenheit von Soldaten ihre Armbrüste auf die Ankömmlinge, und Wynters Herz vollführte einen Hopser. Nie hätte sie gedacht, dass sie sich eines Tages darüber freuen würde, einen Pfeil so kaltblütig auf ihre Brust gerichtet zu sehen. Sie reckte die Hände über den Kopf und grinste den verwirrten Mann an, den sie als Leutnant der Leibwache des Königs erkannte; ganz offensichtlich brachte ihn ihre erkennbare Heiterkeit aus der Fassung.

»Ihr müsst hier umkehren«, wiederholte er langsam, vielleicht mit der Überzeugung, sie wäre aus einem Tollhaus entfleucht und verstünde ihn nicht. »Diesen Weg könnt Ihr nicht benutzen.«

»Danke, Leutnant«, erwiderte sie. »Eure Wachsamkeit ist löblich. Wir führen allerdings Dokumente für den König mit uns. Ich wäre Euch verbunden, wenn Ihr ihm meine Grüße ausrichten und ihn freundlich darum bitten würdet, seiner treuen Dienerin, der Hohen Protektorin Wynter Moorehawke, in Begleitung seines Sohns, des Fürsten Razi, Audienz zu gewähren.«

Man nahm ihnen ihre Waffen ab und brachte sie zu Fuß durch das hohe Gras ins Lager des Königs. Er hatte wirklich nur eine sehr kleine Gefolgschaft dabei, nicht mehr als zehn Männer, verteilt auf vier Zelte, von denen eines natürlich für den König reserviert sein musste. Zu ihrer Erleichterung konnte Wynter keine schweren Geschütze oder auch nur tiefe Radspuren entdecken, die auf einen Transport derselben durch das Lager hindeuten würden. Das bedeutete, dass keine Kanonen hergeschafft worden waren. Außerdem gab es keine Hinweise auf weitere Menschen oder Pferde außer jenen, die man sehen konnte, also wartete wohl auch keine größere Anzahl Bogenschützen im Verborgenen darauf, Tod und Verderben auf Alberon und seine Begleiter herabregnen zu lassen.

Wynter konnte nicht verhindern, dass diese Anzeichen ihr Herz mit Hoffnung erfüllten. Allem Anschein nach plante der König keinen Hinterhalt. Konnte es sein, dass er einlenkte? Hatte Razis vermeintlicher Tod Jonathon endlich in die Knie gezwungen, und war sein Angebot von Friedensverhandlungen seinem einzigen verbleibenden Erben gegenüber ehrlich gemeint? So schwer das auch zu glauben war, es schien ganz, als wäre das Unmögliche eingetreten. Wynter warf Razi, der aufgeregt und misstrauisch neben ihr lief, einen Seitenblick zu und dachte: *Vielleicht kann das hier trotz allem gelingen.*

Der Leutnant führte sie aus dem unter schweren Ähren gebeugten Gras hinaus, und die restlichen Männer des Königs umringten sie stumm. Die Soldaten beäugten Sòl und Christopher ungläubig – zu Boro hielten sie Abstand.

»Wenn dieses Tier auch nur mit dem Bein zuckt, erschießt es«, sagte der Leutnant, und seine Männer zielten mit ihren Armbrüsten und folgten dem Kriegshund mit den Fingern am Abzug.

Wynter beobachtete die Soldaten aus dem Augenwinkel. Sie war beeindruckt, wie unbewegt sie Razis plötzliche Rückkehr von den Toten aufgenommen hatten. Es war kaum mehr als verstohlene Blicke und hier und da ein Stupsen oder Flüstern zu bemerken. Obwohl die Männer offensichtlich erfahren waren, erkannte Wynter außer dem Leutnant keinen von ihnen, und von den großen, breitschultrigen Langbogenschützen, aus denen die königliche Leibwache bestand, war niemand zu entdecken.

Wo sind Jonathons Männer?, überlegte Wynter und riskierte einen Blick hinter sich. Gewiss konnten sie sich nicht alle in eines dieser kleinen Zelte drängen. Hatte es einen Aufruhr innerhalb der Truppe gegeben? Waren etwa des Königs eigene Männer einer Säuberung zum Opfer gefallen? Nein, das konnte nicht sein. Jonathon hatte ihrem Vater ausführlich berichtet, welch großes Vertrauen er zu seiner Leibgarde habe. Die Männer selbst waren der Krone unerschütterlich treu ergeben. Was konnte mit ihnen geschehen sein?

»Wartet hier.« Der Leutnant ließ sie unter der Aufsicht der anderen zurück und ging auf das Zelt zu, in dem nach Wynters Einschätzung der König untergebracht sein musste.

Zu ihrem großen Schreck nahm der Leutnant nicht außerhalb des Vorzelts Haltung ein, kündigte sich laut und deutlich an und wartete auf den Befehl, näher zu treten – stattdessen stellte er sich unmittelbar vor den verschlossenen Eingang, murmelte »Ich bin es« durch die Leinwand und blieb vor der Klappe gebeugt stehen wie ein Hausierer vor einer armseligen Hütte.

Wynter schielte zu Razi; selbst in seiner derzeitigen Verfassung betrachtete er diesen Mangel an Anstand mit fassungslosem Erstaunen. »Meldet …«, stotterte er. »Meldet sich dieser Kerl etwa auf diese Weise bei einem *König* an?«

Ein Mann kam zum Eingang, und Wynter erkannte ihn als den Hauptmann der Leibgarde. Da er ebenfalls groß war, bückte er sich, als der Leutnant ihm etwas ins Ohr flüsterte. Dann richtete er den erschrockenen Blick auf Razi, außerstande, seine Bestürzung zu verbergen.

Wynter hörte den Leutnant raunen: »Ist er einigermaßen ansprechbar?« Die beiden Soldaten sahen einander in die Augen, und statt einer Antwort warf der Hauptmann hastig einen Blick über die Schulter ins Zelt.

Beunruhigt drückte Wynter den Rücken durch; was um alles in der Welt führten diese Männer im Schilde? Warum verkündeten sie dem König nicht einfach Razis Ankunft? Und was machte der König bloß dort drin? Er stand doch wohl kaum in aller Seelenruhe daneben, während zwei seiner eigenen Männer vor seinem Zelt flüsterten?

Sie trat vor und sagte mit hoher, klarer Stimme: »Warum meldet Ihr uns nicht?«

Die Wachposten zuckten zusammen, und Wynter sprach absichtlich so laut, dass, wer auch immer sich dort hinter der Leinwand versteckt hielt, es nicht überhören konnte. »Tut auf der Stelle Eure Pflicht und teilt Seiner Majestät, dem König, mit, dass Fürst Razi und die Hohe Protektorin Moorehawke eingetroffen sind!«

Im Zelt fiel etwas scheppernd zu Boden, und der Hauptmann schlüpfte hinein, während der Leutnant zurückblieb und besorgt in Wynters zorniges Gesicht sah. Dann hörte man Jonathon sagen: »Ist er es? *Ist es wirklich er?*«

»Meldet uns«, zischte sie, »oder Ihr werdet Euch dafür verantworten müssen.«

»Ich empfehle Euch zu tun, was die hohe Dame verlangt«, sagte Razi finster.

Der Leutnant öffnete den Mund, doch da wurde bereits die Klappe zurückgeschlagen, und der Hauptmann kehrte mit angespanntem Gesichtsausdruck zurück. »Fürst Razi«, sagte er förmlich, »Hohe Protektorin Moorehawke. Der König heißt Euch eintreten.«

Er trat beiseite und machte den Weg frei, aber Wynter zögerte.

Razi, ihr erlauchter Freund, machte eine feierliche Miene. Er strahlte seine übliche Güte aus, eine unerschütterliche Quelle der Kraft; doch Wynter wusste, dass er auf sie angewiesen war. *Alles* hing von ihr ab. Alberon, der König, ja das Königreich selbst: Alles ruhte auf ihren Schultern. Ohne nachzudenken, drehte sie sich zu Christopher um und sah ihn wortlos, mit pochendem Herzen an. Ebenfalls schweigend erwiderte er ihren Blick.

Ich kann das nicht, Liebster. Was soll ich sagen?

»Hohe Protektorin?«, fragte der Hauptmann.

Was sage ich?

»Der König wartet, Hohe Protektorin!«

»Letzten Endes kannst du ihm nur die Wahrheit sagen«, murmelte Christopher. »Was *er* daraufhin tut, liegt an ihm.«

Natürlich hatte er Recht. Sie presste Alberons Mappe an ihre Brust und machte einen Schritt zurück. Obwohl sie sich überfordert fühlte, klang ihre Stimme fest, als sie sagte: »Wartet hier, Freier Garron, Edler Sòlmundr. Bitte haltet den Hund im Zaum.« Die beiden verneigten sich, und Wynter wandte sich zum Gehen.

Da rief Christopher: »Hohe Protektorin.« Sie drehte sich um, und er beugte sich vor, um ihr warm ins Ohr zu flüstern: »Wir beide schaffen das schon, Wynter, du und ich, egal, was geschieht. Tu einfach nur dein Bestes, mehr kann niemand verlangen.«

Einen winzigen Moment lang legte sie den Kopf schief,

so dass ihre Wange seine berührte, dann löste sie sich. Er lächelte sie an – sein schamlos unverfrorenes, schiefes Lächeln –, und Wynter spürte das vertraute Aufwallen von Zuneigung zu ihm.

»Das hier wird bald vorbei sein«, sagte sie. »Und dann werden wir entscheiden, wohin wir am liebsten gehen und was wir mit unserem Leben anfangen möchten.«

»Das wäre schön«, gab er zurück. Und an Razi gewandt: »Mach dir keine Sorgen, Medikus.« Er tippte sich an die Schläfe. »Mehr als das, was du sowieso schon da oben hast, brauchst du nicht.«

Razi drückte kurz Christophers Hand. Der Hauptmann hustete vernehmlich. Wynter nickte. Und dann gingen sie und Razi zum Zelteingang.

Als sie ins Zelt traten, war der König gerade im Aufstehen begriffen, doch bei Razis Anblick verharrte er mitten in der Bewegung, und seine Gesichtszüge erschlafften vor Schreck. Der Hauptmann machte Anstalten, ihnen ins Innere zu folgen, doch der König befahl ihm leise, draußen zu bleiben. Für eine Sekunde zögerte der Soldat, dann ging er hinaus und zog die Klappe hinter sich zu.

Der König rührte sich nicht und starrte seinen Sohn an.

Vorsichtig schob sich Razi ins Zelt. Er musterte den König von oben bis unten, und Wynter sah ihm an, dass er versuchte, seine Erinnerung an den kleinen, dunklen Victor St. James mit dem großen, stattlichen blonden Mann in Einklang zu bringen, der in Wirklichkeit sein Vater war.

»Eure Hoheit?«, fragte er.

»Razi?«, flüsterte der König. »Sohn.«

Nun erst richtete sich Jonathon vollständig auf, und Wynter stellte bestürzt fest, dass er wieder einmal betrunken war. »Sohn!«, rief er da und stürzte hinter seinem Tisch hervor, wobei er vor lauter Hast einen Klappstuhl umwarf.

Razi schreckte zurück und hob die Hände, als wollte er einen Hieb abwehren, doch Jonathon packte ihn einfach und zog ihn grob an sich, so dass Razi unter seinem schwankenden Gewicht ins Taumeln geriet. Die Fäuste in Razis dunkle Locken geklammert, vergrub der König das Gesicht an der Schulter seines Sohns.

»Du lebst«, sagte er. »Du lebst.«

Razi streckte die Hände an den Seiten aus und ließ die Begrüßung verwirrt über sich ergehen. Über den Kopf seines Vaters hinweg suchte er Wynters Blick, und sie hob Alberons Mappe und nickte ihm aufmunternd zu.

»Wir haben …«, begann er unsicher. »Das heißt, die hohe Dame und ich haben …«

Bei Wynters Erwähnung wandte sich der König an sie. »Kind«, sagte er, »es tut mir so leid. Der arme Lorcan. Ich konnte nichts tun.«

Wynter stieß einen leisen Klagelaut hervor, doch mehr bekam sie nicht zustande. Ihre Kehle war plötzlich zu eng für Worte. Ihr war nicht bewusst gewesen, dass sie sich bislang noch an einen letzten schwachen Hoffnungsschimmer geklammert hatte; dass sie insgeheim den Glauben gehegt hatte, es könnte ein Irrtum gewesen sein. Doch dieser letzte Hoffnungsschimmer war nun zerstört. Es war kein Irrtum gewesen. Lorcan war tot.

Warum hielt sie sich noch aufrecht, wo doch die Welt stillstand? Warum stürzte sie nicht zu Boden? Warum schrie sie nicht? All die schrecklichen Fragen drängten an die

Oberfläche: *Starb er allein? Musste er am Ende leiden? Hat er vergeblich nach mir gerufen?* Und sie ertrank in den Fragen. Sie konnte sich nicht bewegen, war betäubt, wie besinnungslos.

Jonathon sah ihren Kummer, und seine Augen füllten sich mit Tränen; er streckte die Hände aus, als wollte er sie umarmen. Sein Mitleid jedoch drohte sie endgültig aus der Fassung zu bringen, weshalb Wynter in letzter Not Alberons Mappe wie einen Schild vor sich hielt und rief: »Wir bringen Euch diese Dokumente, Majestät. Sie sind vom königlichen Prinzen.«

Jonathon senkte den Blick auf die Papiere, dann blickte er wieder Wynter an. Er schien nicht zu begreifen.

»Vom königlichen Prinzen Alberon, Eure Majestät. Für Euch.«

Der König trat zurück, als hätte sie ihn bedroht. Immer noch ohne Razi loszulassen, sah er zwischen den beiden jungen Leuten hin und her. »Was für ein Verrat ist das?«, flüsterte er.

»Kein Verrat. Nur Botschaften Eures Erben, der um Euer Verständnis fleht. Es gibt keinen Staatsstreich, Eure Majestät. Es gab nie einen. Der Prinz plant keinen Hochverrat, er –«

Doch der König schnellte bereits herum, fasste seinen Sohn bei den Schultern, sah ihm eindringlich ins Gesicht und wisperte: »*Er* hat dich geschickt?« Da Razi seine Miene sorgsam ausdruckslos hielt, wandelte sich das Entsetzen des Königs zu Zorn. »Wo *warst* du?«, brüllte er und schüttelte Razi heftig. »Du bösartiges Kind! Während ich dich betrauerte und für tot hielt, wo warst du da? Was hast du getan?«

Erschrocken über diese jähe Wendung warf Razi die Arme hoch und entwand sich mit Leichtigkeit dem Griff seines Vaters. Er machte einen Schritt rückwärts und hob in stummer Warnung die Fäuste. Das Gesicht des Königs verdunkelte sich auf seine gewohnt furchterregende, tödliche Art, und er zog die Schultern hoch.

»Du willst gegen mich kämpfen, Junge?«, sagte er. »Du glaubst, du kannst mich besiegen?«

Razi beobachtete den König, ohne die Fäuste zu senken, sagte aber kein Wort.

»Eure Majestät«, rief Wynter, »wenn Ihr mir doch nur zuhören …«

Sie versuchte, zwischen die beiden Männer zu treten, da sie befürchtete, der König würde seinen Sohn wieder so furchtbar brutal behandeln. Doch ganz plötzlich fing sich Jonathan wieder; unmittelbar vor Wynters Augen schien er in sich zusammenzusinken, zu schrumpfen, zu altern. Wie benommen wandte er sich von Razi ab und ließ sich schwer auf seinem Stuhl nieder.

»Er hat dich also geschickt«, sagte er. »Und ich bin am Ende. Wie grausam es doch ist, Razi, deinen Tod betrauert zu haben, nur um in deiner ersehnten Auferstehung Verrat zu finden. Es muss wohl Gottes Strafe sein, und ich habe sie verdient. Was hatte ich denn erwartet? Gott steh euch bei, wie konnte ich, trotz all meiner Träume für euch beide, darauf hoffen, dass ihr eurem verfluchten Erbe entkommen würdet? So wie ich mein Königreich an mich nahm, so wird es mir genommen werden.« Er verstummte eine Weile. Wynter machte den Mund auf, doch da fuhr Jonathon flüsternd fort, sprach mit sich selbst. »Wenigstens sind meine Söhne nicht die gleichen Feiglinge wie ihr Vater. Wenigstens stellen sie sich mir wie Männer in den Weg und schleichen nicht als doppelzüngige, heimtückische … o Gott.« Unvermittelt umklammerte er seinen Kopf und stöhnte. Es war ein solch tiefer, aufrichtiger Ausdruck von Schmerz, dass Wynter trotz ihres eigenen Kummers Mitleid mit ihm empfand.

»Majestät«, wagte sie zu fragen, »wollt Ihr mich bitte anhören?«

Böse funkelte Jonathon sie an und knurrte: »Nur die schlimmste Sorte Mätresse legt sich für einen Prinzen hin und erwartet als Gegenleistung seine Macht. Wenn Fürst Razi eine Botschaft zu überbringen hat, dann zwing ihn nicht dazu, sie durch *dich* zu überbringen, Frau. Wie zersetzend der Inhalt dieser Papiere auch sein mag, so soll er doch nicht mir die Unhöflichkeit und sich selbst die Unehre erweisen, sie durch seine Hure zu übermitteln.«

Razis jähes Brüllen ließ sie beide aufschrecken. »Wie könnt Ihr es wagen!«, rief er. »Wie könnt Ihr es wagen, so mit der Dame zu sprechen? Nehmt diese Verleumdung sofort zurück! Eine Frau über ihre Tugend herabzuwürdigen, ist das Niedrigste überhaupt! Wie einfach für Euch! Wie elegant!«

»Razi«, mahnte Wynter, »das hier ist der *König*.«

»Er ist ein *Edelmann*«, blaffte Razi. »Er sollte sich auch wie einer benehmen!«

Der König runzelte die Stirn, als er seinen sonst so umsichtigen, stets bedachtsamen Sohn wegen einer unbedeutenden Beleidigung einer Frau so aufgebracht und zornesrot erlebte. Die Eigenartigkeit dieses Verhaltens verblüffte Jonathon sichtlich, und Wynter entdeckte die Klugheit in ihm, die ihr Vater so geschätzt hatte; den berühmten Königssohnverstand, noch nicht vollständig von Kummer und Wein zerstört.

»Was ist mit dir los, Junge?«, fragte er. »Nimmst du Anstoß wegen deiner Mutter?«

»Majestät«, sagte Wynter, »Fürst Razi ist nicht er selbst. Bitte. Ich flehe Euch an. Darf ich es erklären?«

Finster sah Jonathon sie an und erteilte ihr nicht die Erlaubnis zu sprechen. Dennoch trat Wynter näher und legte die Mappe neben seine geballte Faust auf den Tisch. »Eure Majestät, diese Papiere sind von Eurem Thronfolger. Der königliche Prinz hat seinen Bruder beauftragt, sie Euch zu überbringen, Euch zu erklären, dass es nie seine Absicht war, Euch als König zu stürzen. Der einzige Wunsch des Prinzen ist es, Euch seine Pläne für die Zukunft unterbreiten zu dürfen.«

Starr betrachtete Jonathon die Mappe. Seine große Hand glitt auf der Tischplatte herum, als wollte er den Ledereinband berühren, doch er tat es nicht. Wynter wagte sich vor, beugte sich leicht nach unten und sagte fast unmerklich weicher: »Eure Majestät, was auch immer es für Unstimmigkeiten gegeben haben mag, der königliche Prinz wünscht nicht, sich des Throns zu bemächtigen. Vergebt mir, Eure Majestät, aber er möchte nur Euer Königreich festigen.«

Der König sah ihr gerade in die Augen. »Dann hat er ziemlich versagt.«

Wynter konnte den Wein in seinem Atem riechen, das Lagerfeuer in seinen Kleidern. »Wenn Ihr gestattet, Eure Majestät, an diesem Missgeschick waren zwei beteiligt.«

Erneut flammte die Wut in seinem Gesicht auf. »Verwechsle dich nicht mit deinem Vater, Mädchen. Lorcan war der einzige Mensch in diesem Leben, der jemals auf diese

Weise mit mir sprach. Niemand wird seinen Platz einnehmen, auch wenn er seinen Namen tragen mag.«

Ungeachtet des ängstlichen Kribbelns in ihrem Bauch hielt Wynter dem Blick des Königs stand und flüsterte: »Ich kann mich des Gedankens nicht erwehren, dass viele der jüngsten Schwierigkeiten dieses Königreichs hätten verhindert werden können, wenn Ihr Eurem Erben gestattet hättet, so mit Euch zu sprechen. Mir will scheinen, dass etwas mehr Gespräch und etwas weniger Zorn diesen Sturm besänftigt hätten, ehe er auch nur begann.«

»Mein *Erbe* hat gestohlen und öffentlich gemacht, was ich zu verbergen suchte. Er hat hinter meinem Rücken Ränke geschmiedet, Übereinkommen mit meinen Feinden getroffen. Sein Handeln hat den Hof gegen seinen Bruder vergiftet und meine Männer entzweit. Was soll ich deiner Meinung nach unternehmen, Mädchen? Mich achselzuckend geschlagen geben und ihm meine Krone aushändigen?«

Die nackte Wahrheit stach wie ein Messer in Wynters Herz, das ungeheure Ausmaß seiner Nöte und Sorgen stand ihr plötzlich mit furchtbarer Deutlichkeit vor Augen. Angesichts Alberons sehr öffentlichen Widerstands – welche Wahl hatte Jonathon schon? Entweder war er König oder nicht. Entweder sein Thronfolger beugte sich seinem Willen oder nicht. So wurden Reiche regiert. Es war der Lauf der Welt. Alberon hatte eine Vorstellung davon, wie das Land geführt werden sollte, Jonathon eine andere. Ihre Haltungen waren unvereinbar, und einer von beiden musste sich dem anderen fügen, oder einer von beiden musste sterben. Es gab nur Schwarz oder Weiß. Wynter fiel nichts zu sagen ein, und Jonathon nickte.

»Also bin ich am Ende«, sagte er.

»Aber Ihr werdet jetzt mit Eurem Erben sprechen?«, fragte Razi.

»Habe ich eine Wahl?«, erwiderte der König. »Nun, da er mich aufgespürt hat.«

Razi sah Wynter fragend an. *Was kann das bedeuten?*

Missbilligend sagte der König zu ihm: »Jetzt hör schon auf, hier herumzustehen wie eine gottverfluchte Kammerzofe, Junge.« Er deutete auf die Mappe. »Komm her und lege mir in Kürze die Bedingungen deines Bruders dar. Ich nehme an, du bist ihm nur wenige Stunden voraus, und ich werde hier nicht herumsitzen und diesen Quatsch lesen, während seine Armee vorrückt.«

»Aber Eure Majestät«, sagte Wynter, »die Armee des Prinzen rückt gar nicht vor, Alberon wird nur von wenigen –«

»Es reicht, Mädchen! Großer Gott, du bist ja wie eine Krähe, die mir unablässig ins Ohr krächzt! Ich habe den Jungen gefragt, verdammt noch mal! Razi, komm her und erläutere mir die Forderungen deines Bruders, ehe ich vollends die Geduld verliere und ihn mit deinem auf einen Pfahl aufgespießten Kopf begrüße.«

Da Razi immer noch zögerte, blickte der König unter heruntergezogenen Augenbrauen zu ihm auf. Razi schluckte. »Ich … ich kann die Dokumente nicht erklären, Majestät. Ich weiß nicht, was sie enthalten.«

»Du hast deinem Bruder Unterstützung zugesichert, ohne seine Ziele mit ihm zu besprechen?«, knurrte der König. »Ausgerechnet du?« Razi schielte zu Wynter hinüber, und der König drehte den Kopf und starrte sie fassungslos an. »Wieder werde ich an dich verwiesen, Hohe Protektorin?«

Wynter glaubte, ihre Lippen müssten vor Angst aufplatzen, als sie zu sprechen ansetzte. »Fürst Razi ist nicht wohl,

Eure Majestät«, sagte sie. »Auf dem Weg hierher wurden wir angegriffen. Sein Pferd stürzte mit ihm einen Abhang hinunter, und als er erwachte, erinnerte er sich kaum, wer er war oder was zwischen ihm und seinem Bruder vorgefallen ist.«

Kalte, knisternde Stille folgte.

»Ich weiß noch, dass ich Arzt bin«, warf Razi ein.

Die Miene des Königs verfinsterte sich derart, dass sich Wynter nur mit Mühe beherrschen konnte, nicht zurückzuweichen.

»Das ist doch wohl der schändlichste aller Schliche«, donnerte der König. »Die billigste Finte! Du gedenkst, meine Hoffnungen auf den anderen Erben zu lenken, ja? Mit diesem lächerlichen Lügenmärchen möchtest du dich selbst aus der Affäre ziehen? Hältst du dich für so bedeutsam, kleiner Mann, dass du erst deinen eigenen Tod und dann Wahnsinn vortäuschst, nur um mich in Alberons Arme zu treiben? Bist du ein solcher Feigling, Sohn? Hast du kein Rückgrat?« Mit Tränen in den Augen knallte Jonathon die Faust auf den Tisch. »Lieber wäre mir, du gingest mit einer Hellebarde auf mich los!«, schrie er. »Lieber wäre mir, du würdest dein verfluchtes *Schwert* ziehen, als mich auf diese Weise zu beleidigen!«

»Aber ich erinnere mich überhaupt nicht an Euch«, rief Razi. »Ganz gewiss kann ich mir nicht vorstellen, dass Ihr mein *Vater* seid. Meines Vaters entsinne ich mich ganz genau! Ich habe ihn geliebt. Euch *kenne* ich nicht!«

»O Razi«, hauchte Wynter, »nicht.«

»Ich bin Arzt! Dazu hat mein Vater mich gemacht. Ich bin Arzt! Ich weiß nicht, was hier von mir erwartet wird.« Er zeigte auf die Mappe. »Aber dabei kann ich Euch nicht helfen! Das ist *Euer* Gift! Nehmt *Ihr* es doch!«

Unendlich müde sank Wynter auf einen Hocker und stützte den Kopf in die Hände. Sie hörte den Stuhl des Königs über den Boden schaben und seine Ellbogen dumpf gegen die Tischplatte knallen, als er schwerfällig aufstand, doch sie blickte nicht einmal hoch. *Alles verloren*, dachte sie. *Alles aus und vorbei.* Es war beinahe wohltuend, sich geschlagen zu geben.

Die darauf folgende Stille allerdings machte sie stutzig, und sie hob den Kopf. Razi und Jonathon starrten sie mit offenen Mündern an, und einen Moment lang wusste sie nicht, warum. Dann wurde ihr bewusst, dass sie im Beisein des Königs über dem Tisch hing wie ein Bettler mit seiner Schale. Errötend machte sie Anstalten aufzustehen, doch Jonathon bedeutete ihr, sitzen zu bleiben. Vielleicht war es das – Wynters so ganz und gar unhöfisches Gebaren, das Fehlen jeglicher Künstlichkeit in ihrer Verzweiflung. Vielleicht überzeugte ihn das mehr als alles andere.

»Ich schwöre Euch«, flüsterte Razi, »ich erinnere mich an nichts dessen, wovon Ihr sprecht. Ich bin Arzt, Eure Majestät, ich bin Wissenschaftler. Alles andere«, er zeigte auf seinen Kopf, »ist fort.«

Zu Wynters Erstaunen lachte der König kurz auf. »Was für ein aberwitziger Scherz … mir zu geben, was ich mir immer wünschte, statt dessen, was ich leider brauche.« Voller Bitterkeit blickte er gen Himmel. »Du hast immer behauptet, Gott habe einen schwarzen Sinn für Humor, Lorcan.« Er seufzte. »Man kann nur darüber lachen.«

»Eure Majestät«, sagte Wynter. »Was auch immer die Zukunft für uns bereithält, Alberon kommt nicht unter Waffen zu Euch. Er hat nur ein sehr kleines Gefolge bei sich, seine Absichten sind durch und durch friedlich.«

Erneut schnaubte der König. »Wozu braucht er auch Waffen, wenn doch ohnehin schon alles im Argen liegt?«

»Werdet Ihr die Dokumente lesen, Eure Majestät?«, fragte Razi.

»Wozu?«

Razi dachte kurz nach. »Damit Ihr wisst, was Euch bevorsteht?« Der König musterte ihn. »Damit … damit Ihr mehr tun könnt, als nur blind um Euch zu schlagen?«

Da der König nur eine Grimasse zog, trat Razi zaghaft an den Tisch. »Ich habe noch etwas«, sagte er. »Die ganze Zeit war ich mir nicht sicher, ob es zu unserer Reise gehört oder ein persönliches Besitztum von mir ist. Ich muss gestehen, dass ich es sehr gern geöffnet hätte, aber die Furcht, es könnte Euch gehören, bewog mich zur Vorsicht. Könnt Ihr mir sagen …?« Mit einem letzten kurzen Zögern griff er in seinen Umhang und zog ein kleines Papier heraus, das zu einem Quadrat gefaltet und mit Wachs versiegelt war.

Wynter erkannte es sofort. »Das hat Alberon dir gegeben«, sagte sie. »Als wir aufbrachen. Ich hatte angenommen, du würdest ihn in die Mappe stecken.«

Razi schüttelte den Kopf. »Aus irgendeinem Grund habe ich das nicht getan.« Er bot seinem Vater den Brief dar. »Eure Majestät? Glaubt Ihr, er ist für Euch bestimmt?«

Der König nahm den Brief; er erbrach das Siegel. Alberons Handschrift war fest und ordentlich, sie nahm weniger als eine Seite ein. Der König las die Zeilen zweimal, dann legte er das Papier auf den Tisch. Er drehte es um, offensichtlich, damit Razi es lesen konnte. Unauffällig beugte sich Wynter etwas nach vorn und las aus einigem Abstand:

Vater,

ich bin ein dummer, einfältiger Junge – sagten meine Lehrer Dir das nicht stets? Ich habe keine Macht über Worte, außer wenn ich mit Soldaten spreche, die mich gut genug zu verstehen scheinen. Du wünschtest immer, es wäre anders. Ich wünschte es selbst. Neben meinem klugen Bruder bin ich ein Tölpel. Aber Du und ich hatten in den letzten fünf Jahren zueinandergefunden, nicht wahr? Inmitten all des Grauens warst Du stolz auf mich und fandest einen Weg, die mir eigenen Stärken einzusetzen. Obwohl ich es lieber nicht im Krieg bewiesen hätte, war ich froh, Dir von Nutzen sein zu können. Froh, dass ich dabei helfen konnte, Deine wunderbaren Hoffnungen für die Zukunft unseres Volkes zu schützen.

Das tue ich immer noch. Ich wünschte, ich könnte Dich davon überzeugen, könnte Dich verstehen lassen. Lange, sehr lange wartete ich auf Razis Rückkehr, wissend, dass er in Worte zu kleiden vermöchte, was zwischen uns nur zu Geschrei und Händel führte.

Wenn ich all die Hundesöhne, die dieses Königreich bedrohen, ergreifen und ihre Köpfe zu Deinen Füßen auftürmen könnte, ich würde es tun. Ich möchte doch nur Dein Beschützer sein. Ich möchte doch nur Deine starke rechte Hand sein. Ich glaube an dieses Königreich und daran, wie Du es zu regieren wünschst. Hör auf Razi. Er wird Dich dessen versichern.

Wynter erzählte mir, Du habest meine Habseligkeiten zerstört. Ich hoffe, meine Briefe hast Du aufbewahrt (sie sind in meiner roten Ledertruhe). Ihrem Einfluss ist es zu verdanken, dass ich jetzt hier sitze und Finger und Verstand in diesem ungelenken Versuch zu sprechen verkrampfe. Es war leichter, als ich gedacht hatte – vielleicht hätten wir beide nur schriftlich mitei-

nander verkehren sollen? Das hätte gewiss einige blaue Augen verhüten können.

Ich höre jetzt auf und bete, dass wir einander freundlich begegnen werden.

Alberon

Vater, eine letzte Sache noch: Vielleicht könnten wir Wyn erlauben, ihren Zigeuner zu behalten? Er scheint zwar ein seltsamer Bursche zu sein, aber Razi hat ihn sehr gern.

Lange Zeit sagte niemand etwas. Ohne nachzudenken, streckte Wynter die Hand aus und legte ihre Finger auf das Papier. *Ach, Albi.*

Sofort zog der König den Brief unter ihren Fingerkuppen heraus. Sie blickte nicht zu ihm auf, konnte es einfach nicht, so dass sie nicht sah, wohin er ihn legte. Seine Stimme war sehr ruhig, als er sagte: »Setz dich hin, Junge.« Razi gehorchte. »Kind«, wandte sich Jonathon an Wynter, »sag dem Hauptmann, er soll uns Kaffee kochen. Und etwas zu essen bringen.«

Wynter ging los, und als sie durch die Klappe nach draußen trat, zog Jonathon gerade Alberons Mappe zu sich heran und löste die Schnüre.

Elfter Tag: Verständigung

Wynter schlürfte Kaffee und beobachtete den König beim Lesen. Es war das erste Mal, dass sie den Mann arbeiten sah, und sie war verblüfft, wie rasch er die eng beschriebenen Papiere studierte, wie konzentriert er sich in ihren Inhalt vertiefte. Er hatte eine ganz eigene Methode, die sie fesselte: Zunächst überflog er ein Dokument mit ungeheurer Geschwindigkeit von Anfang bis Ende, die Stirn gefurcht. Dann strich er die Seiten glatt, klopfte sie säuberlich in einen Stapel und arbeitete sich ein zweites Mal durch, wobei er an wichtigen Stellen innehielt. Gleichzeitig machte er sich auf einem gesonderten Blatt Notizen. Manchmal kennzeichnete er auch das eigentliche Dokument, indem er beispielsweise Sätze unterstrich, Worte ankreuzte oder auch ganze Absätze einkreiste. Wenn er jedes Fünkchen Information zu seiner Zufriedenheit aus einem Papier gequetscht hatte, reichte er es an Razi weiter, bat ihn, das Dokument und seine Notizen zu lesen, und widmete sich dann dem nächsten.

Während dieses Zeitraums höchster Konzentration trank der König zwei oder noch mehr Kannen pechschwarzen Kaffee und vertilgte dazu einen Laib Weißbrot mit Olivenöl und Käse. Razi las schweigend. Er schien den Inhalt frisch in sich aufzunehmen, all die unterschiedlichen Blickwinkel wie zum ersten Mal zu sehen, doch er hatte Jonathons Überlegungen wenig hinzuzufügen. Ja, der König händigte seinem Sohn die Dokumente dem Anschein nach mehr zu dessen Nutzen aus als aus irgendeinem anderen Grund.

Gelegentlich baten die Männer Wynter, Tinte oder Essen zu holen; gelegentlich ließen sie sich von ihr die Gespräche zwischen Razi und Alberon schildern, soweit sie sich daran erinnerte. Doch meistenteils schenkten sie ihr gar keine Beachtung, weshalb sie die beiden Männer still betrachtete. Die Sonne wanderte über das Zelt hinweg, Wynter lauschte dem friedlichen Rascheln von Papier, trank Kaffee und dachte nach.

Falls Alberon die Einladung des Königs zu Gesprächen angenommen hatte – und davon war der König offenbar überzeugt –, dann müsste er bald eintreffen. Er würde nur von einem kleinen, nicht bedrohlichen Gefolge begleitet und würde sich von eben einem solchen empfangen sehen. Und wenn beide Parteien einander keinen Dolch in den Rücken stießen oder sich gegenseitig den Wein vergifteten, dann sah es tatsächlich so aus, als würden Vater und Sohn endlich miteinander reden. Dann stünde dieses zerrissene Königreich möglicherweise kurz davor, wiederhergestellt zu werden. Zum allerersten Mal hätte Wynter die Gelegenheit, sich mit ihrer Zukunft – ihrer eigenen Zukunft – zu befassen.

Sie musste zugeben, alles, was sie früher vom Leben erwartet hatte, kam ihr nun unangebracht oder wenig wünschenswert vor. Ihr Aufenthalt in Alberons Lager hatte ihr wieder einmal die erstickenden Einengungen des Lebens bei Hofe vor Augen geführt; gleichzeitig hatte die Zeit auf Reisen mit Christopher in ihr eine Sehnsucht nach mehr als einem nur ihrem Handwerk gewidmeten Dasein geweckt. Als sie nun Razi bei der Arbeit beobachtete, begriff sie, dass auch sie, genau wie er, ihrer Vergangenheit beraubt worden war. Alles, was ihr geblieben war, waren sie selbst, der Mann, den sie liebte, und die Fähigkeiten, die Gott und ihr Vater ihr geschenkt hatten.

Was nur sollte sie damit anfangen? Wohin konnte sie damit gehen?

»Seine Verständigung mit dem Norden«, fragte der König, wobei seine Feder ohne Unterbrechung weiter über das Papier kratzte. »Wie wurde die zuwege gebracht?«

Mühsam tauchte Wynter aus ihren Gedanken auf. Sie stellte den Kaffeebecher ab. »Die jüngsten Botschaften wurden durch die Merroner übersandt, Eure Majestät.«

Jonathon stockte überrascht. »Diesen hadrischen Dieb?«

»Christopher Garron ist kein Dieb«, verbesserte Razi milde, ohne von einem Blatt mit Jonathons Notizen aufzusehen. »Das habe ich Euch bereits gesagt.«

Der König und Wynter wechselten einen Blick. Wynter wollte etwas sagen, doch Jonathon hielt sie durch ein Kopfschütteln davon ab. »Die Merroner?«, erinnerte er.

»Edelleute eines nordländischen Stamms, Eure Majestät. Einer von ihnen begleitet uns, falls Ihr ihn befragen wollt. Er wartet draußen bei dem Freien Garron. Doch die Merroner wussten offenbar wenig von den Absichten der Prinzessin Shirken, Eure Majestät. Sie sind ihr zu Diensten, weil sie hoffen, dass ihre Bemühungen ihr eigenes Volk vor der Auslöschung bewahren werden … eine vergebliche Hoffnung, fürchte ich.«

Der König zog eine Augenbraue hoch. »Vergeblich, o ja«, sagte er trocken. »Marguerites Haltung gegenüber ihren nicht-christlichen Untertanen ist mir bestens bekannt.« Erneut blätterte er in den Unterlagen, hob eine bestimme Seite hoch. »Diese Eheschließung, die hier angeregt wird«, murmelte er. »Sie verwundert mich.«

Wynter seufzte. »Sie ist Wahnsinn.«

»Sie ist ein Geniestreich«, erwiderte Jonathon. Wynters Entsetzen schien ihn zu freuen, denn er lächelte sie an, ein warmes, heiteres Lächeln, sehr ähnlich dem seines jüngeren Sohnes. »Sollte es Marguerite gelingen, ihren Vater zu entmachten, ohne eine Rebellion auszulösen – und ich vermute, wenn irgendjemand das vermag, dann sie –, wäre eine eheliche Verbindung zwischen unseren beiden Königreichen …« Jonathon schüttelte den Kopf. »Das wäre ungeheuer. Man müsste natürlich eine Vereinbarung bezüglich der Erben treffen, was aber leicht auszuhandeln sein sollte … vielleicht eine Aufteilung nach Geschlecht oder Alter? Ja. Alter, denke ich. Ein Erbe für den Norden, einer für den Süden, mit dem Vorbehalt separater Thronfolge im Todesfall … Erziehung im Ausland. Padua vielleicht? Hm. Vollständige Herrschaftsautonomie selbstverständlich.« Er schnaubte erstaunt. »Das wäre eine gänzlich neue Vorgehensweise. Wer hätte geglaubt, dass der Junge zu einem solchen Vorschlag fähig ist?« Er verlor sich in seinen Gedanken, redete leise vor sich hin, machte sich Notizen. »Er wäre selbstredend nicht in der Lage, sie in Schach zu halten, das arme Kind. Er hat keine Ahnung, wozu diese Leute fähig sind, aber möglicherweise …«

Während der König geistesabwesend Papiere ordnete und seine verwickelten Überlegungen murmelte, suchte Razi Wynters Blick. »Diese Torheit mit dem mittelländischen Widerstand«, sagte Jonathon schließlich, »die kann *nicht* gestattet werden.«

Mit schwerem Herzen dachte Wynter an Jared und Mary und ihre verzweifelte Hoffnung auf Reformen. »Aber die mittelländischen Gesandten wurden bereits nach Hause geschickt, Eure Majestät«, wagte sie zu bemerken. »Sie sind überzeugt, die Unterstützung Eurer Majestät zu besitzen. Darauf verlassen sie sich. Der königliche Prinz … der königliche Prinz hat ihnen Abschriften der Entwürfe meines Vaters gegeben, weil er hoffte, diese Maschinen würden ihre Position stärken und dabei helfen, die schrecklichen Umstände, die ihr Volk derzeit zu ertragen hat, zu beenden.«

Jonathons Miene wurde bekümmert. Er wandte das Gesicht ab, als hätte Wynter versucht, ihm etwas Ekliges zu zeigen. »Nein«, sagte er. »Nein, nein. Das werden wir vertuschen.« Sorgsam legte er zwei der Dokumente beiseite.

»Mary«, sagte da Razi. Der König und Wynter sahen ihn erwartungsvoll an. *»Mary«*, wiederholte er mit Nachdruck. »Die Edle Mary Phillipe D'Arden und ihr Kind. Sie haben alles für die mittelländische Reform geopfert. Dürfen wir zulassen, dass sie scheitern?«

Jonathon lehnte sich zurück. »Phillipe D'Arden, Razi? Du bist ihm begegnet?«

»Ich …« Plötzlich wirkte Razi wieder unsicher. »Ich bin Mary begegnet.«

Fragend blickte Jonathon Wynter an, sein Ausdruck ließ wenig Zweifel daran, dass er glaubte, Razi bildete sich das nur ein.

Wynter schmunzelte. »Die Edle Mary war tatsächlich in Alberons Lager, Eure Majestät. Soweit ich es verstanden habe, ist ihr Gatte der mittelländischen Inquisition zum Opfer gefallen. Die Edle Mary und ein Presbyter namens Jared nahmen an seiner statt an den Verhandlungen teil.«

»Phillipe D'Arden ist tot?«, entfuhr es Jonathon. »O nein. Was für ein bitterer Schlag für die Menschheit. Phillipe war ein kluger und wunderbarer Mann. In meiner Bibliothek stehen viele seiner Abhandlungen. Du solltest sie bei Gelegenheit lesen, Hohe Protektorin. Ein kluger, ganz *wunderbarer* Mann, er verstand sich sehr gut mit deinem Vater.« Jonathon ließ den Kopf hängen. »Du lieber Gott. Welch Verlust. Niemals werde ich mich an die so häufig von jenen, die in Gottes Namen zu handeln vorgeben, bewirkte Zerstörung gewöhnen. Man fragt sich, warum *Er* unserer nicht einfach überdrüssig wird. Warum *Er* die Erde nicht von uns säubert und sie der Ehrlichkeit der niederen Tiere überlässt.«

»Die Reformisten brauchen Eure Hilfe, Majestät. Sie brauchen Eure Stärke.«

Er wehrte ab. »Nein«, sagte er leise. »Nein. Ich kann nicht. Es ist einfach … das muss ein Ende haben. Wir müssen … es darf nicht bleiben.«

Wynter beugte sich zu ihm vor und legte ihm vorsichtig die Hand auf den Arm. »Majestät«, sagte sie. »Mein Vater war ein großer Mann – ein großer Mann. Der, wie ich inzwischen begriffen habe, mit furchtbaren Gewissensnöten zu kämpfen hatte.«

Jonathons Augen weiteten sich entsetzt, doch Wynter wandte den Blick nicht ab.

»Ihr und ich, wir wissen beide«, fuhr sie gedämpft fort, »dass diese Büchse nun, da sie einmal geöffnet wurde, nicht mehr geschlossen werden kann. Ganz gleich, welche Erinnerungen sie enthalten mag.«

Der König befreite sich aus Wynters Griff. Er schüttelte den Kopf.

»Wovon spricht die Dame?«, fragte Razi.

Sein Vater drehte sich zu ihm um, musterte sein neugieriges Gesicht mit großer Eindringlichkeit. Zaghaft legte Wynter ihre Hand zurück auf Jonathons fest geballte Faust.

»Fürst Razi erinnert sich nicht mehr an die Dinge, die wir hier besprechen«, erklärte sie. Da sich Jonathon wieder ihr zuwandte und ihrer Berührung nicht entzog, fuhr sie sanft fort: »Eure Majestät, ich verstehe, dass ein guter Mensch jene Dinge abschütteln muss, die seine Seele besudeln. Es ist ein löblicher Drang, sich von dem freizumachen, was wir wünschten, nicht getan zu haben, und es zu begraben, auf dass es nie wieder geschehe. Aber vielleicht ist es die Bürde eines großen Königs, dass er sich den Dingen, die ihn verdammen, stellt. Dass er die Gewissensnöte zum Wohle seines Volkes auf sich nimmt. Eure Majestät, alle Versuche, die Maschinen meines Vaters zu verbergen, haben nur Unglück über uns gebracht. Ihr Vorhandensein jetzt zu leugnen, ist Torheit, denn es gab kein Zurück mehr, nachdem Ihr sie einmal ans Tageslicht gezerrt hattet. Ihr dürft nicht zulassen, dass Eure eigene Vergangenheit Euch zerstört, Majestät. Ihr dürft nicht zulassen, dass sie dieses Königreich zerstört. Ihr seid ein König, und Ihr müsst die schwere Bürde eines Königs auf Eure Schultern nehmen.«

Alle Gefahr wich aus Jonathons Miene, und einen kurzen Moment lang war er nur ein Mensch. Ein verzweifelter, gequälter Mensch. »Diese Maschinen haben noch nie etwas Gutes bewirkt, Kind. Sie haben mir den Weg in die Hölle gepflastert.«

»Was auch immer Ihr getan habt, Majestät, es ist geschehen. Die Zukunft Eures Königreichs liegt in dem, was Ihr nun zu tun entscheidet.«

Jonathons Blick wanderte zu den die mittelländische Reform betreffenden Dokumenten. Zögerlich streckte er die Hand danach aus. »Vielleicht könnte der bloße Anblick von Lorcans Entwürfen schon ausreichen, um die Sache der Reformer zu stärken? Möglicherweise kann etwas erreicht werden, ohne auf die tatsächliche …« Er legte die Papiere zurück zu den anderen, seine Finger verweilten einen Moment lang darauf. »Sollen wir ausprobieren, Lorcan, ob etwas Gutes aus dem Bösen entspringen kann, das wir schufen?«

Wynter betrachtete sein aufgewühltes, ernstes Gesicht. *Das Böse, das wir schufen.* Der König schloss die Augen und strich sich müde durch die glänzenden Locken. Würde sie jemals die Wahrheit erfahren? *Jetzt ist nicht der Zeitpunkt, danach zu fragen*, mahnte sie sich.

Razis tiefe Stimme unterbrach ihre Gedanken. »Habt Ihr den Vorschlag Eures Thronfolgers überdacht?«

Die Lippen des Königs zuckten, immer noch hielt er den Kopf in die Hände gestützt und zog mit einem Finger die ordentlichen Zeilen von Alberons runder Handschrift nach. »Mit kleinen Änderungen«, entgegnete er, »könnten einige Teile davon sehr wohl durchgeführt werden. Diese Ehe zum Beispiel. Eine erstaunliche Neuerung. Das hat er mir natürlich nicht anvertraut. Einen König vom Thron zu stürzen, das kam ihm wohl doch zu ungeheuerlich vor. Wahrscheinlich hatte er Recht … verknüpft mit der Bedrohung durch Lorcans Maschinen. Hätte der Junge doch nur mehr gesprochen. Hätte ich doch nur zugehört …« Erneut versank er in nachdenkliche Stille.

Wie wenig wir doch von dem ahnen, was in seinem Kopf vorgeht, dachte Wynter. *Wie sehr er meinen Vater all diese Jah-*

re vermisst haben muss. Den einzigen Freund, dem er sich anvertrauen konnte, ohne schwach zu wirken.

»Also werdet Ihr mit Eurem Erben reden?«, fragte sie ruhig.

»Gewiss, es sind bessere Aussichten als diejenigen, die noch heute Morgen vor mir lagen«, flüsterte Jonathon. Er musterte Wynter einen Moment lang, ihre Haare, ihre Augen. Dann lehnte er sich seufzend zurück, rieb sich das Gesicht und schien seine schwere Melancholie abzuschütteln. Er räusperte sich und setzte sich aufrecht, nun wieder ein König. »Wie hat er mich gefunden?«, fragte er, während er entschlossen die Dokumente zusammenschob.

Da er Razis und ihr Schweigen als Widerstreben auffasste, hob er den Blick. »Woher wusste er, dass er euch hierher schicken muss?«, fragte er. »Nun kommt schon! Das muss ich wissen. Wer hat mich verraten?«

In höchster Verwirrung blickte Razi Wynter an.

»Haben Eure Majestät denn kein Treffen mit dem königlichen Prinzen eingerichtet?«, fragte sie.

Die Hände des Königs erstarrten mitten beim Zubinden der Mappe. »Ihr habt gesagt, er habe euch geschickt«, versetzte er finster.

»Das hat er auch«, bestätigte Wynter. »Mit diesen Dokumenten. Aber … Majestät, hab Ihr kein *Treffen* mit Seiner Hoheit vereinbart?«

»Ihr habt doch behauptet, er habe euch *hergeschickt*!«, donnerte der König und sprang erschrocken auf.

»Nein, Majestät! Wir waren auf dem Weg ins Schloss, aber unterwegs begegneten wir einem Boten, der uns mitteilte, Ihr lagertet hier. Daher kamen wir stattdessen hierher, um die Nachrichten Seiner Majestät zu überbringen.«

»Ein Bote? Einer von Alberons Männern?«

»Ja, Majestät. Er war in großer Eile, er schien zu glauben, dass Ihr den Prinzen in einen Hinterhalt locken wollt. Aber habt keine Angst, es ist unwahrscheinlich, dass es ihm gelungen ist, Seine Hoheit umzulenken. Ich gehe davon aus, dass der Prinz das Lager bereits verlassen hatte, ehe der Mann eintraf – wie auch immer Eure Verabredung lautete, ich zweifle nicht, dass sie noch Bestand hat.«

»Dann ist Alberon …? NEIN!« Der König schob den Tisch zurück.

Sofort erhoben sich auch Wynter und Razi und liefen ihm nach, als er aus dem Zelt stürmte.

»François!«, rief er. »François!« Der Hauptmann rannte herbei, alle Soldaten nahmen Haltung an. »Mein Pferd!«, brüllte der König. »Rasch! Ich muss ihm zuvorkommen!«

Mit einer knappen Geste schickte der Hauptmann einen Mann los, des Königs Pferd zu holen. Dann trat er näher an Jonathon heran und fragte leise: »Habt Ihr Eure Meinung geändert, Majestät?«

Der König fasste ihn bei den Schultern. »Ja, ganz entschieden, mein Freund. Bete zu Gott, dass ich nicht zu spät komme.«

Hoffnung flackerte im Blick des Hauptmanns auf, und er drückte den Arm des Königs. »Gott sei Dank!«, rief er. »Ich hole mein Pferd.«

»Nein. Bleib mit diesen Unschuldigen hier. Sie dürfen niemals sehen, verstehst du?«

Der Hauptmann nickte. »Ich schwöre es.«

Ein Soldat führte das Reittier des Königs durch die dicht gedrängte Menge. Jonathon nahm ihm die Zügel aus der Hand und schwang sich in den Sattel, woraufhin die Männer zur Seite sprangen. »Bleibt hier!«, befahl er, als einige von ihnen zu ihren Pferden laufen wollten. »Ihr *bleibt hier!*«

»Christopher«, rief Wynter. »Hol die Pferde! Wir müssen den König begleiten!«

Sofort schoben sich Christopher und Sòl durch die widerstrebenden Soldaten. Der König drehte sich im Sattel um und sah auf Wynter herab, und sie erwiderte seinen Blick stur. Er nickte.

»Lasst die Männer des Fürsten Razi durch«, wies er den Hauptmann an. »Gebt ihnen ihre Waffen und ihre Tiere.« Angesichts François' verunsicherter Miene verzog der König kummervoll das Gesicht. »Sie wissen alles, was es zu wissen gibt. Gott stehe ihnen bei. Sie gehören unserem vergifteten Kreis bereits an. Händige ihnen ihre Waffen aus und lass sie mich begleiten. Aber sorg dafür, dass die anderen hierbleiben!« Damit riss er sein Pferd herum und galoppierte durch das hohe Gras davon, während sein letzter Befehl noch in der staubigen Luft hing.

Wynter, Razi, Christopher und Sòl folgten ihm auf dem Fuße.

Elfter Tag: Die Maschine

Sie hetzten durch den Wald, trieben ihre Pferde unerbittlich an, bis die Flanken der armen Tiere vor Schweiß trieften, ihre Mäuler schäumten. Keines der anderen Pferde konnte mit den beiden königlichen mithalten, und während der König und Razi voranjagten, schlängelten sich Wynter, Sòl und Christopher, so gut sie es vermochten, über die immer dichter bewachsenen Pfade. Es war ein furchtbar gefährlicher Ritt, sie hielten sich tief im Sattel, um herabhängenden Ästen auszuweichen, und beteten zu ihren unterschiedlichen Göttern, dass sich ihre Pferde kein Bein brächen.

Wynter wagte einen Blick auf Christopher; er sah auch in ihre Richtung, Fragen und Furcht in der Miene. Pfeilschnell raste Razi vor ihnen durch die Bäume, den Kopf tief auf den Hals seiner Stute gesenkt, die Augen fest auf den Rücken seines Vaters gerichtet. Sòl bildete hinter ihnen das Schlusslicht. Für Erklärungen war keine Zeit gewesen, und obwohl sie gemeinsam ritten, war jeder in seinen eigenen Ängsten gefangen.

Boro versuchte, mit den Pferden Schritt zu halten, doch selbst seine wackere Entschlossenheit reichte nicht aus. Wynter hörte ihn erschrocken bellen, als sein Herr davonzog, doch sein Heulen wurde rasch vom Donnern der Hufe übertönt. Als sich Wynter umsah, lag der arme Hund bereits weit zurück, rannte aber immer noch verzweifelt hinterher.

Ein Zweig hing gefährlich tief und peitschte Razi beinahe aus dem Sattel. Christopher schrie, und Wynter duckte sich gerade noch rechtzeitig. Sie riss den Blick von Boro los und wandte ihn zurück auf den Pfad und die Gestalt des Königs weit vor sich.

Gottverdammt. Sie hätte wissen müssen, dass Jonathon niemals nachgegeben hätte. Er hatte *nicht* in mürrischer Ergebenheit die Ankunft seines Thronfolgers abgewartet. Wie hatte sie das je glauben können? Nein, er hatte sich in Schuldgefühlen und Verzweiflung gesuhlt, während seine Männer anderswo seinem Sohn in einem Hinterhalt auflauerten. *Es sind bessere Aussichten als diejenigen, die noch heute Morgen vor mir lagen.* Wynter hatte nur eine undeutliche Vorstellung dessen, was Alberon bevorstand, doch sie war sich inzwischen ziemlich sicher, dass die kleine, das unbedingte Vertrauen des Königs genießende Leibgarde beteiligt war, und sie war ebenfalls ziemlich sicher, dass die Blutmaschine ihres Vaters eine Rolle spielte.

Der schmale Pfad verbreiterte sich, und der Wald wurde heller. Tageslicht strömte durch die nun spärlicher wachsenden Bäume, gegen die sich der König als durchbrochener Schattenriss weit vorne abzeichnete. An einer leichten Anhöhe erreichten sie freies Feld. Der König hielt an. Zu ihrer Linken, etwa dreihundert Fuß entfernt, lagen die wüsten Überreste einer verlassenen Schmiede; zu ihrer Rechten tieferes Gelände und eine weitere Schleife des überwachsenen Pfads, der den dichten Wald durchschnitt. Sie scharten sich zusammen, keuchend und atemlos, die panischen Pferde stampften und schnaubten. Wynters Herz schlug ihr bis zum Hals. Besorgt spähte der König auf den Weg.

»Dort!«, sagte er. »O mein Gott! Dort!«

Und da kamen sie! Argwöhnisch trabten Alberon und Oliver aus der Dunkelheit der Bäume. Hinter ihnen folgte der kleine Diener Anthony auf seinem eigenen zottigen Pony. Das Gesichtchen glühend im Bewusstsein seiner eigenen Bedeutung, die Töpfe und Pfannen scheppernd, blickte sich das Kind freudestrahlend nach allen Seiten um. Vier Soldaten schirmten den Prinzen ab, die Armbrüste im Anschlag, die Augen auf die Schmiede gerichtet.

»Großer Gott«, rief Razi da. »Mary!«

Wynters Blick schnellte zu den letzten beiden Reitern, die aus dem Schatten traten, und schnappte ungläubig nach Luft, als sie auf einem prächtigen scheckigen Pferd tatsächlich Mary erkannte. Die Edelfrau war von Staub bedeckt und wirkte erschöpft, ihr müdes Gesicht war sehr blass. Ernst wie immer lenkte Hallvor ihre bemalte Stute neben die Dame und sah sich aufmerksam um.

»*Mo mhuirnín!*«, raunte Sòl, erstaunt über die unerwartete Gegenwart seiner alten Freundin.

»Warum um alles in der Welt –« Entsetzt starrte Wynter die Edelfrau an. Warum? *Warum* sollte Alberon diese arme Frau mitgeschleppt haben?

»Dieser verfluchte Knabe!«, zischte Razi. »Wollte er sich hinter ihren Röcken verstecken?«

»Den kleinen Jungen hat er auch dabei«, stellte Christopher fest. »Vielleicht konnte er nicht ertragen, sie bei den Wölfen zu lassen.«

Alberon blinzelte zur Schmiede auf, die Augen von der

Sonne geblendet. Einen Moment lang bemerkte niemand den Trupp des Königs, der sich am Rande der Bäume in den Schatten schmiegte. Dann löste sich Jonathon aus seiner Benommenheit und ließ sein Pferd in den Sonnenschein traben.

Mary entdeckte ihn sofort. Als sie Razi an des Königs Seite sah, leuchtete ihr Gesicht auf, und sie sagte lächelnd etwas. Alberon wandte sich um. Sein Blick hüpfte von Jonathon zu Razi, dann zu Wynter, und er entspannte sich.

Ihr seid alle hier, sagte sein Grinsen. *Wir haben es geschafft.*

Wynter richtete sich auf, wollte ihn warnen, doch Alberon hatte sich bereits zu Oliver umgedreht, der weiterhin die Schmiede anstarrte. Als Alberon ihn ansprach, schnellte Olivers Kopf herum. Seine Augen fanden den König, und seine Miene wurde weicher, Hoffnung keimte darin auf. Halb hob er den Arm, dann ließ er ihn wieder fallen, als wäre er sich seiner Stellung nicht gewiss.

»Vetter«, flüsterte Jonathon. Er reckte die Hand zum Gruß.

Ein Ausdruck huschte über Olivers müdes Gesicht, Dankbarkeit vielleicht oder Erleichterung: eine Empfindung, so stark und tief, dass sie sich nur als Schmerz auszudrücken vermochte. Dann verzog er den Mund zu einem hoffnungsvollen Lächeln und hob erneut den Arm. Wynter sah seine Lippen das Wort *Jonathon* formen.

Im selben Augenblick durchbrach ein metallisches Knattern die Stille der finsteren Ruinen der alten Schmiede. Eine locker aufgeschichtete Bruchsteinmauer stürzte polternd ins Gras, und die königliche Leibgarde kam in Sicht und offenbarte den Reitern auf dem Weg die tödliche Eleganz von Lorcan Moorehawkes Blutmaschine.

»NEIN!«, brüllte der König.

Selbst wenn seine Soldaten ihn gehört, selbst wenn sie seinen gereckten Arm bemerkt hatten – und Wynter war sich nie ganz sicher, ob es so gewesen war –, wie hätten sie es deuten sollen? Nur so, dass der Mann, der sie dorthin geschickt hatte, ihnen befahl, wie geplant loszuschlagen. Die großen Männer seitlich an der Maschine begannen, eine eiserne Kurbel zu drehen.

Mit einem Aufheulen trieb Wynter Ozkar voran, schrie Alberon zu, *in Deckung* zu gehen. Beim Klang ihrer Stimme wirbelten zwei von Alberons Soldaten herum und zielten erschrocken mit den Armbrüsten auf sie. Die anderen beiden starrten hilflos das geschmeidige eiserne Ungeheuer an, das nun aus der zerstörten Mauer den Blick auf sie richtete.

Zahnräder setzten sich in Bewegung. Rohre kreisten. Man hörte ein *klack, klack, klack* von gewaltigen, ineinandergreifenden Teilen, und dann zerriss eine Abfolge von Knallen die Abendluft. Die Maschine und ihre Mannschaft waren rasch nicht mehr zu erkennen, da Rauchwolken aus den rotierenden Läufen strömten. Grelle Lichtblitze zuckten durch die plötzliche Düsternis.

Mit entsetzter Miene stand Oliver in den Steigbügeln auf und breitete die Arme aus, als wollte er den Prinzen abschirmen. Alberon selbst schnellte herum, schrie Anthony an: *Flieh!* Der kleine Diener jedoch starrte ihn nur an, Kind und Pony versteinert vor Schreck. Wynter jagte den Abhang hinunter in das flache, von Rauch erfüllte Tal. Hinter ihr brüllte Christopher ihren Namen, dann war nur noch das schnelle Stakkato der feuernden Maschine zu hören.

Der Soldat zu Alberons Rechten flog vom Pferd, sein Kopf zerplatzte in einem feinen Dunst aus Blut und Gehirn. Alberons Wallach bäumte sich in Panik auf, und eine ganze Reihe hellroter Wunden brach auf der massigen Brust des Tiers auf. Sofort war sein Bauch von Blut getränkt, und immer noch auf den Hinterhufen machte er drei tänzelnde Schritte rückwärts wie ein Zirkuspferd. Der Soldat links von Alberon wurde im Sattel nach hinten gerissen, wobei der Bolzen seiner Armbrust mit einem schweren *Plock* hoch in die Luft geschossen wurde. Sein Hals war zerfetzt, und das Blut des armen Mannes spritzte auf Anthony. Als das Blut ihn traf, schrie der kleine Junge einmal laut auf, dann wurde er vollkommen still, die Augen weiß und rund in seinem tropfenden Gesicht, das Pony unter ihm bebend.

Alberons Pferd schlug mit den Vorderhufen wieder auf dem Boden auf und stand einen Moment lang mit aufgerissenen Augen stocksteif da, Blut aus den Nüstern strömend. Dann fiel es zur Seite um und nahm den Prinzen mit sich. Bevor er unter dem im Todeskampf zuckenden Tier eingeklemmt wurde, rollte sich Alberon rasch zur Seite.

Mit einem Schrei wirbelte Oliver herum und reckte die Arme nach Alberon. »Eure Hoheit!«, rief er. »Hierher!«

»Lauf einfach!«, kreischte Wynter und trieb Ozkar weiter an. »Albi! LAUF!«

Unablässig spie die Maschine weiterhin Tod aus. Qualm zog über die Wiese.

Als die Waffe den Boden zu Füßen ihrer Pferde traf, spritzten um Mary und Hallvor herum vier Erdklumpen auf. Marys Tier stieg auf die Hinterhand, und die Dame schrie auf und klammerte sich an seine Mähne. Hallvor griff rasch nach dem Zaumzeug.

Die Männer an der Maschine kippten die Rohre und schwangen die Waffe, weiterhin kurbelnd, wieder rückwärts.

Der Baum neben Hallvor splitterte, das Laub nahe ihrer Schulter wurde zerfetzt. Ihr bemaltes Pferd geriet ins Taumeln, als ein Schuss seinen Hals durchdrang. In den Augenblicken, die ihr noch blieben, breitete die Heilerin die Arme aus und verdrehte den Körper, um Mary abzuschirmen; dann verschwand Hallvors Schulter unter einer entsetzlichen Blutfontäne. Sie wurde mit Wucht in Marys Arme geschleudert, und beide Frauen gingen hinter den stürzenden Pferden zu Boden.

Wynters Schrei fand ein Echo in Sòls. In vollem Galopp wandte sie den Kopf und versuchte, einen Blick auf die Frauen zu erhaschen, auf die Sòl nun zujagte. Immer noch schluchzend, das Gesicht heiß vor Tränen, wurde Wynter in erstickende Schwaden beißenden Rauchs eingehüllt.

Weiter vorn zielte einer von Alberons verbleibenden Soldaten auf die Maschine. Stumpfsinnig spuckte sie ihr Feuer aus, und er schlug rückwärts auf den Rumpf seines Pferdes, die Augen geweitet und in den Himmel starrend. Hinter ihm kam Alberon wackelig auf die Füße und sah sich nach Anthony um, der immer noch schreckensstarr auf seinem kleinen Tier saß. Oliver war damit beschäftigt, sein eigenes panisches Pferd herumzuziehen, um sich zwischen die beiden Jungen und die Maschine zu platzieren. Er rief ihnen etwas zu, doch seine Stimme wurde von der lärmenden Waffe übertönt. Als er Wynter entdeckte, die auf ihn zuraste, fuchtelte er bestürzt mit den Armen und schrie ihr lautlos zu, zurückzureiten.

Die Maschine brüllte.

Als er von einer Salve getroffen wurde, zuckte Oliver wie eine tanzende Marionette. Einen Moment lang stürzte er außer Sicht, und Wynter rief aus schmerzlich kratzender

Kehle seinen Namen; dann war er wieder da, hievte sich mit aller Kraft zurück in den Sattel. Langsam lenkte er sein Pferd herum und baute sich zwischen Alberon und der Waffe auf. Wynter stand in den Steigbügeln und schrie erneut Olivers Namen, doch ihr donnerndes Herannahen erschreckte Alberons letzten Soldaten, so dass er die Armbrust anlegte und zitternd auf Wynter zielte.

»Nein!«, wehrte sie verzweifelt ab. »Nein! Wir sind auf eurer Seite!«

Da schwenkte die Maschine wieder zurück. Ein Ruck durchlief den Soldaten, als ihn ein Schuss unter dem Arm traf. Schon im Fallen feuerte er noch den Bolzen ab.

Wynter duckte sich, der Pfeil schoss an ihr vorbei. Sie blickte sich um und sah Jonathon von seinem Pferd stürzen, den Bolzen aus der Schulter ragend. Gerade noch rechtzeitig rollte er zur Seite, um nicht von Christophers kleiner Stute niedergetrampelt zu werden. Razi riss sein Pferd herum und galoppierte zu seinem Vater zurück.

Plötzlich stolperte Ozkar, und Wynter wurde ohne jede Warnung abgeworfen, flog durch die widerstandslose Luft und traf mit einem heftigen Krachen am Boden auf. Sterne und Schwärze. Sie überschlug sich auf der rauen Erde, kam taumelnd auf die Füße und rannte weiter – blindlings durch den Rauch und die Angst Alberon entgegen.

Das durchdringende Geräusch der Maschine brach unvermittelt ab, und in der plötzlichen, unerwarteten Stille donnerte Ozkar, Rauch hinter sich herziehend, an Wynter vorbei auf die Bäume zu. Sie schreckte zusammen, lief aber weiter. In ihren Ohren klang das Dröhnen der Waffe noch nach; nur undeutlich nahm sie die Schmerzensschreie der Pferde und Männer um sich herum wahr. Ihr eigener Herzschlag war das lauteste Geräusch, und der Name Alberon wiederholte sich unablässig in ihrem Kopf.

Ein herrenloses Pferd tauchte vor ihr auf, die Schulter schwarz vor Blut, und Wynter schob es mit einem Klaps beiseite.

Über der brusthohen Qualmwolke hockte Anthony auf seinem Pony – ein kleiner Junge, der vor Blut triefte. Unverwandt starrte er die Männer in der Schmiede an, die den verbrauchten Rohrring entfernten und an seiner Stelle einen frisch geladenen montierten, während der Rest der Mannschaft den ersten forttrug, um ihn erneut mit Munition zu füllen. Die Männer an der Maschine zogen den Hebel an, um die neuen Läufe einzuklinken, und ohne jede Empfindung beobachtete Anthony, wie sie die Waffe herumschwenkten und genau auf ihn richteten.

Da tauchte Alberon aus dem Rauch auf. Er schob dem Kleinen die Hände unter die Achseln, zerrte ihn aus dem Sattel, und Anthony rutschte wie ein Sack Mehl in die Arme des Prinzen.

Das Kind an die Brust gedrückt, wirbelte Alberon herum und suchte nach einem Fluchtweg. Anthonys Köpfchen kippte ihm auf die Schulter, seine Augen waren immer noch weit aufgerissen und leer. Verzweifelt blickte der Prinz zu Oliver auf, der immer noch schützend über ihm im Sattel schwankte, aber als er das kalkweiße Gesicht des Ritters bemerkte, wich alle Hoffnung aus seiner Miene. Olivers Hemd war von der Schulter bis zur Hüfte dunkelrot. Ein Blutstrom bedeckte die Flanke seines Pferdes und färbte durch ein stetiges Tropfen den Boden zu dessen Hufen dunkel.

In wortlosem Entsetzen brüllte Alberon auf, und ohne

den Blick von ihm zu lösen, glitt Oliver allmählich seitlich aus dem Sattel.

»Albi«, schrie Wynter, immer noch rennend. »Albi, lauf! Lauf, ehe sie schießen können!«

Razis tiefe Stimme durchdrang das Klingeln in ihren Ohren, es hörte sich für sie an wie ein dumpfes Grölen irgendwo in ihrem Rücken. »HÖRT AUF, IHR IDIOTEN, IM NAMEN DES KÖNIGS! IM NAMEN DES KÖNIGS!«

Doch die Männer in der Schmiede waren taub von den Schüssen und blind vom Rauch; sie zielten sorgfältig und fingen erneut an, die Kurbel zu drehen. Die Maschine stieß ihr brutales Gebrüll aus, Erdspritzer schleuderten vom Boden hoch und näherten sich in einem Bogen dem Prinzen.

»RUNTER!«, schrie Wynter.

Alberon aber verdrehte seinen Körper, um den kleinen Anthony abzuschirmen, und rannte los. Olivers Pferd wankte unter einem weiteren Kugelhagel, Oliver sackte leblos zu Boden. Das Pferd stürzte.

Schüsse verfolgten den geduckten Rückzug des Prinzen, durchlöcherten die Erde hinter seinen Fersen. Wynter streckte die Arme nach ihm aus, als wollte sie ihn vom unerbittlichen Pfad des Todes reißen. Der Rauch biss in ihren Augen und ihrer Kehle, als sie erneut tief Luft holte, um zu schreien. Da durchlief Alberon ein Ruck. Blut sprühte aus seiner Hüfte. Anthonys kleine Hände flogen hoch, beide drehten sich kreiselnd. Aus Alberons Mund rann Blut, und er schlug auf dem Boden auf, Anthony immer noch an sich geklammert wie eine Puppe.

Alberon rollte herum, ein, zwei, drei Mal, dann blieb er liegen, den Körper immer noch wie einen Schutzschild vor Anthony postiert. Kurz wurde sein Leib von heftigen Zuckungen geschüttelt. Dann schien zu Wynters Entsetzen sämtliche Luft aus ihm zu weichen, und sowohl er als auch sein kleiner Diener lagen totengleich auf der qualmenden Erde.

Die Maschine ratterte weiter, die hochfliegenden Erdklumpen beschrieben nun einen Halbkreis von Alberon zu Wynter. Sie rannte darauf zu, in ihrem Kopf gab es nur Alberons leblos hingestreckten Körper, die furchtbare dunkle Farbe, die sich um ihn herum ausbreitete. Sie spürte einen Schlag, wurde zur Seite geschubst, und als die Kugeln aus der Maschine an ihr vorbeiprasselten, spritzte der Boden neben ihrem Fuß auf.

Mehrmals wurde sie herumgeworfen, ein Eisenband schnürte sich um ihre Taille. Dann senkte sich ein schlankes Gewicht auf sie herab und hielt sie fest. Eine melodiöse Stimme übertönte den Lärm in ihrem Ohr. »Ganz ruhig, du verdammte Närrin!«

Christopher lag quer über ihr und drückte sie zu Boden, während er seine Armbrust hochriss und anlegte. Sie wehrte sich gegen ihn, versuchte Alberon zu erreichen, doch Christopher stieß ihr hart den Ellbogen zwischen die Rippen. »*Nicht bewegen!*« Er zielte, schoss, und als Wynter aufblickte, kippte einer der die Maschine bedienenden Männer nach hinten, Christophers Pfeil mitten in der Stirn. Es entstand eine kurze Pause, während sich die Mannschaft in der Schmiede neu ordnete, und Christopher drehte sich auf den Rücken, um nachzuladen.

Unter dem Rauch hindurch robbte Wynter langsam zu Alberon.

»RAZI!«, brüllte Christopher jäh. »HALT!«

Wynter drehte den Kopf und sah über die Schulter zurück.

Razi hatte den zusammengekrümmten König zurückgelassen und war auf sein Pferd gestiegen. Mit einem Schrei zerrte er das verängstigte Tier herum und galoppierte gerade, als die Maschine erneut zu feuern begann, genau darauf zu.

Erschrocken sprang Wynter auf die Füße. Christopher – immer noch auf dem Rücken liegend – zielte und schoss. Ein weiteres Mitglied der Mannschaft stürzte, woraufhin die Rohre der Maschine vorübergehend nach unten zeigten und sinnlos in den Boden schossen. Männer, die im Hintergrund gearbeitet hatten, rannten mit dem nächsten frisch geladenen Ring nach vorn, hievten ihn auf den Apparat und nahmen die Plätze ihrer gefallenen Kameraden ein. Sie schwangen die Läufe herum, richteten sie auf Razi und schossen.

Razi aber blieb nicht stehen. Wynter sah Kugeln an seinem Hemd zupfen, sah eine die Ecke seiner Arzttasche abreißen. Er aber beugte sich im Sattel vor, legte sich auf den Pferdehals, und Wynter begriff, dass er vorhatte, über die Mauer zu setzen.

Da rannte sie los und wedelte wild mit den Armen. »Stellt das Feuer ein!«, schrie sie. »Stellt das Feuer ein!«

Hinter ihr stand Christopher auf und zielte erneut, doch sein Bolzen prallte harmlos gegen die Metallverkleidung der Maschine, und zur Antwort schwenkten die Männer sie herum und zogen nach unten. Als sich die vielen Augen der Waffe zu ihr herumdrehten und sie anstarrten, kam Wynter schlitternd zum Stehen.

Und dann kurbelten die Männer, *PENG PENG PENG*, die Schüsse flogen in gerader Linie auf Wynter zu. Sie hechtete zur Seite, neben ihrem Fuß qualmte der Boden. Die Kugeln schlugen eine Schneise von ihr zu Christopher.

»LEG DICH AUF DEN BODEN!«, rief sie.

Doch er legte sich nicht hin, sondern blieb breitbeinig stehen, legte die Armbrust an und schoss ein weiteres Mal. Einer der Männer an der Maschine bekam einen Pfeil in die Brust und fiel um. Gerade wollte Christopher nachladen, da traf ihn die letzte Salve. Er ging zu Boden, und im selben Augenblick verstummte die Maschine, da ihr die Munition ausging.

In der hallenden Stille krümmte sich Christopher auf der Erde, die Augen weit aufgerissen, die Hände um den Oberschenkel gepresst. Blut quoll zwischen seinen Fingern hervor. Wynter stürmte zu ihm, riss sich das Tuch vom Hals und schlang es fest um seine Wunde.

»Du Dummkopf!«, schimpfte sie, während sie die Bandage verknotete. »Du Dummkopf!«

»Razi!« Christopher mühte sich ab, über Wynters Schulter zu sehen. »Bleib stehen!«

Unterdessen versuchte die Mannschaft in der Schmiede fieberhaft, nachzuladen. Sie zogen heftig am Hebel, um den leeren Ring zu lösen, und setzten den nächsten ein. Razi allerdings hatte sie schon fast erreicht; er rief *Hopp*, und seine große Stute stieß sich vom Boden ab. Stille herrschte, während sie die Beine anzog und über die Steine der umgestürzten Mauer flog. Reiter und Pferd zogen Rauchfäden hinter sich her, als wären sie aus Dunst, vom Himmel herabgestiegen.

Beim Anblick des riesigen Tiers, das da auf sie herabstürzte, richteten die zu Tode verängstigten Männer die Läufe der frisch geladenen Waffe nach oben. Doch es war zu spät, und als sie die ersten Schüsse abgaben, krachten Razi und sein wunderschönes Pferd bereits auf sie herunter.

Als Maschine, Männer und Pferd in einem schrecklichen, gellenden Durcheinander seitlich hinter die Mauer stürzten, stieß Wynter ein verzweifeltes Heulen aus.

»Razi!«, rief Christopher.

Taumelnd erhob sich Wynter und stolperte durch den Rauch vorwärts. In den Ruinen hörte man Razis Stute um sich treten und wiehern, während sie versuchte, wieder aufzustehen. Irgendjemand schrie, und Wynter war sicher, dass er zwischen Maschine und Pferd eingeklemmt war, dass dieses riesige Gewicht ihn in den Boden presste. Plötzlich und mit ungeheurem Kraftaufwand kam die Stute auf die Beine, schaffte es, sich schwerfällig und strauchelnd aus den Trümmern der Maschine heraus und über die Mauer zu stemmen. Nachdem sie klappernd die überall verstreuten Steine überquert hatte, sank sie schließlich auf dem Gras in die Knie und kippte auf die Seite, vor Schmerz und Furcht bebend. Sie war in einem schrecklichen Zustand, ihr anmutiger Leib zerschunden, die Beine zerstört. Wynter taumelte an ihr vorbei, blinzelte gegen Tränen und Qualm an. Die Schreie des armen Mannes brachen unvermittelt ab; ohne seine Stimme war es sehr ruhig. Hinter der Mauer stimmte jemand ein klägliches Jammern an.

Wynter ging auf alle viere und krabbelte unbeholfen über die Steine, sie wollte und wollte gleichzeitig *nicht* sehen, was auf der anderen Seite war.

Es dauerte einen Moment, bis die heisere Stimme eines Mannes in ihr Bewusstsein drang, der immer und immer wieder hinter ihr über das Schlachtfeld rief: »Alberon! Alberon!«

Endlich hielt sie inne und blickte sich um. Jonathon, den Pfeil immer noch in der Schulter, wankte auf seinen Sohn zu.

Als der König an ihm vorbeilief, stützte sich Christopher auf die Ellbogen und verdrehte besorgt den Kopf. Sòlmundr trug Hallvors Körper quer über die Wiese auf sie zu, das Gesicht von Tränen überströmt. Durch knietiefen Rauch stapfte der Krieger und hielt seine blutüberströmte Freundin vor sich wie eine Opfergabe. Hallvors Kopf ruhte in seiner Armbeuge, ihr langes Haar hing bis auf den Boden. Hinter ihnen her stolperte Mary, die Hände in Sòls Hemd gekrallt, die Augen starr auf das leblose Gesicht der Heilerin geheftet. »*Tá sí marbh!*«, klagte Sòl. »*Tá Hally marbh!*«, und Wynter zweifelte nicht daran, dass Hallvor tot war.

Hinter ihr klapperten Steine, doch Wynter wandte sich nicht um. Sie konnte die Augen nicht von Jonathon lösen, der nun neben Alberon auf die Knie sank. Kraftlos ließ sie sich auf die sonnengewärmten Felsbrocken fallen und sah zu, wie der König seinen Sohn umdrehte. Einen Moment lang hielt Jonathon die Hände in der Luft ausgestreckt und starrte Alberons schlaffen Körper an, dann umschloss er das Hemd seines Sohnes, zog ihn an seine Brust und rief laut: »Er atmet! Er atmet! Rettet ihn!«

Wynter spürte eine Bewegung dicht bei sich, und da war Razi mit staubigem, blutverschmiertem Gesicht. Er blinzelte sie mit seinen großen braunen Augen an, die durch und durch mit Gold gesprenkelt waren.

»Razi«, flüsterte sie. »Rette ihn.«

Padua: Fünf Jahre später

Der kleine Junge rannte, Furcht und Aufregung trieben ihn an. Zum ersten Mal war ihm erlaubt worden, diesen Weg allein zu gehen, und die Stadt war ihm noch nie so groß erschienen. Er presste das knisternde Pergament an die Brust, während er sich zwischen den achtlosen Bürgern hindurchschlängelte, seine kleinen Füße flogen in den grünen Lederstiefeln.

Nun ließ er die Düsternis eines überfüllten Bogengangs hinter sich und lief in das grelle Licht und die in der Sonne gleißende Stille der großen Piazza. Es war Mittag, und die offenen Plätze lagen recht verlassen da; selbst die Schatten drängten sich dicht an die Gebäude heran und warteten darauf, dass die Hitze nachließe.

Tauben huschten von dem holprigen Boden auf, als der Junge um die Statue des Mannes auf seinem Pferd herumflitzte. *Gattamelata* nannte seine Mama ihn. Dabei musste der kleine Junge immer lächeln; er mochte den Geschmack des Wortes in seinem Mund. *Gattamelata*. Es schien ein so eigenartiger Name für so einen stattlichen Mann.

Im Vorbeilaufen blickte der Knabe zu der Statue auf. Er liebte das Pferd des Mannes, liebte seinen breiten, starken Hals, liebte den zusammengeknoteten Schwanz. Obwohl er, genau wie sein Vater, die Sporen des Reiters missbilligte. Jedes Mal zuckte er leicht zusammen, wenn er sie erblickte, und schüttelte das Köpfchen. Ein guter Reiter sollte ein solch brutales Hilfsmittel nicht benötigen.

Von der tyrannischen Sonne war die Piazza heiß wie ein Schmelzofen, daher eilte der Knabe rasch hinüber in den schützenden Schatten, den Il Santo warf. Entlang der glatten Steinmauern der Basilika rannte er vorbei an der ersten kleinen Tür, vorbei an der großen Pforte, vorbei an der zweiten kleinen Tür und dann wieder hinaus in die Helligkeit, ehe er den nächsten *sottoportego* erreichte und in eine halbdunkle und beschauliche Straße einbog. Alles hielt Siesta, und die Arbeit an der neuen Stadtmauer stand bereits seit etwa einer Stunde still. Ohne den üblichen Staub und Lärm schien die ganze Welt zu schlafen.

Der kleine Junge hörte die Schulglocke läuten, als er gerade um die Ecke auf den sonnigen kleinen Weg bog, der zum Gelände und der Baustelle des neuen Krankenhauses führte. Schon tröpfelten die ersten größeren Kinder nach Beendigung ihres Unterrichts durch den Torbogen, weshalb der Knabe langsamer wurde und vorgab, beschäftigt zu sein. Nicht, dass er Angst vor den größeren Kindern gehabt hätte; natürlich nicht. Aber diese *bestimmte* Gruppe hatte etwas an sich – einen gewissen Stolz, einen Mangel an höfischen Manieren –, das ihm Unbehagen einflößte. Es war ihnen gegenüber ungerecht, das wusste er, sie hatten ihm nie etwas zuleide getan. Dennoch blieb er zögerlich stehen.

Die größeren Kinder liefen nebeneinander her und unterhielten sich leise in ihrer eigenen, seltsamen Sprache, die Schiefertafel an die Brust gedrückt, den Ranzen auf dem Rücken. Schon wollte der kleine Junge in die Hocke gehen und so tun, als müsste er sich die Schnürsenkel binden, da schlenderte eine vertraute Gestalt heraus, und der Knabe richtete sich mit einem Grinsen auf und rannte los.

»Guten Tag, Anthony!«, rief er mit seiner klaren Kinderstimme. »Bist du für heute fertig mit deinem Alphabet?«

Der junge Diener drehte sich um, und der Knabe war entzückt über die Überraschung und Besorgnis in seiner Miene. »Mein Fürst!«, sagte Anthony. »Bist du ganz allein hierhergekommen?«

Der kleine Junge machte ein missbilligendes Geräusch. »Ich bin sehr wohl in der Lage, die Stadt allein zu durchqueren, Anthony. Ich bin doch kein Säugling mehr.«

Anthony schwang sich den Ranzen auf die Schulter und blickte suchend in die überdachte Gasse hinter dem Kleinen. »Weiß dein Vater, dass du …?« Offenbar hatte er etwas bemerkt und lächelte. »Aber selbstverständlich, mein Fürst.« Er wandte sich wieder dem Kind zu und verneigte sich. »Ich vergesse immer wieder, wie groß du schon bist.«

Misstrauisch sah sich der Knabe um, doch da war niemand.

Anthonys Freunde warteten an der Ecke auf ihn. Es waren ebenso viele Jungen wie Mädchen, die da in einem hellen Fleckchen Sonnenschein standen, und die Strahlen glitzerten auf ihren silbernen Armreifen und leuchteten in ihren langen Haaren. Sie lächelten, verbeugten sich aber nicht. Der kleine Junge hatte schon lange aufgegeben, das als Kränkung zu verstehen. Seine Mama sagte ja auch immer, bei diesen Leuten war ein Nicken so gut wie eine Verneigung.

»Ich habe eine Nachricht«, erklärte er wichtig und streckte ihnen das Pergament entgegen. »Papa hat sie mir anvertraut!«

Anthonys Freunde zogen die Augenbrauen hoch und machten beeindruckte Geräusche, und der kleine Junge wandte sich zurück an seinen Diener.

»Du darfst mit deinen Freunden gehen, wenn du möchtest, Anthony«, verkündete er. »Ich brauche dich erst viel, *viel* später. Ich kann sehr gut allein nach Hause gehen, wenn mein Auftrag erledigt ist.«

»Ich danke dir sehr, mein Fürst«, gab Anthony zurück, wobei seine Mundwinkel merklich zuckten.

Nachdem er sich mit belustigter Feierlichkeit verbeugt hatte, gesellte sich der junge Diener zu seinen Gefährten. Sie blickten sich noch einmal mit unverhüllter Zärtlichkeit nach dem Kind um und winkten ihm mit einem geradezu haarsträubenden Mangel an Schicklichkeit. Mit einem geduldigen Kopfschütteln sah der Knabe ihnen nach. Anthony war ein sehr guter Diener, man konnte ihn sogar fast als Freund bezeichnen – aber gelegentlich pflegte er einen etwas zweifelhaften Umgang.

Ein weiterer Blick über die Schulter – es war eindeutig niemand da –, und der kleine Junge lief durch den Torbogen aus Sandstein auf den Pfad, der zu den Stallungen des Anwesens führte. Als er um die Ecke bog, ertönte der Klang von Hufen auf Kopfsteinen, und beim Anblick des Oberstallmeisters, der einen der Araber auf den Reitplatz brachte, blieb der Knabe stehen. Einen Moment lang zögerte er im Schatten.

Es war nicht so, dass er den Oberstallmeister nicht mochte. Nein, er mochte ihn sogar sehr, aber irgendetwas an ihm machte den Jungen schüchtern. Es war schwierig zu benennen. Zum einen waren da natürlich diese furchtbaren Narben und sein grässlicher Akzent im Italienischen. Doch mehr noch hatte es mit einem seltsamen Gefühl von *Verlust* zu tun, das der Knabe in der Nähe dieses Mannes empfand. Er strahlte einen verborgenen Kummer aus, der den kleinen Jungen traurig machte. Oft hatte er den Wunsch, am drahtigen Körper des Mannes hochzuklettern und sich an seinen vernarbten Hals zu hängen, aber dessen vornehme Zurückhaltung ließ ein solches Verhalten unpassend erscheinen.

Als er ein wohlbekanntes Stupsen im Rücken spürte, drehte sich der Junge um und wurde von einem Schwall muffigen Hundeatems und einem Sturzbach nasser Küsse begrüßt.

»Hund!«, prustete der Knabe. »Hör sofort auf damit! Sonst ertrinke ich noch!«

Das Tier lehnte selbstverständlich ab, damit aufzuhören, und der kleine Junge gab die vorgetäuschte Verärgerung auf und schlang lachend die Arme um seinen zottigen Hals. Mit großer Begeisterung schnüffelte der riesige Hund am Kragen des Kinds, und der Kleine kicherte über die kitzelnden Schnurrhaare.

»Boro«, rief der Oberstallmeister. »Lass den jungen Fürsten in Ruhe.«

Sofort brach das Tier seine sabbernde Attacke ab und trabte zu seinem Herrn. Es schmiegte die Schnauze in die Hand des Mannes und leckte seine vernarbten Handgelenke ab, verdrehte hingebungsvoll die Augen und winselte wie ein absurd großer Welpe.

»Du närrisches Vieh«, knurrte sein Herr. »Ich zieh dir eins mit dem flachen Schwert über, wenn du nicht gehorchst.« Der Hund grinste und gähnte und ließ sich in den Staub fallen, um dem Mann seinen Bauch für eine Runde Kraulen darzubieten. Der Oberstallmeister seufzte und schüttelte den Kopf, ging aber dennoch in die Hocke, um ihm den Gefallen zu tun. »Mein Fürst«, sagte er und sah den Jungen blinzelnd an. »Kommst du, um dein Pferd auszuführen? Aber es ist jetzt ein bisschen heiß zum Reiten, *nach ea*? Vielleicht wartest du lieber bis zum Abend, dann nehme ich dich mit zum Fluss.«

»Ich habe etwas zu erledigen, Freier! Ich bin gekommen, um der Hohen Protektorin eine Nachricht zu geben!« Voller Stolz streckte er ihm den Brief entgegen.

Beunruhigt verzog der Oberstallmeister das Gesicht. »Allein bist du gekommen?«, fragte er. »Durch die ganze Stadt? Weiß dein Vater das?«

»Papa hat mich *geschickt*, Freier. Ich bin durchaus alt genug, weißt du, um eine Nachricht zu überbringen.«

Während das Kind sprach, wanderte der Blick des Mannes zur Ecke des Gebäudes. Was auch immer er dort entdeckte, milderte sichtlich seine Besorgnis, und sein wettergegerbtes Gesicht wurde heiter. Sofort schnellte der Kopf des Kindes herum, und er sah den Gehilfen seines Vaters gerade noch hinter der Mauer verschwinden.

»Marcello!«, rief der Junge. »Ich hab dich *gesehen*!« Wütend stampfte er mit dem Fuß auf. »ACH! Papa hat dich hinterhergeschickt! Wo er mir doch versprochen hat, dass ich das allein machen darf!«

Der gepflegte kleine Mann trat hinaus ins Sonnenlicht. Lächelnd legte er den Kopf schief. »Aber nicht doch, mein Fürst, ich versichere dir, dass dein Vater mich nicht geschickt hat. Fürst Razi hat vollstes Vertrauen zu dir und verlässt sich ganz darauf, dass du die Nachricht überbringst. Ich habe hier selbst etwas zu erledigen, und es ist bloß ein Zufall, dass wir gemeinsam ankamen.«

Der Knabe funkelte ihn an, und Marcello Tutti breitete in aller Unschuld die Arme aus. »Ich schwöre bei der Heiligen Mutter Jesu, dass ich zu meinen eigenen Zwecken hier bin.« Er hob den Kopf und sah den Oberstallmeister mit seinen dunkelbraunen Augen an. »Ist es nicht so, Sòlmundr?«, fragte er sanft.

Der Oberstallmeister zog den Kopf ein, und der kleine Junge blickte ihn neugierig an. »Du bist ziemlich rosa geworden, Freier«, stellte er fest. »Du solltest wirklich nicht ohne deinen Hut herumlaufen, weißt du. Papa sagt, die Mittagssonne kann einem glatt das Gehirn braten.«

Aus unerfindlichen Gründen brachte das Marcello Tutti zum Schmunzeln, und der Oberstallmeister wurde noch röter.

Verwirrt sah das Kind von einem zum anderen. »Ähm.« Er wedelte mit dem Pergament. »Ich muss jetzt Papas Nachricht übergeben. Aber du darfst mir *nicht* nach Hause folgen, Signor Tutti! Ich kann sehr gut allein gehen.«

Der Italiener verneigte sich gehorsam, und der Junge wandte sich hochmütig zum Gehen und marschierte auf das Schulhaus und die dahinter liegende Baustelle zu. Hinter ihm begann ein gedämpftes Gespräch: Marcello Tuttis vornehme Stimme und das ziemlich schlechte, aber warm gekrächzte Italienisch des Oberstallmeisters.

»Ihr schuldet mir eine Partie Schach, mein Freund.«

»Ich spiele nicht mehr, bis Ihr versprecht, ehrlich zu sein.«

»Ich werde ehrlich sein. Von jetzt an werde ich unnachgiebig ehrlich sein. Wenn Ihr gewinnt, dann aus eigener Leistung und nicht, weil ich Euch gewinnen ließ.«

Ein kurzes Schweigen entstand. An der Ecke blickte sich das Kind zu den beiden Männern um; Marcello Tutti sah mit scheuer Beklommenheit zum Oberstallmeister auf.

»Also … darf ich Euch heute Abend besuchen?«, fragte er. »Nachdem ich die Edle Mary von der Messe nach Hause begleitet habe?«

Etwas in der Miene des Oberstallmeisters veranlasste den Knaben, noch zu warten; er wollte unbedingt die Antwort des Mannes hören. Es kam ihm plötzlich sehr wichtig vor, sie zu kennen.

Der Oberstallmeister zupfte etwas von Marcello Tuttis Schulter. »Ihr habt da ein Blatt«, sagte er ernst. Dann sah er Marcello in die Augen und verzog den Mund zu seinem seltenen und berückenden zahnlückigen Grinsen. »Wir sehen uns heute Abend. Wenn Ihr mit Eurer Religion fertig seid. Ihr seid ehrlich, und dann sehen wir, wer das Spiel gewinnt.«

Marcello Tuttis Gesicht entspannte sich zu einem Lächeln. »Auf heute Abend dann«, sagte er, und nun schlüpfte der kleine Junge, froh, dass zwischen seinen beiden Freunden alles gut war, um die Ecke.

Er eilte weiter über die Steinfliesen und in den Schatten des Schulhauses. Alles lag nun still und verlassen, da der Hohe Protektor für den heutigen Tag zugeschlossen hatte, und die Schritte des Jungen hallten von den weiß getünchten Wänden wider, während die aufgemalten blauen Schlangen und Bären ihm nachblickten.

Schließlich erreichte er den Harzgeruch und Staub der Krankenhausbaustelle und hielt an. Das große Balkengerippe des Gebäudes war beinahe fertiggestellt, es ragte vor dem Knaben auf und zerteilte den endlosen blauen Himmel in mathematische Flächen. Alles war voller Farbe – das rote Holz, der staubig goldene Sonnenschein, die purpurnen Schatten. Alles war still. Der berauschende, lebendige Geruch von frisch gesägtem Holz und Spänen versüßte die Luft.

Der kleine Junge starrte nach oben und horchte.

Als etwas hinter ihm auf dem Boden auftraf, war ein leises, dumpfes Geräusch zu hören, dann vernahm er eine melodiöse Stimme. »Wie geht's, Isaac? Bist du hier, um dein ABC zu lernen?«

Als er von starken Armen hochgehoben wurde, quiekte der Knabe vor Entzücken. Sofort war er von jenem vertrauten, würzigen Duft eingehüllt, während der Hohe Protektor ihn sich auf den schlanken Rücken schwang. »Möchtest du die Protektorin besuchen?«, fragte er und lächelte seitlich über die Schulter, während Isaac die kleinen Händchen unter seinem Kinn verschränkte.

»Ja, bitte.«

»Aber erwürg mich nicht auf dem Weg nach oben, wenn's geht. Und lass bloß nicht los! Das bekomme ich bis zum Sankt-Nimmerleins-Tag vorgehalten, wenn du in dein Verderben stürzt.« Damit stopfte sich der Hohe Protektor das lange Haar in den Kragen, damit es dem kleinen Jungen nicht ins Gesicht fiel, griff nach einer Sprosse der ersten Leiter und kletterte – Hand über vernarbte Hand – bis ganz hinauf auf das Gerüst.

In der unerschütterlichen Gewissheit, dass er nicht herunterfallen würde, klammerte Isaac die Beine um die Taille des Mannes und legte das Kinn an seine Schulter. Die Kette des Protektors kitzelte ihn an den Handgelenken, und Isaac rutschte etwas herum, so dass er sie in der Sonne funkeln sehen konnte.

Isaac liebte diese Kette. Erst vor kurzem war es ihm gelungen, alle Verzierungen daran zu zählen. Er hatte sie alle aufgelistet – vierundzwanzig warme Bernsteine, sechzehn Silberfänge, acht goldene –, und der Hohe Protektor war begeistert von ihm gewesen. Er hatte verkündet, Isaac sei *hervorragend gut im Rechnen*, und ihn gefragt, wann er ihn als Lehrer in der Schule einstellen könne. Die Hohe Protektorin hatte vor Stolz gestrahlt, Isaac aber nicht erlaubt, die Kette auch einmal anzuziehen. Sie gehöre dem Hohen Protektor, hatte sie gesagt. Er habe zu lange darauf warten müssen. Niemand sonst dürfe sie jemals tragen.

Hoch ging es und immer höher, bis weit über die schläfrigen Türme und Kuppeln der in der Sonne dörrenden Stadt. Als sie endlich die raue oberste Planke des Gerüsts erreichten und er sich bückte, um den Jungen von seinen Schultern gleiten zu lassen, war der Hohe Protektor nicht im Mindesten außer Atem.

»Christopher Garron! Du hast doch wohl dieses Kind nicht auf dem Rücken hochgetragen!« Die Hohe Protektorin steckte den Kopf aus dem Dachstuhl des Krankenhauses und blickte ihn streng an. Ihr griesgrämiger alter grauer Kater rutschte vorsichtig von ihrer Schulter und schlich über das rote Holz wie Rauch. Er musterte seine menschlichen Gefährten mit der üblichen Verachtung, ließ sich auf einem warmen, sonnigen Fleckchen nieder und schloss die wunderschönen grünen Augen. Er hieß Coriolanus und war so alt und hager, dass er in Isaacs Augen aussah wie ein auf dem Holz zusammengerollter, staubiger Lumpen.

»Was hab ich dir gesagt?«, schimpfte die Hohe Protektorin, während sie von den Dachbalken stieg und auf das Gerüst sprang. »Der Junge kommt in einem Korb hoch oder gar nicht! Isaac Königssohn! Willst du etwa, dass deine gute Mutter den Hohen Protektor zur Strecke bringt und in einem Wutausbruch einen Kopf kürzer macht? Kann ich mich nicht wenigstens darauf verlassen, dass *du* dich vernünftig aufführst?«

Der Hohe Protektor grinste nur und beugte sich verwegen nach vorn, so dass nur noch seine Fersen und eine missgestaltete Hand ihn auf dem Gerüst hielten. Als er das Gesicht in die Sonne hielt und die Augen schloss, löste sich sein Haar aus dem Kragen und schwang hinter seinem Kopf wie ein Rabenflügel vor dem blauen Himmel. »Ach still, mein Herz«, murmelte er. »Der Junge ist doch so geschickt wie ein kleines grünes Äffchen.«

Als sie ihn so über dem Abgrund hängen sah, wurde die Hohe Protektorin etwas blass. Sie legte ihre Hand auf eine Strebe, als könnte sie, indem sie sich selbst festhielt, auch ihn festhalten. Hätte Isaac es nicht besser gewusst, hätte er glauben können, sie habe Angst, selbst zu stürzen. Doch natürlich wusste er es eben doch besser; die Hohe Protektorin war berühmt dafür, so flink auf dem Gerüst herumzuklettern wie ein Schiffsjunge. Nie hatte sie Angst zu stürzen. Der Knabe musste grinsen, als die Dame ruhig ihren Ehemann ansprach.

»Christopher«, sagte sie, »komm her.«

Isaac war erstaunt, dass der Hohe Protektor sie hören konnte, so leise war ihre Stimme. Doch der Mann schlug sofort die klaren grauen Augen auf und zog den Kopf zurück, um sie anzusehen.

»Komm her«, wiederholte sie.

Der Hohe Protektor duckte sich unter einer Latte durch und landete federnd auf den breiten Gerüstbrettern. Er zwinkerte Isaac zu. »Frauen«, sagte er.

»Pff«, machte sie, ließ die Strebe los und räusperte sich.

»Wenn du fällst und mir das ganze schöne Holz verschmierst, wird dein Geist in alle Ewigkeit die Schweinerei aufwischen.«

»Daran zweifle ich nicht«, befand er. Er verschränkte die Arme, lehnte sich an die Balken und lächelte seine Frau zärtlich an.

Nun ging die Hohe Protektorin vor Isaac in die Hocke. Sie grinste ihn an, und er grinste zurück. Isaac kannte wenige Frauen, die sich so hinhockten; das musste wohl etwas mit ihren Kleidern zu tun haben. »Wie geht es dir, mein Sonnenschein?« Sie tippte ihm auf die Nase und strich ihm das sandfarbene Haar zurück. Wie üblich hatten sich zahllose Strähnen aus ihrem langen Zopf gelöst und hingen ihr in wirren rotbraunen Wellen um die Schultern. Ihr Gesicht war nach dem langen heißen Sommer voller heller Sommersprossen. »Ist dein Papa bei dir?«

»Papa wurde schon ganz früh an die Universität gerufen, Tante Wyn. Sie sollen nächste Woche wieder mit dem Unterricht beginnen, weißt du! Es gibt viel zu tun.«

Die Hohe Protektorin lächelte. »Deine Mama ist bestimmt sehr glücklich, dass sie ihre Studien wieder aufnehmen kann.«

»O ja, obwohl sie es leid ist, immer hinter dem Vorhang zu sitzen. Er versperrt ihr die Sicht auf die Dozenten!«

»Sie sollte eine Schere mitnehmen und ein verdammtes Loch hineinschneiden«, grunzte der Hohe Protektor. »Wird sie weiterhin um ihre Anerkennung kämpfen?«

»Aber ja«, nickte Isaac.

»Ich habe die Hoffnung schon fast aufgegeben, dass man ihr jemals die blaue Robe zugestehen wird«, seufzte die Frau.

»Das ändert nichts an ihrer Begabung«, versetzte der

Hohe Protektor. »Es macht sie nicht weniger gelehrt, dass man ihr die Doktorwürde verweigert!«

»Papa sagt, er ist noch niemandem begegnet, der einen Patienten besser aufschneiden und zusammennähen kann als Mama! Er hat sie zur Edlen Mary, Meisterin des Skalpells, Gebieterin über sein Herz gekrönt!«

Die beiden Erwachsenen lachten fröhlich, und Isaac, sehr zufrieden mit sich, streckte die inzwischen zerknitterte Nachricht aus. »Das bringe ich dir!«, erklärte er. »Es ist von Papa. Er hat es mir anvertraut!«

Argwöhnisch beäugte die Hohe Protektorin das Pergament. »Isaac«, sagte sie, »wenn dein Vater seine Pläne immer weiter ausdehnt, wird dieses Krankenhaus niemals fertig! Bitte sag mir, dass er dich nicht wegen einer weiteren Vergrößerung des Krankensaals oder mehr Lagerraum für das Aderlass-Zimmer oder irgendeiner neuen Art von Sektionskammer zu mir geschickt hat.«

Der Knabe lachte. »Nein, Hohe Protektorin, es gibt Neuigkeiten von dem Kind!«

Sofort richtete sich der Hohe Protektor auf. »Was für Neuigkeiten?«

»Das weiß ich nicht. Papa hat den Brief gelesen, an Mama weitergereicht, sie geküsst und ist dann zur Universität gegangen. Er hat mich damit beauftragt, ihn zu euch zu bringen. Er sagte, er sieht euch bald.«

»Was für einen Eindruck hat er denn gemacht?«, wollte sie wissen, während sie die Nachricht an sich nahm und fest umklammerte. »War … war er traurig?«

»Nein, Tante Wyn!«, rief der Junge überrascht. »Aber natürlich nicht! Wie töricht. Er war einfach nur … Papa. Beschäftigt. Lieb. Papa eben!«

Jetzt öffnete die Hohe Protektorin den Brief und überflog den Inhalt. »Er ist von Alberon!«, verkündete sie. »Oh, es ist ein Junge! Letzten Monat geboren.« Sie sah den Hohen Protektor an und zitierte aus dem Brief: »Er sagt, das Kind sei *ein strammer, lautstarker kleiner Bursche. Ich kann es kaum erwarten, bis ich die Beaufsichtigung der neuen Flotte beendet habe und Zeit finde, ihm ein Pferd zu kaufen …*« Stumm las sie weiter, und ihr Lächeln erstarb. »Oh«, wisperte sie. »Oh.« Ihre Augen füllten sich mit Tränen. »Das Kind soll Oliver heißen.«

Einen Moment lang herrschte Stille. Dann sagte der Hohe Protektor: »Eine recht ungewöhnliche Wahl.«

Seine Frau sah ihm in die Augen.

Der kleine Isaac runzelte die Stirn; der bittere Gesichtsausdruck des Hohen Protektors war ebenso schwer zu begreifen wie die Tränen seiner Frau.

»Hat Jonathon denn keine Angst, was die Leute denken werden?«, fragte der Protektor. »Den Jungen nach dem Mann zu benennen, der beinahe sein Königreich zu Fall gebracht hätte?«

»Christopher«, flüsterte sie. »Nicht. Du weißt, dass jemand die Schuld auf sich nehmen musste. Besser jemand, dem Schmerz nichts mehr anhaben konnte, als diejenigen, die noch am Leben waren.«

Der Hohe Protektor stieß ein missbilligendes Geräusch aus und wandte sich der Stadt zu. Hinter Isaac erhob sich plötzlich Coriolanus, nuschelte etwas von *der Menschen launischem Schicksal* und schlich davon. Die Hohe Protektorin verfolgte seinen staksigen Weg durch die einander abwechselnden Streifen Sonnenlicht und Schatten, bis er hinter den Balken verschwand; dann setzte sie sich und betrachtete mit ernster Miene ihre Hände. Die Stille wurde unbehaglich.

»Papa … Papa sah sehr vergnügt über seinen neuen Bruder aus«, erzählte Isaac zaghaft.

Die Protektorin holte tief Luft und schniefte. »Aber ja!«, sagte sie. Dann schüttelte sie sich und wedelte fröhlich mit dem Brief vor seinem Gesicht herum. »Und du hast einen neuen Onkel, kleiner Sonnenschein. Wie wunderbar für dich! Gewiss ist der königliche Prinz Alberon höchst erfreut … er sagt, ihr beide werdet mit dem kleinen Kerlchen angeln gehen, wann immer du dem Königreich deines Großvaters einen Besuch abstattest!«

»Das wäre sehr schön!«

Nun zog die Protektorin Isaac auf ihr Knie und kitzelte ihn, bis er kreischte.

»Und was ist mit Königin Marguerite?«, fragte ihr Mann ruhig.

Sie lehnte sich an die Querstangen des Gerüsts, den kleinen Jungen liebevoll auf dem Schoß wiegend. »Ist schon wieder abgereist«, erzählte sie. »Nach der Geburt hat sie sich nur zwei Wochen ausgeruht und ist dann gleich weiter gen Norden geritten, um ihren Feldzug gegen die Haunardier zu Ende zu bringen. Offenbar haben sie und Jonathon beschlossen, dass der Kleine ein südlandischer Prinz sein soll, da er der Erstgeborene ist.«

Kopfschüttelnd seufzte Christopher und breitete dann lachend die Hände aus. »Warum nicht!«, sagte er. »Irgendwie muss man ja wohl eine Wahl treffen.«

»Ich bezweifle, dass Jonathon die Abwesenheit seiner reizenden Gattin bedauern wird«, bemerkte die Protektorin trocken. »Man kann ihre Verbindung kaum als Liebesheirat bezeichnen.« Sie stand auf und hob Isaac auf ihre starke Schulter. »Wo wir gerade beim Thema sind – ein gewisser Ehemann *meiner* Person hatte mir Kaffee und Weißbrot versprochen, sobald seine Schüler fort wären! Vielleicht stimmt etwas mit meiner Nase nicht, aber ich rieche gar nichts! Wo ist mein Essen, kleiner Mann?« Sie tat, als wühlte sie in Isaacs Hemd. »Hast du mein Brot versteckt? Ja? Ist es etwa in deiner Hose?«

Isaac wand sich und zappelte und quiekte. Schließlich hielt ihn die Protektorin mit einem müden Seufzer auf Armeslänge. »Tja«, sagte sie, »du wirst mir wohl dieses Ferkelchen brutzeln müssen, Christopher. Etwas anderes Essbares kann ich nicht finden, fürchte ich.«

Mit dem Befehl *Festhalten* hob sich der Hohe Protektor den kleinen Jungen wieder auf den Rücken und schwang sich über die Brüstung. Als er das gehauchte *Großer Gott* von oben hörte, grinste Isaac breit und blickte zu seiner Tante auf, die ihnen kopfschüttelnd auf ihrem Abstieg nachblickte. Sie leuchtete geradezu vor dem sehr hellen Blau des Himmels, das zerzauste rote Haar wehte und flatterte wie bunte Bänder in der heißen Brise. Nun stützte sie die Ellbogen auf die Brüstung, verschränkte die von der Arbeit abgehärteten Hände und ließ den Blick über die riesige und aufgewühlte Pracht der Stadt schweifen. Ihre Miene nahm jene ernste Wachsamkeit an, die ihm so vertraut war, und er betrachtete sie mit all der Liebe, die in seinem kleinen, glücklichen Herzen Platz hatte.

Unterdessen kletterte der Hohe Protektor immer weiter hinunter. Kurz bevor er die unterste Leiter erreichte, von der aus das Dach nicht mehr zu sehen war, bemerkte Isaac, dass die Hohe Protektorin etwas bei den Stallungen entdeckte und sich aufrichtete. Sie lächelte, hob die Hand, und Isaacs Herz machte einen Satz, denn *diesen* Blick kannte er ebenfalls – das strahlende, erwartungsvolle Grinsen. Sein Vater war auf dem Weg! Von oben musste sie ihn durch das Tor kommen gesehen haben.

Gerade als der Hohe Protektor mit Isaac den Boden erreichte, stieg seine Frau oben ebenfalls auf die Leiter und folgte ihnen hinunter. Der kleine Junge lachte und rutschte vom Rücken des Protektors auf die Erde. Dann rannte er los, fest entschlossen, allen anderen zuvorzukommen und als Erster bei seinem Vater zu sein.

Merronisch-Glossar

Die von den Merronern in diesem Buch gesprochene Sprache entspricht dem modernen Irisch (auch Gälisch genannt). Die am häufigsten verwendeten Wörter und Sätze werden hier übersetzt. Vermeintlich uneinheitliche Schreibweisen, wie beispielsweise *Domhan* und *Domhain*, sind den Regeln der irischen Grammatik geschuldet.

AGUS – und (oft abgekürzt zu *'gus*)
AGUS É AG RITH – Und er läuft.
A LUCH – Maus (als Anrede). *Luch* allein bedeutet einfach »eine Maus«.
AN DOMHAN – Die Welt [die merronische Version von Gott]
AOIRE – Hirte [Singular/Plural]
AOIRE AN DOMHAIN – Hirte der Welt
AONACH – Jahrmarkt
CAC/CAIC – Scheiße/[Plural]
CAD A RINNE TÚ? – Was hast du getan?
CAD É? – Was ist? Was? Was ist los?
CÉN FÁTH NA SAIGHDIÚIRÍ? – Warum die Soldaten? Was machen die Soldaten hier?
CIÚNAS! – Ruhe!

Cneasaí – Heiler(in)
Coimhthíoch – Fremder
Cosc ort nóiméad – Halte mal einen Moment an.
Croí-eile – anderes Herz
Cúnna – Hunde
Fan nóiméad – Warte einen Moment.
Fear óg thú, a Choinín. Tá neart ama agat – Du bist ein junger Mann, Coinín. Du hast reichlich Zeit.
Filid – Ein uralter adliger Erbtitel. Ein *filid* war dafür zuständig, die Geschichte seines Volkes in mündlicher Form zu bewahren und sie an die nächste Generation weiterzugeben. Die Bewahrung der Geschichte erfolgte traditionellerweise in mündlicher Form, und jeder Versuch, sie niederzuschreiben, hätte Missbilligung hervorgerufen. Die moderne Version dieses Wortes, *file*, bedeutet heutzutage einfach *Dichter*.
Go h-álainn – schön
Iníon – Tochter
Iníon Ingrid an Fada – Tochter der Ingrid an Fada
Is mé atá ann! – Ich bin's (Ich bin derjenige, der hier ist).
Luichín – kleine Maus
Mac – Sohn (des) [mac Oisín an filid, as Tír na Garron – Sohn des Dichters Oisín aus dem Lande Garron]
Maidin Òr – Goldener Morgen
Mo mhuirnín – mein Liebling, mein Schatz
Na bac faoi, a chú – Beachtet sie gar nicht, Hunde.
Na bac faoi – Ist schon gut.
Nach ea, mo ghadhar? – Ist es nicht so, meine (Jagd-) Hunde?
Na Cúnna Faoil – die Wolfshunde
Níl iontu ach amadáin – Sie sind nur Tölpel.

Slán, a stór – Leb wohl, meine Liebe.

Tá na Haun ag imeacht – Die Haun brechen auf.

Tarraing siar/Tarraingígí siar! – Komm(t) zurück! Hierher! [Singular/Plural]

Tar anseo! – Komm her!

Tar ar ais gan mhoill – Eile zurück; kehre ohne Verzögerung zurück.

Tá sí marbh! – Sie ist tot!

Tóg go bog é – Ganz ruhig, immer mit der Ruhe.

Tóin caca – Scheißdreck